Rolf Pe

Kaliber .501 T-REX

Thriller

KernVerlag Regensburg
2008

1. Auflage
Originalausgabe November 2008

Autor: www.rolf-sloet.de
Bilder: Fotostudio Cekon, Wörth
Druck und Bindung: Finidr, CZ
Satz: Lektorat Angerer, Regensburg
Titelgestaltung: Peter Kern, Regensburg

ISBN 978-3-934983-25-0

www.kernverlag.de

Rolf Peter Sloet

Kaliber .501 T-Rex

Alle Personen und Vorgänge sind erfunden, Ähnlichkeiten mit lebenden oder toten Personen sind unbeabsichtigt. Die Informationen über die amerikanischen Streitkräfte wurden frei zugänglichen Internetseiten entnommen, das gilt insbesondere für das erwähnte Flugzeug im Dienste der CIA. Die Beschreibungen der Saurier, ihres Verhaltens und ihres Aussehens basieren auf wissenschaftlichen Grundlagen, sind aber spekulativ. Das gleiche gilt für Verhaltensweisen und Lebensumstände des Homo sapiens sapiens und des Homo neanderthalensis.

Prolog

Der Schmerz tobte in seinem Leib und er hätte sich am liebsten gleich hier hinfallen lassen. Gekrümmt, wie ein alter Mann voller Gicht, schlich er nach Hause. „Zuhause" nannte er den Ort. Dieser Ort war die Höhle des Clans. »Ich möchte nicht hier draußen auf dem nackten Boden sterben«, dachte er sich. Die anderen Jäger nannten sein Zuhause bar-u-lut, was „der warme Platz" bedeutet.

Der Höhleneingang lag rund zehn Meter über dem Ufer des kleinen Flusses und man musste einen schmalen, ausgetretenen Pfad hinaufsteigen, um dorthin zu gelangen. Allerdings war der kaum zu sehen, denn die Bewohner hatten zwei versetzt stehende, mit Lehm verkleidete Flechtwände als Sichtschutz errichtet, die unten mit großen Steinen verstärkt waren. Davor hatten sie Wildrosen gepflanzt und Brombeer- und Himbeerstecklinge gesetzt, die ihnen im Herbst Früchte lieferten. So blieb der Eingang dem Uneingeweihten verborgen, es sei denn, er suchte direkt nach ihm. Die Bären hielten sich fern, weil der Rauch des Feuers in der Höhle ihnen unangenehm in die Nase stieg, und fremde Clans waren schon vor langer Zeit vertrieben worden. Auch der Wind und die beißende Kälte des Winters blieben draußen und drinnen ließ man das Feuer nie ausgehen.

Der Clan bestand aus vierzehn Personen: ihm selbst „Wi-lam" dem Clanhäuptling, Ältester und verehrter Anführer, seiner jungen Frau Au'gu, seinem ältesten Sohn Pa-ul, dessen Frau Pa-ul-ma, der alten Taru'ma, Pa-uls Mutter, drei weiteren Jägern, deren Frauen und drei Kindern, alles Jungen im Alter von sechs oder zehn Wintern. Sie hatten noch drei Mädchen gehabt, aber die hatte das Fieber im letzten Sommer zu den Ahnen geholt. Zwei der Frauen waren hochschwanger und ächzten unter der Last ihrer schweren, unförmigen Leiber, die von den Sommerfellen kaum verhüllt wurden. Die Haupthöhle war gut zehn Männer lang und genau so viele Männer breit. Wenn sich zwei Männer aufeinander gestellt hätten, wären sie in der Mitte gerade an die Decke gekommen. Betrat man zwischen den Flechtwänden hindurch die Höhle, brannte direkt links in einem Kreis aus kopfgroßen Steinen ein Feuer, welches nie ausgehen durfte und an dem immer Taru'ma, die Alte, oder zwei der Jungen hockten und es bewachten und nährten. Dahinter, in der Ecke, hatten die beiden erwachsenen Hunde des Clans, ein Rüde und eine Hündin, mit ihren vier Jungtieren ihren Schlafplatz. Direkt neben dem Feuer lag ein großer Haufen trockenen Holzes, den die Jungen herbeischafften und der immer wieder aus den Holzvorräten in der Nebenhöhle rechts vom Eingang aufgefüllt wurde. Dort lag genug Holz für mehrere Monde.

Das Feuer warf rotgelbe Muster an die Wände und das Knacken des brennenden Holzes war das Schlaflied für die Menschen, die dort wohnten. Wehe, das Feuer brannte einmal runter und man hörte das vertraute Knacken der brennenden Äste nicht mehr, dann fuhren alle hoch und schauten zur Feuerstelle. Waren die Wächterin des Feuers oder die beiden Jungen eingeschlafen? War das Holz alle? Aber das kam so gut wie nie vor.

Pa-ul stand reglos neben dem Höhleneingang, den Rücken gegen die raue Felswand gelehnt und blickte zu den Schatten seiner Brüder und Schwestern hinüber. Er liebte die Menschen seines Clans und fühlte eine tiefe Verbundenheit mit ihnen, während er seine Gedanken schweifen ließ und über seine Familie nachdachte.

Die Männer des Clans waren, mit zwei Ausnahmen, mittelgroß, die Frauen kleiner, mit runden Gesichtern und breiten Hüften, aber durchaus von drahtiger Statur, mit kräftigen Armen und starken Händen. Den Männern sah man ihr Leben als Jäger an: Sie waren schlank und muskulös, hatten kräftige, sehnige Beine. Die Leistungsfähigkeit ihrer Lungen, ihre läuferische Kondition sowie ihre Körperkraft ermöglichte ihnen stundenlanges Laufen im Wolfstrab. Ihre Brustkörbe waren breit aber nicht so mächtig wie die ihrer ehemaligen Nachbarn, der Neandertaler. Sie trugen langes, oft leicht gewelltes Haar, das sie zu einem Pferdeschwanz zusammenbanden, in der Regel einen Bart und waren am Oberkörper wenig behaart. Sie bemalten ihre Gesichter mit Farben, die sie aus dunkler und heller Erde herstellten und banden sich Amulette um ihre Hälse, die ihnen Glück und Schutz vor Bösem bieten sollten.

Die meisten Clanmitglieder, auch die Kinder, hatten dunkle Haare, braune Augen und helle, leicht olivenfarbene Gesichter mit großen, kräftigen Nasen. Sehr selten kamen intensiv-blaue Augen vor und Männer und Frauen, die solche hatten, trugen in der Regel die Verantwortung für ihre Clans, denn Menschen mit blauen Augen galten als von den Eisgöttern auserwählt und man sprach ihnen besondere Kräfte zu.

Die Menschen des Clans konnten überdurchschnittlich gut sehen, hören und riechen. Sie waren den Lebensumständen ihrer Umwelt perfekt angepasst. Sie trotzten auch der größten Kälte, konnten tagelang ohne Nahrung auskommen, um dann, wenn ihnen das Jagdglück hold gewesen war, Unmengen von Fleisch zu verzehren und anschließend zwanzig Stunden am Stück zu schlafen. Als Waffen nutzten sie Steine und primitive Speere, Schleudern und das Feuer. Sie legten Fallgruben an, trieben großes Wild über Klippen, nahmen Vogelnester aus und aßen die Eier, auch wenn sie schon angebrütet waren, lebten von dem, was ihre Umwelt ihnen bot. Sie waren nicht wählerisch bei der Nahrung, tranken Wasser und Blut, kauten frische Blätter gegen den Durst, zeigten sich abgehärtet gegenüber dem Klima, sammelten Beeren, Grassamen und essbare Früchte. Sie nahmen auch einem Wolfsrudel das erlegte Wild weg, wenn es lohnend erschien, die Wölfe mit Schreien, Feuer und Steinwürfen zu vertreiben.

Pa-ul erinnerte sich daran, wie sie in Notzeiten auch Neandertaler getötet und gegessen hatten. Diese waren zwar viel stärker als sie, ihnen aber an Anpassungsfähigkeit und Intelligenz unterlegen. Ihre nahen Verwandten trafen sie aber nur noch selten. Deren Zeit lief ab, sie kamen mit der gerade beginnenden Warmperiode nicht zurecht, zumal ihr bevorzugtes Jagdwild sich weit in den Norden zurückgezogen hatte.

Innerhalb des Clans zeigten die Menschen ihr wahres Gesicht: Da waren die Männer, die immer zu ihren Frauen zurückkehrten, die ihre Kinder liebten und ihnen Jagdgeschichten erzählten, die unter Einsatz ihres Lebens das Bestehen ihres Clans verteidigten und ihrem Clanchef bedingungslos folgten. Zuhause, in ihren Höhlen oder Hütten, warteten die Frauen, die die Kinder gebaren und dem Clan so die zukünftigen Jäger und Frauen gaben, die das Feuer beherrschten, die Felle gerbten, geschickt die Sehnen aus den Beinen der erlegten Tiere lösten und sie als Fäden zum Nähen der Winterkleidung nutzten. Die Frauen, die auf die Männer warteten und diese, nach erfolgreicher Jagd, mit ihren Körpern belohnten. Alle Sorgen galten den Kindern, die die Jäger bewunderten, ihren Geschichten gespannt zuhörten und von einem Leben als Jäger träumten. Aber nur die Jungen träumten davon, Mädchen und Frauen durften nicht jagen und Waffen nur zur Verteidigung in die Hand nehmen. Kämpfte eine Frau mit einer Waffe, wurde diese vom Schamanen in einer Zeremonie wieder gereinigt. Aber das kam selten vor.

An diesem Abend herrschte in der Höhle eine merkwürdig gespannte Stille. Alle hockten eng zusammen, die Männer und Knaben rechts, die Frauen auf der anderen Seite. Nur ab und zu kratzte sich jemand geräuschvoll, wenn einer der Flöhe ihn an einer empfindlichen Stelle gebissen hatte. Zwei der Jungen waren in sich zusammengesunken, die Augen geschlossen, sie atmeten ruhig im Schlaf. Unter ihren geschlossenen Lidern rollten die Augen und zeugten von lebendigen Träumen.

Der Häuptling lag auf seiner Lagerstatt direkt neben dem zweiten Feuer, weiter hinten im Raum, dort wo die Höhlendecke wieder niedriger wurde. Er stöhnte gequält, seine Augen huschten umher, als wollte er noch einmal den Ort in sich aufnehmen, an dem er fast fünfundzwanzig Jahre verbracht hatte. Dann starrte er auf die dunkle Felswand gegenüber seiner Schlafstelle, auf der sich die Jäger seines Clans mit den Abdrücken ihrer rechten Hände verewigt hatten. Sie glaubten es so: Wenn man die rechte Hand, die Hand, mit der man den Bogen spannte oder den Speer schleuderte und so das Wild tötete, auf die Wand legte und aus dem Mund weiße Kalkfarbe darüber blies, so sah man die Hand – dunkel und von der heiligen weißen Farbe umgeben. Und sie erhielt große Kraft,

Kraft vom Feuer und den Menschen, die um das Feuer herumsaßen. Auch wenn der Jäger starb, seine Hand blieb dem Clan erhalten und damit auch sein Mut, seine Jagdkunst und sein Bemühen, für alle zu sorgen. Die Kinder sahen dort immer hin, wenn die Jäger unterwegs waren und die Weiber um das Feuer hocken und über der Arbeit miteinander redeten, und sie wünschten sich nichts mehr, als auch ihre rechte Hand dort abzubilden. Aber bis dahin würden noch viele Sommer und Winter vergehen.

Der kranke Häuptling fand den Abdruck seiner eigenen Hand, ganz links war er, gut in Augenhöhe. Er konnte ihn leicht erkennen, denn seine Hand war etwas länger und deutlich schmaler als die der anderen Jäger. Da durchfuhr ihn wieder der Schmerz wie ein Messer. Er krümmte sich zusammen und riss seinen Mund auf, aus dem ein dumpfes Stöhnen drang. Sein Leib verkrampfte sich erneut und er presste die gekreuzten Arme gegen seinen Unterleib. Dann erbrach er sich und würgte grünen Schleim aus. Mehr kam nicht mehr, sein Magen und seine Eingeweide waren leer. Er wusste, dass er sterben würde. Eine Blinddarmentzündung war immer tödlich, es stellte sich nur die Frage, wie lange seine Qual dauern würde.

Pa-ul, der junge Jäger, erschien an seinem Lager, kniete nieder. Er war schlanker als die anderen, deutlich größer und besaß blonde, schulterlange Haare, die er am unteren Ende mit einer Dachssehne zusammengebunden hatte. Seine blauen Augen zeugten vom Schmerz und der Verzweiflung, die ihm das Sterben seines Clanführers zufügten.

»Atu, Vater«, flüsterte er. Dann lauter: »At'manu, mein Vater, was soll ich tun?«

Leise bewegten sich nun seine Lippen und er sprach die heiligen Worte, die sich jeder Jäger erwählte, wenn ein Wesen starb. Die Jäger sprachen sie, wenn das Wild ihnen erlaubt hatte, es zu jagen und zu töten. Sie ehrten so das Wesen, das ihnen Nahrung für sich und den Clan gab. Sie sprachen auch die heiligen Worte, wenn einer der ihren zu den Ahnen ging, aber niemand durfte sie hören oder nachsprechen. Schon gar nicht die Frauen und Kinder.

Der Gequälte würgte wieder und stöhnte seinen Schmerz hinaus, seine Zähne gruben sich in die Unterlippe, bis sie blutete. Aber diesen Schmerz bemerkte er nicht mehr, das glühende Eisen in seinem Bauch war stärker. Für einen Moment ließ der Schmerz nach und er nahm die Hand seines Sohnes.

»Ka-u, Sohn«, sagte er mit erstaunlich fester Stimme. »Ka'manu, mein Sohn. Ich werde sterben, noch heute gehe ich zu den Großen Jägern. Beschütze den Clan, bete um das Wild und jage, damit sie alle zu essen haben.«

»Ja, at'manu. Ich werde für alle den Hirsch jagen und mit den Hunden die schnellen Pferde in die Schlucht treiben. Alle werden viel Fleisch essen und abends satt vor dem Feuer sitzen. Meine Lenden sind stark und ich werde viele Jäger zeugen.«
Sein Blick schweifte zu seinem Weib rüber, die neben den Jägern saß und mit den Händen ihren Bauch umklammert hielt. Bald würde das neue Kind geboren werden. Schon sehr bald.

»Zeuge nicht nur Knaben, wir brauchen auch die Frauen!«

Sein Vater würgte wieder. Plötzlich bäumte sich sein Körper auf, rund wie die Sehne des Bogens, der Waffe, die Wi-lam seinen Jägern gegeben hatte. Seitdem fiel die Jagd viel leichter, denn der Pfeil flog fünfmal so weit wie der Speer und die anderen Clans waren weiter gezogen, als sie die Wirkung dieser neuen, fürchterlichen Waffe am eigenen Leib erfahren hatten.

Der Köper des Häuptlings fiel auf das Lager aus Mammutfellen zurück, die blauen Augen des Sterbenden waren weit aufgerissen, sein Mund geöffnet wie zu einem Schrei. Schweiß rann ihm von der Stirn, floss seitlich an den Augen vorbei, über die Ohren und nässte das lange, dunkle Haar. Sein Atem ging stoßweise, erstarb, das Leben entwich.

»Atu-atu, unser aller Vater, ist zu den Ahnen gegangen.«

Pa-ul erhob sich, wandte sich den anderen zu, blickte sie an.

»Schlagt die Trommel! Malt eure Gesichter an! Die Frauen sollen aus Trauer ihre Brüste ritzen! Die Knaben ans Feuer!«
Einer der Jäger begann, die große Trommel zu schlagen: Ponng, Ponng. Dieser Rhythmus würde die ganze Nacht zu hören sein.

Pa-ul drehte sich wieder zu seinem Vater um. Er löste den Knoten der Sehne in seinem Haar, das nun über sein Gesicht fiel und seine Tränen verbarg.

»At'manu, At'manu«, murmelt er.

Der männliche Hund, Wi-lam hatte ihn Do-ug genannt, war hinzugekommen und legte sich neben den Toten, jaulte leise und leckte ihm eine Hand. Der Hund trauerte, genau wie die Menschen.

Der neue Anführer nahm die heiligsten Dinge, die der Clan besaß, vom Körper seines Vaters. Vom Handgelenk zog er den Zauber, den sein Vater „urr" genannt hatte. Danach löste er den Knoten der Schnur aus kräftigem, gegerbtem Hirschleder, an der ein seltsamer konischer Gegenstand hing, den der Tote um seinen Hals getragen und als „penn" bezeichnet hatte. Es war die Hülse einer großkalibrigen Munition, zirka zehn Zentimeter lang, mit einem Durchmesser von gut zwanzig Millimeter im hinteren Teil und von fast fünfzehn Millimeter in dem Teil, wo einst das mächtige Geschoss gesteckt haben musste. Ein alter Soldat hätte sie sofort erkannt: Es war eine Hülse vom Kaliber .50 BMG.

Er war nun der neue Clanälteste, der atu-atu, der Große Vater. Er trug das Allerheiligste des Clans, er beerbte seinen Vater, dem er so ähnlich sah. Er, der die anderen Jäger um Haupteslänge überragte, würde den Clan leiten, beschützen und die Jagd anführen. Viele Kinder sollten seinen Lenden entspringen.

Der neue Clanchef drehte sich um und schaute alle der Reihe nach an.

»Ich bin euer atu-atu.«

»Mmmmm!«, brummten sie und wippten auf ihren Hacken auf und nieder, so ihre Zustimmung signalisierend.

»Morgen führen wir ihn zu unseren Ahnen. Dort wird er in den ewigen Jagdgründen jagen. Morgen. Jetzt wollen wir ruhen.«

Dann hockte er sich wieder neben den Toten. Er nestelte aus einem hohlen Knochen etwas Bienenwachs, schob die Lider der Augen nach unten und versiegelte sie mit dem Wachs, das in seinen Händen weich geworden war.

Erstes Buch:

Farbcode LILA

Die Akte

Der Fahrer des unauffälligen blauen Dodge Stratus setzte den Blinker rechts, bremste ab und bog in die Einfahrt ein. Er hatte das weiße Schild mit der Aufschrift „St. Patrick Retirement Home“ früh genug gesehen, und außerdem wusste er relativ genau, wann er abbiegen musste. Sein brandneues, tragbares GPS-Navigationssystem hatte ihn an der letzten Kreuzung durch einen Pfeil darauf hingewiesen, dass sie bald da sein würden.

»Wir sind da, Sir«, sagte er zu seinem Passagier, der auf der ganzen, knapp dreistündigen Fahrt nichts zu ihm gesagt und nur in seinen Akten gelesen hatte.

»Lackierter Affe«, dachte der Corporal. »Offiziere meinen immer, sie sind etwas Besonderes!«

John McCallon saß in seinem Büro über dem täglichen Papierkram und schaute auf die Uhr. Vierzehn Uhr dreißig, noch früh am Nachmittag. Dann schweifte sein Blick aus dem Fenster und er sah den blauen Wagen mit dem Army-Nummernschild kommen. Er konnte den Fahrer nur schemenhaft erkennen, da sich die Sonne in der Scheibe spiegelte. Ob eine zweite Person im Fond saß? Das würde er schon sehen. Er hörte durch das aufgeklappte Fenster die Reifen auf dem Kies knirschen. Der Wagen umrundete den Brunnen vor dem Eingang und kam vor der Tür zum Stehen. Ein Corporal in der üblichen grünen Uniform stieg aus, ging schnellen Schrittes um den Wagen herum und öffnete die rechte hintere Tür. Ein Mann in Zivil saß auf dem Rücksitz und verstaute gerade etwas in einer Tasche. Dann stieg er aus und der Corporal nahm Haltung an.

»Sir«, sagte er, während er die Wagentür weit aufhielt.

McCallons Hand fing wieder an zu zittern. Seit gut einer Woche zitterte sie nicht nur morgens, wenn er nach einer schlechten Nacht wieder aufstand, sondern plötzlich auch tagsüber. Immer, wenn er unter Stress stand oder sich ärgerte, machte sie sich selbstständig und gehorchte ihm nicht mehr. »Verfluchte Kralle. Hör auf!«

Er starrte auf seine Linke, als wollte er sie mit seinen Blicken wieder zur Ruhe bringen. Er atmete tief durch und das Zittern hörte auf.

Der Zivilist stieg aus und McCallon hörte ihn knapp und bestimmt „Danke“ sagen. Interessiert schaute er sich den Besucher an: relativ jung, wahrscheinlich um die dreißig, maximal vierunddreißig, schlank, gerade Haltung, präzise und ökonomische Bewegungen. Man sah ihm den Offizier schon von Weitem an.

McCallon hörte die Glocke an der Eingangstür, an seiner Telefonanlage leuchtete ein gelbes Licht auf. Er drückte den Knopf darunter. »Bitte drücken, dann nach links. Mein Büro ist die zweite Tür auf der linken Seite.«

Er hörte das Knarren der Eingangstür und dann Schritte auf dem Flur. Draußen hatte der Corporal die hintere Autotüre geschlossen und sich wieder auf den Fahrersitz gesetzt. Er würde das machen, was ein guter Soldat macht, wenn er warten muss: schlafen. John McCallon hatte auch gelernt zu schlafen, wann immer er dazu Gelegenheit gehabt hatte. Aber das war lange her und es war eine andere Geschichte.

Ein paar Sekunden später klopfte es an der Tür. »Herein«, knurrte McCallon. Normalerweise hasste er es, bei der Erledigung des ungeliebten Papierkrams gestört zu werden. Aber der Besucher war angekündigt worden und er hatte eigentlich selber um den Besuch gebeten. Der Mann kam herein, schloss die Tür hinter sich, ging auf McCallon zu, der sich hinter dem Schreibtisch aus seinem Sessel erhoben hatte, und schüttelte ihm die Hand. Ein kräftiger, warmer Händedruck.

»Ich bin Major Burns, US Army Corps of Engineers.«

»Schön Sie kennen zu lernen, Major. Ich bin John McCallon, der Heimleiter.« Er betrachtete den Offizier. Tatsächlich so um die dreißig. Gut passender, teuerer und konservativer blauer Anzug, weißes Hemd, einfarbige, hellblaue Krawatte, auf Hochglanz polierte schwarzer Schuhe. Kurz geschnittenes, links gescheiteltes Haar, leicht gebräuntes Gesicht. Wäre er am Sonntagmorgen vor seiner Türe gestanden, hätte er ihn für einen Mormonen auf seiner Missionstour gehalten.

»Bitte nehmen Sie Platz, Major.« Er deutete auf den Stuhl vor seinem Schreibtisch. Der Major nahm Platz und legte einen dünnen, braunen Schnellhefter vor sich auf dem Tisch. Dann reichte er McCallon eine schlichte weiße Visitenkarte.

Dr. Thornton Burns
Major

US Army Corps of Engineers

Offuttt AFB, NE 68113

»Danke, Major. Oder Dr. Burns?« McCallon schaute den Offizier fragend an. Er legte die Visitenkarte vor sich auf den Tisch.

»Major ist O.K. Als ehemaliger Master Sergeant sind Sie ja mit den Dienstgraden vertraut.« Burns lächelt ihn an.

Jetzt hat er mir durch die Blume gesagt, dass er über mich Erkundigungen eingezogen hat, dachte sich McCallon.

»Stimmt«, antwortete er laut und lachte. »Aber die Anrede ‚Sir' ist für Sie gestrichen. Mit ‚Sir' rede ich nur den Vorsitzenden der St.-Patrick's-Stiftung an. Der zahlt nämlich mein Gehalt. Und um dieses muss ich jedes Jahr kämpfen.«

Es herrschte einen Moment Stille.

»Einen Major mit Doktortitel habe ich noch nicht oft getroffen. Sind Sie Arzt?«

Major Burns überlegte einen Augenblick, als wolle er sich darüber klar werden, ob er die Frage beantworten sollte.

»Nein, ich bin kein Arzt. Ich bin Physiker.«

»Physiker? Die Army nimmt Physiker mit einem Doktortitel und macht sie zum Major, mit Verlaub gesagt, zu einem ziemlich jungen Major?«

»Tut sie, Mr. McCallon. Das tut sie. Im MIT rennen ein paar Typen rum, die weniger studieren und mehr nach Nachwuchs für diverse Regierungsdienste schauen. Und so einer hat mich zur Army gebracht.«

»Und dann geht ein promovierter Physiker zur Army? In der Wirtschaft würde er doch viel mehr verdienen.«

»Promoviert habe ich als Offizier an der AMU. In zwei Jahren war das geschafft und mit dreißig bekam ich den Major.« Er sah den Heimleiter an, der mit einem Lineal spielte. »Und bald werde ich Lieutenant Colonel. Nicht schlecht mit vierunddreißig. Oder?«

»Stimmt«, meinte McCallon. »Für meinen Master Sergeant habe ich fünfzehn Jahre gebraucht.«

»Kommen wir nun zur Sache«, meinte Burns nach ein paar Sekunden. »Was wissen Sie über Captain Pensson?« Er öffnete den braunen Schnellhefter, warf einen Blick hinein und schaute McCallon wartend an. Dieser blätterte seinerseits in einem Aktenordner, der bereits auf dem Tisch gelegen hatte. Aber er kannte die Daten auswendig.

»Captain Jonas Pensson, Jahrgang 1946, kam vor drei Jahren zu uns ins Heim. Er litt an den Folgen der schweren Rückenverletzung, einer Verwundung aus dem Golfkrieg, und musste die meiste Zeit im Rollstuhl sitzen.« McCallon bemerkte, wie Burns wohl die Angaben mit denen in seinem Schnellhefter verglich.

»Er war mit seinem Jeep auf eine AF-Mine gefahren. Ausgerechnet in dem Bereich, den sein Bataillon geräumt und für sicher erklärt hatte.«

»Das kommt vor«, fügte Burns hinzu. »Diese Minen sind sehr schwer zu entdecken und extrem schwierig zu räumen.«

»Habe schon selber damit zu tun gehabt«, fuhr McCallon fort. »Und genau eine dieser Minen erwischte ihn. Der Captain hat mir mal, als er nachts wieder nicht schlafen konnte und ich noch im Büro war, von der Geschichte erzählt.«

»Was war mit den anderen?«

»Der Fahrer und der Beifahrer, ein junger Lieutenant, waren sofort tot. Der Sergeant links neben Captain Pensson starb drei Stunden später, nur er selber überlebte.«

»Und wie kam er in ihr Heim?«

»Nun, unsere Bewohner sind ausschließlich Damen und Herren, die in der Army gedient oder im öffentlichen Dienst gearbeitet haben. Die Verwandten fragen bei uns an und wir nehmen sie gerne auf, denn die Versicherungen zahlen gut und vor allem pünktlich.«

»Sind viele Bewohner stark behindert?«, wollte Burns wissen.

»Wir haben alle möglichen Fälle hier. Einen 86-jähringen Ex-Marines Colonel, der noch jeden Tag zweimal fünf Meilen marschiert.«

»Und das bei Wind und Wetter«, unterbrach ihn der Major. »Typisch Marines.«

McCallon grinste. »Wirklich typisch. Aber der alte Herr ist richtig fit. Aber dann haben wir eine 47-jährige Offizierin, eine CW4, die im Golfkrieg einen Hubschrauber flog, und als sie notlanden musste, schnappten sie die Scheiß-Araber. Sie vergewaltigten sie zwei Tage, bis unsere Marines sie befreiten. Nach sechs Monaten Hospital kam sie zu uns. Sie spricht nicht, starrt nur aus dem Fenster und muss gewaschen werden.«

»Sie meinen Erica Mandill? Die ist bei Ihnen?«

»Kennen Sie den Fall?«

»Sie war eine Zeitlang auf der Offutt Airbase stationiert gewesen. Die Hubschrauber ihrer Einheit haben dort Nachtflugübungen gemacht. Ein Bild von ihr hängt in der Offiziersmesse.«

McCallon lehnte sich in seinem Sessel zurück. »Die Marines erwischten die Schweine alle. Keiner hat überlebt. Aber kommen wir zum Thema.«

»Kommen wir zu Captain Pensson. Was haben Sie für uns?« McCallon stand auf und ging zu dem nüchternen braunen Wandschrank, der links von der Eingangstür stand. Er öffnete eine der beiden Schranktüren, hinter der ein gut ein Meter hoher Tresor stand, steckte einen Schlüssel, den er aus der Hosentasche holte, in das Schloss und tippte eine längere Zahl in ein Tastenfeld ein. Die Tresortür schwang auf. McCallon entnahm dem Tresor einen ganz normalen Aktenordner, verschloss den Tresor wieder sorgfältig, ging zurück hinter seinen Schreibtisch, legte den Aktenordner auf den Tisch und setzte sich.

»Schauen Sie sich das mal an.« Er reichte seinem Gegenüber den Aktenordner. Dieser öffnete ihn und stutzte kurz. Rasch blätterte er die ersten Seiten durch.

»Jede Seite ist mit TOPSECRET gekennzeichnet. Das hätte eine Dienststelle der Army nie verlassen dürfen!«

»Ich weiß«, erwiderte McCallon. »Darum schrieb ich den Brief an Ihren Colonel. Lesen Sie mal den Titel der Arbeit. Pensson schrieb übrigens bis zwei Tage vor seinem Tode jeden Tag auf seiner alten elektrischen Schreibmaschine. Die Unterlagen heftete er abends in den Aktenordner ein. Ich fand den in seinem Schrank.«

Major Burns öffnete den Aktenordner. Auf der ersten Seite war nur ein Satz vermerkt:

Diese Ausarbeitungen sind nach meinem Tode unverzüglich dem US Army Corps of Engineers auf der Offutt AFB, Nebraska zu übergeben.

»Sie haben uns noch am Tages seines Todes informiert, Mr. McCallon«, meinte Major Burns. »Ich soll Ihnen Grüße von Colonel Hitchman ausrichten und Ihnen danken. Colonel Hitchman und Pensson kannten sich gut.«

»Auch das weiß ich.«

Burns schaute wieder in den Ordner und blätterte um. Es handelte sich um ganz normales weißes Papier wie man es für jeden Fotokopierer nutzen konnte. Auf der zweiten Seite stand der Titel der Arbeit:

Captain Jonas Pensson, US Army Corps of Engineers
Konstruktionsbeschreibung zum Bau einer Maschine zur kurzzeitigen Zerlegung von belebter und unbelebter Materie in ihre Molekularstruktur und einer verlustfreien Wiederzusammenfügung unter besonderer Berücksichtigung einer zeitversetzten Ortsveränderung.

Major Burns las den Titel noch einmal. Er blickte den Heimleiter an und fragte: »Wissen Sie, was das bedeutet?«

»Ich habe als Junge das Buch von H. G. Wells ‚Die Zeitmaschine' gelesen. Ich denke, das hier geht in diese Richtung. Habe auch weiter geblättert, aber nichts verstanden.«

Er lehnte sich vor und stützte seine gekreuzten Unterarme auf dem Schreibtisch ab.

»Sie können sicher mehr damit anfangen!«

Major Burns bemerkte jetzt, dass die linke Hand des ehemaligen Master Sergeants angefangen hatte, stark zu zittern. McCallon schaute ihm fragend in die Augen.

»In einem halben Jahr werde ich oben in einem der Zimmer im Rollstuhl sitzen und noch ein halbes Jahr später bin ich tot. Erstickt.«

»Sie machen Witze!«

»Nein Major. Irgendeine Nervenkrankheit. Hab' wohl in Vietnam als junger Sergeant zu viel von dem Mist eingeatmet, den unsere Jungs aus den Flugzeugen versprüht haben. Unser Doc kennt das Krankheitsbild.«

Burns war sichtlich geschockt. »Mittlerweile muss es doch ärztliche Hilfe geben.«

McCallon schüttelte seinen Kopf. »Gibt's nicht. Man hat den Verlauf aber gut erforscht. Vom ersten Zittern bis zum Tod vergeht in der Regel ein Jahr. Zwei Monate sind bei mir rum.«

Der Major schloss den Aktenordner und blieb gut eine Minute stumm. Er schüttelte den Kopf.

»Wenn mir das geschehen würde, nähme ich die 45-er.«

Er stand auf und verbeugte sich kurz. Dann streckte er McCallon seine Rechte hin zu einem trockenen, kräftigen Händedruck. Beide Männer drückten sich die Hände, fester als es eigentlich notwendig gewesen wäre.

»Sie waren lange genug Soldat, Sarge. Sie werden es durchstehen.«

»Werde ich, Major, werde ich. Zwölf Monate im Dschungel von ‚Nam' habe ich auch durchgestanden«, antwortete ihm McCallon.

»Ich muss zurück, muss mich abends noch beim Colonel melden. Machen Sie es gut.«

Er grüßte trotz seiner zivilen Kleidung militärisch, drehte sich um und ging hinaus.

McCallon lehnte sich in seinen Sessel zurück und schaukelt leicht hin und her. Er hörte die Eingangstür zufallen, die Autotür öffnete und schloss sich, der Fahrer stieg wieder ein und fuhr los. Das Knirschen der Räder wurde leiser, dann bog der Wagen wohl auf die Hauptstraße ab.

Es war wieder ruhig im Heim. Soweit es in einem Altenheim ruhig sein kann. Irgendwo ging eine Toilettenspülung, einer der Bewohner hatte das Fernsehgerät zu laut aufgedreht, der Aufzug bewegte sich rumpelnd abwärts und auf dem Gang oben waren Schritte zu hören. Gut zehn Minuten saß McCallon in seinem Sessel hinter dem Schreibtisch und blickte auf das Kreuz, das über der Tür hing. McCallon erinnerte sich genau an die Zeremonie: »Gott segne dieses Haus und alle, die darin leben und arbeiten.« Pater Andretto versprühte mindestens einen halben Liter Weihwasser in seinem Büro, kassierte eine Zwanzig-Dollar-Spende von ihm und verschwand danach. Das war nun fünf Jahre her.

»Fuck!«, fluchte McCallon laut. »Der Major hat Recht.«

Er stand auf, öffnete den Tresor und nahm seine alte .45 ACP raus. Er ließ die Tresortür geöffnet und ging zurück zu seinem Sessel. Er drehte ihn zum Fenster um und schaute hinaus. Es war ein ruhiger, schöner Tag im Frühherbst. Die ersten Blätter waren bunt gefärbt und ein Windstoß ließ sie von den Bäumen segeln. McCallon betrachtete seine Waffe. Es war eine typische Armeewaffe, eine Colt M 1911, aber mit verlängertem Magazin, sodass sich die Kapazität auf neun plus einen Schuss erhöhte. Relativ grobes Finish, deutliche äußere Gebrauchsspuren, aber innen tadellos in Ordnung, mit einem passgenauen, innen hoch glänzenden Lauf und wenig Spiel zwischen Schlitten und Griffstück. Die Waffe war erstklassig gepflegt und mit einem Hauch Öl überzogen.

»Hallo alte Lady«, murmelte er.

Er dachte an First Lieutenant Rodriguez, der ihm diese Waffe bei seinem Abschied geschenkt hatte. Die Szene erschien so vor seinen Augen, als wäre es erst gestern gewesen und nicht vor fünfundzwanzig Jahren.

Rodriguez warf damals seine Sachen in den Hubschrauber, setzte sich auf den Kabinenrand und zündete sich eine Zigarette an.

»Nimm dir auch eine, John.« Er warf Staff Sergeant McCallon die Schachtel zu.

»Danke, Mann.«

»Ich habe noch etwas für dich.« Er öffnete sein Regencape und zog seine M 1911 raus.

»Du bist der Platoon-Sergeant und darfst sie tragen.« Rodriguez zog die Pistolentasche vom Gürtel und nahm aus seinem Seesack eine Schachtel .45-er Munition und eine zweites Magazin, das längere für zwei zusätzliche Patronen.

»Du kannst sie sicher noch brauchen. Und den Schreibtischhengsten in Da Nang erzähle ich, ich hätte sie im letzten Gefecht bei ‚Hill 344' verloren.«

»Danke, Lieutenant, Sir!« Er salutierte korrekt.

Mit einem Grinsen grüßte Rodriguez übertrieben zurück. »Halte deine Eier trocken!«

»Du auch! Komm gut zurück nach Florida.«

»In zweiundsiebzig Stunden denke ich an dich, John. Dann liege ich am Strand und halte zwei Kubanerinnen im Arm.«

Der Hubschrauber hob ab.

Zwei Stunden später waren Rodriguez und die zehn anderen an Bord tot. Im Anflug auf Da Nang hatte sie „Charlie" mit einer der neuen Flugabwehrraketen runtergeholt. Alle verbrannten bis zur Unkenntlichkeit, sogar die Hundemarken schmolzen. Man verteilte einfach irgendwelche menschlichen Reste auf elf Blechkisten und schickte diese, verlötet und mit einer amerikanischen Flagge bedeckt, nach Hause. Staff Sergeant McCallon hatte zehn Monate hinter sich und noch zwei vor sich. Zwei fucking lange Monate. Vor zehn Monaten war er als 20-jähriges Bübchen hier angekommen, ganz stolz auf seine neuen Corporal-Streifen. Drei Tage später machte er sich zum ersten Mal seit seiner Kindheit wieder in die Hose, als ihn der Vietcong drei Stunden lang mit Mörsergranaten bepflasterte und beide Soldaten, die mit ihm im Graben hockten, tötete. Er bekam zwei Splitter in den Oberschenkel, schiss sich die Hose voll und schoss dann seine Waffe so heiß, dass sie Ladehemmung bekam. Fluchend nahm er die Waffen seiner toten Kameraden, schoss auch deren Magazine leer und töte einige der kleinen, grünen Männer mit den flachen Helmen.

»Gut gemacht«, lobte ihn der Platoon-Sergeant, »und gut geschossen.«

Alle schauten auf seine Hose und lachten, denn ihm kam die eigene Brühe aus den Stiefeln heraus. Drei Monate später beförderte man ihn zum Sergeant und er wurde der Stellvertreter des Zugführers. Er bekam den Bronze Star, zwei ehrenhafte Erwähnungen und zehn Tage Urlaub in Thailand. Dort holte er sich einen ausgewachsenen Tripper.

Gut zwei Monate später schickte man den Platoon-Sergeant nach Hause. In einem zugelöteten Blechsarg, bedeckt mit einer amerikanischen Flagge. Reine Routine. Ein Colonel beförderte McCallon zum Staff Sergeant, ernannte ihn zum Stellvertreter des jungen Lieutenants, eines völlig überforderten Jungen aus Miami, und schickte ihn mit seinen Leuten zurück in den Dschungel.

McCallon versuchte sich an seine Leute zu erinnern: Bride, Berger, Greenzweig und der schwule (... wie hieß er noch mal?) Fitzgerald starben beim Angriff auf Bô Pa, Kamynski fiel in eine Grube. Die Bambusspitzen waren mit Scheißpe bestrichen und würden ihn töten – so oder so. Weitere Namen fielen ihm ein: Captain Sommersault stürzte mit der Bell ab, Synert, Thollerten, John Running Horse. Und Private Meyers spritze sich zu viel Scheiß in seine Venen...

Ihm liefen die Tränen die Wangen runter, aber er wischte sie nicht weg.

»Alte Lady«, sagte er wieder, lud sie durch, steckte den Lauf in den Mund. Mal gut, dass die Rechte ihm noch gehorchte.

Der Schuss klang in dem Raum wie eine Explosion. In ihrem Zimmer schrie Erica Mandill gellend auf und keiner vermochte sie zu beruhigen. Sie kreischte bis ihre Stimme versagte.

Das Pensson-Dossier

Es klopfte an der Tür von Colonel R. Hitchman III. Der blickte von den „Stars and Stripes“, seiner bevorzugten Morgenlektüre, auf. »Kommen Sie herein, Burns.«

Das Büro von war ein mit typischen Army-Möbeln ausgestatteter kleiner Raum, nicht mehr als vielleicht sechzehn oder achtzehn Quadratmeter groß. Zwei doppeltürige, graue Blechschränke standen zur Rechten, ein kleiner brauner Tisch mit zwei Sesseln links. Auf dem runden Tisch steckten in einem Ständer drei Flaggen, jede ungefähr fünfunddreißig Zentimeter hoch. In der Mitte der Stars and Stripes, links die blaue Nebraska State Flag mit dem runden, gelben Emblem in der Mitte und rechts die rote Flagge des US Army Corps of Engineers mit dem Adler im Zentrum und dem gelben Band darunter. Gegenüber der Tür stand schräg zum Fenster der Schreibtisch des Colonels. Das Möbelstück war ein braunes Army-Modell, das schon viel bessere Tage gesehen hatte.

Colonel Hitchman war ein großer, kräftiger Offizier mit Übergewicht. »Das macht nur der beschissene Bürojob«, pflegte er immer zu sagen. »Als ich noch mit Staudämmen und Brücken beschäftigt war, sind das alles Muskeln gewesen.«

Dabei schaute er in der Regel an sich runter und dann seinem Gegenüber direkt ins Gesicht. Wehe, dieser ließ sich etwas anmerken oder äußerte sich gar dazu! Ein »Ja, Sir!«, war das Einzige, was er akzeptierte. Seine Frau passt zu ihm wie ein Schlüssel zum Schloss. In einer Wagner-Oper wäre sie als Walküre die ideale Besetzung gewesen.

Einer der Standardwitze unter den Engineers lautete folgendermaßen:

»Was meinst du, was die für klasse Titten vor sich herschob, als sie auch noch mit Staudämmen und Brücken zu tun hatte...« Weiter kam in der Regel keiner, wenn unter den jungen Offizieren zu fortgeschrittener Stunde an der Bar dieser Spruch die Runde machte. Ein First Lieutenant wäre dabei beim Lachen beinahe erstickt. Das fünfte Bier, eine Hand voll Erdnüsse im Mund und der Spruch passten einfach nicht zusammen. Zumindest nicht gleichzeitig.

»Ich habe den Ordner durchgearbeitet, Sir.«

»Und?« Hitchman trank einen Schluck Kaffee aus seiner überdimensionierten Tasse.

»Wollen Sie auch einen Kaffee, Major?«

»Nein danke, Sir. Ich habe in den letzten drei Tagen nur von Kaffee gelebt. War eine wirklich anspruchsvolle Sache, die Pensson in den letzten fünf Jahren schrieb. Hätte einen dieser neuen Pentium-II-Rechner brauchen können, die jetzt auf dem Markt sind.«

»Der Kongress würde jetzt sagen ‚Wozu brauchen Sie einen Pentium-II, wenn Sie noch nicht einmal einen Pentium-I haben?', Burns«, lästerte der Colonel.

Burns verdrehte die Augen. »Man sollte fast meinen, die sind zum Stricken im Capitol zusammengekommen und nicht zum Denken.«

Hitchman lachte laut. »Guter Spruch! Was ist jetzt mit der Maschine?«

Major Burns wurde auf einmal ganz ernst. Er nahm wieder Haltung an.

»Sir, wenn Sie mich fragen, die Maschine funktioniert. Man muss sie nur bauen, Sir.«

Colonel Hitchman sah seinen Stellvertreter durchdringend an, aber der hielt seinem Blick stand.

»Wenn Sie mich auf den Arm nehmen wollen, degradiere ich Sie zum Private, Major, und Sie schälen Kartoffeln in der Küche.« Er wartete einen Augenblick.

»Setzen Sie sich!« Er deutete auf einen der beiden Sessel an dem kleinen Tisch. Major Burns setzte sich. Hitchman nahm seine Tasse, füllte sie an der Kaffeemaschine auf und nahm auf dem anderen Sessel Platz. Der ächzte hörbar unter der Masse des Colonels, hielt sein Gewicht aber aus. »Dann schießen Sie mal los, Major Burns«, meinte er interessiert und nahm einen Schluck Kaffee. Es sollte nicht der letzte an diesem Tag sein.

Am nächsten Morgen bestieg Colonel Hitchman eine Militärmaschine nach Denver und nahm von dort aus einen Linienflug nach Washington. Am späten Nachmittag war er im Pentagon. Er erzählte einem Vier-Sterne-General, einem hohen Beamten des Weißen Hauses und einem Zivilisten im dunkelgrauen Anzug – CIA nahm er an – das Gleiche, was ihm Major Burns erzählt hatte. Man erteilte ihm seine Befehle und er war zwei Tage später wieder in seinem Büro.

»Corporal, holen Sie sofort Major Burns von zu Hause ab! Er weiß, dass Sie kommen.«

»Ja, Sir!« Der Corporal war sauer, weil ihn ein MP am Samstagmorgen aus seinen Bett geholt hatte. Er war frisch verheiratet und das Pärchen war gerade dabei gewesen, sich gegenseitig aufzuwecken.

»Und schlafen Sie nicht ein, sonst schieben Sie am nächsten Wochenende Wache. Haben Sie mich verstanden?«

»Ja, Sir!« Der Corporal salutierte und zischte ab wie eine Rakete.

Rekord verdächtige fünfundzwanzig Minuten später klopfte der Major an die Tür, wartete aber das Herein gar nicht erst ab.

»Wie war es in Washington, Sir?« Er setzte sich unaufgefordert in den Sessel.

Der Colonel bemerkte das und runzelte seine Stirn.

»Nächstens warten Sie ab, bis Sie die Aufforderung zum Hinsetzen bekommen!«

Burns wurde leicht rot.

»Sorry, Sir«, meinte er. »Ich bin auf Samstag eingestellt.«

Colonel Hitchman sah mürrisch aus. Seine Hose trug deutliche Spuren des langen Fluges und richtig ausgeschlafen wirkte er auch nicht aus. Er goss sich seinen zweiten Kaffee ein.

»Die schwarze Brühe bringt mich noch um!«

Er wandte sich an den Major, starrte ihn einen Moment an und setzte sich ihm gegenüber. »Washington ist Washington. Ein

Haufen Hohlköpfe, gelackte Affen und viele Sterne.« Mit dem nächsten Schluck leerte er die Tasse fast zur Hälfte.

»Kurz und bündig. Die Befehle sind klar und eindeutig. Das Pensson-Dossier, so heißt es offiziell, kommt ins Archiv. Geheimhaltungsstufe TOPSECRET, Farbcode LILA. Zugang zum Dossier haben nur der Archivar und wir beiden. Ansonsten ist immer ein schriftlicher Befehl des Pentagons notwendig, wobei auf jeden Fall einer von uns beiden anwesend sein muss. Verstanden, Major?«

»Lila? Hatten wir ja noch nie! Ich hätte gerne noch daran gearbeitet, aber Befehl ist Befehl. Jawohl, Sir!«

Burns wollte aufstehen.

»Noch zwei Sachen, Lieutenant Colonel.«

Burns stutzte. »Soll das heißen ...?«

»Ja, das soll es. Glückwunsch zu Ihrer Beförderung! Machen wir es informell.«

Er schüttelte ihm im Sitzen über den Tisch hinweg die Hand, knöpfte seine Brusttasche auf und nahm ein kleines, flaches Etui heraus. Burns kannte diese flachen Schachteln. Darin befanden sich seine neuen Dienstgradabzeichen.

»Danke, Sir. Kommen Sie nach dem Mittagessen mit auf einen Drink ins Kasino?«

»Gerne, Lieutenant Colonel. Meinetwegen auch auf zwei.«

Hitchman trank seine Tasse leer.

»Zur zweiten Sache. Wie macht sich Sergeant Windham?«

»Ausgesprochen gut, Sir. Der Sergeant ist ein echter Glücksfall für uns. Bei seiner Ausbildung und seinen Fähigkeiten müsste er eigentlich Warrant Offizier werden. Er ist eine wandelnde Registratur.«

»Über einen WO-Lehrgang für ihn können wir im Januar nachdenken, wenn die neuen Lehrgangslisten kommen. Sie dürfen den Sergeant am Montag zum Staff Sergeant befördern. Die Unterlagen können Sie gegen 0900 beim Master Sergeant abholen.« Er sprach das 0900 militärisch als null–neunhundert aus.

»Tue ich gerne, Sir. Hat er verdient.«

»Übrigens«, fragte Hitchman. »Wo ist die Akte?«

»Im Vorzimmer im Tresor. Ihr Lieutenant hat sie vorgestern gegen Quittung von mir erhalten und eingeschlossen. Den Schlüssel habe ich – wie immer am Wochenende.«

»Ich will sie sehen!«, befahl der Colonel.

Burns öffnete den Tresor und sein Vorgesetzter überprüfte die Akte, die mittlerweile mit „Pensson-Dossier“ in dicken lilafarbenen Buchstaben und mit TOPSECRET auf dem Rücken des Aktenordners versehen war. Eine neue erste Seite war eingefügt worden, ein Formular, in das sich jeder, der diese Akte in die Hand nahm, mit Datum, Namen, Dienstgrad und Unterschrift einzutragen hatte. Hitchman war der Erste, der dies tat. Dann kam die Akte wieder in den Tresor, Burns schloss ab und steckte den Schlüssel ein. Der Colonel zog einige Formulare aus einer Schublade.

»Das müssen wir noch erledigen – wie üblich.«

Nach dem Papierkram, den ein Farbcode LILA verursachte, gingen beide zum Essen und dann an die Bar des Kasinos. Es blieb nicht bei zwei Drinks.

Das Archiv

Kaum jemand außerhalb der Offutt AFB weiß, dass dort auch eine kleine Einheit des US Army Corps of Engineers stationiert ist. Auch die Soldaten der Air Force wissen in der Regel nichts davon. Es laufen ständig eine Menge Soldaten der Army auf der Airbase umher und für die Jungs in den blauen Uniformen sind die alle nur „Grasshoppers". Selbst auf der Homepage der 55th Wing findet man keinen Hinweis auf das Archiv, welches die Engineers dort unterhalten. Es befindet sich in einem kleinen, weißen, sehr unauffälligen Gebäude im hinteren nordwestlichen Teil der Airbase. In dem Gebäude sind die Dienstzimmer von Colonel Hitchman und Lieutenant Colonel Burns, ein Büro für drei weitere Offiziere, ein Staff Room, in dem Master Sergeant Berryl mit einem weiteren Sergeant und zwei Corporals sitzt, zwei Schulungsräume, ein Aufenthaltsraum für Fahrer und Gäste und die üblichen Sanitäreinrichtungen. Zwei weitere Räume sind möbliert, werden aber nur bei Bedarf genutzt.

Die massive, weiß lackierte Eingangstür ist immer verschlossen und es bedarf eines achtstelligen Codes, der über ein Tastenfeld eingegeben wird, um in das Gebäude zu gelangen. Den Zahlencode kennen nur die Offiziere der Einheit, der Master Sergeant und Sergeant Windham. Jeder, der das Gebäude betreten will, wird von einer Kamera aufgenommen, muss einen Klingelknopf drücken und dem MSG im Staff Room über die Gegensprechanlage Rang, Namen und Zweck seines Besuchs nennen. Auch höhere Offiziere, selbst Generäle, die nicht zu dieser Einheit gehören, haben sich dieser Prozedur zu unterziehen. Jedes Öffnen der Eingangstür, sei es beim Betreten oder Verlassen des Gebäudes, wird auf mindestens drei Monitoren verfolgt und auf Video aufgezeichnet. Die Tapes von je hundert Stunden Laufzeit müssen sechs Monate aufbewahrt werden. Alle Fenster sind vergittert und mit Alarmanlagen versehen. Für Außenstehende ein unverständlicher Aufwand für ein Archiv. Draußen vor dem Gebäude weht tagsüber, wie vor jeder Einheit der amerikanischen Streitkräfte, der Stars and Stripes. Neben dem Flaggenmast ist eine Tafel an zwei Pfosten angebracht, auf der lediglich Bldg # 412 steht. Ein weiterer Hinweis auf die Einheit in diesem Gebäude fehlt. Vor dem Gebäude sind drei Parkplätze ausgewiesen, je einer für die Privatautos von Hitchman und Burns, sowie ein dritter für die Fahrbereitschaft. Dort steht in der Regel der blaue Dodge Stratus, mit dem Burns zum St. Patrick Retirement Home gefahren war. Als Fahrer ist immer einer der beiden Corporals aus dem Staff Room eingeteilt.

Um zum Archiv zu gelangen, geht man durch die Glastür der kleinen Eingangshalle, die sich nur öffnen lässt, wenn die Eingangstür geschlossen ist. Man biegt dann rechts ab und folgt dem Gang bis zum Ende. Dabei passiert man den Staff Room und jeder, der nicht zur Unit gehört, muss sich beim MSG oder seinem Stellvertreter noch einmal gesondert anmelden. Der Zugang zum eigentlichen Archiv erfolgt über einen Aufzug am Ende des Gangs, den nur drei Personen betätigen können und dürfen: COL Hitchman, LTC Burns und SGT Windham, der Archivar. Dazu sind ein Sicherheitsschlüssel notwendig, sowie eine achtstellige Tastenkombination. An diesem Tag lautet sie 42WEEK01, also der erste Tag der zweiundvierzigsten Woche. Ein sehr einfacher Code, dessen Zustandekommen aber nur den drei Berechtigten bekannt ist. In Verbindung mit dem Schlüssel ist so der Zugang zum Archiv perfekt abgesichert.

Das eigentliche Archiv befindet sich fünf Stockwerke unter dem Gebäude in einem atomsicheren Bunker. Die Räumlichkeiten sind viel größer als die Grundfläche des darüber liegenden Gebäudes vermuten lässt. Sie sind ein Teil der Bunkersysteme tief unter der Airbase, von diesen aber durch drei druck- und strahlungssichere Schotts getrennt. Die Zu- und Abluftrohre für die Belüftung ragen hinter dem Gebäude in einem kleinen Wäldchen aus dem Boden.

Wenn man mit dem Aufzug hinunterfährt, betritt man das Archiv durch einen Vorraum, aus dem man durch Glasfenster die langen Reihen von gut gefüllten Bücherregalen sieht. Im Archiv, rechts neben dem Zugang, sind zwei Monitore angebracht, die den oberen Bereich vor dem Aufzug und die Aufzugkabine innen zeigen. So können der Archivar und seine beiden Mitarbeiter immer sehen, wer zu ihnen runter kommt und was die Person im Aufzug macht. Die meisten, die alleine zum ersten Mal diesen Aufzug betreten, bohren während der Fahrt in der Nase.

Links neben dem Aufzug führen zwei Türen jeweils in einen kleinen Raum, in dem zwei graue Army-Stühle und ein ebenfalls grauer Army-Schreibtisch stehen. Hier haben Besucher Gelegenheit, die gewünschten Unterlagen zu studieren und sich Notizen zu machen. In der Regel sind das angehende Offiziere oder Stabsoffiziere der Engineers, die sich auf ihre Laufbahnprüfungen vorbereiten und darum Pläne über durchgeführte Baumaßnahmen in militärischen und zivilen Bereichen des US Army Corps of Engineers auswerten. Gelegentlich kommen auch Historiker oder hohe Mitarbeiter der National Academy of Engineering, die sich Informationen für ihre Vorlesungen oder Veröffentlichungen besorgen.

Das Archiv beherbergt alle noch vorhandenen Unterlagen über Bauten, Straßen, Brücken etc., die seit Gründung des US Army Corps of Engineers von diesen erstellt, repariert oder verändert worden sind. Dazu kommen Kopien von Bauplänen aller amerikanischen Brücken, Straßen, Tunnels und sonstiger infrastruktureller Einrichtungen, die die USA besitzen. Auch Konstruktionsunterlagen aus beiden Weltkriegen und aus vielen Ländern, ob „Freund" oder „Feind", sind hier zu finden. Weiterhin finden sich Informationen über Sprengstoff, Bomben, Minen, Fahrzeuge, eben alles das, was an Technik für die amerikanischen Streitkräfte im In- und Ausland von Bedeutung sein könnte. Fast alle Unterlagen sind zusätzlich auf Mikrofilm aufgenommen und noch einmal in einem gesonderten Raum hinterlegt. Dieser ist brand- und explosionssicher von den anderen Räumen des Archivs getrennt.

In einem zweiten Raum, der nur für die beiden kommandierenden Offiziere und den Archivar zugänglich ist, befinden sich drei große Panzerschränke für Unterlagen mit TOPSECRET und Code LILA Klassifizierungen. Demnächst soll das ganze Archiv digitalisiert werden. Die Mitarbeiter warten aber noch auf ein Programm, welches die Mikrofilme automatisch in Dateien umwandelt. Die Computer sind bereits da, der Zugang zum Internet ist SGT Windham vorbehalten.

Frederic Windham

Begonnen, besser geendet hatte alles vor knapp fünf Jahren. Frederic saß in seiner Studentenbude auf dem Campus der University of Nebraska, Omaha (UNO) und las seine Diplomarbeit für den Degree in Master of Public Administration (MPA) zum letzten Mal durch. Am Nachmittag würde er die Arbeit zum Binden bringen und am Donnerstag abgeben. In zwei Wochen begann für ihn das letzte Semester. Nur noch zwei mündliche und eine schriftliche Prüfung in Bibliothekswesen und er würde seinen Abschluss haben.

Einen Fehler fand er noch auf der letzten Seite. Dort, wo er unterschreiben musste, hatte er „Unterschift" geschrieben. Er fuhr seinen 486-er Computer hoch, öffnete die Datei, verbesserte den Fehler und druckte die letzte Seite neu aus. Fertig! »Das wär's!«, sagte er halblaut zu sich selber. Er schaute noch einmal auf das Deckblatt:

University of Nebraska Omaha

Studiengang	MPA
Fachrichtung	*Bibliothekswesen*
Thema	*Möglichkeiten der Katalogisierung technischer Schriften nach Stichpunkten, insbesondere von Patentschriften in deutscher und niederländischer Sprache.*
Verfasser	*Frederic WINDHAM*

Seine Arbeit schob er in einen großen Umschlag und diese steckte er in seine College-Mappe. Draußen auf dem Flur klingelte das Telefon. Eine Tür öffnete sich und jemand nahm den Hörer ab. Er erkannte die Stimme von Cecilia, die genau gegenüber der kleinen Telefonbox ihr Zimmer hatte.

»Studentenheim St. Mary's, Gebäude B, dritter Stock«, meldete sie sich. Einen Moment Stille.

»Ja, ich glaube er ist da. Ich hole ihn. Einen Moment bitte.«

Sie klopfte an Frederics Tür.

»Komm rein, Cilly.«

Sie öffnete die Tür nur halb und schob ihren Wuschelkopf in den Raum.

»Telefon für dich, Ric. Ich glaube, es ist die Polizei aus Grant, Perkins County.«

Frederic wusste sofort, es musste etwas geschehen sein. Seine Großeltern wohnten in Grant, und seine Mutter hatte ihm in der Vorwoche geschrieben, dass sie und Vater ihre Eltern besuchen wollten.

»Danke!« Er rannte zum Telefon und nahm den Hörer auf, der auf dem Regal in der Box lag. »Frederic Windham.«

»Deputy Peter Richly, Perkins County Police«, meldete sich jemand am anderen Ende der Leitung. »Mr. Windham. Heißen Ihre Eltern Lesley und Ann-Caroll Windham?«

»Ja, Sir.« Frederic merkte, wie ihm der Schweiß ausbrach und seine Hände anfingen zu zittern.

»Sie sollten sofort herkommen«, fuhr der Polizist nach einer kurzen Pause fort. Frederic hörte, wie der Beamte deutlich tief aus- und einatmete.« Ihre Eltern hatten einen schweren Unfall. Kommen Sie möglichst noch heute!«

»Ja, ich komme.« Er legte auf, ohne nach weiteren Einzelheiten zu fragen. Eine Stunde später saß er in seinem alten Ford und war auf dem Weg nach Grant.

Frederic Windham traf nach einer Fahrt im Dauerregen völlig erschöpft im Krankenhaus des kleinen Ortes ein. Die Schwester an der Information schickte ihn zur Unfallstation.

»Gehen Sie links den Gang hinunter bis zu dem kleinen Warteraum. Ich glaube, es sind schon Verwandte von Ihnen da.«

Frederic traf seine weinenden, völlig verstörten Großeltern vor der grünen Pendeltür mit der Aufschrift „Emergency Room". Seine Großmutter umarmte ihn.

»Mein armer Junge«, schluchzte sie. »Mein armer Junge.«

Seine Eltern waren beide vor gut einer Stunde gestorben. Der große LKW hatte dem kleinen Toyota die Vorfahrt genommen und ihn völlig zerstört.

»Wir werden den LKW finden und der Schuldige kommt vor Gericht. Das verspreche ich Ihnen, Mr. Windham«, meinte der Polizist, der kurz nach Frederic erschienen war.

Weder der LKW noch der Fahrer wurden jemals gefunden. Nach einem Jahr schloss die Polizei die Akte. Die Vollkaskoversicherung überwies nach vierzehn Monaten eintausendsiebenhundertundfünfzig Dollar für den sechs Jahre alten Wagen.

Die Beerdigung erlebte Frederic wie in Trance. Später konnte er sich nur noch an den Gottesdienst erinnern. Er war froh, dass sein Großvater ihm alle Formalitäten abgenommen hatte. Zwei Tage nach der Trauerfeier verabschiedete er sich von seinen Großeltern, um die Angelegenheiten mit der Bank in seinem Heimatort zu regeln. Er sollte sie nie wieder sehen.

Der Bankdirektor hatte angerufen: »Frederic ... Ich darf doch noch Frederic zu dir sagen? Oder?«

»Klar, Mister Shultz! Schließlich kennen Sie mich seit meiner Geburt.«

»Wir müssen ein paar Formalitäten klären. Wie wäre es mit Donnerstag, so gegen zehn Uhr?«

Um Punkt zehn Uhr war Frederic in der Bank.

David D. Shultz strahlte über das ganze Gesicht, als er Frederic sah. Dann verdunkelte sich seine Miene.

»Mein herzliches Beileid, Junge. Deine armen Eltern! Hoffentlich erwischen sie den Schuft!«

Er stand auf und schüttelte dem jungen Mann die Hand.

»Setz dich doch!« Er wies auf den Stuhl vor seinem Schreibtisch und öffnete einen Aktenordner.

»Es gibt da ein Problem. Deine Eltern haben die Raten für das Haus nicht mehr gezahlt, als du mit dem Studium angefangen hast. Dann laufen da noch die Kredite für die Möbel und ...«

Er blätterte in dem Aktenordner.

»Auch der Wagen ist noch nicht ganz bezahlt. Offen sind noch die Beerdigungskosten, die fälligen Versicherungen für dich und so weiter.«

Er nahm seine Brille ab und schaute Frederic an. Der war sichtbar blass geworden.

»Was bedeutet das für mich?«, wollte der wissen.

»Nun, es sind rund fünfzigtausend Dollar zu zahlen. Und so wertvoll ist euer Haus auch nicht. Dein Dad hätte auf mich hören sollen. Ich hätte das Haus nicht gekauft.«

Frederic war entsetzt. »Was soll ich jetzt machen? Ich besitze nur achthundert Dollar.« Er fing an zu weinen.

»Ich helfe dir. Ich habe schon einen Käufer für das Haus«, tröstete ihn der Bankdirektor und tätschelte seine Hand.

»Mach dir mal keine Sorgen!«

Der Käufer war die Frau des Bankdirektors. Als alles abgerechnet war, alle Schulden, die Versicherungen und das Begräbnis bezahlt, als der Notar sein Geld bekommen hatte, holte die Möbelfirma noch alle Möbel ab.

»Kulanterweise verzichten wir auf den Rest des Geldes«, meinte der Möbelhändler. Schließlich waren bereits achtzig Prozent bezahlt und die Möbel waren noch fast neu.

Zum Schluss bekam Frederic einen Scheck über eintausendzweihundertundachtzig Dollar von einer Bankangestellten.

»Das ist der Überschuss«, meinte sie. »Die besten Grüße von Mr. Shultz. Er ist die nächsten Tage nicht da.«

Frederic verschenkte alles, außer seinen persönlichen Sachen und ein paar Bildern. Er exmatrikulierte sich an der Universität, die er sich nicht mehr leisten konnte.

Einen Tag später verpflichtete er sich für zwölf Jahre bei der Army.

Der Sonderraum

Wie jeden Montagmorgen erschien SGT Windham erst kurz vor neun Uhr in seiner Dienststelle. Er ging am Staff Room vorbei.

»Guten Morgen, Sarge«, sagte er freundlich zu MSG Berryl. »Ist dein Junge wieder gesund?«

»Alles klar, Ric. Ist wieder putzmunter. Aber du sollst sofort zu Burns kommen. Der will dich sprechen.«

Berryl wusste von der Beförderung, sagte aber nichts, denn SGT Windham sollte überrascht werden.

»O.K. Was will der denn?« Er drehte sich um und ging den Gang zurück zu den Räumen des Kommandeurs und seines Stellvertreters. Zwischen diesen lag das Büro eines jungen Lieutenants, der der persönliche Referent von Colonel Hitchman war. Der Posten wurde scherzhaft als „Dackel des Kommandeurs" bezeichnet und jeder der jungen Offiziere war froh, wenn ihm nach einem Jahr eine Aufgabe in der Truppe übertragen wurde.

SGT Windham salutierte. »Guten Morgen, Sir. Ich soll mich bei Major Burns melden.«

Der Second Lieutenant, er war gerade frisch von der Offiziersschule gekommen, schaute ihn an.

»Sie sollen sich bei Lieutenant Colonel Burns melden«, korrigierte er ihn. »Man hat ihn befördert. Gehen Sie rein, Sie werden erwartet.«

LTC Burns stand hinter seinem Schreibtisch. Windham meldete sich militärisch korrekt und Burns grüßte zurück.

»Sergeant Windham. Ich habe eine gute Nachricht für Sie. Nehmen Sie Haltung an!«

Windham stand still. Er konnte sich vorstellen, was kommen würde.

»Im Auftrag der US Army befördere ich Sie zum Staff Sergeant. Herzlichen Glückwunsch!«

»Danke, Sir. Darf ich Ihnen auch gratulieren, Sir?«

Burns lachte. »Danke, dürfen Sie, Staff Sergeant.«

Er überreichte ihm eine kleine Schachtel mit den neuen Dienstgradabzeichen. Beide schüttelten sich die Hand. Burns drehte sich um und nahm einen Aktenordner aus einem Fach seines Schreibtisches.

»Ich habe hier ein TOPSECRET Code LILA. Ich komme in gut einer halben Stunden runter, damit Sie die Akte übernehmen können.«

»Ja, Sir.« SSG Windham grüßte, machte eine zackige Kehrtwendung und war ein paar Minuten später unten im Archiv. Kurz darauf erschienen seine beiden Mitarbeiter, zwei Corporals. Sie gratulierten ihm und er versprach ihnen ein Bier. Beide mochten Windham.

Kurz vor zehn brachte der Fahrstuhl LTC Burns nach unten. Die beiden Corporals gingen weiter ihrer Arbeit nach. Im Archiv war das Militärische auf ein Minimum reduziert.

»Ich gehe mit dem Colonel in den Sicherheitsraum. Wenn ihr mich braucht, ruft ihr an.«

»O.K. Sarge«, meinte der Corporal, der gerade Akten einordnete. »Gratulation, Sir!«

»Danke, Corporal«, antwortete Burns.

Er verschwand mit Windham im hinteren Teil des Archivs, dort, wo sich die Sonderräume befanden.

Am Ende des langen Archivraums mit den Hunderten von Regalen befand sich eine Pendeltür, die den Zutritt in einen langen Gang öffnete. Der Boden war mit grauem Linoleum belegt, die Wände eintönig weiß gestrichen. An der Decke leuchteten in regelmäßigen Abständen Neonröhren, die ein kaltes, bläuliches Licht erzeugten und die beiden Männer grau und krank ausschauen ließen. Nach gut zwanzig Meter sah man links zwei Türen, die verschlossen waren, und von denen die erste in einen Sonderraum führte. Der Gang selber war rund einhundert Meter lang und endete vor einer grau gestrichenen ovalen Tür mit einer vierfachen Verriegelung. Sie war eines der drei Schotts, die diesen Bereich vom Rest der Air-Force-Bunker trennten. SSG Windham steckte einen Spezialschlüssel in das Sicherheitsschloss und öffnete die Türe. Er ließ den Colonel, der eine schwarze Aktentasche trug, vorgehen und schloss die Türe hinter sich, die mit einem satten Geräusch ins Schloss fiel. Es war kühl in dem Raum, und die Klimaanlage gab ein ewig summendes Geräusch von sich. Beide hörten es schon nicht mehr, denn sie hielten sich oft hier auf.

Burns drehte sich um, stellte die Aktentasche auf den Boden und nahm Windham in den Arm. Sie küssten sich.

»Ich habe dich vermisst, Ric.«

»Ich dich auch, Thornton.«

Beide waren seit über einem Jahr ein Paar, seit dem Tag, an dem sie sich zum ersten Mal gesehen hatten.

»Erinnerst du dich noch an unseren ersten Abend?«, fragte Burns.

»Sicher.« Sie küssten sich noch einmal. An diesen Tag erinnerten sich beide ganz genau.

Die Schießbahn lag in der prallen Sonne und die Soldaten schwitzten und hatten Durst. Es ging kein Wind, was gut für die Schießergebnisse, aber schlecht für die Männer war. Die Spätsommer im Mittleren Westen der USA waren oft heiß und immer staubig.

Die Rekruten lagen jeweils zu fünft nebeneinander auf Sisalmatten und zielten auf die verschiedenen Scheiben, die der Sergeant jeweils angab.

»Dreihundert Yards, Holzstoß. Feuer!« Fünf Schüsse krachten und die Scheiben wurden eingezogen. Das Telefon klingelte. SGT Windham nahm es ab und die Ergebnisse wurden ihm durchgesagt. Er trug sie in ein Formular ein.

»Bahn eins, Acht oben. Bahn zwei, Zwei rechts tief. Soldat, Sie müssen auf diese Entfernung auf Acht hoch halten, damit Sie die Zehn treffen. Haben Sie das verstanden?«, brüllte der Sergeant.

»Ja, Sarge, Sir!«, kam die klägliche Antwort. Rekrut Bernstein schloss jedes Mal die Augen, wenn er abdrückte. Der Knall war ihm zu laut.

Windham gab die weiteren Ergebnisse durch: »Bahn drei, Acht links. Bahn vier, Zehn. Gut gemacht, Soldat! Bahn fünf, Eins tief.«
Der Rekrut auf Bahn fünf stöhnte auf. Das bedeutete zehn Extra-

Schüsse und seine Schulter tat ihm jetzt schon weh. Windham hörte ein Militärfahrzeug kommen. Es war ein Hummer, registrierte er.

»Sarge, ein Major will dich sprechen«, rief der Corporal, der das Schießbuch führte.

Der Major kam auf Windham zu. Er schaute sich den Sergeant interessiert an. Groß und kräftig, dunkler Teint, schwarzes, glänzendes, leicht gewelltes Haar. Man sah ihm an, dass unter seinen Vorfahren Indianer gewesen waren.

Major Burns hatte die Akte von SGT Windham sorgfältig durchgelesen. Das war genau der Mann, den er suchte. Die Stelle des Archivars in Offutt war neu zu besetzen und nur einer erfüllte die Anforderungen in vollem Umfang: Der Sergeant mit dem fast abgeschlossenen Studium, den die Army hier als Rekrutenausbilder verschliss.

»Sergeant Windham, Sir!«, meldete er sich. »Was kann ich für Sie tun, Major?«

»Gehen wir ein Stück, Sergeant. Ich habe ein interessantes Angebot für Sie.«

Er informierte ihn über das Archiv, erklärte ihm die Aufgaben des Archivars und wies ihn darauf hin, dass er innerhalb von drei Jahren zweimal befördert werden würde, falls er sich bewährte.

Windham sagte sofort zu. Am ersten Oktober würde er sich auf der Offutt AFB im Büro von Colonel Hitchman melden.

»Man sieht sich«, sagte der Major völlig unmilitärisch.

»Auf Wiedersehen, Sir«, antwortete Windham korrekt und grüßte.

Die „Indian-Bar", etwa fünfundzwanzig Meilen südlich des Standorts, wurde nur von Männern besucht. Es war ein offenes Geheimnis, dass sich dort die Schwulenszene aus einem Radius von fünfzig Meilen amüsierte. Auch schwule Offiziere und Unteroffiziere trafen sich dort. Die Army wusste das, unternahm aber nichts, denn so hielt man „homosexuelle Probleme", wie man es im Army-Jargon nannte, aus den Kasernen heraus. Am Abend standen sich Windham und Burns plötzlich an der Bar gegenüber und schauten sich mehr verlegen als erschrocken an. In dieser Nacht wurden beide ein Liebespaar.

So hatte alles angefangen...

Burns und Windham lösten sich voneinander.

»Erst die Arbeit, dann das Vergnügen«, meinte der Colonel und gab seinem Freund einen Klaps auf das Hinterteil. Der grinste ihn an.

Windham entnahm den Aktenordner seiner Aktentasche, übergab ihn dem Archivar und ließ ihn das Empfangsformular unterschreiben. Dann sagte er den Satz, der beider Leben völlig und für immer verändern würde.

»Interessantes Dossier, Ric. Lies dir das mal durch.«

»Werde ich, Colonel. Aber jetzt haben wir noch ein paar Minuten für uns.«

Im Verlauf der Woche las Windham das „Pensson-Dossier“. Er verstand von einigen Teilen des Inhalts zu wenig, um sich ein Urteil über die Unterlagen erlauben zu können, aber er verstand, worum es in der Akte ging. Ein Captain Pensson hatte eine genaue Anleitung für den Bau einer Zeitmaschine erstellt, eine Maschine, mit der man lebende und tote Materie in eine definierbare Vergangenheit transportieren und wieder zurückbringen konnte. Jedenfalls behauptete er das.

Das Dossier umfasste mit Vorwort, der eigentlichen Konstruktionsbeschreibung, den technischen Zeichnungen und allen Anhängen knapp einhundert Seiten. Die letzten zehn Seiten bestanden aus Literatur- und Quellenangaben sowie Querverweisen. SSG Windham war mit vielen Namen in den Literaturangaben vertraut. Sie lasen sich wie ein „Who's who?“ der Nobelpreisträger: Albert Einstein, James Frank, Gustav Hertz, Eugene Pul Wigner, Norman F. Ramsey und Bert Sakmann. In seiner Prüfungsarbeit an der UNO waren auch Arbeiten dieser Wissenschaftler in einigen Seminaren Gegenstand der Katalogisierungsübungen gewesen.

Sehr häufig bezog sich Pensson auf die Arbeit eines Russen. Die Veröffentlichung mit dem Titel „Bewegungen im Fluss der Zeit“ von Prof. Dr. Dimitri Krasnakow war, soweit es Windham verstand, die theoretische Grundlage für die Konstruktionsbeschreibung. Der zentrale Teil der Ausarbeitungen bestand aus knapp fünfzig Doppelseiten. Auf der linken Seite befanden sich die Konstruktionsbeschreibungen, auf der rechten Seite die dazugehörigen technischen Zeichnungen. Windham war mit deren Inhalten überfordert, er verstand nur, dass man sehr viel Energie benötigte, um Zeitreisen in beiden Richtungen durchzuführen.

LTC Burns unterschrieb routinemäßig den Auftrag, einen Mikrofilm von diesem Dossier zu erstellen, und Burns führte diesen Auftrag aus. Akten mit dem Code LILA durften nur vom Archivar selber auf Mikrofilm übertragen werden. Windham ließ sich von einem seiner beiden Mitarbeiter einen unbelichteten Film aus dem Lagerraum holen. Kurze Zeit später noch einen, mit der Begründung, er habe den ersten beim Einlegen in die Maschine versehentlich belichtet. Er warf die Verpackung in den roten Abfallsack für klassifizierten Müll. Es war zwar selten, dass ein unbelichteter Film beschädigt wurde, aber es passierte. So kam keiner der Archivmitarbeiter auf die Idee, dass hier etwas Illegales vor sich ging. Burns fotografierte das „Pensson-Dossier" zweimal, katalogisierte und lagerte den einen Mikrofilm in das Filmarchiv, sperrte die Akte wieder in den Tresor ein und verschloss den Sonderraum. Den zweiten Film steckte er in seine Hosentasche und nahm ihn mit nach Hause.

In der Datei „Mikrofilme, TOPSECRET, Code LILA" speicherte er den neuen Film unter seiner Katalogisierungsnummer ab und trug einen weiteren Film aus dem Bestand mit dem Vermerk „Film defekt, versehentlich belichtet" aus. Der rote Abfallsack wurde mit der leeren Filmverpackung noch am gleichen Tag von einem Corporal des Archivs zum Verbrennen gebracht. Dabei begleiteten ihn, wie immer, zwei Militärpolizisten.

Somit hatte alles seine Richtigkeit: Das „Pensson-Dossier" befand sich ordnungsgemäß in seinem Schrank, wie befohlen war ein Mikrofilm erstellt und katalogisiert worden und die Anzahl der vorhandenen Filme stimmte mit der Sollliste überein. Als der Abfall im Verbrennungsofen verbrannte, wurde der mögliche Beweis für den Diebstahl von TOPSECRET Unterlagen vernichtet.

Für dieses Verbrechen waren Degradierung, mindestens zehn Jahre Gefängnis und unehrenhafte Entlassung aus der Army, verbunden mit dem Verlust der Pension, vorgesehen. Im Kriegsfall konnte darauf die Todesstrafe durch Erschießen stehen.

In den folgenden zwei Monaten analysierten Burns und Windham die Unterlagen. Burns erstellte eine Liste mit technischen Materialien, die man für den Bau benötigen würde, während Windham Unterlagen der Engineers durchschaute, die sich mit technischen Konstruktionen und Materialeigenschaften befassten. Was genau er zu suchen hatte, erfuhr er von seinem Liebhaber. Schließlich war er der Verwalter eines der besten technischen Archive der westlichen Welt. Er fand auch die Arbeit von Krasnakow, die sich die CIA Ende der siebziger Jahre für viel Geld über Afghanistan aus der UdSSR besorgt hatte.

»Wir bauen die Maschine«, meinte Burns, als sie an einem späten Samstagabend mal wieder mehrere Stunden über den Unterlagen gesessen hatten.

»Es gibt nur ein Problem«, ergänzte ihn Windham. »Wir benötigen knappe fünf Millionen. Hast du die auf deinem Konto?«

Mitte März reichten beide ihren Urlaub ein.

LTC Burns gab an, er würde auf die Bahamas zum Tauchen fliegen. SSG Windham erzählte im NCO-Club, sein Reiseziel sei Miami, wo er einen Cousin habe. Das waren Ausreden. Die beiden trafen sich in Key West, wo es eine sehr aktive Schwulengemeinde gibt.

In einem Motel für „alleinreisende Männer" lernten sie Gerhardt von Meckenheim kennen, den Besitzer von „Global Hunting International Ltd.", einem Veranstalter von exklusiven Jagdsafaris mit Geschäftsvertretungen in Moskau, Haifa, London, Berlin, San Francisco und dem Geschäftssitz auf den Bahamas.

Von Meckenheim wurde von einem jungen Deutschen begleitet, einem feminin wirkenden Blonden, der Detlef hieß und sein „Privatsekretär" war. Die vier Männer kamen am Pool ins Gespräch und verstanden sich auf Anhieb recht gut.

Gerhardt von Meckenheim

Seinen ersten Bären schoss Gerhardt mit zwölf Jahren. Sein Vater war Leitender Forstdirektor in rumänischen Diensten in Bistritz (Siebenbürgen) und ging regelmäßig im Bistritzgebirge auf die Jagd. Der Junge saß mit seinem Vater an einem Spätherbsttag auf einem Ansitz und wartete. Zu dieser Jahreszeit mussten Bären viel und kalorienreich essen, um den kommenden Winter zu überstehen. Ganz oben auf der Speisekarte standen süße Waldfrüchte, fette Mäuse und Honig. Einer Honigwabe widerstand zu dieser Zeit kein Bär und er roch sie schon aus großer Entfernung.

Von Meckenheim stieß seinen Sohn leicht an und legte sofort seinen Finger auf dessen Mund. Er zeigte nach vorne und wies auf den Bären, der aus dem Wald auf die Lichtung gekommen war, wie magisch angezogen vom Geruch des Honigs, den die beiden vor gut einer Stunde mitten auf die Lichtung gebracht hatten. Das alte Bärenmännchen überprüfte trotzdem erst einmal, ob ihm keine Gefahr drohte. Gefahr, das waren für ihn die Menschen mit ihren lauten Geräten. In seinem Hinterteil steckte seit Jahren ein Geschoss, ein kleinkalibriges nur, aber es störte und schmerzte, und unter seinem linken Ohr befand sich eine lange Narbe, wo ihn ein Schuss gestreift hatte.

Misstrauisch ging das Tier auf den Honig zu, sich nach allen Seiten absichernd. Gerhardt betrachtete den Bären aufmerksam. Das fahle, verwaschen wirkende Fell war zottig und sah aus, als wenn Motten darin hausen würden. Der Bär war mager für diese Jahreszeit und sah krank aus. Von Meckenheim kannte das alte Männchen und er wusste, das Tier würde den Winter nicht überstehen. So bekam sein Sohn die Chance, sein erstes großes Wild zu schießen. Gerhardt legte das Gewehr an und zielte sorgfältig. Er führte eine von deutschen Jägern relativ selten benutzt Waffe, eine so genannte „Schwedenmauser“ oder auch „Carl Gustav“ genannt, im Kaliber 6,5 x 55. Eingeführt hatte sie die schwedische Armee ab dem Jahre achtzehnhundertdreiundneunzig als Standardgewehr und man ließ davon mehrere zehntausend Stück herstellen. Die schwedischen Waffendepots waren voll von unbenutzten Waffen und die Regierung verkaufte von Zeit zu Zeit die ersten Produktionsjahrgänge. Trotz ihres Alters bekam man mit einer „Carl Gustav“ eine erstklassige Waffe von hoher Präzision. Die Munition war deutlich schwächer als die deutsche 8 x 57 IS, der Rückschlag damit auch viel moderater. Dieses Gewehr eignete sich hervorragend für einen mageren 12-Jährigen mit Nerven wie Drahtseile.

Der Junge wartete ruhig auf die ausgemachte Reaktion seines Vaters. Als der Bär mit dem Fressen fast fertig war, pfiff der Forstdirektor leise. Der Bär fuhr hoch, stand für einen kurzen Moment auf den Hinterbeinen, seine Vorderbeine leicht ausgebreitet. Das war der Moment für den Schützen, er drückte ab. Das Herz eines stehenden Braunbären liegt zwischen den beiden Vorderbeinen und das wollte er treffen. Das Geschoss benötigte für die einhundertfünfundzwanzig Meter weniger als eine Fünftel Sekunde. Es drang in den Körper ein, streifte das Brustbein, wurde aber kaum abgelenkt. Sein Messingmantel platzte auf, der Bleikern wurde flach gedrückt, das deformierte Metallstück zerriss das Herz und Teile der großen Herzgefäße. Der Bär drehte sich schwerfällig um, wollte fortlaufen, brach aber nach dem ersten Schritt zusammen. Zwei, drei blinde Schläge mit seinen Tatzen noch, ein letztes Aufbäumen und er war tot.

»Ein erstklassiger Schuss, Gerhardt. Weidmannsheil!«

»Weidmannsdank, Vater!« Er strahlte, war ansonsten völlig ruhig.

»Wo nimmt der nur seine Nervenstärke her?«, fragte sich sein Vater. Wenn er sich an seinen ersten Schuss auf ein Wild erinnerte: Da hatten seine Hände und der Lauf der Waffe gezittert wie ein Lämmerschwanz und natürlich hatte er nicht getroffen. Gerhardt dagegen schoss freihändig Eichelhäher aus einhundert Meter Entfernung, traf jede fliegende Ente mit der Schrotflinte. Und nun sein erster Bär. Auch ein erfahrener Jäger hätte nicht besser treffen können.

Beide gingen zu dem toten Tier, das Gewehr vorsichtshalber durchgeladen im Anschlag, aber das war nicht mehr nötig. In das Maul kam der Eichenbruch und Gerhardt fing an, das Wild aufzubrechen. Eine harte Arbeit für einen Jungen, aber er biss die Zähne zusammen. Schon damals zeichnete sich ab, wie er als Erwachsener werden sollte: kaltblütig, Chancen abwägend, zielgerichtet handelnd und von großem Durchsetzungsvermögen. Auch den Tod seiner Mutter im Jahre 1942 verkraftete der Junge scheinbar ohne große Schäden.

Im Jahr 1943 zog die Wehrmacht seinen Vater ein. Als Major übernahm er ein Reservebataillon und man schickte ihn und seine Soldaten nach Russland. In der Nähe von Minsk sprengten russische Partisanen eine Brücke, als der Zug darüber fuhr. Über dreihundert Soldaten starben, darunter Major von Meckenheim.

Gerhardt von Meckenheim, den letzten seines Geschlechts, schickte der Bürgermeister von Bistritz auf die Reichsforst- und Jagdschule nach Brandenburg. Kurz vor Kriegsende verlegte man die Schule ins Ruhrgebiet und zog alle Jungen als Flakhelfer ein. Gerhardt geriet in amerikanische Gefangenschaft und wurde noch 1945 nach Washington geschickt, als man feststellte, dass er als Deutscher fließend Rumänisch und Ungarisch sprach. In der Nachkriegszeit dehnte Stalin seinen kommunistischen Herrschaftsbereich systematisch auf Osteuropa aus.

Der amerikanische Geheimdienst benötigte damals dringend Leute für Übersetzungen oder zum Abhören von Funkverkehr in allen osteuropäischen Sprachen. Gerhardt lernte innerhalb eines Jahres perfekt Englisch, wurde bei seiner Volljährigkeit amerikanischer Staatsbürger und studierte Wirtschaftswissenschaft auf der George Washington Universität in Washington, DC. Er streifte seine deutsche Identität vorläufig ab, nur seine Jagdleidenschaft blieb ihm. Er schoss Eisbären in Alaska, Bergziegen in Montana, Braunbären in Maine und Elche in Kanada.

Jagen ist teuer und so kam der junge von Meckenheim auf die Idee, Jagdreisen anzubieten und zu vermarkten. Afrika war das Traumziel vieler amerikanischer Jäger und für einen Schuss auf einen Elefanten, einen Büffel oder sogar auf ein Nashorn waren amerikanische Jäger bereit, viele tausend Dollar zu bezahlen. Er flog nach Nairobi, verhandelte mit den Engländern und brachte bald die ersten Jäger nach Kenia. Die Arbeit vor Ort machten die Berufsjäger und ihre einheimischen Helfer. Von Meckenheim organisierte nur und kassierte fünfundzwanzig Prozent Provision.

»Von diesen fünfundzwanzig Prozent musste ich leben«, meinte er lachend. »Prost!« Er hob sein Beck's. Burns und Windham prosteten zurück.

Die beiden lasen im „Hunting International“, einem Hochglanzmagazin, welches vierteljährig erschien und Jäger ansprach, die sich ihre Leidenschaft etwas kosten ließen. Ein Bericht über eine typische Jagdlodge, die Blue Mountain Lodge in Simbabwe, interessierte beide.

»Schau dir mal die Preise an, Ric.« Thornton Burns zeigte auf die Preisliste. »Anreise, neun Tage in der Lodge, davon fünf Tage im Busch, Vollpension kosten fünftausendzweihundert Dollar. Dazu vierzehn Prozent Steuern, Trinkgelder usw.«

»Habe ich schon gelesen, Thorny. Der Berufsjäger kostet sechshundertundfünfzig extra pro Tag und dann noch die Preise für das Wild. Büffel über eintausend, Antilopen nicht unter fünfhundert Dollar.«

»Und was kostet der Schuss auf einen Elefanten, Gerd?«, fragte Ric. Er sprach den Namen wie Gööht aus.

Gerd lag neben den beiden auf einer Liege, sein Privatsekretär Detlef war im Bungalow und hatte zu arbeiten.

»Das kommt darauf an, wo und was man jagt. In Simbabwe kann ein Elefant bis zu zehntausend Dollar kosten, wenn es ein großer, starker Bulle ist.«

»Ehrlich?« Ric zog seine Augenbrauen hoch. »Wer zahlt denn so viel für einen Schuss auf ein Rüsseltier?«

»Mehr Leute, als du dir vorstellen kannst. Im letzten Jahr wurden allein in drei Lodges in Simbabwe rund neunhundert Elefanten von zahlenden Jagdgästen geschossen – legal, meine ich. Im Durchschnitt fünftausend pro Tier, macht zusammen rund vier Komma fünf Millionen!«

Von Meckenheim trank einen kleinen Schluck Bier.

»Davon fünfundzwanzig Prozent. Das ist mein Anteil!«

Burns überschlug die Summe: »Über eine Million allein für die Elefanten. Davon lässt es sich leben.«

»Stimmt«, war die lakonische Antwort. »Reicht fürs Taschengeld.«

Windham wandte sich an seinen Nachbarn. »Ist noch etwas teuerer als Elefanten zu schießen?«, wollte er wissen.

Die Antwort kam wie aus der Pistole geschossen: »Nashörner. Man kann heute sozusagen kein Nashorn mehr legal schießen. Vor zwei Jahren wurde in Tansania ein Nashorn, mit Erlaubnis des WWF wohlgemerkt, zum Abschuss freigegeben.«

»Was hat WWF damit zu tun?«, fragte Burns.

»Dazu später. Hört euch einfach die Geschichte an.«

Also das Tier war alt, krank und aggressiv. Erst wollte die Regierung das Tier durch einen Jäger des Reservats abschießen lassen, bis jemand auf die Idee kam, den Abschuss zu versteigern. Ein Amerikaner bekam den Zuschlag. Für eine Million Dollar!«

»Jägerlatein«, spottete Ric.

»Kein Jägerlatein, meine Herren. Ich habe die Sache vermittelt...«

»Und fünfundzwanzig Prozent bekommen«, fiel ihm Burns ins Wort.

Anstatt einer Antwort grinste von Meckenheim und trank einen weiteren Schluck Bier.

Er fuhr fort: »Der Jäger schoss einmal und der Nashornbulle fiel sofort um. Man machte das obligatorische Foto: stolzer Jäger mit Waffe neben der Trophäe. Danach reiste er wieder ab. Der Vertreter vom WWF der die Sache beobachtete, stellte sicher, dass das Horn abgesägt und verbrannt wurde. Das Fleisch bekamen die Bewohner eines Dorfes, aber es muss ziemlich zäh gewesen sein.«

Alle drei schwiegen und tranken ihr Bier.

»Und der Jäger durfte für eine Million noch nicht einmal das Horn mitnehmen?«

»Keine Chance«, klärte von Meckenheim Burns auf. »Man darf nie etwas mitnehmen. Nur ein paar Fotos.«

Sie blieben noch einige Zeit zusammen in der Sonne liegen, tranken ein paar Becks und die beiden redeten noch über das Jagen. Nur Windham blieb ungewöhnlich schweigsam. Langsam neigte sich der Nachmittag dem Ende zu. Der Wind frischte auf und die ersten Schatten fielen in den Innenhof des Motels. Die Drei wollten schon aufstehen und in ihre Zimmer gehen, da stellte Ric Windham plötzlich die Frage, die ihm schon die ganze Zeit durch den Kopf gegangen war.

»Gerd, was würde ein Jäger zahlen, wenn er einen Tyrannosaurus Rex schießen dürfte?«

Von Meckenheim und Burns schauten ihn an. Eigentlich hätte Gerd so etwas wie »Blödsinn« oder »Haha« sagen müssen, aber er schien zu merken, dass etwas hinter dieser Frage steckte. Burns schwieg.

Von Meckenheim kratzte sich am Kinn, eine typische Geste bei ihm, wenn er überlegte. »Wie meinst du das?«

Direkt hinter ihnen sprang ein junger, athletisch gebauter Mann mit Anlauf in den Pool und spritzte alle drei nass. Keiner schien es zu bemerken.

»Wir ziehen uns um und gehen in den Konferenzraum. Ich lasse uns Kaffee und ein paar Donuts bringen.«

»Gibt es hier einen Konferenzraum?« Burns brach sein Schweigen.

»Gibt es. Ich muss es wissen, denn schließlich gehört das Motel mir.«

Gerhardt von Meckenheim war beeindruckt. Der Aktenordner mit der Kopie des „Pensson-Dossiers“ lag vor ihm auf dem Tisch, dazu noch ein weiterer Ordner mit der Materialliste, einem Verzeichnis von möglichen Lieferfirmen und einer Kopie der Arbeit von Krasnakow. Er nahm die Akte von Pensson und blätterte sie noch einmal durch, dann legte er sie wieder auf den Tisch.

Burns und Windham hatten zwei Stunden geredet, während von Meckenheim aufmerksam zuhörte. Gelegentlich stellte er eine Frage, teilweise auch sehr ins Detail gehend, die sein Interesse und eine schnelle Auffassungsgabe bewies. Er legte seine Füße auf den

Schreibtisch und zündete sich eine Zigarre an. Schon die dritte in den letzten beiden Stunden. Die Luft war zum Schneiden dick. Aber es störte die beiden eingefleischten Nichtraucher nicht, denn sie fühlten, dass sich hier etwas Entscheidendes tat.

Das Telefon klingelte. Von Meckenheim meldete sich auf Englisch, wechselte ins Deutsche über, nach einem Moment in eine andere Sprache, die keiner von beiden einordnen konnte. Eine zweiminütige Diskussion und er legte wieder auf.

»Ein Kunde aus Ungarn«, erklärte er. »Er will Bergschafe in Turkmenistan schießen. Kein Problem, ich habe gute Beziehungen zu den Behörden dort.«

Er nahm wieder das „Pensson-Dossier" und betrachtete den Aufdruck TOPSECRET. »Wenn die Intelligence euch erwischt, hängen die euch an den Eiern auf. Ihr müsst die Army sofort verlassen. Quittiert den Dienst, danach stelle ich euch ein.«

Burns wechselte einen Blick mit seinem Freund und antwortete nach einer kurzen Pause: »Wir sind Berufssoldaten. Man kann nicht einfach so aussteigen. Wenn die einen rauswerfen wollen, geht das schnell, aber einfach gehen...?« Er zuckte mit seinen Schultern.

»Was machen eure Vorgesetzten, wenn sie erfahren, dass ihr ein Verhältnis habt?«, wollte von Meckenheim wissen.

»Die degradieren und entlassen mich. Und ich muss die Kosten für meine Promotion zurückzahlen. Das sind achtundvierzigtausend Dollar. Ric verliert seinen Posten und schiebt Wache bis ans Ende seiner Dienstzeit.«

Von Meckenheim zog wieder an seiner Zigarre und blies den Qualm genießerisch an die Decke. »Ist doch hervorragend! Morgen machen wir ein paar künstlerisch wertvolle Fotos und schicken sie nach Offutt.«

Urteile

Die Türe wurde von einem Sergeant der Militärpolizei geöffnet und das Militärgericht kam nach seiner Beratung wieder herein. Alle erhoben sich von ihren Plätzen. Ganz vorne stand LTC Burns in seiner Ausgehuniform, neben ihm sein Pflichtverteidiger, ein älterer Major.

»Setzen!«, befahl der General, der Vorsitzende des Obersten Disziplinargerichts.

»Lieutenant Colonel Thornton Burns, erheben Sie sich zur Urteilsverkündung!«

Er öffnete seinen Aktenordner und las vor:

»Lieutenant Colonel Thornton Burns wird laut Urteil…«

Burns hörte gar nicht hin, konzentrierte sich nur auf den entscheidenden Satz.

»… mit sofortiger Wirkung zum einfachen Soldaten degradiert und unehrenhaft aus der Army entlassen. Er muss alle dienstlichen Sachen … Er hat die Kosten für seine Promotion in Höhe von achtundvierzigtausend US Dollar einschließlich aller Zinsen in Höhe von …«

Der Rest interessierte ihn nicht mehr. Für den kommenden Montag besaß er ein Flugticket der ersten Klasse nach Berlin.

Ein Tag später. Staff Sergeant Windham stand vor Colonel Hitchman stramm. Dieser leierte den Text runter:

»Staff Sergeant Frederic Windham wird auf eigenen Wunsch mit Wirkung vom heutigen Tag ehrenhaft aus dem Dienst in der US Army entlassen. Sein Pay Grade wird auf E 5, Sergeant, zurückgestuft, da er seine Bewährungszeit im Pay Grade E 6 nicht abgeschlossen hat. Mit dem freiwilligen Ausscheiden verliert Sergeant Windham alle Ansprüche auf Hilfen und Pensionen gegenüber der Army der Vereinigten Staaten von Amerika. Gezeichnet: Col. Hitchman, US Army Corps of Engineers.«

Hitchman sah den Sergeant mit sichtlichem Widerwillen an: »Sie können abtreten, Sergeant!« Windham trat militärisch ab. Ein kurzes »Sir!«, korrekter Gruß, Kehrtwendung, weggetreten.

Auch er hatte für Montag ein Lufthansaticket der ersten Klasse nach Berlin. Am Montag flogen sie über Omaha nach Chicago. Am Abend saßen sie in der ersten Klasse des Airbus A 340 nach Frankfurt am Main. Sie tranken Champagner.

»Auf die Jagd«, gab Burns zum Besten.

»Auf den T-Rex, Thorny!«

Er knuffte seinen Freund in die Seite.

Der Airbus landete am frühen Morgen bei schönem Wetter auf dem Flughafen Frankfurt. Beide waren zum ersten Mal in Deutschland und neugierig auf das Land, in dem sie ihre neue Existenz beginnen sollten. Die Einreise- und Zollformalitäten waren problemlos. Sie zeigten ihre Pässe vor, der Beamte in seiner Kabine stempelte diese ab und winkte sie durch.

»Einen schönen Urlaub wünsche ich Ihnen!«, sagte er routinemäßig auf Englisch.

Burns und Windham mussten nur ein paar Minuten auf ihr Gepäck warten, danach ging es zum Zoll.

»Haben Sie etwas anzumelden?«, fragte der uniformierte Beamte am Ausgang. Auch er sprach ein passables Englisch. Beide antworteten mit »Nein.«

»Dann wünsche ich Ihnen einen schönen Aufenthalt in der Bundesrepublik Deutschland.«

Am Ausgang stand eine schlanke, junge Frau mit einem Schild, auf dem ihre Namen standen.

»Ich bin Katharina Beimer. Im Namen von Global Hunting International möchte ich Sie herzlich willkommen heißen.« Ihr Englisch war perfekt.

»Draußen steht ein Wagen, der Sie zum Flugzeug bringen wird.«

Sie ging voraus, durch die Drehtür hinaus in den schönen klaren Morgen. Beide folgten ihr. Ein Chauffeur nahm ihnen das Gepäck ab und verstaute es im Kofferraum des großen, dunklen BMW. Er ließ beide hinten einsteigen, während ihre Empfangsdame vorne neben dem Fahrer Platz nahm.

»Für Sie steht eine Maschine bereit, die Mr. von Meckenheim gechartert hat. Sie fliegen nach Berlin«, erklärte sie.

Der schwere Wagen fädelte sich vom Terminal 2 auf die Autobahn ein und beschleunigte schnell bis auf über einhundertachtzig.
»Wow!«, meinte Windham.

Der Fahrer bog ab, hielt vor einem Tor und wurde, nachdem er seine Papiere vorgezeigt hatte, durchgewinkt. Er bremste direkt vor einer zweimotorigen Maschine, lud das Gepäck um und fünf Minuten später waren sie in der in Luft. Nach knapp einer Stunde landete die Maschine auf dem Flughafen Berlin-Tempelhof.

Im ersten Augenblick waren beide verwirrt, als die Zweimotorige mitten in der Stadt zwischen Wohnblocks zur Landung ansetzte. Sie konnten in die Zimmer der oberen Stockwerke blicken, in denen Leute ihrem gewohnten Tagesablauf nachgingen. Für einen winzigen Moment schauten sie einer Frau zu, die ein Zimmer saugte. Plötzlich waren sie unten. Das Flughafengebäude, ein halbrunder Bau mit hohen, schmalen Fenstern, sah ganz anders aus, als man es an einem Flughafen erwartete.

»Das Gebäude kenne ich«, wandte sich Burns an seinen Freund Ric. »Ein Bild davon hängt im Offizierskasino von Offutt. Dort sind unsere Versorgungsflugzeuge während der Blockade Berlins nach dem Krieg, es war 1948 glaube ich, gelandet.«

»Ich weiß«, stimmte ihm Ric zu. »Die Deutschen nannten unsere Flugzeuge Rosinenbomber.« Beide lachten.

Wieder wartete ein großer BMW auf sie. Der Fahrer fuhr sie quer durch die Stadt in eine Gegend, in der sie zu ihrem Erstaunen einen großen See erblickten, der von Wald umgeben war. So viel Natur mitten in der deutschen Hauptstadt hatten sie nicht erwartet.

Der Fahrer erklärte: »Das ist der Wannsee und der Ortsteil heißt auch Wannsee.« Er sprach ein stark deutsch eingefärbtes Englisch, das aber verständlich war. Er bremste in einer ruhigen Seitenstraße ab und bog in eine kleine Auffahrt ein. Sie hielten vor einem Herrenhaus mit einem geschwungenen Dach, einer großen, glänzenden Eingangstür aus dunklem Holz. Dort stand Gerhardt von Meckenheim und strahlte über das ganze Gesicht.

»Schön, dass ihr da seid. Geht duschen, dann gibt es Essen

und am Nachmittag fängt die Arbeit an.« Er schüttelte beiden die Hand. Detlef war auch da und begrüßte sie schüchtern lächelnd.

Auf den ersten Blick wies nichts an dem Haus darauf hin, dass hier zwei Firmen residierten. Neben der Eingangstür waren zwei kleine Messingtafeln angebracht. Auf der unteren stand „Jürgen Haferkorn, Jagdwaffen und –zubehör", auf der oberen „Global Hunting International – exklusive Jagdreisen". Neben jeder Messingtafel war eine Klingel angebracht.

»Kommt rein!« Von Meckenheim ging zwischen den Amerikanern, legte ihnen seine Arme auf die Schultern.

»Wir haben viel zu planen und es steht uns sicherlich eine Menge Arbeit bevor!«

Zweites Buch:

Exclusive Hunting International Ltd.

Die Planung

Die drei Männer betraten drei Uhr nachmittags den Konferenzraum des Herrenhauses. Dieser lag im rechten Bereich des zweiten Stocks und war vom Treppenhaus aus zugänglich. Nach hinten boten zwei große Fenster einen herrlichen Überblick über den Wannsee, auf dem bei diesem schönen Wetter und leichtem Wind viele Segel- und Sportboote unterwegs waren. Der Raum erstaunte die beiden Amerikaner: hoch glänzender Parkettfußboden, eine schwere dunkle Ledergarnitur, in der Mitte ein großer Perserteppich mit beigem Grundton, darauf ein schwerer Tisch mit gedrechselten Beinen. Rechts an der Wand, der Außenmauer, stand ein massiger Schrank aus Kirschholz mit schweren Messingbeschlägen, der fast bis zur Decke reichte. Von Meckenheim öffnete die beiden Mitteltüren des Schranks. Darin befanden sich zwei Fernsehgeräte, zwei Beamer und ein Computer sowie ein kleiner Schaltkasten. Burns und Windham, die beide seit Jahren an ihre eintönigen Army-Möbel gewohnt waren, zeigten sich beeindruckt.

Windham ließ seinen Blick über die Einrichtung schweifen.

»Schaut ziemlich alt aus, Gerd.«

»Ist auch alt«, antwortete er. »Der Raum wurde 1920 eingerichtet, seitdem nur sehr vorsichtig renoviert. Aber alle elektrischen Leitungen und die Heizung sind ganz neu.«

Er drückte auf eine Fernbedienung und aus der Kassettendecke rollte sich eine Leinwand ab. Gleichzeitig schalteten sich der Beamer und der Computer ein, eine kabellose Tastatur und Maus stellte er auf dem Tisch ab. Neben jedem Ledersessel befand sich ein kleiner Beistelltisch, auf dem sich Mineralwasser, Orangensaft und ein paar Snacks befanden.

Von Meckenheim kam vom Schrank zurück. Nach dem Druck auf einen Knopf des Schaltkastens hatten Jalousien automatisch die großen Fenster verdunkelt.

»Setzen wir uns«, meinte er. »Detlef kommt sofort.«

Im selben Augenblick öffnete sich die Tür und der Privatsekretär trat ein. Er setzte sich wortlos auf einen Sessel, schweigsam und zurückhaltend wie immer.

»In diesem Geschäft beginnt man immer mit der Planung.« Von Meckenheim schaute die beiden an. »So wie bei einem Krieg.«

Mittlerweile zeigte die große, altertümliche Standuhr fast einundzwanzig Uhr. Es wird sicher draußen langsam dunkel, dachte sich Burns. Kurz vorher hatte eine ältere Frau einen großen Teller mit Sandwiches gebracht, von dem sich alle bedienten. Die Frau war ohne ein Wort zu verlieren durch einen Ausgang verschwunden, den beide bisher übersehen hatten. Die rahmenlose Tür war mit dem gleichen Stoff bezogen wie die Wand selber, der Türknauf auf dem Muster der Stofftapete kaum erkennbar.

Das Ergebnis der Arbeit wurde per Beamer auf die Leinwand geworfen:

A) *Gründung einer Firma*

Name:	*Exclusive Hunting International Ltd.*
Sitz der Firma:	*Nassau, Bahamas*
Inhaber und Geschäftsleitung:	*Gerhardt von Meckenheim*
Technischer Leiter:	*Dr. Thornton Burns*
Stellvertreter:	*Frederic Windham*

B) *Planung des MMT (Molekularer Materie-Transmitter)*

1. *Vorbereitung: Produktionsstandort;*
2. *Bau des MMT*
3. *Waffen und Munition: Fabrikation, Erprobung*
4. *Erprobungsphase: MMT, Waffen*

C) *Versuche mit dem MMT*

1. *Tierversuche*
2. *Versuch mit Freiwilligen*
3. *Gruppenversuch; erste Jagd*
4. *Aufbau eines permanenten Lagers*

D) Geschäftliche Verwertung des MMT
1. Werbung
2. Auswahl der Kunden
3. erste Jagdreise mit Kunden
4. Auswertung
5. Planung und Durchführung weiterer Jagdreisen

»Das reicht für heute. Gehen wir zum Dinner. Falls ihr dazu noch in der Lage seid«, wandte sich von Meckenheim an die beiden Amerikaner.

»Klar«, antworteten beide gleichzeitig.

»Ich habe Hunger wie ein Löwe«, fügte Ric hinzu.

Sie verließen das Haus und Detlef holte den BMW 750i. Das Lokal lag ganz in der Nähe, direkt an der Hauptstraße. Es hieß „Bei LOUIS", und der große, muskulöse Portier achtete darauf, dass nur Männer dieses Lokal betraten. Vorsichtshalber hing immer ein Schild mit der Aufschrift „Geschlossene Gesellschaft" an der Eingangstür. Von Meckenheim und seine Gäste wurden außergewöhnlich höflich begrüßt, einen Tisch hatte man reserviert und alle speisten hervorragend. Es gab als Hauptgericht Wild, Spätzle, Rotkohl, dazu einen 1990-er Brunello. Windham, dessen lukullischen Erfahrungen kaum über Burger, French Fries und Donuts hinausgingen, war sehr beeindruckt.

»War das ein typisch deutsches Essen?«, wollte er wissen.

»Ein gehobenes typisch deutsches Essen, nur der Wein kam aus Italien. Einen Brunello haben die Deutschen noch nicht fertig gebracht«, klärte ihn Gerd auf.

Burns gähnte. »Ich brauche dringend ein Bett.«

Die Gruppe erhob sich und Windham bemerkte erstaunt, dass der Ober keine Rechnung vorlegte. Als er verwundert danach fragte, erklärte ihm Gerd, dass er der Besitzer dieses Lokals sei. Frederic war beeindruckt. Die vier Männer verließen zufrieden und guter Laune das Lokal.

»Da sind so ein paar Schwuchteln!«, rief jemand, und sie hörten schnelle Schritte und Laufen auf dem Asphalt. Noch bevor sie ins Auto steigen konnten, wurden sie von sieben Männern umringt.

Diese waren alle ähnlich gekleidet: Dunkle Bomberjacken, Jeans, Springerstiefel mit weißen Schnürsenkeln, die engen Hosenbeine bis zu den Stiefelschäften aufgekrempelt. Ein großer, relativ fetter Typ, Glatze, Pickel im Gesicht, deutliche Bierfahne, stieß Detlef seine flache Hand vor die Brust und drückte ihn gegen den BMW.

»Du bist sicher das Mädchen hier!«, meinte er höhnisch und sein Speichel spritzte Detlef ins Gesicht.

»Was machst du denn, wenn dein Arschloch ganz ausgeleiert ist, he?« Er griff Detlef zwischen die Beine. »Will'ste mal 'nen richtigen Mann?«

Windham wollte eingreifen, doch er merkte, wie von Meckenheim seinen Arm wie eine Klammer umfasste. Der Mann hatte Kräfte wie ein Büffel.

»Bleib ruhig, Junge!«, flüsterte er leise.

Die anderen Typen achteten nicht auf den Rest der Gruppe. Feixend beobachteten sie, wie ihr Anführer sich den dünnen Blonden vornahm.

»Früher hätte man solchen Schweinen wie euch rosa Dreiecke auf die gestreifte Jacke geheftet und ...«, grunzte einer der Typen.

»Lassen Sie mich bitte los, wir wollen fahren«, meinte Detlef ganz ruhig und schaute seinem geifernden Gegenüber direkt in die Augen. »Wir haben Gäste und die sind müde.«

Burns sah ihm die Schmerzen an, die der brutale Griff des Typen mit der Bomberjacke verursachte. Plötzlich spürte auch er, wie von Meckenheim seinen Arm umfasste, als wolle er sagen »Halte dich da raus!«

Dann ging alles ganz schnell. Detlef beugte sich weiter nach hinten, als wolle er vor dem Bieratem des Angreifers zurückweichen. Der folgte unwillkürlich mit seinem Oberkörper. Darauf hatte Detlef gewartet. Seine Hände fuhren hoch hinter den Kopf des Glatzköpfigen, gleichzeitig schnellte seine Stirn blitzschnell vor und traf dessen Nase. Das Nasenbein wurde mit einem knirschenden Geräusch im Bruchteil einer Sekunde zerstört, ein feiner Sprühregen von Blut, Sekret und Knochensplittern spritzte nach allen Seiten. Der Angreifer ließ ihn sofort los, machte einen Schritt rückwärts, presste beide Hände gegen sein Gesicht und fing an zu kreischen. Detlefs rechter Fuß zuckte hoch, traf voll zwischen die Beine des Angreifers. Das Heulen wurde abrupt abgeschnitten, er gurgelte noch einmal und fiel um, wie von einer Axt gefällt. Für eine Sekunde war alles still, keiner bewegte sich. Der Portier war zurück ins Lokal gelaufen und rief von dort aus die Polizei an.

Burns und Windham hatten zwar nichts von dem verstanden, was geredet worden war, konnten sich aber denken, worum es ging. Die Glatzköpfigen schienen auf Gäste des Lokals gewartet zu haben, um ihre Aggressionen an ihnen auszulassen. Die amerikanische Presse hatte mehrfach von den „New-Nazis" berichtet, die Jagd auf alle machten, die nicht ihrem kruden Weltbild entsprachen. Windham hörte ein Geräusch neben sich, welches er nur allzu gut kannte. Von Meckenheim lud eine Pistole durch.

Jetzt gingen zwei der Typen gleichzeitig auf Detlef los. Jeder hielt plötzlich eine federnde Stahlrute in der Hand, eine von der Art, die sich ausziehen ließ. Gefährliche Waffen! Drei weitere junge Männer griffen Burns und Windham an. Detlefs Kick mit dem linken Fuß erwischte den einen der beiden am Ohr. Der fiel sofort um und blieb wimmernd liegen, beide Hände auf seine rechte Kopfhälfte gepresst. Detlefs geschmeidige Bewegungen ließen erkennen, er war ein Profi.

Aber der Zweite nutzte seine Chance und schlug ihm mit der Stahlrute auf die linke Schulter. Der Arm wurde sofort taub und hing runter wie tot.

»Komm, du Schwein«, höhnte der Typ mit den roten Stoppeln. »Jetzt polier ich dir die Fresse!«

Windham schickte einen der Drei mit einem krachenden Schlag zu Boden. Er blieb stehen und schaute die beiden anderen über seine Fäuste hin an. Die zogen jeder auch eine Stahlrute aus der Tasche.

»Wir legen euch um, ihr Arschficker!«

Die Amerikaner verstanden zwar nicht, was die beiden sagten, es hörte sich aber wenig freundlich an. Von Meckenheim zielte mit der Pistole in den Nachthimmel. Ein Schuss krachte. Alle fuhren zusammen.

»Oh Scheiße, der alte Knacker hat 'ne Knarre!« Die vier unverletzten Neonazis liefen sofort weg, ihre drei Kameraden ließen sie einfach liegen.

In der Ferne heulten die Polizeisirenen, schnell näher kommend. Fünf Minuten später standen insgesamt zwei zivile Einsatzwagen, ein grüner VW-Bus und drei Krankenwagen vor dem Lokal. Auf der anderen Straßenseite hatten sich die üblichen Sensationshungrigen eingefunden. Wo geschossen wird, musste doch etwas los sein! Die Polizei hatte Mühe, die Meute zurückzudrängen.

»Los, gehen Sie weiter! Hier gibt es nichts zu sehen«, kommandierte ein uniformierter Polizist.

Untersuchungen

Die ganze Gruppe landete auf der Polizeiwache, die nur wenige Minuten von dem Lokal entfernt lag, während die drei Neonazis mit den Krankenwagen abtransportiert wurden. Ein Polizist in Zivil öffnete die Eingangstür über ein Zahlenschloss und ging vor. Drei weitere uniformierte Polizisten folgten der Gruppe. Von Meckenheim hatte man Handschellen angelegt, trotz seiner Versicherung, er besäße einen gültigen Waffenschein.

»Das werden wir schon überprüfen«, war die Antwort.

Auch mit den drei anderen ging man nicht gerade sanft um.

»Versuche nicht, uns mit deinen Judokünsten zu beeindrucken«, meinte der große, übergewichtige Polizist in Zivil zu Detlef. »Dann landest du umgehend in Moabit!«

»Dazu habe ich wohl keinen Grund«, war die ruhige, leise Antwort.

Burns und Windham wurden aufgefordert mitzukommen, alles andere würde man auf der Polizeiwache klären. Dass die beiden die Polizisten nicht verstanden, interessierte niemanden.

Auf der Wache führte man sie in einen großen Raum mit einem alten, verkratzten Tisch, um den zehn unbequeme, unter dem Gewicht der Sitzenden knarrende Stühle standen. An der Wand hingen mehrere Fahndungsplakate, ein alter, vollgekritzelter Kalender und zwei Plakate, auf denen für den Polizeidienst geworben wurde. Die Wände selber waren schmutzig, mit Flecken übersät und sicher schon seit vielen Jahren nicht mehr gestrichen worden. Auf einem Schreibtisch thronte eine große, stabile Schreibmaschine, die auch schon bessere Jahre gesehen hatte. Ein Wandtelefon, ein halbvoller Papierkorb und einige stapelbare Plastikkörbe mit Formularen und Papieren, sowie ein kleiner Erste-Hilfe-Koffer vervollständigten die Büroausstattung. Neben dem Schreibtisch befand sich ein breiter, halbhoher Schrank mit Schiebetüren. Da wurden wahrscheinlich Akten aufbewahrt. Alle vier mussten sich setzen.

»Ausweise bitte! Passeport!« Die beiden Amerikaner waren über den rüden Ton mehr als erstaunt. Wortlos legten sie ihre Pässe vor. Der Polizist blätterte sie durch: »Wo sind die Visa?«

Detlef antwortete für die beiden Amerikaner. »Bürger der Vereinigten Staaten benötigen für die Einreise kein Visum. Wir Deutschen ja auch keines für die USA.« Er fuhr fort: »Es sei denn, jemand war im öffentlichen Dienst der DDR beschäftigt.«

»Werde bloß nicht frech, Kleiner!«

Scheinbar hatte Detlef genau ins Schwarze getroffen.

»Ich möchte sofort meinen Anwalt sprechen!« Von Meckenheim wandte sich an einen der drei uniformierten Polizisten.

Der zuckte mit den Schultern. »Wer wann wen anruft, bestimme ich. Und Sie rufen dann an, wenn wir mit der Aufnahme der Personalien fertig sind«, meinte der Kriminalbeamte.

»Ich habe ein Recht auf einen Anwalt. Außerdem verlange ich, dass mir die Handschellen abgenommen werden.«

Der Dicke nickte und einer der Uniformierten nahm von Meckenheim die Handschellen ab. Meckenheim holte seine Brieftasche aus der rechten Innentasche seiner Jacke. Er entnahm ihr mehrere Papiere und legte sie auf den Tisch.

»Mein Ausweis, meine Waffenscheine für Deutschland, die Europäische Union und die USA.« Er schob sie über den Tisch. »Wie heißen Sie übrigens?«, fragte er den Beamten in Zivil.

»Ich bin Kriminaloberkommissar Becker. Und Sie, Herr Meckenheim ...?«

»Von Meckenheim bitte!«

»Ach, ein ‚von' sind Sie?« Der ironische Ton war nicht zu überhören. »Und ein ‚von' darf hier einfach so auf der Straße mit einer Pistole in die Luft schießen? Ist das Ihre Meinung?«

Der Oberkommissar wechselt das Thema.

»Seid ihr alle vier schwul? Muss doch sein, denn in dieser Spelunke treiben sich doch nur Homos rum.«

Er beugte sich vor und grinste von Meckenheim an. Der lehnte sich zurück. »Ich weiß nicht, ob Sie das etwas angeht, Herr Becker. Ich frage Sie auch nicht, ob Sie Ihre Schwiegermutter ficken.«

Detlef übersetze schon die ganze Zeit leise in Englische, und jetzt lachten beide Amerikaner laut los. Becker war rot angelaufen und sah aus, als würde ihn jeden Augenblick der Schlag treffen. Er beugte sich blitzschnell vor, packte von Meckenheim an der Krawatte und zog ihn zu sich: »Ich polier dir die Fresse, du unverschämter Kerl!«, brüllte er los.

»Becker! Lassen Sie den Mann los! Er soll sich setzen!«, erklang eine kühle, beherrschte Stimme von der Tür her.

Unbemerkt von allen war ein älterer, drahtiger Mann in den Raum getreten. Er trug eine graue Kombination, ein weißes Hemd, eine dunkle Krawatte und einen Hut, den er vorsichtig auf den Tisch legte. Er wirkte auf den ersten Blick völlig unauffällig, aber das war wohl von ihm so gewollt. Burns und Windham schauten ihn an und hatten beide den gleichen Gedanken: »Der ist beim Geheimdienst.«

»Was ist hier los?«, wollte er wissen. »Konnten die Herren schon ihren Rechtsbeistand informieren?«

Der Oberkommissar verneinte. »Dazu haben wir noch keine Zeit gehabt.«

Von Meckenheim erhob sich. »Ich nehme an, ich kann dieses Telefon benutzen.« Ohne auf die Antwort zu warten, ging er zum Telefon, hob den Hörer ab und führte ein kurzes Gespräch. Er setzte sich wieder. Der Drahtige blätterte in den Pässen und den anderen Papieren. Die vier Polizisten schauten ihm wortlos zu.

»Die Kollegen in Uniform können gehen. Sie bleiben hier, Becker!« Er schaute die Herren der Reihe nach an.

»Mr. Burns, Mr. Windham.« Er fuhr auf Englisch fort: »Es tut mir leid, aber Sie werden verstehen, wir müssen den Vorfall genau untersuchen. Sie dürfen jederzeit ihre Botschaft anrufen. Dort drüben ist das Telefon.« Er zeigte auf das Wandtelefon.

»Danke, aber das im Moment nicht notwendig.« Burns schüttelte den Kopf.

»Herr von Meckenheim. Wer sind Sie?«

»Und wer sind Sie?«, wollte von Meckenheim wissen.

»Oh, Entschuldigung. Ich bin Kriminaloberrat Gruenen von der Polizeidirektion 4. Man hat mich benachrichtigt, es wäre zu einer Schießerei gekommen.«

Oberkommissar Becker fragte sich im Stillen, wer den wohl angerufen haben mochte. Er hätte ihn nicht gebraucht, die Sache konnte er alleine erledigen.

»Meine Papiere haben Sie ja bereits durchgeschaut.«

Von Meckenheim übergab Gruenen seine Visitenkarte. Dieser betrachtete sie interessiert.

Gerhardt Frhr. von Meckenheim

Honorarkonsul The Bahamas
Unternehmer

Geschäftssitz Nassau, The Bahamas
Berlin London Moskau Haifa San Francisco

»Bitte, erzählen Sie mir genau, was passiert ist«, forderte der Polizeioberrat ihn auf. Von Meckenheim schilderte präzise, emotionslos und in aller Kürze den Vorfall ab dem Verlassen des Lokals.

Gruenen hörte schweigend zu. Detlef übersetzte weiter leise ins Englische. Danach telefonierte der Kriminalbeamte ein paar Minuten. Er sprach selber bloß kurz und schien dann wichtige Informationen von seinem Gesprächspartner zu bekommen. Becker hatte sich gesetzt und schwitzte. Er trocknete sein Gesicht unentwegt mit einem großen Taschentuch ab.

Es klopfte an der Tür. Ein Polizist kam herein.

»Herr Oberrat, hier sind zwei Rechtsanwälte.«

Hinter ihm betraten zwei Männer den Raum. Der ältere trug einen dunkelroten Blazer, Jeans, ein helles Hemd und statt einer Krawatte ein dunkelrotes Seidentuch. Die Kleidung sah sehr lässig und sehr teuer aus. Er hatte langes, volles, graues Haar, das ihm bis zur Schulter reichte.

»Guten Morgen, meine Herren.« Er besaß eine kräftige, dunkle Stimme. Es war kurz vor zwei Uhr.

Oberkommissar Becker dachte: »Scheiße! Der hat uns noch gefehlt!«

Der Begleiter ähnelte Burns. Dunkler, konservativ geschnittener Anzug, gelbe Seidenkrawatte, teuere schwarze Halbschuhe. Er besaß ein schmales, gebräuntes Gesicht, sein kurzes, schwarzes Haar war leicht gelockt. Der junge Mann sah sehr motiviert aus und trug die teuere Ledertasche seines Chefs mit großer Würde.

Beide näherten sich dem Tisch.

»Mein Name ist Dr. Herbert von Brassnitz. Das ist mein Assistent Dr. Schmuller.« Der verneigte sich leicht.

»Guten Morgen, Herr von Meckenheim.«

Von Meckenheim fügte hinzu: »Dr. von Brassnitz ist mein Rechtsbeistand und Justiziar meiner deutschen Niederlassung.«

Gruenen kannte von Brassnitz natürlich aus den Medien. Er war Inhaber einer der besten und teuersten Kanzleien Berlins: Adermann, von Brassnitz, von Brassnitz & Kollegen. Persönlich hatte er ihn noch nie kennen gelernt.

Der Rechtsanwalt und von Meckenheim unterhielten sich leise. Sein Mitarbeiter Dr. Schmuller hatte sich gesetzt, einen tragbaren Computer aus der Tasche genommen, ihn aufgeklappt und begann zu arbeiten. Die Polizisten und die beiden Amerikaner sahen zum ersten Mal eines dieser fünftausend Mark teueren Wunderdinger. Dr. von Brassnitz schaute Kriminaloberkommissar Becker an. »Herr Becker. Wieso wurden meinem Mandanten Handschellen angelegt? Er besitzt einen gültigen Waffenschein. Er hat einen erlaubten Warnschuss in die Luft abgegeben, um seine Begleiter vor schweren Verletzungen zu schützen. Ist Ihnen § 32, StGB bekannt?«

Pause. Er hob seine Stimme und diese wurde schneidend: »Und er hat Sie mehrfach darauf hingewiesen! Wieso wird sein Privatsekretär, Herr Detlef Schneiderhans, von Ihnen geduzt? Wieso werden die beiden amerikanischen Mitarbeiter von Freiherrn von Meckenheim hier festgehalten? Wieso durfte mein Mandant uns nicht unverzüglich anrufen?«

Die Fragen blieben im Raum stehen, keiner antwortete.

»Oberkommissar, das wird weitreichende Folgen für Sie haben. Ich sorge dafür, dass Sie versetzt werden und vor Gericht landen!«

Becker wurde bleich. »Scheiße!«, dachte er wieder. »Die schwule Bande meint, sie kann alles machen.«

Er zog es vor, zu schweigen.

Kriminaloberrat Gruenen unterbrach den Rechtsanwalt.

»Becker, Sie setzen sich sofort an Ihren Schreibtisch. Um acht Uhr liegt mir ihr Bericht vor. Und keine Beschönigungen! Sie können gehen.«

Becker stand auf und verließ den Raum. Sein Hass war fast zu spüren. Der ranghohe Polizeibeamte wandte sich an die Leute, die immer noch am Tisch saßen.

»Ich muss mich für meine Mitarbeiter entschuldigen, Freiherr von Meckenheim. Das gilt auch für Ihre Begleiter.«

Er wandte sich an die beiden Rechtsanwälte: »Ich nehme an, die beiden Herren werden die Formalitäten für Ihre Klienten erledigen.«

»Herr von Meckenheim bekommt umgehend seine Waffe zurück«, sagte der Rechtsanwalt wie beiläufig.

»Er kann sie vorne in der Wache abholen.«

Ein VW-Bus der Polizei brachte das Quartett zur ihrem BMW. Sie fuhren nach Hause und alle fielen ins Bett. Es war kurz vor vier Uhr.

Oberkommissar Becker versetzte man zwei Tage später von der Kriminalpolizei zur Polizeidirektion 1, Dienststelle Prenzlauer Berg. Er musste wieder in Uniform Streife fahren, in dieser Gegend ein alles andere als einfacher Job. Sein Hass gegen die „schwule Bande" stieg ins Unermessliche.

Der Vorgang um den ehemaligen LTC Burns landete nach gut zwei Wochen routinemäßig bei „The 20th Intelligence Squadron" auf der Offutt AFB. Ein Captain der US Air Force bekam die Akte auf den Tisch. Eigentlich nichts Bemerkenswertes. Ein schwuler Offizier, der sich mit einem Untergebenen vergnügt und deswegen entlassen wird. Ein Staff Sergeant, der nach dem Aufdecken der Liaison um eine ehrenhafte Entlassung nachsucht. Er ließ nachprüfen, wo beide geblieben waren und was sie jetzt machten. Als er die gewünschten Informationen bekam, wurde er stutzig. Beide fliegen zusammen nach Deutschland, in der ersten Klasse der Lufthansa. Ein Anruf bei der deutschen Fluglinie, ein Ticket kostet rund sechstausend Dollar. Viel Geld für zwei ehemalige Soldaten, die gerade ihren Job verloren hatten! Bei seiner weiteren Suche stieß er auf den Namen Gerhardt von Meckenheim, Inhaber eines deutschen und eines US-Passes, sowie den der Bahamas. Ein Unternehmer, schwerreicher Besitzer diverser Firmen, darunter eines weltweit agierenden Anbieters für teuere Jagdreisen. Was hatten die beiden mit diesem Mann zu tun. Jagd, Waffen?

Er rief einen seiner Lieutenants und übergab ihm die Akte.

»Kümmern Sie sich darum, Lieutenant! Nehmen Sie Kontakt mit unserem Außendienst in Berlin auf.« Er meinte die CIA.

»Ja, Sir!« Der Lieutenant verschwand und machte sich an die Arbeit. Zwei Tage später erhielt einer der CIA-Mitarbeiter der Botschaft der USA in Berlin eine Anfrage der „The 20th Intelligence Squadron“ mit detaillierten Aufgabenstellungen. Der Agent fing an zu telefonieren. Es dauerte gut eine Woche, bis er auf Oberkommissar Becker stieß.

Beide trafen sich in Beckers Stammkneipe. Der Deutsche war leicht angetrunken und immer noch sehr wütend. Der CIA-Agent nahm, ohne zu fragen, das Gespräch heimlich auf und zahlte dem Polizisten die Zeche. Er bestätigte mitfühlend: »Ich glaube Ihnen gerne, dass der Prenzlauer Berg keine einfache Dienststelle ist!«, bedankte sich und verließ das Lokal. Die Sache wurde zunehmend interessanter.

Aufgaben

Alle vier trafen sich um zehn Uhr wieder im Konferenzraum. Die beiden Amerikaner sahen übermüdet aus und hatten schwarze Ringe unter den Augen. Erst die Zeitumstellung, dann die halbe Nacht auf dem Polizeirevier. Das war mehr als anstrengend. Von Meckenheim gab beiden ihre Pässe zurück.

»Mein Rechtsanwalt hat die ganze Sache erledigt. Detlefs Gegner wird übrigens den Abend so schnell nicht mehr vergessen«, fügte von Meckenheim hinzu. »Man hat ihm einen Hoden entfernt und er benötigt eine neue Nasenscheidewand. Er will Detlef verklagen!«

»Soll er.« Es war das erste Mal, dass sich Detlef ohne Aufforderung an einem Gespräch beteiligte.

Von Meckenheim überreichte Burns und Windham je einen Aktenordner. Sie öffneten ihn. Oben lag ein Arbeitsvertrag, ausgestellt auf den und gültig für die Bahamas. Beide wurden leitende Angestellte von Global Hunting International Ltd. Laut Vertrag würden Sie nach Gründung von Exclusive Hunting International Ltd. (EHI) in diese Firma überwechseln und Mitglieder der Geschäftsleitung werden.

Ihr Gehalt betrug fünfzehntausend Dollar im Monat, welches sich nach sechs Monaten und Ablauf der Probezeit auf zwanzigtausend Dollar erhöhen würde. Sollte innerhalb eines Jahres … das Geschäftsziel von EHI nicht erreicht werden, lasen sie, … wird die Geschäftsleitung des Unternehmens … über Ihre weitere Anstellung entscheiden. Die Spesen waren genau definiert, ihre Dienstwagen durften sie sich weltweit bei einem großen, internationalen Autovermieter selbst aussuchen. Dessen Platin-Kundenkarte kannte außer Ferrari und Co. sowie Rolls Royce keine Beschränkungen. Für notwendige Dienstflüge auf Kurz- und Mittelstrecken war die Business Class vorgesehen, ab fünf Stunden Flugzeit konnten sie First Class buchen. Im zweiten Teil des Vertrages wurden ihnen genaue Aufgaben zugewiesen.

»Meine Herren, in zwei Stunden fliege ich mit wichtigen russischen Kunden nach Simbabwe. Eure Aufgaben findet ihr im Ordner. Bei meiner Rückkehr liegen bitte die ersten Ergebnisse vor. Viel Glück!«

Langsam ging ihnen auf, welch knallharter Geschäftsmann von Meckenheim war.

Er gab beiden die Hand.

»Detlef bleibt bei euch als Mädchen für alles, aber nicht für alles!«

Alle lachten und Detlef wurde rot im Gesicht.

»Bezüglich der Waffen setzt ihr euch mit Jürgen Haferkorn in Verbindung. Der spricht fließend Englisch und hat mehr Ahnung von Waffen als eine Kompanie SEALS zusammen. Ihr könnt Haferkorn voll vertrauen, er muss aber nur so viel wissen, wie notwendig ist.«

Gerhardt von Meckenheim verließ den Raum.

»Lasst uns anfangen«, meinte Burns. Sie begannen, sich ihre Aufgaben durchzulesen, und besprachen ihre Aufgabenteilung und die Strategie.

Windham ging noch am gleichen Tag zu Jürgen Haferkorn in das Geschäft. Es bestand aus einem kleinen Verkaufsraum mit einem großen Tresor, vor dem ein stabiler Holztisch stand. In einem Waffenschrank mit Glastüren standen zehn oder zwölf wertvoll aussehende Jagdwaffen, durch ein dünnes Stahlseil miteinander verbunden und durch ein Schloss gesichert. Haferkorn nahm ihn mit in die Werkstatt. Der Raum war penibel aufgeräumt. An den Wänden hingen Werkzeuge auf ordentlich vorgefertigten Platten, jedes Teil hatte sicherlich seinen festen Platz. Eine kombinierte Dreh-Fräsmaschine vervollständigte die Ausrüstung. An der Wand entlang standen halbhohe Metallschränke mit einer durchgehenden, dicken Holzplatte in Arbeitshöhe. Dort lagen zwei zerlegte Jagdwaffen. Es roch nach Waffenöl und Metall.

»Zwei Holland&Holland«, meinte Haferkorn. »Kaliber .375 H&H. Großartige Jagdwaffen. Kosten allerdings ab neunzigtausend Dollar, nach oben sind keine Grenzen gesetzt. Die gehören einem Scheich aus Dubai. Ich muss sie überholen, wieder einschießen und die Gravuren der Waffen vergolden.«

Windham umriss die Vorgaben für die benötigten Waffen.

»Was Sie brauchen, gibt es als Jagdwaffe nicht. Da muss man wahrscheinlich auf eine Militärwaffe zurückgreifen. Und die gewünschte Munition, die muss erst noch konstruiert werden«, erklärte der Büchsenmachermeister. »Wir sollten morgen nach Österreich fahren und mit einem Fachmann sprechen ...«

»Können Sie mir bitte ein Auto, einen BMW oder einen Mercedes bestellen?«, fragte Windham.

Am nächsten Morgen rollten sie quer durch Deutschland in Richtung Österreich. Windham war begeistert von dem Wagen, einem BMW 525i. Er war selber noch nie schneller als fünfundachtzig Meilen pro Stunde gefahren, was ungefähr einhundertundvierzig Kilometer pro Stunde entsprach, und nun zeigte der Tacho mehr als zweihundertzehn an. Autofahren machte in Deutschland Spaß. Am späten Nachmittag erreichten sie Graz. Beide nahmen sich ein Einzelzimmer im besten Hotel der steirischen Landeshauptstadt, im „Grand Hotel Wiesner".

Windham ließ sich für den Abend ein kleines Konferenzzimmer reservieren und dort trafen sie sich mit Christian Weingart, einem Maschinenbauingenieur und alten Freund von Haferkorn. Windham und Weingart machten sich bekannt und man kam schnell zur Sache.

Weingart lehnte sich zurück und trank einen Schluck Wasser.

»Wenn ich vorhandene Komponenten nehmen kann, ist solch eine Waffe relativ schnell zu konstruieren und zu bauen. Ich bin bereit, meinen Jahresurlaub für die Konstruktion zu nehmen. Wenn ich privat arbeite, muss ich für einen Arbeitstag im Werk umgerechnet rund dreihundert Dollar an den Besitzer zahlen. Ich koste sechshundert pro Tag, cash versteht sich, alle Nebenkosten gehen zu Ihren Lasten.«

Weingart sprach ein ausgezeichnetes Englisch.

Windham nickte. »Das hört sich reell an. Wie lange werden Sie brauchen?«

Weingart überlegte. »Die Komponenten bekomme ich innerhalb von drei Tagen. Die Konstruktionszeichnungen dauern zwei bis drei Tage. Ich muss den Schaft der Waffe erstellen lassen, was mindestens vierzehn Tage dauert. Sagen wir mal, die erste Waffe ist in vier bis sechs Wochen schussbereit.«

Haferkorn erklärte: »Das ist extrem schnell. Normalerweise benötigt man für die Konstruktion einer neuen Waffe ein oder zwei Jahre.«

Man unterhielt sich noch eine Weile über die Technik und Konstruktion der Waffe. Dann unterschrieben Windham und der Ingenieur einen Vertrag. Weingart bekam einen Vorschuss von vierzigtausend Dollar seine Firma würde den Auftrag für die Produktion von zehn Waffen bekommen. Weiterhin sicherte Weingart volle Geheimhaltung zu, bei einer Konventionalstrafe von einhunderttausend Dollar. Man beschloss, sich wöchentlich telefonisch zu kontaktieren.

Endlich fragte der Waffenspezialist, worauf Windham die ganze Zeit gewartet hatte.

»Wozu in aller Welt brauchen Sie solche Waffen?«

Die Antwort hatten er und Burns vorher festgelegt. »Ich vertrete einen amerikanischen Waffenhersteller, der fast ausschließlich Regierungsdienststellen beliefert. Wenn wir dieses Gewehr in den USA entwickeln lassen, weiß die Konkurrenz schnell davon. Industriespionage wissen Sie?«

Weingart nickte. »Davon können auch wir ein Lied singen.«

Zum gleichen Zeitpunkt trafen Burns und Detlef auf der Insel Usedom ein. Die Aufgabe, eine passende Produktionsstätte für den MMT zu finden, war einfacher gewesen, als sich beide vorgestellt hatten. Ein Anruf im Bundesministerium für Wirtschaft und sie wurden an das Wirtschaftsministerium von Mecklenburg-Vorpommern verwiesen. Dort war man sehr zuvorkommend und eine Stunde später kam per Fax eine Liste mit verfügbaren „Industrieobjekten“. Ein paar Telefongespräche später und sie vereinbarten zwei Termine. Der erste Weg führte sie in eine kleine Ortschaft auf der Insel Usedom.

Der Bürgermeister wartete schon auf die beiden „Geschäftsleute“. Er war ein verhältnismäßig junger Mann, um die dreißig, den eine ausgeprägte Stirnglatze älter ausschauen ließ. Von Beruf war er Lehrer und nachmittags verwaltete er, wie er erklärte, in der Gemeinde den Mangel an allem. Kein Geld, keine Arbeitsplätze, kein Geschäft mehr, kein Arzt und seine alte Dorfschule, in der er als Lehrer begonnen hatte, war auch geschlossen worden.

»Der einzige Arbeitgeber war unsere Werft. Die hatte sich auf die Reparatur von kleineren Kriegsschiffen der DDR-Marine spezialisiert und fast alle Männer des Ortes arbeiteten dort«, erklärte er auf Deutsch. Detlef übersetzte.

»Nach der Wende kaufte eine Bremer Großwerft die Firma, entließ nach sechs Monaten alle Arbeiter und machte sie dicht. Dafür kassierten die Bosse noch Subventionen.« Der Bürgermeister klang verbittert.

»Was kann ich für Sie tun? Sie sind an der Werft interessiert?«

»Können wir uns die Anlage anschauen?«, fragte Detlef.

»Sofort. Das ist kein Problem. Ich habe die Schlüssel hier.«

Sie fuhren mit dem Leihwagen, einem Mercedes 280E, zum Werkstor. Der Bürgermeister schloss auf und hinter ihnen wieder zu. Burns wusste nach dem Rundgang sofort, er hatte das gefunden, was sie benötigten: Eine vorhandene Produktionsstätte, ein kleines Verwaltungsgebäude, einen stabilen, rund drei Meter hohen Zaun, Zugang zum Wasser, ein kleines Hafenbecken und, wie er sofort bemerkte, über eine kleine Umspannanlage einen direkten Anschluss an einen Strommasten, der gut zweihundert Meter landeinwärts auf einer Wiese stand. Vor dem Verwaltungsgebäude war genügend Platz, sodass dort LKW wenden und parken konnten.

»Wie schaut es mit Wasser, Abwasser und mit Telefon aus?«, übersetzte Detlef Burns Frage.

»Das ist alles noch vorhanden, nur die Telefonnummern muss man bei der Post neu schalten lassen«, antwortete der Bürgermeister.

Sie fuhren in sein winziges Büro zurück. Es lag in einem renovierungsbedürftigen Gebäude, dem Gemeindezentrum, in dem auch die Gemeindebücherei, ein Polizeiposten und der Bauhof untergebracht waren. Davor saßen mehrere Männer auf zwei Bänken und tranken Bier. Unter den maroden Sitzgelegenheiten stand schon eine Batterie leerer Flaschen.

»Die haben früher alle auf der Werft gearbeitet.« Der Bürgermeister deutete auf die Zecher. »Heute will sie keiner mehr haben.«

Detlef sprach sich kurz mit Burns ab, dann führte er die Verhandlungen weiter.

»Was verlangen Sie an Miete?«, fragte er den Bürgermeister. Der antwortete mit einer Gegenfrage.

»Wie viele Arbeitsplätze schaffen Sie?«

Detlef schaute Burns an und übersetzte. Der nickte nur.

»Wir gehen davon aus, zwölf bis fünfzehn Leute in der Produktion zu beschäftigen, sowie zwei und drei weitere Mitarbeiter für das Büro, als Fahrer und als Wachmann. Allerdings ist die Produktionszeit erst einmal auf zwölf Monate begrenzt.«

Der Bürgermeister überlegte. »Mein Vorschlag ist folgender. Solange Sie Leute aus dem Ort beschäftigen, zahlen Sie keine Pacht, sondern tragen nur die Kosten für Strom, Abwasser et cetera. Die Auffahrt müssen Sie selber teeren lassen, dafür habe ich kein Geld. Und wenn die Gemeinde eine Spende bekommen könnte, wäre ich Ihnen sehr dankbar.«

Burns rechnete kurz. Sie waren in der Kalkulation von rund zehntausend Mark pro Monat an Mietkosten ausgegangen. Die Gemeinde würde eine passende Spende bekommen. Er schaute Detlef an und meinte nur »O.K.«

Das brauchte dem Bürgermeister nicht übersetzt zu werden. Der strahlte, wurde aber schnell ernster.

»Ich habe eine Bitte. Mein Schwager ist Diplom-Ingenieur, Fachrichtung Maschinenbau. Er war zum Schluss der technische Leiter der Werft und musste alles abwickeln. Er hat vier Kinder, seine Frau arbeitet stundenweise in einem Supermarkt.«

Detlef beriet sich mit Burns.

»Der soll sich morgen vorstellen. Wir sind morgen früh ab neun Uhr hier in Ihrem Büro. Schauen Sie nach, ob Sie Leute finden.«

Er gab dem Bürgermeister die Telefonnummer ihres Apartments, das sie sich am Morgen in Wolgast, einer kleinen Stadt auf dem Festland, nahe der Brücke nach Usedom, gemietet hatten.

»Wir sehen uns morgen.« Ein glücklicher Bürgermeister schüttelte ihnen die Hand.

Am Abend sagte Detlef den zweiten Termin ab. In ihrem Apartment besprachen sie das weitere Vorgehen und stellten eine Liste notwendiger Mitarbeiter zusammen. Sie gingen im Dorfkrug essen, tranken ein paar Bier und landeten anschließend zusammen im Bett. Hinterher lagen sie ruhig nebeneinander.

»Wenn das Gerhardt erfährt, bringt er uns beide um«, flüsterte Detlef, bevor er einschlief.

Am nächsten Tag stellten sie Malte Schröder, den Schwager des Bürgermeisters, als Betriebsleiter ein, dazu einen 60-jährigen Schiffsbaumeister, der die Werkstatt übernehmen sollte. Dazu kamen sechs Metallfacharbeiter, zwei Schweißer, zwei Elektriker und ein Fahrer, der auch das Lager verwalten musste. Frau Schröder kündigte ihre Arbeit als Verkäuferin, um im Büro zu arbeiten.

Am Wochenende saßen Burns, Detlef, Schröder und der Werkstattleiter zusammen. Sie nahmen sich Kopien der technischen Beschreibungen des „Pensson-Dossiers“ vor und legten die Produktionsschritte fest. Malte Schröder kannte von früher her Firmen, die die benötigten Materialien liefern konnten. Die Bestellungen gingen vom Gemeindezentrum per Fax raus.

Der Werkstattleiter schüttelte den Kopf.

»Was bauen wir eigentlich?«

»Das möchte ich auch wissen«, fügte Schröder hinzu.

Burns und Detlef waren auf diese Frage vorbereitet.

»Dr. Burns vertritt eine amerikanische Firma, die für amerikanische Regierungsstellen, unter anderem für die NASA, neue Bauteile entwickelt.«

»Aha.«

»Hier baut man billiger als in den USA und hier gibt es keine Industriespionage.« Das leuchtete den beiden ein.

»Aber«, fügte Detlef mir ernster Stimme hinzu. »Wenn einer der Arbeiter etwas von dem, was in der Halle konstruiert wird, erzählt, machen wir das Werk sofort dicht.«

Sie waren sich sicher, keiner würde nur ein Sterbenswörtchen über die Produktion verlauten lassen.

Am folgenden Montag begann man mit der Arbeit. Die Arbeiter räumten die Werkhalle auf und säuberten das Gebäude. Wasser- und Abwasserleitungen überprüften sie, Defektes wurde repariert, der Zaun verstärkt und erhöht. Große Halogenleuchten würden nachts das Gelände beleuchten, der Nachtwächter mit seinem Hund auf dem Werkgelände sein.

Am Mittwoch kamen die ersten Materialien und die Arbeiter begannen damit, einen zehn Meter langen, sechs Meter breiten und gleich hohen Käfig aus nicht-magnetischem Edelstahl zu bauen. Das Telefon kam schon am Dienstag, ein Faxgerät und zwei Computer wurden am gleichen Tag gekauft und aufgestellt. Alles lief bestens an, sie waren dem Zeitplan gut zehn Tage voraus.

Windham saß in Berlin zusammen mit Haferkorn in dessen Werkstatt. Sie beschäftigten sich mit Patronen, Hülsen und Pulvermischungen. Schnell wurde klar, Haferkorn hatte Recht. Beide würden eine neue Munition entwickeln müssen. Ein normales Geschoss im Kaliber .50 fliegt nun mal nicht über siebenhundertundneunzig Meter pro Sekunde. Ihr Ziel war aber mindestens eine Vo von neunhundert Meter pro Sekunde.

»Stellen Sie sich vor, man müsste ein Tier so groß und so schwer wie einen Wal schießen. Was wäre bei dem Geschoss wichtig?«

Haferkorn schaute verdutzt. »Einen Wal? Wichtig wäre eine besonders große Eindringtiefe. Die erhält man durch eine hohe Vo eines schweren Vollmantelgeschosses mit einer mehr spitzen Form. Aber eine hohe Vo und ein schweres Geschoss schließen sich eigentlich aus.«

Er fügte hinzu: »Aber wir werden schon eine Lösung finden.«

Konferenzen

Von Meckenheim kam aus Simbabwe zurück. Man traf sich am nächsten Morgen im Konferenzraum im Haus am Wannsee. Er ließ sich von Burns, Windham und Detlef berichten.

»Gut«, war sein knapper Kommentar. »Morgen muss ich nach Moskau und dann nach Usbekistan zur Jagd. Macht weiter.«

Er nickte Detlef zu und verließ den Raum. Detlef folgte ihm kurz darauf. Burns musste schlucken und Windham schaute ihn kritisch an.

Zwei Wochen später kam das Fax von Weingart, er habe die erste Waffe fast fertig. Man vereinbarte einen Termin. Weitere zwei Wochen später, einen Tag, nachdem von Meckenheim wieder in Berlin angekommen war, flogen alle nach Wien und von dort aus ließen sie sich in einem großen Van nach Graz bringen.

Weingart stellte in seinem Büro die Waffe vor und Haferkorn legte eine geöffnete Schachtel Patronen auf den Tisch. Man war allgemein beeindruckt und fuhr zusammen zu einem Schießstand, den der Waffentechniker angemietet hatte. Von Meckenheim probierte auf einer der Schießbahnen als Erster die Waffe aus. Der Knall war mehr als Ohren betäubend, der Rückschlag hart, aber mit der neuesten, mit Gel gefüllten Schießweste, durchaus zu ertragen. Das Messgerät für die Vo zeigte einen Wert von neunhundertdreiundzwanzig Meter pro Sekunde an, bei einhundert Meter betrug die Geschwindigkeit immer noch neunhundertzwei Meter in der Sekunde. Sensationelle Werte!

Weingart, Haferkorn und von Meckenheim besprachen ein paar technische Änderungen, insbesondere bei der Dämpfung, und es wurde der Auftrag für weitere zehn Waffen erteilt. Preis pro Stück achtundzwanzigtausend Dollar. Die Gesamtkosten der Entwicklung und der Produktion, einschließlich von fünfzig Schuss pro Waffe, beliefen sich auf fast eine halbe Million.

»Herr Weingart, nehmen Sie noch ein paar Tage Urlaub. Sie werden die Waffe in Afrika ausprobieren. Ich schicke Ihnen die Unterlagen zu.«

Weingart nickte. »Danke, das mache ich gerne. Ich wollte immer schon mal nach Afrika zum Jagen.«

»Vergessen Sie aber nicht, Sie machen keinen Urlaub, sondern sind zum Arbeiten dort«, fügte von Meckenheim lächelnd hinzu. Aber der Ausdruck seiner Augen strafte sein Lügen.

Zurück in Berlin kamen alle, außer Haferkorn, wieder im Konferenzraum zusammen. Der Büchsenmachermeister hatte in den nächsten Monaten mit der Einzelfertigung der Patronen mehr als genug zu tun. Von Meckenheim war sehr zufrieden.

»Gut gemacht, Jungs«, meinte Gerhardt. »Heute Abend gehen wir wieder zusammen ins ‚Bei LOUIS'.«

»Aber Detlef«, er drohte scherzhaft mit dem Finger, »nicht wieder eine Prügelei anzetteln!« Alle lachten.

Die drei Offiziere der Air Force trafen sich mit zwei CIA-Mitarbeitern in einem Konferenzraum der Geheimdiensteinheit auf der Offutt AFB. Der Captain öffnete eine Kunststoffmappe und gab jedem der Anwesenden einige Papiere. Jede einzelne Seite war SECRET klassifiziert. Er fasste die vorliegenden Erkenntnisse zusammen. »Meine Herren, wir gehen davon aus, dass hier wahrscheinlich gegen die Interessen der USA verstoßen wird. Wir wissen nicht, was die vorhaben. Wir wissen aber, es geht um Waffen und um viel Geld.« Er blickte auf und schaute die Anwesenden der Reihe nach an. Alle nickten.

»Der Schlüssel zu weiteren Erkenntnissen scheint in einer kleinen Fabrik auf der deutschen Insel Usedom zu liegen. Was meinen Sie dazu, Agent Russell?« Er wandte sich an den diensthöheren der beiden CIA-Agenten.

»Wir sind der gleichen Meinung. Wir sollten noch ein paar Tage observieren, uns dann in dem Gebäude umsehen.«

»Einverstanden.« Der Captain erhob sich. »Wir treffen uns hier in einer Woche wieder. Gleiche Zeit. Falls etwas Unvorhergesehenes passiert, erfolgt die Zusammenkunft früher.« Er verließ den Raum, die beiden Lieutenants standen kurz still.

»Fahren wir, Bill«, sagte der ältere Agent zu seinem Kollegen.

Kaliber .501 T-Rex

Die Buchung über Global Hunting International erfolgte wie üblich per Fax. Pieter van Hoogem wachte auf als das Telefon klingelte, doch es sprang sofort auf Faxempfang um. Piepsend nahmen Sender und Empfangsgerät Kontakt auf und ein paar Sekunden später spuckte sein Gerät zwei Seiten aus. Ein Schlusspiepsen und die Verbindung wurde beendet. Van Hoogem, aber kaum jemand kannte seinen Nachnamen, jeder nannte ihn nur Pieter, stand auf, zog dabei das durchgeschwitzte T-Shirt aus, schob das Moskitonetz zur Seite und lief barfuß zum Faxgerät. Vor dem Bett standen zwar seine Turnschuhe, aber die hätte er erst nach Skorpionen oder anderem Getier untersuchen müssen. Er zog das Rollo hoch und schaute hinaus. Das gleiche Wetter wie gestern. Heiß, staubig und ein Himmel wie Schwefel. Die Sonne war erst kaum über dem Horizont, aber schon stieg die Temperatur wieder bis an die 30-Grad-Marke. Es wurde Zeit, dass die Regenzeit kam.

Er nahm die beiden Seiten aus dem Gerät, öffnete die Tür seines Bungalows, trat hinaus und schloss sie wieder hinter sich.

»Guten Morgen«, sagte er laut, ohne jemanden direkt zu meinen.

In der Savanne hinter der Lodge brüllte ein Löwe.

»Wenigstens einer, der mir antwortet.«

Pieter setzte sich auf die Schaukel und fing an, die erste Seite zu lesen. Den oberen Teil mit Adresse und Anrede ersparte er sich. Es war eh immer der gleiche Text.

Wichtige Mitteilung

Kundenname:	*Christian WEINGART*
Nationalität:	*Deutsch*
Land:	*Österreich*
Kundenart:	*KKK*
Branche:	*---*
Art der Betreuung:	*Jagd auf Büffel, Einzelbetreuung*
Anzahl der Büffel:	*fünf (5), möglichst starke Bullen*

Aufenthalt: *3 Nächte Ü/HP, Lunchpaket*
Unterkunft: *Einzelbungalow mit Waffenschrank*
Sonstiges: *Der Kunde, ist mit Vorzug zu behandeln!*

Pieter van Hoogem bitte die Betreuung übernehmen!
Abzuholen am Do., 09. April um 10 AM. vom Flughafen Harare.

Gute Jagd!

Global Hunting International
Centa D. Culers
Senior Manager African Safaris

Auf der zweiten Seite waren verkleinerte Kopien seines Passes, seines Jagdscheins und des Visums abgebildet. Pieter kratzte sich am Kopf.

Einer der Hausboys ging vorbei.

»Master Pieter, Frühstück?«

»Komme sofort Henry, muss mir bloß etwas anziehen.«

Er ging in sein Zimmer zurück, zog ein weites Kakihemd an, dazu eine grasfarbene Hose mit Gürtel, Hosenträgern und kräftigen Taschen. Den Gurt mit dem Holster für den Revolver würde er später umschnallen.

Beim Essen, ein Toast mit zwei Spiegeleiern, Tee und Früchte, ließ er sich das Fax nochmal durch den Kopf gehen.

Keine Adresse des Wohnorts – unüblich. KKK für »sehr wichtiger kommerzieller Kunde« – relativ selten. Ein Deutscher aus Österreich – welche Branche? Nur drei Nächte hier und nur Büffelbullen, davon gleich fünf Stück – sehr unüblich.

»Zum Vergnügen kommt der bestimmt nicht her«, orakelte er.

»Gibt's was Neues, Pieter?«, fragte sein Kollege Denis Heerenburg auf Afrikaans. Er war ebenfalls Südafrikaner und sein bester Freund. Der setzte sich zu ihm an den Tisch und trank geräuschvoll aus seiner Teetasse.

Wortlos reichte Pieter ihm das Fax. Denis las es durch.

»Wirklich komisch! Ich wünsche dir viel Spaß bei dieser Safari.«

Pieter lachte. »Hört sich nicht nach großem Trinkgeld an.«

»Ich muss jetzt mit den beiden Amerikanern zum ‚Swarte Veld'. Die wollen heute ihre Antilopen schießen.«

Denis stand auf, nahm seine Tasse und ging los.

»Pass auf die Büffel auf«, sagte er im Hinausgehen.

»Werde ich, Denis, werde ich. Ich kenne die schwarzen Teufel ja zur Genüge«, antwortete Pieter, obwohl sein Freund ihn nicht mehr hören konnte.

Zwei Tage später holte er den Kunden vom Flughafen ab. Der Zoll war, wie immer, ein Problem, doch mit einem Fünfzig-Dollar-Schein blieben sie unter drei Stunden. Die Zöllner kontrollierten nur die Papiere und die Zollsiegel an den Verschlüssen der drei großen Alukisten.

Pieter stellte sich vor und wünschte dem Kunden einen schönen Aufenthalt. Sein Deutsch war ordentlich: »Herzlich Willkommen, Herr Weingart.«

Der schüttelte ihm die Hand.

»Bloß nicht so formell! Ich heiße Christian.«

Christian Weingart war ein dicklicher Mann, vielleicht einen Meter siebzig groß, aber mindestens einhundert Kilogramm schwer. Er schwitzte stark und roch nach Schweiß.

»Ich weiß, dass ich stinke. Ich kann mich selbst nicht mehr riechen. Ich brauche eine Dusche.«

»Da musst du noch vier Stunden warten. Es sind zweihundert Kilometer bis zur Blue Mountain Lodge.«

»Dann wollen wir mal«, meinte Weingart und verdrehte die Augen. »Hoffentlich hältst du mich im Auto aus.«

»Kein Problem. Die alte Kiste hat schon tote Nashörner, die vier Tage auf dem ‚Veld' gelegen haben, transportiert. Die stanken echt schlimm!«

Beide lachten, hoben die drei Kisten auf die Ladefläche des Land Rovers und machten sich auf den Weg. Pieter holte zum Trost zwei eiskalte Biere aus der Kühlbox, und beide leerten die Dosen mit einem Zug.

Eine Stunde später, nach dem dritten Bier, war Weingart eingeschlafen. Er schnarchte leicht mit geöffnetem Mund und ein Speichelfaden lief an seinem rechten Mundwinkel runter.

»Wenn der auf den Büffel schießt, nehme ich das Biest besser auch gleich ins Visier. Der schaut nicht so aus, als wäre er ein großer Jäger«, dachte Pieter.

Wobei er sicherheitshalber das Jagdwild seiner Gäste immer mit anvisierte.

Am nächsten Morgen weckte Pieter seinen Gast und nahm ihn mit zum Frühstück. Bei Tisch sprachen sie, völlig unüblich, nicht über die Jagd, sondern über die Veränderungen, die die deutsche Wiedervereinigung in Europa ausgelöst hatte. Pieter merkte sehr schnell, dass Weingart ein gebildeter und sprachlich gewandter Mann war. Wenn Pieters Deutsch nicht mehr ausreichte, wechselte Christian blitzschnell in ein außerordentlich gutes und flüssiges Englisch über.

»Du sprichst ausgezeichnet Englisch, Christian«, meinte Pieter. »Was machst du beruflich?«

»Ich habe eigentlich Maschinenbau studiert, mich dann aber mit Waffentechnik befasst. Heute bin der Leiter der Waffen- und Munitionsentwicklung in einer kleinen, aber feinen Waffenfirma in Österreich. Wir arbeiten viel für Steyr Mannlicher und für Blaser in Deutschland.«

»Aha«, meinte Pieter, »darum KKK.«

Er trank von seinem Tee, der nur noch lauwarm war.

»KKK?«, wunderte sich Weingart.

»Du wurdest mir als ‚wichtiger kommerzieller Kunde' angekündigt.«

»Welch eine Ehre!« Er trank seinen Tee aus und meinte: »Wann geht's los?«

»Fangen wir mit deiner Waffe an.«

Beide standen auf und gingen aus dem Speiseraum, überquerten den Rasen zum Bungalow # A1, dem am nächsten gelegenen Gebäude. Er sah außen und innen genauso aus, wie die anderen Bungalows des Typs A, aber er besaß einen Waffenschrank. Manche Kunden wollten ihre teueren Waffen nicht in den Tresorraum im Haupthaus lagern.

»Na, dann zeige mir mal deine Mannlicher.«

Pieter erwartete eine der Topwaffen in edler Ausführung vom Kaliber .375 H&H, für die die österreichische Waffenschmiede berühmt war.

Weingart schloss die Tür zu seinem Bungalow auf, der komplett aus Bruchsteinen gemauert war. Er hatte ein Blechdach, zwar ein Stilbruch, aber die traditionellen Grasdächer pflegten eine Unmenge kleiner krabbelnder, beißender Untermieter zu beherbergen und einige von denen konnten sich als recht unangenehm erweisen. Afrikanische Kobras schliefen tagsüber gerne unter den Grasdächern und nachts trat man dann auf sie, wenn man von der Bar ins Bett wollte. Und mit einem Kobrabiss war überhaupt nicht zu spaßen. Im Wohnraum öffnete der Deutsche den Waffenschrank und nahm die Waffe heraus.

Pieter war sprachlos. Schwarzer Kevlarschaft, ein kannelierter Lauf, eine Waffe mit Magazin für fünf, eventuell sechs Schuss. Fast wie eine Kriegswaffe sah sie aus. Weingart schob ein kurzes optisches Visier, ein Bushnell Holo Sight, auf eine Schiene, in der es mit einem Klicken einrastete. Die Kimme war eingeklappt, das Korn würde man bei diesem Visier nicht brauchen.

»Was ist das denn?«, fragte Pieter. »Eine Waffe dieser Bauart habe ich noch nie gesehen. Schaut aus wie ein überdimensioniertes deutsches H&K G 3.«

Weingart blickt ihn über seinen Brillenrand hin an. »Guter Vergleich! Die beiden Waffen haben in der Tat eine ähnliche Konstruktionsart.«

Er bückte sich und entnahm der Kiste ein gefülltes Magazin. Das Kaliber schien mächtig zu sein.

»Welches Kaliber?«, wollte Pieter wissen.

»Das sage ich dir später. Lass dich überraschen!«

Pieter schüttelte den Kopf. »Der Mann wird immer merkwürdiger«, dachte er.

Mittlerweile hatte der Jäger noch einen grünen Schonüberzug aus der Kiste genommen, in den er jetzt das Gewehr steckte.

Zum Schluss zog er eine ärmellose Schießweste an und schloss sie mit langen, quer liegenden Klettbändern. Sie war durchgehend dunkelgrün und besaß keine Lederaufnäher an der Schulter wie die meisten Schießwesten. Pieter sah genau hin. Der Bereich der rechten Schulter schien deutlich verstärkt zu sein.

»Ich bin reisefertig«, meinte Weingart mit einem kleinen Lächeln. »Schau nicht so entgeistert!«

Gut zwei Stunden später, Pieter hatte seinem Jagdgast die Treffpunkte bei einem Büffel genau erklärt, verließ der Landrover die staubige Piste und bog ins Unterholz ab.

»Da sind sie, Master Pieter und Sir«, sagte der Fahrer. Er war pechschwarz und lachte über das ganze Gesicht. »Dort drüben!«

»Danke, Peter.«

Der Fahrer lachte noch mehr, schaute den Jagdgast an und erklärte auf Englisch: »Zwei Pieter, ein weißer Pieter und ein schwarzer Peter. Name ist gleich, nur Farbe ist anders.« Er lachte noch mehr.

Wahrscheinlich machte er den Spruch bei jedem neuen Gast.

Auf der Savanne stand, in gut einhundertfünfzig Meter Entfernung, eine Herde von Kafferbüffeln. Mächtige, schwarze Tiere, die Bullen mit gewaltigen Hörnern, die Kühe schlanker und zumeist mit einem Kalb zusammen.

Weingart nahm seine Waffe aus der Hülle. Er hatte sie auf der Fahrt zwischen seine Füße gestellt und gut festgehalten.

»Such dir einen Bullen aus!«

Pieter entsicherte vorsichtig seine Winchester und zeigte auf ein Tier am linken Rand der Herde. Es stand quer zu den Jägern, hatte aber seinen Kopf in ihre Richtung gedreht. Die vorsichtigen Büffel konnten extrem gut hören und sehen, ihnen entging nichts. Aber die Menschen hatten die Fluchtdistanz nicht unterschritten. Sie erschienen der Herde bemerkenswert, aber nicht gefährlich.

Christian schaute durch sein Fernglas. »Was ist mit dem großen Tier direkt vor uns? Der Bulle hat mindestens eintausend Kilogramm.«

Er deutete auf das Tier, welches ihnen am nächsten stand. »Geht nicht«, antwortete Pieter. »Der steht falsch! Er zeigt uns seine Stirn. Ein Schuss verursacht dem nur Kopfweh, durch sein Hornschild geht kein Geschoss durch!«
Mittlerweile hatte Weingart die Waffe repetiert und legte sie auf den Büffel an. Seine Beine waren schulterbreit gespreizt, der linke Fuß einen Schritt vorgestellt, die Waffe fest in die Schulter eingezogen.

Pieter sah ihm verblüfft zu. »Christian, lass das besser! Das haben schon andere probiert und nicht wenige haben dann mit ihrem Leben bezahlt.« Er hob seine eigene Waffe.

»Die hatten aber nicht diese Waffe!«, sagte Weingart halblaut und drückte ab.

Der Knall war Ohren betäubend, der Rückstoß der Waffe ging nach hinten und oben los, aber Weingart fing ihn geschickt ab. Er ging blitzschnell wieder in Schussposition, aber das war nicht mehr notwendig. Der Büffel war zusammengebrochen, als hätte ihn der Blitz getroffen. Die gesamte Herde drehte ab und rannte davon. Pieter schaute durchs Fernglas. Die Beine des Büffels waren scheinbar vorne und hinten eingeknickt und das Tier lag völlig bewegungslos auf dem Bauch. Der Kopf war nach vorne gesunken, die Kehle des Tiers lag flach auf dem Boden auf.

Pieter setzte sein Fernglas ab. »Der Bulle ist tot.« Er reichte seinem schwarzen Namensvetter sein Gewehr. Hinter den beiden sagte Peter, ihr Fahrer, etwas laut in seiner Muttersprache. Weingart verstand kein Wort, wohl aber den Tonfall. Es hörte sich an wie »Donnerwetter« oder so ähnlich.
Pieter war momentan überrascht und überlegte, was hier noch anders gewesen war. Es fehlte einfach etwas, ein vertrautes Geräusch, das bei einem Schuss aus einer großkalibrigen Jagdwaffe in der Regel zu hören war. Jetzt fiel es ihm ein. Es fehlte das Aufklatschen des schweren Geschosses auf den Tierkörper. Ein Laut, der in der Regel bei der Großwildjagd direkt nach dem Brechen des Schusses zu hören war. Schwere Projektile flogen deutlich langsamer als zum Beispiel ein Geschoss aus einem Gewehr im Kaliber .308 Win, einem militärischen Standardkaliber. Das Projektil musste

eine außergewöhnlich hohe Brisanz besitzen. Weingart hatte die Waffe abgesetzt. Er hob die Hülse auf, die nach rechts ausgeworfen worden war.

»Die Waffe ist ja ein Halbautomat«, registrierte Pieter. Das war völlig unüblich für Jagdwaffen. Zumindest hatte er noch nie eine gesehen.

»Ich muss mir das Tier ansehen. Gehen wir, es sind nur die paar Meter.«

Pieter drehte sich zu dem Fahrer um. »Wir gehen. Komm gleich mit dem Wagen nach.«

»Ja, Master.« Peter schaute befremdet seinen Boss an. Dass der jetzt in seinen Augen zwei Fehler machte, sagte er nicht.

»Fahre mit dem Auto zum erlegten Großwild und lege im ‚Veld' nie deine Waffe aus der Hand«, dachte er sich. »Das hat mir der Master immer wieder gesagt.«

Der alte Löwe war auf das Geschehen aufmerksam geworden, als die Büffel fortrannten. Tief ins trockene Gras gedrückt, war er für die Menschen unsichtbar. Er wolle auch nicht gesehen werden, denn den komischen zweibeinigen Wesen ging er lieber aus dem Weg. Nun roch er das Blut und der Hunger, der in seinen Eingeweiden wühlte, ließ ihn alle Vorsicht vergessen. Er erhob sich blitzschnell, während ein tiefes Knurren aus seiner Kehle kam und rannte los. Auch ein alter Löwe ist im Vergleich zu Menschen immer noch ein sehr schnelles Tier.

Peter sah den beiden nach, als sie durch das kniehohe Gras in Richtung des toten Büffels liefen. Sein Master lief voraus und der dicke weiße Mann folgte ihm auf dem Fuß. Er trug einen kleinen Rucksack und die große, schwere Waffe lag waagerecht in seiner rechten Hand. Sie war perfekt austariert. Er wollte sich gerade umdrehen und zu seinem Geländewagen gehen, als er links von den beiden ein großes Tier loslaufen sah.

»Simba, Löwe, dort links!«, schrie er so laut er konnte. »Master, Simba!«

Pieter und Weingart fuhren herum. Der Löwe war weniger als fünfzig Meter von ihnen entfernt. »Pass auf, Christian!«, rief Pieter. Seine rechte Hand fuhr zum Holster und zog den Revolver. Auf kurze Entfernung töten die schweren Halbmantelgeschosse eines S&W Revolvers, Kaliber .44, auch solch eine große Katze. Aber man musste sie sehr nahe an sich rankommen lassen und dann schoss man besser nicht daneben!

Er erlebte die nächste Überraschung des Tages. Sein Gast riss mit einer fließenden Bewegung seine Jagdwaffe an die Wange und, noch ehe Pieter seinen Revolver in den Anschlag bringen konnte, krachte direkt neben seinem Ohr der Schuss. Noch Wochen später sollte er ein Piepsen in seinem linken Ohr vernehmen.

Der Schuss traf den Löwen kurz unterhalb des Kinns in die Brust und stoppte ihn sofort. Das Tier wurde hochgerissen, überschlug sich nach hinten, schlug auf den Boden auf und rührte sich nicht mehr. Auch diesmal suchte Weingart die ausgeworfene Hülse, hob sie auf und steckte sie ein.

Er schaut seinen Jagdleiter an und meinte mit einem kurzen Schulterzucken: »Um den können wir uns später kümmern. Ich muss mir jetzt den Büffel anschauen.«

»Wenn du meinst.« Pieter van Hoogem dämmerte es langsam, dass er den Deutschen völlig unterschätzt hatte. Der bewegte sich schnell wie eine Schlange, war ein hervorragender Schütze und besaß scheinbar Nerven wie Drahtseile.

Mittlerweile war Peter mit dem Land Rover gekommen.

»Lade den Löwen auf und komme dann zum Büffel. Und gibt mir mein Gewehr!« Peter gab es ihm und stieg in sein Fahrzeug. Die beiden Weißen gingen weiter.

»Ist der Löwe nicht zu schwer für den Fahrer?«, wollte Weingart wissen.

»Nein, der Rover ist mit einer Winde ausgerüstet. Über eine Rolle kann er den Löwen hochziehen.«

Pieter starrte den toten Büffel an. Das Projektil war mitten durch das zehn Zentimeter dicke Hornschild zwischen den beiden Hörnern gedrungen und hatte es in der Mitte gespalten. Danach war es durch den Kopf gerast, hatte den Hinterkopf des Büffels aufgerissen und Gehirnmasse, zusammen mit Blut und Knochensplittern in Form einer breiig-roten Masse über den Rücken des Tiers verteilt. Der Kopf lag in einem unnatürlichen Winkel auf dem Boden auf und Pieter erkannte, dass das Genick gebrochen war. Das verformte Geschoss war weiter hinten in den Körper eingedrungen und hatte eine Wunde von der Größe einer doppelten Handfläche im Rücken des Tieres verursacht. Nun steckte es wohl wahrscheinlich im Rückgrat.

Weingart nahm den kleinen Rucksack vom Rücken, öffnete ihn und entnahm ihm eine Minox, einen kleinen Block und ein aufrollbares Metallmaßband, eines wie es Handwerker gerne benutzen.

»Soll ich dich von vorne oder von der Seite mit der Trophäe fotografieren, Christian?«

Der schaute ihn verständnislos an. »Wieso mich fotografieren? Ich bin doch nicht auf einer Safari! Ich erprobe eine neue Waffe.«

Er nahm die kleine Kamera und fing an, das Einschussloch, die Wunden und dann das ganze Tier systematisch zu fotografieren. Anschließend vermaß er den Büffel und schrieb alles auf seinen kleinen Block. Jede Seite war eine Art Formular, wie Pieter sehen konnte.

Der Geländewagen kam und Peter stieg aus. Hände, Kleidung und sogar sein Gesicht waren mit dem Blut des toten Löwenmännchens beschmiert.

»Master«, meinte er, »Master, Sir. Simba is very, very dead!«, und er deutete auf den toten Löwen, der auf dem Dach des Wagens lag. Dessen Blut lief an der Seitenscheibe runter und tropfte auf den Boden.

»Löwe ist wirklich viel tot!«, fügte er noch einmal hinzu.

Christian Weingart war mit seiner Arbeit fertig geworden, bei der van Hoogem wortlos und irgendwie ratlos zuschaute.

»So etwas habe ich noch nie gesehen. Kann ich mir mal eine Hülse anschauen?«

Weingart reichte ihm eine: »Kennst du die?«

Pieter schaute auf den Boden der Hülse, dorthin, wo der Schlagbolzen das Zündhütchen trifft. Auf den Rand war halbkreisförmig „t x 50“ eingestanzt.

Er zuckte mit den Schultern.

»Noch nie gesehen. Ist das ein 50er Kaliber? Schaut eher aus wie Munition für ein schweres Maschinengewehr. Ist bestimmt keine Jagdmunition.«

Er gab Weingart die Hülse zurück. Dieser blickte ihn an.

»Du hast Recht«, meinte er nach einem Moment. Grundlage dieser Patrone ist das Kaliber .50 BMG. Wir kaufen die Hülsen bei Winchester in den USA und arbeiten sie bei uns im Werk präzise nach. Die Entwicklung des Geschosses wurde unter meiner Leitung durchgeführt. Hier, das ist ein Exemplar.«

Er holte eine Patrone aus der Tasche seiner Schießweste und gab sie Pieter.

Die Hülse einer .50 BMG ist knapp zehn Zentimeter lang, am Boden gut zwei Zentimeter im Durchmesser. Die Hülse läuft konisch zu und verjüngt sich auf den letzten zehn bis zwölf Millimeter deutlich. Das Geschoss hat normalerweise einen Durchmesser null Komma fünf Zoll, in der US-Schreibweise .50, metrisch ausgedrückt sind das zwölf Komma sieben Millimeter.

Das Geschoss, welches in der Hülse steckte, unterschied sich deutlich von denen, die Pieter bisher zu Gesicht bekommen hatte. Es schaute rund fünf Zentimeter aus der Hülse heraus. Auf den ersten zwei Zentimetern ähnelte es der Basis eines normalen Geschosses, doch der vordere Teil bestand aus einem zirka dreißig Millimeter langen, rund sechs Millimeter dünnen Stab mit leichter Spitze, hergestellt aus einem matt-silbrig glänzenden Material.

Christian erklärte: »Die Basis des Geschosses steckt einen Zentimeter tief in der Hülse und schaut zwei Zentimeter heraus. Dieser Teil des Geschosses besteht aus Messing und wurde von uns mit Präzisionsmaschinen aus dem Vollen gedreht.«

Er zeigte auf den vorderen Teil des Geschosses.

»Der zweite dünne, lange Teil besteht aus Iridium, einem Metall, das mit dem Platin verwandt ist. Nur viel dichter und teuerer«, fügte er hinzu und grinste.

»Ein Projektil kostet, nur das Projektil wohl gemerkt, zweihundertachtundzwanzig Dollar!«

»Aha«, war das Einzige, was van Hoogem antworten konnte.

Am Nachmittag, nach einer kurzen Pause, einem Sandwich und

einer Flasche Mineralwasser, wollte Weingart den zweiten Büffel schießen. Sie fanden die Herde nach kurzer Fahrt von rund zwei Kilometer entfernt.

»Ich brauche einen Herzschuss«, meinte Weingart.

Diesmal schoss er einen stattlichen Bullen von der Seite. Der wurde umgerissen, als wäre er gegen eine Lokomotive gelaufen. Bei der Untersuchung stellte sich heraus, dass das Einschussloch einen Durchmesser von knapp zwei Zentimeter hatte, während die Ausschussöffnung so groß wie der Kopf eines Mannes war. Teile des Herzens, der Rippen und eine Unmenge von kleinen Knochensplittern und Fleischfetzen bedeckte einen kleinen Busch in zehn Meter Entfernung.

Wieder das gleiche Verfahren: Fotografieren, Vermessen, Eintragen. Das tote Tier ließen die beiden Jäger liegen.

Sie suchten die Herde, die diesmal weiter als zwei Kilometer weggelaufen war. Bei seinem dritten Versuch schoss Weingart auf die Lunge eines mächtigen Bullen. Das Ergebnis sah nicht viel anders aus, als beim zweiten Schuss. Das anschließende Verfahren blieb gleich. »Wenn wir schon dabei sind, dann schießen wir auch noch einen vierten Bullen«, meinte er gut gelaunt und schwang sich in den Land Rover.

Peter schlug ein Kreuz und Pieter murmelte: »So ein Schlächter!« Aber mehr bewundernd als abwertend.

Das vierte Tier war ein junger Bulle, mit relativ kleinen Hörnern und vielleicht einem Gewicht von sechshundert Kilogramm. Weingart schoss ihm in die Brust und der Büffel wurde nach hinten umgerissen. Das Geschoss drang durch den gesamten Brustkorb, zerfetzte die Lunge, verwandelte die Eingeweide in einen blutiggrünen Matsch und trat am Oberschenkel des rechten Hinterlaufs wieder aus.

Als sie am Abend ins Lager kamen, waren sie alle mit Blut verschmiert, dreckig und müde. Sie stanken nach Büffel und Büffelscheiße. Nach der Dusche gab es Abendessen. Ihr Fahrer hatte sich sofort verzogen, um den Wagen zu waschen. Außerdem war ihm der Deutsche nicht geheuer.

Pieter wollte vorschlagen, nach dem Essen an der Bar noch einen Drink zu nehmen, aber Weingart kam ihm zuvor.

»Ich habe eine gute Flasche Single Malt im Gepäck. Gehen wir in meinen Bungalow, nehmen uns einen oder zwei. Und dann erkläre ich dir die Waffe. Den fünften Büffel morgen schenke ich dir.« Er fügte hinzu: »Wenn du möchtest!«

»Und ob!«, versicherte ihm Pieter.

Der Whisky war erstklassig und Pieter fragte erst gar nicht, was der edle Stoff wohl gekostet hatte. Er wollte nicht darüber nachdenken, dass er ein Getränk schluckte, welches pro Flasche ein Drittel seines bescheidenen Monatsgehaltes verschlungen hätte.

Weingart erklärte ihm die Waffe: »Freischwingender, kannelierter Lauf aus bestem österreichischen Stahl, vier Zentimeter Durchmesser, gut einen Meter lang, vier Züge.«

Pieter hörte interessiert zu.

»Das Magazin hat fünf Schuss plus einen im Patronenlager. Halbautomat, durchgeladen wird, wie bei einem deutschen G 3, mit der linken Hand über diesen umklappbaren Hebel.« Er machte es vor.

»Aber das Wichtigste von allem ist das integrierte Dämpfersystem in der Schulterstütze. Ohne die Dämpfung könnte man die Waffe freihändig gar nicht beherrschen. Drei kleine Gasdruckstoßdämpfer von SACHS vermindern den Rückstoß um über fünfzig Prozent. Nicht nur nach hinten, sondern auch nach oben.«

»Damit kann man einen Saurier schießen«, scherzte Pieter.

»Bestimmt. Es gibt aber leider keine mehr«, grinste Weingart. Er stellte eine Patrone auf den Tisch.

»Trotzdem nennen wir das Kaliber .501 T-Rex.«

Am nächsten Morgen zog Pieter die Schießweste an, ebenfalls eine Neuentwicklung aus Österreich. Sie besaß im Schulterbereich eine Kammer, die mit einem halbflüssigen Gel gefüllt war, das sich bei starkem Druck blitzschnell verhärtete. Durch Kanäle wurde ein Teil des Gels in andere Bereiche der Weste geleitet, wobei sich Energie abbaute.

»So bleibt der Rückstoß ähnlich dem einer .375 H&H, den man, wie du ja weißt, mit einiger Übung durchaus gut vertragen kann«, erklärte Weingart. Pieter stimmte ihm zu, mit der .375 H&H hatte er oft geschossen, und auch viele Kunden nutzten dieses Kaliber für die Großwildjagd.

»Und für wen baut ihr diese Waffe?«

Weingart schwieg einen Augenblick. »Das habe ich mich auch schon gefragt. Ich bekam den Auftrag und ließ sie herstellen«, meinte er nachdenklich. »Und wenn ich es wüsste, dürfte ich es dir nicht sagen. Das kannst du dir sicher denken.«

»Ich verstehe«, meinte Pieter, »aber solch eine Waffe kaufen nur Militärs oder spezielle Einsatzgruppen der Polizei.«

Sie fuhren wieder hinaus, und diesmal schoss Pieter einem großen Bullen aus gut zweihundert Meter Entfernung in den After. Vorher war das Holo Sight gegen ein konventionelles Zeiss Zielfernrohr getauscht worden, von der Art, das auch von Polizei und Militär verwendet wird.

Der Bulle machte noch einen kleinen Sprung und fiel dann sofort um. Das Geschoss war durch den ganzen Körper gejagt, zerstörte die Eingeweide, Lunge, Herz und trat an der rechten Halsseite wieder aus. Wieder fotografierte und vermaß Weingart alles, um die Ergebnisse in den Block einzutragen.

»Das war es. Wir können zurück«, war sein einziger Kommentar.

Weingart blieb noch eine Nacht in der Lodge und Pieter brachte ihn früh morgens zum Flughafen. Beide Männer verabschiedeten sich herzlich.

»Komm bald wieder, Christian!«

»Wenn du einen Saurier gefunden hast, rufe mich. Ich komme sofort.«

Beide lachten laut, nur der schwarze Fahrer sagte nichts.

Peter war froh, dass der Deutsche wieder wegflog. Er hatte Angst vor ihm, obwohl er fünfzig Dollar Trinkgeld bekommen hatte.

Pieter van Hoogem erhielt dreihundert Dollar Trinkgeld.

Intelligence eins

Der Radfahrer war bekleidet mit einer kurzen, grauen Hose, einem T-Shirt von der gleichen Farbe und einer blauen Weste. Auf seinem Rücken trug er einen kleinen Rücksack, aus dem eine Wasserflasche herausschaute. Um seinen Hals hing eine Nikon Spiegelreflexkamera mit einem langen Zoom, die bei jedem Tritt in die Pedale hin und her schwang. Dann und wann hielt er an und fotografierte: die Gegend, alte Häuser, Vögel. Eben alles, was Fotografen interessant finden.

Besonders angetan war er von einem alten Fabrikgebäude, in dem neuerdings wieder gearbeitet wurde. Er machte Fotos von allen Seiten, im Gegenlicht, bei Sonnenuntergang. Als ein weiterer Film voll war, radelte er schnell davon, als habe er es plötzlich eilig. In den nächsten Tagen standen regelmäßig verschiedene Autos in der Nähe des Fabrikgebäudes, eigenartigerweise immer auf dem gleichen Parkplatz. Deren Fahrer fotografierten auch, ihre bevorzugten Motive waren Fahrzeuge. Alle LKW und PKW, die das Gelände verließen, wurden auf Film gebannt. Und immer waren die Nummernschilder gut zu erkennen. Auch die Leute, die aus- und eingingen, wurden großformatig abgelichtet.

Die Filme gingen per Kurier in die USA und dann nach Offutt, wo sie der Captain in DIN A-4-Größe auf Hochglanzpapier vorgelegt bekam. Ex-Major Burns und Ex-Sergeant Windham identifizierte man sofort. Die anderen Leute waren Anwohner, alle ehemalige Werftarbeiter.

Die Lieferfirmen kamen aus Deutschland, Belgien, Holland und Polen. Sie lieferten Edelstahl, diverse Metalle, Transformatoren, armdicke Kupferkabel, Hochspannungs-Schaltschränke, extrem festes Schutzglas, Computerteile und nicht identifizierbare Gegenstände in Kisten und festen Boxen.

Hinter allen Bestellungen und Zahlungen stand dieser Gerhardt von Meckenheim, der in Berlin in seiner Wannseevilla residierte und regelmäßig wegen „der Teilnahme an Jagdsafaris" für zehn Tage oder länger von der Bildfläche verschwand.

Eines Tages wurden Iridiumstangen an von Meckenheims Adresse geliefert, angeblich für das Waffengeschäft im Erdgeschoss. Der Inhaber, ein Jürgen Haferkorn, war allerdings nicht dessen Besitzer, wie die CIA herausfand, er war nur der Pächter. Der Besitzer der Firma, man konnte es sich fast denken, war Freiherr von Meckenheim. Ein CIA-Mitarbeiter ging in das Waffengeschäft und verlangte zwei Schachteln Pistolenmunition vom Kaliber 9 mm Para.

»Es tut mir leid, aber diese Munition führe ich nicht. Ich bin ausschließlich auf Jagdwaffen der oberen Preisklasse und der dazu passenden Munition spezialisiert«, erklärte Haferkorn freundlich.

Dann lieferte die Firma Winchester tausend Hülsen des Kalibers .50 BMG von der Güteklasse A1+. Das war zwar nicht verboten, erschien aber dem Staatsschutz sehr interessant. Jetzt überwachten die CIA und der Staatsschutz des Bundeslandes Berlin die Aktivitäten von Global Hunting International Ltd. in Deutschland. Nach einer Konferenz beschlossen hochrangige Vertreter beider Dienste, dass die CIA alleine weiter ermitteln sollte, da es sich in erster Linie um amerikanische Staatsbürger handelte. Der Staatsschutz würde nur auf Antrag Amtshilfe leisten.

In Offutt entschied ein Colonel: »Wir werden uns die Sache genauer anschauen!« Zwei Spezialisten für unbemerktes Eindringen in Gebäude machten sich auf den Weg nach Usedom.

MMT

Der MMT war eine mächtige Maschine. Zehn mal sechs mal vier Meter ergaben ein Volumen von 240 Kubikmeter. Die Mitarbeiter nannten sie „Shuttlemodul“, da sie glaubten, sie würde für eine Discovery-Mission der NASA gebaut. Und deren Bausteine bezeichnete man wohl mit dem Begriff „Module“. Nur der Betriebsleiter, Malte Schröder, glaubte nicht an die Weltraumgeschichte. Das Bauteil war viel zu schwer, man hätte es in einem Reinraum bauen müssen und außerdem, wo sollte man im Weltraum die benötigte Energie hernehmen?

»Lassen Sie die Leute das glauben, Herr Schröder!«, belehrte ihn Burns, der mittlerweile einigermaßen Deutsch sprach. Wenn seine Kenntnisse nicht ausreichten, verfielen beide in ein Gemisch aus Deutsch und Englisch. Außerdem übersetzte Detlef bei Bedarf.

»Ich darf Ihnen wirklich nicht sagen, wozu die ‚Unit‘ gebaut wird. Sie müssen das verstehen und akzeptieren!«

Schröder stimmte zu, machte sich aber so seine Gedanken. Die „Unit“ war aus Modulen zusammengesetzt, so ließ sie sich relativ schnell zerlegen, wieder zusammenbauen und auch besser transportieren. Die Männer standen im Büro zusammen, über technische Zeichnungen gebeugt.

»Wann sind wir fertig, Herr Schröder?«, wollte Burns wissen.

»Am kommenden Dienstag. Die Arbeiter sind gerade dabei, alles zum zweiten Mal zu überprüfen.«

»Wenn alles in Ordnung ist, sind Sie und die Arbeiter wohl urlaubsreif. Stellen Sie aber auf jeden Fall eine penible Überprüfung sicher.«

»Das werde ich«, bestätigte Schröder. »Ich bin auf jeden Fall bei jedem Check persönlich dabei und zeichne die Prüfprotokolle selber ab.« Er setzte seinen Helm auf und nahm seine Unterlagen.

»Ab Freitag bekommen alle Leute vierzehn Tage bezahlten Urlaub, danach bauen wir die zweite Maschine. Ich muss spätestens morgen nach Berlin.« Burns schüttelte Schröder die Hand. Er ging hinaus, Detlef folgte ihm.

Am Abend rief Burns von Meckenheim an und meldete den Abschluss der Arbeiten.

»Kommt nach Berlin, Thornton«, meinte von Meckenheim. »Ric kommt morgen aus Polen zurück, wo er mit Haferkorn die Waffen eingeschossen hat. Wir haben etwas zu feiern!«

Am Abend trafen sie sich wieder „Bei LOUIS“.

Detlef hatte Burns auf der Fahrt nach Berlin zugeflüstert: »Ich will nicht zu Gerd zurück!«

In dieser Nacht betäubte ein Einbrecher den Wachhund mit einem präparierten Stück Fleisch und drang geräuschlos in die Fabrik ein. Der Wachmann saß im Büro und schaute Fernsehen. Weil es kalt war, hatte er die Tür geschlossen. Eine Stunde später, bei seinem Rundgang, fand er den benommenen Hund. Er beschloss, seinen Mund zu halten und trug den Vorgang nicht in das Wachbuch ein.

In Berlin versuchte gleichzeitig ein zweiter Agent in das Waffengeschäft von Jürgen Haferkorn einzudringen. Es war unmöglich. Alle Türen bestanden unter dem Holzfurnier aus drei Zentimeter dickem Stahl, die Scharniere waren nicht zugänglich, die drei Schlösser Spezialanfertigungen, die Fenster mit hochfestem Stahl vergittert. Das gesamte Gebäude war durch Alarmanlagen in ein zweites Fort Knox verwandelt worden.

Was keiner der beiden Agenten bemerkt hatte: Sie wurden bei ihren Tätigkeiten durch Infrarotkameras gefilmt.

Versuch eins

Sie standen gebannt um die Maschine herum. Ein stabiles, rautenförmiges Gitter umschloss sie. Das Gitter aus Edelstahl war fest mit dem antimagnetischen Rahmen verschraubt. Armdicke Kabel führten durch eine Öffnung des Faradaykäfigs zu einem Hochspannungsschaltschrank. Alle Module standen innen entlang des Gitters aufgebaut, in der Mitte der Maschine hatte man so einen Platz von gut sechs mal vier mal vier Meter frei gelassen. Dort befand sich das Transportmodul, der Teil, mit dem man in die Vergangenheit reisen würde.

Gerhardt von Meckenheim drückte auf den großen roten Knopf und mit einem leisen Surren lief der MMT an. Ein grünes Licht über dem Eingang leuchtete auf, signalisierte die Startbereitschaft.

»Völlig unspektakulär«, dachte sich Windham. Auch den anderen gingen ähnliche Gedanken durch den Kopf.

Von Meckenheim nickte. »Versuch eins!«

Mithilfe einer Fernbedienung wurde die Eingangstür des Käfigs geöffnet, ein zweiter Knopfdruck, das Transportmodul ließ sich betreten. Detlef setzte die Katze, die er die ganze Zeit auf dem Arm gehalten hatte, in die Mitte des Raums. Sie fing an, die Milch zu trinken, die vorher dorthin gestellt worden war. Detlef verließ den Raum, beide Türen wurden von Burns per Fernbedienung verriegelt. Die Außenwände des Transportmoduls bestanden aus durchsichtigem, gut fünfzehn Zentimeter dickem Panzerglas. Die Katze schlürfte immer noch ihre Milch.

Den Startbefehl gab wieder von Meckenheim. »Jetzt!«

Ein tiefes Brummen ließ die Bauchmuskulatur vibrieren, das Außengitter des Käfigs begann zu knistern. Windham merkte, wie sich die Haare an seinen Armen aufrichteten. Das Glas des Transportmoduls wurde undurchsichtig.

Und plötzlich verschwand das Modul vor ihren Augen. Fast zwei Minuten blieben alle still. Burns brach das Schweigen.

»Oh heilige Scheiße!«

Windham ging rüber zum Computer. Auf dem Bildschirm liefen Zahlen rückwärts. 241, 240, 239, 238 ...

»Noch gut vier Minuten«, sagte er an. Die anderen schauten wortlos auf den freien Platz, wo das Modul wieder auftauchen musste.

Totenstille.

»Sechs, fünf, vier, drei zwei, eins ... jetzt!«, zählte Windham.

Das Brummen setzte für wenige Sekunden wieder ein, das Transportmodul erschien, das Glas wurde wieder klar. Burns öffnete die Türen. Alle stürmten ins Modul.

Die Katze saß direkt neben der Tür, jedes einzelne Haar ihres Fells stand ab. Sie schaute aus wie ein Staubwedel. Das Modul stank, die Katze hatte in jede Ecke uriniert und mehrere Haufen gemacht. In der Milchschüssel befand sich nur noch ein übel riechender Bodensatz. Als die Tür geöffnet wurde, schoss die Katze wie eine Rakete aus dem Raum, quer durch die Halle und verschwand unter der Hallentür durch nach draußen.

Detlef verzog das Gesicht. »Wie kann die in den paar Minuten so viel scheißen?«

»Krasnakow scheint Recht gehabt zu haben«, meinte Burns.

Detlef verstand die Bemerkung nicht.

Keiner wusste, wem die Katze gehörte. Sie war am Abend vorher mithilfe eines Fleischstückchens von Detlef angelockt und gefangen worden.

Der Besitzer der Katze, ein kleiner Junge, kam weinend zu seiner Mutter. »Mama, Minka ist so komisch! Sie kommt nicht mehr ins Haus. Ich wollte sie tragen, sie hat mich gekratzt. Es blutet.«

Die Mutter klebte ein buntes Pflaster auf den Arm ihres Sohns und tröstete ihn: »Morgen kommt sie schon wieder.«

Aber die Katze kam nie wieder ins Haus, nach ein paar Tagen verschwand sie für immer.

Der Fotgraf

In der Villa, die in der Zwischenzeit gemietet worden war, saßen sie im verdunkelten Wohnzimmer und schauten sich schon zum dritten Mal die beiden Infrarotfilme an. Man war sich klar, der Einbruch in die Halle und der gleichzeitige Einbruchsversuch in das Waffengeschäft waren kein Zufall. Die beiden Männer auf den Filmen gingen zielgerichtet vor, bewegten sich schnell und geschickt und wussten genau, was sie taten. Der „Fotograf" wie sie den Eindringling in die Fabrik nannten, machte im Dunklen Aufnahmen ohne Blitzgerät, musste also höchst empfindliche Filme besessen haben, die man nicht in jedem Fotogeschäft kaufen konnte. Der andere, sie bezeichneten ihn als „Waffenliebhaber", hatte lediglich fünf Minuten gebraucht, um festzustellen, wie einbruchssicher das Herrenhaus geschützt war. Beide hatten keine Spuren hinterlassen. Auf Burns dringende Nachfrage hin gab der Nachtwächter seine Verfehlung zu. Man kündigte ihm fristlos.

»Die waren vom Geheimdienst«, meinte Burns. »Der Fotograf kommt sicher wieder. Er will die ganze Maschine sehen.«

Alle stimmten ihm zu und sie beschlossen ihn zu fangen.

Windham und Detlef saßen tagsüber im Büro und überwachten von dort aus die Umgebung. Als sie den unauffälligen VW Golf mit Rostocker Nummernschild zum dritten Mal sahen und das bei schlechtem Wetter, wussten sie, man überwachte die Fabrik. Am Freitagabend ließen sie die Tür der „Unit' und zum Transportmodul offen. Das würde den Fotografen reizen.

Der neue Wachmann zog sich in das Büro zurück und machte exakt jede volle Stunde seinen Rundgang um das Gebäude. Dafür benötigte er gut sieben bis acht Minuten. Anschließend saß er wieder im Büro und schaute Fernsehen.

Der „Fotograf" ließ den Golf auf einem Parkplatz, gut zweihundert Meter von der Fabrik entfernt, stehen. Er schloss das Auto nicht ab und steckte den Schlüssel in den Spalt zwischen Rückenlehne und Sitzfläche des Fahrersitzes. Im Ernstfall konnte er so blitzschnell den Wagen starten und verschwinden. Er trug dunkle Joggingschuhe mit weichen Sohlen, eng anliegende Leggings, einen schwarzen Rollkragenpulli, einen schwarzen wind- und wasserfesten Blouson und eine dunkelblaue Mütze. Sein Gesicht hatte er nicht geschwärzt, er konnte aber die Mütze runterrollen und sich so vermummen. Am Nachmittag waren von ihm zwei Augenschlitze passend in den Stoff der Mütze geschnitten worden. In seiner Hüfttasche befand sich eine kleine Leica Sucherkamera mit einem sehr lichtstarken Objektiv. Washington verlangte weitere Aufnahmen.

Er joggte in Richtung Fabrik. Für den Fall, dass ihn jemand sehen würde, spielte er den verrückten Sportler, der in dunkler Nacht bei feuchtem, kaltem Wetter seinem Hobby nachging. Aber er war alleine in der Dunkelheit.

Das Eindringen war einfach. Er wartete zwei Minuten, flach auf dem Boden liegend, bis der Wachmann vorbei war. Den Maschendrahtzaun schnitt er über dem Boden auf, kroch durch die Lücke und verschloss sie hinter sich provisorisch. Dann huschte er wie ein Schatten zur Eingangstür. Das Schloss zu knacken war mit dem Spezialdietrich kein Problem, nach fünf Minuten war er in der Halle. Durch die Oberlichter fiel diffuses Licht von den Außenscheinwerfern in die Halle. Wie man in Washington richtig vermutet hatte, als man feststellte, dass alle Arbeiter Urlaub nahmen: Die Maschine war fertig.

Er fotografierte sie von allen Seiten. Ein einfacher Job. Er bemerkte, dass die Zugangstür zur Maschine nur angelehnt war. Vorsichtig öffnete er sie und schlüpfte hinein. Er lauschte und wartete drei Minuten: kein Alarm! Innen machte er weitere zehn Aufnahmen. Wie gewöhnlich führte er noch einige zusätzliche Filme mit sich, von denen er jetzt einen einlegte. Seine Leica beherrschte er mit verbundenen Augen. Auch die zweite Tür zu dem großen Innenraum aus Glas war offen, neugierig ging er hinein.

Plötzlich fühlte er sich unbehaglich. Nichts Konkretes, nur so ein Gefühl, ein Gefühl, welches ihm schon mehrfach in seiner Laufbahn das Leben gerettet hatte. Wer im Irak damals nicht das „richtige Gespür“ für Gefahr besessen hatte, war schnell ein toter Mann gewesen. Er lebte noch. Aber an diesem Tag kam sein Gefühl zu spät. Der Infrarotstrahl der Lichtschranke war beim Eindringen in das Transportmodul zwischen Sender und Empfänger unterbrochen worden. Die Glastür schloss sich blitzschnell hinter ihm. Vier grelle Halogenlampen gingen an und beleuchteten von außen den Raum mit den dicken Glaswänden. Er war gefangen.

Der stille Alarm schreckte die Vier beim Abendessen auf. Sie sprangen in den Mercedes und erreichten die Fabrik innerhalb von zehn Minuten. Der Wachmann hatte das Tor schon geöffnet und schloss es sofort wieder hinter ihnen. Sie stiegen aus.

»Gut gemacht!« Von Meckenheim klopfte dem Wachmann auf die Schulter.

»Danke!«, strahlte der, denn für diesen Erfolg waren ihm einhundert Mark extra versprochen worden.

Das Tor war noch unverschlossen und sie betraten die Halle. Der Agent hörte sie kommen, blieb aber ganz ruhig. Was konnten die ihm schon tun? Die Polizei würde kommen und ihn mitnehmen. Auf der Wache genügte ein Telefongespräch mit den deutschen Kollegen und morgen ging es ab nach Hause. In Deutschland war er „verbrannt".

Die Männer betrachteten den Schwarzgekleideten interessiert. Der schaute gleichgültig zurück, die Arme vor der Brust gekreuzt. Beide belichteten Filme hatte er mittlerweile verschluckt, einen dritten eingelegt und schnell ein paar Fotos geschossen. Sollten sie ihm ruhig die Kamera abnehmen!

»Was für ein komischer Vogel«, spottete Burns. Alle lachten. Nur von Meckenheim nicht.

»Mir kommt da so eine Idee«, meinte er.

Versuch zwei

Alle waren sprachlos und liefen im Büro auf und ab. Nur von Meckenheim saß entspannt auf einem Drehsessel und sah seine Mitarbeiter an. Minutenlang sagte niemand auch nur ein Wort.

»Gerd, was du vorhast ist Mord!«, meinte Burns.

»Was der Agent vorhatte, wäre unser Ruin«, entgegnete von Meckenheim.

Das ging schon seit drei Stunden so. Zuerst hatten sie die Idee lustig gefunden, als vorgeschlagen wurde, den Agenten „zu den Sauriern" zu schicken. Windham keuchte vor Lachen und beschrieb in allen Einzelheiten, wie der Mann vor dem T-Rex weglaufen würde. Doch dann wurden alle nachdenklich. Das würde seinen sicheren Tod bedeuten!

Von Meckenheim unterbrach die Diskussion.

»Es bleibt bei meinem Vorschlag! Wir benutzen ihn als ‚Versuchstier', aber ohne Wiederkehr. Gehen wir in die Halle.«

Die Männer kamen zurück, diskutierten heftig auf Deutsch. Der „Fotograf" hörte ihnen relativ verständnislos, aber entspannt zu. Zum einen verstand er die Sprache nicht, zum anderen konnte er kaum etwas erkennen, denn ihn blendeten die Halogenscheinwerfer. Was diskutierten die so lange? Wann würden die endlich die Polizei holen? Ihm wurde warm in dem hermetisch abgeschlossenen Raum, und plötzlich kam das Gefühl auf, dass irgendetwas ganz und gar nicht stimmte.

Plötzlich ging das grelle Licht aus, nur die normale Beleuchtung der Halle blieb eingeschaltet. Jetzt erkannte er mehr. Zwei der Männer schienen so Anfang bis Mitte dreißig zu sein, einer, der mit den längeren blonden Haaren, war jünger als dreißig. Der vierte Mann war um die sechzig, ein hochgewachsener, hagerer Offizierstyp mit vollen grauen Haaren, die sorgfältig frisiert ausschauten. Er trug eine dunkle Hose, ein weißes Hemd mit einem gelben Halstuch und, soweit der Agent erkennen konnte, eine schwarze Lederjacke. Über die Schuhe wunderte sich der Gefangene: hochhackige, spitze Cowboystiefel aus Schlangenleder. So etwas trug man doch in Texas und nicht hier im äußersten Norden Deutschlands. Dann verließen zwei der Männer die Halle wieder.

Sie waren nur noch zu zweit: der Ältere mit den grauen Haaren und der Kräftige, der aussah, als hätte er eine Sioux-Frau zur Mutter gehabt. Der Ältere, der Agent nannte ihn „Boss“, schaute zu ihm rüber, der andere hantierte an einem Computer, der sich außerhalb der Maschine befand. Er fühlte, wie der Boden vibrierte. Was hatten die vor?

Der zweite Mann, der „Indianer“, kam und stellte sich neben den „Boss“. Der drückte auf einen Knopf, auf den großen roten, den er selbst vorher auch fotografiert hatte. Ein tiefes Brummen erfüllte den Raum, eine Frequenz, die man deutlich im Bauch spüren konnte. Jetzt wusste er, sein Gefühl war richtig gewesen. Die hatten gar nicht vor, die Polizei zu rufen! War das eine Gaskammer? Die wollten ihn umbringen! Er fing an zu schreien, schlug mit den Fäusten gegen das Glas. »Lasst mich raus, ihr Schweine!«

Der CIA-Agent merkte, wie sich die Haare auf seinem Kopf aufrichteten, mittlerweile schwitzte er stark und der Schweiß lief ihm in die Augen. Während er versuchte ihn wegzuwischen, verlor er die Kontrolle über seine Blase. Das Glas wurde undurchsichtig, sein ganzer Körper kribbelte, ihm wurde schwarz vor Augen. Aus.

Sie waren wieder im Büro versammelt. Detlef und Burns schauten betreten. »Wenn der jemals wieder zurückkommt, erfahren die Geheimdienste alles«, dachten beide.

»Wie weit habt ihr ihn geschickt?«, wollte Burns wissen.

Windham schaute zu von Meckenheim rüber, der nickte leicht.

»Gut einhundertfünfundfünfzig Millionen Jahre zurück, ins ausgehende Jura. War schön warm in diesem Zeitalter.«

Jeder hing seinen Gedanken nach. Detlef redete als Erster.

»Komm wir fahren heim, ich bin müde.«

Alle waren müde, so kurz vor dem Morgengrauen, aber keiner konnte schlafen.

Am nächsten Vormittag stand das Transportmodul wieder in der Maschine. Leer, als wäre nie jemand darin gewesen. Aber es stank innen penetrant nach Urin.

Zwei Tage später fuhren Burns und Windham mit dem VW Golf rüber nach Polen. An der Grenze wurden sie als Amerikaner schnell abgefertigt. Zwei Männer im besten Alter, die gingen sicher auf Brautschau.

Der deutsche Zöllner dachte noch: »Lasst euch bloß nicht das Auto klauen. Ein Golf GTI ist in Polen äußerst beliebt.«

Beide gingen direkt hinter der Grenze auf einen „Polenmarkt", stellten den Wagen unter den wachsamen Augen von mehreren jungen Polen genau dort ab, wo man ihn besser nicht abstellen sollte, und zum ihrem Unglück ließen sie aus Versehen noch ein Fenster einen Spalt weit geöffnet. Als sie wiederkamen, war der Golf prompt geklaut worden. Der Fahrer fluchte, holte die polnische Polizei. Sein Partner ließ sich nicht sehen. Die beiden Polizisten schüttelten nur mit dem Kopf, als sie hörten, dass sich auch die Papiere und ein Ersatzschlüssel im Handschuhfach befunden hatten. Der dumme Ami musste nun mit dem Taxi zurück nach Deutschland fahren. Dass zwei Amerikaner in dem Golf gesessen hatten, bekamen sie nicht mit.

Der Taxifahrer verlangte von den Amerikanern das Zehnfache des üblichen Preises. Die beiden wollten nicht laufen, also zahlten sie. Den Wagen verschwinden zu lassen, war einfacher gewesen, als sie es sich gedacht hatten.

Die CIA suchte lange nach ihrem Mitarbeiter. Bis nach Rostock, zu einer Filiale einer Autoverleihfirma, ließ sich seine Spur verfolgen. Man fand seinen Koffer in einem Mittelklassehotel. Das war es. Ab da verlor sich seine Spur und niemand hatte ihn gesehen, weder in Rostock noch auf Usedom. Auch der Wagen blieb spurlos verschwunden. Man fragte in Polen nach, aber die Polizei dort verfügte über keine Informationen. Die beiden Polizisten, die den Diebstahl aufgenommen hatten, hielten wohlweislich ihren Mund. Schließlich bezahlten die Autoschieber sie für das Wegschauen.

Eustreptospondylus

Völlige Panik! Er rennt um sein Leben, seine Lungen keuchen, er bricht durch die mannshohen Farne und versteht immer noch nicht, was hier geschieht.

Nachdem er aufgewacht ist, schaut er sich verwirrt um. Er befindet sich im Wald, in einem merkwürdigen Wald. Die Tür der Glaskammer lässt sich durch einen leichten Druck öffnen. Er tritt hinaus, hinter ihm schließt sich die Tür ohne sein Zutun wieder. Die Glaswände werden undurchsichtig und ihm wird schlagartig klar, was passieren wird. Er schreit, hämmert gegen das blinde Glas, stürzt plötzlich hin, als der Widerstand verschwindet. Der gläserne Raum ist fort. Er dreht sich um, nichts ist momentan zu hören, kein Vogel, kein Laut. Er ist alleine auf der kleinen Lichtung zwischen diesen merkwürdigen Nadelbäumen. Es ist warm und feucht, der Schweiß läuft ihm zwischen den Schulterblättern hinunter. Seine nasse Hose stinkt nach Urin, nach seinem eigenen Urin. Zwischen den Bäumen sieht er eine Bewegung, erkennt ein Tier, groß wie ein Pferd vielleicht. Doch Pferde bewegen sich anders, sie laufen nicht auf zwei Beinen, sie haben keinen langen Schwanz.

Eine Bestie tritt aus dem Schatten der Bäume, ein Echsenkörper auf zwei massigen Beinen, die ausschauen, als gehörten sie einem Strauß. Die Vorderbeine, lächerlich klein, hängen an seinem Vorderkörper, schwach, anscheinend nutzlos. Der Kopf dreht sich nach links und rechts, suchend, ein Auge fixiert den Menschen, der starr und unbeweglich vor den Bäumen steht. Das Maul öffnet sich, entblößt zwei Reihen scharfer, nach hinten geneigter Zähne. Wieder sieht sie zum Menschen rüber, dreht den Kopf, auch das andere Auge schaut kalt und ausdruckslos, erbarmungslos, bar jeden Mitgefühls. Ein Zischen ist zu hören, ein Laut, der gar nicht zu diesem großen Geschöpf passt. Es bewegt sich langsam, fast vorsichtig auf den Menschen zu.

Der Mann merkt, wie erneut Urin warm an seinen Beinen runterläuft. Er stöhnt auf, rennt los, verschwindet zwischen den Bäumen. Vielleicht kann ihm dieses Wesen dorthin nicht folgen.

Er hört das Rascheln hinter sich, das Knacken der brechenden Zweige, das Zischen des Wesens, das ihn jagt. Es ist deutlich höher als er, läuft auf zwei Beinen viel schneller als der Mann, schaut aus wie ein Saurier, es ist ein Saurier. Wo befindet er sich? Wie kommt er in diesen Albtraum? Äste schlagen in sein Gesicht, aber er hastet weiter, voller Panik, nur einen Gedanken im Kopf: Das kann nicht wahr sein!

Seinen Verfolger nennen die Wissenschaftler heute Eustreptospondylus. Er gehörte zu den Fleisch fressenden Sauriern, die Jagd auf alles machten, was zu ihrer Zeit lebte und sich überwältigen ließ. Er war gut zwei Meter hoch, bis zu sieben Meter lang und um die zweihundert Kilogramm schwer. Er lief viel schneller als ein Mensch, war dem Leben als Jäger perfekt angepasst. Ein Mensch ohne Waffe hatte gegen ihn weniger Chancen als gegen ein ausgewachsenes Löwenmännchen.

Der Mann stolpert über den liegenden, morschen Stamm eines urzeitlichen Nadelbaums und fällt der Länge nach hin. Steine reißen seine Haut auf, Dornen bohren sich in sein Gesicht. Er kommt auf dem Rücken zu liegen, blickt in kalte, gnadenlose Augen, erkennt über sich einen massigen Kopf mit aufgerissenem Rachen. Lange, scharfe Zähne sind das Letzte, was er in seinem Leben sieht. Er will sich umdrehen und aufspringen, da reißt ihm der männliche Carnosaurier mit einer einzigen Bewegung seines Mauls den Bauch auf. Der Schmerz ist unmenschlich, er brüllt, was seine Lungen hergeben. Ein Saurierfuß stellt sich auf seinen Kopf, verschließt den aufgerissenen Mund, dämmt das Kreischen des Todgeweihten. Mit einer schabenden Bewegung des Fußes reißt die mittlere Kralle seine Kehle auf. Das dumpfe Brüllen geht in ein kurzes Gurgeln über.

Der Saurier fängt an, von den Gedärmen zu fressen, reißt sie mit einer rupfenden Bewegung seines Kopfes aus der Bauchhöhle. Das Opfer stirbt schnell. Ein kleineres Weibchen kommt hinzu, doch das Männchen verscheuchte es und schlingt schnell Stück für Stück seiner Beute hinunter. Es bleiben nur die großen Knochen und der Schädel übrig, aber auch dafür wird es in der Nacht Abnehmer geben.

Vorbereitungen eins

Wer reist mit, wer jagt, wer filmt? Was muss man mitnehmen? Diese Fragen standen im Mittelpunkt der Konferenz in der gemieteten Villa auf Usedom. Auf dem Tisch lagen lange Listen mit Aufstellungen der Ausrüstungsgegenstände, die unbedingt mitzunehmen waren. Die Liste für die Waffen, mehrfach ergänzt und geändert, war jetzt perfekt. Zwei Jäger würden die neue .501 T-Rex führen, ein Mitglied der Expedition eine halbautomatische Waffe, ein Umbau des deutschen G3 mit einem 20-Schuss-Magazin und der vierte eine FN Pumpgun im Magnum Kaliber mit einem 7-Schuss-Magazin. Dazu trug jeder an seinem Gürtel einen Revolver vom Typ S&W, Kaliber .44 Mag. sowie ein großes, stabiles Bowie Jagdmesser mit einer fünfundzwanzig Zentimeter langen Klinge.

Drei der vier geplanten Teilnehmer an der ersten Jagd standen fest: von Meckenheim, Windham und Detlef. Burns sollte im Fabrikgebäude bleiben, um die Technik zu überwachen und zu bedienen. Ein vierter Mann wurde gesucht, ein treffsicherer Schütze von guter körperlicher Konstitution, zuverlässig sowie verschwiegen. Von Meckenheim brachte Pieter van Hoogem ins Spiel, den er seit vielen Jahren als einen Berufsjäger kannte, auf den immer Verlass war. Außerdem war er ein ausgezeichneter Schütze.

Das Fax erreichte Pieter am nächsten Tag. Es klang dringend, er sollte sofort nach Deutschland kommen, das Flugticket läge in Harare bereit, er könne alles stehen und liegen lassen, mitzunehmen bräuchte er nur ein paar Sachen zum Wechseln, aber alle persönlichen Papiere, insbesondere seine Jagdscheine wären wichtig. Am nächsten Tag saß er im Flieger, zwölf Stunden später landete er in Frankfurt, von dort aus ging es in einem großen BMW weiter. Er wachte hinter Berlin auf, schlief wieder ein und der Fahrer weckte ihn, als sie angekommen waren. Nach einer kurzen Dusche saß er knapp eine Stunde später im Konferenzraum. Außer von Meckenheim, dem Besitzer der Blue Mountain Lodge, kannte er niemanden. Gerd stellte ihm die anderen Männer vor.

Burns wies Pieter in die geplante Safari ein, eine Safari rund einhundertundsechzig Millionen Jahre zurück in der Zeit, auf einen Ur-Kontinent, den man heute Laurentia nennt. Eine Jagd auf einen großen, räuberischen Saurier, ein Ungeheuer, gegen den ein Büffel wie ein Schoßhündchen und ein wütender Elefantenbulle harmlos erschien. Die Jäger wollten einen Allosaurier oder einen T-Rex schießen. Völlig verrückt. Jetzt wurde ihm Vieles klarer, jetzt wusste er, wieso Weingart die neue Waffe und diese Munition ausprobiert hatte. Ihm dämmerte schnell, keiner erlaubte sich einen schlechten Scherz mit ihm. Er würde zurück in den Jura reisen und dort auf das gefährlichste Tier schießen, das es jemals auf dieser Welt gegeben hatte.

Das Team war komplett, die Aufgaben festgelegt. Von Meckenheim würde filmen, seine Waffe war die Pumpgun, Detlef trug das G3 und sicherte alle Aktionen ab. Windham und Pieter übernahmen die Aufgaben der Jäger. Sie würden mit den neuen Gewehren auf große Räuber schießen. Für die Safari sah man drei Tage vor.

Das wichtigste Teil der Zeitmaschine stand bereits fertig angeschlossen im Transportmodul, das Teil, welche sie CHM, „Comming Home Modul" nannten.

Zwei Wochen vorher war es Burns gewesen, der sich freiwillig für die Erprobung meldete. Er stieg in das Transportmodul, schloss die Außentür und die Glastür mit seiner Fernbedienung. Alle schauten ihm von außen zu, keiner rührte sich. Windham zitterten die Hände, Detlef war weiß im Gesicht. Von Meckenheim drückte Burns die Daumen. Nicht, weil er ihm persönlich alles Gute wünschte, er dachte nur an die Investitionen, die er bisher in das Projekt gesteckt hatte und an das Geld, das er verdienen würde, wenn Burns wieder lebend auftauchte. Burns drückte auf den großen roten Knopf des CHM.

Es funktionierte wie immer. Erst das Knistern des äußeren Käfigs, dann die milchigen Scheiben, das plötzliche Verschwinden des Transportmoduls, die leere Stelle dort, wo sich vorher der Glaskasten befunden hatte.

Alle atmeten tief aus, weil sie unwillkürlich den Atem angehalten hatten. Sie schauten gebannt auf den Bildschirm, das Programm zählte rückwärts, mittlerweile war es bei „… 183,182, 181 …“ Drei Minuten später materialisierte das Transportmodul wieder.

Burns war im ersten Augenblick nicht zu sehen. Windham öffnete die beiden Türen, alle stürzten hinein und fanden ihn auf dem Boden liegend vor, wo er gerade versuchte, sich wieder aufzurichten.

»Mein Kopf«, murmelte er. »Ich habe Durst.«

Zwei Aspirin und einen Liter Mineralwasser später hörten sie ihm aufmerksam zu.

»Ich wachte auf, lag auf dem Boden, draußen sah ich Wald, nur Nadelbäume. Ich ließ einige Zeit die Tür verschlossen, öffnete sie dann, ging aber nicht hinaus. Die Luft war feucht und warm, so wie in den Tropen.«

Er öffnete eine weitere Flasche Mineralwasser.

»Hast du Saurier gesehen?«, wollte von Meckenheim wissen.

»Nein, nichts. Kein Laut, keine Bewegung. Erst nach gut einer Stunde schien etwas in den Bäumen zu sein, ein Vogel, ein kleines Tier. Mehr kann ich nicht sagen.« Er trank noch mehr Wasser. »Die Zeit wurde mir recht lang, nach sechs Stunden habe ich die Rückreise eingeleitet.«

»Sechs Stunden?«, fragte Detlef, leicht verwirrt. »Für uns bist du nur sechs Minuten weggeblieben.«

»Krasnakow hat das vorausgesagt«, erklärte ihm Windham. »Reist man rückwärts, verläuft die Zeit in der Vergangenheit schneller, reist man in die Zukunft, verläuft sie dort entsprechend langsamer.«

Alle fassten mit an, um das Transportmodul zu beladen. Die Waffen, ausreichend Munition, einhundert Liter Frischwasser, ein Elektrozaun, Trockennahrung, Müsliriegel, dazu Lampen, Werkzeug und noch vieles mehr. Verstaut wurde alles in Alukisten, die nummeriert waren und auf denen verschweißte Listen mit dem Inhalt der Kisten klebten. Jeder trug Safarikleidung aus Wasser abweisendem Material, hohe Wanderstiefel, einen Hut mit Krempe und ein Exemplar der neu entwickelten Schießweste.

»In drei Tagen sind wir wieder da. Etwas mehr als eine Stunde für dich, Thorny.« Windham legte ihm die Hand auf die Schulter und betrat den MMT.

Diesmal sollte das komplette große Modul zurück in der Zeit reisen. In der Halle würden nur die Pfosten mit dem Edelstahlgitter, dem Faradaykäfig, stehen bleiben.

Burns stand draußen, die Vier im Transportmodul schauten ihn an. Burns winkte, nur Detlef winkte zurück. Von Meckenheim schaute Detlef von der Seite aus an, der irgendwie verändert, abweisend, fremd wirkte. Er ahnte den Grund.

Burns drückte den Startknopf, das komplette Modul verschwand. Nach siebzig Minuten war es wieder da und alle stiegen unversehrt wieder aus. Natürlich mit den obligatorischen Kopfschmerzen und einem Mordsdurst.

Die Vier stanken erbärmlich, waren verschmutzt und zerstochen, aber sie berichteten Erstaunliches.

Die Jagd: Erster Tag

Langsames Erwachen, Kopfschmerzen, trockener Mund. Ric Windham kommt hoch. Er sieht sich um, die drei anderen liegen noch auf dem Boden des Transportmoduls, bewegen sich leicht, versuchen sich aufzurichten, stöhnen. Auch sie werden Kopfschmerzen haben. Ric nimmt einen Fünf-Liter-Kanister Mineralwasser aus der Box mit dem grünen Streifen und eine Schachtel Aspirin. Grün bedeutet Lebensmittel, Medikamente und Wasser. Rot beinhaltet Waffen und Munition. Boxen mit blauen Streifen haben Werkzeuge und den Elektrozaun als Inhalt. Es sind insgesamt sechs große, blau gekennzeichnete Alukisten. Windham nimmt zwei Tabletten, lässt sie im Mund zergehen, spült mit einigen Schlucken Wasser nach.

»Gib mir mal das Wasser und die Tabletten, Ric.«

Gerhardt von Meckenheim steht neben ihm, auch Pieter und Detlef haben sich aufgerichtet und verziehen das Gesicht. Die Tablettenschachtel macht die Runde und danach das Wasser.

Alle schauen sich um. Das Transportmodul steht auf einer weiten Ebene, die mit grünem, saftigem Gras bewachsen ist. An einigen Stellen ist braune Erde zu sehen, als hätten dort Wildschweine gewühlt. In einigen Kilometer Entfernung können sie ausgedehnte Wälder und bewaldete Hügel erkennen, dahinter höhere Berge mit kahlen Spitzen. Der Himmel zeigt ein tiefes Blau mit vereinzelten weißen Wolken, die geruhsam dahin ziehen. Einzelne Baum- und Strauchgruppen sind auf der Ebene verteilt, es ist aber nicht zu erkennen, um welche Bäume es sich handelt. Ein friedliches Bild. Im ersten Augenblick scheinen sie die einzigen Lebewesen auf dieser Ebene zu sein. Sie befinden sich in der späten Kreide, fast genau siebzig Millionen Jahre vor unserer Zeit, in einer Gegend, die heute Montana heißt.

Gerd öffnet die rot gekennzeichnete Box.

»An die Arbeit, Männer! Ihr kennt eure Aufgaben.«

Er holt die Waffen heraus, verteilt diese und die übrige persönliche Ausrüstung, jedes Teil mit dem Namen seiner Besitzer versehen. Alle schnallen sich ihren Gürtel mit dem Revolver und dem Messer um. In die linke Schultertasche der Schießweste kommt das kleine Sprechfunkgerät, eine starke Batterie befindet sich in einer Extratasche links unten, die Verkabelung läuft innerhalb der Weste. Jeder bekommt einen stabilen grünen Rucksack mit Wasservorrat, verschweißten Energieriegeln, der Erste-Hilfe-Ausrüstung, Reservemunition, einer starken Taschenlampe, einem kleinen Fernglas, dazu ein großes Leatherman Tool.

Gerd legt das Tragegestell an, welches er in den schweren Gürtel eingehakt, damit sich dessen Gewicht besser tragen lässt. An diesem Gestell sind zwei Taschen mit Klettverschluss angebracht, in der sich die Patronen mit dem schweren Schrot für die Pumpgun befinden. Diese hängt er über die rechte Schulter, den Lauf waagerecht, die Waffe durchgeladen. Die Videokamera, das kleinste und neueste Modell von Sony, steckt er in eine dritte Tasche. In der vierten Tasche verstaut er einen leistungsstarken Ersatzakku und leere Video-Kassetten. Ein Hut mit Krempe und feste Lederhandschuhe vervollständigen die Ausrüstung. Das wichtigste Teil der Ausrüstung, die Fernbedienung für das Transportmodul, tragen alle wasser- und stoßdicht verpackt in einer kleinen Gürteltasche an der linken Seite. Die Tasche fällt durch ihr kräftiges Signalrot auf.

»Ich bin fertig«, sagt er. »Pieter, du gehst als Erster!«

Die drei anderen haben das gleiche Tragegestell und bis auf die Munition, auch die identische Ausrüstung. Auch sie sind abmarschbereit. Windham aktiviert das CHM, ihre Lebensversicherung. Wenn dieses Modul ausfällt, werden sie die derzeitige Zeitebene nie wieder verlassen können.

Nun öffnet Gerd die blauen Kisten und entnimmt ihnen die ersten Einzelteile des Elektrozauns.

»Wir öffnen jetzt die Tür. Formation wie abgesprochen«, ordnet von Meckenheim an.

Pieter und Detlef öffnen die Glastür, treten hinaus, ihre Waffen im Anschlag. Die anderen beiden reichen den Elektrozaun nach draußen, Pieter nimmt ihn an, denn es ist keine Gefahr zu erkennen. Die nächste Baumgruppe ist weit entfernt, kein Tier wird sich unbemerkt anschleichen können. Detlef sichert weiter, bis die komplette Ausrüstung vor dem Transportmodul liegt. Gerd und Ric kommen nach, die Tür schließt sich automatisch, als der Letzte die Kammer verlässt.

»Ein kleiner Schritt für einen Menschen, ein großer Sprung für die Jäger«, denkt Detlef in Anspielung auf Neil Armstrongs Worte, die dieser beim Betreten des Mondes auf die Erde übermittelte.

»Detlef, du sicherst weiter, wir stellen den Zaun auf.«

Sie machen sich an die Arbeit, schlagen mit dem großen Vorschlaghammer die ausziehbaren Alupfosten in die Erde. Der Boden ist im oberen Bereich weich und feucht, in dreißig bis vierzig Zentimeter Tiefe wird er härter. Gelegentlich trifft die Pfostenspitze mit einem deutlichen Laut einen Stein im Untergrund. Die Pfosten halten gut. Nach einer Stunde stehen alle Pfosten und die Männer ziehen die drei Drähte, einen in fünfzig Zentimeter Höhe, einen in eineinhalb Meter Höhe, den dritten gut zweieinhalb Meter über dem Boden. Sie benutzen zum Einhängen des obersten Drahtes eine Teleskopstange mit einem Haken am Ende. Das geht schnell, man hatte es vorher mehrfach geübt. Die Stromversorgung befindet sich im Modul neben dem CHM, sie wird über Leitungen im Sockel und einer außen liegenden Steckdose mit dem Zaun verbunden. Wenn etwas den Zaun berührt, wird innerhalb von Millisekunden eine Spannung von zwölftausend Volt aufgebaut, die, verbunden mit einem lauten Knall, dem Etwas einen elektrischen Schlag und hoffentlich einen gehörigen Schrecken versetzen wird. Das Transportmodul steht jetzt innerhalb eines zwanzig mal zehn Meter großen Rechtecks, nicht in der Mitte, sondern mehr in einer Ecke, sodass dahinter gerade ein Meter Abstand zum Zaun bleibt. Die Fläche vor der Tür möchte man als Lagerplatz nutzen. Eine rote LED-Lampe leuchtet neben der Steckdose auf, der Zaun ist aktiviert.

Alle schwitzen, jeder trinkt etwas Wasser. Von Meckenheim ist zufrieden.

»Wir sollten einen Erkundungsgang machen, vielleicht bis zu den Bäumen dort.«

Er zeigt auf die nächstgelegene Baumgruppe, etwas mehr als einen Kilometer entfernt. Noch immer ist kein Lebewesen zu entdecken.

Sie gehen los: Ric mit der .501 an der Spitze, ihm folgt Gerd, Detlef sichert nach beiden Seiten, Pieter nach hinten. Allen klopft das Herz bis zum Halse. Es ist sehr warm und feucht. Der Schweiß tränkt ihre Hemden unter der dicken, festen Schießweste.

Es ist sehr angenehm, auf dem weichen Gras zu laufen. Es sieht nicht viel anders aus als das Gras zu Hause, liegt bloß flacher auf dem Untergrund auf. Scheinbar verträgt es so die Tritte großer, schwerer Lebewesen besser.

»Schaut mal!« Ric zeigt auf eine der braunen Stellen, an der irgendetwas das Erdreich aufgewühlt hatte. Jeweils zwei parallele Furchen, zirka vierzig Zentimeter auseinander und gut zwanzig Zentimeter tief, sind im Boden zu erkennen. Aus dem lockeren Boden hatte das Tier das Gras mitsamt seinen Wurzeln gezogen und wohl verzehrt. Drei runde Kotballen, so groß wie Pferdeäpfel, liegen daneben, von der Sonne getrocknet. Pieter bückt sich und zerbröselt einen der Kotballen. Er enthält Pflanzenfasern, winzige Steinchen, einige unverdaute Nadeln einer Koniferenart.

»Der Kot riecht kaum anders als Elefantenkot«, denkt sich Pieter.

»Pflanzenfresser«, erklärt er. »Und den hier kenne ich auch.«

Seine scharfen Augen entdecken einen Käfer auf einem der Kotballen, einen Pillendreher. Ein dunkles Exemplar, flach und kräftig gebaut, gut drei Zentimeter lang. Er bewegt sich erst als Pieter ihn anstößt und lässt sich blitzschnell auf den Boden fallen.

»Hier gibt es Insektenfresser, wahrscheinlich Vögel, vielleicht einem Reiher ähnlich«, meint Pieter und zeigt den anderen den Käfer, den er aufhebt. »Das ist das typische Verhalten von Pillendrehern, wenn Fressfeinde kommen«, fügt er hinzu.

»Das ist ein Fünf-Millionen-Käfer«, meint Gerd ironisch. »Ich habe bis jetzt fünf Millionen Dollar ausgegeben, damit ich diesen Käfer hier finde. Toll! Und Reiher gibt es jetzt noch nicht. Wie wäre es mit einem Saurier, Pieter?«

Alle lachen.

Die Männer stehen auf und sehen sich um. Nichts, weder ein kleiner, noch ein großer Saurier. Sie gehen weiter auf die Bäume zu. Plötzlich bemerken sie Bewegungen. Einige kleinere Tiere, weniger als einen Meter hoch, springen auf, laufen vor ihnen weg in Richtung der Baumgruppe. Sie sind sehr schnell, man erkennt nur, dass sie auf zwei Beinen laufen, ihre Schwänze sind gerade nach hinten, die Köpfe nach vorne ausgestreckt. Die kleinen Saurier sind von grün-brauner Farbe, unten etwas heller und sie geben Laute von sich, die dem Zwitschern eines Vogels ähneln. Gerd reißt die Flinte hoch, als nicht weit von ihm entfernt wieder ein Exemplar aufspringt. Ein Schuss knallt, das Tier überschlägt sich und bleibt liegen. Die anderen verschwinden unter den Bäumen.

Der Schuss aus der Pumpgun hat den Saurier in den Bauch getroffen und ihn sofort getötet. Das Tier ist achtzig Zentimeter hoch, fast zwei Meter lang, wobei die Hälfte der Länge auf den Schwanz entfällt. Der Kopf ist schmal, die Augen sind, anders als bei einem Waran, nach vorne gerichtet. Pieter öffnet das Maul und schaut sich die Zähne an. Im Ober- und im Unterkiefer zählen sie jeweils links und recht fünfundzwanzig Zähne. Insgesamt einhundert scharfe, dreieckige Zähne mit einer Sägekante. Gerd filmt alles.

»Von dem möchte ich nicht gepackt werden«, meint Detlef. »Der beißt sicher schlimmer als ein Schäferhund.«

»Und mit seinem großen Bruder möchte ich lieber nichts zu tun haben«, ergänzt Ric.

Nervös schaut er sich um. Er nimmt seinen Rucksack vom Rücken und holt das Fernglas heraus.

Pieter überlegt, erklärt dann: »Der Saurier hier wird wohl kleinere Tiere jagen oder auch Aas fressen. Seine Zähne sind mehr zum Festhalten und Abbeißen von kleineren Stücken Fleisch geeignet. Alleine wird er Menschen kaum gefährlich. Einem Rudel dieser Räuber möchte ich lieber nicht alleine gegenüberstehen.«

Gerd packt die Kamera wieder ein und zieht aus der Beintasche seiner Hose ein kleines Buch in wasserfester Ausfertigung. Er blättert kurz darin, vergleicht.

»Ich glaube, es ist ein Troodon.« Er schaut sich die Beine des kleinen Räubers an. »Hier ist die bewegliche Zehenkralle.«

Er bewegt eine gut vier Zentimeter große scharfe Kralle am Fuß nach unten und oben.

»Beim Laufen klappt er sie hoch. Die nehmen wir mit«, sagt er, zieht das Messer aus der Scheide und schneidet die komplette Zehe mit der Kralle ab. Das Bein des Tieres zuckt noch etwas, ein paar Tropfen Blut hängen an den Handschuhen.

»Da sind sie!«, flüstert Ric.

Der einfache, kurze Satz lässt alle wie elektrisiert hochfahren. Ric zeigt in Richtung des Waldes, das Fernglas immer noch vor den Augen.

»Dort! Seht ihr die großen Saurier? Sie sind gut getarnt.«

Gerd reißt ihm das Fernglas aus der Hand, schaut durch. Vor dem Grün des Waldes sind die Tiere kaum zu erkennen, vor allem wenn sie sich nicht bewegen. Trotz der Entfernung von gut einem Kilometer ahnt man ihre Größe. Alle drücken die Ferngläser vor ihre Augen.

Von Meckenheim bemerkt das. »Pieter sichern! Detlef, löse ihn dann ab. Einer muss immer aufpassen!«

Pieter setzt das Fernglas ab und schaut umher. Die Troodon-Saurier sind unter den Bäumen verschwunden, alles ist ruhig und friedlich. Die Sonne strahlt immer noch am blauen Himmel, kaum Wolken, es ist sehr warm. Richtiges Urlaubswetter. Mit einem Klaps auf die Schultern zeigt Ric Pieter an, dass er jetzt die Sicherung übernimmt. Pieter beobachtet die kleine Herde nun durch sein Fernglas. Er zählt neun Tiere, bis auf eines alle etwa gleich groß. Ein Saurier ist deutlich kleiner, wahrscheinlich ist es ein Jungtier.

Die großen Saurier sind, ähnlich den Troodon, von braungrüner Farbe mit leichten senkrechten Streifen, mehr grünlich auf dem Rücken, braun bis beige an den Seiten. Die Hinterbeine erscheinen sehr kräftig und wenn sich ein Tier aufrichtet, um von einem der Bäume zu fressen, ist es bestimmt sieben oder acht Meter hoch. Pieter betrachtet das Tier ganz rechts, das ihnen am nächsten ist. Es stützt sich auf den deutlich kleineren

Vorderbeinen ab und knabbert von einigen niedrigen Sträuchern, es scheint auch Gras auszurupfen. Danach stellt es sich wieder auf seine Hinterbeine, schaut sich aufmerksam um, während es genüsslich kaut. In seinem Verhalten und den Körperbewegungen erinnert es ihn entfernt an Kängurus.

Plötzlich schauen sich alle vier an. Sie hören den Laut: Ein tiefes Brummen, welches man mehr mit dem Zwerchfell fühlt als hört. Die Tiere des Rudels wirken auf einmal hellwach, sie richten sich auf, stellen das Fressen ein. Das Jungtier drückt sich an ein großes Tier, wahrscheinlich das Muttertier. Plötzlich ein neuer Laut, ein Trompeten, schrill und laut, ähnlich wie es Elefanten von sich geben. Was jetzt passiert verblüfft alle.

Die Tiere drehen sich um, flüchten alle in die gleiche Richtung. Sie laufen mit erstaunlich großer Geschwindigkeit auf ihren Hinterbeinen, den Schwanz zur Balance nach hinten ausgestreckt und sind nach wenigen Minuten in der Ferne verschwunden. Das Trampeln der rennenden Giganten sind selbst über diese Entfernung noch durch die Sohlen der Schnürstiefel zu fühlen.

»Da muss irgendwo ein Jäger sein. Wir sollten in der Baumgruppe Deckung suchen«, meint Pieter und geht zügig voran. Die anderen folgen.

Sie erreichen die Baumgruppe und vor ihnen flüchten einige der kleinen Saurier in die Weiten des Graslandes. Die Bäume sind alle gut vier Meter hoch, die Wipfel oben abgefressen. Sie besitzen dreieckige, harte Nadeln, die spiralförmig um die Zweige wachsen. Die Nadeln sind sehr hart, sie stechen mit Leichtigkeit durch die Jagdkleidung, nur die Weste schützt vor ihnen.

»Die Saurier, die diese Blätter fressen, müssen gute Zähne haben«, denkt Ric.

Die Männer kauern sich unter die Bäume, suchen mit dem Fernglas den Waldrand ab. Detlef sichert nach hinten, er behält auch das Transportmodul im Auge. Das Gras unter den Bäumen ist spärlich gewachsen und trocken. Plötzlich raschelt es, ein kleines Tier, hellbraunes Fell und buschiger Schwanz, huscht von einem Baum zum anderen, wo es in einem Loch verschwindet.

»Eine Maus.« Pieter ist verblüfft. »Eine Maus, hier zwischen den Sauriern?«

»Säugetiere gibt es schon lange. Sie leben von Insekten und Sauriereiern.« Es herrscht einen Moment Stille.

»Dort drüben, ganz rechts«, flüstert Gerd. »Leise! Nicht bewegen! Schaut euch den an!«

Vor dem Wald steht der, den sie suchen, ein Tyrannosaurus Rex. Eines der gefährlichsten Tiere, das jemals gelebt hat, befindet sich knapp zwei Kilometer von ihnen entfernt. Es blickt in die Richtung, in welche die Saurierherde verschwunden ist.

Alle halten den Atem an, ihnen schlägt das Herz bis zum Halse. Ihre Ferngläser sind auf die Bestie gerichtet, die so unvermittelt dort erschienen ist. Keiner sagt ein Wort, man vermeidet jede Bewegung. Pieter entsichert seine schwere Waffe, das Klicken lässt sie alle zusammenzucken.

»Puh«, meint Detlef, »hast du mich erschreckt!«

Der T-Rex dreht seinen Kopf in ihre Richtung.

»Der hat uns gehört. Aus dieses Entfernung!«

Der große Räuber schaut wieder zur anderen Seite, dreht sich um und verschwindet langsam zwischen den lichten Bäumen, aus denen die anderen Saurier vorher erschienen waren. Vergangen sind vielleicht zwanzig oder dreißig Sekunden, diese sind aber mit Sicherheit die längsten Sekunden im Leben der vier Männer.

Sie bleiben noch gut zwei Stunden dort unter den Bäumen liegen, suchen den Waldrand ab, die Ebene davor, durchforsten die Bäume, sehen aber nichts. Kleine, stechende Insekten fallen über sie her, Detlef wird von einem Tier ins Handgelenk gebissen. Es schaut aus wie eine flache Spinne mit verlängertem Hinterteil. Die Bissstelle wird leicht rötlich, juckt, es ist aber nicht weiter schlimm.

»Fünf-Millionen-Dollar-Mückenstiche«, witzelt Pieter.

Die Sonne senkt sich langsam hinter die Berge, es ist immer noch warm und feucht.

»Wir gehen zurück und bauen das Camp auf«, ordnet Gerd an.

Sie erreichen das Transportmodul, packen die beiden Zelte aus und stellen sie auf. Die Sicherung wird eingeteilt. Jeweils zwei Männer müssen in der Nacht zwei Stunden Wache schieben. Solange es noch hell ist, genügt einer, der auf dem Transportmodul steht. Man packt die Klappleiter aus, die beiden starken Handscheinwerfer und bringt zwei Waffen hoch, eine .501 und ein G3. Pieter klettert hoch, während die anderen auf kleinen Gaskochern Essen warm machen und Tee kochen. Mit der Ein-Mann-Wache wechseln sich die Männer im Dreißig-Minuten-Rhythmus ab. Sie sitzen beieinander, sagen nicht viel, ihre Gedanken kreisen um den T-Rex. Wie kommt man an das Tier ran? Und ist das Gewehr stark genug?

Kurz vor zweiundzwanzig Uhr wird es dunkel, die Doppelwachen beginnen. Pieter und Detlef sitzen auf zwei Alukisten oben auf dem Modul, die Waffen entsichert und schussbreit, die Lampen in Reichweite. Es wird dunkel, aber der Vollmond erleuchtet das Grasland. Sie können den Schatten der Baumgruppe erkennen, unter der sie am Nachmittag Deckung gesucht hatten. Die Berge erscheinen im Mondlicht wie der Teil eines Scherenschnitts. Der Sternenhimmel ist überwältigend, alles erscheint friedlich.

Die Jagd: Zweiter Tag

Um Mitternacht klettern Gerd und Ric hoch und lösen die anderen beiden ab. Bis auf einige Geräusche in der Ferne, ein Zirpen, Zwitschern, gelegentlich eine Art dumpfes Muhen, bleibt alles ruhig. Die Männer klopfen sich auf die Schultern, die neue Wache übernimmt die Waffen und macht es sich auf den Aluboxen bequem. Pieter und Detlef begeben sich in die Zelte und versuchen zu schlafen, was aber keinem gelingt. In den Zelten schwirren Mücken herum. Sie stellen fest, dass sie Moskitonetze vergessen haben. Es ist warm und Pieter denkt, das hier könne auch in Afrika sein.

Ein Blitz und ein lauter Knall reißen die beiden Wachen von ihren Kisten. Sie hören das Rascheln des Grases, reißen die Waffen hoch in den Anschlag. Gerd schaltet einen Scheinwerfer ein, leuchtet in die Nacht. Einige Tiere huschen vor dem Licht davon, laut zirpend wie exotische Vögel.

»Das scheint eines der Troodon gewesen zu sein, die sind wohl auch nachtaktiv.«

Ric stimmt ihm zu: »Von der Größe her könnte es passen.«

Die beiden anderen schauen aus ihren Zelten.

»Was ist los? Ist etwas passiert?«

Die Wache vergeht, um zwei Uhr kommt die Ablösung. Kurz vor vier Uhr hören sie ein Rauschen über ihren Köpfen. Sie erkennen einen schwarzen Schatten mit langen, schmalen Flügeln, der in geringer Höhe über ihnen südwärts schwebt. Die Flügelspannweite beträgt über fünf Meter. Das muss ein Pteranodon sein, ein harmloser Flugsaurier. Was macht der hier so weit vom Meer entfernt?

Kurz vor dem Hellwerden sitzen Gerd und Ric wieder oben. Ihnen tun alle Knochen weh, ihre Muskeln sind verspannt, sie sind verschwitzt und müde. Ric bemerkt das Vibrieren als Erster. Er stößt Gerd an. »Fühlst du das auch?«

Das Vibrieren wird intensiver, ein schwerfälliges Stampfen ist zu hören, es wird lauter und kommt näher. Sie erkennen im ersten Morgengrauen massive, dunkle Schatten, die sich langsam nördlich des Moduls bewegen. Für die Ferngläser ist es noch zu dunkel, so schauen die beiden gebannt auf die Kolosse, die kaum zweihundert Meter vom Modul entfernt über die Ebene ziehen. Ihr Ziel scheint der Wald im Westen zu sein. Langsam wird es heller. Pieter und Detlef kommen auf das Modul geklettert, sie sind nach kurzem Schlaf von den Geräuschen der Tiere geweckt worden. Endlich werden aus den dunklen Schatten einzelne Individuen, erkennen sie die Einzelheiten.

Die Tiere sind groß wie Elefanten, von massivem Körperbau mit stämmigen Beinen. Das Erstaunlichste an ihnen sind die großen Köpfe. Auf der Nase sitzt ein großes, spitzes Horn, bei einigen nach vorne, bei anderen nach hinten geneigt, ähnlich wie bei Nashörnern. Am Hinterkopf befindet sich ein mächtiges Nackenschild mit hornartigen Fortsätzen. Die Köpfe sind sehr beweglich, die Tiere schauen zum Modul rüber, während sie langsam vorbeiziehen, einige schütteln ihre Köpfe wie Pferde. Gerd hält die Sony in der Hand und filmt den Zug der Kolosse im frühen Morgenlicht. Die Sonne steigt über den Horizont und lässt die grauen Leiber der Riesen leicht rosa leuchten. Es mögen an die zweihundert Tiere sein, die in lockeren Gruppen über das Grasland wandern. Gerd blättert wieder in seinem Buch.

»Eine Ceratopsart, harmlose Pflanzenfresser, aber sehr wehrhaft.«

»Das sieht man«, meint Pieter, »denen möchte ich lieber nicht im Wege stehen.«

»Wir sollten etwas essen und trinken und ihnen dann folgen«, schlägt Gerd vor.

Alle klettern vom Modul, sind nach knapp einer Viertelstunde marschbereit.

Bevor sie losgehen, klettert Gerd noch einmal auf das Modul und sieht sich um. Weiter hinten sind nun einige Nachzügler zu sehen. Es handelt sich um drei besonders große Tiere, die zügig der Herde folgen, sowie eines, das den Anschluss verloren hat. Es verhält sich seltsam. Erst versucht es einen kurzen Galopp, wirkt aber unsicher auf den Beinen, dreht sich um, schaut nach hinten, schüttelt den Kopf. Wieder der Versuch einer schnelleren Gangart. Man sieht jetzt, das Tier humpelt. An der Seite, direkt über dem Vorderbein scheint eine große Wunde zu sein. Der dunkle Fleck schaut aus wie geronnenes Blut.

»Ein T-Rex!« Gerd deutet auf einen Punkt hinter dem letzten Ceratops. Die anderen kommen nach oben, die Ferngläser in den Händen. Tatsächlich, ein T-Rex folgt dem verletzten Tier in respektvollem Abstand, bleibt stehen, wenn sich dieses umdreht, verfällt in einen Trab, wenn sein Opfer schneller wird. Der Tyrannosaurus scheint ein vorsichtiger Jäger zu sein.

»Pieter, erschieß den Ceratops, wenn er etwas näher gekommen ist!«, befiehlt Gerd.

Pieter legt sich auf das Modul, nimmt eine der Alukisten als Auflage. Er visiert den Saurier an und als er gut dreihundert Meter entfernt auf gleicher Höhe ist, schießt er. Das Geschoss trifft das Tier direkt hinter dem linken Vorderbein, zirka fünfzig Zentimeter oberhalb der Bauchdecke. Es durchschlägt eine Rippe, die nach innen in die Lunge gedrückt wird. Vom Aufprall deformiert, aber ohne viel Energie verloren zu haben, zerreißt es große Teile des Herzens und unterbricht schlagartig die Blutversorgung des Körpers. Die Energie verringert sich, das Geschoss beginnt eine torkelnde Bewegung, zerstört Teile der Lunge, bricht eine weitere Rippe und verursacht eine große Austrittswunde. Danach fliegt es noch mehrere hundert Meter, bevor es sich in den Boden gräbt. Der Ceratops steht noch einem Augenblick, beginnt zu zittern, bricht zusammen, fällt auf seine linke Seite. Er ist tot.

»Guter Schuss, Pieter«, lobt Gerd. Er hat die ganze Sache gefilmt.

Die beiden anderen schweigen.

Der T-Rex hat den Schuss gehört, bleibt stehen, schaut misstrauisch zu ihnen herüber. Er dreht sich um, entfernt sich etwas, bleibt wieder stehen, wirkt dann interessiert. Er setzt sich langsam in Bewegung, kommt näher, aber nicht auf dem kürzesten Wege, sondern er schlägt einen leichten Bogen um das Transportmodul. Das unbekannte Ding scheint ihm nicht ganz geheuer zu sein. Beide, Ric und Pieter, liegen auf dem Bauch, die .501 im Anschlag und beobachten den mächtigen Räuber durch das Zielfernrohr. Gerd filmt das Tier, Detlef beobachtet ihn durch das Fernglas, das G3 griffbereit.

Der Raubsaurier ist ein mächtiges Tier, ein lebendiger Albtraum. Wenn er läuft, ist er mehr als drei Mal so hoch wie ein Mensch, wenn er sich ganz aufrichtet, sind seine Augen auf einer Höhe von fast acht Meter.

»Er kann in ein Fenster im dritten Stock eines Hauses schauen«, meint Pieter. »Sieh dir bloß den Koloss an!«

Der Räuber läuft auf seinen zwei Meter hohen säulenartigen Beinen auf den toten Ceratops zu, seinen Kopf hoch aufgerichtet, ihn ununterbrochen nach links und rechts drehend. Seine Augen beobachten das Transportmodul mit den winzigen Menschen dabei sehr genau, aber er weiß das Unbekannte nicht einzuschätzen. Droht ihm von dort Gefahr? Den Rücken hält er gerade, der Schwanz balanciert seinen Körper aus, die im Verhältnis lächerlich kleinen Vorderbeine hängen an seinem Körper herab. Vor dem Kadaver bleibt er stehen, öffnet sein Maul, die Reihen der mächtigen Zähne im Ober- und Unterkiefer sind deutlich zu sehen. Das Exemplar ist grün-grau gefärbt, etwas heller am Bauch. Die unregelmäßigen Flecken lassen seinen Umriss zwischen Bäumen sicherlich verschwinden. Hier auf der Ebene ist er kaum zu übersehen. Das Tier beobachtet sie immer noch. Wird er sie angreifen?

»Nicht schießen!«, murmelt Gerd. Er filmt noch immer. »Wir wollen sehen, was er macht.«

Plötzlich brüllt der riesige Saurier, brüllt sie an, als wolle er sagen: »Kommt mir bloß nicht zu nahe!« Aber das hat bestimmt niemand vor...

Endlich beugt sich der T-Rex runter und schlägt seine Zähne in den Bauch des toten Sauriers. Alle erwarten eine Fressorgie. Doch es kommt anders. Sein Kopf bewegt sich hin und her, seine Zähne schneiden das Fleisch auf, er reißt einen großen Batzen aus seiner Beute. Er kommt hoch, die sicher zentnerschwere Beute zwischen den Zähnen. Er dreht sich um und läuft davon, auf ein kleines Wäldchen zu, ungefähr zwei Kilometer nördlich von ihnen. Alle sind sprachlos und beeindruckt von der unglaublichen Größe des Tyrannosaurus, seinem fürchterlichen Gebiss. Ihr Respekt, ihre Angst wechselt in pures Erstaunen. Gerd setzt die Kamera ab, die beiden Schützen entspannen sich.

Ric wundert sich: »Hat der keinen Hunger? Reicht ihm das Stück?«

»Der betreibt Brutpflege«, vermutet Pieter.

Gerd zieht sein Buch zurate. »Stimmt. Man vermutet, Weibchen und Männchen bewachen den Eiablageplatz und füttern die Jungen gemeinsam.«

Pieter: »Dann kommt er wieder.«

»Sollen wir ihn schießen, obwohl er anscheinend Junge hat?«

Sie diskutieren, Pieter spricht sich dagegen aus. Seine Ansicht als Jäger ist die: Man schießt kein Tier, das Junge hat. Es sei denn zur Verteidigung.

Gerd beendet die Diskussion: »Das ist meine Investition! Wir müssen ihn schießen.«

Sie warten zwei Stunden und überlegen, ob sie zu dem Kadaver gehen sollen. Detlef sieht ihn zuerst.

»Sie kommt wieder.«

Sie? Ist der T-Rex männlich oder weiblich? Woran erkennt man ein Weibchen oder Männchen? Diese Fragen gehen allen durch den Kopf.

Beide Schützen nehmen das Tier ins Visier. Es bleibt am Kadaver stehen, richtet sich auf, schaut wieder zu ihnen hinüber, brüllt sie an. In das Brüllen fallen gleichzeitig zwei Schüsse. Beide Geschosse benötigen weniger als eine Drittel Sekunde, bis sie in den Tyrannosaurus eindringen. Im Brustkorb, zwischen den Vordergliedmaßen, schlägt das Herz, über zweihundert Kilogramm schwer, groß wie Kühlschrank. Und unermüdlich pumpt es mehrere Hundert Liter Blut durch den riesigen Körper. Beide Geschosse zerbrechen Rippen, verformen sich, treffen das Herz, zerstören es. Ein Blutschwall dringt aus dem Maul des Tieres. Trotzdem brüllt es auf, dreht sich um die eigene Achse, sucht den Schuldigen für diesen irrsinnigen Schmerz. Der Körper krümmt sich, ein Auge fixiert die Menschen auf dem Modul. Sie sind schuld! Das tödlich getroffene Tier will loslaufen, fällt aber sofort über den Kadaver des vor ihm liegenden toten Sauriers. T-Rex schlägt auf den Boden auf, seine Beine treten wuchtig um sich, die Bewegungen werden langsamer, unkoordinierter. Die Vier hören ein tiefes Gurgeln, dann ist Stille, die Beine zucken noch einmal, der Körper entspannt sich. Der mächtige Räuber ist tot!

Alle atmen aus, sie haben unwillkürlich die Luft angehalten. Es stinkt, Detlef hat sich in die Hose gemacht, aber niemand lacht. Er steigt verlegen vom Dach und öffnet unten eine der Boxen, zieht sich um. Die schmutzigen Sachen packt er ein, man will nichts zurücklassen.

»Wir wissen jetzt Bescheid.« Pieter ist der Erste, der seine Sprache wieder findet. »Immer zu zweit schießen, nicht näher als einhundert Meter an das Tier rangehen. Bereit sein für weitere Schüsse.«

Er fügt hinzu: »Aber die Waffe ist gigantisch. Damit kann man alles schießen.«

Sie laufen vorsichtig vor zu den beiden toten Tieren. Gerd filmt aus allen Perspektiven. Die Jäger stehen um die toten Tiere herum, später soll auf dem Film die gewaltige Größe beider Tiere im Vergleich zu den Menschen gut zu erkennen sein. Detlef muss zurück zu den Werkzeugboxen, den Hammer und eine Säge holen. Sie brechen Zähne aus dem Kiefer des toten T-Rex und sägen das Horn des Ceratops ab. Dessen Maul schaut aus wie ein Papageienschnabel. Gerd schaut in seinem Buch nach. Es handelt sich um einen Centrosaurus.

Die Männer gehen zurück zum Camp, essen und trinken und warten bis zum Abend, ob etwas geschieht. In der Dämmerung kommen die ersten Troodon und fangen an, von den Kadavern zu fressen. Nach weniger als einer Stunde sind mehr als hundert dieser schnellen Aasfresser dort und streiten sich um das Fleisch.

»Sie verhalten sich wie die Geier in Afrika«, denkt sich Pieter. »Bloß die Flügel fehlen.« Die Männer schauen fasziniert zu, bis es so dunkel wird, dass sie nichts mehr erkennen können. Die Wache wird wieder eingeteilt, die Nacht verläuft völlig ereignislos.

Die Jagd: Dritter Tag

Sie vernehmen nur das Zwitschern der fressenden Saurier, ab und zu einen anderen Laut oder das Laufen von Tieren. Ansonsten bleibt es in der Nacht ruhig. Die zwei Stunden Wache erscheinen ewig lang, die zwei Stunden Schlaf viel zu kurz. Von Osten her ziehen Wolken auf und verdecken den Mond. Es ist deutlich dunkler als in der Nacht zuvor. Am frühen Morgen hören Pieter und Detlef in der Ferne das Brüllen eines T-Rex. Sucht er seinen Partner?

Als es wieder hell ist, sind alle völlig übermüdet, verdreckt und von Moskitos zerstochen. Sie erwärmen Fertignahrung, kochen Tee und süßen ihn stark. Das macht sie einigermaßen munter.

Bei den Kadavern sind immer noch Saurier zu sehen, die aber verschwinden, als die Vier sich nähern. Das Fleisch ist weitgehend aufgefressen, die bleichen Rippen liegen bloß, die Augen der beiden riesigen Köpfe fehlen. Geplatzte Gedärme und große, getrocknete Blutlachen verbreiten einen infernalischen Gestank. Ganze Teppiche von Fliegen sitzen auf den Resten der beiden Tiere und fliegen auf wie eine Wolke. Widerlich! Im Gras huschen kleine Säugetiere umher. Als die Menschen näher kommen, flüchtet ein kleiner Saurier, nicht größer als ein Huhn, aus dem Brustkorb des T-Rex. Ihnen wird schlecht und sie gehen zum Modul zurück.

»Abbauen, wir reisen zurück!«, ordnet Gerd an.

Das Abbauen des Lagers dauert zwei Stunden. Sie verpacken alles, betreten das Transportmodul. Ein Blick zurück: Auf den Kadavern tummeln sich wieder zwanzig oder dreißig der flinken Aasfresser. Ric betätigt den roten Knopf. Vorher haben sie viel getrunken und jeder hat drei Aspirin geschluckt.

Wieder das Kribbeln, es wird ihnen schwarz vor Augen.

Sie wachen im Modul auf und Burns öffnet beide Türen von außen mit Hilfe einer Fernbedienung. Er verzieht das Gesicht: »Man stinkt ihr. Geht erst einmal duschen!«

Die Männer hören nicht auf seine Worte. Sie fangen an zu reden. Alle gleichzeitig, auf Deutsch und auf Englisch.

Vorbereitungen zwei

Die nächsten beiden Tage verbrachten sie mit der Auswertung der Jagd. Burns war fasziniert von den Filmen und sah sie sich gleich mehrfach an. Später setzte sich Gerd mit Pieter zusammen. Beide überspielten die Filme auf die Festplatte eines Computers und diskutierten den Inhalt, bevor sie ihn auf eine Länge von gut dreißig Minuten kürzten. Er sollte potenziellen Kunden den Abschluss eines Vertrages zur Teilnahme an der Jagd „erleichtern". Man diskutierte das weitere Vorgehen, die geplante Größe der Jagdgruppe, erstellte Listen mit Ausrüstungsgegenständen, die unbedingt noch zu beschaffen waren. An oberster Stelle standen Moskitonetze und Insektenschutzsprays. Niemand hatte damit gerechnet, so zerstochen zu werden. Als unbedingt notwendig wurden auch Stromaggregate und eine Verstärkung und Verlängerung des Zauns erachtet.

Burns benutzte den Nachmittag, einen neuen „Landeplatz" für das Transportmodul zu berechnen und den Computer entsprechend zu programmieren. Es sollte viel näher am Wald landen, nordwestlich der ersten Stelle, denn dort vermutete man auch einen Fluss oder ein größeres Gewässer. In dem Fall würden sich dort die Herden von Sauriern und deren Jäger aufhalten.

Am dritten Tag flog Gerd in die Schweiz, um mit den PR-Leuten von Hunting International die Werbekampagne zu diskutieren. Das erschien ihm die schwierigste Aufgabe überhaupt: Wie sollte er eine Werbekampagne starten, wenn die Fachleute nicht wissen durften, wohin die Reise ging?

Burns, Pieter und Detlef reisten in den folgenden Tagen insgesamt dreimal die siebzig Millionen Jahre zurück. Sie schossen verschiedene Saurier, aber keinen T-Rex, und korrigierten jedes Mal die Stelle, an der das Transportmodul landen sollte. Bei der letzten Zeitreise fanden sie die ideale Stelle: eine sandige, mit trockenem Gras und niedrigen Büschen bewachsene Lichtung, am Randes eines lichten Mischwaldes, nicht weit entfernt von einem klaren Fluss, der in den Bergen entsprang und gemächlich durch ein breites Kiesbett floss.

Sie ließen Kisten mit zwei leistungsstarken Stromaggregaten und diversen Werkzeugen, mehrere Zweihundert-Liter-Fässer mit Diesel und den Zaun dort. Später, bei Beginn der ersten Safari, wäre der Platz im Modul nicht ausreichend für alle mitreisenden Menschen und die ganze Ausrüstung.

Mittlerweile hatte von Meckenheim noch eine größere Halle angemietet, in der die Arbeiter ein zweites MMT bauten würden, doppelt so groß wie das erste. Für die Arbeiten, die in sechs Wochen beginnen sollten, wurden zehn Monate veranschlagt. Bis zum Beginn der Arbeiten feierten die Männer ihre Überstunden ab und konnten dreißig Tage bezahlten Urlaub nehmen. Alle waren zufrieden und keiner ließ sich dazu hinreißen, etwas über das Projekt zu erzählen. Sie bauten „eine Maschine für die Regierung" erzählten sie, wenn sie jemand aus dem Dorf oder den Nachbargemeinden nach ihrer Arbeit fragte.

Die Waffen wurden von Jürgen Haferkorn noch einmal überholt und sorgfältig gewartet, außerdem lieferte er weitere eintausend Schuss von der Spezialmunition. Das war das Geschäft seines Lebens! Schließlich fragte er von Meckenheim, wozu diese Munition in dieser Menge benötigt werden würde. Am Abend besprachen die Vier die Situation und sie einigten sich darauf, Haferkorn einzuweihen. Man würde sowieso noch einen Jagdbegleiter benötigen. Haferkorn schaute sich den Film an und war anfangs sprachlos, überlegte aber nicht lange, als man ihm die Möglichkeit zur Mitreise anbot.

Ric und Detlef trafen sich ein paar Mal heimlich im Konferenzraum.

»Gerd merkt bestimmt nichts«, tröstete Ric seinen neuen Liebhaber, als der wiederholt von seiner Angst vor Gerd erzählte.

»Der ist doch in der Schweiz.«

»Du kennst ihn nicht richtig«, orakelte Detlef.

Beiden entging das leise Geräusch, als ein Bewegungsmelder eine Restlicht verstärkende Kamera einschaltete und ihren hastigen Sex filmte.

Gerd kam zurück und brachte den Probedruck des neuen Hefts mit. Die Werbung war völlig anders als man sie erwartet hatte, aber alle waren sich sicher, sie würde ein Volltreffer werden. Spät am Abend, als von Meckenheim alleine war, schaute er sich die Filme aus dem Konferenzraum an. Vor Wut zerbrach er die Fernbedienung für den Videorekorder, danach schaute er lange Zeit aus dem Fenster. Das konnten Detlef und Ric nicht mit ihm machen!

Pieter und Haferkorn brachten in drei weiteren Zeitreisen Ausrüstungsgegenstände in die Kreidezeit. Das Transportmodul landete immer exakt an der gleichen Stelle, so konnten sie den Zaun schon aufstellen. In stabilen Alucontainern befanden sich unter anderem zwei der offenen vierrädrigen Geländefahrzeuge von Honda, Quads genannt, Benzin für das Stromaggregat, Gasflaschen für die Kocher und eine kleine, zerlegbare Feldküche.

Pieter schlug vor, zwei Hunde mitzunehmen, die in der Nacht mit aufpassen konnten. Ihren feinen Ohren und Nasen würde nichts entgehen. Von einem Tierheim erhielt er gegen eine Spende von vierhundert Mark zwei Schäferhündinnen deren Herrchen verstorben war.

Es waren ruhige Tiere, die sich schnell an ihre neuen Besitzer gewöhnten. Ein Hundeausbilder eines Hundesportvereins beschäftigte sich an einem Wochenende mit ihnen.

»Die haben eine gute Ausbildung bekommen«, meinte er und steckte die zweihundert Mark ein, die ihm Pieter für seine Bemühungen gab.

Man war bereit für die Gäste. Die bisherigen Investitionen von zehn Millionen Dollar mussten erst einmal wieder verdient werden!

Lady Sarah Woodworth

Der Wagen der britischen Royal Mail bog in die Einfahrt von „The Woodworth Manor House" ein und blieb vor dem großen, schmiedeeisernen Tor stehen. Beide Torflügel waren verschlossen. Das Tor, wie bei vielen dieser Art, war in der Mitte höher als an den Seiten, die oberen Abschlusseisen geschwungen und mit Metallspitzen besetzt. Es ließ sich nur von innen öffnen und besaß außen weder eine Klinke noch ein Schloss. Die massiven Säulen mit den eingemauerten Scharnieren auf beiden Seiten, setzten sich nach links und rechts in Form einer hohen Mauer fort. In die Mauerkrone hatte man Glasscherben eingelassen.

Von der umlaufenden Mauer war wenig zu sehen, da, vor allem entlang der Straße, Büsche dicht an dicht gepflanzt worden waren. Die Büsche wuchsen höher als die Mauerkrone, sorgfältig schnitten aber die Gärtner jene Äste heraus, auf die jemand hätte steigen können, um dann über die Mauer zu springen. Einfahrt, Grundstück und Haus hatten Spezialisten kaum sichtbar, aber höchst effektiv mit modernen Alarmeinrichtungen abgesichert.

Der Mitarbeiter der Royal Mail stieg aus, ein junger Mann von Mitte zwanzig. Er suchte und fand einen Klingelknopf auf dem linken Pfeiler und wollte ihn gerade betätigen, als er hinter sich ein Auto hörte. Er drehte sich um. Neben seinem Postauto stand ein silberner Porsche 911, aus dem eine bemerkenswerte Frau ausstieg. Mittelgroß, schlank, schmale Hüften, knackiger Po, mit langen Beinen, die in hautengen Jeans steckten. Ihre langen blonden Haare, die sie zu einem Pferdeschwanz zusammengebunden hatte, ließ sie jugendlicher scheinen, als sie wahrscheinlich war. Unwillkürlich schaute er auf ihr Dekolleté. Ein Busen, wie man ihn sonst nur im Playboy sah, betont durch ein körpernahes hellblaues T-Shirt mit tiefem Ausschnitt. William Goodlane starrte die Frau an, ohne sich dessen bewusst zu sein.

»Kann ich Ihnen helfen?«, fragte sie freundlich. »Ich bin Lady Sarah. Sie haben sicher Post für mich.«

Er merkte wie er rot anlief. »Ja, Madam. Ich wollte nur die Post bringen.«

Er überreichte ihr einen Packen Briefe und ein in Folie verschweißtes Hochglanzmagazin. Es war die neueste Ausgabe von „Hunting International“. Sie überflog die Post und bat ihn, diese in das Auto zu legen. Er öffnete die Beifahrertür des Porsches, legte alles auf den Beifahrersitz. Der Porsche roch nach Leder und nach einem aufregenden Parfum. Später sollte er dessen Namen erfahren: Chanel N° 19.

Lady Sarah musste lächeln. Natürlich hatte sie die Blicke des jungen Mannes auf ihren Busen bemerkt, aber das war sie gewohnt. Ein netter Junge, er sah gar nicht so aus wie man sich normalerweise einen Postzusteller vorstellte. Sie betrachtete ihn genauer. Er war groß, fast einen Meter neunzig, schlank mit breiten Schultern. Er trug dunkle, etwas längere Haare, aber das Bemerkenswerteste an ihm waren seine hellblauen Augen. Augen wie Gletschereis. Ein hübscher Kerl, der dazu noch rot anlief, als er sich erwischt fühlte. Sie beschloss, mit ihm zu reden.

»Sind Sie schon lange bei der Royal Mail?«

»Nein, Madam. Ich bin Student und muss mir etwas dazuverdienen. Die Post zahlt ganz gut.«

»Ach so«, zeigte sie Interesse. »Und was studieren Sie?« Sie lächelte ihn an und fand ihn zunehmend anziehender. Er konnte ihr Parfüm riechen, als sie einen Schritt näher kam, den Duft, welcher ihm schon in dem Sportwagen aufgefallen war.

»Biologie und Geografie«, erklärte er. »Ich bin im neunten Semester und werde in diesem Halbjahr fertig.«

Auch ihr Interesse an ihm wuchs. Ihr derzeitiger Lover, ein Investmentberater aus London, wurde langweilig. Er vermehrte zwar ihr Vermögen fleißig, aber im Bett fiel ihm nichts Neues mehr ein. Dieser Junge würde ihr sicherlich viel Spaß bereiten. Hoffentlich stand er nicht auf Männer. Wie sie schon oft festgestellt hatte, sahen Schwule häufig besonders gut aus. Aber seine Blicke auf ihrem Busen bewiesen, dass er Frauen vorzog. Schwule hätten ihr in die Augen geschaut, nicht auf die Titten.

»Wenn Sie morgen wieder Post haben, soll man mir Bescheid geben. Sie können sie dann direkt zum Haus bringen.«

»Ja, Madam, Lady Sarah«, antwortete er ihr. »Gerne.«

Etwas verwirrt stieg er in das Auto und fuhr zurück zur Dienststelle, um den Wagen abzugeben. „The Woodworth Manor House" war auf dieser Tour immer die letzte Adresse.

Der Butler öffnete ihr die Tür, begrüßte sie mit einer steifen Verbeugung und einem kurzen »Madam.« Er mochte sie nicht. Sir Douglas Woodworth hätte diese Frau nicht heiraten sollen, dachte er immer wieder. Ein Sechzigjähriger und ein dreißigjähriges Model. Er starb fünf Jahre nach der Eheschließung und hinterließ ihr einhundertzwanzig Millionen Pfund Sterling, „The Woodworth Manor House", Grundstücke in ganz Europa, Wohnungen in London, New York, Berlin, Houston, Genf und Paris. Sie bekam seine Aktien, Fondsanteile, die Beteiligungen an der Ölförderung, sie bekam alles, sie bekam sogar den Butler. Man hatte ihn vererbt. An ein Model!

Der Herzinfarkt auf der Jagd in Afrika hatte Sir Douglas sofort getötet. In Europa hätte man ihn gerettet, aber in einem Camp im Busch, sechs Stunden von der Lodge entfernt, war keine Rettung möglich gewesen. Die Jagd war das Einzige, was das Paar die fünf Jahre geeint hatte, die Jagd auf Großwild, besonders auf Elefanten. Das war jedenfalls die Meinung des Butlers.

Lady Sarah setzte sich in das Lesezimmer auf ihren Lieblingssessel, ließ sich vom Butler ein Glas Weißwein und eine kleine Flasche Perrier bringen. Nach dem Überfliegen der Post, ihre Sekretärin würde am nächsten Tag alles Geschäftliche erledigen, beschloss sie „Hunting International" zu lesen. Die Anzeige auf der zweiten Seite stach ihr sofort ins Auge. Eine Stunde später schickte sie ein Fax, mit der Bitte um weitere Informationen.

Die Antwort kam drei Tage später per Post.

Hunting International

Das Hochglanzmagazin erscheint einmal in jedem Quartal, normalerweise am zweiten Freitag im ersten Monat. Verlegt und gedruckt wird es von einem renommierten Verlag in der Schweiz, der sich allgemein auf Jagd, Waffen und Technik spezialisiert hat. Von „Hunting International" gibt es vier verschiedene Ausgaben, die sich nur durch die Sprache unterscheiden. Eine Ausgabe für Leser, die Deutsch oder Englisch sprechen, eine auf Italienisch-Französisch, die dritte auf Russisch, die vierte in japanischer Sprache. Design, Werbung, Inhalt und Bilder sind bei allen vier Ausgaben jeweils gleich. Der Preis von neunundzwanzig Dollar pro Heft plus Versand schränkt den Kreis der Abonnenten von vorneherein ein. Die Auflage beträgt zurzeit fünfundsiebzigtausend Exemplare, Tendenz steigend.

Der typische Abonnent ist männlich, älter als fünfzig, seit vielen Jahren Jäger, besitzt mehr als zehn Langwaffen, fährt eine teuere Limousine, oft auch einen großvolumigen Geländewagen und ist reich, in der Regel sehr reich. Er jagt aus Leidenschaft, ist nur Jäger und kein Heger. Sein Jagdziel ist das Großwild, sein Traum sind Büffel, Elefanten und vor allem Nashörner. Für die Jagd auf diese Tiere ist er bereit, sehr viel Geld auszugeben.

Dementsprechend befassen sich die Artikel in allen Ausgaben des Magazins mit der Jagd auf Großwild, auf sehr seltenes Wild und auf Wild, welches sehr schwierig zu bejagen ist, wie zum Beispiel Dickhornschafe. Die Artikel beschreiben Jagdreisen, stellen Lodges in Afrika und Jagdcamps in Russland vor. Jagdreisen werden angeboten, teuere Waffen getestet und inseriert, sinnvolles Zubehör, welches man für Jagdsafaris benötigt, kann man bestellen. Herausgeber ist der Besitzer von Global Hunting International, Gerhardt Freiherr von Meckenheim.

In der neuesten Ausgabe erscheint auf der zweiten Seite, der Rückseite des Umschlages, eine ganzseitige, schmucklose Anzeige auf schwarzem Hintergrund. Der Inhalt ist bewusst unpräzise formuliert, veranlasst aber mehr als eintausend Interessenten, sich per Post oder Fax nähere Informationen zu bestellen.

> **Sie meinen, schon alles gejagt zu haben**
> **was angeboten wird?**
> **Nein, das haben Sie nicht!**
>
> Wir bejagen mit Ihnen das seltenste Wild überhaupt.
> Sensationelle Pirsch!
> Imponierende Trophäen, die Sie behalten dürfen!
>
> Eine außergewöhnliche Jagd zu einem
> exklusiven Preis, an der nur Sie und
> wenige Auserwählte teilnehmen werden.
> Ein Jagderlebnis, das jeden Dollar wert sein wird.
>
> Informationen
> Exclusive Hunting International Ltd.
> Post Box 2231
> Nassau, The Bahamas
> Fax: 0800 22565390 806

Alle Interessenten bekommen innerhalb einer Woche Antwort. Auch die ist wenig aussagekräftig, weist nur darauf hin, man müsse für weitere Informationen ein Seminar in Deutschland besuchen. Während des Seminars würde ein Vertreter von EHI, einer Tochtergesellschaft von „Global Hunting International“, die Teilnehmer mit einer neu entwickelten Waffe vertraut machen, die ihnen während dieser exklusiven Jagd kostenlos zur Verfügung gestellt werden würde. Ein Vertrag für dieses Seminar ist beigefügt.

Das Paket umfasst folgende Leistungen: Flug nach Berlin und zurück in der ersten Klasse einer renommierten Fluggesellschaft, alle Transfers, drei Übernachtungen mit Frühstück in einem Fünf-Sterne-Hotel, drei gemeinsame Abendessen, Einschießen der neu entwickelten Waffen, das Seminar selber und alle notwendigen Unterlagen. Der Preis dafür beträgt einhunderttausend US Dollar.

Selbstverständlich würde diese Summe bei Buchung der Safari angerechnet werden.

Die Zahl der Interessenten verringert sich dramatisch, nur dreizehn Personen schicken den Vertrag ausgefüllt zurück, nur elf überweisen, wie gefordert, die einhunderttausend US Dollar innerhalb von fünf Werktagen auf das angegebene Konto der Filiale einer großen Bank auf den Bahamas.

Zu diesen elf gehört Lady Sarah Woodworth.

Der nächste Tag war ein Sonntag. William saß an seinem Schreibtisch und beschäftige sich mit den Skripten, die er von den Dozenten bekommen hatte. Ein Standardthema für alle Geografiestudenten war die Plattentektonik, die sich mit den Bewegungen der großen und kleineren Kontinentalplatten beschäftigt. Reines Grundwissen, welches er schon im ersten Semester gelernt haben musste. Heute, bei der Wiederholung des Stoffs, konnte er sich nicht richtig konzentrieren.

Seine Gedanken schweiften immer ab zu Lady Sarah, die ihn mit ihrer unbekümmerten Art und ihrem offen zur Schau gestellten Sexappeal in der letzten Nacht den Schlaf geraubt hatte. Morgen, am Nachmittag, musste er wieder die „zweite Tour" fahren, so nannte man Verteilung der Post nach zwölf Uhr, eine vierstündige Arbeit, die bei „The Woodworth Manor House" enden würde. Wie hatte sie zu ihm am Samstag noch gesagt?

»Wenn Sie morgen wieder Post haben, soll man mir Bescheid geben. Sie können sie dann direkt zum Haus bringen.«

Hatte sie das ernst gemeint oder war das nur eine Floskel gewesen? Was würden die Bediensteten sagen, wenn er klingelte, um die Post selber zu übergeben?

Er hatte so da seine Zweifel, ob man ihn überhaupt reinlassen würde. Er überlegte, wandte sich dann wieder seinen Unterlagen zu. Doch seine Gedanken schweiften wieder ab. Was sollte er mit dem Postauto machen, wenn man ihn reinlassen würde? Er konnte sich einfach nicht mehr konzentrieren. Mit dem Lernen klappte es an diesem Nachmittag nicht mehr. Er zog seine Laufsachen an und drehte auf dem Universitätssportgelände einige schnelle Runden auf der Tartanbahn. Keuchend ließ er sich nach sechs Meilen ins Gras fallen, trank aus seiner Mineralwasserflasche. Später ging er zum Duschen und dann in die Mensa, wo er ein paar Freunde traf. Sie verabredeten sich auf ein Bier bei „Bully's". Noch vor Mitternacht lag er im Bett, denn er musste für das dreistündige Seminar am nächsten Morgen ausgeschlafen sein.

Um kurz vor zwölf übernahm er das Postauto von Bill, einem alten Postzusteller, der kurz vor seiner Pensionierung stand. Nach dem Wochenende gab es immer mehr zu verteilen, als an den anderen Wochentagen, und für Lady Sarah war ein ganzer Stapel an Post dabei. Er legte die Briefe und das Päckchen in seinen Privatwagen und fuhr mit dem Postauto los. Kurz vor vier gab er den Wagen beim Leiter des Fuhrparks ab und machte sich mit seinem alten Ford Escort auf den Weg nach „The Woodworth Manor House". Er hielt direkt vor dem Tor und klingelte.

Es knackte im Lautsprecher. »Was wünschen Sie?«

»Goodlane von der Royal Mail. Ich habe die Post. Lady Sarah sagte mir am Samstag, ich solle sie persönlich abgeben.« Er ließ die Sprechtaste los.

Einen Moment Stille.

»Wieso sind sie nicht mit dem Postauto hier?«

Links über sich sah er eine leichte Bewegung auf der Säule. Er schaute zu der Kamera hoch, die genau auf ihn gerichtet war. Mit der linken Hand hielt er die Post hoch.

»Den habe ich um vier abgegeben. Ich musste sowieso hier vorbei.«

»Warten Sie bitte«, sagte die unpersönliche Stimme.

Gut eine Minute später öffneten sich die beiden Türflügel völlig geräuschlos. Er stieg in sein Auto und fuhr durch das Tor, das sich hinter ihm sofort wieder schloss, wie er im Rückspiegel sehen konnte. Die mit Kies bestreute Auffahrt schlängelte sich durch ein kleines Wäldchen, welches das Herrenhaus vor neugierigen Blicken von der Straße her verbarg. Sie endete vor einem Springbrunnen, den er im Uhrzeigersinn umfuhr. Leise knirschten die kleinen Steinchen unter seinen Rädern, als er vor der großen Treppe anhielt. Drei Parkplätze waren auf der linken Seite für „Gäste" ausgewiesen, aber sein Auto war das einzige, was dort stand.

Das Haus wurde von einer strengen Geometrie beherrscht. Es war zweistöckig, wobei das Erdgeschoss deutlich über dem Niveau des Grundstücks lag. Er zählte je zehn Fenster links und rechts der großen zweiflügeligen Eingangstür. Die Fenster im zweiten

Stock lagen jeweils genau über denen des Erdgeschosses. Über dem Eingang befanden sich zwei gleich große Glastüren, durch die man auf einen schmalen Balkon treten konnte. Auf der Brüstung des Balkons standen mehrere große Blumentöpfe mit roten Hängegeranien, die die einzigen Farbtupfer auf der hellbraunen Sandsteinfront bildeten. Die Treppe, die zur wuchtigen Eingangstür führte, war unten deutlich breiter, bewacht wurde sie links und rechts von Steinlöwen, die den Besucher streng musterten.

William stieg die Treppe hinauf, die Post in der Hand. Noch bevor er den großen Türklopfer aus Messing betätigen konnte, öffnete sich die Tür und ein Mann stand vor ihm. Schlank, deutlich kleiner als er, graue Haare, sicherlich über sechzig Jahre alt. Er trug eine dunkle Hose mit scharfen Bügelfalten, glänzende schwarze Halbschuhe, ein weißes Hemd mit einer grauen Fliege und, wohl in Anbetracht des warmen Wetters, nur eine graue Weste, kein Jackett.

»Sie können mir die Post geben. Lady Sarah erwartet Sie. Wenn Sie mir bitte folgen wollen!«

Und schon schritt er, ohne auf eine Antwort zu warten, mit kurzen, energischen Schritten voran. Sie durchquerten eine große, dunkle Halle mit einer imposanten Holztreppe zur Rechten. Der Butler öffnete eine Tür am Ende der Halle. William folgte ihm durch einen Gang, der Butler öffnete eine zweite Türe.

»Bitte, der Herr!«, meinte er nur, eine leichte Verbeugung andeutend.

Der junge Mann stand auf einer großen Terrasse. Massive Teakholz-Gartenmöbel waren dort in drei Gruppen angeordnet, links und recht wuchsen an Spalierwänden blühende Ranken empor. Zum Rasen hin trennten große Steingefäße mit blühenden Pflanzen die Terrasse ab. Mitten im Rasen lag ein Pool, gut zwanzig Meter lang und zehn Meter breit. Zu beiden Seiten standen Liegestühle, dick mit cremefarbenen Auflagen belegt. Sonnenschirm boten Schatten vor der tief stehenden Sonne des Spätnachmittags.

»Kommen Sie, seien Sie nicht so schüchtern«, rief Lady Sarah und erhob sich von einer Liege.

»Möchten Sie etwas trinken?«

Sie deutete auf einen beschlagenen Weinkühler, in dem sich eine Weißweinflasche und einige kleine Mineralwasserflaschen befanden. Anschließend zeigte sie auf einen großen, viereckigen Korb, der unter dem kleinen Tisch neben der Liege stand.

»Nehmen Sie sich ein Glas, besser zwei. Eines für Perrier und eines für den Wein. Bei der Hitze kann man nicht nur Wein trinken, obwohl er sehr leicht ist.«

William trat zu ihr und entnahm dem Korb die beiden Gläser.

»Danke, Lady Sarah. Ich nehme erst mal ein Wasser.«

Er betrachtete sie verstohlen. Ein knapper, türkisfarbener Bikini, der mehr ent- als verhüllte. Durch den dünnen Stoff waren ihre aufgerichteten Brustwarzen deutlich zu erkennen, die Bikinihose war nicht mehr als ein winziges, farbiges Dreieck zwischen ihren Schenkeln. Sie trug wieder einen Pferdeschwanz, der von einem einfachen Haargummi zusammengehalten wurde. Ihre Haare tropften, wahrscheinlich war sie gerade dem Pool entstiegen. Ihr Körper wies eine gleichmäßige leichte Brauntönung auf, wie sie bei Blonden vorkommt, die sich regelmäßig, aber mit aller Vorsicht sonnen.

Sie registrierte seine Blicke und es gefiel ihr.

Er schüttete sich Wasser ein. Er bemerkte, ihr Wasserglas war leer.

»Darf ich Ihnen auch noch etwas Wasser einschütten?«

»Gerne.« Sie hielt ihm ihr Glas hin. Er öffnete eine Flasche und goss ihr Glas voll.

»Dort!« Sie zeigte auf eine Tür eines kleinen Gebäudes hinter ihnen. »Dort ist eine Umkleidekabine. Sie finden innen eine passende Badehose.«

»Falls Sie eine benötigen«, fügte sie nach ein paar Sekunden hinzu. Sie lächelte ihn an, und William merkte, dass er wieder einen roten Kopf bekam.

»Du benimmst dich wie ein Pennäler«, dachte er sich.

Im Umkleideraum mit der Aufschrift „Gentlemen“ befand sich ein Regal mit mehreren neuen Badehosen in den Originalverpackungen. Er entschied sich für eine dunkelblaue der passenden

Größe. Seine Sachen legte er sorgfältig auf eine Bank. William öffnete die Tür und trat hinaus. Lady Sarah warf gerade ein großes Badetuch auf eine Liege. Sie hatte sich wohl abgetrocknet und lege sich jetzt bäuchlings darauf.

»Ich benötige Ihre Hilfe«, rief sie ihn zu sich.

Sie reichte ihm eine Flasche mit Bodylotion. Ihr Oberteil lag auf dem Tisch.

»Ich kann mir selber schlecht den Rücken eincremen. Tun Sie mir bitte den Gefallen, ja?«

Er cremte sie sorgfältig und sanft ein, vergeblich sich bemühend, seine beginnende Erektion zu verbergen.

Sie gab ein leichtes Stöhnen von sich.

»Das machen Sie gut. Bitte die Beine auch.«

Er entsprach ihrem Wunsch, dabei sorgfältig vermeidend, die Innenseite ihrer Oberschenkel zu berühren. Er schloss den Klappverschluss der Flasche.

»Fertig!«

»Danke, Sie sind ein Schatz!« Sie drehte sich plötzlich um und setzte sich auf.

»Wie heißt du eigentlich?«

»William, Madam. William Goodlane, Lady Sarah.«

Er bemühte sich verzweifelt, seine Erektion zu unterdrücken und ihr nicht auf den Busen zu starren.

»Gehen wir ins Wasser. Komm!«

Sie sprang auf, nahm ihn bei der Hand, zog ihn mit sich und beide hüpften ins Wasser. Das Wasser ging ihm bis zum Hals, sie konnte nicht stehen. Sie schlang ihre Arme um seinen Hals, ihr Busen drückte gegen seine Brust.

»Hier musst du mich festhalten«, flüsterte sie, »sonst gehe ich unter.«

Sie schlang die Beine um seine Hüften, ihre Hand glitt an ihm herab, umfasste sein Glied und führte es zwischen ihre Beine. Das Bikinihöschen schob sie beiseite. Er drang in sie ein, und sie bewegten sich miteinander im Wasser, erst langsam, dann immer schneller, bis beide zusammen aufstöhnten und sich fest aneinander klammerten.

»Du bist süß«, flüsterte sie ihm ins Ohr und verpasste ihm einen großen Knutschfleck. Er glitt aus ihr heraus.

»Und du bist die schönste Frau, die ich je gesehen habe!«

Beide verließen das Wasser und gingen Hand in Hand zu den Liegen, wo sie sich gegenseitig abtrockneten. Auf dem Tisch klingelt ein Telefon. Sarah nahm es ab.

»Ja?« Sie horchte einen Augenblick.

»Mr. Pillington kann die Unterlagen in der Halle ablegen. Ich benötige ihn dann nicht mehr. Sagen Sie ihm, ich rufe bei Bedarf an.« Sie legte das Telefon weg.

»Wer war das?«, wollte William wissen.

»Das war die Vergangenheit«, antwortete sie, ohne dass William das sofort verstand.

»Es wird kühl. Gehen wir rein und lassen wir uns das Essen servieren.«

Draußen stieg der völlig verwirrte George Pillington, ein Investment-Manager aus London, in seinen Jaguar. Verständnislos registrierte er den alten Escort auf dem Besucherparkplatz.

»Die hat mir den Stuhl vor die Tür gesetzt«, dachte er. »Blöde, überhebliche Kuh!«

Auf der Rückfahrt nach London warf er den großen Rosenstrauß aus dem fahrenden Auto in den Straßengraben. Ein Polizist sah das, schrieb sich die Autonummer auf und vierzehn Tage später bekam Pillington ein Ticket über zweihundert Pfund wegen „illegaler Entsorgung von Abfall auf öffentlichen Straßen".

Er zahlte zähneknirschend.

Drei Tage später zog William Goodlane in „The Woodworth Manor House" ein, aus einer Studentenbude mit Gemeinschaftsdusche in ein herrschaftliches Haus. Er bekam ein großes, helles Zimmer im ersten Stock mit einem wundervollen alten Bad und einem Balkon nach Süden, von wo aus er die zehn Hektar Garten mit Rasen und Pool überblicken konnte. Er hielt sich dort aber kaum auf, denn Sarahs Suite lag gegenüber, und sie verbrachten mehr Zeit miteinander in ihrem Bett, als er an seinem Schreibtisch. Beide waren glücklich, hatten sich ineinander verliebt. Er ein

25-jähriger Student und sie eine 35-jährige vielfache Millionärin, ein Ex-Model aus Newcastle.

Gut vierzehn Tage später meinte sie eines Morgens, als der Butler das Frühstück servierte: »Am Montag fliege ich nach Berlin. Kläre mal in der Uni ab, ob du mitkommen kannst. Es sind nur drei Tage.«

Es war nicht leicht, die letzte mündliche Prüfung um eine Woche zu verschieben, aber die Geschichte von der kranken Mutter bewog den Professor endlich, seinem Gesuch zuzustimmen.

William kündigte bei der Royal Mail und wurde erst einmal neu eingekleidet.

Intelligence zwei

Der Fahrer des alten Lastwagens nahm noch einem Schluck Wodka und schaute betrübt auf die Flasche. Schon wieder fast leer. Er lehnte sich zur Seite und wühlte in der billigen Reisetasche, die auf der schmutzigen, zerrissenen Beifahrerbank stand. Vielleicht war doch noch ein kleines Fläschchen dieser Medizin in der Tasche. Ohne die wärmende und tröstende Wirkung des Schnapses ließen sich die eintönigen Fahrten über die endlosen ukrainischen Landstraßen nicht ertragen. Während er nach einer vollen Flasche suchte, dabei auch zur Tasche hinüber sah, kam er mit den Rädern immer weiter auf das unbefestigte Bankett des rechten Fahrbahnrands. Der alte LKW fing an zu schlingern, als die Reifen eine tiefe Pfütze durchfuhren und in den weichen Untergrund einsanken. Erschrocken riss der Fahrer das Lenkrad nach links, nach wenigen Metern kam das Fahrzeug ruckartig wieder auf die Straße zurück. Völlig überfordert von dieser Situation vergaß er zu bremsen, überquerte die komplette Straßenbreite, streifte links einen dicken Baum, durchholperte eine Graben und blieb nach mehr als fünfzig Meter bis zu den Achsen in einem aufgeweichten Acker stecken. Er saß einen Moment unbeweglich hinter dem Steuer, bekreuzigte sich ein paar Mal, murmelte ein kurzes Stoßgebet und verließ das Führerhaus. Auf dem Acker stand er bis zu den Knöcheln im Schlamm. Das Krachen des Unfalls und das Kreischen des Metalls hatten sein Wodka umnebeltes Gehirn gar nicht wahrgenommen.

In dem VW Golf hatten vier Menschen gesessen. Der polnische Fahrer und drei junge Frauen aus Kiew, die er nach Polen bringen musste. Von dort aus sollten die Frauen weiter nach Westen reisen, um leichte, gut bezahlte Tätigkeiten im deutschen „Gaststättengewerbe" auszuüben. Der LKW vor ihm hatte ihn schon seit einiger Zeit geärgert, weil der Fahrer meistens in der Straßenmitte fuhr und nicht auf Hupen reagierte. Dann war er ganz rechts gefahren und der Pole glaubte, überholen zu können. Fast war er an dem Laster vorbei, als dieser urplötzlich ausbrach, das Heck des Golfs rammte, ihn von der Straße katapultierte. Die Fahrt endete an einem dicken Baum mit einem lauten, tödlichen Krachen.

Der Fahrer und die junge Frau vorne waren beide sofort tot. Die Frauen hinten, die geschlafen hatten, überlebten den Aufprall schwer verletzt, bewegten sich schwach. Sie rochen das Benzin, das aus dem Tank auslief und nach einer halben Minute durch die Funken eines Kurzschlusses entzündet wurde. In den letzten Sekunden ihres Lebens fühlten sie nur noch die Hitze des Feuers und erlitten unbeschreibliche Schmerzen, als die Flammen ihre Körper einhüllten. Der Fahrer hörte ihr gellendes Schreien, welches erst endete, als die Flammen ihre Lungen versengten. Er stand wie versteinert neben seinem LKW, ohne zu verstehen, was überhaupt passiert war.

Die ukrainische Polizei verhaftete den LKW-Fahrer, identifizierte die drei Frauen, fand aber nichts über den Golf-Fahrer heraus. Sie identifizierten ein polnisches Nummernschild, ließen danach die verbrannten Überreste des Fahrers nach Polen überführen. Über das Gebiss stellten sie die Identität des Toten fest, einem Mitglied einer Schleuserbande, der bereits mehrfach mit dem Gesetz in Konflikt geraten war. Der Staatsanwalt fand heraus, dass der Volkswagen in Polen nicht zugelassen worden war und ein deutsches Typenschild besaß. Er gab die Daten an die deutsche Polizei weiter. Die ermittelte den Besitzer des Wagens, eine Autoverleihfirma aus Rostock. Von der Geschäftsleitung bekam man die Daten des amerikanischen Mieters, der in Deutschland von der US-Botschaft als vermisst gemeldet worden war.

Drei Wochen später lag der Vorgang auf dem Tisch des zuständigen Geheimdienstoffiziers auf der Offutt AB. War der Agent in Polen beraubt und getötet worden? Warum war er nach Polen gefahren? Was hatte er dort gemacht?

Das Meeting fand unter der bewährten Leitung des Captains der Air Force statt, auch die beiden CIA-Mitarbeiter waren wieder dabei. Man kannte sich also schon.

»Wir haben nicht die geringste Ahnung, was mit unserem Spezialisten passiert ist.«

Der Senior Agent blätterte in der Akte. Der Jüngere, er arbeitete erst seit 18 Monaten in Langley, machte sich Notizen und hörte aufmerksam zu.

»Haben Sie weitere Informationen, Captain?«

Der Air-Force-Offizier schüttelte den Kopf.

»Nein, direkte Informationen keine. Aber sehen Sie sich das mal an, meine Herren!«

Er schob die neueste Ausgabe von „Hunting International" über den Tisch. Die zweite Seite war aufgeschlagen. Der Captain lehnte sich zurück, kreuzte seine Beine und wartete.

Die CIA-Agenten blickten auf.

»Was wollen die jagen? Goldene Elefanten?«

Der Captain entnahm der Akte mit dem großen Aufdruck SECRET ein Schreiben. Er reichte es den beiden rüber. »Es wird noch interessanter! Das kam gestern.«

Beide steckten ihre Köpfe zusammen, lasen den Brief. Verblüffung zeichnete sich auf ihren Gesichtern ab.

»Einhunderttausend Dollar für ein Seminar in Berlin? Da müssen ja tolle Weiber dabei sein«, meinte der Jüngere.

Der Senior Agent runzelte seine Stirn, überlegte einen Augenblick.

»Ich muss in Langley anrufen.« Er ging in den Nebenraum, schloss die Türe hinter sich. Nach wenigen Minuten kam er zurück.

»Der stellvertretende Direktor sagte, unser Etat wäre noch nicht ganz ausgeschöpft.«

»Man sollte jemanden auf das Seminar schicken«, meinte der Captain.

Die beiden Leute von der CIA nickten.

Berlin

Lady Sarah erhielt die Unterlagen für das Seminar von Exclusive Hunting International Ltd. durch einen weltweit tätigen Zustelldienst. Der Umschlag enthielt ein IATA-Ticket der ersten Klasse von London nach Berlin und zurück, ein Voucher für drei Nächte im Kempinski Hotel Berlin und einen Gutschein für einen Limousinenservice, der die Anreise zum Flughafen Heathrow übernehmen würde.

Das beiliegende Schreiben dankte für die Teilnahme am Seminar, zusätzlich übermittelte Gerhardt von Meckenheim, der Präsident von EHI, die besten Grüße. Schließlich waren Lady Sarah und ihr verstorbener Ehemann mehrfach Kunden des exklusiven Jagdreisenveranstalters gewesen.

Der Daimler hielt vor dem Terminal eins, der Fahrer hielt die Türen des Wagens auf und ließ Sarah und William aussteigen. Er öffnete den Kofferraum, übergab einem Gepäckträger die Gepäckstücke der beiden und zahlte diesen sofort. Ein Trinkgeld lehnte er mit der Begründung ab, er sei von der Firma bereits ausreichend entlohnt worden.

Am Schalter stellte Williams Freundin fest, dass es auf diesem Flug keine erste Klasse gab. Die Angestellte von British Airways buchte beide in die erste Sitzreihe der Businessclass um. Bei diesem kurzen Flug sei das kein Problem, erklärte Lady Sarah, als sich die BA-Angestellte mehrfach entschuldigte.

Exakt zwei Stunden später landete die Maschine in Berlin-Tegel, wo Sarah und William am Ausgang von einer jungen Dame erwartet wurden. Man kümmerte sich um ihr Gepäck und kurze Zeit später saßen sie in einem großen BMW, der sie zum Hotel brachte.

»Das ist kein Problem, Madam«, erklärte der Mann an der Rezeption. »Die Suite hat insgesamt drei Betten. Es liegt an Ihnen, ob eine, zwei oder drei Personen dort schlafen werden.«

Er händigte beiden die Codekarten für das Zimmer aus. Unter der Dusche hatten William und Sarah Sex miteinander.

Bis zum Mittag kamen insgesamt zehn weitere Personen aus verschiedenen Ländern der Welt in Berlin an und stiegen im Kempinski ab. Am späten Nachmittag wurden sie in einen Konferenzraum des Hotels gebeten.

Die modernen Sitzmöbel aus Leder und Stahl standen um einen großen, ovalen Tisch, der von vielen kleinen Deckenleuchten indirekt beleuchtet wurde. Zwei Damen des Hotelpersonals empfingen die Gäste von EHI und leiteten sie zu ihren Plätzen. Namenskarten sollten helfen, sich gegenseitig kennen zu lernen. Kellner boten wahlweise Champagner, Rotwein oder nichtalkoholische Getränke an, sowie Tee und Kaffee. Dazu wurden Hors d'Oeuvre serviert. Das Personal verließ den Raum und schloss die Doppeltüre. Alle nahmen Platz und sahen sich um. William war auf dem Zimmer geblieben, um für die Prüfung zu lernen.

Auf der Fensterseite des Tisches erhoben sich ein hochgewachsener Mann, schätzungsweise um die sechzig Jahre alt, mit kräftigen grauen Haaren und ein schlanker, drahtiger, deutlich jüngerer Mann, beide dezent, geschmackvoll, teuer gekleidet.

»Ich möchte Sie hier im Namen von Exclusive Hunting International Ltd. begrüßen«, begann der ältere von beiden auf Englisch.

»Neben mir steht Mr. Thornton Burns, einer meiner leitenden Angestellten. Mein Name ist Gerhardt Freiherr von Meckenheim, ich bin der Inhaber von EHI. Namentlich begrüßen möchte ich einige Anwesende, deren Bekanntschaft zu machen ich bereits das große Vergnügen hatte: Lady Sarah Woodworth, Mr. Graham Newman, die Herren Dr. Karl Ritter und Dr. Urs Möckli, die ich seit vielen Jahren zu meinen Freunden zähle.«

Bei der Nennung der Namen nickte er den jeweiligen Personen zu.

»Den Gästen, deren Bekanntschaft ich noch nicht machen konnte, gilt ein besonders herzliches Willkommen hier in Berlin.« Gerd blickte kurz in die Runde und bemerkte, wie einer der Russen die Begrüßung seinem Nachbarn übersetzte.

Der Inhaber von EHI wiederholte seine kurze Ansprache auf Russisch, eine Sprache, die er mittlerweile gut beherrschte. Den vier russischen Gästen war die Erleichterung deutlich anzusehen.

»Zum heutigen Programm: Eine Kopie befindet sich in den Unterlagen, die in den roten Mappe auf dem Tisch vor Ihnen liegen.«

Er betätigte nacheinander zwei Schalter. Die Vorhänge schlossen automatisch mit einem leisen Surren, eine Leinwand rollte sich ab, ein Beamer wurde eingeschaltet und warf das Programm auf die Projektionsfläche:

Seminarprogramm

Montag	
17.00 Uhr	*Begrüßung und Vorstellung*
20.00 Uhr	*Abendessen im Gelben Saal*
Dienstag	
09.00 Uhr	*Frühstück*
10.15 Uhr	*Abfahrt nach Wannsee*
11.00 Uhr	*Vorstellung der Jagd*
13.00 Uhr	*Imbiss*
14.00 Uhr	*Weitere Informationen*
20.00 Uhr	*Abendessen im Gelben Saal*
Mittwoch	
08.00 Uhr	*Frühstück*
09.00 Uhr	*Abfahrt nach Wannsee*
10.00 Uhr	*Vorstellung der Waffen*
13.00 Uhr	*Imbiss*
14.00 Uhr	*Abfahrt zum Einschießen*
21.00 Uhr	*Abendessen im Gelben Saal*
Donnerstag	
08.00 Uhr	*Frühstück*
09.00 Uhr	*Abschlussbesprechung*
13.00 Uhr	*Mittagessen im Gelben Saal*

Individuelle Abreise oder eine weitere Nacht im Hotel für Kunden unserer Firma.

Die Gäste stöhnten: »Schade!«

»Ich weiß, Sie hätten gerne mehr gewusst, aber haben Sie bitte Geduld!« Von Meckenheim und Burns lächelten.

Am Abend traf man sich und unterhielt sich zwanglos, Hauptthema waren natürlich die Jagd und Jagderlebnisse. Sarah verabschiedete sich als Erste von den anderen. Sie traf William, am Schreibtisch sitzend, den Kopf auf den Armen liegend. Er war fest eingeschlafen. Sie weckte ihn.

Am nächsten Morgen versammelten sich alle kurz vor elf im Konferenzraum der Villa am Wannsee. Bei ihrer Ankunft saßen neben von Meckenheim bereits vier weitere Männer an dem großen Tisch. Dieser stellte sie kurz als seine Mitarbeiter und Jagdbegleiter vor: Ric Windham, Detlef Schneiderhans, Pieter van Hoogem, Jürgen Haferkorn.

»Ich verschone Sie mit weiteren Erklärungen. Schauen Sie sich einfach den Film an, den ich gedreht habe.«

Er drückte auf eine Fernbedienung, der Film begann.

Totenstille, keiner sagte ein Wort. Nur die junge Russin fing bei der Szene mit dem Troodon an zu würgen und rannte hinaus. Detlef folgte ihr, brachte sie zur Damentoilette. Nach ein paar Minuten kam sie wieder heraus, das Gesicht weiß wie die Wand. Mit zitternden Händen zündete sie sich eine Zigarette an. Die Frau flüsterte etwas auf Russisch. Scheinbar wollte sie nicht zurück in den Raum.

Der Film endete abrupt mit einem letzten Blick auf die Reste des Kadavers, an dem einige der kleinen Raubsaurier fraßen. Der Beamer wurde ausgeschaltet, die Vorhänge öffneten sich automatisch, Licht kam in den Raum. Alle schauten ungläubig.

»Gerd, wenn du uns jetzt verarschen willst, hetze ich dir alle Anwälte Berlins auf den Hals!« Dr. Karl Ritter sprach Deutsch.

Von Meckenheim antwortete auf Englisch, danach auf Russisch.

»Das ist kein übler Verkaufstrick, Karl. Wir waren dort. Die Szenen sind echt, die Jagd ist echt, die Tiere sind echt. Wir haben die Maschine, die uns siebzig Millionen Jahre zurückbringt in die späte Kreide, in die Zeit und an den Ort, wo der T-Rex lebte.«

Er öffnete einen Schrank, holte Gegenstände heraus und legte sie auf den Tisch. »Hier, die Kralle des Troodon, zwei Zähne des T-Rex, das Horn des Ceratops. Sehen Sie sich das an. Keine Versteinerungen!«

Die Trophäen gingen von Hand zu Hand. Plötzlich redeten alle durcheinander. Die entscheidende Frage kam von einem italienischen Kunden. Dem Namensschild nach hieß er Leandro Agostino.

»Was kostet das?«

Mit dieser Frage kehrte wieder Ruhe ein, alle setzten sich.

»Ich sollte nicht lange reden. Ich möchte auch nicht konkret auf die Investitionen eingehen, die wir, wie Sie sich sicherlich denken können, in erheblichem Umfang hatten.«

Von Meckenheim machte eine Kunstpause.

»Der Preis beträgt zwei Komma fünf Millionen Dollar pro Person, abzüglich der Seminarkosten. Wir können allerdings nicht garantieren, dass jeder einen T-Rex schießen kann. Doch es gibt genug Saurier für alle.« Er setzte sich.

Einige Gäste schwiegen, andere redeten miteinander. Ritter stellte eine weitere Frage.

»Wer war schon vor uns da, wer weiß davon? Und ist die Maschine sicher?«

Gerd nickte dem Konstrukteur des MMT zu.

Burns stand auf.

»Meine Damen und Herren, ich habe die Maschine gebaut. Nur wir fünf waren bei den Sauriern, haben insgesamt zehn Fahrten gemacht. Das Lager ist bereits errichtet, die Infrastruktur steht. Sie werden die Ersten sein, die an solch einer Safari teilnehmen. Glauben Sie mir, sie wird nicht gefährlicher sein als eine Großwildjagd in Afrika. Nur sehr, sehr viel exklusiver!« Er setzte sich.

»Der letzte Satz vor dir war spitze, Thornton«, dachte sich Gerd.

Einige der Interessenten wollten telefonieren. Zur Klärung der Finanzierung, wie sie betonten. In zwei der Büros auf dem Stockwerk waren Telefone vorhanden. Sarah rief William von ihrem Handy aus an. »Komm sofort her«, meinte sie. »Ich brauche dich dringend!«

Sie gab ihm die Adresse durch. William kam vierzig Minuten später mit dem Taxi. Sarah stellt ihn von Meckenheim vor.

Nach dem Essen saßen wieder alle am Tisch zusammen. Bis auf Verena Möckli, der Frau von Dr. Urs Möckli, hatten alle den Vertrag unterschrieben. Frau Möckli, eine erfahrene Jägerin, allerdings ohne Erfahrungen mit Großwild, fühlte sich von dem Vorhaben überfordert. Von Meckenheim und ihr Mann zeigten Verständnis, zumal der junge Begleiter von Lady Sarah Woodworth ihren Platz einnehmen würde. Verena Möckli reiste am nächsten Morgen ab. Zu Hause wartete ihr Fitnesstrainer auf sie. Der war dreiundzwanzig, gut gebaut und sehr ausdauernd.

William war sprachlos. »Ich habe doch noch nie gejagt«, meinte er, als er sich wieder gefasst hatte.

»Macht nichts, das bringen wir dir schon bei. Das Schießen üben wir morgen.« Sarah gab ihm einen Kuss.

Sie war richtig verliebt in diesen jungen Mann.

Am Abend rief Gerd seine Mitarbeiter zu sich. »Ich habe die Telefonanrufe aufzeichnen lassen. Hört euch das an.«

Er legte einen Laptop auf den Tisch und ließ vier Telefongespräche abspielen. Drei Männer riefen ihre Banken an und ließen sich Geld bereitstellen. Das vierte Gespräch war sehr interessant, es ging in die USA. Dort meldete sich jemand mit „Jason“. Der Anrufer gab das Codewort „Berlinetta“ durch und sagte aufgeregt: »Das ist eine ganz große Sache! Dringlichkeitsstufe A++. Ich benötige sofort zwei Komma fünf Millionen Dollar auf das vorhandene Konto.«

Einen Moment Stille am anderen Ende.

»Sie dürfen kein A++ vergeben, Peter.«

»Es ist sogar ein A+++«, meinte Peter hastig.

»Das Geld ist morgen auf dem Konto. Ich muss aber Ergebnisse bekommen, die A+++ sind!«

»Ja, Sir. Bekommen Sie.«

»Aber eines noch: Rufen Sie nie mehr über ungesicherte Leitungen an. Gehen Sie notfalls in die Botschaft!«

Jason legte auf.

Von Meckenheim schaute in die Runde.

»Was haltet ihr davon?«

Burns runzelte die Stirn. »Hört sich nach Geheimdienst an. CIA oder so ähnlich. Wir müssen verhindern, dass er mehr berichtet.«

Sie berieten sich bis kurz nach Mitternacht, dann hatten sie die Lösung gefunden.

Am nächsten Morgen stellte Haferkorn die neuen Waffen vor. Fast alle Gäste hatten große Erfahrungen mit Jagdwaffen. Von den Leistungsdaten des Gewehrs und der Munition waren sie darum mehr als beeindruckt.

Am Nachmittag fuhr die komplette Gruppe in einem luxuriösen Kleinbus in die Mark Brandenburg auf einen ehemaligen russischen Schießplatz, der von einem Schützenverein wieder aufgebaut worden war. Haferkorn war dort Mitglied und hatte sich die vier Langwaffenbahnen für den ganzen Nachmittag reservieren lassen.

Alle Gäste erprobten die .501 T-Rex mehrfach auf Entfernungen von einhundert bis dreihundert Meter, trugen dabei die Weitenverstellungen der Zielfernrohre beim Wechsel von Entfernungen in Listen ein. Auf Zielscheiben waren die Umrisse von Sauriern aufgemalt und sie prägten sich die Haltepunkte bei den verschiedenen Saurierarten ein.

Haferkorn erklärte: »Zielen Sie immer auf das Herz, besonders beim T-Rex. Versuchen Sie nie einen Kopfschuss wie bei einem Elefanten. Die Gehirne vieler Saurier sind kleiner als meine Faust.« Er hielt seine geschlossene Faust hoch.

»Und bei jeder Saurierart liegen sie an anderer Stelle. Nur auf das Herz schießen!«

William lernte schnell. Auch mit der Kurzwaffe, dem Revolver .44 Mag, kam er gut zurecht. Haferkorn kümmert sich intensiv um ihn, während die anderen Schuss um Schuss auf die Scheiben abgaben. Nur die junge Russin weigerte sich, am Schießen teilzunehmen. Sie rauchte eine Zigarette nach der anderen und sah unglücklich aus: »Nikolaj will, dass ich mitfahre. Ich muss tun, was er sich wünscht«, erklärte sie Gerd. Der hatte so seine Bedenken, aber zwei Komma fünf Millionen Dollar sind nun mal kein Pappenstiel.

Bei der Abschlussbesprechung am nächsten Tag legten sie den Termin fest. Jeder würde kurz nach Hause fliegen und seine Angelegenheiten regeln. Die Rückkehr sollte drei Tage später stattfinden. An dem Tag war der Nachmittags in Berlin für die Übernahme der Ausrüstung vorgesehen, abends würde die Fahrt nach Usedom erfolgen, am nächsten Tag sollte es ganz früh morgens losgehen. Alle Teilnehmer kamen überein, das Vorhaben streng vertraulich zu behandeln. Dr. Möckli würde seine Gattin entsprechend informieren.

Die Überprüfung der Konten ergab, für jeden Teilnehmer war der entsprechende Betrag angewiesen worden.

Burns und Windham sprachen mit einem Gast und boten ihm an, gleich in Berlin zu bleiben. Sie würden ihn mit auf einen Kurztrip in die Kreidezeit nehmen. Er sollte als zahlender Kunde beurteilen, ob man etwas vergessen hatte. Kosten würde ihn das nichts, außerdem bekäme er als Erster die Möglichkeit des Schusses auf einen T-Rex.

Der Kunde gab sich hoch erfreut und sagte sofort zu. Man fuhr mit ihm nach Usedom, er machte seine erste Fahrt zurück in die Kreidezeit. Begeistert kam er zurück. Er wurde erneut eingeladen zu einer zusätzlichen Fahrt, beurteilte das Camp, half mit beim weiteren Aufbau, bekam zwei Saurier vor die Flinte.

Nur eines bekam er nicht: Zeit, um in den Staaten anzurufen.

Vor der Zeitreise

Drei Tage später kamen die restlichen Gäste zurück nach Berlin. Man nahm in einem Nobelrestaurant ein erstklassiges Menü zu sich. Zum Dessert reichten die Kellner Eiswein und Champagner. Nach dem Abräumen stellten sie weitere Getränke bereit und zogen sich dann diskret zurück.

Gerhardt von Meckenheim stand in der Mitte des Raums, erhob sein Glas und prostete allen zu.

»Meine sehr verehrten Damen und Herren, liebe Freunde! Morgen ist es soweit und ich verspreche, es wird das größte Jagdabenteuer der Menschheit. Sie werden die Ersten sein!«

Er schwieg einen Augenblick.

»Wo kann man heute noch der Erste sein? Die höchsten Berge sind bestiegen, Menschen erreichten die tiefsten Stellen des Ozeans, schauten auf und hinter den Mond. Dort, wo Sie hinkommen, war, außer meinen Mitarbeitern und mir, noch niemand.«

Er hob wieder sein Glas, alle tranken mit.

Einer der Russen gab einen Trinkspruch von sich, dann warf er das Glas über seine Schulter nach hinten gegen die Wand, wo es mit einem lauten Knall zersprang. Die drei anderen Russen warfen ihre Gläser sofort hinterher und wiederholten den Trinkspruch.

Gerd lachte und machte es nach. Die Gläser der restlichen Gäste folgten umgehend. Bei den bisherigen Investitionen kam es auf die paar Kristallgläser auch nicht mehr an.

»Eines wurde vergessen. Wir sollten uns noch einmal der Reihe nach vorstellen und wie es bei der Jagd der Brauch ist, können wir wohl danach auf alle Formalitäten verzichten.«

Gerhard schaute in die Runde.

»Ich hoffe, jeder ist einverstanden. Würdest du bitte anfangen, Sarah?« Er deutete auf die Engländerin.

»Ich bin Sarah, Lady Sarah Woodworth, komme aus England und wohne in der Nähe von London. Von Beruf bin ich ...«, sie machte eine Kunstpause, »Hausfrau.« Alle lachten.

»Das ist mein Freund William Goodlane, er steht gerade im

Examen in den Fächern Geografie und Biologie.« Mit diesen Worten übernahm sie auch dessen Vorstellung. Der junge Engländer verbeugte sich leicht und merkte, dass er schon wieder rote Ohren bekam. Wie peinlich!

»Mein Name ist Dr. Karl Ritter aus München, ich bin pensionierter Banker und seit vierzig Jahren leidenschaftlicher Jäger«, stellte sich der große, schlanke Herr mit dem erstaunlich vollen braunen Haaren vor.

Sein Nachbar, ein kleiner, leicht rundlicher Brillenträger, fuhr fort. »Ich bin Dr. Urs Möckli aus Zürich in der Schweiz. Karl und ich sind seit vielen Jahren gute Freunde und Jagdgefährten. Beruflich hatte ich vor meiner Pensionierung auch mit dem Bankgeschäft zu tun.« Sein schweizer Dialekt war unüberhörbar.

Gerhard übernahm die Vorstellung der nächsten vier Personen, denen er alles bisher Gesagte übersetzt hatte. »Meine Dame und meine Herren, unsere russischen Freunde hier sind der Reihe nach«, er zeigte auf die junge Frau, »Nadia Demitrova und ihr Ehemann Nikolaj, beide aus Moskau. Nadia begleitet ihren Mann, obwohl sie keine Jägerin ist, und ich möchte ihr dafür mein Kompliment aussprechen. Sie hat Mut!«

Nikolaj lächelte und legte seiner Frau seinen Arm um die Schulter. Nadia wirkte gar nicht glücklich.

Von Meckenheim fuhr fort: »Die beiden Herren hier, sie arbeiten im Ölgeschäft, heißen Sergej und Juri Kasparev. Auch sie wohnen in Moskau.« »Schließlich wohnen alle reichen Russen in Moskau. Oder nicht?«, ergänzte er auf Russisch. Beide lachten und prosteten Gerd zu. Auch diese Gläser würden wohl den Abend nicht überleben.

»Die nächsten zwei Herren sind Amerikaner. Mr. Graham Newman aus Chicago, er ist einer meiner besten Freunde, ebenfalls Ex-Banker und Mr. John Delmonte aus Seattle an der Westküste. John arbeitet als Professor für europäische Literatur an der Washington State University.« Die Genannten erhoben sich kurz und lächelten in die Runde.

Delmonte ergriff das Wort: »Sie werden sich sicher wundern, wie ein kleiner Professor sich diese Jagd leisten kann.« Der mittelgroße, sportlich durchtrainierte Mann, er mochte Mitte bis Ende dreißig sein, machte einen Moment Pause.

»Ich habe das seltene Glück, von Hauptberuf ‚Sohn' zu sein, der Beruf des ‚Professors' ist in erster Linie für mich eine ‚Berufung'. Mein Vater hat mir mehr Geld vermacht, als ich jemals ausgeben kann.« Er setzte sich wieder.

Als Letzter erhob sich ein sympathisch wirkender, dunkelhaariger Mann Mitte dreißig mit einem gewinnenden Lächeln und schneeweißen Zähnen.

»Leandro Agostino ist mein Name und wie Sie sich wohl denken können: Ich bin Italiener. Meine Heimatstadt ist Milano, eine Stadt, die ich für die schönste der Welt halte.«

Alle klatschten höflich.

Er fuhr fort: »Geschäftlich habe ich viel mit den USA zu tun, und ich verbringe etliche Wochen im Jahr in Detroit. Ich importiere eine weltweit bekannte amerikanische Geländewagen-Marke nach Osteuropa und verkaufe sie in erster Linie an staatliche Stellen in den Ländern des ehemaligen Jugoslawiens. Die Leute dort lieben den Jeep.«

Er setzte sich wieder.

»Meine Damen und Herren, ich freue mich auf die Jagd mit Ihnen, also mit euch. Ich bin der Gerd. Prost!« Er hob sein Glas und alle tranken mit.

Etwas später brachte ein Bus die ganze Gruppe nach Wannsee. In der Villa bekamen sie von Haferkorn, Windham und Burns ihre Bekleidung und noch in der Nacht fuhren sie weiter nach Usedom. Dort erhielten sie noch vor dem Morgengrauen ihre Waffen, anschließend trafen sich alle in der alten Fabrikhalle.

Windham musste zu Hause bleiben, die Technik überwachen. Das war gerecht, schließlich hatte Burns vorher in den sauren Apfel beißen müssen. Die Ausrüstung war bereits vollständig verladen. Die Hündinnen hatten jede ein Stück Fleisch mit einem Beruhigungsmittel erhalten und schliefen ruhig in ihren Transportkisten. Ric schob zuallerletzt eine fahrbare Kiste mit einhundertundsechzig Zentimeter Kantenlänge bei rund einem Meter Höhe, ein Minitransportmodul, in das große Transportmodul. Es konnte hin- und hergeschickt werden, falls etwas vergessen worden war oder etwas zusätzlich benötigt wurde. Notfalls ließ sich auch ein Mensch darin transportieren, zum Beispiel eine Person, die man zu einer ärztlichen Behandlung zurückschicken musste.

In der Ausrüstungsliste bezeichnete man den Container mit MTM-1.

Burns winkte, als alle das Transportmodul betraten und sich auf den Boden setzten. Er verriegelte mit der Fernbedienung die Türen und drückte den Auslöseknopf.

Das Camp

Zuerst erwachten diejenigen, die bereits mehrfach die Reise im Transportmodul mitgemacht hatten. Sie tranken sofort jeder einen halben Liter Mineraldrink, in dem vorher Kopfschmerztabletten aufgelöst worden waren, danach kümmerten sie sich um die Gäste, die langsam auch zu sich kamen. Nikolaj kam als Erster hoch, schaute mit glasigen Augen um sich, fluchte auf Russisch und sagte einen langen Satz, in dem das Wort Wodka ein paar Mal vorkam.

»Einen Wodka kann ich dir nicht geben, aber das hier.«

Gerd reichte ihm eine Flasche mit dem Mineraldrink.

Die anderen Gäste wachten in nächsten Minuten auf, nur Nadia, Nikolajs Frau, brauchte etwas länger, um sich wieder orientieren zu können. Sie hatte starke Kopfschmerzen und weinte, aber der Mineraldrink brachte sie wieder schnell auf die Beine. Auch die beiden Hündinnen kamen in ihren Boxen wieder zu sich und winselten. Wahrscheinlich schmerzte ihnen auch der Schädel.

Ein Regenschauer trommelte mit großer Wucht auf das Transportmodul, die Wolken schienen direkt über ihnen in den Bäumen zu hängen, man konnte keine fünfzig Meter weit sehen. Sie waren während eines tropischen Gewitters angekommen.

»Willkommen in der Kreidezeit«, meinte Jürgen Haferkorn.

Pieter ergänzte: »Schaut eher nach ‚Willkommen in der Regenzeit' aus.«

Sie beschlossen, etwas zu warten, und nach gut dreißig Minuten ließ der Regen nach. Gerd öffnete die Türe über einen Schalter im Türrahmen.

»Wir sollten vorsichtig sein«, meinte er. »Wenn die Fernbedienungen nass werden, können sie Fehlfunktionen mit ungeahnten Nebenwirkungen auslösen. Ich schlage vor, wir teilen sie erst gar nicht aus. Sie bleiben hier in der Kiste, nur meine nehme ich mit.«

Er holte eine Fernbedienung aus der Alubox, steckte sie in eine kleine Kunststoffschachtel und verstaute diese in seiner Schießweste.

Haferkorn und van Hoogem waren bereits draußen und sicherten mit ihren schweren Jagdgewehren. Außer dem Geräusch der Tropfen, die in schnellen Abständen aus einem Baum auf das Dach des Transportmodells fielen, war kein Laut zu hören. Der Regen hörte vollständig auf, die Wolken verzogen sich als ein leichter Wind aufkam. Über den Bergen war der Himmel noch bedeckt, über der Grasebene wölbte sich ein vollkommener Regenbogen.

»Dort, wo der Regenbogen die Erde berührt, findet man einen Schatz«, meinte Detlef. »Das hat mir meine Mutter immer erzählt.«

Die Jagdgäste verließen das Modul. Detlef und Burns entnahmen den Transportkisten die persönlichen Ausrüstungsgegenstände und reichten sie nach draußen. Jeder legte, wie abgesprochen, zuerst die Schießweste, dann die Ausrüstung mit dem Gurt und dem Tragegestell an, verstaute Funkgerät, Fernglas, Kompass in den Taschen. Es folgten der Revolver, das schwere Jagdmesser, die Munition sowie alle Kleinteile, die immer am Körper getragen werden mussten.

Für den ersten Tag erhielten Lady Sarah Woodworth, Leandro Agostino, Dr. Urs Möckli, Juri Kasparev und Nikolaj Demitrov eine .501 T-Rex Jagdwaffe. Die anderen Gäste, Dr. Karl Ritter, Sergej Kasparev, Graham Newman, John Delmonte und der Jungjäger William Goodlane führten das deutsche G3. Am nächsten Tag, so war vereinbart worden, würden die Waffen und damit die Aufgaben getauscht werden.

Es war immer noch merkwürdig still, nur das monotone Rauschen des Flusses und das Klickern der Kieselsteine, die das Wasser bewegte, war deutlich zu hören. Alle standen vor dem Modul und sahen sich die neue alte Welt an. Die Menschen holten tief Luft. Sie war warm aber klar und rein, voller Sauerstoff. Fantastisch!

»So ähnlich musste sich Christoph Columbus gefühlt haben, als er seinen Fuß auf den Boden einer karibischen Insel gesetzt hatte«, dachte sich Urs Möckli.

»Meine Damen, meine Herren, wir sollten jetzt unser Camp organisieren«, unterbrach von Meckenheim dessen Gedankengang. Er holte eine in Kunststoff verschweißte Liste heraus.

»Gruppe eins, dazu gehören die Jäger mit den Jagdgewehren, bitte sichern. Die Gruppenleitung übernimmt Pieter. Die Gruppe zwei, also alle, die ein G3-Gewehre führen, baut mit uns die Zelte und die Dachplattform auf.«

Mittlerweile hatte Burns die bereits vorhandenen Container geöffnet, ein Stromaggregat gestartet, den Elektrozaun angeschlossen. Unter der Leitung von Haferkorn und Detlef setzten sie vorgefertigte, nummerierte Alustangen von fünf Meter Höhe zusammen und errichteten eine Plattform über dem Modul. Ein fast brusthohes Geländer mit Schießauflagen auf allen vier Seiten und mehrere starke Halogenlampen ergänzten das Ganze. Zwei Klappstühle reichte man hoch, dazu einen starken, großen Regenschirm, der in ein passendes Rohr gesteckt wurde. Über zwei Aluleitern ließ sich die Plattform betreten. Später wollte man eine weitere, kleinere Plattform im nahe gelegenen Ginkgobaum verankern und beide durch eine Hängebrücke aus Kunststoffseilen verbinden.

Jeder Jagdgast übernahm seine persönliche Alukiste mit Zelt, Schlafsack, einem Klappstuhl, Essgeschirr, Taschenlampe und sonstigen Ausrüstungsgegenständen. Die Zelte entfalteten sich selbstständig, sobald man eine Sperre löste. Sie mussten nur noch gesichert werden, wobei man Probleme bekam, die Heringe in den kiesigen Untergrund zu schlagen. Die beiden Paare, Nikolaj und Nadia sowie Sarah und William bekamen selbstverständlich größere Zelte, die etwas abseits aufgestellt wurden.

Die aufklappbare Feldküche bestand lediglich aus einem Grill, drei Kochplatten, an die man eine große Gasflasche anschloss, und aus einer Arbeitsplatte. Zehn Minuten nach dem Aufbau kochte bereits Wasser in einem großen Kessel und Detlef goss Tee auf. Der komplette Aufbau des Lagers hatte kaum drei Stunden gedauert. Zuletzt wurde ein Vorhang um ein Alugestell gezogen. Auf die Plattform kam ein Zwanzig-Liter-Kanister, der über einen Schlauch mit einem Duschkopf verbunden wurde. Fertig war die Dusche, man musste nur noch Wasser aus dem Fluss holen. Eine Toilette von ähnlicher Bauart stellte man auf der anderen Seite des Moduls auf.

»Es gibt Tee«, rief Detlef. Die ganze Gesellschaft stellte sich für eine Tasse des heißen Getränks an, das er mit einem guten Schuss Rum veredelt hatte, dazu gab es ein Stück verpackten Kuchen: Tea-time in der Kreidezeit.

Nur Haferkorn und Möckli standen auf dem Gestell über dem Transportmodul und beobachteten die Umgebung. Sie bekamen jeder eine große Tasse hochgebracht.

Endlich kamen alle dazu, sich einmal in Ruhe umzusehen. Aus der Ebene stieg Dunst empor, die Sonne ließ das Regenwasser verdunsten. Über den Bergen war der Himmel wieder klar und rein, die Bäume wiesen eine tiefgrüne, gesunde Farbe auf. Wenn man diesen Wald hier mit dem heimischen verglich, zeigten sich die Umweltsünden der modernen Welt überdeutlich.

Die beiden Hündinnen jaulten leise, kratzten an den Drahtgittern. Sie wollten raus aus ihren Kisten, nachdem sie endgültig aufgewacht waren. Burns öffnete ihnen die Türen.

»Bei Fuß!«, befahl er und klopfte auf seinen Oberschenkel. Die Tiere schauten ihn an, wedelten mit dem Schwanz und setzten sich links und rechts neben ihn. Sarah streichelte eine der Hündinnen.

»Guter Hund, braves Mädchen«, lobte sie, während sie ihr Fell kraulte. Plötzlich erhoben sich beide Tiere, die Ohren stellten sich auf, das Nackenfell sträubte sich leicht. Das, welches neben Sarah stand, knurrte leise. Die zweite Hündin, die mit dem dunkleren Fell, zog ihren Schwanz zwischen die Beine. Sie hatte Angst.

»Dort hinten, links von der Baumgruppe!« Sarah zeigte in Richtung Horizont. Aus dem Dunst schälten sich große, mächtige Tiere, urzeitliche Geschöpfe mit Hörnern und massigen Körpern, die sich langsam auf den Fluss zubewegten.

»Mindestens zwanzig Stück«, zählte Karl Ritter, der als Erster sein Fernglas aus dem Futteral genommen hatte.

»Wie groß die sind! Weiß jemand, wie die heißen?«

Gerd, der gerade aus dem Modul kam, nahm sein Fernglas.

»Das sind Triceratops. Ich kenne sie von Abbildungen. Wir haben bisher nur eine etwas kleinere Ceratopsart gesehen. Das sind die ersten mit den drei großen Hörnern.«

Nadia fing an zu schreien, sie schrie gellend und ausdauernd. Alle fuhren herum, Nikolaj lief als Erster los. Die junge Frau kam aus ihrem Zelt, schrie weiter hysterisch und presste beide Fäuste vor ihren Mund. Ihr Mann schüttelte sie, redete auf Russisch auf sie ein. Sie stieß mehrfach das Wort „Mischka" hervor, die beiden anderen Russen fingen an zu lachen. Plötzlich verabreichte Nikolaj ihr zwei saftige Ohrfeigen. Ihr Schreien hörte auf, sie schluchzte und verschwand wieder im Zelt.

»Maus«, übersetzte Gerd. »Sie hat eine Maus gesehen.« Er grinste. »Aber russische Ehemänner haben ihre eigene Art, die Mäuse zu verjagen.«

Sarah schaute William an, der ihre Hand hielt und der ganzen Szene völlig verblüfft zugeschaut hatte.

»Wenn der das Mädchen noch einmal schlägt, verfüttere ich ihn an einen Raubsaurier«, meinte sie erbost. »Und das werde ich ihm auch sagen!«

Triceraptos

Die riesigen Tiere näherten sich langsam. Die Menschen beobachten fasziniert die kleine Herde, die zum Fluss zog. Es waren insgesamt zweiundzwanzig Tiere, angeführt von einem starken Exemplar mit einem riesigen Kopf, gekrönt von drei Hörnern. Zwei Hörner, jedes wohl über eineinhalb Meter lang, saßen links und rechts oberhalb der Augen, ein kürzeres mitten auf der Nase. Es folgten die etwas kleineren Kühe, die zwei Jungtiere von der Größe eines Nilpferdes mit ihren Leibern schützten. Die Jungen hielten sich dicht bei ihren Muttertieren auf und entfernten sich nur ein oder zwei Meter von ihnen.

Die erwachsenen Triceratops waren riesig: Größer und schwerer als der größte afrikanische Elefant, ein Mensch hätte unter ihren Bäuchen ohne Probleme aufrecht stehen können. Ob es ratsam war zu versuchen, war eine andere Sache. Der Schädel machte rund ein Drittel des gesamten Tieres aus, am Hinterkopf ging er in eine imposante Halskrause über. Das Gesicht war länglich, endete in papageiartigen verhornten Schnäbeln.

Für jemanden, der schon einmal in Afrika auf einer Safari gewesen war, drängte sich unwillkürlich der Vergleich mit Elefanten und Nashörnern auf. Die Triceratops bewegten sich wie Nashörner, ähnelten ihnen in der Figur, bildeten aber eine Herde ähnlich wie die Elefanten: ein großes Tier ganz vorne, die Mütter mit ihren Kälbern in der Mitte und die Verwandten außen. Kein Räuber würde es wagen, eines der Jungtiere inmitten der wehrhaften Alten anzugreifen.

Die Menschen spürten durch ihre Schuhsohlen das Stampfen der Giganten auf dem Boden, das Kochgeschirr und der Wasserkessel auf dem Herd fingen an zu vibrieren. Jetzt fühlten sie im Bauch die tiefen Töne, mit denen die urzeitlichen Giganten untereinander kommunizierten.

Die Neulinge schauten sich verwirrt um, diejenigen, die schon Zeitreisen hinter sich hatten, kannten dieses Gefühl bereits. »Sie unterhalten sich«, meinte Pieter, »Elefanten tun das auch. Aber bei denen gehen die alten Kühe voran und die Bullen wandern alleine.«

Die Hündinnen standen immer noch neben Burns, beobachteten voller Anspannung das Geschehen. Sie fühlten jetzt anscheinend, dass keine Gefahr von der Herde ausging, ihre Schwänze waren aufgerichtet, bewegten sich leicht hin und her.

In weniger als vierhundert Meter Entfernung zogen die Tiere zum Fluss um zu trinken. Vor ihnen flüchteten kleine Saurier, die im Gras verborgen gewesen waren. Sie rannten vor den mächtigen Beinen der durstigen Riesen davon.

»Schaut, kleine Saurier!«, rief Leandro aufgeregt. Er zeigte auf die davon huschenden kleinen Räuber.

»Die habt ihr im Film gesehen, auch die Klaue hat jeder in der Hand gehabt«, erklärte Gerd. »Es sind Troodon. Nächtliche Räuber und Aasfresser, die immer im Rudel auftreten. Vor uns flüchten sie, aber man sollte sich nie alleine mit mehreren anlegen. Sie können durchaus gefährlich werden für uns Menschen.«

Plötzlich schrille, trompetende Laute. Zwei der Tiere stürmten aufeinander los, mit gesenkten Köpfen, die Hörner nach vorne gerichtet. Keiner, der den langsamen, gemächlichen Zug der Herde bisher beobachtete hatte, hätte geglaubt, wie schnell sie sich bewegen konnten. Der Zusammenprall der Kolosse war deutlich zu hören. Die Hörner verhakten sich ineinander, jeder versuchte den andern durch Drehen des Kopfes und durch Schieben zu besiegen. Sie röchelten, schnaubten und stöhnten, während sie kämpften. So ging es fünf Minuten hin und her, bis plötzlich einer der beiden sich löste, umdrehte und fortlief. Der Sieger folgte der Form halber ein paar Meter, schnaubte wie ein Pferd und kehrte zur Herde zurück. Das tiefe Brummen setzte wieder ein.

Der Verlierer stand gut hundert Meter von der Herde entfernt, aus einer Wunde über dem linken Vorderbein lief Blut. Er drehte sich um, trottete davon und verschwand hinter der Biegung des Waldes. Beide Hündinnen waren in ihre Boxen gekrochen. »Ihr seid zwei Feiglinge«, grinste William.

Alle zuckten zusammen, als deutlich das Repetieren einer der schweren Jagdwaffen zu hören war.

Missstimmung

»Waffe runter Juri!«, befahl Gerd im scharfen Ton dem Russen, der das Gewehr auf ein Tier der Herde richtete. Der fuhr herum, das Gewehr noch im Anschlag.

»Und den Lauf runter! Du kannst doch nicht auf Menschen zielen!«

Gerd wurde böse. »Im Radius von zwei Kilometer um das Lager wird nicht geschossen, es sei denn aus Notwehr. Ein großer Kadaver lockt den T-Rex an und, was viel wichtiger ist, der Gestank wird fürchterlich werden.«

Juri war wütend und sagte im scharfen Ton etwas auf Russisch, was wenig freundlich klang.

Sergej redete beruhigend auf ihn ein und Juri sicherte endlich seine Waffe wieder. Ihm passte es scheinbar gar nicht, dass Gerd so mit ihm gesprochen hatte.

Er drehte sich um und kletterte auf die Plattform, wo er sich eine Zigarette anzündete. Alle hatten zwar ausgemacht, auf das Rauchen zu verzichten, doch er kümmerte sich nicht darum.

»Noch so ein russisches Arschloch«, meinte Sarah zu William. »Mit dem werde ich nicht in einer Gruppe jagen.«

William stimmte ihr zu. »Ich auch nicht. Schauen wir, dass wir mit den beiden Amerikanern auf die Pirsch gehen können.«

Sie sahen noch eine Weile den Triceratops zu, die getrunken hatten und nun wieder auf die Ebene hinauszogen, gelegentlich an den Büschen knabbernd. Weiter draußen begannen sie, das Gras abzuweiden. Die Sonne verschwand hinter den Bergen, es war immer noch warm und sehr feucht. Die ersten Mücken erschienen und die Menschen machten Bekanntschaft mit den Exemplaren, die selbst durch eine Saurierhaut stechen konnten. Man verteilte Mückenspray auf der Haut, was die Blutsauger schnell vergraulte. Die Hündinnen kamen aus ihren Boxen, das Nackenfell wieder aufgestellt. In der Ferne hörte man ein tiefes Brüllen, das die beiden Tiere mit wütendem Kläffen beantworteten.

»Pscht«, beruhigte sie Burns. »Das ist ein T-Rex.«

Begegnung

Bis auf Detlef, der das Abendessen vorbereitete und Burns, der sich um die Tiere kümmerte, standen alle auf dem Gestell über dem Transportmodul und suchten mit ihren Ferngläsern die Umgebung ab. Die Triceratops grasten immer noch in einiger Entfernung, waren aber enger zusammengerückt. Einige standen völlig still, scheinbar verdauten sie das Futter. Von den Jungtieren war nichts zu sehen, sie wurden von den mächtigen Leibern der Alttiere abgeschirmt. Im späten Abendlicht verschwammen die Farben der grün-grauen Giganten mit ihrer Umgebung.

Die Troodon versammelten sich und strichen um die Herde herum, wagten sich aber nicht zu nahe heran. Eine andere, größere Saurierart, im Aussehen und den Bewegungen seinen kleineren Vettern sehr ähnlich, erschienen und beäugten neugierig die Herde. Die Troodon verschwanden blitzartig, scheinbar standen sie auf dem Speiseplan der Großen.

Im Wald hinter dem Modul waren nun deutliche Geräusche zu hören: Ein Zirpen, ein Zischen, es wurde geknurrt und in der Ferne auch gebrüllt. Die Verursacher dieses abendlichen Konzerts waren nicht auszumachen.

»Da, ein Vogel!«, rief Graham Newman. »Zumindest schaut es so aus.«

Von einem hohen Baum flatterte ein gut taubengroßes Tier mit hastigen Bewegungen langsam nach unten. Es landete auf einem starken Zweig, fand sofort sein Gleichgewicht wieder und lief in Richtung Stamm, wo es zwischen den Blättern des Ginkgobaums verschwand. Die Federn, im Fernglas waren sie zu erkennen, glänzten metallisch grün. Weitere Einzelheiten ließen sich nicht erkennen, da der Urvogel zu schnell wieder in Deckung gegangen war.

»Ich habe genau gesehen, er hat etwas gefangen, etwas Langes, Dünnes. Es sah aus wie eine Eidechse.«

William hatte den Vogel ebenfalls gesehen.

»Ich glaube es war eine Archaeopteryx-Art, eine Entwicklungsstufe zwischen Echse und Vogel. Eben ein Urvogel«, erklärte er. »Er kann nicht sehr gut fliegen, es ist mehr ein Gleiten oder Flattern als Fliegen. Hinauf muss er immer klettern.«

Die beiden Hündinnen fraßen aus ihren Näpfen, von denen einer blau der andere rot war. Urplötzlich fuhren beide hoch und knurrten in Richtung Wald. Sie liefen bis kurz vor den Zaun, hüteten sich aber, die Drähte zu berühren. Sie wussten aus eigner Erfahrung, wie unangenehm ein elektrischer Schlag war. Sie fingen an zu bellen.

Aus dem Wald, der bereits tief im Schatten lag, trat ein Gigant. Das Tier lief auf den Hinterbeinen, war mit Schwanz mindestens zehn oder elf Meter lang. Die relativ kleinen Vorderglieder endeten in fingerartigen Fortsätzen mit drei Krallen. Das Tier war dunkel, gefleckt und zwischen den hohen Bäumen trotz seiner Größe nur schwer zu entdecken. Es betrachtete interessiert das Geschehen vor sich, seinen Kopf in gut sechs Meter Höhe, also auf gleicher Ebene mit der Plattform, vielleicht fünfzig oder sechzig Meter entfernt. Die Menschen dort oben standen erstarrt, zwei von ihnen ihr Gewehr fest im Anschlag. So blickten sich Menschen und Saurier einen Moment an. Dessen Gesicht wirkte friedlich, er drehte seinen Kopf von links nach rechts, die Augen ließen sich in dem Licht und durch seine Gesichtszeichnung kaum erkennen. Das Maul war breit, die Mundwinkel hochgezogen, er schien unentwegt zu grinsen.

»Ruhig«, flüsterte Gerd. »Der ist harmlos. Ein Pflanzenfresser.«

Auch die Hündinnen entspannten sich, die hellere wedelte sogar mit dem Schwanz und ging noch näher an den Zaum. »Wuff«, machte sie. »Wuff.«

Der Saurier reagierte auf den Laut, beugte seinen Kopf und schaute, erst mit einem, dann mit dem anderen Auge das komisch behaarte Wesen vor sich an. Er blies einen kräftigen Schwall warmer Luft durch seine Nasenlöcher, als wollte er sagen: »Gib nicht so an!« Er richtete seinen Kopf wieder auf, streckte sich hoch auf seinen Hinterbeinen dem Laub des Ginkgobaums entgegen, den Schwanz als Stütze benutzend. Ein großer Ast wurde von seinen Lippen umschlossen, und mit einer ruckartigen, seitlichen Bewegung streifte er die Blätter ab, die er dann genüsslich kaute. So entlaubte er noch mehrere große Zweige, drehte sich danach um, schaute noch einmal zu den zweibeinigen Wesen rüber. Er ließ einen großen Haufen von Dung fallen, furzte kräftig und verschwand erstaunlich leichtfüßig und geräuschlos im Wald.

Die Hündinnen saßen beide, ließen ihre Zungen aus dem Maul hängen und lauschten dem Saurier nach. »Wuff«, ließ die hellere der beiden noch einmal vernehmen.

Es hörte sich an wie »Servus!«

»Ein Edmontosaurus, ein Entenschnabeldinosaurier«, erklärte Gerd. »Eine der Lieblingsspeisen des T-Rex. Wenn wir den in passender Entfernung schießen, bekommen wir mit Sicherheit den großen Räuber vor die Flinte.«

Nadia redete schnell auf Nikolaj ein. Der hörte zu, antwortete kurz, wobei jeder das Wort »Dollar« verstand. Nadia schaute ihn böse an und schüttelte ihren Kopf. Sie wiederholte ein Wort zweimal, was Nikolaj zu einer bösen Erwiderung veranlasste.

Juri übersetzte: »Nadia ist Freund von Tier. Sie sagt Saurier ist nett, soll man nicht schießen. Nikolaj meint, er hat viele Dollars gezahlt, will ihn schießen. Jetzt ist Nadia böse, sagt er ist Mörder.«

Sie war mittlerweile die Leiter runter gestiegen und nahm sich einen Teller, den ihr Detlef mit Eintopf füllte.

»Essen«, rief er. »Das Essen ist fertig!«

Nachtwache

Die kleinen Lampen auf den Spitzen der großen Zaunpfähle verbreiteten nur ein schwaches Licht, gerade hell genug, um in der Dunkelheit vor den Drähten des Elektrozauns zu warnen. Sie wurden von kleinen Insekten umschwärmt, die empfindlich stechen konnten. Nach den Erfahrungen der ersten Jagd hatte man an ausreichend Spray gedacht, der die Quälgeister recht erfolgreich vertrieb. Zusätzlich gab es in den Zelten Moskitonetze, die vor nächtlichen Stichen schützen sollten. Andere Insekten schauten aus wie Motten und die Männer hörten deutlich, wie sie immer wieder gegen die Lampen flogen. Zwischen den Zelten steckten halbrunde Halogenlichter im Boden, kaum drei Zentimeter im Durchmesser. Ihr Licht war gerade ausreichend, um den Weg zu den Zelten, zur Dusche oder zur Toilette zu weisen. Den notwendigen Strom erzeugte das größere Aggregat, an dem auch die vier Scheinwerfer der Plattform angeschlossen waren. Das kleinere Stromaggregat betrieb man tagsüber, wenn die Scheinwerfer nicht benötigt wurden.

Über dem Camp wölbte sich ein Sternenhimmel, von solch einer Klarheit und Intensität, wie er in der heutigen Zeit nicht mehr zu sehen ist. Immer wieder hörten sie das Rauschen der Flügel großer Flugsaurier, die über ihnen ihre Bahnen durch den Nachthimmel zogen.

Burns, der zusammen mit Ritter und Möckli auf der Plattform Wache schob, fragte sich, woher die kamen und wohin sie wohl flogen. Nach ihren langen, spitzen Schnäbeln zu urteilen, die man als Silhouetten gut erkennen konnte, waren sie wahrscheinlich auf Fischfang spezialisiert. Irgendwo in der Nähe musste sich demnach ein größeres Gewässer mit vielen Fischen befinden.

»Womit würdest du die schießen?«, fragte Burns Ritter, der gebannt zum Nachthimmel empor sah und den Flug der mächtigen Tiere verfolgte.

»Was meinst du, Urs?«, gab Karl die Frage weiter.

»Nun, wenn diese großen Saurier fliegen können, dürften sie

nicht allzu schwer sein. Bestimmt sind ihre Knochen hohl und dünn. Wahrscheinlich würde ein kleinkalibriges Geschoss ausreichen, wenn es innere Organe trifft.«

»Ich teile deine Meinung«, meinte Ritter. »Eine gute Schrotflinte tut es wahrscheinlich auch, wenn man auf 30 oder 40 Meter rankommt.«

Burns klopfte auf die .501, die er auf dem Geländer aufgelegt hatte. »Die wäre also viel zu stark?«, wollte er wissen.

Ritter lachte. »Das wäre im wahrsten Sinne des Wortes ‚mit Kanonen auf Spatzen schießen', also völlig übertrieben.«

Die Hündinnen liefen um das Modul herum, von einer Ecke des Camps in die andere und lauschten in die Nacht hinaus. Die helle gab mehrfach ein »Wuff« von sich, sträubte ihr Nackenfell. Die andere stand vor dem Zaun, die Vorderbeine fest in den Boden gestemmt, den Schwanz waagerecht gestellt. Sie zeigte ihre Zähne, knurrte leise und starrte in die Dunkelheit. Die zweite gesellte sich dazu und zeigte das gleiche Verhalten. Die drei Männer auf dem Dach bemerkten das und versuchten zu ergründen, was die Hündinnen beunruhigte. Die Gewehre waren durchgeladen, auf dem Tisch lagen zusätzlich eine Pumpgun und ein G3 mit Ersatzmagazin.

In den kleinen Zelten herrschte weitgehend Ruhe. Die einen schliefen nach diesem langen Tag, andere waren noch wach, suchten den Schlaf, horchten auf jedes Geräusch. Was würde der nächste Tag bringen? Was wäre, wenn jetzt ein Raubsaurier käme und den Zaun überwinden würde? Still liegen bleiben, wegrennen? Aber wohin? Einige Hände suchten das Gewehr, das geladen neben der flachen Liege lag, überprüften, ob der Revolver griffbereit war. Aber es blieb still und der Schlaf verlangte sein Recht.

In den großen Zelten lagen die beiden Paare auf ihren Doppelliegen. Nikolaj griff nach Nadia, die ihm den Rücken zugedreht hatte. Am liebsten hätte sie ihn weggestoßen, aber sie wusste, das würde er nie akzeptieren. Er nahm sie von hinten und sie ließ ihn gewähren, bis er aufstöhnte und sich zum Schlafen umdrehte.

Sarah und William lagen eng umschlungen, hörten die Geräusche nebenan.

»Er ist ein Schwein«, flüsterte Sarah. »Warum hat er Nadia mitgenommen? Sie hasst die Jagd, hat Angst.«

»Er sieht sie als sein Eigentum an. Sie gehört ihm«, antwortete William leise. »Aber schlaf jetzt, Schatz.«

Die Hündinnen knurrten lauter, waren sehr unruhig. Burns schaltete einen Scheinwerfer an und leuchtete in die Richtung, in der sie witterten. Der Wald wirkte wie eine schwarze Mauer, nur der Kegel der Lampe brachte Farbe in das Dunkel. Zwischen den Bäumen war nichts zu sehen, auch boten die Stämme mit ihrer grauen, rissigen Rinde dem Licht keinen Kontrast. Er ließ den Scheinwerfer umherwandern. Plötzlich erfasste der Lichtkegel große, leuchtende Augen, die sich in der Dunkelheit hin und her bewegten. Ritter drehte den zweiten Scheinwerfer in die gleiche Richtung.

Es waren sechs Tiere, gut eineinhalb bis zwei Meter hoch, mit langen, schlanken Hälsen und Mäulern, die vorne spitz zuliefen und denen der Eidechsen ähnelten. Den Schwanz hatten sie waagerecht nach hinten ausgestreckt. Die Beine erschienen kräftig, mit langen, gebogenen Klauen an den Mittelzehen. Ihre Vordergliedmaßen wirkten sehr beweglich. Die Tiere legten sie sofort an den Körper an, wenn sie der Lichtkegel erfasste. Am erstaunlichsten erschienen ihren Betrachtern die Augen: groß, fixierend, kalt, im Licht dunkelrot leuchtend. Keiner wusste, wie die Tiere hießen, aber dass sie Jäger waren, sah man ihnen sofort an.

Die dunklere Hündin machte einen Fehler. Sie lief los, sprang zwischen den beiden untersten Stahldrähten des Zauns hindurch, ohne sie zu berühren und ging auf die Raubsaurier los.

»Komm zurück, bei Fuß!«, schrie Burns und folgte mit dem Licht dem davonlaufenden Tier.

In diesem Augenblick erstarb das Geräusch des Aggregatmotors und das Licht ging aus. Schlagartig wurde es dunkel, und es dauerte eine Weile, bis sich die menschlichen Augen wieder an die Dunkelheit gewöhnt hatten. Sie hörten die Hündin bellen, dann aufjaulen. Ein Rennen, Zischen und Gackern setzte ein und ein letztes Aufheulen zeugte von ihrem Tode. Burns ergriff das G3 und leerte das Magazin in die Dunkelheit, jeder Schuss klang wie eine kleine Explosion. Plötzlich war für einen Moment Ruhe, ihnen dröhnten die Ohren, aber kein Geräusch kam mehr aus der Dunkelheit. Nadia fing wieder an zu schreien, Stimmen kamen aus allen Zelten, man hörte Reißverschlüsse aufgehen.

»Was ist los?«, rief Gerd.

»Eine der Hündinnen ist aus dem Camp gelaufen, die Saurier haben sie erwischt«, antwortete Urs von oben.

Mehrere Taschenlampen leuchteten auf, zwei Gestalten machten sich am Stromaggregat zu schaffen. Jemand fluchte auf Russisch, jetzt waren drei Personen zu erkennen, die mit ihren Taschenlampen das Gerät überprüften. Ein Schatten schleppte etwas heran, man hörte eine Flüssigkeit gluckern, es roch nach Benzin. Stotternd sprang der Motor wieder an, lief dann rund. Das Licht strahlte wieder in die Dunkelheit.

Gerd kam auf die Plattform, William direkt hinterher.

»Wir müssen jemanden als Tankwart einteilen«, meinte der junge Engländer. »Das Benzin war alle.«

»Verdammte Scheiße!«, fluchte Gerd. »Das ist Detlefs Aufgabe.«

Burns und Ritter schalteten zwei weitere Scheinwerfer an und leuchteten die Fläche vor dem Waldrand ab. Nichts war zu sehen, kein Leben, keine Bewegung. Nichts, als hätten dort nie Saurier gestanden.

»Wo ist der andere Hund?«, wollte Möckli wissen.

Pieter fand die zweite Hündin in ihrer Hundebox, hinten, weit weg vom Eingang, am ganzen Körper zitternd.

Die Stille, die auf Burns Schießerei geherrscht hatte, endete ganz plötzlich. Aus allen Richtungen hörten sie wieder die Geräusche, die die Lebewesen von sich gaben: Arten von Zischen, Gackern, Bellen, Brüllen sowie Laute, die sich keinen bekannten zuordnen ließen.

An Schlaf war nicht mehr zu denken. Alle standen beieinander, die Waffen griffbereit. Sarah und Detlef kochten literweise Tee, der von der müden Gruppe gerne angenommen wurde. Nur Nikolaj verschwand wieder im Zelt, Nadia war erst gar nicht erschienen. Oben sicherten jetzt fünf Leute, die anderen saßen auf ihren Klappstühlen, schweigend, Tee trinkend. Langsam dämmerte es. Die erste Nacht ging ihrem Ende entgegen.

Gruppenteilung

Am frühen Morgen, als die Nebel aus der grünen Ebene emporstiegen, kamen die ersten Saurier an den Fluss zum Trinken. Eine Gruppe der Entenschnabeldinosaurier, von der Art, wie man sie am Vortag gesehen hatte, zog am Camp vorbei, ohne sich um die Menschen zu kümmern. Die Hündin kam aus seiner Box, wedelte mit dem Schwanz und sandte ihnen ein freundliches »Wuff« hinüber. Einer der Hadrosaurier drehte seinen Kopf und schnaubte laut, was sie zu weiterem Schwanzwedeln veranlasste. Scheinbar wussten die beiden Arten, Säugetier und Saurier, dass sie nichts voneinander zu befürchten hatten.

Die Tiere, bestimmt mehr als sechzig, ließen eine hohe Form an sozialem Verhalten erkennen. Zuerst näherten sich drei oder vier große Tiere, alle trugen hellgelbe Halsflecken, dem Wasser, blieben einen Moment stehen und sahen sich sorgfältig um. Die kleineren der Art und die Jungen blieben dahinter, während sich am Ende der Herde wieder große Exemplare mit den markanten Halsflecken aufhielten. Sie drehten dem Wasser ihren Rücken zu, knabberten vom Gras und von den kleinen Büschen, behielten dabei die Umgebung im Auge. Kein Jäger würde sie beim Trinken unbemerkt überfallen können. Zwar trieben sich in der Nähe einige der schnellen, kleinen Räuber rum, doch hielten die sich von ihren großen Verwandten fern.

Die drei Russen und Haferkorn hielten Wache, Nadia saß neben Sarah und schlürfte ihren Tee. Beide unterhielten sich, mehr mit Händen und Füßen, denn die junge Russin sprach nur ein wenig Englisch. An einem der Plattformpfeiler hing das Whiteboard, auf dem Gerd die Einteilung für den ersten Jagdtag vermerkte. Er deutete mit einem kleinen Stab auf den Plan.

»Meine Dame«, er nickte Sarah zu, »meine Herren. Hier ist der Einsatzplan für den ersten Jagdtag. Die Gruppe drei übernimmt heute die Sicherung des Camps. Nadia bleibt auf eigenen Wunsch hier bei der Sicherungsgruppe. Sie sagt, sie könne gut kochen. Ob das stimmt, stellen wir dann am Abend fest.« Alle lachten und schauten sich dann den Plan an.

1. Jagdtag von 8.00 bis 16.00 Uhr, Rückkehr spätestens 18.00 Uhr

Ort:	*Ebene*
Gruppe 1:	*Sarah, William, Graham*
Leitung:	*Thorny Burns*
Ort:	*Waldrand nördlich*
Gruppe 2:	*Juri, Sergej, Nikolaj*
Leitung:	*Pieter van Hoogem*
Ort:	*Sicherungsgruppe*
Gruppe 3:	*Urs, Karl, John*
Leitung:	*Jürgen Haferkorn*
Ort:	*Fluss, Waldrand südlich*
Gruppe 4:	*Leandro, Detlef*
Leitung:	*G. von Meckenheim*
Sonstiges:	*Nadia bleibt im Camp bei der Wache*

Gerd ergänzte den Plan und erklärte. »Erstens: Wir sollten uns auf die kleinen Räuber, die Troodon einschießen. Aber bitte nur mit den Pumpguns und den G3, die Munition der .501 ist zu schade dafür. Zweitens: Erstellt Geländeskizzen mit Entfernungsangaben, tragt Hinweise auf die Anwesenheit großer Saurier, insbesondere auf die von T-Rex in die Karten ein.«

Er machte eine Pause.

»Zu aller Sicherheit müssen alle Jagdteilnehmer die beiden folgenden Sicherheitsbestimmungen unbedingt…«, er betonte „unbedingt“ besonders, » …auf jeden Fall einhalten. Einer der Gruppe muss grundsätzlich sichern, nur zwei jagen, und im Zweifelsfall trifft der Mitarbeiter von EHI immer der letzte Entscheidung!«

Alle murmelten Zustimmung und reckten ihre Hälse, um die Gruppeneinteilung zu sehen. Graham Newman, der drahtige, sonnengebräunte, eher stille Ex-Banker kam zu Sarah und William, schüttelte ihnen die Hand.

»Auf eine gute Jagd!«

»Auf eine gute Jagd!«, antworteten die beiden gleichzeitig. Die drei lachten. Graham wirkte auf William sympathisch und erfahren. Das konnte nie schaden.

Nadia schaltete kurz den Elektrozaun ab und die drei Gruppen verließen das Camp. Jeder schaute sich noch einmal um, winkte und hatte insgeheim Mitleid mit denen, die nicht mit auf die Jagd gehen konnten. Nadia schaltete den Zaun wieder ein und blickte ihrem Mann hinterher, der sich als Einziger nicht umdrehte.

Er ging als Erster der Gruppe voran, konnte kaum erwarten, endlich einen Saurier zu jagen. An seine Frau dachte er nicht. Natürlich war sie schön, begehrenswert. Andere Männer beneideten ihn, wenn er im Smoking, sie im mit Brillanten geschmückten Abendkleid, in einem Restaurant oder auf einer Party erschienen. Für ihn war sie nur eine Art Schmuck, diente der Befriedigung seiner Gelüste. Gefühle? Gefühle haben für jemand, den man im wahrsten Sinne des Wortes gekauft hatte? Darüber dachte er noch nicht einmal nach. Sie war sein Eigentum, so wie ihm seine beiden Ferraris, die drei Mercedes, seine Luxusuhren und seine Villen gehörten.

Die Sicherungsgruppe erkletterte die Plattform und nahm auf ihren Klappstühlen Platz. Die Waffen lagen bereit, ein großes, starkes Fernglas befand sich auf dem Tisch. Jürgen schaltete das Funkgerät ein und nahm Kontakt zu den drei anderen Gruppen auf.

»Gruppe eins, hört ihr mich? Kommen!«

»Gruppe eins, Verständigung ist gut«, kam die Antwort von Burns.

»Gruppe zwei, hört ihr mich? Kommen!«

»Hier ist Pieter, ich verstehe dich gut, Jürgen.«

»Gerd, wie ist die Verständigung?«, fragte er die letzte Gruppe.

»Alles klar, erstklassig«, kam Detlefs Stimme aus dem Lautsprecher.

Jürgen drückte auf die Sammelruftaste: »Weidmannsheil an alle!«

»Weidmannsdank«, kam es dreifach zurück.

Nadia stand am Herd, kochte neuen Tee. Sie schlug Eier in ein

Gefäß und stellte eine Pfanne auf die Flamme. Die Hündin saß neben ihr und schaute zu, was sie da so machte. Ab und zu drehte sie sich um, lauschte in den Wald hinein.

»Wuff«, meinte sie.

Zehn Minuten später kam die schöne Russin die Leiter hoch und brachte einen Teller mit süßen Pfannkuchen, dazu gab es frischen Tee. Die Hündin, Nadia nannte sie „Wenja“, schaute nach oben. Ihren Pfannkuchen hatte sie schon gefressen. Sie legte sich hin und schlief ein.

»So kann man die Wache aushalten«, meinte Urs. »Nadia, du bist ein Schatz!«

Er gab ihr einen Kuss auf die Wange. Sie verstand zwar nichts vom dem Schwyzerdütsch, spürte aber die Zuneigung der drei Männer. Sie strahlte.

Deinosuchus

Er hatte Geduld, eine Eigenschaft, die sein Leben über mehr als hundert Jahre bestimmt hatte. Unbeweglich lag er im flachen Wasser, ließ sich vom Schlamm bedecken. Nur jede drei oder vier Stunden stieg er langsam, fast unmerklich, zur Oberfläche auf, atmete tief ein, ließ sich wieder sinken. So konnte es Tage und Wochen gehen, wenn es sein musste, auch Monate. Aber das war selten notwendig, das Nahrungsangebot war reichlich, denn alle mussten sie hier trinken. Deinosuchus lauerte immer dort, wo seine Opfer tranken oder badeten.

Dieses Exemplar war ein voll ausgewachsenes Männchen, gut vierzehn Meter lang, deutlich mehr als vier Tonnen schwer, einer der Vorfahren der heutigen Krokodile. Aber selbst die größten Nilkrokodile, wahrlich Furcht erregende Räuber, wären uns im Vergleich zu diesem Ungeheuer der Kreidezeit nur als harmlose Reptilien erschienen. Deinosuchus und Krokodil sahen sich sehr ähnlich. Der markanteste Unterschied lag in der Form des Mauls. Der über zwei Meter lange mächtige, gepanzerte Schädel des Sauriers war im vorderen Bereich des Kopfes länger und schmaler, endete vorne in einer kräftigen Spitze mit weit oben liegenden Nasenlöchern. Es ähnelte mehr dem heutigen australischen Salzwasserkrokodil, als dem afrikanischen Vertreter dieser Tierart.

Was das Gebiss dieses urtümlichen Jägers einmal festhielt, ließ es nie wieder los. Kein Tier, das zum Trinken kam, war vor ihm sicher, auch kein Tyrannosaurus.

Zweimal hatte dieser Riese in seinem Leben einen T-Rex getötet. Das erste Opfer, ein Männchen, verletzt und geschwächt von einem Kampf um ein Weibchen, achtete vor lauter Schmerzen nicht auf das, was sich vor ihm im Wasser befand. Es beugte sich tief hinunter, um seinen brennenden Durst zu stillen und trank in langen, gierigen Zügen. Das Urkrokodil, es lag seit zwei Tagen an dieser Stelle auf der Lauer, explodierte förmlich. Es sprang mit seinem ganzen Körper fast drei Meter hoch aus dem Wasser, erwischte den T-Rex am Maul, verbiss sich dort und fiel wieder zurück. Das Opfer riss es von den Beinen, es kippte nach vorne, wurde unter Wasser gezogen. Seine Versuche, sich aufzustellen, waren vergeblich. Auch ein Tyrannosaurus kann sich mit einem Gewicht von vier Tonnen an seiner Schnauze nicht erheben. Er ertrank innerhalb von wenigen Minuten. Sein Kadaver diente, nachdem sich das alte Männchen an ihm satt gefressen hatte, auch den anderen, kleineren als Nahrung. Die Knochen fielen auf den Grund des Gewässers und versanken im Schlamm.

Der zweite T-Rex war ein Jungtier gewesen, das sich gerade von seinen Eltern gelöst hatte. Es wollte auch trinken, beugte sich hinunter und Deinosuchus verbiss sich in seinen linken Oberschenkel. Unter Wasser riss der T-Rex seinem Gegner ein Stück seines linken Vorderfußes ab, bevor er ertrank, doch das störte den Killer nicht. Seine Wunden heilten schnell und fehlende Glieder wuchsen weitgehend wieder nach.

Er wartete geduldig, stieg empor, nur die Augen und die Nasenlöcher durchbrachen die Wasseroberfläche. Schwimmfarne bedeckten einen großen Teil der kleinen Bucht und verschafften ihm eine perfekte Tarnung. Er wartete, bewegte sich unmerklich auf das Ufer zu. Zeit hatte keine Bedeutung, nur der Hunger trieb ihn näher ans Ufer. Die Krallen der Vorderbeine erreichten den schnell abfallenden Grund, knapp drei Meter vom Ufer entfernt. Es war so tief dort, dass das Wasser den mächtigen Körper völlig bedeckte. Die Wasserpflanzen lagen auf den Nasenlöchern, bewegten sich kaum bei der Atmung. Die durchscheinenden Augenlider öffneten sich, kalte Augen suchten das Ufer ab. Ein Opfer würde kommen, gleich, später, auf jeden Fall irgendwann.

Detlef, Leandro und Gerd erreichten nach einer halben Stunde das Wasser und beschlossen, flussaufwärts zu gehen. Krautige Pflanzen, ähnlich der heutigen Erika, bedeckten den Boden, dazwischen Gras von der flach wachsenden Art, die sie schon kannten. Kleinere Saurier, nicht größer als Hühner, huschten vor ihnen mit schrillem Piepsen davon. Unter verkrüppelten Sträuchern, die alle oben abgebissen waren, hörten die Männer kleine Säugetiere rascheln, die sich auf der Jagd nach Insekten befanden. Eines flüchtete vor ihnen, einen Skorpion in seinem spitzen Maul, und verschwand unter einer Wurzel.

Sechs Raubsaurier, etwa so groß wie Straußenvögel, tauchten plötzlich rechts von ihnen auf, wohl auf dem Weg runter zum Fluss. Die Tiere hielten inne, beobachteten die Menschen genau, schätzten ab, ob sich die Jagd auf diese Zweibeiner lohnte. Sie kommunizierten mit zwitschernden Lauten, verteilten sich plötzlich nach links und rechts, die langen Hälse gesenkt, die Schwänze zum Ausgleich waagerecht nach hinten ausgestreckt. Langsam kamen sie näher, bis auf weniger als dreißig Meter, zwitscherten wieder, bildeten einen Halbkreis. Die Menschen beobachteten ihr Angriffsverhalten, konnten nicht umhin festzustellen, dass die Räuber sehr effektiv zusammenarbeiteten. Die Situation erschien nicht ungefährlich.

»Aufpassen!«, rief Gerd. »Detlef, nimm das G3 und erschieße die beiden äußeren. Auf mein Kommando!«

Die Saurier nahmen wieder miteinander Verbindung auf, ihre Körperfarbe wechselte, zum Erstaunen der Menschen, von Lindgrün nach Dunkelgrün, auf ihrer Haut bildeten sich Muster, die wieder verschwanden. Dies signalisierte wohl Aufregung und Jagdbereitschaft. Bei dem größten der Exemplare erschien ein dunkelroter Halsfleck, der blitzschnell wieder verblasste. Mit den Augen wechselweise ihre Opfer fixierend, kamen sie langsam näher.

»Feuer!«, befahl Gerd.

Detlef erschoss den linken. Die Waffe weiter im Anschlag, fuhr er herum und zielte auf das Tier ganz rechts. Er traf nicht sehr gut, aus der Bewegung heraus zu tief. Das Geschoss riss dem Räuber den Bauch auf, warf ihn aber nicht um. Er stieß ein schrilles Quietschen aus, durchdringend und weit hallend. Die beiden Nachbarn drehten sich blitzartig um und fielen über ihren Artgenossen her, rissen ihm bei lebendigem Leib die Gedärme aus dem Körper.

Die beiden anderen blieben unbeweglich stehen, in ihren Instinkten war diese Situation nicht vorgesehen und verhinderte sofortige Reaktionen, vermutete Gerd. Er hatte den Revolver gezogen, mit beiden Händen im Anschlag, schoss er wie auf einem Schießstand. Das schwere .44er Projektil traf das größte Tier in die Brust, es starb innerhalb von wenigen Sekunden. Jetzt kam Bewegung in die drei Überlebenden. Sie liefen panisch in Richtung Wald davon. Gerd schoss noch einmal, traf einen der Saurier am Bein. Der überschlug sich, kam wieder hoch und lief weiter. Die blutende Schusswunde würde er nicht lange überleben.

Gerd und Detlef luden ihre Waffen nach. Leandro, die ganze Zeit die schwere Jagdwaffe im Anschlag, grinste.

»Beim nächsten Mal darf ich aber auch schießen!«

Sie folgten dem Fluss weiter aufwärts, der jetzt seine Richtung änderte und hinter dem Wald einen Bogen nach Norden schlug. Steilufer wechselten sich mit kiesigen Flächen ab, Altarme bildeten Tümpel und kleine Seen. Flugsaurier flogen dicht über der Wasseroberfläche, stießen mit ihren Schnäbeln zu und holten sich ihre Beute aus dem Wasser. Im Wald blühten Bäume. Neben den Nadelbäumen wuchsen dort eine große Anzahl von Laubbäumen, ihre Zweige bedeckt mit kleinen, weißen Blüten. Insekten schwirrten um sie herum, Eidechsen saßen auf den Zweigen und machten Jagd auf sie. Einige vogelähnliche Wesen mit hellem Bauch und grünen Federn flatterten aus dem Wipfel herunter und schnappten sich die kleinen Reptilien. Anschließend kletterten sie wieder an den Stämmen empor, die Krallen an ihren Flügeln als Kletterhilfe nutzend.

»Gib mir mal dein Gewehr, Detlef«, bat Leandro.

Er gab seine Jagdwaffe ab, nahm das G3 und legte auf einen großen Flugsaurier an, der mit langsamen Flügelschlägen dicht über die Wasseroberfläche strich. Der erste Schuss verfehlte das Tier, das sich nicht stören ließ, der zweite Schuss traf es und es stürzte kopfüber, wild um sich schlagend, in den Fluss. Dort trieb es einen Augenblick, bis plötzlich ein mächtiger Kopf aus dem Wasser auftauchte und den Kadaver in die Tiefe zog.

»Was war das?«, fragte Detlef verblüfft. »Ein Krokodil?«

»Gehen wir mal zum Wasser runter, vielleicht können wir dort mehr sehen«, meinte Gerd.

Sie standen am sandigen Ufer und schauten auf den Fluss hinaus, der so friedlich an ihnen vorbeifloss.

»Und du verkaufst Autos auf dem Balkan?«, fragte Gerd den vor ihm stehenden Leandro.

»Wie kommst du jetzt darauf?«, antwortete dieser irritiert.

»Ganz einfach«, Gerd machte eine kleine Pause. »Ich habe mich die ganze Zeit gefragt, seit wann die CIA Autohändler als Agenten einstellt.«

Leandro drehte sich um und wurde bleich. »Was meinst du mit dem Scheiß?«

Gerd stand hinter ihm, den Revolver in der Hand und zielte auf seinen Körper.

»Telefoniere nie über ungesicherte Leitungen, die dazu noch tatsächlich abgehört werden. Der Meinung war Jason auch. Oder?«

Der CIA-Agent schaute ihn entsetzt an.

Das Geschoss aus dem Revolver traf Leandro in die Brust und warf ihn rückwärts in den Fluss. Dort trieb er für einen winzigen Augenblick mit ausgebreiteten Armen auf der Wasseroberfläche.

Der Deinosuchus hatte die Bewegungen gespürt, die die Schritte auf dem Ufer verursachten. Der Sterbende fiel sozusagen direkt vor seine Schnauze. Innerhalb einer halben Sekunde schoss er aus dem knapp drei Meter tiefen Wasser empor, packte den Menschen und verschwand, in einem Strudel blaugrünen Wassers, mit ihm in der Tiefe. Es ging so schnell, dass weder Gerd noch Detlef das Ungeheuer richtig betrachten konnten.

Detlef machte einen völlig verwirrten Eindruck. Er hatte seine Arme über der Brust gekreuzt und starrte aufs Wasser, das sich schnell wieder beruhigte. Kleine Wellen liefen ans Ufer, verursachten ein leichtes Plätschern. Er drehte sich um.

»Bist du völlig verrückt geworden, Gerd?«, flüsterte er heiser. »Du hast einen amerikanischen Regierungsbeamten getötet. Das war Mord!«

»Stimmt.« Gerd lächelte. »Nun kommt es auf einen weiteren auch nicht mehr an.«

Er schoss Detlef in den Unterleib. Das Geschoss durchdrang die Bauchdecke, zerriss Gedärme, zerstörte den untersten Teil des Rückgrats und die Beckenknochen, bevor es den Körper völlig deformiert wieder verließ und dabei eine mehr als faustgroße Ausschusswunde verursachte. Detlef wurde umgerissen, ihm blieb für einen Moment die Luft weg, dann stöhnte er qualvoll auf. Er lag auf dem Rücken, die Augen weit aufgerissen, stoßweise keuchend. Seine Hände gruben sich in den Sand, er zerbiss seine Unterlippe.

Gerd beugte sich zu ihm runter, lauschte seinem Keuchen.

»Ich habe dich aus der Gosse geholt, deine Ausbildung bezahlt und du lässt dich von diesem Ami ficken!«

Detlef fing an, schrill zu schreien.

Gerd trat hinter ihn, wuchtete seinen Oberkörper hoch und stieß ihn vorwärts in den Fluss. Detlef versank, kam wieder hoch, schlug schwach mit den Armen um sich, drehte sich auf den Rücken. Er gurgelte aus weit aufgerissenem Mund, spuckte trübes Wasser aus, kreischte dann vor Angst und Schmerz.

Ein mächtiger Kopf erschien aus der Tiefe, riesige Kiefer öffneten sich, Zähne, länger als eine menschliche Hand, drangen in den Körper ein, zerteilten ihn fast in zwei Hälften. Der Kopf verschwand mit seinem Opfer, das Schreien erstarb abrupt. Kreise breiteten sich auf dem Wasser aus.

Stille, als wäre hier nie etwas passiert.

Einen Moment stand Gerd unbeweglich, schaute auf die Stelle, wo Detlef verschwunden war.

»Ich habe dich geliebt«, murmelte er. Dann drehte er sich schwerfällig um.

Zwei Waffen hängte er sich kreuzweise über den Rücken, das G3 nahm er in die Hand. Er überprüfte den Revolver und machte sich auf den Rückweg. Unterwegs traf er wieder auf Raubsaurier. Ohne zu zögern, erschoss er zwei, die anderen fielen über ihre toten Artgenossen her, ließen Gerd aber in Ruhe.

Im Lager blickten Haferkorn und die drei anderen Männer wie erstarrt auf das Funkgerät. Plötzlich war eine Unterhaltung auf Deutsch über den Lautsprecher gekommen, die ihnen das Blut in den Adern gefrieren ließ.

»Bist du völlig verrückt geworden, Gerd?«, kam eine heisere

Stimme aus dem Lautsprecher. »Einen amerikanischen Regierungsbeamten getötet ... war Mord!«

Es folgten undefinierbare Geräusche, plötzlich redete eine andere Person. Es schien Gerd zu sein, aber es war schlecht zu verstehen. Raschelnde Geräusche: »... auf einen weiteren auch nicht mehr an.«

Ein Knall, laut, peitschend, eindeutig ein Schuss. Die Zuhörer zuckten zusammen.

»Oh, mein Gott«, sagte jemand.

Dann ein Stöhnen, Kratzen, stoßweises Atmen, rasselnd, unregelmäßig.

Gerd sprach direkt in das Mikrofon, welches sich rechts oben in der Brusttasche von Detlefs Schießweste befand.

»Ich habe dich aus der Gosse geholt, deine Ausbildung bezahlt und du lässt dich von diesem Ami ficken!«

Er musste direkt hinter ihm stehen, scheinbar ohne gemerkt zu haben, dass Detlef das Funkgerät eingeschaltet hatte. Ein Kreischen setzte ein, schrill und durchdringend. So schrie nur ein Mensch in Todesangst.

Schleifende, keuchende Geräusche, immer dann, wenn das Schreien vom Atmen unterbrochen wurde.

Dann ein Platschen und Gurgeln, völlige Stille.

Keiner sagte etwas. Entsetzt, unfähig zu reagieren, fixierten sie das Funkgerät. Nach einer Minute fragte John: »Was ist passiert? Mein Deutsch ist nicht gut genug.«

Jürgen klärte ihn auf.

Auf der Plattform knisterte wieder der Lautsprecher.

»Sicherungsgruppe bitte kommen, hier ist Gerd.«

Karl, weiß wie eine Wand, sah seine Kameraden der Reihe nach an. Er drehte den Lautstärkenregler höher und drückte die Sprechtaste.

»Was ist Gerd?«, fragte er.

»Es gab ein Unglück«, kam die Antwort. »Es hat Detlef und Leandro erwischt. Ich bin auf dem Weg zurück. Und noch eines: Bitte die anderen Gruppen vorläufig nicht informieren!«

Gruppe eins

Gruppe eins verließ das Camp und lief im Gänsemarsch in östlicher Richtung auf die Ebene hinaus. Burns, die .501 T-Rex über der Schulter, eine Pumpgun griffbereit in der Hand, ging voraus. Ihm folgten Sarah mit dem schweren Jagdgewehr, dahinter William mit einem G3 und Graham machte den Schlussmann der kleinen Gruppe. Als erfahrener Jäger bildete er die Nachhut, sein Gewehr schussbereit, falls es einigen der Raptoren, die es hier auf der Ebene gab, einfallen sollte, aus dem Hinterhalt auf die Menschen Jagd zu machen.

Schon nach wenigen Minuten trafen sie die ersten Saurier. Es waren kleine, schnelle und sehr bewegliche Jäger, kaum größer als Hühner, die mit erstaunlicher Geschwindigkeit vor den Menschen flüchteten. Durch ihre grüne Grundfarbe mit dem schwarz-gelben Mustern, waren sie im hohen Kraut kaum zu sehen. Sie bewegten sich geduckt von Strauch zu Strauch und suchten den Boden und niedrige Büsche nach kleinen Reptilien, Insekten oder auch den Säugetieren ab, die Nadia als „Mischka", also als Maus, bezeichnet hatte.

»William, du kannst das Schießen mit Schrot üben«, sagte Burns und reichte ihm die Pumpgun. »Gib mir solange dein G3.« Beide wechselten die Waffen.

Sarahs Freund ging ein paar Mal in den Anschlag, wie er es auf dem Schießplatz bei Berlin geübt hatte.

Graham schaute sich das an. »Du darfst die Waffe nicht bewegen, wenn sie erst mal im Anschlag ist«, erklärte er, »dein Körper muss sich bewegen, damit der Anschlag sich nicht verändert.« Er machte das mit dem G3 vor. »Und denke daran, bei sich bewegenden Zielen immer etwas vorhalten, sonst schießt du hinten vorbei.«

William hielt das Gewehr schussbereit in Brusthöhe. Plötzlich gab es Bewegungen vor ihnen neben einem kleinen Busch mit lederartigen Blättern. Zwei der kleinen Saurier liefen nach links weg. Er ging blitzschnell in den Anschlag, schoss überhastet, was ihm einen schmerzhaften Schlag gegen die Schulter einbrachte. Der Saurier lief weiter, knapp hinter ihm spritzte Erde auf.

Sarah lachte: »Wenn du Glück hattest, musste eben ein Maulwurf sein Leben lassen. Aber so habe ich auch einmal angefangen.«

William rieb sich die schmerzende Stelle. »Puh, das Ding tritt wie ein Pferd!«

Graham hatte interessiert zugeschaut. »Zwei Kardinalfehler«, erklärte er. »Erstens die Waffe nicht richtig fest in die Schulter gezogen und zweitens nicht vor das Ziel gehalten. Nicht ein Auge zukneifen und nicht zielen wie mit einer Büchse, sondern beide Augen offen halten, die Flinte mit dem ganzen Körper führen.« Er machte es noch einmal vor.

Als der nächste kleine Räuber vor ihnen fortlief, schoss William besser. Er traf das Tier, das von dem schweren Schrot des Kalibers 12/76 in Fetzen gerissen wurde. Der nächste Versuch ging wieder daneben, danach schoss er aber immer besser.

Allmählich ging der mehr verbuschte Bereich in reines Grasland mit einzelnen Bauminseln über. Vor ihnen bewegten sich die Triceratops in kleinen Gruppen langsam über die Ebene und wanderten von einem Gehölz zum nächsten. Jetzt war allen klar, wieso diese Bäume alle in etwa gleich hoch waren. Die riesigen Tiere fraßen die Spitzen der Koniferen ab, auch zwickten sie mit ihren papageiähnlichen Schnäbeln die großen, seitlich wachsenden Äste von den Stämmen der gut mannshohen Bäume. Sie zermalten diese bedächtig und man konnte aus der Entfernung gut beobachten, wie ganze Äste der kiefernähnlichen Gewächse langsam im Maul der riesigen Saurier verschwanden. Begleitet wurden die großen Pflanzenfresser von kleineren Raubsauriern, die sich über die Echsen und kleinen Säugetiere hermachten, die sich vor den riesigen Beinen der Ceratopsiden in Sicherheit bringen wollten.

Am Rand der Herde hielten sich größere Raubsaurier auf, wohl in der Erwartung, sich über ein krankes oder verletztes Opfer hermachen zu können oder sogar ein Jungtier zu erbeuten. Sie ähnelten im Aussehen dem T-Rex, waren aber deutlich kleiner.

»Wir sollten versuchen, einen dieser Räuber zu schießen«, meinte Burns. »Dort drüben«, er zeigte auf eine der abgefressenen Baumgruppen in gut einem Kilometer Entfernung, »werden wir Deckung finden und nahe genug für einen Schuss sein.«

Die Räuber hatten die Menschen mittlerweile bemerkt. Vier der schätzungsweise zwei bis drei Meter hohen Echsen standen in einer Gruppe zusammen und drehten ihre Köpfe in Richtung der Menschen. Graham beobachtete sie durch sein Fernglas.

»Eindeutig«, meinte er. »Die beobachten uns. Sie sind scharfsichtig wie Adler.« Er wollte noch hinzufügen »... mal sehen, was die jetzt machen«, da setzten sich die Vier schon in Bewegung.

Ihre Köpfe nach vorne gestreckt liefen sie mit kraftvollen, weit ausgreifenden Schritten auf die Menschen zu. Die Triceratops hörten auf zu fressen und beobachteten ihrerseits die Räuber. Sie wussten wohl aus den Erfahrungen von zehntausenden von Jahren, dass hier eine Jagd begann. Die Jungen verschwanden hinter den Leibern der erwachsenen Riesen, während sich deren Köpfe immer in Richtung der Jäger drehten.

Graham setzte das Fernglas ab. »Wer soll schießen?«, fragte er.

»Sarah und du schießen mit der .501 T-Rex, William und ich sichern. Wir sollten dorthin gehen.« Er zeigte auf einen umgestürzten Baumstamm, hinter dem sich, in gut zwanzig Meter Entfernung, scheinbar ein Graben befand.

Sie liefen dorthin, sprangen über den fast astlosen Stamm in den knapp brusttiefen Graben, der wohl in der Regenzeit von einem Bach durchflossen wurde. Die Grabensohle bestand aus Sand, durchsetzt mit einzelnen Kieselsteinen verschiedener Größe. Der Baumstamm lag direkt am Grabenrand. Von Sonne und Wind ausgebleicht und getrocknet, die Rinde, alle kleinen Zweige und Blätter von den Sauriern abgefressen, bot er jetzt eine gute Auflage für ihre Waffen.

Keiner hatte mit dem Lebewesen gerechnet, welches die Grabensohle als sein Jagdgebiet betrachtete. Niemand hatte darüber nachgedacht oder vorher davon in der Literatur gelesen, dass es in der Oberkreide bereits Schlangen gab. Die meisten Schlangenarten gehörten zur Gruppe der Würgeschlangen, waren entfernt mit den Pythons verwandt. Aber es gab schon Giftschlangen und Graham landete direkt neben der beigefarbenen Schlange, die zusammengeringelt in der Sonne lag, ohne sie überhaupt zu sehen. Er kniete sich hin, wollte seine schwere Waffe auf den Stamm vor ihm auflegen. Die Schlange biss sofort zu und erwischte ihn kurz oberhalb der knöchelhohen Schuhe an der Wade. Er fühlte einen stechenden Schmerz und glaubte im ersten Augenblick, sich an einem Dorn verletzt zu haben. Dann sah er die Schlange, die blitzschnell das Weite suchte.

»Mich hat eine Schlange gebissen«, sagte er fassungslos. »Die hat mich in die Wade gebissen.«

Sie schauten ihn an. »Machst du Witze?«

»Nein, es brennt wie Feuer. Das war eine Giftschlange. Ich habe sie genau gesehen. Einen Meter lang, dick wie der Gewehrlauf.«

Die Saurier waren kurz stehen geblieben um die neue Situation zu erfassen. In ihrer Welt pflegte Beute nicht in einen Graben zu springen, sondern wegzulaufen. Sie waren schätzungsweise zweihundert Meter entfernt, standen auf einer Linie nebeneinander und drehten in Saurierart ihre Köpfe, um die Menschen erst mit dem einen, dann mit dem anderen Auge zu beobachten.

»Sarah, pass auf die Viecher auf! Wir kümmern uns um Graham.« Der saß mittlerweile und hielt sich das Bein. Er wirkte völlig ratlos.

»Was machen wir jetzt?«, fragte er. »Ich fühl' mich verdammt mies.« Er schwitzte stark und sah blass aus.

»Haben wir überhaupt Schlangenserum im Erste-Hilfe-Kit?«, wollte er wissen.

»Nein.« Burns öffnete bereits seinen Rucksack und holte das Päckchen mit der Erste-Hilfe-Ausrüstung heraus. »Wer hat schon an Giftschlangen gedacht?«

William zog sein Messer aus der Scheide und schnitt die Hose auf. Der Bereich um die Bissstelle war rötlich-lila gefärbt und geschwollen. Aus zwei deutlich erkennbaren Bissstellen, im Durchmesser etwas größer als eine Nähnadel, traten dicke Tropfen Blut und Sekret aus. Der direkte Bereich um die Bissstelle war deutlich weiß abgegrenzt. Burns, der sich seit seiner Ausbildung für den Wüstenkrieg mit Schlangenbissen auskannte, tippte auf den Biss einer Klapperschlange. Bloß traten diese Symptome nach deren Biss nicht bereits nach einer Minute auf!

»Es tut weh«, stöhnte Graham, »mein Gott, das brennt wie Feuer!«

Er hielt sein Knie umfasst und sank langsam zur Seite. Speichel lief aus seinem Mund. Er atmete stoßweise, verdrehte die Augen, sodass man nur noch das Weiße sah.

»Die kommen!«, schrie Sarah unterdrückt auf. William und Burns ließen Graham liegen, sprangen auf und schauten über den Baumstamm auf die näher kommenden Raubsaurier.

»Sarah, schieß doch!«

Die .501 T-Rex brüllte los und die Frau wurde an die gegenüberliegende Grabenwand gestoßen. Sie hatte den gleichen Fehler wie William vorher gemacht, die Waffe nicht richtig in die Schulter gezogen und das verzieh diese Waffe nicht.

Ein Saurier überschlug sich und zuckte mit seinen Beinen, die er in der Luft streckte. Die anderen drei kamen schneller näher.

»Was ist mit dir, Sarah?«

William drehte sich um und kroch zu ihr hin. »Hast du dir wehgetan?«

Sarah hielt ihren rechten Arm, auf der Wange zeichnete sich ein großer, roter Fleck ab.

»Ich glaube, der Rückstoß hat mir ein Stück vom Backenzahn abgesplittert.« Sie spuckte Blut aus.

Der mächtige Knall des schweren Gewehrs ließ beide zusammenzucken. Direkt darauf fiel der zweite Schuss, dann ein Klicken. Ladehemmung.

»Die andere Waffe!«, schrie Burns, dann war der letzte Saurier schon heran. Sie hörten ihn mit schnellen Schritten auf sich zukommen. Burns ließ sich in den Graben fallen und griff nach der anderen Jagdflinte, die halb unter dem zusammengesunkenen Graham lag. William hielt die Pumpgun in der Hand. Der Saurier stand vor dem Graben und schaute zu den vier Menschen hinab, die sich vor ihm duckten. Sein großes, gelbes Auge betrachtete sie für einen winzigen Augenblick, ein prüfender und gnadenloser Blick. Er öffnete sein zahnbewehrtes Maul und ließ ein böses Zischen ertönen, der stinkende Atem schlug den Menschen ins Gesicht. Sein Kopf fuhr blitzschnell zu seiner Beute hinunter.

William lag auf dem Rücken, die Schulterstütze der Pumpgun neben sich in den Sandboden gestemmt. Er drückte aus weniger als einen Meter Entfernung ab. Der grobe Schrot fuhr durch den Rachen, riss den Kopf des Sauriers nach oben und sprengte seinen Hinterkopf weg. Die Waffe war auf „Automatic" gestellt und William feuerte sofort ein zweites Mal. Er traf den Hals der Bestie, zerfetzte ihn. Ein Regen aus Blut und kleinen Gewebeteilchen sprühte auf sie nieder und überzog ihre Oberkörper mit einem roten Muster.

Für einen Moment blieb der Raubsaurier noch am Grabenrand stehen, wobei er den Menschen viel größer erschien, als sie ihn aus der Entfernung geschätzt hatten. Die Reste seines Kopfes pendelten an dem zerschossenen Hals hin und her, dann fiel er wie in Zeitlupe um, direkt in den Graben hinein, während sein Blut aus den zerrissenen Halsgefäßen gepumpt wurde und alle von oben bis unten durchnässte.

William sah das tote Tier auf sich zufallen, gleichzeitig im Augenwinkel Burns nach rechts weghechten. Sarah war nicht in seinem Blickwinkel. Es gab einen dumpfen Aufprall und der Kadaver drückte ihn fest auf den Sandboden. Er glaubte kaum atmen zu können, versuchte, den mächtigen Leib wegzudrücken. Eine vergebliche Mühe bei mehreren hundert Kilogramm. Er war unter dem Körper gefangen!

»William! Hörst du mich?« Sarah zerrte an seinem Arm.

»William!«

»Bin O.K.«, keuchte er gepresst. »Holt mich hier raus!«

Er fühlte, wie man unter ihm die Erde mit den Hängen wegkratzte. Zum Glück war der Sand des Bodens locker und schon nach wenigen Minuten bekam er wieder mehr Luft. Langsam kroch er unter dem toten Körper hervor, zog seine Beine nach. Endlich war er frei. Keuchend saß er auf dem Boden, der Sand war mit dem Blut in seinem Gesicht zu einem roten Brei vermischt.

Er schaute sich um. Sarahs Sachen waren gut zur Hälfte von Blut durchtränkt, auch Burns sah nicht viel besser aus. Aber wo war Graham? Seine Beine schauten unter dem Rücken des Sauriers hervor, unbeweglich, leicht verdreht. William rüttelte an den Beinen.

»Graham. Hörst du mich?«

Keine Antwort.

Er kletterte über den toten Leib, während Burns und Sarah über den Baumstamm hinaus die Ebene beobachteten. Auf der anderen Seite war Grahams Kopf zu sehen. Der Mund weit aufgerissen, das Gesicht blau verfärbt, die Augen verdreht, Blutfäden rannen aus der Nase. Graham war tot.

»Graham ist tot, Graham ist tot!« William schaute den beiden anderen zu, die gespannt etwas beobachteten. »Graham ist tot! Hört ihr das nicht?«, keuchte er.

Burns drehte sich um.

»Komm her und schaut dir das an. Wir können Graham nicht mehr helfen, wir müssen uns selbst helfen!«, sagte er mit leiser aber eindringlicher Stimme.

»Oh, mein Gott!«, flüsterte Sarah.

William blickte auf die Ebene hinaus. Vor ihnen hatten sich mindestens dreißig Raubsaurier versammelt und fraßen den ersten ihrer Artgenossen auf. Einige gingen schon auf das zweite tote Tier zu, bald würden sie auch den Kadaver im Graben wittern. Ihr Geruchssinn musste ausgezeichnet sein.

Kaum erschien Williams Kopf über dem Grabenrand, schauten einzelne Räuber hoch und blickten interessiert in ihre Richtung. Neben ihrem Geruchssinn war auch ihr Sehvermögen hervorragend.

»Runter!«, flüsterte Burns. »Wir müssen hier weg.«

»Können wir sie nicht abschießen?«, fragte William.

»Dann gibt es noch mehr Kadaver und noch mehr Jäger. Lasst uns verschwinden, immer den Graben entlang.«

Sarah riss William am Arm. »Schau! Dort hinter uns!«

Die beiden Männer drehten sich um und sahen über den hinteren Grabenrand. Vom Waldrand her näherten sich zwei T-Rex, ein großes Tier mit einem roten Brustfleck und einer prächtigen

Beige-Grünfärbung, sowie ein etwas kleineres Exemplar, das weniger intensiv gezeichnet war.

»Unten bleiben, alles mitnehmen, auf keinen Fall über den Grabenrand schauen!«, ordnete Burns an.

Tief geduckt liefen sie weiter in östliche Richtung, weiter weg vom Camp, da der Graben dort tiefer und etwas breiter erschien. Nach einer Biegung war hinter ihnen der tote Saurier nicht mehr zu sehen. Burns schaute vorsichtig über den Grabenrand, bewegte sich dabei ganz langsam.

»Die beiden T-Rex erreichen gleich den Graben«, wandte er sich Sarah und William. »Ich möchte lieber nicht wissen, was die mit Graham machen.«

Sarah schaute vorsichtig zu den anderen Räubern hinüber. Die hatten sich alle aufgerichtet und machten Front gegen die beiden T-Rex. Von den Triceratops war nichts mehr zu sehen.

»Weiter!«, mahnte Burns.

Der Graben wurde immer tiefer und sie brauchten sich nicht mehr zu bücken. Burns blieb stehen und zeigte nach vorne.

»Seht dort.«

Vor ihm lag auf dem Sandbogen eine zusammengeringelte sandfarbene Schlange, die, ihren Oberkörper aufgerichtet und zu den Menschen gewandt, aufgeregt züngelte.

»Hat die Graham gebissen?«, wollte Sarah wissen.

»Die oder eine ihrer Schwestern«, meinte Burns und stampfte mehrfach mit dem Fuß auf. Die Schlange bewegte sich schnell den Grabenrand hinauf und verschwand oben im Gras.

Nach einem Marsch von knapp zehn Minuten und einer weiteren Biegung, der Graben verlief jetzt fast direkt nach Süden, öffnete er sich und sie standen vor einem kleinen, sumpfigen See, umgeben von zirka zwei Meter hohen Steilufern.

William schaute über den Rand.

»Eine Gruppe Raptoren ist nur zweihundert Meter entfernt. Sie kommen in unsere Richtung. Die beiden T-Rex sind weit hinten und fressen. Zurück können wir nicht.«

Aus dem Wasser erhob sich ein Wesen wie ein Albtraum. Völlig mit Schlamm bedeckt, die lange, flache Schnauze leicht geöffnet, sodass man die langen, spitzen Zähne sehen konnte, schätzungsweise acht Meter lang.

»Ein Krokodil!«, meinte Sarah entsetzt.

»Und was für ein Monstrum!«, fügte William hinzu. »Ich habe Abbildungen von Urkrokodilen aus der Kreidezeit in einem Seminar gesehen. Mit dem hier ist sicherlich nicht zu spaßen.«

Sarah legte ihre Waffe an. »Soll ich?«, fragte sie.

»Besser nicht.« Burns schaute sich um. »Hier kommen wir auf keinen Fall durch und auf die andere Seite.«

Er zeigte auf die entfernte Seite des Sees, dorthin, wo die Böschung flach getreten war. Anscheinend kamen Tiere an dieser Stelle zum Wasser, um zu trinken.

Neben dem ersten Ungeheuer war ein zweites aufgetaucht und beobachtete die Menschen. Es zischte leicht, gleichzeitig gab es tiefe Frequenzen von sich, die das schmutzige Wasser neben seinem Körper in Schwingungen versetzte. Kleine Wassertropfen tanzten auf der Wasseroberfläche. William wusste, was das bedeutete: Dies war ein Männchen, das um das Weibchen neben sich warb. An den beiden kam man auf keinen Fall vorbei. Es war auch nicht sinnvoll beide abzuschießen, denn wahrscheinlich lebten noch weitere Krokodile in diesem Gewässer und das Schießen würde sicherlich weitere Raubsaurier anlocken.

Die Drei bewegten sich im Graben ein Stück zurück bis zur Biegung. Zweimal verschwanden vor ihnen sandfarbene Schlangen. Es war heiß, die Sonne stand fast senkrecht über ihnen. Burns schaute auf die Uhr: Es war genau zwölf Uhr, Mittagszeit. Ihnen schien es, als wären sie schon viel länger unterwegs.

Sarah öffnete ihre Trinkflasche, schüttete etwas Wasser in ihre Hand und reinigte William provisorisch.

»Das Blut muss ab, sonst riechen es unsere Freunde dort oben.« Sie deutete auf den Grabenrand.

Burns sah ihr zu, dann schob er ihre Flasche weg. »Spar dir das Wasser. Wir werden es zum Trinken brauchen.«

Sie merkten auf einmal wie stark ihr Durst war.

»Ein Schluck Wasser kann nicht schaden«, meinte William und nahm den Rucksack von seiner Schulter. Der war völlig durchnässt und William ahnte sofort, was passiert war. Der kleine Wasserkanister war irgendwann bei der ganzen Aktion gerissen, zwei Liter Wasser hatte der Sand aufgesogen. Sarah gab ihm etwas ab. Sie hatten zusammen noch rund drei Liter und es wurde immer heißer. Jetzt erst erkannten sie ihre Lage: Sie waren in diesem Graben gefangen.

Burns drückte auf die Sprechtaste seines Funkgeräts: »Camp, Sicherungsgruppe, bitte kommen. Hier ist Gruppe eins, Burns. Kommen.«

Nachdem er ihr Problem geschildert hatte, ließen sich alle nieder, den Rücken gegen die Grabenwand gelehnt. Sarah saß neben William, lehnte den Kopf an seine Schulter. Beide waren ausgepumpt und angespannt, schwitzten stark. Auf ihren Hemden bildete der Schweiß große, dunkle Flecken.

»Wenn die nicht bald Hilfe schicken, werden wir großen Durst bekommen«, meinte die Engländerin.

»Dann hole ich dir Wasser aus dem See. Trotz der Krokodile.«

Sarah lächelte. »Danke, William, ich liebe dich!«

Er nahm ihre Hand und so saßen sie wie zwei Verliebte in dem Graben, als gäbe es um sie herum keine Gefahr.

Burns, der es sich zwei oder drei Meter entfernt an der entgegengesetzten Grabenwand bequem gemacht hatte, spielte an dem Funkgerät herum, lauschte scheinbar nach etwas, was die beiden anderen nicht verstehen konnten.

William wunderte sich nur, wieso ihr Jagdbegleiter plötzlich so ernst, ja fast böse schaute.

»Ist was?«, fragte er.

»Nein, es ist alles klar. Wir müssen nur warten, bis Hilfe kommt.« Burns packte sein Funkgerät in die Brusttasche. »Jeder von uns muss jeweils für zwanzig Minuten beobachten«, ordnete er an. Er zog sein Fernglas aus der Jacke. »Ich fange an.«

Dann richtete er sich auf, blickte über den Grabenrand und beendete so die Unterhaltung.

Nadia stand unten an der Leiter und schaute hinauf. Neben ihr saß Wenja und wedelte mit dem Schwanz, während Nadia ihren Kopf kraulte.

»Karl«, rief sie, denn diesen Namen konnte sie am besten aussprechen. »Karl, bitte. Mischka wieder da.«

Ihr Akzent hörte sich ulkig an, aber oben auf der Plattform lachte niemand. Die vier Männer waren immer noch darüber geschockt, was sie über Funk mitgehört hatten. Das Funkgerät war jetzt still, im wahrsten Sinne des Wortes totenstill. John fand als Erster seine Worte wieder.

»Ich gehe zu Nadia runter. Ihr überlegt mal, was wir jetzt tun sollten.«

Er stieg die Leiter hinunter und streichelte Wenja hinter dem anderen Ohr. Die wedelte noch heftiger mit dem Schwanz.

»Wo ist Mischka?«, fragte er.

»Komm.« Sie nahm ihn bei der Hand und führte ihn zu ihrem Zelt. »Da Mischka.«

John nahm seine Lederhandschuhe aus der Oberschenkeltasche seiner Hose und streifte sie über. Er zog den Reißverschluss auf und kroch in das Zelt. Innen war es warm wie in einer Sauna, ihm brach sofort der Schweiß aus. In der Ecke, direkt unter dem Kopfende der flachen Doppelliege, raschelte es. Er schlug das Moskitonetz sowie einen Schlafsack zurück und entdeckte das kleine Säugetier, welches es sich auf der aufblasbaren Matratze bequem gemacht hatte. Er sah auf den ersten Blick, dass es keine „Mischka" war. Der Körper war länglicher als der einer Maus, ebenso der Kopf. Das Tier ähnelte vom Köperbau und vom Kopf her mehr einem Opossum, das John aus dem Zoo kannte. Der größte Unterschied zur Maus war jedoch der Schwanz, nicht dünn und kahl, sondern er war fast so lang wie das Tier selber und behaart.

John griff blitzschnell zu und fing es. Es quietschte leise und biss ihn kräftig in den dicken Handschuh. Er war froh, es nicht mit bloßer Hand versucht zu haben, denn das kleine Biest besaß verdammt spitze Zähne. John hielt das strampelnde Tier fest und kroch aus dem Zelt.

Draußen stand Nadia, die geballte Faust vor den Mund gepresst und kaute auf ihren Knöcheln. Sie musste sich wohl sehr beherrschen nicht aufzuschreien, scheinbar hatte sie panische Angst vor Mäusen.

»Nicht Mischka, Nadia.« Der Amerikaner zeigte auf den Schwanz des Tieres. »Keine Mischka.«

Nadia entspannte sich, kam etwas näher, immer noch deutlich Widerwillen gegen das kleine Säugetier zeigend.

»Gehen. Bitte.« Sie machte eine Bewegung des Loslassens. »Nicht tot.«

John ließ das kleine schwarz-weiß gestreifte Tier los, das sofort weglief. Allerdings kam es nicht weit. Die Hündin machte einen Satz und ehe die beiden reagieren konnten, zappelte es zwischen den Zähnen von Wenja. Ein feines Knacksen war zu vernehmen und es hing schlaff in ihrem Maul. Sie spuckte es aus, schaut die Menschen an und wedelte mit dem Schwanz.

»Habe ich das nicht toll gemacht?«, schien sie sagen zu wollen.

Nadia schimpfte mit ihr auf Russisch, was die Hündin nun gar nicht verstand. John nahm das tote Tier, warf es in weitem Bogen in Richtung Wald. Kaum schlug es auf den Boden auf, raschelte es schon zwischen den Büschen. Ein kleines Etwas machte sich über den unverhofften Leckerbissen her. Es schien einer dieser hühnergroßen Saurier zu sein, die man häufig umherhuschen sah.

Auf der Plattform blickte Jürgen durch sein Fernglas, suchte den Flusslauf ab. Gerd musste ja wohl bald dort erscheinen. Urs beugte sich über die Leiter: »John, frage bitte Nadia, ob sie uns etwas zum Essen machen kann. Ein frischer Tee wäre auch nicht schlecht.«

»Wie kannst du jetzt ans Essen denken, Urs?«, kritisierte Karl.

Das Funkgerät knackte wieder, die Stimme von Burns war aus dem Lautsprecher zu hören: »Camp, Sicherungsgruppe, bitte kommen. Hier ist Gruppe eins, Burns. Kommen.«

»Hier ist das Camp. Was gibt es?«, wollte Karl wissen. »Kommen.« Die Verständigung war klar und deutlich. Burns schilderte kurz ihre Situation.

»Wir brauchen Unterstützung«, meinte er zum Schluss.

John war mittlerweile wieder auf die Plattform gekommen, während Nadia unten vor der provisorischen Küche stand und zwei Dosen öffnete. Jürgen schaute immer noch durch sein Fernglas.

»Gerd kommt. Er dürfte in fünfzehn bis zwanzig Minuten hier sein.« Er drehte sich zu den anderen um und ging zum Funkgerät.

»Gruppe eins, hier ist Jürgen. Haltet euch bedeckt, bleibt in der Deckung!« Er fuhr fort: »Gerd ist gleich wieder zurück und wir werden uns mit ihm beraten. Wir rufen in gut dreißig bis vierzig Minuten zurück. Kommen.«

»Verstanden, Ende«, kam die Antwort.

Jürgen schaute die drei Männer an und fasste den Inhalt des Funkspruchs kurz zusammen. Einen Moment herrschte tiefes Schweigen zwischen ihnen.

»Keiner sagt etwas zu Gerd! Er darf nicht wissen, dass wir zugehört haben. Er soll von sich aus erzählen, was passiert ist.«

Die Drei nickten. »Das ist am besten so.«

»Gruppe eins scheint in echten Schwierigkeiten zu stecken. Denen müssen wir helfen, das geht jetzt vor. Ist das klar?«, fügte Jürgen hinzu.

»Klar«, stimmten die anderen zu.

Sie schauten zum Fluss hinüber und beobachteten Gerd, der sich schnell dem Lager näherte. Urs fröstelte es plötzlich. Ihm stand die Begegnung mit einem Mörder bevor und er wusste absolut nicht, wie er sich verhalten sollte.

Lügen

Die Hündin stand am Zaun, sah Gerd und wedelte mit dem Schwanz. Nadia war immer noch dabei, aus dem Inhalt von einigen Dosen und Gewürzen einen schmackhaften Eintopf zuzubereiten. Die drei Männer auf der Plattform suchten mit ihren Ferngläsern die Umgebung ab, nahmen scheinbar ihre Aufgabe sehr ernst.

»Haltet ihr euch da raus! Lasst mich reden«, flüsterte Haferkorn.

Gerd erreichte das kleine Tor und rief der jungen Frau auf Russisch zu: »Drücke bitte auf den gelben Knopf dort unten.«

Er zeigte auf den Schalter für den Elektrozaun. Nadia betätigte ihn und Gerd öffnete den Eingang zum Camp.

»Jetzt den Knopf wieder ziehen.«

Sie tat, wie ihr geheißen wurde, kehrte zurück an den Herd, holte Teller und Besteck aus einer Alukiste. Der Teekessel pfiff. Sie nahm ihn und schüttete das heiße Wasser in die große Kanne. Wie alle Russen liebte sie stark gesüßten Tee und nahm einfach an, die anderen würden ihn auch so mögen.

Gerd keuchte. Die drei Gewehre waren schwer und er hatte die Strecke im Eiltempo zurückgelegt. Er stellte die Waffen an die Wand des Moduls, nahm sich eine Flasche Wasser aus der Kühlbox und trank sie erst einmal halb leer.

»Ich komme hoch«, rief er, während er die Leiter empor kletterte. Die Drei auf dem Dach schauten ihm zu, während er zu ihnen raufstieg.

»Was ist mit Detlef und Leandro passiert?«, wollte Jürgen wissen. »Wir haben nicht alles verstanden. Die Verbindung war nicht besonders gut. Du sagtest etwas von einem Unfall.«

Gerd setzte sich auf einen freien Stuhl, der Schweiß lief ihm übers Gesicht. Er machte einen bekümmerten Eindruck, schien den Tränen nahe. »Wir haben uns verhalten wie die Anfänger. Hätte ich mich bloß gegen die dummen Jungen durchgesetzt. Aber Leandro war schließlich Kunde. Ich konnte ihn schlecht behandeln wie einen Angestellten.«

Karl und Urs schauten sich an. Beide hatten den gleichen Gedanken: »Ein exzellenter Schauspieler.«

Gerd berichtete weiter: »Nach der Biegung des Flusses kamen wir an mehreren kleinen Seen vorbei. Es war sehr heiß und wir schwitzten alle. Leandro kam auf die Idee sich abzukühlen und überredete Detlef mitzumachen. Sie zogen sich die Schuhe aus, krempelten die Hosenbeine hoch, gaben mir die Ausrüstung. Dann liefen sie im knietiefen Wasser rum, planschten, spritzten sich gegenseitig nass wie kleine Kinder.«

»Und was hast du gemacht?«, wollte Urs wissen. »Wir haben Schüsse aus eurer Richtung gehört.«

Gerd saß zusammengesunken auf dem Stuhl, mit hängenden Schultern, seine Stirn auf die Hände gestützt. Er schien völlig fassungslos zu sein.

»Kurz vorher attackierten uns einige Raptoren, die wir erschießen mussten. Ich habe die ganze Zeit nach hinten geschaut, ob nicht wieder ein paar dieser Biester Lust auf uns zeigen.«

Er machte eine Pause.

Jürgen ging zu ihm hin. »Was passierte dann, Gerd? Was war los?«

Gerd schaute ihn an. Ihm liefen tatsächlich Tränen die Wangen hinunter.

»Es gab ein lautes Platschen, so, als wenn ein Wal aus dem Wasser springt und wieder zurückfällt. Das Wasser spritzte hoch, ich sah einen langen Schwanz mit Zacken darauf. Nein, ich sah zwei Schwänze, es waren zwei.«

Er sahJürgen an. Tränen strömten jetzt über sein Gesicht.

»Beide waren verschwunden. Einfach weg. Kein Laut von ihnen, kein Schreien. Nichts. Verschwunden waren sie, einfach verschwunden. Könnt ihr euch das vorstellen?«

»Und dann, Gerd?«

Karl, der bisher geschwiegen und regungslos zugehört hatte, brach sein Schweigen. »Hast du versucht, ihnen zu helfen?«

»Wie kann ich denn helfen, wenn ich nichts sehe? Ich habe zweimal in das Wasser geschossen, aber keine Reaktion. Dann habe ich mit euch über Funk Kontakt aufgenommen und bin, so schnell ich konnte, gekommen.«

John hatte der auf Deutsch geführten Unterhaltung nicht folgen können. Er verstand, dass Gerd etwas Schreckliches beschrieb, sah seine Tränen, konnte sich aber keinen Reim darauf machen. Karl, Urs und Jürgen schwiegen und John sah ihnen an, dass sie Gerd nicht glaubten. Er fragte sich, ob dieser es wohl auch bemerkte.

»Habe Essen und Tee!«, rief Nadia. »Karl helfen, bitte.«

Karl kletterte die Leiter runter und nahm ihr den großen Topf ab, das Besteck steckte er in seine Gesäßtasche. Es war gar nicht so leicht, den schweren Topf mit dem heißen Essen die Leiter hochzubringen. Urs stieg ebenfalls hinab und holte die Teekanne hoch, Tassen waren schon oben. Unten lief Wenja um ihren Fressnapf rum und knurrte ihren Anteil am Eintopf an. Sie wollte fressen, aber es war zu heiß.

Nadia kam auch nach oben und brachte die Plastikteller mit.

»Essen gut«, strahlte sie. »Alle essen.«

Sie war verschwitzt, ihr Gesicht war rot von der Hitze am Herd. Ihr T-Shirt klebte ihr am Körper, sie trug keinen BH. Die Brustwarzen ihres kleinen, wohlgeformten Busens drückten sich durch den dünnen, feuchten Stoff. Ihre langen, blonden Haare waren zu einem Pferdeschwanz zusammengebunden. Eine Strähne fiel ihr ins Gesicht, die sie immer wieder in einer mädchenhaften Bewegung hinter ihr Ohr strich.

»Eine verdammt hübsche Frau«, dachte sich Karl. »Und ihr Mann behandelt sie wie eine Leibeigene.«

Die junge Russin erkannte die ernsten Mienen der Männer und ahnte sofort, es war etwas passiert. Sie sah alle fragend an. Plötzlich fiel ihr auf, es fehlten zwei. Detlef, der junge, ruhige Mann war nicht da. Der, der immer so freundlich zu ihr war. Dass er schwul war, wusste sie schon seit dem ersten Kennenlernen. Auch der Amerikaner fehlte, der mit dem herzlichen Lachen und den schönen weißen Zähnen.

»Wo sind die beiden?« fragte sie Gerd auf Russisch.

Der drehte sich zu ihr um.

»Tot, beide tot. Sie haben nicht aufgepasst, nicht auf mich gehört.«

Nadia fing an zu weinen.

»Müssen essen.« Sie verteilte die Teller und das Besteck, während sie schluchzte, goss den Tee ein.

Jetzt merkten alle erst, wie hungrig sie waren.

»Nadia hat Recht. Wir müssen essen, wir können uns nicht leisten, das Essen wegzuwerfen.«

Gerd nahm die Kelle und schöpfte den Gemüseeintopf mit dicken Stücken Corned Beef in zwei Teller. Einen schob er der Russin hin, den anderen nahm er. Auch die anderen bedienten sich. Schweigend löffelten sie das Essen.

Plötzlich knackte das Funkgerät.

Quads eins

»Hier Burns, Gruppe eins. Ist Gerd schon wieder da? Bitte kommen!«

Jürgen schreckte auf.

»Scheiße, wir haben fast die Gruppe vergessen. Die sind in Schwierigkeiten.«

Er ging zum Funkgerät.

»Thorny, Gerd ist wieder da. Wie geht's euch?«

»Wir sitzen hier immer noch fest in diesem beschissenen Graben. Holt uns hier raus. Kommen.«

»Was ist los?«, wollte Gerd wissen. »Wieso sagt mir keiner etwas davon?«

Jürgen berichtete kurz von den Problemen, die die Gruppe hatte. »Was sollen wir tun?« Gerd überlegte einen Augenblick.

»Urs, du bleibst hier mit mir. Jürgen und Karl, ihr nehmt beide die Quads. Die stehen fertig aufgetankt in den Containern dort.« Er zeigte auf die großen Alukisten neben der Toilette.

»Ihr könnt den Deckel öffnen, dann lassen sich die Türen vorne umklappen. Nehmt jeder ein G3 mit und genügend Munition. Vergesst eure Revolver nicht!«

»Alles klar, Gerd!«, kam die Antwort.

Er wandte sich an John: »Du sitzt hinten auf Karls Fahrzeug und sicherst nach rückwärts. Ihr solltet besser nicht zu spät bemerken, dass es Saurier gibt, die auf dem Grasland schneller sind als die Quads.«

Jürgen stieg die Leiter runter, Karl und John folgten ihm. Innerhalb von fünf Minuten war die Ausrüstung angelegt. Sie gingen zu den Containern, öffneten sie beide. Die Quads, eines in Blau, das andere in Rot, ließen sich leicht rausschieben, nachdem man die Feststellbremse gelöst hatte. Jürgen wies Karl kurz in das Fahrzeug ein. Der schaute es sich an.

»Ich besitze seit vierzig Jahren einen Motorradführerschein und genauso lange fahre ich auch schon. Das ist nichts anderes als ein Motorrad mit vier Rädern.«

Nadia war auch mit runtergeklettert. Sie wusste zwar nicht genau, worum es ging, aber es schien wichtig zu sein.

»Ausschalten«, rief Gerd, der mit Urs immer noch auf der Plattform stand. Er wiederholte den Befehl auf Russisch, aber Nadia hatte schon verstanden.

Nadia drückte den Schalter rein, der Strom war abgeschaltet.

Jürgen und Karl starteten die 500-er Maschinen, die sofort ansprangen, und saßen auf. John saß verkehrt rum, Rücken an Rücken mit Karl, auf der blauen Maschine, das G3 in der linken Armbeuge.

»Halte dich fest«, ermahnte ihn Gerd.

»Wir versuchen, die Biester von der Gruppe wegzutreiben«, rief Jürgen dem zweiten Quadfahrer zu. »Die haben sicher Angst vor den Maschinen.«

Nadia öffnete das Tor. Mit einem Klicken wurden die Gänge eingelegt und beide Maschinen verließen das Camp in Richtung Osten, wo gestern die Saurierherden geweidet hatten. Sie schloss das Tor, schaltete den Strom wieder ein. Die Hündin saß neben ihr und ließ sich kraulen. Beide schauten den Quads nach, die das Gebiet mit den kleinen Büschen eben verließen und, schneller werdend, über die Ebene davonfuhren.

Nadia wusste nicht, wohin sie fahren würden. Keiner schien daran gedacht zu haben, es ihr zu sagen. Sie beschloss, Gerd zu fragen und stieg wieder zu den beiden Männern auf die Plattform hinauf.

Oben standen Gerd und Urs dicht nebeneinander und schauten den beiden Maschinen nach.

»Hoffentlich geht das gut«, meinte Gerd, während er durch sein Fernglas blickte.

Karl saß wie festgewachsen auf seinem Fahrzeug und bewegte es geschickt um die Strauchgruppen herum, John hielt sich scheinbar sicher auf dem Sozius. Haferkorn folgte beiden, wobei deutlich zu sehen war, welche Mühe es ihm bereitete, der blauen Honda zu folgen. Deren Fahrer war für sein Alter in einer erstaunlich guten Verfassung.

Urs antwortete Gerd nicht, er beobachtete die Quads durch sein Fernglas. »Wir können uns keinen Unfall mehr leisten«, fuhr Gerd fort. Urs ließ sein Fernglas sinken, schaute Gerd an. Dann machte er den entscheidenden Fehler.

»Erzähl uns bloß nichts mehr von einem Unfall. Wir haben alles mitgehört, weil Detlef das Funkgerät eingeschaltet hatte.«

Einen Moment herrschte vollkommene Stille zwischen beiden Männern.

»Wir haben alles gehört, Gerd. Du bist ein Mörder, Gerd! Ein Doppelmörder!«

Gerd drehte sich wortlos um und stieg die Leiter hinunter. Der Mann und die Frau horchten, was er wohl tun würde. Nun öffnete sich, für beide hörbar, die Tür des Moduls. Nach wenigen Sekunden schloss sie sich wieder.

Nadia blickte Urs verständnislos an.

»Große Problemm?«, fragte sie. »Wass iss?« Ihr standen wieder Tränen in den Augen.

Urs legte seinen rechten Arm um ihre Schulter und zog sie an sich. »Hoffentlich versteht sie das nicht falsch«, dachte er sich.

»Kleines Problem. Kein großes Problem«, tröstete er sie.

Sie schien es nicht falsch zu verstehen und lehnte kurz ihren Kopf an seinen, wobei sie leicht in die Knie gehen musste. Für Außenstehende sah es sicherlich merkwürdig aus: Eine hübsche, junge, schlanke Frau und ein deutlich kleinerer älterer Herr mit Bauchansatz, die eng aneinandergelehnt oben auf einer Plattform standen. Aber Nadia fühlte sich plötzlich behütet und zufrieden und er vergaß für einen Moment seine Befürchtungen und seine Angst. Seine Angst, dass diese Jagd hier mächtig schief laufen würde.

Das Geräusch der sich öffnenden Tür des Moduls ließ beide auseinanderfahren. Urs bekam, wie Nadia mit Erstaunen bemerkte, einen roten Kopf. Sie streichelte verstohlen seine Hand.

»Spassibo«, murmelte sie. »Danke!«

»Urs, komm bitte runter. Ich muss mit dir reden!«

Gerd fuhr auf Russisch fort: »Nadia nimm das Fernglas und beobachte die beiden Quads.«

Urs legte sein Gewehr auf den Tisch, behielt aber seinen .44er Revolver. Dann stieg er die Leiter hinab, während Nadia mit dem Fernglas den beiden sich schnell entfernenden Fahrzeugen hinterherschaute.

Als Urs von der letzten Sprosse der Leiter auf den Boden trat, schlug ihm Gerd blitzschnell den Lauf seines Revolvers gegen den Hinterkopf. Es gab einen dumpfen, klatschenden Laut und Urs fiel um, wie vom Blitz gefällt. Gerd schaute nach oben, aber Nadia befolgte wohl seine Anweisung. Sie war es gewohnt, Anweisungen von Männern zu befolgen und wusste aus bitteren Erfahrungen, was passieren würde, wenn sie es nicht tat.

Der Schweizer lag auf der linken Seite, einen Arm unter dem Kopf, den anderen hinter seinem Körper, die Beine leicht angezogen. Er gurgelte leise, die Augen waren geschlossen, von seinem Hinterkopf begann Blut auf den Boden zu tröpfeln. Gerd drehte ihn auf den Rücken, griff unter seine Achseln und schob ihn in eine sitzende Stellung. Dann ging er in die Hocke, umfasste unter seinen Armen hindurch dessen Brustkorb und zog ihn hoch. Möckli war überraschend schwer und von Meckenheim brach der Schweiß aus, als er ihn in das Transportmodul zog und dann in das MMT-1 quetschte. Er schloss dieses, drückte eine Taste auf dem Bedienfeld an der rechten Seite. Auf dem Display erschien die Zahl 60, 59, 58 ...

In weniger als einer Minute würde das kleine Modul verschwinden und mit ihm Dr. Urs Möckli. Gerd verließ das Transportmodul und schloss die Tür. Noch gut dreißig Sekunden und er würde dieses Problem los sein.

Im MMT-1 wachte Möckli auf. Er lag auf der rechten Seite, die Beine angehockt, Kopf und Füße berührten eine harte Wand. Es war stockdunkel, eng und er verspürte schlimme Schmerzen im Genick. Panisch fuhren seine Hände in dem kleinen Raum umher, er versuchte zu verstehen, was passiert war und wo er sich befand. Auch seine Arme konnte er nicht ausstrecken, er war eingesperrt, wusste aber nicht wo. Seine Blase entleerte sich, warm lief der Urin über seinen rechten Oberschenkel und durchnässte seine

Hose. Er begann zu schreien, gegen die Wand zu treten. Und plötzlich dieses bekannte Gefühl: Das Kribbeln in den Muskeln, der leichte Schwindel, das sich schwerelos fühlen, der Beginn einer Zeitreise. Sein Schreien ging in ein Kreischen über. Dann wurde alles dunkel.

Draußen waren die Zahlen auf dem Display auf „0" gesprungen, das kleine Transportmodul verschwand. Es verschwand für immer, verschwand in eine Zeit, in der es noch nichts gab, was die Erde später zum Blauen Planeten machen würde. Es materialisierte in der glühenden Lava eines Vulkans. Die Titanwände des kleinen Moduls erhitzten sich in weniger als fünf Sekunden auf über eintausend Grad. Das glühend werdende Material weckte den Ex-Banker auf. Er erlebte eine Sekunde lag den ungeheueren Schmerz, als das Blut schlagartig zu kochen begann und sein kompletter Körper gleichzeitig gegart wurde, bevor Nervensystem und Gehirn ihre Funktionen einstellten.

Urs Möckli starb ohne verstanden zu haben, was passiert war.

Das MMT-1 schmolz in weniger als einer Minute, vermischte sich mit der glutrot leuchtenden Lava, die organische Materie ergab eine winzige, hell leuchtende Flamme.

Nichts blieb übrig, es war der perfekte Mord.

»Gute Reise!«

Gerd von Meckenheim starrte noch einen Moment in das leere Transportmodul. Er war wütend, enttäuscht und zornig. Geld wollte er verdienen, viel Geld und nun zerrannen seine Träume. Seine Ziele, erst zum Greifen nahe, erschienen weit entfernt wegen zwei unnützer Männer, die er berechtigterweise getötet hatte. Was waren sie gewesen? Ein Agent der Amerikaner und ein kleiner, undankbarer Schwuler. Er war nicht gewillt, sich sein Lebenswerk zerstören zu lassen. Wer ihn behelligte, würde es büßen, wer ihm im Weg stand, musste daran glauben.

Nun, Urs war ein guter Mann gewesen, der leider zu viel gewusst hatte. Sein Pech! Um die drei anderen würde er sich später kümmern. Das nächste Problem war die junge Russin. Was hatte sie von der ganzen Sache mitbekommen? Viel konnte es eigentlich nicht sein, denn weder ihr Deutsch noch ihr Englisch waren annähernd gut genug, um auch nur den groben Zusammenhang verstanden zu haben. Wenn er sie töten würde, bekäme er es mit drei Russen zu tun. Und das konnte unangenehm werden!

Er überlegte kurz. Sollte er das Transportmodul alleine besteigen und alle hier zurücklassen? Aber das war schlecht möglich. Ohne seine Mitarbeiter konnte er die Zeitreisen nicht organisieren und durchführen. Er brauchte sie und sie benötigten ihn. Burns und Haferkorn würden ihn verstehen, sein Tun gutheißen. Auch Pieter war sicher auf seiner Seite. Er bezahlte ihn fürstlich und der würde sich nicht gegen seinen Arbeitgeber stellen. Was war mit Haferkorn? Nach seiner Rückkehr würde er mit ihm reden.

»Gerd, schnell!«, rief Nadia aufgeregt von oben herab auf Russisch. »Komm hoch! Eines der Motorräder ist umgefallen! Schnell!«

Gerd stieg, immer zwei Sprossen nehmend, so rasch er konnte, die Leiter zur Plattform hinauf.

Gruppe zwei

Pieter und die drei Russen bogen vom Camp nach Osten ab bis sie nach knapp fünfzehn Minuten den Waldrand erreichen, der sich relativ genau in nördlicher Richtung erstreckte. Sie wollten die vorgegebenen zwei Kilometer Entfernung vom Lager möglichst schnell zurücklegen, bevor sie mit der Jagd beginnen konnten. Auch vor ihnen sprangen die kleinen Saurier mit den langen Schwänzen auf und flüchteten raschelnd durch das hohe Gras in die ausgedehnten Gebüschinseln. In der Ferne, weit im Osten, sahen sie einzelne kleine Triceratops-Gruppen, die sich langsam über die Steppe bewegten. Wahrscheinlich waren die Tiere ein Teil der großen Herde vom Vorabend.

Der Wald, der sich links von ihnen bis hin in die weit entfernten Berge erstreckte, bestand aus riesigen Bäumen, einer Ginkgoart, sowie aus verschiedenen Koniferen, deren Zweige aber alle erst in gut zehn Meter Höhe aus dem Stamm wuchsen. Darunter sahen sie an den Stämmen die Reste abgenagter Zweige, die wie Stacheln seitwärts wegstanden. Scheinbar ließen die Pflanzenfresser nicht zu, dass an Bäumen in weniger als zehn Meter Höhe Zweige wuchsen. Die Bäume standen nicht sehr nahe beieinander, sodass man relativ weit in den Wald hineinschauen konnte. Zwischen den Urwaldriesen wuchs niedriges, dorniges Gestrüpp, in einigen Bereichen auch Gras, das kurz abgefressen war. Hier mussten viele Pflanzen fressende Saurier leben, von denen aber nichts zu sehen war.

Die drei Russen unterhielten sich laut miteinander und rauchten stark riechende Zigaretten, trotz des vertraglich vereinbarten Rauchverbots. Sie warfen die Zigarettenstummel einfach fort und ihr Jagdbegleiter hatte damit zu tun, die noch brennenden Kippen auszutreten und einzusammeln. Das ärgerte ihn maßlos, aber er hielt seinen Mund.

Juri drehte sich um: »Wir sind weit weg vom Camp. Wir wollen jagen!« Er sprach von allen das beste Englisch. Probleme bereitete es ihm, ein schnelles, korrektes Englisch zu verstehen und er hatte es bereits aufgegeben, sich mit dem nasalen „Queen's English" von Lady Sarah und William abzugeben. Die beiden anderen Russen lachten und blickten Pieter erwartungsvoll an. Sie waren jetzt mehr als eine halbe Stunde unterwegs und sicher schon weiter als zwei Kilometer vom Lager entfernt.

»O.K.«, meinte dieser, »gute Jagd.«

Die Jäger hatten sich wohl bereits abgesprochen. Sie bildeten eine Linie mit gut zehn Meter Abstand von Mann zu Mann und bemühten sich, die kleinen Saurier aufzuscheuchen. Sergejs G3 begann zu knallen und fast jeder Schuss war ein Treffer, zerfetzte einen der kleinen Räuber. Nikolaj schoss sogar zweimal mit der .501, die sich aber für die schnellen, kleinen Ziele als zu wenig führig erwies.

Dann übergab Sergej das Gewehr an Juri, der das nächste Magazin leer schoss. Anschließend bekam Nikolaj das G3 und leerte ebenfalls ein ganzes Magazin auf die Saurier. Nach weniger als zwanzig Minuten hörte das Schießen auf. Sie lachten laut und klopften sich gegenseitig auf den Rücken. Es war einfach zu lustig gewesen, wie die starken .308-er Geschosse die Tiere zerfetzten. Leider war jetzt ihre Munition alle.

»Jetzt große Tier!«, meinte Juri. »Große Tier für große Gewehr.«

Pieter hatte mit Verblüffung und zunehmendem Ärger zugeschaut, wie jeder von ihnen zwanzig Schuss aus dem G3 verschoss. Er war jetzt der Einzige, der noch drei volle Magazine für sein deutsches Gewehr besaß, eine Waffe, die eigentlich zur Verteidigung vorgesehen war. Über den Rücken trug er zusätzlich eine Pumpgun mit dem Lauf nach unten, das Magazin mit sieben Patronen des schweren Schrotkalibers 12/76 gefüllt. Weitere dreizehn befanden sich in der linken und eine volle Schachtel mit fünfundzwanzig Patronen in der rechten Beintasche. Sie schlugen bei jedem Schritt schwer gegen seine Oberschenkel.

Nun, die drei Russen besaßen jeder noch ihre .44-er Revolver mit ausreichender Munition und die beiden großen T-Rex-Gewehre. Hoffentlich würde das ausreichen für den ganzen Tag. Er müsste sich sicher etliche Unfreundlichkeiten anhören, falls sie schon am Mittag gezwungen wären ins Lager zu gehen, um neue Munition zu holen. Alle schauten sich um. Es war kein Tier zu sehen weder ein kleines, noch ein großes. Von einem T-Rex ganz zu schweigen. Das Knallen der Waffen hatte wohl alle Saurier verscheucht. Sogar die großen Pflanzenfresser östlich von ihnen auf der Ebene zogen von ihnen fort. Nur weit oben schwebten einige Flugsaurier. Sie kreisten wie Geier über den zerfetzten Leibern der Troodon, die um die Männer herum verstreut im Gras lagen. Es war still und alle horchten angestrengt.

Kein Laut war zu vernehmen.

Ratlos standen sie da, berieten sich auf Russisch, schauten Pieter an. Sie erwarteten wohl, dass er ihnen für ihre zwei Komma fünf Millionen Dollar unverzüglich ein paar große Tiere vor ihre Waffen trieb.

»Was nun?«, fragte Juri. »Wohin gehen wir?«

»Wir gehen an den Waldrand und setzen uns in den Schatten der Bäume. Die Kadaver werden in relativ kurzer Zeit Aasfresser anlocken und vielleicht ist großes Wild dabei.«

Pieter zeigte auf die großen Bäume in gut hundert Meter Entfernung. Er drehte sich um und ging los. Juri übersetzte noch, dann folgten ihm die Drei. An den ersten Bäumen angelangt, spähten sie in den Wald hinein. Nichts zu sehen! Sie setzten sich jeweils zu zweit an einen Stamm und beobachteten den Bereich, in dem die Kadaver lagen. Würde sich ein größerer Saurier blicken lassen?

Sergej grinste und sagte etwas in seiner Sprache. Juri öffnete seinen Rucksack, nahm eine Wasserflasche raus, die er öffnete und sich dann an die Lippen setzte. Pieter merkte plötzlich, dass auch er durstig war. Nach den beiden anderen bekam er als letzter die Flasche, noch gut zu einem Viertel gefüllt. Er ließ die Flüssigkeit durch seine Kehle laufen, erwartete Wasser und bekam Wodka, reinen, guten russischen Wodka, den ganz normalen mit nur fünfzig Prozent Alkohol.

Das Wasser schoss ihm in die Augen, er setzte die Flasche ab und schnappte nach Luft, das Gesicht knallrot, keuchend vor Überraschung. Die Russen brüllten vor Lachen, schlugen sich auf die Schenkel, wischten sich die Tränen aus den Augen. Die Überraschung war gelungen!

»Danke!«, hustete er. »Spassibo!« Das war das einzige russische Wort, das er kannte. Juri prostete ihm zu und trank den Rest aus. Ein Liter Wodka war innerhalb von drei Minuten verschwunden, was nur Russen fertigbrachten.

Die Stimmung stieg und dann erschien der erste Saurier, angelockt durch die toten Troodon. Er war gut einem Meter hoch, grazil gebaut, besaß kurze Vorderbeine und lief mit federnden Schritten auf seinen langen, schlanken Hinterbeinen. Sie beobachteten das Tier, wie es anfing zu fressen. Für die .501 war es viel zu klein, für einen Revolver war die Entfernung zu groß und nur der Südafrikaner besaß noch Munition für das G3. Und die würde er auf keinen Fall hergeben oder an diese Art von Räuber vergeuden.

Die Männer warteten, suchten mit ihren Ferngläsern die Ebene ab. Aber es blieb bei dem einsamen Saurier, der sich an seinen toten Artgenossen gütlich tat.

Das Funkgerät knackte und unterbrach die Stille. »Gruppe zwei, bitte kommen.«

Pieter van Hoogem nahm sein Funkgerät, das an der Brusttasche steckte.

»Hier Gruppe zwei. Alles in Ordnung bei uns. Kommen.«

»Roger.«

Karl benutzte das im Funkverkehr allgemein gebräuchliche Wort für O.K.

»Vergesst nicht, eine provisorische Karte anzufertigen, Pieter. Kommen.«

»Roger, Karl. Machen wir. Over.«

Er schaltete das Gerät aus und schaute wieder durch sein Fernglas.

Sie bemerkten nicht, dass auch sie beobachtet wurden. Und das schon seit dem Zeitpunkt, als sie am Waldrand nach Norden abgebogen waren.

Das Nest

Die beiden Quads holperten über die Grasfläche, die von Weitem so ebenmäßig und glatt aussah, aber mit Löchern, Furchen und kleineren Gräben übersät war. Karl umkurvte eine ausgedehnte Gebüschgruppe, um dann in letzter Sekunde einem Loch auszuweichen, in das das halbe Fahrzeug gepasst hätte. Er beschloss, die Geschwindigkeit zu reduzieren, da Jürgen anscheinend nicht gut mithalten konnte. Auch musste er an John, seinen Mitfahrer, denken, der hinter ihm anständig durchgeschüttelt wurde und mit dem Gleichgewicht zu kämpfen hatte. Er drehte wieder nach Osten ab, wo die Gruppe eins auf ihn wartete.

Der Jagdbegleiter auf der roten Honda holte auf, erschien ein paar Meter links von ihm und fuhr mit gleicher Geschwindigkeit neben ihm her. John drückte seinen Rücken fest gegen den seines Fahrers und behielt die Gegend hinter sich im Auge. Das Camp war gerade noch am Waldrand zu erkennen. Er hielt das G3 quer vor der Brust, fertig durchgeladen mit vollem Magazin. Zum Schießen musste er die Waffe nur noch entsichern.

Jürgen schaute zu Karl rüber, streckte den Arm aus und zeigte mit dem Daumen nach oben. Der erwiderte das Zeichen. Das Funkgerät knackte, im Kopfhörer rauschte es und Karl konnte eine Stimme auf Englisch hören. Wahrscheinlich die von Burns.

»Hier Gruppe eins. Wir sehen eure Quads. Haltet euch weiter rechts, genau zwischen den Büschen hindurch. Vorsicht, vor euch befinden sich ungefähr dreißig Raubsaurier und weiter hinten, dort wo ihr die beiden T-Rex seht, sitzen wir in einem Graben fest.«

Einen Moment war es still.

»Wenn ihr verstanden habt, schaltet kurz eine Lampe ein. Kommen!«

Karl schaltete seinen Scheinwerfer für zwei Sekunden ein. Er winkte Jürgen, er solle abbremsen und zu ihm kommen. Beide Quads stoppten und standen direkt nebeneinander. Er unterrichtete die beiden anderen kurz über die Informationen, die er von Burns bekommen hatte. John und Jürgen stiegen ab. Direkt vor ihnen lagen die beiden Gebüschgruppen, durch die sie fahren sollten. Der Ex-Banker zeigte nach vorne.

»Dort auf dem Grasland«, er deutete links an dem Gebüsch vorbei, »da hinten sind Raubsaurier. Es müssen mindestens dreißig sein. Seht ihr sie, gut zwei Kilometer entfernt?«

Die Männer nickten. Dann suchten sie die T-Rex, aber die waren schwer zu entdecken. Trotz ihrer Größe verschwammen sie wegen ihrer Zeichnung vor dem Hintergrund der Grassteppe mit ihren Gebüschinseln.

»Ich sehe sie!« Haferkorn setzte das Fernglas ab, das er aus seiner Beintasche geholt hatte.

»Von hier aus etwa eine Handbreit rechts von der Sauriergruppe. Sie stehen nicht aufrecht, vielleicht fressen sie etwas. Ich schätze, es sind gut zwei Kilometer bis zu den Biestern.«

John und Jürgen standen direkt neben ihm. Beide hielten das G3 schussbereit im Arm. Auch Karl nahm seines von der Schulter.

»Jeder Schuss muss sitzen!«, meinte er. »Schießt auf den Brustkorb oder ins Auge, wenn sie seitlich stehen. Die Munition ist stark genug für diese Ungeheuer. Beachtet die T-Rex nicht, um die kümmert sich sicher Gruppe eins.«

Das Funkgerät knackte wieder und Burns meldete sich, als ob er die Unterhaltung mitgehört hätte.

»Ihr müsst euch um die kleineren Räuber kümmern, wir schießen auf die T-Rex. Kommen!«

Ein Druck auf die Sendetaste.

»Roger«, antwortete er. »In wenigen Minuten sind wir nahe genug. Over.«

Karl blickte seine beiden Kollegen an, zeigte nach vorne.

Er erklärte auf Englisch: »Wir fahren genau auf die beiden Gebüschgruppen zu, zwischen ihnen hindurch, danach erhöhen wir die Geschwindigkeit.«

Jürgen und John nickten. Sie akzeptierten die Erfahrung und die Führungspersönlichkeit von Karl, waren froh, ihn dabei zu haben. »Die Saurier werden uns hören und sich für uns interessieren. Sobald sie sich auf uns zubewegen, halten wir an, legen die Waffen auf den Sitzbänken auf und schießen. Zielt genau!«

»Let's roll«, meinte John. Er nahm wieder hinter Karl Platz, diesmal in richtiger Sitzhaltung.

Beide Quads beschleunigten und hielten auf das Gebüsch zu. Zwischen den Büschen stand das Gras höher, wirkte aber vertrocknet, worüber sich die beiden Fahrer keine Gedanken machten. Die beiden Gebüschgruppen erwiesen sich als ausgedehnter, als es vorher den Anschein hatte, als sie zwischen ihnen hindurchfuhren. Beide Fahrer gaben Gas.

Für Karl und John kam der Sturz völlig überraschend. Der Deutsche wollte durch das trockene Gras fahren, beschleunigte, seinen Blick nach vorne auf die Sauriergruppe gerichtet. Einige Tiere drehten bereits ihren Kopf, interessierten sich für das unbekannte Geräusch. Das „trockene Gras" wuchs auf einem flachen Hügel aus feinstem Sand, so fein wie Puderzucker, in dem die Vorderräder der Maschine sofort einsanken und nach wenigen Zentimetern zum Stillstand kamen. Die blaue Honda stieg hinten hoch wie ein Mustang und warf die Männer ab. Beide flogen über den Lenker und landeten zwei Meter vor dem Fahrzeug auf dem Boden, Karl unten und John auf ihm. Der weiche, mit trockenem Gras bedeckte Untergrund bremste den Fall und verhinderte im ersten Augenblick größere Verletzungen. Karl bekam zwar Johns Gewehr in den Rücken, wodurch eine Rippe angeknackst wurde, aber das war eigentlich alles.

Jetzt folgte das Quad, welches sich ebenfalls überschlug und dessen Hinterräder ohne Belastung mit hoher Drehzahl durchdrehten. Es fiel auf den oben liegenden John. Gut zweihundert Kilogramm beschleunigte Masse trafen mit dem Lenker seinen Rücken kurz oberhalb seines Beckens. Er selber hörte das Knacken, ein großes, heißes Messer fuhr durch seinen Körper. Er riss den Mund auf, wollte schreien, dann erwischte ihn etwas an seinem Hinterkopf. Dunkelheit, aus.

Karl fühlte den Aufschlag der Maschine, die Masse presste ihn auf den Boden, nahm ihm die Luft aus den Lungen. Unfähig zu reagieren, schlug etwas Heißes gegen seine rechte Kopfseite, riss ihm das Ohr ab, zerstörte das rechte Auge. Bruchteile einer Sekunde später fiel die Maschine auf seinen ausgebreiteten rechten Arm und brach den Oberarm glatt durch. Er wurde sofort ohnmächtig.

Der Unfall wurde nicht nur von Nadia bemerkt. Bei den Mitgliedern der Gruppe eins rief es Entsetzen hervor, als das Fahrzeug sich überschlug und beide Piloten von sich schleuderte. »Shit!«, meinte Burns. »Ein Quad hat einen Salto geschlagen, das andere ist in die Büsche gefahren.« Eigenartigerweise machten sie sich im ersten Augenblick mehr Sorgen um den Fahrer des Quads, welches im Gebüsch verschwunden war.

»Hoffentlich ist ihm nichts passiert«, sagte Burns. Er reichte William das Fernglas. »Beobachte du weiter. Sarah und ich kümmern uns um die beiden T-Rex.« Er deutete nach vorne.

»Die kommen langsam näher. Zum Glück sind die anderen Raubsaurier jetzt mehr an den Hondas interessiert.«

Tatsächlich standen die Tiere hoch aufgerichtet und blickten nicht mehr zu ihnen hinüber. Sie fanden den Lärm der Motoren anscheinend sehr attraktiv. Die ersten setzten sich in Bewegung. Burns und Sarah nahmen die beiden T-Rex ins Visier der großen Gewehre. »Du den rechten, ich den linken«, flüsterte Burns. »Sobald sie richtig stehen, schießen wir.«

Jürgen schaffte es noch abzubremsen und nach links auszuweichen. Entsetzt sah er dem Sturz zu, fuhr dabei geradewegs in das Gebüsch hinein. Die Büsche bremsten ihn ab, das Quad geriet mit dem rechten Vorderrad gegen einen großen Stein, blieb ruckartig stehen. Er versuchte vergeblich das Gleichgewicht zu halten und fiel wie in einem Slapstick nach links von dem Gefährt. Das andere Fahrzeug schepperte noch einmal, dann herrschte dort Ruhe. Seine rote Honda blubberte leise im Stand vor sich hin.

»Zumindest habe ich in den Leerlauf geschaltet«, dachte er sich. »Da hast du dich angestellt wie ein Anfänger.«

Er sprang auf, suchte seine Waffe. Sie lag direkt neben ihm auf dem Boden und schien unbeschädigt zu sein. Das G3 aufzunehmen und loszurennen geschah ohne großes Nachdenken. Das Bild, das sich ihm bot, erschien im ersten Augenblick wenig beunruhigend. Seine beiden Gefährten lagen aufeinander, regungslos und still. Rechts von ihnen lag die rote Honda auf dem Rücken, alle Räder in Luft gestreckt, so wie ein Maikäfer, der sich nicht mehr umdrehen kann. Es roch nach Benzin.

»Karl! John! Was ist mit euch?«

Er erreichte beide, legte sein Gewehr neben sich ab, kniete nieder, fühlte unter sich den feinen, warmen Sand, eigentlich ein ganz angenehmes Gefühl. Keine Antwort. Vorsichtig drehte er den oben Liegenden um, schob ihn vom Älteren herunter, sah seine halb geöffneten Augen, den dünnen Blutfaden, der aus seinem Mund lief, an dem bereits der feine Sand klebte. Ohne Halt schaukelte der Kopf hin und her, als Johns Körper auf dem Rücken zu liegen kam, seine leblosen Augen blickten ins Leere. Entsetzt starrte Jürgen den Toten an, den ersten Toten, den er jemals gesehen hatte. Er fing an zu würgen, stützte seine Hände in den Sand, fühlte dort vergraben merkwürdig glatte Steine.

»Karl! John ist tot!«, sagte er. »Karl! John ist tot!« Diesmal viel lauter, mit mehr Nachdruck.

Er wandte sich nach Ritter um, der immer noch neben ihm auf dem Bauch lag, den rechten Arm seltsam verschoben von sich weggestreckt, das Gesicht nach links gedreht, die rechte Gesichtshälfte im Sand vergraben.

»Karl, kannst du mich hören? Karl!«

Er schüttelte ihn und hörte ein leises Stöhnen, schüttelte ihn etwas fester. Panik kam in ihm auf. Was sollte er tun, wenn Karl auch sterben würde? Er war alleine hier und die Gruppe wartete auf Hilfe. Karl stöhnte wieder, er murmelte etwas, was Jürgen nicht verstand. Tief beugte sich dieser zu ihm hinunter, versuchte dessen Kopf aus dem Sand zu heben. Der Ohnmächtige stöhnte lauter, wachte wohl auf, bewegte sich, krächzte ein kaum verständliches »Kopf.«

»Warte, ich helfe dir.« Jürgen packte den rechten Arm, um den Verletzten auf den Rücken zu drehen, was dieser mit schrillem Schreien quittierte. Der Arm wirkte merkwürdig verdreht und der Helfer verstand, dass er gebrochen war. Er rutschte um den Liegenden herum, schob beide Hände unter ihn und drehte ihn vorsichtig auf den Rücken, was dieser wieder mit lautem Schreien beantwortete. Entsetzt schaute Haferkorn auf das Gesicht des Unglücklichen. Die rechte Seite bildete eine große, blutende Wunde, dick mit rotem Sand bedeckt. Dort wo das Auge hätte sein müssen, schaute er auf einen sandig-roten Matsch, der die Augenhöhle ausfüllte.

»Oh, mein Gott, » murmelte er. »Oh, Karl.«

Er drehte sich um und erbrach sich in den Sand, würgte so lange, bis nur noch Galle kam. Keuchend drehte er sich um, als der Verletzte begann, krächzend um Hilfe zu rufen. Nicht laut, aber sehr eindringlich.

Haferkorns Hände stützten sich auf etwas Weiches, Glitschiges, das sich leicht bewegte. Er hob das Ding hoch, schaute es ungläubig an und sein Verstand benötigte einige Sekunden, um zu registrieren, was er in der Hand hielt. Es war ein Saurierbaby, vielleicht dreißig oder vierzig Zentimeter lang, bedeckt mit sandigem Schleim. Er hatte Mühe, das sich windende Junge in der Hand zu behalten, konzentrierte sich darauf, es nicht fallen zu lassen. Plötzlich begann es, deutlich hörbar, quiekende Laute von sich zu geben. Ähnliche Laute, wie sie frisch geschlüpfte Krokodile ausstoßen, wenn sie nach ihrer Mutter rufen. Nun bemerkte er die Eierschalen und erkannte, was die merkwürdigen glatten Steine waren: lauter Sauriereier.

Das blaue Quad war direkt in ein Sauriernest gefahren, hatte mindestens eines der Eier zerstört und dabei das bereits voll entwickelte Junge aus seinem Gefängnis befreit. Und dieses rief jetzt kläglich nach seiner Mutter. Angewidert warf er das Junge fort ins trockene Gras. Dort gab es weiter klagende Laute von sich. Er wischte sich seine glitschigen Finger an der Hose ab.

Panisch schaute sich Jürgen Haferkorn um. Wo waren die Eltern, steckten sie vielleicht in dem Gebüsch, in dem er sein Quad festgefahren hatte? Er horchte auf fremde Laute, auf das Brechen von Zweigen, auf schwere, schnelle Tritte. Aber das Einzige, was er zu hören bekam, war das leise Stöhnen des Verwundeten und das rasenden Schlagen seines eigenen Herzens. Dann krachten vor ihm auf der Ebene plötzlich zwei Schüsse vom Kaliber .501 T-Rex.

Haferkorn sprang auf, schnappte sein G3, vergaß für einen Augenblick den Verwundeten. Die meisten Raptoren waren stehen geblieben, blickten zurück in die Richtung, wo die Schüsse gefallen waren. Nur zwei der Saurier, ein größerer und ein etwas kleinerer, liefen mit schnellen, weit ausholenden Schritten auf ihn zu Bei diesem Tempo würden sie in wenigen Minuten hier sein. Auch der Rest der Gruppe setzte sich wieder in Bewegung.

»Karl, du musst hoch! Die Saurier kommen, die ganze Gruppe. Sie töten uns. Komm hoch!«

Er beugte sich zu dem Schwerverletzten runter, wollte ihn aufrichten, was laute Schmerzensschreie verursachte.

»Fahr los«, gurgelte Karl. »Fahr, fahr!«

Und er fügte kaum hörbar hinzu: »Gib mir meinen Revolver in die Linke. Bitte!«

Haferkorn zog den Revolver aus dem Holster und drückte ihn Karl in die Hand.

»Steh doch auf«, flehte er. »Versuch es doch wenigstens, Karl.«

»Fahr«, flüsterte der. »Du musst den anderen helfen. Fahr!«

Sein gesundes Auge blickte ihn an, Tränen bildeten sich dort, liefen die Wange hinunter und erzeugten nasse Bahnen auf dem trockenen Sand. Die linke Seite war mittlerweile aufgeschwollen, Blut stieg an mehreren Stellen wie kleine Quellen aus der dicken, roten Sandschicht empor und sickerte langsam an der Seite hinunter, um vom Boden aufgesogen zu werden. Das zerstörte Auge war zur Gänze mit Sand bedeckt, der völlig mit Blut durchtränkt war. Der Verletzte musste entsetzliche Qualen leiden. Haferkorn fing wieder an zu würgen.

Einige Sekunden stand er unbewegt, blickte auf dieses apokalyptische Bild hinab, während ihn das eine, gesunde Auge weiter beobachtete, bis er sich an die Gefahr erinnerte, in der er sich befand. Die beiden Saurier waren mittlerweile nur noch wenige hundert Meter entfernt und würden ihn bald erreichen. Wütende Räuber, die ihn attackieren und unerbittlich töten würden, um ihr Gelege und das rufende Junge zu verteidigen. Er hob das G3, doch die Tiere liefen viel zu schnell für einen sicheren Schuss.

Dann brüllte direkt neben ihm ein Revolver los und riss ihn kurz aus seinen fieberhaften Überlegungen. Im ersten Schrecken ließ er sein Gewehr fallen, fuhr er herum, aber hinter ihm war niemand und es dauerte einige Augenblicke, bis sein Verstand realisierte, was passiert war: Karl Ritter hatte sich den Revolverlauf in den Mund gesteckt und abgedrückt. Die Wirkung des schweren Projektils war gewaltig. Vom Kopf war nur noch der Unterkiefer zu erkennen, der Rest hatte sich in viele kleine Stücke von Knochen, undefinierbaren Hautteilen, Gehirn und einen blutigen Nebel aufgelöst, der nun Teile des Sauriernests bedeckte.

Jürgen Haferkorn drehte sich um und verschwand gehetzt zwischen den Büschen, wo sein Quad stand, das noch immer leise im Standgas lief. Er versuchte es vorzuschieben und zu drehen, aber so sehr er sich auch bemühte, es bewegte sich nicht. Noch einmal setzte er all seine Kräfte ein, biss die Zähne zusammen, seine Füße bohrten sich in den Boden, er drückte, zerrte, aber mehr als ein leichtes Schaukeln der Maschine brachte er nicht zustande.

Dann waren die beiden Saurier da. Er wollte nach seinem Gewehr greifen und erstarrte, als er die Situation begriff: Es lag neben dem Toten, dort wo er es hatte fallen lassen. Er besaß nur noch seinen Revolver mit sechs Patronen in der Trommel. Er richtete sich auf, sah durch die Zweige hindurch zu den beiden Elterntieren hinüber, die jetzt vor dem Nest standen und sich, leise Zischlaute von sich gebend, umsahen und nach den ungewohnten Geräuschen lauschten, die der Motor seiner Maschine verursachte. Haferkorn war sich sicher, sie konnten auch seinen rasenden Herzschlag hören und würden sich sofort auf ihn stürzen.

Langsam, ohne ein Geräusch zu verursachen, zog er den schweren Revolver. Als Einziger der ganzen Gruppe führte er seine eigene Kurzwaffe mit, eine Smith & Wesson, Kaliber .44 Mag. Diese Waffe war ihm vertraut, sie war bestens gepflegt, in sehr gutem Zustand und er kannte sie genau, denn er hatte schon viele Male, auch bei Wettkämpfen, mit ihr geschossen.

Der größere Saurier, wohl das Männchen, voll aufgerichtet gut drei Meter hoch, blickte in seine Richtung, drehte den Kopf und öffnete das Maul, zeigte zwei Reihen langer, spitzer Zähne.

Er brüllte ein tiefes, zorniges Drohen zu Haferkorn hinüber und drehte sich dann plötzlich zu seiner Partnerin um, von der Haferkorn nur den Rücken sah, da sie ihren Kopf in Richtung Boden beugte. Was sie dort tat, konnte er von seinem Platz aus nicht erkennen, die dichten Büsche behinderten seine Sicht. Er nahm aber an, dass sie sich mit dem Jungen beschäftigte, welches er in das trockene Gras am Rande des Nestes geworfen hatte.

Er überlegte fieberhaft, wägte ab: Sollte er schießen? Eine Entfernung von vielleicht zwanzig Meter war für die schwere Waffe eine ideale Distanz. Eingeschossen war sie sowieso auf die Wettkampfentfernung von fünfundzwanzig Meter und so ein großes Ziel zu treffen, war keine Kunst. Er war sich auch sicher, den Saurier mit einem Schuss töten zu können. In den USA gingen Jäger mit der .44-er auf Bärenjagd. Und ein Projektil, welches einen Bären tötet, würde auch den Saurier umwerfen.

Plötzlich kam der Kopf des kleineren Sauriers hoch, etwas zwischen den Kiefern haltend. Es war sein Gewehr. Wütend schüttelte das Tier seinen Kopf, biss auf die Waffe, schüttelte weiter, bis Teile davon wegflogen. Jetzt ließ es das G3 wieder fallen und beugte sich wieder hinunter. Der Mann hinter den Büschen ahnte, was kommen würde. Das Weibchen ließ seine Aggressionen an dem Körper des toten Menschen aus. Er hörte reißende, knackende Geräusche, Geräusche, wie sie entstehen, wenn scharfe Kiefer in das Fleisch des Opfers schneiden und kräftige Bisse Knochen zerbrechen. Das Männchen stand am Nest und schaute dem Wüten seiner Partnerin zu.

Haferkorn ging wie auf dem Schießstand in den schulmäßigen Anschlag, die Beine gut schulterbreit auseinander, in den Knien leicht gebeugt, beide Hände hielten die Waffe, der Hahn war gespannt, er nahm den Druckpunkt.

»Heh!«, rief er. »Heh, du hässliches Vieh!«

Das Männchen fuhr herum, es drehte in einer flüssigen Bewegung den Kopf, sein rechtes Auge fixierte den Menschen. Jürgen Haferkorn zielte auf den Hinterkopf des Sauriers, auf eine Stelle etwa in der Mitte zwischen dem Auge und der Ohröffnung, drückte ab. Gekonnt fing er den Rückstoß der Waffe ab, spannte den Hahn wieder und blieb im Anschlag, in Erwartung dessen, was passieren würde.

Das Tier blieb einen Moment regungslos stehen, nur das Rucken des Kopfes bewies, dass das Projektil sein Ziel gefunden hatte. Langsam drehte es den Kopf, öffnete sein Maul weit, ließ ein Zischen ertönen, ein Laut, der sich anhörte, als würde man eine Druckluftflasche öffnen. Das Zischen wurde von einem Gurgeln abgelöst, als sich plötzlich das Maul mit Blut füllte und dieses die entsetzlichen Zähne rot färbte. Schwerfällig, quälend langsam setzte sich der große Räuber in Bewegung, direkt auf den Menschen im Gebüsch zu. Nach zwei Schritten blieb er stehen, fing an zu zittern, machte noch einen unsicheren Schritt, gurgelte wieder und fiel um, wie vom Blitz getroffen. Der Aufschlag des schweren Körpers auf den Boden war zu hören und zu spüren.

Einen Moment lang herrschte Stille, kein Insekt summte, keine Blätter raschelten im Wind. Nur sein Herz raste und das Blut pochte in seinen Ohren. Haferkorn senkte die Waffe. Das Weibchen war bei seinem Rufen hochgefahren, ließ Teile des Toten fallen, die es im Maul hielt, und beobachtete ohne erkennbare Reaktion was mit ihrem Partner passierte. Das Geräusch des aufprallenden Körpers erweckte sie aus ihrer Lethargie, sie explodierte förmlich. Mit wenigen mächtigen Sätzen überwand sie die freie Fläche bis zu dem Gebüsch, in dem sie den Angreifer wusste, der ihren Partner getötet hatte.

Für Haferkorn kam dieser wilde Angriff völlig überraschend, er riss seinen Revolver hoch und schoss überhastet. Der erste Schuss streifte den Oberschenkel des linken Hinterbeins, was das wütende Weibchen scheinbar nicht einmal bemerkte. Blitzschnell war es da und brach in die Büsche ein, trat sie nieder, so wie ein plündernder Elefant ein Maisfeld niedertritt. Wäre es einfach weitergelaufen, hätte es den Menschen überrannt, Haferkorn wäre ohne Chance geblieben. Aber das Weibchen stoppte, brüllte den Menschen an, als wollte es ausdrücken: »Ich töte dich!«

Das war sein Fehler, ein Fehler, der Haferkorn die Zeit zum Schießen ließ. Der erste Schuss traf den Saurier von unten durch den Unterkiefer. Das Geschoss durcheilte ohne nennenswerten

Widerstand die Rachenhöhle, zerriss den Sehnerv und löschte die Sehfähigkeit des Tieres aus, bevor es den Kopf durch die Schädeldecke verließ und dabei den oberen Teil des Schädeldachs mit sich riss. Der zweite und dritte Schuss trafen den Oberkörper des wütenden Muttertieres und zerstörten Bereiche des Herzens, Blutgefäße und die Luftröhre. Das Tier taumelte nach vorne, brach zusammen und landete, noch im Tode von der eigenen Bewegungsenergie vorangetrieben, direkt vor dem Schützen. Der stand immer noch, wie auf dem Schießstand, im Anschlag, bis er nach ein paar Sekunden die Waffe senkte und den Hahn entspannte. In der Trommel befanden sich noch ein Schuss und fünf leere Hülsen.

Der Mann starrte auf den großen Körper, der vor ihm zwischen den niedergedrückten Büschen lag. Der Kopf lag leicht seitlich verdreht, das linke Auge starrte in den Himmel. Die rötliche Pupille begann sich bereits zu trüben. Das Maul war geöffnet und Haferkorn konnte nun gut die scharfen, kegelförmigen Zähne sehen, zirka fünfzehn bis zwanzig in jeder Seite des Unter- und Oberkiefers. Der Teil des Kopfes, der hinter dem Auge lag, war völlig zerstört, der fehlende Teil des Schädels ließ Haferkorn die Zerstörung erkennen, die ein .44-er Teilmantelgeschoss aus geringer Entfernung anzurichten vermag.

Das Funkgerät knackte. »Hier ist Gerd. Kann mich jemand hören? Habt ihr einen Unfall mit den Quads gehabt?« Einen Moment Pause. »Bitte kommen.«

Haferkorn zog sein kleines Funkgerät aus der linken Brusttasche. Es war voller Staub und Sand, schien aber funktionsbereit zu sein. Er drückte auf die Sprechtaste.

»Gerd, hier ist Jürgen. Wir haben einen schweren Unfall gehabt. Karl und John …« Er schluckte hörbar. »Sie sind tot, Gerd. Sie sind tot! Kommen.«

Gerd antwortete sofort: »Bist du auch verletzt? Was ist passiert? Kommen.«

Haferkorn schilderte in aller Kürze, was geschehen war. Danach folgte einen Moment Stille und er erwartete Anweisungen von Gerd.

Aber es war Burns, der das auf Deutsch geführte Gespräch einigermaßen verstanden hatte. »Jürgen, du musst uns hier rausholen. Die beiden toten T-Rex locken immer mehr Räuber an. Bald wird es dunkel. Nimm das Quad und komme! Dringend! Over!«

Bevor Haferkorn antworten konnte, kam die Anweisung von Gerd. »Fahr los, sofort! Melde dich, wenn du bei denen bist. Over.«

Jürgen Haferkorn steckte das Funkgerät wieder in die Tasche und klappte die Trommel seines Revolvers aus. Nur noch eine Patrone. Er musste nach dem Gewehr sehen. Er sprang auf den toten Saurier, lief zwei Schritte auf ihm, stürmte durch das plattgetretene Gebüsch und wäre bald über den zweiten toten Saurier gestolpert. Sein Gewehr fand er sehr schnell, es lag am Rand des Nestplatzes, wohin es das wütende Muttertier geschleudert hatte. Das Magazin fehlte und er benötigte einige Minuten, bis er es fand. Unbrauchbar.

Das Sauriergebiss hatte das Stahlblech am oberen Rand durchbissen und verdreht Nun konnte man es nicht mehr in den Magazinschacht des Gewehres einfügen. Wütend warf er es weg. Auch das Gewehr erwies sich bei genauerem Hinsehen als beschädigt. Die Schulterstütze war gebrochen, die Visiereinrichtung verbogen. Er schleuderte es dem Magazin hinterher. Während er auf seine Taschen klopfte und keine Munition mehr für den Revolver fand, wurde ihm klar, dass er sich in die Nähe einer großen Raubsauriergruppe begeben musste, mit nur noch einer Patrone. Er schwor sich, diese für sich selber aufzuheben, auf keinen Fall wollte er lebend zwischen deren Zähne geraten. Haferkorn lief zurück zu seinem Quad. Darüber nachzudenken, das andere Quad umzudrehen und aufzurichten, ersparte er sich. Das Fahrzeug war viel zu schwer. Vor dem rechten Vorderrad lag, halb im Boden vergraben, der große Stein, der ihn endgültig zum Anhalten gebracht hatte.

Sein erster Gedanke war, den Stein zur Seite zu rollen, aber dann fiel ihm die Lösung ein. Es war ganz einfach: Sein Fahrzeug besaß einen Rückwärtsgang. Er saß auf, fand den richtigen Gang und fuhr vorsichtig rückwärts aus dem Gebüsch raus, umkurvte das Nest und gab Gas. Die Sauriergruppe war wieder in Richtung Gruppe eins gezogen, scheinbar erwiesen sich die beiden toten T-Rex als interessanter als das Geschehen beim Nest ihrer Artgenossen.

William, der seine Aufgabe als Beobachter gerade übernommen hatte, wandte sich zu den beiden anderen im Graben um. Sie hatten sich auf die Schießerei bis zu dem Funkspruch keinen Reim machen können, befürchteten schon, dass niemand mehr kommen würde. Erst als sie das Gespräch von Jürgen und Gerd mitbekamen, war ihre Hoffnung wieder gewachsen.

»Die Saurier kommen näher und auch ein Quad kommt. Es ist Jürgen.«

Beide sprangen auf und schauten über den Grabenrand. Die Sauriergruppe war bei dem toten T-Rex angelangt und begann ihr Mahl. Der Fahrer des Quads, das sie jetzt auch hören konnten, schien die Tiere in einem weiten Halbkreis umfahren zu wollen. Das Fahrzeug näherte sich schnell.

»Der fährt mit mindestens dreißig Meilen pro Stunde«, meinte Burns.

Zwei der Saurier, die von den anderen Tieren von den Kadavern verdrängt worden waren, drehten sich neugierig zu dem fremden Geräusch um.

»Gib Gas, Jürgen«, flüsterte Sarah. »Fahr schneller!«

Diesmal aber etwas lauter und voller Angst. Dann fing sie an zu weinen.

Gejagte Jäger

Als Pieter sich erhob, fühlte er sofort die Wirkung des Wodkas, den er vor ein paar Minuten getrunken hatte. Er öffnete seine Wasserflasche und nahm ein paar Schluck, anschließend steckte er sich eines seiner Eukalyptusbonbons in den Mund, von denen er immer welche in seiner Hosentasche trug. Seine drei Jagdgäste saßen immer noch vor den Bäumen, lehnten sich mit dem Rücken gegen die knorrige Rinde und unterhielten sich angeregt auf Russisch. Dabei rauchten sie wieder ihre starken russischen Zigaretten, deren Aroma deutlich zu riechen war. Der Jagdleiter seufzte und hoffte inständig, dass keiner der großen Raubsaurier Lust auf russischen Tabak bekam. Er schaute sich um, aber auf der Ebene tat sich wenig, nur der kleine Saurier fraß sich noch immer satt. Als er plötzlich den stehenden Menschen bemerkte, richtete er sich einen Augenblick auf, blickte zu ihm hinüber und lief dann schnell fort. Pieter schaute ihm kurz nach. »Verdammt schnell der kleine Kerl«, dachte er sich.

Er drehte sich um und blickte in den lichten Wald hinein. Er glaubte zwischen den Bäumen eine Bewegung zu erkennen, griff nach seinem Fernglas, das in der linken Brusttasche steckte. Auch jetzt vermochte er nur undeutlich einen Saurier zu identifizieren, der hinter den Bäumen verschwand. Nach seiner Schätzung schien es ein schlankes, knapp zwei Meter großes Tier zu sein. Vielleicht lohnte sich die Jagd dort im Wald.

»Auf geht's, Männer. Im Wald sind Saurier und die Jagd wartet!«

Die Russen blickten auf, drückten ihre Zigaretten aus und erhoben sich. Sie diskutierten ganz kurz, dann wandte sich Nikolaj an Pieter: »Sergej hat keine Munition mehr. Wir brauchen ein Magazin für das G3.« Er zeigte auf Pieters Waffe. Das hatte der befürchtet.

»Scheiße«, murmelte er. Die Russen schienen nun zu begreifen, wie dumm es gewesen war, die drei vollen Magazine auf die kleinen Saurier verschossen zu haben.

»O.K.«, meinte der Südafrikaner. »Sergej soll aber sparsam mit der Munition umgehen. Das G3 ist eigentlich zur Sicherung gedacht und zwanzig Schuss können unter Umständen zu wenig sein.«

Er reichte Sergej ein volles Magazin.

Dieser nickte. »Gut. Habe verstanden.«

Er steckte es in sein Gewehr und repetierte es durch. »Fertig«, fügte er hinzu. Die beiden anderen überprüften kurz ihre Revolver und ihre großen .501 T-Rex, um nun Pieter zu folgen, der geradewegs in den Wald hineinmarschierte.

Anfangs standen die Bäume in lockeren Gruppen, zumeist über dreißig Meter hohe Koniferen. Der Boden, auf dem sich gut laufen ließ, war mit Gras bewachsen und von einigen Moospolstern durchsetzt. Es war merkwürdig still, auch auf den Bäumen war keine Bewegung zu erkennen. Nach wenigen hundert Metern wurde der Baumbestand dichter und zwischen den Koniferen zeigten sich Ginkgos und andere Laubbäume. Die Sonne schien an einigen Stellen durch die Baumkronen und bildete goldene, ineinander verschlungene Muster auf den Moospolstern. Leichter Wind kam auf und in den Wipfeln rauschte es leise. Die vier Jäger erreichten eine ausgedehnte Buschgruppe, die sie nach rechts umgehen mussten, da die Zweige der Büsche dicht mit langen Dornen besetzt waren und ein Durchkommen unmöglich erschien. Die Dornen schienen eine wirksame Abwehr gegen die Pflanzenfresser zu sein, denn an den Büschen waren keine Fraßspuren zu erkennen.

Sergej, der als letzter ging, hörte es zuerst. Er blieb stehen und rief leise: »Alle hören!«

Jetzt vernahmen sie es alle. Ein leises Zwitschern und Zischen, Laute, die dann wieder einem hellen Bellen ähnelten, direkt vor ihnen. In der Nähe gab es eindeutig Saurier, denn diese Laute waren ihnen bekannt. Sie hatten sie schon einmal gehört, in der Nacht, als der eine Hund in die Dunkelheit verschwunden war. Pieter entsicherte sein Gewehr, tastete nach der Pumpgun, die quer über seinen Rücken gehangen hatte. Er wusste, die Waffe war geladen, sie musste nur noch entsichert werden.

»Aufpassen! Das sind Jäger«, wies er die Drei an. »Haltet eure Waffen bereit!«

Das Zwitschern wurde lauter, kam plötzlich auch von hinten und auch aus der Richtung, aus der sie gekommen waren. Dann sahen sie die ersten Tiere. Sie erschienen vor ihnen, als wollten sie den Menschen den Weg absperren. Drei der Saurier standen beieinander, aufgerichtet, die langen, dünnen Schwänzen auf dem Boden ausgestreckt. Ihre relativ langen Vordergliedmaßen lagen eng am Körper an, die Köpfe waren gedreht, jedes Tier fixierte sie mit einem seiner großen dunklen Augen. Von der Seite erschienen zwei weitere Exemplare, beide etwas kleiner, vermutlich Weibchen, denn ihre Körperfarbe war eindeutig weniger stark ausgeprägt, auch fehlte der rötliche Halsfleck, den die Jäger bei den größeren Sauriern deutlich erkennen konnten. Kein Laut war zu hören als die beiden Gruppen, Menschen und Saurier, sich bewegungslos gegenüberstanden.

Es handelte sich um grazile Tiere mit kräftigen Hinterbeinen, denen man ansah, dass sie schnelle Jäger waren. Ihre Füße besaßen drei Zehen, ähnelten denen eines Straußes. Mit einem Unterschied: Die beiden inneren Zehen waren mit kräftigen, beweglichen, leicht gebogenen Krallen, gut fünf Zentimeter lang, versehen, die sicherlich bei der Jagd und zur Verteidigung eingesetzt wurden. Die Männer konnten sich gut vorstellen, welche Verletzungen die Saurier ihren Opfern damit zufügen konnten, wenn sie gezielt mit ihren kräftigen Beinen zutraten.

Die Köpfe waren länglich, endeten in einer spitzen Schnauze, ähnelten der einer überdimensionalen Eidechse. Wenn das Maul geöffnet wurde, ließen sich Reihen gefährlich aussehender Zähne erkennen. Die Wunden, die ein Biss verursachte, mussten fürchterlich sein. Die Köpfe waren sehr beweglich, die Tiere drehten sie ununterbrochen, fixierten die Menschen abwechselnd mit dem linken und dem rechten Auge.

Sergej entsicherte sein Gewehr und ging in den Anschlag. Das leise Klicken veranlasste Pieter ihm zuzuflüstern: »Nicht! Wir sollten uns langsam in Richtung Lager zurückziehen.« Langsam bewegten sie sich an den Büschen entlang in die Richtung, aus der sie gekommen waren. Sie konnten ihre eigenen Spuren, die sie im Gras hinterlassen hatten, deutlich erkennen.

»Jetzt zum Waldrand«, flüsterte Pieter.

Die Saurier folgten den Menschen in der gleichen Geschwindigkeit, hielten den Abstand exakt ein. Jetzt ein Zwitschern links von ihnen, dann auch vor ihnen. Zwischen den Bäumen erschienen weitere Saurier, mittlerweile mussten es rund zwanzig Tiere sein. Vor ihnen, links, rechts und seitlich von ihnen standen Saurier, ganz ruhig, anscheinend fast ängstlich, hielten einen respektvollen Abstand ein, kommunizierten leise miteinander, zischten die vier Männer an.

Pieter sah sich um. Hinter ihnen befanden sich immer noch die Büsche mit den langen Dornen. Wer dort durchwollte, würde nach wenigen Metern stecken bleiben. Dort gab es kein Durchkommen. Die Saurier hatten sie eingekreist, sie waren in ihre Falle gelaufen.

Sergej hob sein Gewehr, fluchte auf Russisch, dann fragte er: »Warum nicht schießen?«

Aufkommende Panik war in seiner Stimme unüberhörbar. Die beiden anderen blieben ruhig, hielten ihre Gewehre im Anschlag und warteten wohl darauf, was Pieter vorschlagen würde.

»Bleib ruhig, Sergej.«

Der Jagdbegleiter legte seine Hand auf den Lauf der Waffe und drückte ihn leicht runter.

»Die sind sich sehr unsicher. Sie kennen keine Menschen und wissen nicht, was sie tun sollen.«

Seine Worte beruhigten den Russen etwas und er hielt seine Waffe gesenkt.

Pieter ahnte, dass seine Worte mehr Wunsch als Realität waren, denn dieses Jagdverhalten kannte er. Afrikanische Wildhunde, magere, gelb gefleckte, großohrige Caniden von der Körperhöhe eines Schäferhundes, jagen ähnlich und er hatte ihnen oft zugeschaut, wie sie Beute von der Größe eines Zebras überwältigten.

Sie kreisten es ein, hetzten es bis es erschöpft stehen blieb und töteten es durch viele Bisse in den Hals und in die Weichteile. Ein einzelner Wildhund könnte niemals ein so großes Beutetier töten. Ganz im Gegenteil, ohne sein Rudel würde er bald sterben oder selber von anderen Beutegreifern getötet werden. Jäger wie er können nur im Familienverband jagen und überleben.

Die Raubsaurier verhielten sich genauso wie die afrikanischen Wildhunde: einkreisen, abwarten, auf ihre Chance lauern. Pieter ahnte, was nun passieren würde. Die ersten Angriffe würden erfolgen, um die Reaktion der Eingekreisten zu testen, die Räuber würden sich zurückziehen, wieder angreifen, Verluste haben, aber nicht aufgeben. Sie würden wieder und wieder angreifen und darauf warten, dass die Menschen anfangen um ihr Leben zu laufen. Der Südafrikaner wusste, dass das ihr Ende bedeuten würde, wenn sie nicht zusammenblieben und sich gegenseitig sicherten und schützten.

»Hört zu. Wir bleiben eng zusammen und bewegen uns langsam aber zielstrebig Richtung Waldrand«, wies Pieter die drei Russen an. »Nikolaj, du sicherst nach hinten, Juri nach links, Sergej nach rechts, ich gebe die Richtung an und sichere nach vorne.« Er fügte hinzu: »Schießt nur, wenn ihr angegriffen werdet!«

Sie sahen ihn an und nickten. Sergej flüsterte mit Juri, scheinbar übersetzte er die Anweisungen. Der nickte. Sie gingen los.

Der von Pieter erwartete erste Angriff erfolgte unerwartet und blitzschnell. Eben noch standen die drei Saurier rechts von ihnen wie unschlüssig herum, betrachteten die Menschen, wichen sogar einen halben Meter zurück, als diese für sie unbekannten Wesen losmarschierten. Und plötzlich starteten sie aus dem Stand in einer Geschwindigkeit, die jedem Gepard zur Ehre gereicht hätte.

Die langen Schwänze nach hinten ausgestreckt, ihre Köpfe leicht S-förmig gebogen, den Blick starr auf ihre Opfer gerichtet, sprinteten sie los. Man konnte ihre rasenden Sprünge im Gras hören, ein Trappeln, Rascheln, Kratzen. In weniger als fünf Sekunden erreichten sie die Menschen.

Sergej reagierte instinktiv aber panisch und falsch. Er entsicherte sein Gewehr, stellte den Hebel auf Dauerfeuer, während er die Waffe hochriss und abdrückte. Die Salve erwischte den vordersten Angreifer, der sich überschlug und liegen blieb. Der Rest der Geschosse fuhr hoch in die Bäume, fetzte Rinde von den

Stämmen, ließ kleine Äste und Blätter von oben regnen. Als er den Abzug losließ, hatten in etwas weniger als einer Sekunde fünfzehn Schuss den Lauf der Waffe verlassen. Im Magazin befanden sich nur noch fünf Patronen. Völlig überrascht von der Lautstärke des Dauerfeuers und dem Eigenleben der bockenden Waffe, die ihre Geschosse in den Himmel schickte, anstatt damit die Saurier zu töten, blieb er starr stehen. Panik machte ihn unfähig, zu reagieren und so sah er der Attacke hilflos zu.

Pieter fuhr herum, sah die beiden Saurier nur noch wenige Meter von sich entfernt und ihm blieb gerade Zeit, das linke Tier mit einem Schuss aus der Hüfte zu erledigen. Der dritte Räuber sprang mit einem gewaltigen Satz Sergej an, die Kralle des linken Beines zerriss in einer Abwärtsbewegung die Kleidung von Hals bis zum Schritt, schlitzte dabei am Oberkörper seine Haut auf und verursachte im Bauchbereich eine vierzig Zentimeter lange, weit aufklaffende Wunde, verfehlte die Hoden nur um wenige Zentimeter. Der Russe fiel um, der Saurier landete auf ihm, dessen Kopf fuhr runter, das Maul weit geöffnet, während seine Kiefer das Fleisch seines Halses suchten. Sergej schrie auf, mit seinem Arm versuchte er, sein Gesicht vor dem fürchterlichen Gebiss zu schützen. Die Zähne schlossen sich um die Muskeln seines Unterarms und mit einer schüttelnden Bewegung des Kopfes, wurde das Fleisch aufgerissen. Der Russe roch den nach Kadaver riechenden Atem der Bestie, bevor ihn seine Sinne verließen.

Das geschah so schnell, dass praktisch niemandem eine Chance hatte, Sergej zu helfen. Juri reagierte als Erster. Er schwang seine schwere Waffe mit aller Macht herum und traf den Saurier mit dem stabilen Lauf an dessen Hinterkopf. Es gab ein knackendes Geräusch, das deutlich zu hören war. Das Tier fiel um, wie vom Blitz gefällt. Stille, absolute Stille für einen winzigen Augenblick.

Pieter reagierte am schnellsten. »Juri, du kümmerst dich um Sergej!«

Der beugte sich bereits nieder und zog seinen Cousin unter dem toten Saurier hervor.

Er wandte sich an Nikolaj. »Wir beiden müssen sichern und schauen, was die anderen Biester machen. Lehn deine .501 T-

Rex hier an den Baum. Die können wir später mit den Quads holen. Nimm mein G3.« Er übergab ihm das Gewehr und nahm seine Pumpgun vom Rücken, repetierte sie durch und schob eine Schrotpatrone ins Magazin nach. Für die Verteidigung würde das die richtige Waffe sein. Außerdem besaß er noch seinen Revolver, mit dem er gut umzugehen vermochte.

Er schaute sich um. Links und vor ihnen standen die Tiere immer noch genauso, wie sie vor dem Angriff gestanden hatten. Rechts, von wo aus die Saurier ihre erste mörderische Attacke gestartet hatten, waren zwei neue Exemplare dieser Spezies erschienen, die leise vor sich hingackerten.

»Was ist mit Sergej, Juri?« fragte Pieter, während er die Biester im Auge behielt. »Ist er stark verwundet?«

»Blutet viel am Bauch. Stöhnt«, kam als Antwort.

Nikolajs G3 krachte. Einer der Saurier hatte sich links von ihnen in ihre Richtung in Bewegung gesetzt. Scheinbar wollte er prüfen, wie die Menschen reagieren. Das kostete ihn sein Leben. Ein zweiter Schuss fiel, das benachbarte Tier fiel auch um. Der Russe fluchte, was Pieter am Tonfall erkennen konnte.

»Spar deine Munition, Nikolaj«, wies er ihn an. Der schnaubte, wahrscheinlich gefiel es ihm gar nicht, dass er sich den Anordnungen seines Jagdbegleiters fügen musste.

»Sie gehen«, bemerkte er.

Tatsächlich verschwanden plötzlich alle Tiere zwischen den Bäumen. Eben noch waren sie dort gestanden, lauernd, gefährlich, jetzt waren sie weg.

»Kümmert euch um euren Freund. Ich passe auf.«

Die beiden Männer knieten bereits neben dem Verletzten.

Pieter hielt die Pumpgun im Anschlag, während die beiden Russen mit ihrem blutenden Landsmann redeten, der gerade wieder zu sich gekommen war. Dieser stöhnte laut und wiederholte immer wieder die gleichen Worte. Juri öffnete die Jacke des Verletzten und zog ihm die Hose bis zum Schritt runter. Die Wunde auf der Brust war nicht mehr als ein großer, langer Kratzer, dessen Blutung bereits zum Stillstand kam. Schlimmer sah es mit dem Bauch aus. Die Wunde war tief und klaffte drei oder vier

Zentimeter weit auf, soviel sich bei der starken Blutung erkennen ließ. Pieter griff in seine linke Oberschenkeltasche, holte ein kleines Erste-Hilfe-Kit raus und warf es Juri zu. Die beiden Russen folgten seinem Beispiel und begannen, den Bauch zu verbinden. Sie rissen die Verpackungen der rechteckigen Wundabdeckungen auf und bedeckten damit die Wunde, doch waren diese innerhalb kürzester Zeit durchgeblutet. Im Kit befanden sich Mullbinden, die auch ausgepackt wurden. Juri richtete Sergej auf, der dabei laut aufschrie und immer wieder die gleichen russischen Wörter stöhnte.

»Wenn du nicht hochkommst, wirst du wirklich sterben«, meinte Nikolaj. »Und wir lassen dich hier.«

Das schien dem Verletzten doch die schlimmere Alternative zu sein und er ließ sich endlich im Knien verbinden. Die beiden knöpften, soweit es möglich war, seine Jacke zu, zogen die Hose hoch und schlossen die Knöpfe. Die Versorgung der Bisswunden am Arm musste warten, bis sie wieder im Lager waren.

Dann halfen sie Sergej hoch. Er stand nun da, gekrümmt, Hose und Jacke vorne zerrissen und mit Blut durchtränkt. Nur sein Stöhnen war zu hören, während die beiden anderen Russen ihre Waffen aufnahmen und Pieter angespannt zwischen die Bäume spähte. Sollten die Saurier aufgegeben haben? Er glaubte es nicht. Auch die Wildhunde pflegten nicht aufzugeben.

»Nehmt ihn zwischen euch und stützt ihn. Wir müssen gehen.« Er hob Sergejs Waffe auf, entnahm das fast leere Magazin, tat es in die Seitentasche seiner Jacke, führte sein letztes volles in den Magazinschacht des G3 ein. Er gab Nikolaj die Waffe. »Lass deine .501 T-Rex hier liegen.« Er marschierte los.

Kaum waren sie einhundert Meter gelaufen, erschienen von ihnen einige Tiere zwischen den Bäumen. Die Gruppe blieb automatisch stehen, schaute nach vorne, in dem Augenblick erfolgte der nächste Angriff, diesmal gleichzeitig von beiden Seiten.

Die beiden Saurier, die von rechts über die Menschen herfielen, waren zuerst da. Pieter fuhr herum, als er das Geräusch der laufenden Räuber hörte, seine Pumpgun krachte, das grobe Schrot fand sein erstes Opfer. Gleich darauf zog er den Abzug zum zweiten

Mal durch, verfehlte das Ziel und verletzte das Tier nur leicht, das mit ausgestreckten Beinen und aufgeklappten Klauen in die Dreiergruppe sprang. Die Kralle traf ihr Ziel, zerfetzte Sergejs Halsschlagader und verletzte Nikolaj am Oberschenkel. Erst Pieters dritter Schuss tötete das Tier.

Noch ehe man diesen Angriff verdaut hatte, attackierten drei Saurier von der anderen Seite aus. Pieters Instinkt ließ ihn, nachdem er beide Saurier getötet hatte, nach links schauen und schon sah er sie kommen. Er zog den Abzug mehrfach durch, einer der Räuber fiel um, dann fühlte er das Klicken des Abzuges. Das Magazin der Pumpgun war leer. Er ließ die Waffe fallen, hechtete zur Seite, rollte ab. Ein kleiner Baumstumpf oder eine dicke Wurzel grub sich schmerzhaft in seinen Rücken, einen Moment blieb ihm die Luft weg. Auf dem Rücken liegend zog er seinen Revolver.

Die beiden übrigen Tiere waren blitzschnell da. Juri schaffte es noch, seinen Revolver zu ziehen, bevor er und Nikolaj von den beweglichen, aggressiven Sauriern angesprungen wurden. Krallen gruben sich in menschliches Fleisch, Zähne rissen Fetzen aus dem Gesicht von Nikolaj, ein zweiter Tritt traf seinen Hals, aus dem eine Blutfontäne schoss.

Juri hatte mehr Glück, der Saurier rannte ihn um, wurde von seiner eigenen Geschwindigkeit weitergetrieben und musste sich erst umdrehen, um erneut anzugreifen. Das gab ihm die Gelegenheit, den Revolver aus nächster Nähe auf die Brust des Tieres abzufeuern. Der Schuss tötete es, gleichzeitig schoss auch Pieter und tötete den zweiten Angreifer.

Schwer atmend lag der Südafrikaner auf dem Rücken, japste immer noch nach Luft, kämpfte mit den Schmerzen in seinem Rücken.

»Was machst du, Juri?« stöhnte er verwundert, als dieser ein G3 vom Boden aufhob, den auf dem Boden Liegenden kurz ansah und dann schnell davonlief. Weiter in den Wald hinein, genau in die falsche Richtung.

»Bleibt hier, Juri«, schrie Pieter. »Die werden dich töten!«

Doch der Russe hörte nicht auf ihn, drehte sich noch nicht einmal um und verschwand zwischen den Bäumen. Der Südafrikaner war alleine. Er stand auf, blickte sich um: keine Saurier zu sehen. Er war wirklich ganz alleine. Vor den Toten blieb er stehen, sprach für beide ein kurzes Gebet und bekreuzigte sich. Er wusste nicht, ob sie katholisch, orthodox oder überhaupt religiös gewesen waren, schaden würde sein Gebet aber nicht, war er sich sicher.

Er nahm ein G3 auf, überprüfte das Magazin, das noch voll war. Fünf Schuss befanden sich noch in dem anderen Magazin in seiner Jackentasche. Er entnahm sie, steckte diese lose in seine Hosentasche, warf das leere Magazin fort. Anschließend lud er den Revolver und die Pumpgun nach. Sollten die Biester ruhig kommen, er würde sich nicht ohne Gegenwehr abschlachten lassen.

Vor ihm, in gut einhundert Metern Entfernung, erschienen wieder drei Tiere zwischen den licht stehenden Bäumen. Er ging mit dem G3 an einen Baum in den Anschlag und erschoss sie.

Von da ab ließen sie ihn in Ruhe.

Nach wenigen Minuten erreichte er den Waldrand und wandte sich nach Süden, in Richtung Lager. Kurz darauf hörte er zwei Schüsse, entfernt im Wald hinter ihm. Aber das interessierte ihn schon nicht mehr.

Er marschierte schnell, behielt den Wald und die Ebene immer im Auge, als er die Riesen traf.

Auf der Ebene, direkt entlang des Waldrands, zog eine Herde Triceratops mit langsam stampfenden Schritten, dumpfe Laute von sich gebend, zum Fluss, um zu trinken. Die riesigen Tiere akzeptierten ihn und er lief den ganzen Weg neben ihnen her. So nahe ließen sie ihn herankommen, dass er die kollernden Verdauungsräusche ihre Mägen vernehmen konnte. Vielleicht hätten sie ihm auch erlaubt, sie zu berühren oder auf ihnen zu reiten. Aber das probierte er lieber nicht aus.

Im Lager standen Gerd und Nadia auf der Plattform und warteten auf einen Funkspruch der anderen Gruppen, nachdem sie dem davonfahrenden Quad nachgeschaut hatten. Zwischen ihnen kam kein Gespräch auf, es herrschte ein bedrohliches Schweigen. Die

Frau fühlte, dass etwas Entsetzliches geschehen war, Gerd dagegen zermarterte sich den Kopf, wie er den anderen das Verschwinden von Möckli erklären sollte.

Die Saurier erschienen am Waldesrand, zogen zum Fluss. Nadia sah ihn zuerst.

»Da ist Pieter«, sagte sie und zeigte auf die Herde. »Er läuft mit den großen Tieren.«

Sie fügte hinzu: »Er ist alleine. Wo sind die anderen?«

Pieter van Hoogem sah das Lager und rannte erleichtert los. Er winkte von Weitem. Oben auf der Plattform erkannte er Nadia und Gerd. Aber wo waren die anderen?

Er erreichte das Tor und Nadia öffnete ihm. Sie fragte ihn etwas auf Russisch, was er nicht verstand. Als sie die ratlose Miene des Mannes sah, fing sie an zu weinen und verschwand in ihrem Zelt.

»Komm hoch«, rief Gerd, »schließ aber das Tor und schalte den Strom wieder ein.« Pieter holte sich eine Flasche Wasser und stieg die Leiter hinauf.

Gerd sah ihn an. »Was ist passiert? Wo sind die drei Russen?«

Pieter klärte ihn über den Ablauf der Jagd und das unkluge Verhalten der Russen auf, erzählte von den entsetzlichen Angriffen der Raubsaurier.

Gerd klopfte ihm auf die Schulter. »Pieter, du hast dich richtig verhalten. Dir kann niemand einen Vorwurf machen. Ich bin froh, dass du unverletzt bist.«

Natürlich wollte van Hoogem auch wissen, wie es um die anderen Gruppen stand, als er niemanden außer Gerd und Nadia im Lager vorfand.

Gerd erzählte ihm seine Version von Detlefs und Leandros Tod und auch für das Verschwinden von Urs erfand er eine plausible Erklärung. Pieter wirkte geschockt.

»Ich bin fertig und erschöpft. Ich lege mich hin.«

Er verschwand in seinem Zelt.

Quads zwei

William hörte Sarah schluchzen. »Was ist los?« Er legte seinen Arm um ihre Schultern und zog sie an sich. »Es wird schon alles gut werden, Liebling.«

»Sorry.« Sie fuhr mit dem Ärmel der Jacke über ihre nassen Wangen. »Ich hoffe, Jürgen kommt durch.«

Sie hatte den feinen Sand des Grabens mit ihren Tränen vermischt und der klebte jetzt fest. Sie sah aus wie ein Kleinkind im Sandkasten.

Burns beobachtete weiter das herankommende Quad. Der Fahrer umkurvte ständig Bodenunebenheiten, die für ihn nicht zu erkennen waren. Die beiden neugierigen Saurier ließen das brummende Gefährt nicht aus den Augen, machten aber keine Anstalten, es zu verfolgen. Als das Gefährt an ihnen vorbei war, siegte wohl wieder die Fressgier und sie wandten sich der Gruppe zu, die sich um die Kadaver der beiden T-Rex stritt, obwohl wahrlich genug Fleisch für alle vorhanden war.

Jürgen kam schnell näher und erreichte sie nach wenigen Minuten. Er stoppte direkt vor dem Graben, stellte den Motor ab. Er stieg ab und entnahm der Transportbox, die auf dem Gepäckträger montiert war, zwei Flaschen Wasser.

»Komm runter in den Graben«, meinte Burns.

Jürgen sprang mit einem Satz zu ihnen hinunter. Er schaute ernst aus, sagte kein Wort zur Begrüßung. Seine Kleidung war schmutzig, vorne mit großen braun-sandigen Flecken übersät. Wortlos reichte er Sarah eine der beiden 1,5-Liter-Flaschen. Die zweite bekam Burns.

»Lasst mir etwas Wasser übrig«, waren seine ersten Worte.

Alle tranken in großen Schlucken und im Nu waren die beiden Flaschen leer. Sie warfen sie achtlos fort, obwohl in den Jagdbedingungen ausdrücklich vereinbart worden war, keinen Abfall liegen zu lassen und auch die leeren Patronenhülsen mitzunehmen.

»Was ist passiert?« wollte Burns wissen.

Haferkorn fasste kurz zusammen und berichtete über den Tod

von Leandro und Detlef, Karls Unfall und die Ereignisse am Nest. Er sagte aber nichts davon, was sie im Camp am Funkgerät mitbekommen hatten.

Burns schaute ihn lange und nachdenklich an. Er überlegte, ob er seinem Gegenüber vertrauen konnte. Wusste der, wie der Amerikaner und Detlef gestorben waren? Was wäre, wenn er mit Gerd gemeinsame Sache machte? Zurück von der Jagd würde sich Gerd präzise Fragen gefallen lassen müssen, Fragen nicht nur von den Familien der Getöteten, sondern auch von der deutschen Polizei und von der CIA. Aber er hielt Haferkorn für einen soliden, ehrlichen Menschen und glaubte ihm trauen zu können.

»Was weißt du über den Tod der beiden, Jürgen? Ich habe da einen merkwürdigen Funkspruch mitgehört.«

William und Sarah fuhren herum, blickten Burns an, dann Haferkorn. Sie wirkten fassungslos.

»Was meinst du damit?« wollte die Engländerin wissen.

Jürgen Haferkorn wurde noch blasser. Er senkte den Kopf, schwieg eine kurze Zeit, dann begann er zu reden.

»Urs, Karl und ich haben den Funkspruch auch gehört. Gerd weiß es aber nicht. Wenn er es erfährt, tötet er uns sicher.«

Er schlug die Hände vor sein Gesicht und setzte sich auf den Grabenboden. Ein Schluchzen schüttelte ihn.

»Was sollen wir bloß machen?«

Burns nahm seine Hand und zog ihn hoch. »Wir müssen hier weg, bald wird es dunkel. Wir reden später darüber.«

Sarah und William standen regungslos nebeneinander und hielten sich an der Hand. Sie hatten sich auf eine Jagd gefreut, nun mussten sie um ihr Leben kämpfen und waren in einen Mordfall verwickelt. Das war ihnen zu viel.

»Noch heute Abend werde ich von Gerd verlangen, dass er die Jagd abbricht. Das gilt zumindest für uns beide.«

Sarah wirkte auf einmal bestimmt und die Männer merkten ihr an, dass sie diese Entscheidung endgültig getroffen hatte.

»Mir reicht es! In England werden sich meine Rechtsanwälte darum kümmern. Wollen wir mal sehen, ob wir keine Ansprüche an den Veranstalter stellen können.«

»Du bist hier nicht auf irgendeiner Pauschalreise und zurück in England auch noch nicht«, dachte sich Burns. Aber er sagte nichts.

Jürgen wandte sich an ihn: »Wir müssen das andere Quad holen. Zu zweit können wir es wieder auf die Räder stellen. Kannst du es fahren?«

»Klar«, meinte dieser. »Wer eine Harley beherrscht, kommt mit diesem Zwitter wohl auch zurecht.«

Burns drehte sich zu dem Pärchen um, das immer noch Hand in Hand nebeneinander stand und irgendwie verloren wirkte in diesem Graben. Beide mochten sich den Jagdausflug anders vorgestellt haben.

William meinte: »Für die vielen Millionen bekamen wir jetzt richtig viel geboten, Lebensgefahr und Mord eingeschlossen.«

Alle schauten ihn an, sagten dazu aber weiter nichts.

»Jürgen und ich holen das andere Quad. Bleibt in Deckung, bewegt euch nur, wenn es sein muss, und haltet die Waffen feuerbereit.«

William nickte, obwohl es ihm gar nicht gefiel, hier mit seiner Freundin alleine zwischen den Räubern bleiben zu müssen. »Gut«, stimmte Sarah zu, obwohl die Angst wie ein Stein in ihrem Magen lag. »Gut, aber beeilt euch bitte!«

Haferkorn zog seinen Revolver. »Ich brauche Munition für den .44-er. Außerdem noch ein Gewehr. Der Saurier hat meines zerbissen.«

Burns gab ihm sechs Patronen und Grahams G3, welches er die ganze Zeit mit sich geschleppt hatte. Er überprüfte sorgfältig seine Pumpgun und seinen Revolver, was die beiden, die warten mussten, jetzt auch taten. Danach legten sie ihre schussbereiten Jagdgewehre auf den Grabenrand.

»Wir sind fertig.«

Jürgen und Burns kletterten aus dem Graben und kurz darauf verschwanden sie knatternd in Richtung des zweiten Quads. Die Raptoren beachteten sie nicht.

Sarah und William waren alleine, schauten den Davonfahrenden nach.

»Sarah, du sicherst den Graben nach beiden Richtungen, ich achte auf die Saurier. Die beiden werden sicher schnell wieder hier sein.«

Sarah gab ihm einen Kuss auf die Wange. Er schmeckte nach Salz, Schweiß und Saurier. Aber sie liebte ihn trotzdem.

»Ich muss erst mal für kleine Mädchen. Bitte nicht schauen.«

Sie ging ein paar Schritte zur Seite, hockte sich nieder.

»Ich benötige dringend eine Dusche«, dachte sie sich.

»William, alles klar?«, fragte sie nach einem Moment.

»Alles in Ordnung auf der Ebene. Die Saurier fressen immer noch. Die T-Rex scheinen gut zu schmecken.«

Jetzt bemerkten beide, wie hungrig sie selbst waren.

Sarah setzte sich hinter ihren Freund auf den Boden, mit dem Rücken gegen die gegenüberliegende Grabenwand gelehnt. Sie zog ihren Revolver, hielt ihn schussbereit. William schaute durch sein Fernglas, verfolgte die Fahrt der beiden Männer. Das Quad erreichte gerade die Gebüschgruppe, verschwand nun hinter den Sträuchern.

Er drehte sich um. »Sie sind beim andern Quad«, meinte er.

Sarah kniete im Graben, den Revolver im Anschlag, schaute in Richtung Teich, wo die großen Krokodile lebten.

»William«, flüsterte sie. »Dort, William!«

Im Graben, gerade mal zehn oder zwölf Meter entfernt, stand ein Saurier, der wie eine riesige Eidechse ausschaute. So hoch wie ein Schäferhund, gut zwei Meter lang, war er von untersetzter, kräftiger Gestalt, stand auf vier stämmigen Beinen und endete in einem kurzen, dicken Schwanz. Das Tier schaute die Menschen an, drehte seinen Kopf langsam hin und her, so wie es fast alle Saurier machten. Der Kopf erschien, im Gegensatz zu den Raptoren, massig, war oben mit großen Hautsegmenten bedeckt. Er erinnerte William an den einer Schildkröte. Das Maul war geschlossen, der Oberkiefer lief in einem spitzen Fortsatz aus, der wie ein kurzer Papageienschnabel aussah. Mit seinem sandfarbenen Körper und der dunklen Rückenzeichnung war er perfekt seiner Umgebung angepasst.

»Nicht schießen, Sarah«, flüsterte William. »Er scheint nicht sehr schnell zu sein. Schaut auch nicht aus wie ein Raptor.«

Er griff vorsichtig nach seinem Gewehr. Sie nickte, den Revolver weiter im Anschlag. Das Tier drehte wieder seinen Kopf, ließ ein leises, hustendes Geräusch vernehmen. Menschen und Saurier schauten sich an, schienen sich abzuschätzen. Keiner wusste, was er von dem anderen zu halten hatte. Der Saurier bewegte sich als Erster wieder. Er machte einen langsamen Schritt zum Grabenrand hin, reckte seinen Kopf in die Höhe und biss von einem Strauch, der aus einer kleinen Spalte hervorwuchs, einen Ast ab, den er laut mahlend mitsamt den Blättern verschlang. Sarah senkte ihre Waffe. Wieder bewegte sich der Saurier, kam zwei oder drei Meter näher. Er blieb stehen, drehte wiederholt seinen Schädel, hustete erneut.

»Er will durch«, meinte Sarah. »Lassen wir ihn durch.«

Beide kletterten vorsichtig aus dem Graben, legten sich flach auf den Grabenrand. Das Tier schaute ihnen interessiert zu, ging dann gemächlich an ihnen vorbei, verschwand hinter der nächsten Biegung, nicht ohne sich vorher noch einmal umgedreht zu haben, als wolle es »Danke« sagen.

Beide rutschten zurück in den Graben, überprüften das Verhalten der Räuber, die immer noch fraßen. Mittlerweile waren wohl einige satt, denn sie zogen nach Westen weiter, dem Wald oder dem Fluss zu.

Währenddessen mühten sich Burns und Haferkorn, das Quad wieder auf seine vier Räder zu stellen, was keine leichte Aufgabe in dem feinen Sand war. An dem toten Saurier und an dem, was von Karl übrig geblieben war, taten sich bereits kleinere Saurier gütig, als die beiden Männer das Nest erreichten. Im Nest selber gruben einige der schwarz-weiß gestreiften Säugetiere, die mit den buschigen Schwänzen – von Nadia als »Mäuschen« bezeichnet – nach den Eiern. Sie blickten auf, als das Quad näher kam, huschten aber erst davon, als die beiden Männer abstiegen. Scheinbar bedeutete alles, was auf zwei Beinen lief, Gefahr für sie. Auch die hühnergroßen Troodon machten sich davon, blieben aber in einiger Entfernung stehen, um zu beobachten. Die Männer kümmerten sich nicht um sie.

Burns überprüfte das Quad. Oberflächlich gesehen war es stark beschädigt: Beide Schutzbleche abgerissen, Vorderlampe und beide Halter mit Rücklicht und Blinker zerstört, der Gepäckträger lag zusammen mit der angeschnallten Transportbox ein paar Meter neben dem Quad. Aber darum konnte man sich jetzt nicht kümmern. Bei näherer Betrachtung waren dies nur Schönheitsfehler. Der Tank war dicht und fast noch voll, ausgelaufenes Benzin ließ sich nicht entdecken. Burns setzte sich auf das Fahrzeug, suchte die neutrale Stellung der Fußschaltung, die sich leicht einlegen ließ. Die Kupplung konnte er ziehen, die Bremse schien soweit zu funktionieren. Er drückte auf den Elektrostarter. Der orgelte durch, aber der Motor sprang nicht an. Noch einmal, wieder kein Erfolg.

»Der bekommt kein Benzin«, vermutete Haferkorn.

»Richtig«, meinte Burns. »Das Quad lag auf dem Rücken, der Vergaser ist leer. Darum riecht es hier auch nach Benzin.«

Er beugte sich runter und drückte mehrfach einen Knopf am Vergaser. Beim nächsten Versuch sprang der Motor an, ruckelte und stotterte ein paar Mal, lief dann rund.

»Los! Unsere Turteltauben warten auf uns.« Er fuhr los und Jürgen folgte ihm. Mittlerweile kam er mit dem vierrädrigen Motorrad gut zurecht.

William entdeckte sie sofort als beide Fahrzeuge vor dem Gebüsch erschienen. »Sie kommen. In wenigen Minuten werden sie hier sein«, erklärte er. »Lass uns alles zusammenpacken.« Sie legten ihre Rücksäcke neben die Waffen. Ein paar lange Minuten später stoppten beiden Männer ihre vierrädrigen Motorräder am Grabenrand.

»Hoch mit euch!«, ordnete Burns an. »William, du nimmst meine Pumpgun, das Magazin ist voll, sie ist schussbereit. Mittlerweile kannst du ja damit umgehen.«

William grinste.

Burns fuhr fort: »Sarah, für dich das G3 und setz dich hinter Jürgen.« Sie nickte. »William, reich mir eine .501, die andere lassen wir hier. Wenn Gerd sie haben will, soll er sie sich holen.«

William reichte ihm die Waffe, die sich der Jagdbegleiter umhängte. »Aufsteigen, wir fahren los!«

Man merkte ihm an, dass er es als Offizier viele Jahre gewohnt war, Befehle zu erteilen.

»Was ist mit den Rücksäcken?«, wollte Sarah wissen.

»Liegenlassen!«

Dreißig Sekunden später waren sie unterwegs. Es dämmerte deutlich und Jürgen, der vorausfuhr, schaltete das Abblendlicht ein. Ihm war egal ob die Saurier von dem Licht angelockt werden würden. Er wollte nur ins Camp zurück und zwar so schnell wie möglich. Burns bemühte sich, genau in seiner Spur zu fahren, um nicht plötzlich in einem Loch zu landen.

Im Camp, oben auf der Plattform, bemerkte Pieter als Erster das Licht weit draußen auf der Ebene.

»Gibt es Saurier mit Lampen?«, wollte er wissen und erwartete eine Reaktion auf seinen Witz.

»Nein«, war die einsilbige Antwort von Gerd. Der hob sein Fernglas an die Augen.

Nach einer Weile informierte er den Südafrikaner: »Es sind zwei Fahrzeuge, auf jedem zwei Personen.«

Einen Moment später fügte er hinzu: »Nadia ist in ihrem Zelt. Sag ihr, sie soll Essen und Tee kochen. Die werden Hunger haben, wenn sie hier sind.«

Es dauerte noch fast eine halbe Stunde, bis die Vier das Lagertor erreichten. Verschmutzt, voller Sand und völlig ausgepowert schoben die Männer die Quads in die Container.

Nadia stand am Herd und hantierte mit den Töpfen.

»Sarah«, rief sie. »Sarah!«

Die beiden Frauen liefen aufeinander zu und lagen sich in den Armen. Nadia schluchzte auf Russisch, während Sarah leise auf sie einredete. Auch sie fing an zu weinen und so verharrten die beiden einige Zeit eng umschlungen. Endlich trennten sie sich und Nadia goss den Tee in die bereitstehenden Tassen, nahm Teller und Besteck aus der Alubox.»Tschai trinken. Und essen«, rief sie.

Haferkorn und Burns sahen sich ratlos um. »Gerd, wo ist Urs?«

»Abgehauen, der Feigling. Hat mich mit Nadia alleine hier sitzen gelassen.«

»Verschwunden?«, wollte Burns wissen. »Weggelaufen? Ist der durchgedreht?«

»Nein, er hat sich mit dem MMT-1 davongemacht. Er dürfte wieder in der Fabrik sein. Hoffentlich läuft er Windham in die Arme, bevor er irgendeinen Mist anstellt und uns die Presse und die Polizei auf den Hals hetzt.«

Fassungslos schauten ihn beide an. »Wie konnte er das MMT-1 bedienen? Du verwahrst doch alle Fernsteuerungen.«

Gerd zuckte mit den Schultern.

»Meine Kiste war verschlossen aber nicht abgeschlossen. Wer denkt denn an so etwas? Er klaute eine Fernsteuerung, kroch in das MMT-1 und als ich bemerkte, was er vorhat, lief die automatische Steuerung schon. Ich konnte gerade noch die Zahlen von fünf bis null auf der Anzeige verfolgen, bevor er verschwand. Scheiße!«

Gerd drehte sich um, griff sich einen Teller, ließ ihn sich von Nadia mit dem Gemüseeintopf füllen. Pieter kroch aus seinem Zelt, brummte etwas Unverständliches auf Afrikaans, bekam sein Essen und einen Becher Tee, setzte sich an den Klapptisch.

Die anderen folgten ihm. Nadia nahm sich als letzte einen Teller und eine Tasse. Auch ihr Magen knurrte hörbar.

Kurz darauf saß die Gruppe zusammen und löffelte stumm den heißen Eintopf. Auch die Hündin bekam ihren Teil ab und wedelte mit dem Schwanz. Sie konnte überhaupt nicht verstehen, dass sich keiner mit ihr beschäftigte. Menschen waren komische Rudelmitglieder!

Haferkorn informierte Gerd knapp über den Unfall am Sauriernest, Karls Tod, seinen Kampf mit den beiden Elterntieren und den weiteren Ablauf der Rettungsaktion. Der Rest der Gruppe hörte zu, schwieg, trank den Tee. Der Amerikaner stand zuerst auf, kroch in sein Zelt. Alle hörten, wie er eine Alubox öffnete und wieder verschloss. Als er zurückkam, zauberte er eine Flasche Rum aus seiner Hosentasche, mit dem sie den Tee verfeinerten.

»Eine absurde Situation«, dachte sich William. »Englischer Tee, echter Jamaika-Rum und das bei einem grandiosen Sonnenuntergang an einem fremden Ort, weit vor unserer Zeit. Lagerfeuerromantik auf den ersten Blick, doch nur auf den ersten Blick.« Er schüttelte seinen Kopf, was aber nur Sarah bemerkte.

Haferkorn schaltete die Beleuchtung ein, denn es wurde dunkel. Die Sonne war mittlerweile hinter den Bergen verschwunden, trotzdem herrschten angenehme Temperaturen. Am Himmel konnte man den ersten hellen Stern erkennen und Haferkorn überlegte, ob es wohl der gleiche war, den man zu Hause auch früh abends im Osten zu sehen bekam. In der Dunkelheit brummte ein großes Insekt an ihm vorbei, flog zielsicher auf eine der Lampen zu, gegen die es mit einem deutlichen Knacken stieß. Schon lag es auf dem Rücken, die Beine in die Höhe gestreckt. Strampelnd und zappelnd versuchte es, sich umzudrehen. Jürgen hob es auf und betrachtete es. Es war ein daumenlanger, kräftiger Käfer, dessen dunkler Panzer metallisch im Lampenlicht glänzte. Das Tier erinnerte ihn von der Größe und Körperform her an einen Nashornkäfer, ohne dessen Nasenhorn zu besitzen.

»Was willst du hier?«, dachte er. »Es ist besser, du verschwindest hier aus dem Licht.«

Er warf das Krabbeltier zwischen den Drähten hindurch ins Dunkle.

Die Hündin lief an den Zaun, stellte die Ohren auf, wedelte mit dem Schwanz und bellte leise.

Sie kommunizierte wohl wieder mit dem Saurier. Es hörte sich an wie »Komm doch spielen!«

Als Antwort war aus dem Dunkel des Waldes ein tiefes, drohendes Fauchen zu hören, gefolgt vom allgegenwärtigen Gackern der Raubsaurier. Die Hündin legte ihre Ohren an, das Nackenfell sträubte sich. Ein tiefes Knurren kam aus ihrer Kehle, so stand sie dort, breitbeinig, seinen Schwanz waagerecht nach hinten ausgestreckt. Wieder lauschte sie dem Fauchen, diesmal deutlich näher, noch drohender. Sie zog den Schwanz ein und verschwand in ihrer Hundehütte. Keiner der Gruppe bemerkte diesen Vorfall.

Sechzehn Leute hatten an der Gruppeneinteilung am Morgen teilgenommen, aber nur sieben den Abend erlebt. Eine Handvoll Menschen und ein Hund, die allein waren unter den gefährlichsten Räubern, die jemals auf der Erde gelebt hatten, alleine in der Nacht, nur geschützt von einem dünnen Elektrozaun. Und niemand wusste, ob dieser Zaun einen Angreifer überhaupt aufhalten konnte. Alle ahnten, ihnen würde eine lange Nacht bevorstehen.

Gerd hielt sich abseits von den anderen, saß im Halbdunkel mit dem Rücken an einen der Container gelehnt. Er wälzte ein Problem hin und her. Jürgen Haferkorn musste wissen, was mit Detlef und Leandro passiert war. Er erinnerte sich genau an Urs' Worte: »Wir haben alles gehört, Gerd...«

Wir, das bedeutete auch Karl Ritter und Jürgen Haferkorn. Er überlegte weiter. Karl Ritter war tot, umgekommen von eigener Hand in einer ausweglosen Situation. So war Jürgen sein Problem. Wie würde er sich verhalten? Waren die anderen von ihm informiert worden? Nein, sicher nicht. Die Rettungsaktion war zu gefährlich und zu anstrengend gewesen, die fehlende Zeit dürfte einen umfassenden Austausch von Informationen verhindert haben. So kannte nur Jürgen die Wahrheit, aber der würde sich überlegen, sich gegen seinen Arbeitgeber zu stellen. Gerd kannte ihn bisher als loyalen, korrekten Angestellten, der seine Arbeit mit großer Sorgfalt und verlässlich erledigte. Andererseits gab es bei ihm ein paar dunkle Punkte im geschäftlichen Bereich. Die würde ihm Gerd vorhalten und damit würde er drohen, sollte er gegen seinen Arbeitgeber Stellung beziehen.

Was würden die deutschen Behörden sagen, wenn sie erfuhren, auf welche Weise und über welche dunklen Kanäle Haferkorn die G3-Gewehre besorgt hatte? Die G3 zählten in Deutschland zu den Kriegswaffen und deren Besitz und insbesondere der Handel damit waren unter strenge Strafe gestellt. Wenn man Haferkorn wegen des Handels vor Gericht stellte, würde er nie wieder mit Waffen handeln können und sie auch nicht mehr besitzen dürfen. Sicher drohte ihm auch eine Gefängnisstrafe.

Haferkorn müsste seinen Mund halten und eine dicke Prämie würde seine Bedenken beiseite wischen. Was war mit dem Rest der Gruppe? Nadias fehlende Sprachkenntnisse und die Isolation der drei anderen während des gesamten Tages im Graben dürften verhindert haben, dass sie von den Morden Kenntnis besaßen.

Er war sich sicher, alles bedacht und im Griff zu haben. Gleich würde er Haferkorn zu einem Gespräch unter vier Augen auffordern und ihn zum Schweigen verdonnern. Damit war er aus dem Schneider und hatte das Problem gelöst.

Der Eigentümer von EHI erhob sich, klopfte den Staub von seiner Hose. »Am besten sofort«, dachte er sich. »Ich rede gleich mit Haferkorn, bevor die alle anfangen sich auszutauschen.«

Er trat ins Licht, blieb vor dem Klapptisch stehen, an dem die sechs anderen immer noch saßen und ihren Tee mit Rum tranken.

Burns schaute den Mann an, der aus dem Dunkeln erschienen war und meinte: »Gerd, wir müssen mit dir reden.«

»Und wir wollen morgen nach Hause«, unterbrach Sarah den Amerikaner. »Wir bleiben keinen Tag länger hier.«

William zog der Stuhl vom Tisch fort, klopfte auf die Sitzfläche und deutete dem Stehenden an, er solle sich setzen.

Gerd setzte sich.

»Wieso wolltet ihr nach Hause?«, wandte sich Gerd an die Engländerin. »Es sind noch drei Tage Jagd geplant. Es ist traurig, dass es Ausfälle gegeben hat, aber damit war zu rechnen. Im Reisevertrag wurden alle ausdrücklich darauf hingewiesen, wie gefährlich diese Jagd sein würde und alle habt ihr zugestimmt und unterschrieben.«

Einen Moment herrschte Stille. Sarah biss sich auf die Lippen, sagte aber nichts. Stattdessen antwortete Burns.

»Gerd, das wissen deine Jagdgäste. Jeder war bereit, Gefahren auf sich zu nehmen und Verletzungen oder sogar den Tod zu riskieren. Du und ich auch.«

Er schwieg einen Augenblick, blickte in die Runde. Und dann fielen die entscheidenden Worte.

»Aber in den Verträgen steht nichts von Mord.«

Gerd schoss hoch wie eine Rakete.

»Bist du völlig verrückt geworden, Thorny?«, brüllte er. »Mord? Wer soll hier gemordet haben?«

Eine schwere, harte Hand legte sich auf von Meckenheims Schulter, schmerzhaft bohrten sich Finger in den Nervenknoten direkt neben dem Hals und drücken den Mann zurück auf seinen Stuhl. Pieter hatte sich unbemerkt erhoben und war hinter Gerd getreten, ließ ihn nun die Kraft seiner Arme und Hände spüren, die er sich in den vielen Jahren seiner Arbeit als Jäger in Afrika angeeignet hatte.

»Sit! Plaas!«, forderte er Gerd unmissverständlich auf Afrikaans auf. »Setz dich, hinsetzen!«

Genau so schnell, wie Gerd aufgesprungen war, saß er wieder und langsam dämmert ihm, die Sache würde nicht so einfach mit einem Gespräch unter Männern zu regeln sein. So wie er es sich gedacht hatte.

Der Südafrikaner blieb hinter Gerd stehen, beugte sich runter und zog dessen Revolver aus dem Holster.

»Ich glaube, es ist besser für dich, wenn du die Waffe abgibst«, meinte er und steckte sie sich hinten in den Hosenbund.

Gerd kniff die Lippen zusammen, sagte aber nichts. Fieberhaft überlegte er: »Wie komme ich an ein G3 oder eine Pumpgun?«

Doch Pieter schien seine Gedanken zu lesen.

»Du brauchst momentan keine Waffe, Gerd. Wir achten schon auf uns und auch auf dich.«

Er schwieg einen Augenblick, bevor er fortfuhr.

»Nun möchte ich endlich wissen was wirklich passiert ist. Deine Geschichten heute Nachmittag erschienen mir doch sehr fragwürdig.«

Seine Finger bohrten sich erneut tief in den Halsmuskel. Der Schmerz ließ Gerd stöhnend in seinem Stuhl zusammensinken. Vergeblich versuchte er, die Schultern an den Hals zu ziehen, um dem brutalen Griff zu entkommen.

»Los! Raus mit der Sprache!«

Der Griff lockerte sich, Pieter blieb aber weiter hinter dem Sitzenden stehen.

Burns ergriff das Wort: »Wir haben zufälligerweise dein Gespräch mit Detlef mitgehört, bevor du ihn getötet hast. Jürgen war, zusammen mit Karl und Urs, Zeuge des Gesprächs, als sie oben das Camp sicherten«. Er deutete auf die Plattform.

Er schwieg einen Moment, fuhr dann fort.

»Ich bekam das Gespräch zufällig zu hören, als wir im Graben der Deckung lagen und die Sicherungsgruppe um Hilfe baten. Mein Funkgerät war auf Sammelruf geschaltet, anstatt auf Kanal eins, wie ausgemacht.«

Er zog sein Funkgerät aus der Brusttasche, zeigte es Gerd.

»Das Modell kennst du ja. Man kann die Kanäle eins bis zehn nutzen oder den Kanal C für den Rundruf. Und der ist immer noch eingestellt.« Er steckte das Funkgerät wieder in seine Jackentasche.

»Ich zitiere dich gerne, habe mir genau gemerkt, was da gesprochen wurde.«

Burns stand auf, ging zu Gerd, der wie festgewachsen auf seinem Stuhl saß, blass und schweißnass. Seine Finger umklammerten die Armlehnen des Klappstuhls so fest, dass sie weiß wie Kalk waren. Er bog seinen Oberkörper nach hinten, als sich Burns zu ihm runterbeugte, ihm direkt ins Gesicht sah und das Gehörte wiederholte: *Du bist völlig verrückt geworden Gerd ... du hast einen amerikanischen Regierungsbeamten getötet ... Das war Mord.*«

Gerd spuckte Burns ins Gesicht, doch der ließ sich nicht provozieren, wischte den Speichel gleichgültig mit dem Ärmel seiner Jacke ab. Er trat vom Stuhl zurück, richtete sich auf, sah die anderen an. William und Sarah war ihr Entsetzen deutlich anzusehen, Nadia weinte. Sie merkte, ohne die Worte zu verstehen, dass es um etwas sehr Schlimmes ging und dass die Gruppe auseinanderbrach. Jetzt wurde ihr erst richtig klar, dass alle, die nicht mit am Tisch saßen, tot waren. Auch ihr Mann, der sie oft schlug, ihr aber auch ein Leben in Luxus ermöglichte. Wer würde sich nun um sie kümmern? Wie würde ihr Leben ablaufen? Woher bekam sie Geld? Musste sie aus der Villa ausziehen? Ihr ganzes Leben, wurde ihr gerade klar, würde nie wieder so sein, wie es gewesen war. Sie weinte lauter, schlug die Hände vors Gesicht.

Haferkorn, der neben ihr saß, reagierte als Erster. Er zog sie an sich, ließ sie weiterweinen. »Ruhig, Nadia, ruhig«, flüsterte er.

Sarah ergriff Williams Hand, der überrascht feststellte, wie kalt und feucht sie sich anfühlte. Beide schauten sich an und schwiegen.

Burns stand immer noch reglos vor Gerds Stuhl, Pieter dahinter, wie ein großer, gefährlicher Schatten. Der ehemalige Offizier wandte sich wieder von Meckenheim zu.

»Ich zitiere weiter: *Nun kommt es auf einen weiteren auch nicht mehr an.*«

Er machte eine Pause.

»Den Schuss, der Detlef traf, konnten wir wohl kaum überhören, auch nicht sein Schreien und das Gurgeln. Du hast ihn ins Wasser geworfen, Gerd. Etwas hat ihn dort gefressen.«

Dann schwieg Burns.

Pieter ergriff das Wort: »Dafür wirst du zahlen müssen Gerd. Aber nicht hier. Zuhause, dort gibt es einen Richter für dich. Später wird Gott über dich richten und ich weiß, er wird unbarmherzig sein. Du kannst deiner gerechten Strafe nicht entkommen! Nicht hier und nicht im Jenseits. Amen.«

Alle starrten Pieter an. Keinem war bisher seine religiöse Einstellung aufgefallen. Der schwieg nun, blieb wie eine Wache hinter dem Sitzenden stehen.

»Ihr seid verrückt, alle verrückt«, flüsterte Gerd, lauter werdend, »was wollt ihr denn ohne mich machen? Ihr kommt ohne mich hier gar nicht weg.« Er klopfte auf seine Hosentasche.

»Wie wollt ihr denn das Transportmodul bedienen?«

Er grinste hämisch. »Ich habe die Fernbedienung. Man benötigt sie, wenn das Modul nicht von außen gesteuert werden kann. Man braucht sie, wenn man es von innen steuern muss.«

Er klopfte wieder auf seine Hosentasche und sagte diesmal viel lauter: »Ich, nur ich habe die Fernbedienung!«

William, der immer noch Sarahs Hand hielt, ergriff zum ersten Mal das Wort. »Jeder hat eine Fernbedienung. Du hast sie eingesammelt und aufbewahrt. Wir nehmen sie einfach aus der Kiste.«

Gerd lachte ein Lachen, das nicht normal klang. Es wirkte hysterisch, fast schon irrsinnig.

»Für wie dumm hältst du mich eigentlich, kleiner Engländer? Die sind direkt nach dem Einsammeln von mir unbrauchbar gemacht worden. Nur meine funktioniert.«

»Wir nehmen deine, Gerd.«

Gerd beugte sich vor, stützte sich fest auf die Lehnen seines Stuhls. Lauernd schaute er William an.

»Du bist noch dümmer, als ich gedacht habe. Was findet Sarah bloß an so einem Kretin? Jede Fernbedienung benötigt einen Code. Und der ist hier.«

Er tippte sich mit dem Finger auf die Stirn.

»Und den bekommst du nicht, kleiner Engländer. Den bekommt keiner, wenn ich es nicht will. Nur ich kann von hier fort und ich bestimme, wer mit darf.«

Gerd lehnte sich in seinem Stuhl zurück, stützte seinen Kopf in die rechte Hand. Er schaute William direkt in die Augen.

»Wenn ihr beide nicht ganz artig seid, bleibt ihr hier. Ihr könnt noch eine Weile im Camp vögeln, bis euch die Saurier holen. Vielleicht erwischen sie euch sogar dabei. Muss doch ein schöner Tod sein, kleiner Engländer. Beim Orgasmus gefressen werden.«

»Lass dich nicht provozieren«, flüsterte Sarah ihrem Freund zu, als sie merkte, dass er aufspringen wollte: »Wir sind zu sechst und er ist alleine.«

Pieter ging um den Stuhl rum, beugte sich zu Gerd runter und schaute ihm in die Augen: »Du weißt, was ich von Beruf war, bevor ich bei dir als Jagdbegleiter angefangen habe?«

Gerd zögerte. »Ja sicher weiß ich das. In Südafrika hättest du doch keine Arbeit mehr bekommen. Ganz im Gegenteil, man hätte dich eingesperrt. Aber ich gab dir eine Chance und eine Arbeit.«

Er schaute an dem Mann vorbei, der vor ihm stand.

»Van Hoogem, das ist noch nicht einmal sein richtiger Name, war beim militärischen Geheimdienst der SADF. Bei einer Spezialeinheit, die in Zimbabwe und Mosambik Freiheitskämpfer jagte.«

Er ließ seine Worte einen Moment wirken: »Und auch tötete!«

»Richtig«, stimmte Pieter zu. »Und wir sammelten auch Informationen, um unser Land vor Terroristen zu schützen. Und wir waren sehr erfolgreich bei der Beschaffung von Informationen. Wir befragten die Leute und sie erzählten uns alles, was wir wissen wollten. Es gab da so einige Methoden und Tricks.«

Er machte eine kurze Pause. »Und ich habe sie als Hauptmann nicht nur angewandt, sondern auch gelehrt.«

Alle schwiegen. Der Ex-Offizier nahm wieder seinen Platz hinter dem Stuhl ein.

»Gerd, auch du wirst uns sagen, was wir wissen wollen. Es ist nur eine Frage der Zeit und deiner Belastbarkeit.« Seine Stimme war immer leiser geworden, doch jeder verstand, was er meinte.

Gerd schwitzte stark, Speichel lief ihm in einem dünnen Faden aus dem Mundwinkel.

»Ihr vergesst etwas«, flüsterte er heiser. »Ihr vergesst, was passiert, wenn man zweimal den falschen Code eingibt. Das System ist dann gesperrt und lässt sich hier nicht wieder aktivieren.« Er wollte aufstehen, doch Pieter drückte ihn wieder zurück in den Stuhl. Gerds Hand fuhr in die Hosentasche, suchte etwas. Er lachte, zog die Fernbedienung heraus, drückte einen Knopf.

»Dreimal die eins, das war der erste falsche Code. Nur noch ein Versuch, dann …«

Pieter schlug ihm die Handkante ins Genick, der Mann sackte auf der Sitzfläche in sich zusammen, sein Kopf fiel zur Seite, die Hand öffnete sich und die Fernbedienung plumpste auf den Boden. Die absolute Stille wurde nur von einem fernen Fauchen unterbrochen.

Alle schauten auf den Ohnmächtigen im Stuhl. Windham stand auf, nahm die Fernbedienung an sich, ohne zu wissen, was er damit tun sollte. Haferkorn hielt Nadia immer noch im Arm, Sarah hielt ihre Hände, wie im Gebet, vor der Brust verschränkt. Nur Burns wirkte seltsam unbeteiligt, als er anfing zu reden.

»Lass mal sein, Pieter. Nimm ein paar Kabelbinder und fessle seine Hände hinter dem Rücken. Wir setzen ihn oben auf die Plattform und binden ihn fest. Dort kann er nichts anstellen und wir haben ihn im Blickfeld. Wir beiden sichern dort oben heute Nacht. Nadia und unser Pärchen«, er blickte Sarah, William und Nadia der Reihe nach an, »werden sich unten bei der Wache abwechseln.«

Plötzlich lächelte er. »Macht euch keine Gedanken über die Fernbedienung. Ich habe auch eine!« Er zog sie aus der Tasche.. »Als ich vorhin den Rum holte, nahm ich sie aus meiner Alukiste. Ric Windham gab mir seine mit, als er uns auf die Reise schickte. Er meinte, eine Reserve könne man immer brauchen.«

Gerd stöhnte, er schien langsam wieder zu sich zu kommen. Der Südafrikaner kam zurück, mit einigen großen, stabilen Kabelbindern in der Hand. Zwei Minuten später waren die Hände hinter dem Rücken verschnürt und als Gerd wieder voll da war, schob man ihn die Leiter zur Plattform hinauf. Oben dauerte es nur ein paar Augenblicke, bis er auf einem Hocker saß, eine Geländerstange zwischen seinen Beinen, dahinter die Füße ebenfalls mit Kabelbindern verschnürt.

Der Gefesselte fing an, Gift und Galle zu spucken.

»Bindet mich los! Ihr seid meine Angestellten! Oder ich werfe euch raus, ihr Arschlöcher. Bindet mich los!«

Burns und van Hoogem schauten den Tobenden an.

»Du kannst uns gar nicht feuern, Gerd. Wir haben bereits gekündigt«, meinte Pieter lapidar.

Burns knotete sein Halstuch auf und knebelte Gerd damit. »Hör auf zu geifern«, meinte er. »Schließlich möchten unsere Gäste auch mal schlafen.«

Beide drehten sich um und stiegen die Leiter hinab. Gerd saß alleine oben und versuchte vergeblich, die Plastikbinder zu lösen, sah aber schnell ein, er würde es nicht schaffen. Er würgte über den salzigen, schweißigen Geschmack des Tuchs, welches seine Lippen fest verschloss. Er musste durch die Nase atmen und es fiel ihm schwer, nicht in Panik zu verfallen.

Als er sich langsam beruhigte, beschloss er, sich auf keinen Fall einfach seinem Schicksal zu fügen. Das ganze Leben war für ihn ein Kampf gewesen, alle Hindernisse hatte er gemeistert. Und bei seiner Arbeit für den amerikanischen Geheimdienst, direkt nach Kriegsende und in den frühen Fünfzigern, hatte er auch ein paar Tricks kennen gelernt. Noch war nichts verloren. Burns und Haferkorn würden für ihre Illoyalität zahlen müssen.

Unten übernahm Burns das Kommando.

»Ich glaube, wir sind uns alle einig, morgen die Jagd abzubrechen und zurückzukehren.«

Alle nickten. Sarah fügte hinzu: »Auf jeden Fall. Aber was macht dann Nadia?«

»Können wir erst entscheiden, wenn wir zu Hause sind.«

Er wandte sich an Haferkorn.

»Jürgen, du bleibst mit den drei anderen unten. Ihr übernehmt dort die Sicherung. Ein Paar muss immer wach sein und am Zaun entlang gehen. Jeder trägt ein geladenes G3 oder eine Pumpgun und seinen Revolver. Weise Nadia kurz in ein G3 ein. Sie sollte sich selber verteidigen können. Schlaf du selber möglichst wenig, denn du hast unten die Verantwortung. Pieter und ich gehen auf die Plattform, sichern von dort und passen auf Gerd auf. Noch Fragen?«

»Nein. Ich kümmere mich sofort um Nadia.« Das schien ihm zu gefallen.

»Meinst du, wir werden heute Nacht angegriffen?«, fragte Sarah. »Seid ihr vorher nachts schon mal attackiert worden? Und warum reisen wir nicht sofort zurück?«

»Zu deiner ersten Frage. In den Nächten während unserer ersten Jagden wurden wir nie angegriffen, ganz im Gegenteil, sie waren ruhig und schön. Aber da waren wir auf der Ebene und hier sind wir in der Nähe des Waldes, in denen die Raptoren jagen. Und denen traue ich nicht über den Weg.«

Er fuhr fort. »Zweitens halte ich es für sinnvoll, bei Tageslicht zusammenzupacken und zu verschwinden. Ich möchte alles Persönliche mitnehmen und nichts zurücklassen, außer der allgemeinen Campausrüstung. Wenn demnächst wieder jemand herkommt, sollte man keine Rückschlüsse auf die Personen dieser Gruppe ziehen können. Bei Tageslicht werden wir nichts übersehen. Ist das plausibel, Sarah?«

»O.K., du hast Recht. William und ich kümmern uns jetzt um unsere Waffen.«

Burns wandte sich wieder an Haferkorn. »Haben wir etwas übersehen?«

»Nein Thorny«, antwortete Jürgen. »Alles klar soweit.«

Er drehte sich um, zeigte den drei anderen an, ihm zu folgen. Der Amerikaner und Pieter schnappten sich eine der schweren .501 T-Rex und jeder eine Pumpgun, überprüften ihre Revolver und stiegen dann auf die Plattform. Sie drehten die ausgeschalteten Scheinwerfer in Richtung Wald, während sich ihre Augen an die Dunkelheit gewöhnten. Unten dimmte jemand die allgemeine Beleuchtung, so dass nur noch die Lampen am Zaun leuchteten. Man hörte leise Unterhaltung, danach den Reißverschluss eines Zeltes, der geöffnet und wieder zugezogen wurde. Der Sternenhimmel war überwältigend. Aus dem Wald hörte man ein Trappeln, leise Geräusche, die nach jagen und gejagt werden klangen. Es waren die typischen zischenden und gackernden Laute der Saurier, mal näher, mal weiter entfernt, aber in keiner Weise bedrohlich klingend.

»Welche Art von Raptoren mag da draußen sein?«, wollte Haferkorn wissen. »Ich habe nur die großen auf der Ebene gesehen. Die beiden, die ich erschossen habe, waren gut drei Meter hoch. Aber diese Art wird wohl kaum dort nachts im Wald rumlaufen. Außerdem haben die großen gebrüllt und die da draußen im Wald hören sich an wie aufgeregte Hühner.«

»Ich kenne diese Art von unseren vorherigen Reisen. Es sind Deinonychos. Sie gehören zu den bipeden Theropoden. ‚Biped' bedeutet soviel wie ‚auf zwei Beinen laufend' während der Begriff ‚Theropode' was der ‚Raubtierfüßige' heißt, für die Räuber steht, die sich durch hohle, dünnwandige Knochen, eine bestimmte S-förmige Halsform und lange, muskulöse Beine auszeichnen. In der Regel besitzen sie drei Zehen an jedem Fuß, von denen die inneren jeweils deutlich größer ausgebildet sind. Ein weiteres typisches Merkmal sind die großen, scharfen Krallen auf den Zehen. Sie sind oft beweglich oder starr nach oben gerichtet. Beim Angriff auf Beutetiere und, so vermutet man, auch im Kampf um Weibchen oder die Stellung im Rudel, erweisen sich diese Krallen als fürchterliche Waffen.«

»Aha!«, meinte Haferkorn beeindruckt. »Und woher weißt du das alles?«

»Habe ich mir angelesen. Aber es gibt noch eine Menge Interessantes über die Viecher, was du wissen solltest. Denn wenn man sie als Individuum sieht, unterschätzt man sie leicht.«

Er fuhr fort: »Die Deinonychos zeichnen sich durch ihre große Beweglichkeit, ihre hohe Aggressivität und ihr ausgeprägtes Rudelverhalten aus. Alleine auf sich gestellt frisst der gerade mal drei Meter lange und weniger als mannshohe Räuber kleine Säuger, Eidechsen und Kleinsaurier. Aber dem Rudel, das immer von zwei oder drei dominanten Männchen angeführt wird, fallen selbst große Saurier, die um ein Vielfaches schwerer als die Jäger sind, zum Opfer.

Die Räuber jagen ein Tier, bis es nicht mehr laufen kann und sich dem Feind stellen muss. Der Angriff erfolgt dann gleichzeitig und blitzschnell aus mehreren Richtungen. Mit gestreckten Beinen springen die Deinonychier ihr Opfer an, reißen mit den Sichelkrallen dessen Weichteile auf, beißen mit den kräftigen Kiefern und den nach hinten gebogenen, spitzen Zähnen große Fleischstücke aus dem Körper, die sie hinunterschlingen, wobei sie Platz machen für die anderen Mitglieder des Rudels. Sie fressen sich so schnell voll, weil bald der König der Räuber erscheinen wird, der Tyrannosaurus Rex, der gerne seinen kleineren, beweglicheren Verwandten die Beute klaut.«

»Hört sich ziemlich gefährlich an«, unterbrach ihn Haferkorn. »Mit denen möchte ich nichts zu tun haben!«

»Die fressen sogar den T-Rex«, erklärte Burns weiter. »Viele junge T-Rex und alte, kranke Tiere werden ebenfalls attackiert und getötet. Dabei gibt es natürlich Opfer unter den ‚schrecklichen Krallen', aber das kümmert das Rudel nicht. Die toten Artgenossen werden gleich mit aufgefressen. Die Deinonychier sind die eigentlichen Herrscher ihrer Zeit, nicht die großen und starken Carnivoren, wie der Tyrannosaurus.«

Hinter ihren Rücken stöhnte Gerd unter seinem Knebel. Burns ging zu ihm: »Ich nehme dir das Halstuch jetzt ab. Wenn du Krach machst oder uns beschimpfst, kommt es wieder drum und vorher stecke ich dir noch meinen linken Socken in den Hals. Und den trage ich seit zwei Tagen. Hast du mich verstanden?«

Gerd nickte, bekam dann das Tuch abgebunden. Er holte tief Lust, hustete, spuckte Schleim aus. Atmete wieder tief durch, spuckte erneut: »Ich muss aufs Klo«, keuchte er, »ich muss pissen.«

»Ich nehme an, du kannst noch einen Moment aushalten«, meinte Pieter und stieg nach unten.

Kurze Zeit später kam er mit einigen Kabelbindern zurück. Er durchtrennte den Plastikstreifen, der die Füße links und rechts des Pfostens fixierte, zog einen neuen zwischen den Füßen ein, sodass Gerd aufstehen und sich mit Trippelschritten fortbewegen konnte. Dasselbe machte er mit der Fesselung der Hände hinter dem Rücken. Sie wurden vor dem Bauch zusammengebunden, damit der Mann seine Hose selber öffnen konnte.

»Wenn du Probleme machst, werfe ich dich über den Zaun, Gerd«, bemerkte der Südafrikaner. »Damit wären viele Probleme gelöst. Deine übrigens auch.«

Gerd wollte zur Leiter, doch Pieter schob ihn zum gegenüberliegenden, dem Wald zugewandten Geländer.

»Piss einfach in den Wald«, bemerkte Burns, der dem Treiben bisher wortlos zugeschaut hatte. »Falls deiner lang genug ist und du genügend Druck drauf hast. Ansonsten düngst du den Boden im Camp. Aber pinkel nicht gegen den Elektrozaun, sonst werden deine Eier gebraten.« Pieter und Burns lachten schallend.

Gerd nestelte an den Knöpfen seines Hosenschlitzes. Seit dem Ende des Krieges war er nicht mehr so erniedrigt worden.

»Das werden die mir büßen!«, dachte er voller Hass.

Unten schaute William nach der Hündin. Die lag zusammengerollt in ihrer Box und fiepte als Sarahs Freund sie rauslocken wollte.

»Was hast du? Bist du krank?«, sprach er das Tier an.

»Komm raus, du brauchst sicher Wasser.«

Er goss Wasser aus einem der Teebecher in den leeren Trinknapf, der vor der Box stand: »Komm!«, lockte er.

Langsam kam sie raus, stellte die Ohren hoch, wedelte mit dem Schwanz und ließ sich im Nacken kraulen. Jürgen stand am Zaun und sah beiden zu. Er empfand Sympathie für das Tier. Mit ihm hatte man wenigstens keine Probleme. Er nahm das G3 in die linke Hand, suchte in der Hosentasche nach einem Kaugummi, welches er vor dem Abendessen dort hineingesteckt hatte.

Die Hündin begann zu trinken, ihr „Schlapp-Schlapp" konnte man bis oben auf die Plattform hören.

»Tischmanieren besitzt du keine«, dachte sich Haferkorn.

Im selben Augenblick richtete sich die Hündin auf, legte die Ohren an, nahm die typische Warnhaltung der Schäferhunde ein. Sie fuhr herum, warf den Trinknapf um und knurrte in den Wald hinein.

»William, schau dir Wenja an«, meinte Haferkorn mehr verwundert als beunruhigt. »Schau mal!«

William war dabei, sich noch einen Becher Tee einzugießen. Er drehte sich zur Hündin um, wollte antworten, als man von oben ein lautes Krachen und einen schrillen Schrei hörte.

Das Licht des Zauns verlöschte, oben fielen Schüsse aus der Pumpgun.

Deinonychos

Das Camp und die damit verbundenen Geräusche und Bewegungen hatten ein großes Rudel von Deinonychiern angelockt. Schon seit tausenden von Jahren lebten und jagten die Vorfahren des Rudels in diesem Gebiet.

So zögerlich sie in der ersten Nacht gewesen waren, so signalisierten in dieser Nacht die Geräusche und Bewegungen der großen Männchen allen anderen Tieren ihre Angriffsbereitschaft. Noch warteten sie, konnten mit den ungewohnten Gegenständen des Camps wenig anfangen. Aber die Bewegungen der Menschen im Lager ließen ihre Jagdinstinkte erwachen. So versammelten sich rund zwanzig Tiere zwischen den Bäumen des Waldrandes, geschützt von der Dunkelheit und durch ihre Tarnfarbe. Unbeweglich, leise zischend, warteten sie auf den entscheidenden Angriff eines dominanten Männchens.

Oben auf der Plattform trat Gerd ans Geländer. Es gelang ihm, mit den gefesselten Händen die Knöpfe seiner Hose zu öffnen, sein Glied hervorzuholen. Diese Bewegung löste den Angriff aus.

Das große Männchen in der Mitte rannte los, mit einer Geschwindigkeit, die die eines Rennpferdes deutlich übertraf. Sofort folgten drei weitere Tiere. Das Männchen sprang hoch, blieb im Elektrozaun hängen und bekam einen Schlag von zwanzigtausend Volt, der es umwarf und momentan betäubte. Dabei zerriss der Zaun, dessen Lampen ausfielen. Eine Sekunde später erreichten zwei weitere Tiere das Camp und sprangen an der Plattform hoch. Eines prallte gegen die bruchsichere Glaswand des Transportmoduls und fiel auf den Boden, wo es sich blitzschnell wieder aufrappelte, dann aber stehen blieb, weil es momentan nicht wusste, wohin es laufen sollte. Mittlerweile war die Notbeleuchtung angesprungen.

Das dritte Tier erreichte im Sprung den oberen Rand des Geländers, wobei ihm eine Querstrebe half, auf der es seine Zehen abstützen konnte. Dabei brachen zwei Krallen ab, was das Tier aber nicht von seinem Angriff abhielt.

Das Letzte, was Gerd in seinem Leben sah – nachdem er das Krachen des großen Männchens gegen den Zaun und den dumpfen Schlag, den das zweite Tier verursachte, als es gegen das Modul sprang, vernommen, aber noch nicht verarbeitet hatte – war ein Saurierschädel mit einem weit geöffneten Maul voller Zähne. Für eine Reaktion blieb ihm keine Zeit. Das Tier erreichte Gerd, biss sofort zu, erwischte dessen Kopf, in den es seine Zähne schlug. Der fürchterliche Schmerz, den der Biss verursachte, ließ ihn schrill aufschreien. Er schlug wild um sich, versuchte erfolglos, sich mit seinen gefesselten Händen am Geländer festzuhalten und strampelte mit den Füßen, wobei sich seine Blase entleerte.

Beide, der Saurier und Gerd in seinem Maul, fielen zurück, wobei das Gewicht des Tieres ihm im Fallen beide Schienbeine brach, als er über das Geländer gezogen wurde. Sein Schreien ging in ein unmenschliches Heulen über, was sein Schicksal aber nicht zu ändern vermochte. Der Räuber drehte sich in der Luft, landete auf den Beinen und rannte mit seiner Beute davon, die ihm von zwei weiteren Angreifern streitig gemacht wurde. Alle drei Saurier zerrten an dem Körper, rissen Fleisch aus seinen Oberschenkelmuskeln, drehten mit wilden Kopfbewegungen die Arme aus den Gelenken, zogen an den gebrochenen Knochen der Unterschenkel, fingen an, die weiche Bauchdecke aufzureißen. Noch immer schrie der Mann, lange blieb ihm die gnädige Ohnmacht verwehrt, während sein Körper in Stücke zerlegt wurde. Erst als die Zähne beide Schlagadern des Halses zerrissen und sein Herz das letzte Blut aus seinem Körper pumpte, starb der Torso, der noch vor etwas mehr als einer Minute ein kompletter Mensch gewesen war.

Burns und van Hoogem überraschte der Angriff genauso. Gerd verschwand vor ihren Augen im Maul eines Sauriers, ohne dass sie ihm helfen konnten. Burns schoss als Erster, aber da war das Tier mit seinem Opfer schon verschwunden. Mit einem Satz erreichte er das Geländer, sah im fahlen Schein der Notbeleuchtung, dass unter ihm ein großer Saurier zuckend auf dem Boden lag und ein zweiter vor dem Modul im Mondlicht stand und zu ihm hinaufsah. Er tötete beide mit der Pumpgun.

»Ihr da unten, schaltet die volle Beleuchtung ein!«, schrie er. »Die Sicherung ist raus, der große flache Knopf am Aggregat. Beeilt euch!«

Haferkorn, der dastand und sich über die Hündin wunderte, rannte schon in dem Moment los, als das Licht ausging und die Schießerei begann. Auch William, der direkt neben ihm stand, die Tasse Tee in der Hand, reagiert blitzschnell, als das Licht ausfiel. Auch er sprintete los und beide erreichten gleichzeitig die Schalttafel am Stromaggregat. Jürgen fand den Sicherungsschalter zuerst und drückte ihn. Ein Teil der Zaunbeleuchtung ging wieder an, während der zweite Stromkreislauf, der die Lampen auf der Waldseite mit Spannung versorgte, getrennt blieb. Oben auf der Plattform drückte Pieter auf den Zentralschalter der beiden großen Scheinwerfer, die jetzt den Wald vor ihnen hell ausleuchteten.

Fassungslos starrten die beiden Männer auf eine Gruppe von gut zwanzig Räubern, die bewegungslos in Wurfentfernung in Gruppen von zwei oder drei Tieren zwischen dem Waldrand und dem Camp standen und zu ihnen hinaufsahen. Nach dem Schießen hatten beide ein Pfeifen in den Ohren, trotzdem hörten sie das Zischen und Gackern deutlich. Vor lauter Erregung wechselte die Farbe der Tiere ununterbrochen. Dunkle Wellen liefen über ihre Körper, dann erschienen sie wieder fast weiß, andere zeigten eine dunkle Färbung, die in der Nacht beinahe schwarz wirkte. Plötzlich zeigten alle Tiere die gleiche Färbung, ein dunkles Muster aus Schwarz und Braun. Nur ein Tier, das größte in der Mitte, das hoch aufgerichtet gut fünf Meter vor den anderen stand, blieb hell. Dann eine beklemmende Stille, weder die Jäger, noch die Männer auf der Plattform bewegten sich oder erzeugten einen Laut.

In diese Stille hinein hörten die geschockten Menschen deutlich, wie der Reißverschluss eines Zeltes aufgezogen wurde.

Dieses Geräusch löste den nächsten Angriff aus.

Zweiter Angriff

Das große Männchen in der Mitte änderte blitzschnell seine Färbung von Hell nach Dunkel und lief los. Das Rudel folgte unverzüglich, nachdem der Farbwechsel und die schnelle Bewegung des Leittieres einen Angriff signalisiert hatten. Die Entfernung zum Zaun wurde in weniger als fünf Sekunden zurückgelegt und die beiden Männer oben auf dem Gerüst bekamen gerade noch Gelegenheit, einen Warnruf auszustoßen und ihre Waffen hochzureißen.

Unten griffen Jürgen und William nach den Waffen, die direkt neben dem Stromaggregat an der Wand des Moduls lehnten, als sie Burns und Pieter gleichzeitig »Sie kommen« schreien hörten. Der Deutsche erwischte die Pumpgun, während der junge Engländer sich das G3 schnappte. In dem Augenblick fing eine Frau laut an zu schreien. Die Hündin zog den Schwanz ein und verschwand blitzschnell und ohne ein Geräusch von sich zu geben in ihrer Box. Dort rollte sie sich zusammen und bewegte sich nicht mehr.

Die Angreifer änderten ihre Taktik nicht. Sie konzentrierten sich auf die Plattform und versuchten alle gleichzeitig hinaufzuspringen, was aber nicht funktionierte. Nur drei Tiere, allen voran das große Männchen, erreichten den Rand des Geländers, an dem sie versuchten, sich mit ihren kurzen Vordergliedmaßen festzuklammern. Ihre kräftigen Hinterbeine, nach einem Halt suchend, kratzten im schnellen Stakkato an den Scheiben des Moduls. Einem der Tiere gelang es, sich auf einer Querstrebe abzustützen und sich nach oben zu drücken. Die beiden Männer dort sahen sich plötzlich zwei Köpfen von Sauriern auf der Höhe des Geländers gegenüber und betätigten gleichzeitig die Abzüge ihre schweren automatischen Schrotflinten. In der Hektik schossen sie auf den gleichen Kopf, der in einem Regen von Hautfetzen, Blut und Knochensplittern aus ihrem Gesichtsfeld verschwand.

Burns schrie etwas, was Pieter nicht verstand, als er den zweiten Kopf ins Visier nahm. Die Waffe blockierte. Einen Augenblick später brüllte neben ihm Burns' Pumpgun auf und auch der zweite

Kopf verschwand. Burns schrie wieder und endlich verstand ihn der Südafrikaner.

»Hinter dir, Pieter. Hinter dir!«

Er fuhr herum und sah mit Entsetzen, wie es in diesem Augenblick einer der Saurier schaffte, über das Geländer zu gelangen und auf die Plattform zu kommen, gerade mal zwei Meter von ihm entfernt. Er spürte den heißen Atem des Tieres und konnte, trotz des intensiven Geruchs von verbranntem Schießpulver, dessen stinkenden Atem riechen und sein Fauchen hören. Er riss die .44-er Magnum aus dem Holster, während der Deinonychos suchend seinen Kopf drehte, um sein Opfer zu fixieren, momentan irritiert von dem Krachen der Waffen und der Helligkeit der großen Scheinwerfer.

Neben Pieters Kopf, noch ehe dieser seinen Revolver in den Anschlag bringen konnte, drückte Burns seine Waffe ab und tötete den Saurier, dessen Reflexe auf diese Art von Jagd und Beute nicht programmiert waren. Er hatte sich eine Sekunde zu lang von der neuen Situation verwirren lassen. Der grobe Schrot traf seinen Hals und zerfetzte ihn. Das Tier starb in dem Augenblick, als es die volle Ladung traf. Aber tote Raptoren sind nicht automatisch ungefährliche Raptoren. Sein Körper wurde im Todeskampf herumgerissen, die letzten Nervensignale versetzten ihn in unkontrollierte Bewegungen und Zuckungen. Der Kopf pendelte haltlos hin und her, der schwere, muskulöse Schwanz peitschte noch zweimal nach links und rechts. Der zweite Schlag erwischte Pieter seitlich unter dem linken Arm, brach ihm drei Rippen, presste ihm die Luft aus dem Körper und schleuderte ihn über die Brüstung in die Nacht.

Er prallte mit seiner linken, verletzten Körperseite auf den Boden und hatte das Gefühl, er wäre auf eine Betonplatte gefallen, denn es explodierte ein brennender Schmerz in seiner Brust, ein Schmerz, der ihm das Atmen unmöglich machte und ihn nur noch ein Gurgeln hervorbringen ließ. Eine der gebrochenen Rippen bohrte sich durch den Aufprall in das Brust- und Lungenfell, zerriss Teile der linken Lunge, drang wie ein Messer durch das weiche Gewebe und schnitt in ein großes Gefäß. Diese Verletzung war tödlich, niemand konnte ihm mehr helfen. Mit letzter Kraft wälzte er sich noch auf den Rücken.

Der Südafrikaner hielt immer noch den Revolver in der Hand und drückte ihn ab, als er einen großen Schatten auf sich zukommen sah. Das Geschoss drang in den Brustkorb des Sauriers ein, zerstörte Lunge und Herzen, pflügte weiter mit tödlicher Energie durch den Körper und blieb im Rückgrad des Tieres stecken, wo es die Nervenleitungen zum Kopf abtrennte. Das Tier drehte sich um und lief, obwohl es im klinischen Sinne schon tot war, noch fast zwanzig Meter, bevor es urplötzlich stehenblieb, als sich ein riesiges Maul um seinen Oberkörper schloss und es vom Boden hochriss. Aber davon bemerkte niemand etwas, weder seine Artgenossen, noch das letzte Häufchen der Überlebenden im Camp, noch der sterbende Südafrikaner. Pieter wurde schwarz vor Augen, seine Atmung funktionierte nicht mehr, sein Körper schrie nach Sauerstoff und der letzte Rest seines Bewusstseins ließ ihn erkennen, dass er sterben würde.

Der Saurier, der aus dem Dunklen, angelockt durch die Geräusche des Aufpralls und des Schusses, angelaufen kam, beugte sich blitzschnell nieder und riss die Kehle des Sterbenden auf, erfasste mit seinen Zähnen einen Teil des Gesichts und löste es durch ein wildes Schütteln seines Kopfes vom Schädel. Dann suchte er die Weichteile des Körpers, fand sie unter der Kleidung, die ihm keinen nennenswerten Widerstand entgegensetzte, und seine Zähne gruben sich in das warme Fleisch des Bauches. Sein Geschmackssinn fand die Gedärme, die er, wild schlingend, verschluckte. Erst jetzt war Pieter tot, gnädig erlöst von den reißenden, knurrenden, schmatzenden Geräuschen eines fressenden Jägers. Erlöst von dem Gestank seines Blutes, seiner eigenen Gedärme und seines Kotes.

Burns sah Pieter verschwinden und wusste, dass Hilfe nicht möglich war. Er drehte sich nach allen Seiten um, ob noch einer der Saurier auf die Plattform gelangt war, hörte den Aufschlag der anderen Tiere gegen die Wände des Moduls, vernahm das Kratzen ihrer Zehen auf den Glasscheiben, sah kurz einen weiteren Saurierkopf am Geländer auftauchen und wollte schießen. „Klick“ machte seine Waffe, der Kopf verschwand wieder. Das Röhrenmagazin der Pumpgun war leer. Er warf sie fort, riss seinen Revolver aus dem Holster, ging in den Anschlag und sah sich wieder um. Nichts. Sein Blick fiel auf die .501 T-Rex, die, wie durch ein Wunder, immer noch an dem Metallpfosten lehnte, dort, wo er sie abgestellt hatte, als vorhin die Fesseln von Gerd gelöst worden waren. Als er sie ergriff, schrie unten eine Frau gellend auf und jemand begann, mit dem G3 ein schnelles Einzelfeuer zu schießen. Plötzlich verloschen die Scheinwerfer und auch die Zaunbeleuchtung, während sich gleichzeitig die Notbeleuchtung einschaltete. Aber nur für drei oder vier Sekunden, dann drückte jemand auf den Sicherungsknopf des Aggregats und das Licht und die Scheinwerfer schalteten sich wieder ein. Die Frau schrie immer noch, ihr Schreien wurde schriller, es erinnerte Burns an eine Kreissäge.

»Kreissäge. Was einem in solch einer Situation nicht alles durch den Kopf geht«, dachte er sich.

Ein dumpfer Aufprall war zu hören, das Schreien verstummte abrupt. Das Schießen hörte auf, jemand repetierte das G3 und dann fielen wieder Einzelschüsse, diesmal nicht ganz so schnell und so hektisch. Plötzlich Stille, an die sich sein Gehör erst wieder gewöhnen musste. Nun vernahm er ein zischendes Keuchen, ein Schnappen von Kiefern, ein wütendes Knurren, das metallene Rascheln von Draht. Etwas kämpfte mit dem Elektrozaun.

Burns drehte die Scheinwerfer in Richtung Zaun und sah zwei Tiere, die sich in im Zaun verfangen hatten und zappelnd versuchten, sich zu befreien. Er erschoss sie mit dem Revolver, was bei einer Entfernung von weniger als zehn Meter und der Größe der beiden auch bei diesem Licht keine große Kunst war. Dann griff er, ohne hinzuschauen, nach einem der Scheinwerfer und verbrannte sich dabei an einer der Gasentladungslampen eine Hand, ohne es wirklich zu bemerken. Das gleißende Licht zeigte eine Gruppe von drei Tieren, die unbeweglich in vielleicht dreißig Metern Entfernung beieinander standen und dem Geschehen scheinbar mit Interesse zuschauten. Er hob das Gewehr, entsicherte es mit dem rechten Daumen, suchte mit dem linken Zeigefinger den Laserpointer unter dem Lauf, schaltete den roten Laserstrahl ein. Geisterhaft wanderte der rote Punkt über den Körper des Tieres ganz rechts, verweilte zitternd auf dessen Brustkorb. Burns nahm den Druckpunkt und zog den Abzug ruhig durch.

So erschoss der Amerikaner die Raubsaurier der Reihe nach mit der schweren .501, den Rückschlag der Waffe mit dem Körper auspendelnd. Dass er sich dabei das rechte Schlüsselbein brach, bemerkte er genauso wenig, wie die große Brandblase, die sich auf seinem linken Handrücken bildete. Danach griff er wieder nach dem Scheinwerfer und drehte ihn hin und her, den ganzen Waldrand absuchend. Zwei Tiere verschwanden gerade zwischen den Bäumen und er verzichtete darauf, ihnen nachzuschießen. Im Schatten des riesigen Ginkgos glaubte er eine Bewegung zu sehen, war sich dessen aber nicht sicher. Er ließ die Scheinwerfer brennen, hob beide Pumpguns auf, steckte seinen Revolver in den Holster und kletterte nach unten. Die .501 ließ er oben liegen.

Nachdem Jürgen und William den Strom wieder eingeschaltet hatten, griffen beide zu ihren Waffen.

»Du läufst zu der Ecke dort!« Der Deutsche deutete auf den Bereich des Camps, in dem die Zelte standen. »Ich nehme die Ecke hier, da wo das Toilettenhäuschen steht.«

Er drehte sich um und lief los. William wandte sich der anderen Ecke zu, als plötzlich der Reißverschluss des Zeltes aufgezogen wurde, in das sich Nadia und Sarah zurückgezogen hatten. Nadia kam heraus gekrochen. Er wollte ihr noch etwas zurufen, aber im selben Augenblick hörte William den Aufprall der drei ersten Tiere auf die Wand des Moduls und das heisere Krachen der Pumpguns. Momentan wusste er nicht, was er tun sollte und zögerte weiterzugehen. Nadia richtete sich auf und blieb stocksteif stehen und fing nach zwei oder drei Sekunden an, gellend zu schreien.

Plötzlich ging das Licht wieder aus. William rannte zurück zum Generator und fand nach kurzem Suchen den Knopf, den er wieder eindrückte. Er spurtete los. Etwas musste am Zaun sein, ihn zerrissen haben, sonst wäre ja die Sicherung nicht herausgesprungen.

Im Zaun klaffte ein großes Loch, während sich zwei Raptoren in einem Knäuel von Draht wanden. Drei der Räuber hatten es ins Lager geschafft, zwei liefen zwischen den Zelten umher und schauten sich um. Die dritte Bestie ging ruhigen Schritts auf Nadia zu, die, eine Faust gegen ihren Mund gepresst und den anderen Arm wie abwehrend dem Tier entgegengestreckt, kreischte. William, das G3 im Hüftanschlag, zog den Abzug seines Gewehrs durch, immer wieder, bis das Magazin leer war. Zwei der Saurier, ein kleines Tier von sehr dunkler Farbe, und das Tier, das sich auf Nadia zubewegt hatte, lagen auf dem Boden. Hastig zog William ein neues Magazin aus der rechten Beintasche, führte es ein und repetierte die Waffe.

Der dritte Saurier nutzte seine Chance und griff die Frau mit wilder Entschlossenheit an. Er sprang, die Kralle nach vorne ausgestreckt, Nadia an und schleuderte sie zur Seite wie eine Puppe. William riss die Waffe hoch und schoss gezielt und präzise auf den Angreifer, auch noch, als der schon, wild um sich tretend, auf dem Boden lag. Sein Gewehr blockierte: eine Ladehemmung oder das Magazin war leer. Er wusste es nicht und ließ die Waffe sinken. In seinen Ohren dröhnte das Blut, ganz dumpf vom Lärm der Schüsse. Sein Herz raste und er merkte mit erstaunlich distanziertem Interesse, wie er begann, am ganzen Körper zu zittern. Seine rechte Hand schmerzte, war völlig verkrampft. Er ließ die Waffe zu Boden fallen, anstatt sie nachzuladen. Sein Körper versagte ihm jede große Bewegung, verweigerte ihm das Laufen, das Reden, sogar das Denken. So stand er da, unfähig etwas zu tun und war nicht in der Lage, das Geschehen um ihn herum zu registrieren.

Oben schoss jemand Einzelfeuer auf die beiden Saurier, die immer noch versuchten, sich aus dem Draht zu befreien. Einen Moment lang herrschte eine fast unnatürliche Stille im Lager. Dann fielen auf dem Dach wieder Schüsse: drei Kracher aus der schweren .501. Anschließend ein Geräusch, Metall auf Metall, ein Umhergehen dort über ihm. Jemand kam die Leiter hinabgestiegen. Burns trat zu ihm.

»Bist du O.K., William?«, fragte Burns und legte ihm eine Hand auf die Schulter.

»Bist du O.K.?«, kam noch einmal die Frage.

Anschließend eindinglicher. »Wo ist Haferkorn?«

»Weiß ich nicht«, murmelte der junge Engländer. »Wir müssen nach Nadia schauen.«

Er wollte losgehen, doch Burns hielt ihn zurück.

»Hier, nimm deine Waffe.« Er hob das G3 auf und reichte es William, der es entgegennahm.

»Nachladen, sofort!«, ordnete der Amerikaner an.

William kam wieder zu sich.

»Ja, mache ich.«

Er griff in die linke Beintasche, zog sein letztes Magazin für das Gewehr raus, wechselte es gegen das leere, lud durch.

»Wir müssen nach Sarah sehen, Thorny«, meinte er. »Sie war mit Nadia im Zelt, aber dann kam sie raus.«

»Wer kam raus?«, wollte Burns wissen, »Nadia oder Sarah?«

»Nadia. Sie wurde von einem Saurier angegriffen. Dort.«

Er zeigte in Richtung der Zelte, die allerdings in dem Dämmerlicht nur undeutlich zu erkennen waren. Ein großer Teil der Zaunbeleuchtung war ausgefallen, als die Angreifer die Drähte zerrissen hatten. Burns überlegte, in welcher Kiste sie die Reserveschweinwerfer verstaut hatten. Es wäre sicher besser, sie möglichst schnell aufzustellen und anzuschließen.

»Los, suchen wir Sarah!« William zog Burns am Arm. »Hoffentlich ist ihr nichts passiert.«

Sie liefen zu den Zelten, von denen zwei zu ihrem großen Erstaunen noch völlig unversehrt dastanden. Die anderen Zelte waren umgetreten, zerrissen, die Zeltstangen aus Fiberglas, soweit man es bei diesem Licht erkennen konnte, zersplittert, zerstampft. Schlafsäcke in Rot und Blau lagen zwischen den Zeltplanen verstreut, kleine Taschen, Plastikflaschen, verdreht und aufgeplatzt. Einige Transportboxen waren umgestoßen worden, lagen wild durcheinander, die Deckel teilweise offen, der Inhalt verstreut. Lampen, Werkzeuge, Munitionsschachteln, zwei Gewehre und andere Sachen, teilweise beschädigt, verschmutzt und nun nutzlos. Die Saurier hatten ganze Arbeit geleistet.

Die beiden Männer standen etwas ratlos vor dem großen Durcheinander, vor der zerstörten Ordnung des Lagers. Noch vor weniger als zwanzig Stunden hatte hier alles seinen Platz gehabt, standen Zelte ordentlich nebeneinander, waren die Boxen nach Plan gestapelt gewesen, nummeriert und die Inhalte griffbereit. Auch die Feldküche, dort wo Nadia ihnen noch vor Kurzem den Tee zubereitet hatte, war umgeworfen worden und die Teller, Töpfe und Bestecke lagen verstreut umher.

»Sarah!«, schrie William. »Sarah wo bist du?«

»Hier, etwas liegt auf mir drauf. Ich glaube, ich bin verletzt«, kam die Antwort aus einer der Zeltplanen, auf der zwei Transportboxen lagen. »Bitte hilf mir, William!«

Beide Männer liefen zu den Boxen, die auf der Plane lagen, unter der sich die Frau befand und die vergeblich versuchte, sich aufzurichten. Sie stöhnte, als die Behälter von den beiden Männern aufgehoben und weggestellt wurden. William kniete nieder und suchte den Reißverschluss. Der war offen und er zog die Plane auseinander. Sarah kroch heraus.

»Ich schaue nach Nadia«, meinte Burns.

»Mein Bein«, stöhnte sie. »Mein linkes Bein tut so weh. Ich glaube, da ist etwas gebrochen.«

»Ich helfe dir aufzustehen, Sarah.«

William zog sie hoch, legte ihren Arm um seine Schultern. Sie stöhnte wieder, verlagerte ihr Gewicht auf das rechte Bein.

»Es tut so weh«, flüsterte sie. »William, ich will heim nach England.«

Sie klammerte sich an ihm fest. So blieben beide für einen Augenblick Arm in Arm stehen.

Burns kam ohne Jacke zurück, was William im ersten Augenblick verwunderte.

»Nadia ist tot. Die Saurier haben sie übel zugerichtet. Ich hab' sie zugedeckt. Wir kümmern uns später um ihren Leichnam.«

Sarah fing an zu schluchzen.

Burns strich ihr beruhigend über den Rücken.

»Bring Sarah ins Modul, William. Ich schaue nach Haferkorn. Bin in zwei Minuten wieder da.« Er verschwand.

William brachte seine Freundin zum Modul, öffnete die Türe. Innen ließ er sie langsam niedergleiten. Sie setzte sich, das verletzte linke Bein mit ihren Händen haltend.

»Lehn dich an«, meinte er, »lehn dich hier an die Scheibe.«

Der Engländer zog seine Jacke aus, faltete sie zusammen, schob sie hinter ihren Rücken.

»Danke«, flüsterte sie. »Ich brauche einen Arzt, William.«

Er streichelte ihr Gesicht und küsste sie auf die blutverschmierte Wange. »Wir reisen heute noch nach Hause. Sofort, wenn Thorny und Haferkorn kommen.«

An der Tür kratzte etwas. Erschreckt fuhr William hoch, griff nach seiner Waffe, aber die lag draußen neben der Zeltplane, unter der Sarah gelegen war.

»Scheiße!«, murmelte er.

Es war nur die Hündin. Wenja stand draußen und drückte mit ihrem Kopf gegen die Türe, die nicht ins Schloss gefallen war. Sie kam rein, fiepte leise, kroch auf dem Bauch zu den beiden hin und schnüffelte schwanzwedelnd an ihnen. Sarah kraulte sie zwischen den Ohren. Sie jaulte leise, leckte ihre Hand, lief plötzlich in das hinterste Eck des Moduls und rollte sich dort zusammen.

Aber wo blieben Burns und Haferkorn?

Die Fernbedienung

Burns lief zum anderen Ende des Moduls, vorbei an den Containern, in denen sich die Quads befanden. Das schien schon vor Tagen gewesen zu sein, doch war es kaum mehr als zwölf Stunden her, dass die vierrädrigen Fahrzeuge zu der Rettungsaktion aufgebrochen waren. Er blickte vorsichtig um die Ecke, um sich zu vergewissern, dass keiner der Raptoren dort lauerte. Niemand da, weder Haferkorn, noch ein Saurier.

»Jürgen«, rief er leise, »bist du da?«

Keine Antwort.

Der Amerikaner öffnete die Tür des Toilettenhäuschens aber es war leer. Er wollte die Türe wieder schließen, da bemerkte er, dass Jürgens Jacke an der Innentür am Haken hing. Das war komisch. Jürgen musste auf der Toilette gewesen sein und hatte, wohl wegen seiner Hosenträger, seine Jacke ausgezogen und dort hingehängt. Aber wo war er jetzt? Wieso hatte er seine Jacke nicht wieder angezogen? Burns schaute sich das Toilettenhäuschen von außen an, so gut es bei diesen Lichtverhältnissen ging. Keine Beschädigungen zu sehen, nichts, was nach einem Angriff aussah. Vorsichtshalber hielt er seine Pumpgun, die er vorher nachgeladen hatte, schussbereit.

»Jürgen?« Etwas lauter: »Jürgen, kannst du mich hören?«

Wieder keine Antwort.

Dann bemerkte er, ein Teil des Zauns mitsamt der beiden Pfosten fehlte. Etwas hatte diese ausgerissen. Raptoren aber konnten keine Pfosten ausreißen, dazu waren sie viel zu leicht und zu klein. Es musste etwas sehr Großes, sehr Starkes gewesen sein. Er kniete nieder und betrachtete die beiden Löcher im Boden, in denen die Pfosten gesteckt hatten. Sie waren von diesem großen, starken Tier nicht glatt nach oben herausgezogen, was prinzipiell den geringsten Krafteinsatz benötigt hätte, sondern seitwärts weggedrückt worden. Ein Loch war oben trichterförmig vergrößert, so als hätte jemand mit einem sehr kräftigen Fußtritt den Pfosten weggekickt. Und das war eine Spezialanfertigung aus rechteckigem, dickwandigem Aludruckguss, extrem belastbar und stabil. Das untere Drittel war spiralförmig gedreht und beim Aufbau des Camps hatte man sie durch eine Maschine fast eineinhalb Meter tief in den Boden geschraubt.

Burns fühlte, wie sich die Härchen auf seinen Armen aufstellten und trotz der warmen Nacht fröstelte ihn. Er spürte deutlich die Gefahr, die hier lauerte, ohne sie zu sehen oder sie konkret beschreiben zu können. Plötzlich erinnerte er sich an die .501, die oben auf der Plattform lag. Es war wohl besser, sie zu holen.

Das Geräusch war nicht lauter, als wenn jemand auf einen kleinen, trockenen Zweig tritt, der dabei leise knackend zerbricht. Etwas war dort in der Dunkelheit und er hatte kein ernsthaftes Interesse daran, dieses Etwas näher kennen zu lernen.

»Bleib ruhig, Thorny!«, dachte er sich. »Nur nicht hastig bewegen.«

Ihm brach der Schweiß aus, ein Anflug von Panik begann in ihm aufzusteigen, aber er zwang sich zur Ruhe. Die Jäger der Nacht reagierten entweder auf Geruch oder auf Bewegungen. Dies wusste er aus den vorherigen Zeitreisen, die sie unternommen hatten, um dieses Camp zu errichten. Er roch nicht nach Blut oder Aas, so konnte er sich also nur durch Bewegungen verraten. Darum blieb er für den Moment unbeweglich hocken, fieberhaft überlegend, was er tun sollte. Wer oder was hatte das Geräusch verursacht?

Langsam, ganz langsam, drehte Burns seinen Kopf in die Richtung, aus der das Geräusch gekommen war. Wieder ein leises Knacken, gefolgt von einem Scharren. Aus dem Dunkel trat langsam ein großer Schatten, schnaubte, ließ seine Umrisse erkennen: ein T-Rex. Gut zwanzig Meter von ihm entfernt stand das fürchterliche Raubtier. Es war unbemerkt herangeschlichen wie ein Dieb, angelockt von den Kadavern der toten Raptoren, vom Geruch des Blutes und der Gedärme.

Burns' Augen wanderten an dem Tier empor, von den mächtigen, muskulösen Beinen bis hin zum riesigen Schädel, dort oben in fast acht Metern Höhe. Selbst im diffusen Licht der Notbeleuchtung konnte er die tödlichen Zahnreihen im Maul des Tieres erkennen. Thornton hätte nie gedacht, dass sich solch ein riesiges

Tier so leise und heimlich bewegen konnte. Eine unbedachte Bewegung und der Räuber würde die Entfernung in drei oder vier schnellen Schritten überwinden und ihn sofort töten.

Während Burns das Tier noch anstarrte, begann es sich zu bewegen, kam ganz langsam, vorsichtig auf ihn zu. Mit äußerster Vorsicht ließ er sich aus der Hocke auf den Boden gleiten, streckte sich flach auf dem Bauch aus, jede Bewegung kontrollierend. Schon war das Tier über ihm. So lag er da, bewegungslos auf den Boden gepresst, seine linke Gesichtsseite knapp einen Meter neben einem riesigen Fuß. Würde der T-Rex nur einmal mit diesem Bein scharren oder sich seitwärts bewegen, wäre es aus für ihn. Er würde zertreten und zerquetscht werden. Der lockere Boden drang in sein Ohr ein, fand seinen Weg in sein linkes Auge, das sofort brannte wie Feuer. Der Drang, das Auge zu reiben wurde immer stärker, doch durfte er sich nicht rühren, wollte er am Leben bleiben.

Über ihm, im Leib des Tieres, ertönte ein hohles, dumpfes Kollern, gefolgt von einem mächtigen, stinkenden Furz.

»Toll, das Vieh hat Blähungen ...« dachte der Amerikaner. »Fehlt bloß noch, dass es anfängt zu scheißen.«

Und das tat es auch. Begleitet von weiteren Fürzen platschte eine übel riechende Masse etwa drei Meter von ihm entfernt auf den Boden. Ein nächster Furz, diesmal in einer höheren Tonlage und ein zweites Platschen. Der Gestank war überwältigend. Burns würgte es, ein Drang, den er nur mit äußerster Willenskraft zu überwinden vermochte.

Jetzt schnaubte der T-Rex und ganz aus der Nähe kam die Antwort. Aus dem Wald heraus meldete sich ein weiteres Tier. Mindestens drei dieser riesenhaften Räuber befanden sich in unmittelbarer Nähe des Lagers, suchten nach den toten Raptoren, waren auf der Jagd nach allem, was sich bewegte. Vom anderen Ende des Camps ertönte ein metallenes Geräusch, scheinbar zerrte ein T-Rex einen der toten Raptoren aus dem Draht, in dem der sich verfangen hatte. Burns hörte ein Schnauben und Krachen, als offenbar ein weiterer Pfosten ausgerissen wurde. Der Saurier, zwischen dessen Beinen er lag, lief los, angelockt von den Fressgeräuschen seines Artgenossen.

Thornton Burns blieb noch sekundenlang bewegungslos liegen, bevor er sich aufrichtete und begann, sich den Dreck aus seinem Auge zu reiben. Von vorne kamen Geräusche, die sich nach einem Streit zwischen den Tieren anhörten, ein scharfes Fauchen und Brüllen. Das Tier im Wald brüllte auch, diesmal schon sehr viel näher als bei seiner ersten Antwort vor wenigen Augenblicken. Burns war klar, er musste sofort ins Modul, seine Freunde warnen und unverzüglich die Rückreise programmieren. So stabil das Modul auch gebaut war, ob es den wütenden Angriffen von drei T-Rex standhalten würde, war fraglich. Er richtete sich auf, schaute sich um und lief geduckt zum Toilettenhäuschen und von dort aus in den Schatten des Moduls, wo er einen Moment verharrte, auf sein rasendes Herz lauschte. Dort bemerkte er die Nässe zwischen seinen Schritt. Aber wer sollte ihm einen Vorwurf dafür machen, dass er zwischen den Beinen eines T-Rex seine Blase nicht hatte beherrschen können? Er duckte sich wieder, legte sich nieder und schaute vorsichtig um die Ecke des Moduls. Mit weniger als zehn schnellen Schritten würde er an der Tür sein, sie aufreißen, hineinspringen, von innen verriegeln und mit seiner Fernbedienung die Rückreise einleiten. Alles Weitere könnten er und Windham in Deutschland mit den beiden Überlebenden besprechen und regeln.

Burns tastete nach der Fernbedienung, die in seiner linken Brusttasche steckte. Er zog sie heraus, tippte sorgfältig vier-drei-vier, seinen Code, ein, was das Gerät mit einem dunkelroten Aufleuchten der Enter-Taste beantwortete. Es war betriebsbereit und würde es solange bleiben, bis man es ausschaltete oder die Batterie zu schwach wurde. Die aber war neu und würde eine ganze Woche halten. Er legte die Pumpgun weg. Sie war zu sperrig und würde ihn beim Laufen behindern. Vorsichtshalber lockerte er den .44-er Revolver im Holster. Er blickte hoch, weil er über sich ein zischendes Schnauben hörte. Eines der drei Tiere blickte über die Plattform hinweg in das Camp hinein, die Gegend erkundend, schnüffelnd, nach Beute suchend. Weiter vorne konnte man immer noch reißende und schmatzende Fressgeräusche hören.

Der Räuber über ihm war sicherlich hungrig, bekam aber vom Festmahl der beiden anderen anscheinend nichts mit.

Langsam bewegte er sich entlang des Moduls auf die Türe zu, dem Drang zu rennen widerstehend. Schon der erste Schritt erregte die Aufmerksamkeit des Jägers, der versuchte, sich über die Plattform zu beugen und den Menschen mit seinen Zähnen zu erfassen, was ihm aber nicht gelang. Mit einem wilden Tritt gegen das Modul, welcher dieses bis in die letzte Schraube erschütterte, drückte das Ungeheuer seinen Ärger darüber aus, dass er seine Beute nicht erreichen konnte. Der scheppernde Schlag veranlasste Burns sein Vorhaben zu vergessen, sich langsam zu bewegen. Er rannte los, versuchte die wenigen Meter möglichst schnell zurückzulegen und sich im Modul in Sicherheit zu bringen. Niemand hatte Erfahrungen mit den Jagdreflexen eines T-Rex. Schon die erste Bewegung des Räubers hinter dem Modul alarmierte ein weiteres, viertes Tier, das plötzlich aus dem Wald auftauchte und blitzschnell, an seinen fressenden Artgenossen vorbei, das entfernte Ende des Moduls erreichte.

Thornton Burns glaubte sich schon gerettet, befand sich bereits in Griffweite der Türe, als wie aus dem Nichts der Saurier vor ihm erschien. Er ließ sich auf den Bauch fallen, wieder seine linke Gesichtshälfte in den Staub gepresst, so nahe an der Glasscheibe des Moduls liegend, dass er direkt in das entsetzte Gesicht von William schaute. Beide blickten sich an und der junge Engländer sah zum ersten Mal in seinem Leben nackte, fassungslose Angst im Gesicht eines Menschen. Panik, fast Irrsinn in den Augen eines Mannes, den er von allen Jagdbegleitern als am ruhigsten und souveränsten erlebt hatte. Nun lag dieser knapp einen Meter von ihm entfernt auf dem Boden, direkt vor einem T-Rex, der langsam seinen riesigen Kopf zu ihm hinunterbeugte, wohl irritiert von den Bewegungen der beiden Menschen hinter dem Glas.

William und Sarah hatten die ganze Zeit eng aneinander gepresst gesessen, sich gegenseitig tröstend, nichts von der Gefahr ahnend, die sich draußen entwickelte. Doch als der T-Rex gegen das Modul trat und es ins Wanken brachte, fielen beide zur Seite. Die Türe, die nur angelehnt war, schlug mit einem Knall zu. Erschrocken rappelten sie sich hoch. Sarah kam, den Schmerz ignorierend, trotz ihres verletzten Beins auf die Füße, William kniete, die Hände auf den Boden gestützt. Beide drehten sich um und sahen draußen Burns vor der Türe liegen, flach auf den Boden gepresst, während sich ein riesiger Saurierschädel von oben zu ihm hinabbeugte. William keuchte, als er das entsetzte Gesicht von Burns auf der anderen Seite der Scheibe sah, während Sarah mit ihren Fäusten wie wild an die Scheibe hämmert und »Hallo« schrie. Das ließ den T-Rex in seiner Bewegung innehalten und er blickte durch das Glas hindurch die Frau an, die jetzt ganz starr dort stand und in das große, dunkle, unbarmherzige Auge sah, nur durch drei Zentimeter Panzerglas von dem Maul voller Zähne getrennt. So schauten sich beide an, während das Tier das Glas berührte, etwas verwirrt daran schnupperte und es mit feuchtem, grünen Schleim verschmierte. Ein plötzlicher fester, wütender Kopfstoß brachte die Scheibe zum Vibrieren und das Modul wieder ins Schaukeln.

William ließ sich auf den Bauch fallen, blickte nun genau Burns an, der ihm scheinbar etwas sagen wollte. Dessen Lippenbewegungen jedoch vermochte der junge Engländer hinter der Scheibe nicht zu enträtseln. Wieder bewegte Burns seine Lippen, schob in einer ruhigen, spärlichen Bewegung seinen rechten Arm vor, vor bis an die Schwelle der Tür und legte dort etwas ab. Es war ein schwarzes Kästchen von der Größe einer Zigarettenschachtel. Jetzt verstand William: Burns gab ihm die Fernbedienung, signalisierte ihm, er solle sie ins Modul holen.

William schaute rüber zu Sarah, die immer noch erstarrt dort stand, die Lippen aufeinandergepresst, die Augen weit aufgerissen, während sie auf den Kopf des T-Rex sah, der sich leicht pendelnd in weniger als einen Meter Entfernung draußen vor der Scheibe befand. Plötzlich bemerkte er im Augenwinkel eine schnelle Bewegung. Burns kniete, seinen Revolver im Anschlag, und begann zu schießen. Die sechs Schüsse klangen wie einer und der riesige Saurier begann zu brüllen, vor Überraschung, Wut und Schmerz. Vier der Geschosse zerfetzten die Höhlen des Kopfes neben der Nase, zerstörten ein Auge, rissen eine breite Lücke in die Zähne und drangen durch die Zunge in den Hinterkopf ein. Aber kein Geschoss erreichte das längliche Gehirn, dessen Volumen kaum dem einer halben Pampelmuse entsprach. Zwei Geschosse verfehlten den Kopf, eines davon verwundete das Tier im Schulterbereich. Der Schmerz ließ den Saurier aufbrüllen und blitzschnell reagieren. Ein Schritt vor und seine Kiefer erreichten den Knienden, rissen ihn vom Boden hoch. Mit einer schüttelnden Bewegung des Kopfes warf er Burns wie eine Puppe in die Nacht hinaus, über die Plattform hinweg, direkt vor die Füße des Tieres, das immer noch hinter dem Modul stand und dem Geschehen zuschaute. Ein schneller Tritt mit dem Fuß nagelte den Amerikaner auf dem Boden fest, während der Kopf des Ungeheuers hinunterfuhr und sein Opfer in zwei Stücke zerriss, die innerhalb von 20 Sekunden verschlungen wurden.

William sprang auf, drehte den knebelartigen Türgriff, schnappte sich die Fernbedienung und schlug die Tür wieder zu. Sarah kreischte, fiel dann in sich zusammen und versank in eine tiefe, gnädige Ohnmacht.

Der schwer verwundete Saurier brüllte immer noch, reagiert auf die Bewegung des Menschen hinter dem Glas und attackierte voller Wut das Ding, das er für seinen Schmerz verantwortlich machte: das zweibeinige Wesen in dem komischen Kasten. Er sprang los. Das Modul erbebte unter dem Aufprall des wütenden T-Rex und wäre beinahe umgefallen. Zum Glück hielt das Glas, aber die Rahmen fingen an, sich zu verbiegen.

Das schwer verletzte Tier griff ein zweites Mal an und diesmal war der Aufprall noch schlimmer. William erkannte, wenn er nicht sofort die Rückreise einleiten würde, wäre es zu spät. Ein drittes Mal wäre zu viel, das Modul würde den Angriff nicht überstehen. Er blickte verzweifelt auf die Tasten. Wie waren noch einmal die Koordinaten für die Heimat? Sie hatten sie auswendig lernen müssen während der Schulung im Umgang mit dem Modul.

Welche Kombination war richtig?

War es die 131111225 oder die 111113225?

Er glaubte sich zu erinnern, die Koordinaten fingen mit der Zahl Elf an. Er war sich ganz sicher. An einem Elften hatte er Sarah zum ersten Mal geliebt, darum konnte er sich die Zahl so leicht merken. Die zweite Kombination war richtig, da war er sich sicher. Draußen hörte er den Saurier wieder brüllen.

Er drückte hastig die Tasten für 111313224 und anschließend auf „Enter".

Sein letzter Gedanke war: »Wieso dreizehn und vier? Ich hätte doch fünf drücken müssen.«

Dann umgab ihn das bekannte Gefühl und tiefe Dunkelheit.

Vor weniger als zwei Tagen waren sechzehn Menschen und zwei Hündinnen aufgebrochen, um Großwild zu jagen. Keiner hätte je geglaubt, dass sie selbst das gejagte Wild sein würden. Und nun waren William, Sarah und eine Schäferhündin die einzigen, die sich auf der Rückreise befanden. Eine Reise, die sich mehr als Flucht oder als Rettung in letzter Sekunde beschreiben ließ.

Beschluss

Auf den beiden ersten Bildern, die der Beamer an die Wand warf, waren Burns und Windham in Uniform zu sehen. Die folgenden Bilder zeigten beide nach ihrem Ausscheiden aus der Army mit verschiedenen Personen: von Meckenheim, einem Südafrikaner namens Pieter van Hoogem, drei russischen Staatsbürgern, von denen zwei als Juri Kasparev und Sergej Kasparev identifiziert waren, und mit weiteren unbekannten Personen.

Der Zivilist in dem konservativen, aber erstklassig geschnittenen Anzug deutete auf van Hoogem: »Der Name ist wahrscheinlich gefälscht. Aber das klären wir auch noch auf.«

Auf einem der letzten Bilder waren die beiden ehemaligen Soldaten zusammen mit von Meckenheim und einem südländisch aussehenden Mann zu erkennen, als diese die Halle auf Usedom betraten, in der Exclusive Hunting International Ltd. scheinbar etwas produzierte.

Der Referent fuhr fort: »Der Mann rechts neben von Meckenheim heißt Pietro Bergento. Er ist ein freier Mitarbeiter der CIA, den wir unter dem Namen ‚Leandro Agostino' in die Gruppe eingeschleust haben.«

»Unsere Mann hier«, der FBI-Agent markierte mit dem Laser-Pointer den CIA-Mitarbeiter, »hat sich nicht mehr gemeldet. Wir nehmen an, dass er abgeschirmt wird. Allerdings macht er auf dem Foto nicht den Eindruck, als stände er unter Druck.«

Er schaltete den Pointer wieder aus, drückte auf die Maus des Laptops und das letzte Bild erschien. Es zeigte einen schlanken, drahtigen Mann mit einer Kamera in der Hand.

»Das ist Barry McCullum, einer der besten und versiertesten CIA-Fotografen in Europa. Er ist verschwunden, nachdem er versucht hatte, im Umkreis der Halle und auch in der Halle zu fotografieren.«

Der Agent schwieg einen Moment.

»Die Umstände seines Verschwindens sind mehr als rätselhaft. Denken Sie nur an seinen Leihwagen, der im Osten verschwand und in der Ukraine in einen schweren Verkehrsunfall verwickelt wurde. Aber den Vorgang kennen Sie ja, meine Herren.«

Beamer und Laptop wurden ausgeschaltet, der Mitarbeiter des FBI wandte sich mit »Auftrag ausgeführt!« an den anwesenden hohen Offizier und setzte sich.

»Wir brauchen Burns und Windham im Camp G und zwar so schnell wie möglich!«, befahl der General.

Die Gruppe „Hunting" war erweitert worden und das Kommando hatte ein Vier-Sterne-General der Air Force.

Von der CIA waren drei Senior Agents anwesend, die dem General unterstellt worden waren. Dazu kamen zwei Computerspezialisten des FBI, ein Colonel Duggs vom USASC als Stellvertreter des Generals und der Captain der Air Force, der bereits an den vorherigen Sitzungen teilgenommen hatte.

Es war mitten in der Nacht in den USA und im Pentagon saßen insgesamt acht Personen in einem kleinen Konferenzsaal, vor dem eine bewaffnete Wache stand. Das Telefon klingelt, der General hob ab, lauschte gut zwei Minuten, antwortete dann nur mit »Danke.« Er blickte die Mitglieder der Gruppe „Hunting" der Reihe nach an.

»Gentlemen. Vor dreißig Minuten ist die ganze Gesellschaft in der Halle verschwunden und gerade kam Windham alleine aus der Halle. Er ist jetzt im Büro.«

Er schwieg einen Augenblick.

Dann fuhr er fort: »Unser Beobachtungsteam weiß nicht, wo die ganze Party geblieben ist. Aber das ist nebensächlich, das bekommen wir auch raus.«

Alle nickten

Der General wandte sich an den dienstältesten CIA-Agenten.

»Mr. Miller, lassen sie ihn holen!«, befahl er ihm. »Die anderen dürfen auf keinen Fall etwas merken.«

Der Agent nahm ein Handy aus der Tasche, klappte es auf, drückte eine Kurzwahltaste, wartete, bis die Verbindung stand und sagte nur einen Satz: »Hier ist ‚Hunter 5', holt den Mann im Büro!«

Er klappte sein Handy zusammen, legte es vor sich auf den Tisch. Die restlichen Anwesenden hatten ihm schweigend zugeschaut. Er wandte sich an den General: »In zehn Minuten dürften wir ihn haben, Sir!«

»Das will ich auch hoffen«, meinte der General und schüttete sich eine weitere Tasse Kaffee ein.

Nach weniger als zehn Minuten, während die ganze Runde schweigend wartete oder in den Akten blätterte, klingelte das Telefon des Senior Agents. Der nahm das Gespräch an, lauschte nur wenige Sekunden ohne zu antworten, legte das Handy zurück auf den Tisch, nachdem er es ausgeschaltet hatte.

»Wir haben Windham. Von den anderen war nichts zu sehen. Sie müssen noch in der Halle sein. Unser Team beobachtet weiter.«

Der General nickte. »Die sollen sich sofort melden, wenn etwas geschieht. Wir werden jetzt«, er schaute auf seine Uhr, »bis Null-Sechshundert schlafen. Treffen um Null-Sechshundert plus fünfzehn in der Officers' Mess zum Frühstück. Das wäre es meine Herren!«

Der Captain der Air Force ging als Letzter hinaus und löschte das Licht des kleinen Konferenzsaals, während die Wache vor der Türe Haltung annahm und salutierte.

Private Windham

Frederic Windham beobachtete, wie das Transportmodul verschwand. Die großen Kondensatoren brummten und es roch nach Ozon. Er ging rüber zum Leitstand, schaltete das Programm im Computer auf „Automatik" und verglich die Werte auf dem Bildschirm mit denen in der Betriebsanleitung: Alles stimmte, alle Werte im grünen Bereich. Er schaute auf seine Uhr. Ein kleiner Imbiss könnte nicht schaden. Am Nachmittag kommen ja alle zurück und da wird es sicher viel zu tun geben, überlegte er. Im Büro lagen im Kühlschrank noch eine große Flasche Coke und zwei Brötchen. Die würde er sich im Backofen heiß machen, dazu das Stück italienische Salami essen, die er in Europa so zu schätzen gelernt hatte.

Er verließ die Halle, aktivierte über das Tastenfeld am Eingang die Sperre und die Alarmanlage und ging ins Büro. Es war ein schöner Morgen mit angenehmen Temperaturen, es sollte sonnig bleiben und ihm würde nicht langweilig werden. Gestern war mit der Post der neue „Gay-Guide Eastern Europe" gekommen, den er durchlesen würde. Nach dieser Jagd gab es für alle drei Wochen Urlaub und da wollte er sich im Osten ein wenig umsehen. Er holte die Flasche Coke aus dem Kühlschrank und steckte die Brötchen in den Backofen. Zehn Minuten müssten bei zweihundert Grad ausreichen. Er nahm ein Glas, einen Teller und ein Messer aus dem Schrank und öffnete die Flasche, goss Cola ins Glas. Ein paar Minuten später schaltete sich der Backofen aus und es ertönte ein Piepsen. Die Brötchen waren jetzt knusprig.

Draußen hupte ein Auto. Frederic schaute aus dem Fenster. In der Einfahrt, vor dem verschlossenen Tor, stand einer der braunen UPS-Transporter. Der Fahrer war ausgestiegen, er winkte und gestikulierte. Windham drückte auf den Türöffner, der Fahrer stieg ein und fuhr mit dem Van bis vor das Büro. Eigentlich ganz normal, das geschah fast jeden Tag. Windham runzelte seine Stirn, als auch ein Beifahrer ausstieg. Sonst kamen die UPS-Leute doch immer alleine. Seine Befürchtungen wurden schnell zerstreut, als er sah, wie sie eine schwere Kiste von gut zwei Meter Länge und fast einem Meter Breite aus dem Auto holten und ins Büro schleppten. Es war ein stabiler Karton von GE, einer amerikanischen Firma, die regelmäßig mobile elektrische Geräte lieferte. Burns hatte schon vor einiger Zeit eine neue tragbare Klimaanlage für das Modul bestellt und die kam jetzt endlich, nachdem der Liefertermin schon vor einer Woche fällig gewesen war. Aber daran waren die Leute von UPS wohl nicht Schuld.

Er öffnete die Türe des Büros und die beiden, ein kleiner, stabiler Typ und ein großer Blonder, stellten keuchend die Kiste auf den Boden. Der Kleine nahm sein Klemmbrett, legte es auf die Kiste und zeigte auf eine Stelle des Formblatts.

»Bitte hier unterschreiben.«

Als sich Frederic bückte, schlug ihm der Blonde einen mit Bleischrot gefüllten Strumpf auf den Hinterkopf. Der Schlag ließ ihn sofort ohnmächtig werden und er merkte es nicht, als man ihm noch eine Spritze durch die Hose in den linken Oberschenkel stieß. In weniger als einer Minute lag er, tief schlafend, in der Kiste, wurde ins Auto getragen, das sofort das Betriebsgelände verließ. Der Fahrer stoppte nur kurz am Tor, um es von außen durch Druck auf den Schalter „ZU“ im rechten Torpfosten zu verschließen. Kaum waren sie unterwegs, nahm der große Blonde ein Handy aus seiner Jackentasche und wählte eine Nummer.

Er sagte nur: »Auftrag erledigt! Von den anderen war nichts zu sehen.« Sofort schaltete er das Handy wieder aus, steckte es ein und sagte während der ganzen Fahrt kein einziges Wort mehr.

Das UPS-Fahrzeug blieb unauffällig, war eines von mehreren gleich ausschauenden, die an diesem Tag Pakete in der Gegend auslieferten. Nach einer Stunde stoppte der Wagen in einer großen LKW-Garage. Dort wurde der Karton in einen zivil aussehenden Van mit einer US-Army-Nummer umgeladen. Nach kurzer Fahrt erreichte man die polnische Grenze, an der die deutschen und polnischen Zöllner den Van ohne weitere Kontrolle durchwinkten. Es gab eine Anordnung, dass NATO-Fahrzeuge nicht kontrolliert werden durften und schließlich waren neuerdings Polen sowie die wiedervereinigte BRD treue und verlässliche NATO-Mitglieder.

Knapp eine Stunde später erreichte der Van einen aufgelassenen Flugplatz der polnischen Luftstreitkräfte. Dort lud man die Kiste mit der GE-Aufschrift in einen Hubschrauber um, der bereits mit sich drehenden Rotoren wartete. Innerhalb von zwei Minuten verschwand dieser im blauen Himmel Polens, überquerte die deutsch-polnische Grenze und flog, ohne aufzutanken, bis zum US-AF-Bereich des Frankfurter Flughafens. Zusatztanks ermöglichten diese große Reichweite.

Der Hubschrauber landete direkt neben einer, im neutralen Weiß gestrichenen, Boing 737, die durch ihre Kennung „N313P" nur für Fachleute als amerikanisches Flugzeug zu erkennen war. Sie war dem Tower als „Geschäftsflugzeug" gemeldet und die Fluglotsen dort hatten das zu akzeptieren und sie korrekt abzufertigen. Alles andere ging sie nichts an.

Besitzer der Maschine war eine Scheinfirma der CIA.

Die Kiste wurde erneut umgeladen und zwanzig Minuten später war sie in der Luft, Richtung Nordwesten, mit dem Ziel Thule Air Base auf Grönland.

Auf Reiseflughöhe angelangt, öffnete man die Kiste, in der Windham immer noch schlief, hob ihn heraus und gab ihm ein Gegenmittel. Er wachte auf, völlig desorientiert, mit brummendem Schädel. Erst ganz langsam erinnerte er sich daran, was geschehen war und erkannte, wo er sich befand.

Er saß auf dem Boden eines Flugzeuges, die Füße mit Kabelbindern am Boden festgezurrt, die Arme in Ketten, die ebenfalls an Ösen im Boden verankert waren. Vor ihm standen zwei Sergeants der MP in ihren charakteristischen weißen Kunststoffhelmen. Frederic starrte sie an.

»Was wollt ihr von mir?« schrie er, versuchte so seine aufkommende Panik zu unterdrücken.

»Bindet mich los, ihr Motherfucker!«

Der linke MP holte mit seinem weißen Gummiknüppel aus und schlug ihn Windham mit aller Kraft auf den linken Oberschenkel. Ihm wurde sofort schlecht und er musste sich übergeben.

»Er ist wach, Sir!«, meldet der Sergeant dann zu einer Sitzreihe rüber, in der ein Major der 37th MP Det aus Fort Jackson, SC saß und eine Tasse Kaffee trank. Der wartete ab, bis die Würgegeräusche abklangen, stand dann auf, strich seine Jacke glatt, setzte sich seinen Helm auf, überprüfte die Knöpfe und sein Koppel. Danach trat er vor Windham und schaute auf den Mann runter, der sich auf seine Kleidung erbrochen hatte.

»Private, Sie stinken wie ein Schwein!«

Er wartete einen Augenblick und fuhr fort. »Aber wir werden Ihnen schon Ordnung und Sauberkeit beibringen, das garantiere ich Ihnen!«

Windham atmete mehrfach tief durch, wartete bis seine Übelkeit etwas abklang. Er schaute den Offizier völlig verständnislos an.

Dann fuhr er den an: »Was soll der Mist? Ich bin kein Soldat mehr, ich bin Zivilist! Das wird Sie Ihren Rang kosten und die Army eine Menge Geld.«

Er war jetzt richtig empört. »Lassen Sie sofort meine Fesseln lösen!«

Der Major schaute ihn kalt und ohne Mitleid an.

»Die Army hat Sie heute Morgen wieder eingestellt, nachdem Sie arglistig eine Entlassung provoziert haben. Sie sind Private Windham und nicht mehr ‚Mister' Windham.« Er sprach „Mister" so aus, als hielte er das Wort für einen großen Haufen Scheiße.

»Sergeant, bringen Sie dem Private bei, wie er sich Offizieren gegenüber zu verhalten hat! Das ‚Sir' fehlte mehrfach!«

Der Offizier drehte sich um und setzte sich wieder.

Der Sergeant nahm Haltung an: »Yes, Sir!«

Er schlug wieder mit aller Kraft zu, diesmal auf den anderen Oberschenkel.

Privat Windham wurde ohnmächtig vor Schmerz, seine Blase und der Darm entleerten sich.

»Sie werden Sauberkeit schon noch lernen, Private«, meinte der zweite MP, der bisher weder gesprochen, noch sich geregt hatte.

»Das lernen alle in der Army«, fügte er hinzu.

N313P landete auf der US AFB Thule, Grönland, die Crew wechselte. Die Maschine wurde von bereits wartenden Soldaten der 821st Air Base Group aufgetankt, einer Standardüberprüfung unterzogen und wieder startklar gemacht.

Die beiden Militärpolizisten lösten direkt nach der Landung die Fußfesseln des Gefangenen, zogen ihm einen kleinen Sack aus schwarzem Tuch über den Kopf und schleppten den stöhnenden, übel riechenden Mann die Gangway runter zu einem Army-Van, warfen ihn auf dessen Ladefläche und schlossen die Türe. Es war stockdunkel unter dem Sack, aber er erkannte, dass er sich in einem Auto befand. Die Bodenwellen der Straße wurden ungefedert an den Gefangenen weitergegeben, dem es endlich gelungen war sind hinzusetzen. Er bemerkte, wie er in der eigenen Scheiße saß und würgte vor Schmerzen, Ekel und Wut grüne Galle aus seinem leeren Magen.

Nach ein paar Minuten stoppte der Wagen, die Türe wurde geöffnet und man zerrte ihn hinaus an die erstaunlich kalte und frische Luft.

»Wo bin ich?«, dachte er sich, als man ihn in ein Gebäude hineinstieß.

In einem Zimmer zog man ihm den Sack vom Kopf. Er befand sich in einem vollständig gekachelten Raum mit Duschen an der Decke, gerade mal fünf oder sechs Quadratmeter groß. Ein Fenster war nicht vorhanden, doch hinter einem Gitter brummte eine Lüftung.

Ein kräftiger, gut zwei Meter großer MP-Sergeant nahm ihm die Handschellen ab.

»Ziehen Sie sich aus, Private! Sie stinken! Ziehen Sie Ihre beschissenen Klamotten aus und stecken Sie die in den Sack.«

Er warf einen schwarzen Müllsack vor Windham auf den Boden und verließ den Raum.

Windham zog sich aus, steckte, so wie ihm befohlen war, seine Sachen in den Sack und wartete frierend, was passieren würde. Er starrte auf die beiden faustgroßen Blutergüsse auf seinen geschwollenen Oberschenkeln und hoffte auf eine warme Dusche.

Die Türe öffnete sich. Zwei Soldaten erschienen mit einem Feuerwehrschlauch. Der eine, ein großer, schlanker Corporal, blieb, die Hände hinter dem Rücken verschränkt, breitbeinig in der Tür stehen, während der zweite den Hahn umlegte. Der eiskalte Strahl erwischte Windham völlig unvorbereitet auf der Brust und warf ihn gegen die Wand. Er fiel um, prellte sich die Hüfte auf dem gefliesten Boden, während der Strahl ihn schmerzhaft am ganzen Körper traf: auf den Rücken, auf den Oberschenkeln, in der Arschspalte. Als der Soldat das Wasser abstellte, lag der Mann keuchend, Wasser spuckend und schwer atmend auf dem Boden, mehr tot als lebendig.

Der zweite Soldat warf ihm wortlos ein Stück Seife zu, beide verließen den Raum und schlossen die Türe hinter sich. Stöhnend erhob sich Windham, als plötzlich warmes Wasser aus einem Duschkopf von der Decke kam. Gekrümmt und gepeinigt von Schmerzen seifte er sich ein, ließ den Schaum vom Wasser abspülen und war dankbar für die belebende Wärme.

Das Wasser wurde von außen abgestellt, die Türe öffnete sich, die beiden Soldaten erschienen wieder. Der große Corporal hielt seinen weiß lackierten Holzknüppel in der Rechten, mit dem er leicht gegen seinen glänzenden Stiefel schlug. Der andere trug einen Stapel exakt gefalteter Kleidung auf seinen Armen, die er zackig an den nackten, nassen Gefangen übergab.

»Anziehen!«, bellte er.

Jetzt erschien der große, kräftige MP-Sergeant und stellte wortlos einen kleinen Hocker mitten in den Duschraum. Anschließend drehten sich die drei um und verließen den Raum, schlossen die Türe hinter sich. Windham hörte, wie sie verriegelt wurde.

Er legt den Kleiderstapel auf den Hocker und zog sich an: olivgrüne Unterwäsche, Wollsocken in der gleichen Farbe, schwarze, hinten offene Lederlatschen. Jacke und Hosen entsprachen Standard-Army-Drillich, doch war hinten auf der Jacke ein großes, weißes Kreuz aufgenäht, ein weiteres kleines vorne auf der linken Brustseite. Dienstgrad- und Einheitsabzeichen fehlten vollkommen. Ganz unten, unter der Uniform, lag ein durchsichtiger Plastikbeutel, in dem sich ein Stück Seife, ein weißes und ein grünes Handtuch, eine Zahnbürste mit einer kleinen Tube Zahnpasta, zwei grüne Taschentücher und ein kleines Buch befanden. Windham kannte diese Kleidung. Sie wurde von Soldaten getragen, die in einem Militärgefängnis inhaftiert und zu hohen Strafen verurteilt worden waren.

Als er angezogen war, kam der große, schwarze Sergeant wieder. Er musterte ihn mit erbarmungslosen Augen von oben bis unten. Unwillkürlich nahm Windham Haltung an. Der andere Schwarze, der mit dem Schlagstock, trat vor und stieß ihm den Stock feste gegen die linke Brustseite.

»Knopf schließen, Soldat!«, befahl er.

Windham keuchte, krümmte sich zusammen, schloss sofort den Knopf, überprüfte alle anderen. Er nahm wieder Haltung an.

»Setzen!«, kam der nächste Befehl.

Windham setzte sich auf den Hocker, mit dem Rücken zur Tür. Von hinten näherte sich jemand, setzte eine Haarschneidemaschine auf seinen Kopf. Es brummte und innerhalb kürzester Zeit war er kahl geschoren.

Der nächste Befehl: »Aufstehen!«

Windham sprang auf, stand wieder still. Die beiden MPs erschienen neben ihm, legten ihm Handfesseln und Fußfesseln an, verbunden durch eine Kette. Es kam wieder der Sack über seinen Kopf und Windham musste seine Nase in sein eigenes, sauer riechendes Erbrochene stecken. Widerlich! Er konnte sich das erneute Würgen kaum verkneifen und versuchte, nur durch den Mund zu atmen.

Man führte ihn raus an die kalte Luft, warf ihn wieder in den Wagen und stieß ihn nach kurzer Fahrt eine Metalltreppe hoch. Er ahnte sofort, wo er sich befand: in dem gleichen Flugzeug, in dem er vorher auch geflogen worden war. Man fesselte ihn an Ösen auf dem Boden der Maschine, scheinbar an der gleichen Stelle, wie vorher, denn er roch unter sich den scharfen Gestank seiner eigenen Ausscheidungen. Kurze Zeit später waren sie wieder in der Luft. Er glaubte sein Ziel zu kennen, war sich klar, in wenigen Stunden auf der Offutt AFB zu landen.

Wenige Stunden später erreichte die „N313P" der CIA Kuba, ging auf Leeward Point Field, Guantanamo runter, um dort direkt neben zwei Jeeps und einem Van auszurollen.

Geständnis

Er wusste nicht, wo er war. Es war heiß, der Schweiß lief unter dem schwarzen Sack, der seinen Kopf bedeckte, hervor, nässte den Kragen seiner Army-Jacke, vermischte sich mit den Schweißbächen seines Rückens und denen auf seiner Brust. Seine Hose war im Schritt völlig durchnässt, er war wund zwischen den Beinen, musste dringend auf die Toilette. Um seine unbedeckten Körperteile schwirrten die Moskitos, die Handgelenke und seine Finger, völlig zerstochen, brannten, waren geschwollen, die stählernen Handfesseln schnitten ins Fleisch. Sogar unter seiner Haube summten einige der Quälgeister, stachen in seine Wangen, in seine Augenlider. Wehren durfte er sich nicht, Sobald er sich bewegte, stieß ihm von hinten jemand brutal einen harten Gegenstand ins Kreuz, hob seinen Gehörschutz, der ihn fast völlig taub machte, ab und brüllte ihm ins Ohr: »Stehen Sie still, Soldat. Stillgestanden!« Dann bekam er noch einen harten Stoß ins Kreuz und er stand wieder still, versuchte es zumindest, versuchte seine zitternden Beine durchzudrücken, gerade zu stehen, sich nicht zu bewegen, nicht ohnmächtig zu werden. Die Angst vor den harten Stößen in seinen Rücken, vor den Schmerzen, vor dem, was er nicht sehen und hören konnte, ließ ihn sich noch aufrecht halten.

So musste es schon seit vielen Stunden gehen, mindestens drei verschiedene Stimmen hatten ihm das »Stillgestanden!« ins Ohr geschrien. Seit er das Flugzeug verlassen hatte, an der Kette geführt und gezerrt wie ein wildes Tier, war ihm jede Sicht und das Gehör genommen worden, hatte er, außer das Gebrüll seiner Wachen nichts gehört, mit keinem Menschen kommuniziert, ihm war Nahrung, Trinken und der Gang zur Toilette verweigert worden. Er stand in einem Raum, der Boden war fest, er hielt ihn für einen Betonboden. Manchmal spürte er einen Lufthauch an seinen schmerzenden Händen. Vielleicht kam diese heiße, stickige Brise durch ein offenes Fenster oder jemand öffnete eine Türe. Aber nur vielleicht.

Wieder ein Lufthauch, dann nahm ihm jemand den Gehörschutz ab. Er hörte eine andere Person im Raum umherlaufen, einen Stuhl rücken, Papier rascheln. Ein Moskito unter seiner undurchsichtigen Haube stach ihn ins Ohr.

»Lassen Sie den Soldaten rühren und nehmen Sie ihm die Haube ab!« befahl eine kultivierte, aber befehlsgewohnte Stimme.

»Rühren Sie, Soldat!«, kam der Befehl von hinten, dann zog man Windham den Sack vom Kopf.

Verwirrt blinzelte er ins ungewohnte Licht, schaute sich um. Ein Raum von der Größe eines typischen Army-Büros, gut vier mal sechs Meter, weiß gestrichene Wände, mit dunklen, bräunlichen Flecken übersät, nichts an den Wänden, keine Schränke. Vor ihm eine Tür, links daneben ein Army-Schreitisch mit einer Lampe, die nicht eingeschaltet war. Das Licht im Raum kam wohl von einem Fenster hinter seinem Rücken, aber er wagte nicht, sich umzudrehen.

Hinter dem Schreibtisch stand ein hochgewachsener, schlanker Colonel der Marines, gekleidet in einer tadellos gebügelten und erstklassig sitzenden beigefarbenen Wüstenuniform. Er schaute Windham an. »Müssen Sie zur Toilette, Soldat?«

Windham nickte, fügte ein »Yes, Sir!« hinzu.

Die Schläge auf seine Oberschenkel hatten ihn sehr schmerzhaft an das korrekte Verhalten gegenüber Offizieren erinnert.

Der Colonel sah an ihm vorbei. »Sergeant, lösen Sie die Handfesseln. Dann bringen Sie den Private zur Toilette, geben Sie ihm Wasser zu trinken. Er soll sich das Gesicht und die Hände waschen«, befahl er. »Lassen Sie ihm zehn Minuten Zeit«, fügte er hinzu.

Gut eine Viertelstunde später saß Windham vor dem Schreibtisch, während der Colonel dahinter in einer dicken Akte blätterte, nach einigen Minuten aufblickte und ihn halb fragend, halb bestätigend ansprach.

»Private Frederic Windham, ehemals Staff Sergeant der Army im Archivdienst auf der Offutt AFB, Nebraska. Aus der Army ausgeschieden wegen einer unzulässigen Beziehung zu einem Offizier. Seit gestern wieder aktiv. Wegen der fingierten Entlassung hat die Army Ihr ehrenhaftes Ausscheiden aus dem Dienst widerrufen und sie degradiert.« Er wartete einen Moment.

»Ist das richtig, Soldat?«

»Ja Colonel, Sir«, antwortete Private Windham.

Wie der eine MP im Flugzeug vorausgesagt hatte, der Soldat lernte schnell.

Der Colonel las weiter in der Akte, obwohl sich Windham sicher war, dass dieser sie auswendig kannte. Nach einer Weile wandte sich der Offizier wieder an den vor ihm sitzenden Soldaten in der völlig durchgeschwitzten Uniform.

»Willkommen auf der U.S. Naval Station Guantanamo Bay, Soldat. Ich hoffe, es gefällt Ihnen auf Kuba.«

Er lächelte den Gefangenen freundlich an, doch seine Augen waren kalt wie Eis.

Windham war geschockt. Er glaubte „nach Hause", also nach Offutt, gebracht worden zu sein. Aber jetzt verstand er, was hier vor sich ging. Jetzt konnte er sich denken, warum es bei der Zwischenlandung so kalt gewesen war. Man war wohl auf Grönland oder in Gander, Neufundland zwischengelandet. Jetzt war er auf Kuba, außerhalb der USA, außerhalb des amerikanischen Rechtssystems. Hier konnte man mit ihm machen, was man wollte. Hier war er hilflos, alleine, dem ausgeliefert, was die Army mit ihm zu tun vorhatte. In diesem Augenblick resignierte Frederic Windham: Er wusste, er hatte verloren, keiner würde ihm hier helfen. Er beschloss, zu kooperieren.

Der Colonel lehnte sich zurück.

»Wir möchten wissen, was es mit der Halle auf der deutschen Insel Usedom auf sich hat. Wir möchten wissen, was es mit „Exclusive Hunting International Ltd." auf sich hat. Wir möchten alles wissen! Und Sie werden uns das erzählen, Private. Ohne Wenn und Aber, alles was wir wissen wollen, alles was sie wissen, werden Sie uns erzählen!«

Nach ein paar Sekunden: »Sie sollten uns das glauben!«

Er schwieg und schaute Windham ins Gesicht. Der senkte seinen Blick, starrte auf seine zerstochenen, roten, angeschwollenen Hände, die auf den Oberschenkeln lagen, die Handflächen nach unten, so wie es die Army vorschrieb, wenn man vor einem

Offizier saß. »Werden Sie das, Private Windham? Werden Sie mit uns zusammenarbeiten?«, fragte der Colonel ruhig.

»Yes, Sir! Das werde ich«, kam die leise, aber bestimmte Antwort.

Der Colonel schickte den Sergeant hinaus und es erschien ein zweiter Offizier, ein Captain der Air Force, der sich schweigend hinter Windham auf dem Stuhl niederließ, auf dem vorher der Soldat mit dem Gummiknüppel gesessen hatte. Dann schaltete der Colonel die Klimaanlage und ein Mikrofon ein, welches mit einem Aufnahmegerät in der Schublade des Schreibtisches verbunden war.

Und Frederic Windham erzählte alles, begann mit dem Tag, als er zum ersten Mal das „Pensson-Dossier“ in die Hände bekommen hatte.

Nach gut drei Stunden wurde das Verhör unterbrochen. Die Offiziere gingen hinaus und zwei Marines kamen herein. Einer brachte ein Tablett mit zwei Sandwiches und einer Plastikflasche Wasser, der andere setzte sich auf den Stuhl.

Windham aß und trank, war dankbar für diese Vergünstigung.

Währenddessen telefonierte der Colonel über eine abgesicherte Leitung mit einem Anschluss im Weißen Haus. Sein Gesprächspartner hörte sich alles genau an, stellte wenige präzise Fragen. Dann legte er auf, um hinterher sofort eine Nummer im Pentagon anzuwählen.

Militärisches Sperrgebiet

Malte Schröder, der Werkstattleiter, der für die NASA den Aufbau und die Fertigstellung der MMT geleitet hatte, saß am Kopfende des Stammtisches im „Grünen Krug", dem einzigen Lokal des kleines Dorfes auf Usedom.

»Kollegen«, begann er. »Die Firma, die uns beschäftigt hat, wird die Produktion des Moduls, das wir produziert haben, vorläufig einstellen, da die Amerikaner ihr Weltraumprogramm technisch umrüsten werden.«

Die Männer schauten betreten auf den Tisch vor sich, zündeten sich neue Zigaretten an, tranken einen Schluck Bier oder schwiegen einfach.

Endlich fragte einer: »Und nu, Malte?«

Der Gefragte grinste: »Am besten liest euch der Bürgermeister den entsprechenden Teil des Briefes vor.«

Dieser hatte bis dahin völlig ruhig in der Ecke gesessen und erhob sich nun. Einer meinte: »Der ist Lehrer, der kann bestimmt lesen.« Alle lachten.

Der Bürgermeister stand nun, faltete den Brief auseinander und erklärte: »Der Brief ist von der US-Firma ‚International Space Lab & Tec', für die ihr gearbeitet habt.«

Er schwenkte den Brief kurz durch die Luft und begann vorzulesen:

»... weiterhin danken wir Ihnen für Ihre außerordentlich zuverlässige und qualifizierte Arbeit, auf die wir auch zukünftig nicht verzichten möchten. Aber ISLT muss aus technischen Grüßen den Bau eines zweiten Moduls um ein knappes Jahr verschieben.

Sie bekommen für den laufenden Monat und den kommenden Monat Ihr Gehalt zu einhundert Prozent gezahlt. Für die nächsten zehn Monate beträgt unsere Zuwendung fünfundsiebzig Prozent, zuzüglich einer Weihnachtsgratifikation in Höhe von fünfzig Prozent Ihres jetzigen Gehaltes ...«

Die Männer klatschten erstaunt und erleichtert in die Hände.

»Prost«, meinte Malte und alle erhoben ihr Glas.

Der Lehrer fuhr fort: »… Das vorhandene Grundmodul, sowie alle technische Anlagen werden von Ihnen abgebaut, in Container verpackt und auf ein Schiff verladen. Anschließend werden Sie die Anlage für den Bau eines technisch veränderten Moduls vorbereiten. Diese Arbeit muss bis zum fünfundzwanzigsten diesen Monats abgeschlossen sein.

Wir rechnen mit einem neuen Produktionsbeginn zu Beginn des zweiten Quartals des nächsten Jahres.

Mit freundlichen Grüßen

Peter Donald Straubs (Executive Chairman)«

Am nächsten Tag erschienen die Männer morgens in aller Frühe zur Arbeit. Am Tor war vom Bürgermeister ein Schild angebracht worden, das er am Tag zuvor per Post von einem „Hauptmann Gerricke, Bundeswehrverwaltungsamt Bonn", erhalten hatte. In dem Anschreiben war er angewiesen worden, das Schild anzubringen, weil die „ … BRD mit der NASA zukünftig sehr eng kooperiert …" und somit „… verschärfte Sicherheitsbestimmungen …" gelten würden. Er, der Bürgermeister, sei „… für den militärischen Sicherheitsbereich verantwortlich …" und er müsse „… ein unerlaubtes Betreten des Geländes zukünftig durch technische Einrichtungen unterbinden …"

So begannen die Arbeiter damit, alle Geräte abzubauen und in die vorhandenen Transportboxen zu verpacken. Am Nachmittag lief die „Anna Beuten", ein kleiner holländischer Frachter, in das betriebseigene Hafenbecken ein. Vier mittelgroße Container wurden von der Mannschaft an Land gehievt, die im Laufe der beiden nächsten Tage beladen wurden. Am Haken des Krans schwebten sie am Abend des dritten Tages der Reihe nach an Deck des Schiffs, wo man sie verzurrte und sicherte. Anschließend lief das Schiff sofort wieder aus.

In den folgenden Tagen räumten die Arbeiter die Halle auf, säuberten sie, machten die Sanitäreinrichtungen winterfest und verriegelten alle Fenster von innen, brachten an jedem von außen ein Gitter an. Die Zäune wurden erhöht, oben auf dem Zaun und hinter den Zäunen auf dem Boden NATO-Draht ausgerollt. Das Tor wurde durch U-Träger verstärkt, die Pfosten einen weiteren

Meter in Beton gegossen. Die Arbeiter verließen eine ordentlich gereinigte, fast leere Halle, in der nur die beiden großen Schaltschränke und der Tisch für die Computersteuerung stehen blieben. Zum Schluss betätigte der Bürgermeister das Tastenfeld des Schlosses am Halleneingang, aktivierte so die Alarmanlage und sicherte das Tor mit einem riesigen Spezialschloss aus einer Titanlegierung, das als nur schwer zu knacken galt.

Die Männer verließen einen vorbildlich ausgestatteten „Militärischen Sicherheitsbereich" und gingen zufrieden in den „Grünen Krug" auf ein paar Bier und einige Schnaps. Die hatten sie sich verdient!

Die Container wurden in der Nacht von dem kleinen Schiff auf offener See auf einen großen Frachter umgeladen, der unter US-Flagge fuhr. Sechs Tage später hob sie ein Kran in Norfolk, Virginia auf Army-Laster, die sie zur Offutt AFB brachten.

Der Bürgermeister und seine Männer warteten lange auf einen neuen Auftrag. Über die Firma „International Space Lab & Tec" war nichts in Erfahrung zu bringen und auch ein „Hauptmann Gerricke" war beim Bundeswehrverwaltungsamt in Bonn unbekannt. Langsam dämmerte Ihnen, dass da etwas nicht so gewesen war, wie es den Anschein gehabt hatte. Aber alle bekamen pünktlich das angekündigte Geld, die Gemeinde eine Spende über zehntausend Mark und so hielten alle ihren Mund.

Das Urteil

Als der Richter, ein Brigadegeneral der Army, und seine vier Beisitzer nach der Beratung wieder den Gerichtssaal im Keller eines Gebäudes der „U.S. Disciplinary Barracks, Fort Leavenworth, Kansas" betraten, erhoben sich Private Frederic Windham, sein Verteidiger, ein Major der Air Force, die beiden Ankläger der US-Regierung und die vier Wachen, alles Staff Sergeants der MP, von ihren Plätzen.

Windham war so weiß wie die Kellerwände in diesem Raum. Sein Herz schlug bis zum Hals, ihm war schwindelig und übel. Er verstand das meiste nicht, vernahm die Worte als kämen sie von weit her. Aber die entscheidenden Sätze hörte er klar und deutlich.

»Der Angeklagte wird von einem ordentlichen Gericht der Streitkräfte der Vereinigten Staaten von Amerika wegen eines besonders schweren Falls von Geheimnis- und Landesverrat in Tateinheit mit ... innerhalb von vierundzwanzig Stunden ... zu vollstrecken ... entsprechend folgender Paragrafen ... kein Einspruch möglich ... nur der Präsident ...«

»Haben Sie noch etwas zu sagen, Private?«, fragte ihn der Richter.

Windham schüttelte seinen Kopf. »Nein, General, Sir!«

Alle blieben stehen, während der General die letzten Worte sprach: »Möge Gott Ihrer armen Seele gnädig sein!«

Am nächsten Morgen, exakt um sechs Uhr, stand Frederic Windham mit verbundenen Augen, festgebunden an einem Pfahl, vor einer Sandsackbarriere im Hof des Hochsicherheitsgefängnisses.

Er hörte noch das Kommando »Feuer!«, fühlte als Letztes einen fürchterlichen Schlag gegen seine Brust.

Das Krachen der Gewehre verhallte über einem Toten.

Ruhestand

»Ryan beruhige dich! Du schaust aus, als ob du gleich platzt.« Grace M. Hitchman, die resolute, stattliche Frau von Colonel R. Hitchman III, bügelte unbeeindruckt in der Küche weiter, während ihr Mann, eine Kaffeetasse in der Rechten, wie ein eingesperrter Tiger ruhelos durchs Wohnzimmer rannte.

»Ich soll mich nicht aufregen Molly?«, brüllte er.

»Nicht aufregen über diese Hohlköpfe in Washington?«

Molly, ihr Mann durfte sie als Einziger mit ihrem zweiten Vornamen anreden, ließ sich von seinen Wutausbrüchen nicht beeindrucken. Sie kannte diese seit dreißig Jahren und war der Meinung: »Wenn Ryan sich aufregt, regt er sich auch wieder ab.«

Plötzlich hörte sie ihn »Scheiße« sagen, deutlich leiser aber durchaus verständlich. Sie konnte sich vorstellen, was jetzt geschehen war. Wahrscheinlich hatte er mit der halb vollen Tasse eine wütende Bewegung gemacht und jetzt war eine Kaffeepfütze auf dem Boden. Das war nicht das erste Mal an diesem Tag, dass ihm das passierte.

»Molly, wo sind die Kleenex? Ich habe den Kaffee verschüttet.«

Er brüllte nicht mehr.

Sie verdrehte die Augen, nahm die Küchenrolle von der Spüle und ging ins Wohnzimmer. Ihr Mann stand vor dem Kamin, hielt die tropfende Tasse von sich gestreckt und schaute zornig auf sein bekleckertes linkes Hosenbein und auf die mit Kaffee „verzierten" hellen Fliesen.

»Wenn das einer deiner Soldaten gemacht hätte, wäre er als Schnecke aus deinem Büro gekrochen, um dann an den nächsten drei Wochenenden Wache zu schieben«, bemerkte sie spitz.

Sie fühlte, wie er sich ärgerte, als sie den Kaffee vor seinen Füßen wegwischte, aber er sagte nichts.

»Ist noch Kaffee in der Kanne?«, wollte er wissen.

»Schau dich mal im Spiegel an«, kam ihre Antwort.

»Du bist im Gesicht rot wie eine Tomate und dein Blutdruck ist auf zweihundert. Wenn du deine Pension noch genießen willst, solltest du auf Tomatensaft umsteigen.« Nach einem Augenblick fügte sie hinzu: »Und zwar ohne Wodka!«

Sie ging wieder in die Küche und er hörte sie dort rumhantieren.

Der Colonel wusste, dass seine Frau Recht hatte. Aber seit vorgestern war seine geordnete, heile, planbare Welt aus den Fugen geraten. Er setzte sich in seinen großen Sessel, schleuderte seine Hausschuhe fort.

»Ryan, zieh bitte deine Hose aus, die kommt gleich in die Waschmaschine«, kam die ruhige, aber bestimmte Aufforderung aus der Küche.

Seufzend erhob er sich, zog die Hose aus und warf sie im hohen Bogen in die Küche hinein.

»Danke, mein Schatz«, kam von dort das Echo.

»Schneller ging es wirklich nicht.«

Egal, was er sagte oder tat, seine Frau wusste immer die passende Antwort und er konnte dem nichts entgegensetzen und das schon seit dem ersten Tag ihrer Ehe. Er setzte sich wieder, saß dort in seinem roten Holzfällerhemd, den grauen Army-Strümpfen und in seinen olivgrünen Army-Shorts.

Im letzten Jahr, bevor er Burns zum LTC beförderte, hatte man ihm im Pentagon signalisiert, er würde bald seinen ersten Stern bekommen und als General eine Pionier-Brigade kommandieren. Dann kam diese unsägliche Schwulenaffäre um Burns und Windham und seine Beförderung legte man aufs Eis, deutete an, er müsse doch noch ein Jahr warten.

Er dachte schon gar nicht mehr an die ganze Angelegenheit, als vor sechs Wochen früh morgens plötzlich ein Air-Force-General und zwei Geheimdienst-Typen in seinem Büro erschienen, ihn per Unterschrift zum Stillschweigen vergatterten und mit ihren Untersuchungsergebnissen konfrontierten.

Er war geschockt! Den beiden war es tatsächlich gelungen, TOPSECRET-Unterlagen zu kopieren, eine Entlassung zu provozieren, und sie danach zu verkaufen. Er erfuhr von „Exclusive

Hunting International“, vom Verschwinden der Jagdgruppe und von der Vollstreckung des Todesurteils gegen Windham.

Der Diebstahl und der Geheimnisverrat waren unter seinem Kommando geschehen. Die Befehle für die Übertragung der Aufgaben an die beiden Soldaten, er hatte ihnen vertraut und sie gefördert, trugen seine Unterschrift. Er war der kommandierende Offizier gewesen, er war verantwortlich! Jetzt wollte man seine „balls“, seine Eier, auf einem Tablett anrichten, so wie er es seiner Frau gegenüber formulierte.

»Sie werden ihre Verantwortung zu tragen haben. So oder so!«, orakelte der General, bevor die drei Männer wieder gingen und einen ratlosen Colonel Hitchman zurückließen. Der saß den ganzen Nachmittag auf seinem Bürosessel und grübelte. Jetzt war er froh über den Geistesblitz, den er vor einigen Monaten gehabt hatte.

Vor zwei Tagen war er ins Pentagon befohlen worden, verbrachte genau zehn Minuten im Büro des Vier-Sterne-Generals, der ihn in Offutt aufgesucht hatte, und als er das Büro wieder verließ, war er pensioniert.

»Das Archiv wird dem Pentagon direkt unterstellt, damit solche Pannen nicht mehr passieren!« meinte der General mit schneidender Stimme und ließ den Colonel stehen, während er in seinem Ledersessel hinter dem Schreibtisch saß. »Die Army versetzt Sie vorzeitig in den Ruhestand. Ihre Pension wird um ein Siebtel gekürzt.«

Er händigte dem völlig perplexen Offizier die Urkunden aus.

»Unterschreiben können Sie bei meinem Adjutanten. Ich wünsche Ihnen alles Gute, Colonel.«

Er erwiderte im Sitzen den korrekten Gruß von Hitchman. Der machte eine Kehrtwendung, unterschrieb drei verschiedene Papiere und war schneller draußen, als er es sich hätte träumen lassen.

Als er am nächsten Mittag zu Hause ins Wohnzimmer ihres Bungalows platzte, war er immer noch sprachlos. So kannte ihn seine Frau gar nicht. Am Nachmittag verschwand er im Büro, kam abends sehr spät mit einer Whiskyfahne heim, fiel ins Bett und schnarchte los. Seine Wutausbrüche begannen erst an diesem Morgen.

Die nächsten vierzehn Tage erwiesen sich als stressig und voller Arbeit. Er übergab sein Kommando, musste seine Sachen aus dem Office holen, wobei jeder Fetzen Papier von zwei Geheimdiensttypen überprüft wurde. Seine Frau bestellte die Umzugsfirma, löste den Haushalt auf, die meisten Möbel gehörten ihnen und nicht der Army, und packte die persönlichen Dinge zusammen.

Am letzten Tag des Monats stiegen Mrs Molly und Mister Ryan Hitchman in ihren Grand Cherokee, einen großen Anhänger von U-Haul am Haken, und verließen die Offutt AFB, Nebraska in Richtung Wyoming. Sie würden auf der Ranch ihrer Schwester wohnen, die dort mit ihrem Mann Pferde und Rinder züchtete. Die Mutter der beiden Schwestern war vor zwölf Monaten gestorben und seitdem stand ihr Elternhaus leer. Für die Hitchmans, die dreißig Jahre lang Standardbungalows der Army gewöhnt waren, würde es mehr als groß genug sein.

Ryan war merkwürdig schweigsam und Molly nahm an, ihrem Mann würde die ganze Angelegenheit mehr zu Herzen gehen, als sie es sich vorstellen konnte. Sie beschloss, ihn in Ruhe zu lassen, bis er mit seinen Gedanken nicht mehr bei seiner „fucking Army" war.

Seine Gedanken aber waren ganz woanders. Sie galten dem unauffälligen grauen Briefumschlag, der ganz unten in seiner Waffenkiste lag. Er besaß drei private .45-er Colt und einen Revolver, sowie ein Remington-Gewehr mit Kevlarschaft für die Jagd. Unter den Waffen, unter einem doppelten Boden, war der Umschlag versteckt. In ihm befand sich eine komplette Kopie des „Pensson-Dossiers".

Drittes Buch:

Bar-u-lut

Die Hündin

Wovon William endgültig wach wurde, wusste er nicht, es war ihm in diesem Augenblick auch egal. Das eiskalte Wasser stieg rasch an im Innenraum des Moduls, er prustete und hustete, weil er es irgendwie inhaliert hatte. Sarah schrie laut um Hilfe und die Hündin bellte verzweifelt. Mittlerweile standen sie fast bis zur Brust in dem gurgelnden, grünen Wasser.

»Gib mir deine Hand Sarah«, schrie William und streckte den linken Arm weit aus, während er sich mit der Rechten am Türrahmen festhielt. »Halte dich fest!«

Sarah umklammerte mit beiden Händen seinen Arm, gleichzeitig versuchte die Hündin, die bereits schwimmen musste, panisch auf Williams Schultern zu klettern.

In dem Augenblick gab es einen Ruck und das Modul knirschte. Es hatte auf dem Grund des Gewässers aufgesetzt, wurde aber von der Strömung langsam vorwärtsgeschoben.

»Wir müssen raus hier. Halte dich ganz fest, ich versuche, die Türe zu öffnen.«

»Was ist passiert William?« Panik war in Sarahs Stimme zu hören. »Wo sind wir?«, schrie sie.

»Halte dich fest. Zuerst müssen wir drei hier raus, dann sehen wir weiter. Lass mich bloß nicht los!«

Es war entsetzlich kalt. Der Farbe und der Temperatur des Wassers nach, mussten sie sich in einem Fluss befinden, der aus einem Gletscher entsprang. William drehte sich um und versuchte, die Türe des Moduls aufzuziehen. Er brauchte einen Moment, bis er den Knebel gedreht hatte, dann zog er mit aller Kraft. Langsam öffnete sich die Türe gegen den Wasserdruck. Seine Freundin schlang in ihrer Todesangst die Arme um seinen Hals und drückte ihm die Luft ab, während die Hündin glücklicherweise ihre Versuche aufgegeben hatte, auf ihn zu klettern. Die schwamm in dem Modul hektisch im Kreis herum und winselte.

»Lass mich los Sarah. Du drückst mir die Luft ab!«, würgte William. »Sarah lass mich los!« Er schrie es heraus, so laut er konnte.

Endlich ließ der Druck ihrer Arme auf seinen Hals nach und er konnte wieder einigermaßen atmen. Hinter sich hörte er seine Freundin husten und Wasser spucken. Die Türe war jetzt weit genug geöffnet, um durchschlüpfen zu können.

Das Knirschen und Schaben des Moduls, das vom Wasser über den Grund bewegt wurde, änderte seine Lautstärke, hörte sich plötzlich bedrohlich an. Langsam fing ihr Käfig an, sich in der Strömung zu drehen.

William wurde klar, in welcher Gefahr sie hier schwebten. Die Strömung konnte das Modul umwerfen und sie würden in ihm ersäuft werden wie junge Hunde. Sollte sich das Modul weiter drehen und die Strömung auf der Tür stehen, wäre es unmöglich, gegen diese ihr Gefängnis zu verlassen. Auch stieg der Wasserspiegel jetzt wieder und William stand mittlerweile bis zum Hals im Wasser, während Sarah sich auf ihn stützte und ihm das Winseln des Tieres immer kläglicher erschien.

»Raus!«, befahl er und zog sich und Sarah am Türrahmen nach draußen. Die Hündin folgte ihnen. Alle begannen, seitwärts vom Modul wegzuschwimmen, wobei William seine Freundin hinter sich herzog. Das Tier hielt sich dicht an seiner Seite. Jetzt erwischte sie die Strömung und schob sie schnell zwischen großen Steinblöcken hindurch in flacheres, ruhigeres Wasser. Hinter sich vernahm der Engländer ein lautes Knirschen, dann ein Splittern von Glas und das Geräusch sich verbiegender Metallstreben. Die Strömung hatte den großen Glaskasten mit seinem gesamten Inhalt zwischen den dicken Steinen zermalmt.

Hastig zerrte William Sarah in Richtung Ufer. Seine Füße fanden den Grund und er richtete sich auf. Sarah hing wieder an seinem Hals und er bekam kaum Luft.

»Sarah hinstellen. Stell dich hin!«

Er ergriff ihre Unterarme und löste sie schnell und brutal von seiner Gurgel.

»Steh auf Sarah! Aufstehen!«, brüllte er.

Ihr Körper erschlaffte und er drehte sich blitzschnell um, hob ihr Gesicht aus dem Wasser, schüttelte sie.

»Atme!«, schrie er sie an.

Er rüttelte ihren ganzen Körper durch, während ihn die Angst die Kälte des Wassers vergessen ließ.

»Atme! Wach auf Schatz!«

Wieder schüttelte er den Körper der Frau. Endlich bewegte sie sich, gab leise, klagende Laute von sich. Hastig zog er sie ans Ufer. Dort stand bereits Wenja und schüttelte sich so gekonnt, dass die Wassertropfen in weitem Bogen wegflogen. Sie drehte sich um, schaute die beiden Menschen an, als wollte sie sagen: »Jetzt ist wieder alles O.K. Ich bin trocken. Wir können weiter.«

Aber sie schien zu verstehen, dass die Menschen ihr nicht folgen würden. Sie lief auf die beiden zu, schnüffelte an ihnen, jaulte leise. Sie spürte, etwas stimmte hier ganz und gar nicht und sie schien zu ahnen, es würde auch ihr Leben verändern.

Sarah lag auf der Seite, die Augen geschlossen, ihren blauen Lippen entwich ein leises, qualvolles Stöhnen. Ihr Körper zitterte wie Espen im Wind und das Gesicht erschien völlig blutleer.

»Sarah kannst du mich hören?«

William kniete neben ihr und strich ihr das nasse Haar aus dem Gesicht.

»William«, flüsterte sie. »Ich kann mein Bein nicht bewegen. Mein linkes. Es tut so weh.«

Sie fing an zu weinen. »Und mir ist so kalt«, schluchzte sie.

Das Tier drängte sich an den Mann und der strich ihm über das feuchte Fell. Es fühlte sich erstaunlich warm an.

»Braves Mädchen«, sprach er leise die Schäferhündin an. »Brave Wenja.«

Plötzlich bellte Wenja laut, schaute das Ufer hinauf, bellte wieder und blieb bewegungslos stehen, beobachtend, die Ohren gespitzt, den Schwanz in die Höhe gestellt.

»Was ist los mit ihr?«, dachte sich William.

Er folgte ihrer Blickrichtung. Dort oben, gut zwei Meter über ihnen, standen drei Männer und blickten auf sie hinab.

»Indianer«, ging es William im ersten Augenblick durch den Kopf.

Sie starrten sich an, der nasse Mann, der neben der weinenden Frau kniete und die drei Männer, ein älterer und zwei junge. Sie trugen ärmellosen Felljacken, die hellbraunen Haare nach außen gedreht, wahrscheinlich vom Reh oder vom Hirsch. Darunter schaute eine Art knielanger Hosen hervor, aus dem gleichen Fell hergestellt. Verschlossen wurde alles von Leder- und Fellstreifen. Stirnbänder, gut drei Finger breit, mit bunten Verzierungen, hielten ihre dunklen, langen Haare aus dem Gesicht, die hinten, mehrfach von Lederschnüren umwickelt, als Zopf geflochten, bis fast zur Hüfte herunterhingen. Der etwas kleinere der beiden jüngeren Männer trug seinen Zopf deutlich kürzer, auf seiner rechten Wange erkannte William eine frische Narbe. Alle hatten ihre Gesichter mit schwarzen Punkten auf der Stirn und einem Strich auf dem Nasenrücken verziert.

An den Füßen trugen sie eine Art Pantoffeln aus geflochtenen Zweigen, unter die Lederstücke als Sohlen befestigt waren. Am Hals des Älteren hingen Lederschnüre mit Amuletten in verschiedenen Formen aus einem beigen Material, es sah aus wie verwittertes Elfenbein. Wohl eine Minute lang bewegte sich niemand, betrachteten sich die beiden Gruppen wortlos, zögernd. Dann endlich stiegen die drei Männer das Ufer hinab, hielten zwei Meter vor dem Paar, betrachteten das Elend dort auf der Kiesbank des schnell fließenden Flusses. Wenja blieb ruhig, entspannte sich zusehends. Wieder blickte man sich gegenseitig prüfend an, ohne sich groß zu bewegen.

Dann sprach der ältere der drei Männer ein Wort, das sich für William wie „che" anhörte. „Che" mit gutturalem, kehligem „ch".

»Che, che«, bekräftigten die beiden Jüngeren und stießen mit ihren Speeren, die sie in ihrer rechten Hand trugen, auf den Boden.

Die Hündin ließ den Schwanz sinken, lief völlig gelöst auf die drei Männer zu und begann, an ihnen zu schnüffeln. Sie wollte sie scheinbar kennen lernen, nachdem sie diese Menschen anscheinend als „harmlos" eingestuft hatte.

Die Männer blieben regungslos stehen, die Speere, mit den merkwürdigen Pfeilspitzen nach oben gerichtet, fest auf den Boden gestemmt. Sie schielten nach unten auf ihre nackten Beine, die, ab den Knien, unter den schmutzigen Fellhosen hervorschauten. Scheinbar war es ihnen völlig neu und auch nicht ganz geheuer, dass sie ein Hund beschnüffelte. Als das Tier ausreichend geschnüffelt und sich wohl umfassend über die Besucher informiert hatte, lief es zu William und Sarah zurück, legte sich flach neben die beiden auf den Kies und schloss die Augen. Die Hündin war zufrieden mit sich und ihrer Welt.

»Che'ma«, meinte der Ältere der Drei diesmal und die beiden Jüngeren antworteten bekräftigend: »Che'ma, che'ma.«

Wieder stießen sie mit den Speerschäften auf den Boden.

Che und che-ma waren die ersten beiden Wörter, die William in der Sprache dieser Menschen lernen würde. Che bedeutete Wolf und che'ma war der Begriff für das weibliche Tier, bezeichnete demnach eine Wölfin.

Abschied

Der ältere Mann, William schätzte ihn auf sechzig Jahre, kniete ihm gegenüber neben Sarah, die, ihre Augen fest geschlossen, leise wimmerte und stöhnte. Sie wurde von Schüttelfrost geplagt und fühlte sich eiskalt an. Die blauen Lippen bildeten einen erschreckenden Kontrast zu ihrem blutleeren Gesicht.

Etwas ratlos starrte der Mann auf Sarahs Kleidung, während er einen monotonen Sprechgesang vor sich hinmurmelte. Seine Finger glitten über ihr Gesicht, ihre Haare, die Fingerkuppen verharrten auf der Stirn, als wollte er mit ihnen die Gedanken der Kranken erforschen.

William konnte den strengen Geruch des Mannes aus dieser Entfernung deutlich riechen, ein Geruch nach Schweiß und ranzigem Fett, überlagert von einer ungeheuer intensiven Wolke von Rauch.

Jetzt tastete der Fremde den Körper der Frau ab, so wie ein Arzt es tun würde, ohne allerdings seine Hände unter ihre Kleidung zu schieben. Als er das linke Bein berührte, zuckte die Bewusstlose zusammen, stöhnte lauter. Der Mann runzelte die Stirn, wechselte zum rechten Bein über, dann zurück zum linken. Sein Sprechgesang verlosch, er flüsterte etwas in seiner Sprache, worauf sich einer der beiden Männer zu ihm runterbeugte, während der andere aufmerksam die Umgebung beobachtete.

William vernahm ihre abgehackte, vokalreiche Sprache, verstand jedoch kein Wort. Es gab eine kurze, geflüsterte Beratung zwischen den beiden Männern. Der Jüngere nahm von dem Älteren eine Art Beutel, den dieser an einem Fellstreifen um seine Hüften gebunden hatte, lief die Böschung hoch und verschwand in den Uferbüschen, die, dem Aussehen der Blätter nach, Weiden sein mussten. Die Hündin richtete sich auf, sah dem Mann nach und gab ein leises „Wuff“ von sich, was die beiden Eingeborenen sehr zu verwundern schien.

Der Jüngere sah zum Älteren hinüber und sagte einen kurzen Satz, in dem wieder das Wort che'ma vorkam. Der Angesprochene – William hielt ihn für eine Art Häuptling – knurrte bloß.

Er schaute William mit seinen eisblauen Augen an, machte ein Zeichen und deutete auf Sarahs linkes Hosenbein. Er wollte sich wohl die Verletzung anschauen, konnte aber mit dem Kleidungsstück nichts anfangen. Der Engländer nickte und sagte leise und betont: »Ich verstehe. Ich werde ihr die Hose ausziehen.«

Sein Tonfall und seine Sprache erstaunten die beiden Männer und er erblickte zwei ratlose Gesichter. Handeln schien besser zu sein als sprechen, erkannte er, griff unter ihre Jacke, schob sie hoch, öffnete den Gürtel und den Reißverschluss der Hose. Er hob das Becken der Frau an, was diese mit einem lauten Stöhnen quittierte, zog die Hose über ihren Po runter, entknotete die Schnürsenkel ihrer wasserfesten Outdoor-Schuhe, zog diese von den Füßen. Er deutete auf ein Hosenbein und zog an dem anderen. Der Mann verstand und half mit, der Frau die Jagdhose auszuziehen.

Beide Eingeborenen starrten abwechselnd auf die Hose und die grünen Boxershorts, die die Frau als Unterwäsche trug. Der Ältere nahm den Stoff der Hose zwischen seinen Fingern und rieb ihn. Auch die Unterwäsche schien ihm interessant zu sein. Er packte vorsichtig den Saum der Shorts, ertastete die Konsistenz des Materials. Er sah den Jüngeren an und sagte zwei kurze Worte, die von diesem bestätigt wurden. Viel später erfuhr William den Sinn der Worte: „Dünn, kalt."

Nun deutete der Ältere auf Sarahs linkes Bein. Das Schienbein war geschwollen bis unter die Kniescheibe, seitlich außen tropfte mit Wasser vermischtes Blut auf den Kies. An dieser Stelle schaute ein Knochensplitter aus der blau gemaserten Haut. Ein offener Bruch, erkannte William. Diese Verwundung musste unverzüglich chirurgisch behandelt werden, sonst war das Leben seiner Freundin in höchster Gefahr!

Die Hündin ließ wieder ihr „Wuff" ertönen, als der dritte Mann zurückkehrte. Er trug vier lange, gut Handgelenk dicke Stangen aus einem Holz mit heller, wenig gemusterter Rinde. Es schien Weidenholz zu sein, vermutete William und später wurde seine Vermutung bestätigt. Das Holz stammte von drei bis vier Meter hohen buschartigen Gewächsen mit schmalen, lanzettartigen

Blättern, von Salweiden. Die drei Männer zogen ihre ärmellosen Felljacken aus, steckten die Stangen durch die Armausschnitte, die Rückenteile nach oben. Jetzt begriff er, was sie vorhatten. Mit dieser provisorischen Bahre würden sie die Kranke tragen. Wohin konnte er nur vermuten, wahrscheinlich in ein „Tipi" oder wie auch immer ihre Zelte heißen mochten. Die beiden Jüngeren legten die Bahre neben die Frau und machten dem Fremden Zeichen, er solle ihnen helfen. Zusammen schoben sie die Frau über den Kies und zogen sie auf die Bahre. Sarah stöhnte laut auf, öffnete die Augen, schaute sich verwirrt um und begann zu schreien, als sie das bärtige, zerfurchte Gesicht des Häuptlings erblickte. Danach fiel sie wieder in Ohnmacht. Gemeinsam zogen sie die Ohnmächtige wieder an. Die beiden Jüngeren nahmen nun jeweils links und rechts eine Stange in die Hand, hoben die Frau wie eine Puppe hoch und gingen los. Der Ältere führte die Gruppe an, während William mit der Hündin neben der Frau auf der schaukelnden Trage herlief.

»Wenja komm«, sagte William zu der Hündin, als sie etwas zurückblieb, an einem Erdloch schnuppernd, und klopfte dabei leicht auf seinen Oberschenkel. Die Angesprochene spitzte ihre Ohren, verstand anscheinend genau was gemeint war, bellte kurz und schloss zur Gruppe auf. Ihr schien es hier zu gefallen.

Sie liefen weit in die Dunkelheit hinein, wobei die beiden Träger die Frau nur einmal absetzten, um zu urinieren. Sie waren unter ihren Fellröcken nackt und jetzt verstand William, wieso sie so erstaunt über Sarahs Boxershorts gewesen waren. Nach mehreren Stunden Marsch über eine mit Gras bedeckte und mit Buschinseln bestandene Ebene konnte William im Mondlicht eine dunkle Linie erkennen. Er hielt sie für einen Waldrand, aber es war das jenseitige Steilufer eines kleinen Flusses, den sie nach wenigen Minuten erreichten und durchwaten mussten. Das Wasser reichte den Männern bis zum Bauch und es war ebenso kalt, wie das des Flusses, in dem das Modul gelandet war.

Die beiden jungen Männer, die, ohne sichtbare Anstrengung, die ganze Zeit die Trage mit der Frau getragen hatten, machten Zeichen, die auch William verstand. Alle Vier hoben die Trage hoch und legten die Stangen auf ihre Schultern, damit die Frau, die nun wieder leise vor sich hinstöhnte, nicht unnötig nass wurde. Am Ufer angelangt, setzten sie die Trage ab und der Häuptling berührte William am Arm, deutete nach oben auf eine flackernde Lichtquelle.

»Bar-u-lut«, sagte er langsam und deutlich.

Er wiederholte, während er nach oben zeigte: »Bar-u-lut.«

William glaubte zu verstehen. Das konnte nur „Höhle“ heißen.

»Bar-u-lut«, wiederholte der. Die ersten Worte, die er in dieser Sprache sagte. Es dauerte fast ein halbes Jahr, bis ihm klar wurde, dass dieser Clan mit bar-u-lut zwar die Höhle bezeichnete, es wörtlich übersetzt aber der „warme Platz“ bedeutete.

Einer der beiden Jüngeren ließ einen lauten, lang anhaltenden Ruf ertönen, der wie das Heulen eines Wolfes klang. Von oben antwortete jemand mit einem ähnlichen Ruf.

Neben ihm sagte der Häuptling »Che« und William verstand nun den Sinn des Wortes. „Che“ bedeutete wohl Wolf und die Männer hatten die Hündin für einen Wolf gehalten. Er bestätigte das che, so wie es die Jüngeren taten, wenn der Ältere etwas sagte. Jetzt fiel Wenja mit lautem Bellen in die Antwort ein. Nach einem Moment Ruhe lachten alle und der Alte artikulierte »Che-ma«, was William plötzlich auch zu übersetzen vermochte. Wenja war eine che-ma, eine Wölfin.

Zwei Personen kamen von oben herabgestiegen, beugten sich über die Sarah. Sie besaßen lange, glatte Haare, schienen Frauen zu sein, was auf den ersten Blick in der Dunkelheit und bei der unförmigen Fellkleidung nicht eindeutig zu erkennen war. Man nahm die Trage auf und wenige Minuten später betrat William zum ersten Mal den Ort, den diese Menschen bar-u-lut nannten.

Hinter ihnen schlüpfte die Hündin in die Höhle, was die Eingeborenen mit einem Flüstern kommentierten. Wieder vernahm William das Wort che. Sie umkreiste das Feuer und verschwand links hinten im Dunkeln der Wohnstätte. Von dem Feuer, direkt links neben dem Eingang, wurde die Höhle nur schwach erleuchtet. Die Träger setzten die Trage in der Nähe der wärmenden Flammen ab, neben eine alte, schmutzig aussehende Frau, die, bekleidet mit dem üblichen Fellumhang, dort hockte und mit dem Oberkörper schaukelte. Ihre langen, grauen Haare wurden hinten durch ein Fellband zusammengehalten und reichten fast bis auf den Boden. Aus ihrem zerfurchten Gesicht blickten William zwei strahlend blaue Augen musternd an. Ohne ihren Sprechgesang zu unterbrechen, machte sie ein schnelles Zeichen mit beiden Händen, beugte sich dann über die Kranke.

Lange strichen ihre Finger über das Gesicht Sarahs, während sie Wörter in ihrem eigenartigen Singsang murmelte. Plötzlich beendete sie ihre Beschwörungen, sagte laut und klar einen kurzen Satz. Sie stand auf und verließ den Platz am Feuer, verschwand im hinteren Teil der Höhle, wo ein weiteres, kleineres Feuer brannte. Die drei Männer und die beiden Frauen, die beim Tragen geholfen hatten, folgten.

William beugte sich zu Sarah runter und streichelte ihre Wange. »Schatz hörst du mich? Sarah wach auf!«

Noch einmal sprach er sie an, aber wieder erhielt er keine Antwort. Er beugte sich tiefer zu ihr hinab, wollte sie wieder anreden, da verstand er. Sarah würde nie wieder antworten, Sarah war tot.

Am nächsten Morgen trugen die vier Frauen des Clans den Leichnam hinunter zum Fluss und William folgte ihnen zusammen mit der Hündin. Sie schien seine Trauer zu spüren und winselte leise. Oberhalb des Ufers hoben die Frauen mit Teilen eines Hirschgeweihs und flachen Grabstöcken eine kleine Grube aus. Sie legten die Tote hinein, deckten über das Gesicht, das die alte Frau mit weißer Farbe bemalt hatte, ein kleines Stück Leder und schoben die Erde über den Körper. Darauf schichteten sie Steine, die sie vom Ufer des Flusses holten, bis ein knapp kniehoher Hügel entstanden war. Anschließend gingen sie zurück in die Höhle, wohl um ihre Tagesarbeit fortzusetzen.

William stand mit Wenja neben dem Grab, versuchte zu beten, was ihm nicht gelang. Wirre Gedanken gingen durch seinen Kopf, wie ein Kreisel drehten sich Bilder ihrer gemeinsamen Zeit vor seinem inneren Auge: Sarah und er im Pool an ihrem ersten gemeinsamen Tag, in Berlin beim Abendessen zu zweit, auf der Jagd, auf der Flucht vor den Sauriern, Sarah in seinen Armen, er erinnerte sich an ihre kühle Distanziertheit, wenn sie ihren Angestellten Anweisungen gab, Sarah im Abendkleid, er und Sarah ...

Jetzt war er allein. Allein unter diesen, ihm fremden Menschen, die ihn freundlich aufgenommen, ihn mit Speisen versorgt und seine Trauer akzeptiert und verstanden hatten. Allein mit dieser schrecklichen Erkenntnis, die ihn in der letzten Nacht getroffenen hatte wie ein Blitz. Die Erkenntnis, in welcher Zeit er sich befand: Er war in der Steinzeit gelandet, viele tausend Jahre vor dem zwanzigsten Jahrhundert, aus dem er aufgebrochen war. Er sank auf die Knie, legte die Arme über die Steine, unter denen seine große Liebe lag, fühlte die Kühle der großen, rund geschliffenen Kiesel an seinen heißen Wangen und nahm so Abschied von ihr und auch den anderen, die ihn begleitet hatten, während die Hündin ihren warmen, streng riechenden Körper an ihn drängte, als wolle sie ihn trösten. Er blieb so lange, bis seine Tränen versiegten und ging dann langsam den Pfad hinauf zur Höhle, gefolgt von dem treuen Tier.

Ihm wurde erschreckend klar, sein Leben würde sich völlig verändern. Die Maschine hatte ihn in eine Kultur katapultiert, die ihm völlig fremd war. Würde er hier überleben können? Würden ihn diese Menschen akzeptieren, ihm zukünftig Schutz und Nahrung gewähren?

Wi-lam

William verließ die Höhle und Wenja, die Hündin, folgte ihm. Innen war ihm die merkwürdige Stimmung aufgefallen, er hatte gespürt wie die Frauen ihn beobachteten, gehört, wie sie über ihn flüsterten. Doch kam deren Verhalten ihm nicht bedrohlich vor, eher schienen diese Menschen ratlos zu sein. Sie wussten ihn nicht einzuordnen in ihre Vorstellungswelt, in ihr Leben, in das was sie kannten.

Immer wieder streiften die Blicke der vier Frauen die Hündin, hörte er das che'ma, vermochte er die Verblüffung der Menschen zu erkennen, dass ihm eine Wölfin folgte. Nur die Alte mit den blauen Augen hockte neben dem Feuer direkt am Eingang, schaukelte mit ihrem Oberköper und murmelte ihre magischen Sätze. Die anderen Frauen schienen sie zu verehren, ihr großen Respekt entgegenzubringen. Eine junge Frau, mehr ein Mädchen denn eine Frau, brachte ihr Fleisch zum Essen. Sie kniete vor ihr, senkte den Kopf und überreichte das pfundschwere, schwarz angekohlte Stück mit beiden Händen. Die Alte murmelte, führte die Speise zur Stirn, wie zum Dank und fraß sie dann im wahrsten Sinne des Wortes mit großem Appetit und erstaunlicher Geschwindigkeit auf. Sie wischte ihre Hände an ihrem Fellumhang ab und nahm ihren leisen Singsang und ihr Schaukeln wieder auf.

Neben der Alten lagen zwei Knaben auf einem Lager aus Blättern und Zweigen. Sie schliefen fest, ließen sich durch nichts stören.

»Haben die einen gesunden Schlaf«, dachte sich William.

Wieso die so müde waren, erkannte er am Abend: Die Jungen wachten jede Nacht über das Feuer, schleppten Holz aus der kleinen Nebenhöhle heran und holten am Nachmittag Holz aus den Wäldern für die Nacht. Ihnen war eine wichtige Aufgabe übertragen worden, sie waren die „Hüter des Feuers", ein Amt, das jeder Junge für ein oder zwei Jahre übernahm, bevor er an den ersten Jagden teilnehmen durfte. So lernten sie, Verantwortung für den Clan zu übernehmen, denn das Feuer durfte nie ausgehen!

Aus dem Hintergrund der Höhle war das Lachen der kleineren Kinder zu hören, die gerade aufwachten und bald ins Freie kommen würden. Dort hinten schien sich noch ein Mitglied des Clans aufzuhalten, das William bisher noch nicht zu Gesicht bekommen hatte. Es musste eine Frau sein, denn die drei Männer dieser Gruppe waren bereits beim ersten Tageslicht zur Jagd aufgebrochen.

Der junge Engländer trat vor den Höhleneingang und blickte über die ruhige, abwechslungsreiche Landschaft im ersten Sonnenlicht eines Frühsommertages: Dort unten, der kleine Fluss, den sie vorgestern Abend durchwaten mussten, dahinter eine steppenartige Graslandschaft mit Baum- und Buschinseln, die erst viele Kilometer weiter an einem schemenhaften Waldrand endete. Halbkreisförmig eingerahmt wurde die Ebene von einem Höhenzug aus dicht bewachsenem Kalkstein. An diesem mäanderte der schmale Fluss mit seinen kiesigen Ufern und kleinen, teichartigen Ausbuchtungen entlang.

Er stellte fest, dass jeder Beobachter einen guten Ausblick auf das, was dort unten geschah von der Höhle aus hatte. Man konnte Wild erblicken, wenn es zur Tränke an den Fluss kam und würde jeden sehen, der sich bar-u-lut näherte.

William erkannte aber auch den Nachteil: Jeder, der sich näherte, konnte die Höhle schon von Weitem bemerken, besonders in der Nacht, wenn das Flackern des Wachfeuers aus großer Entfernung zu sehen war.

»Gibt es hier keine Feinde, keinerlei Gefahren?«, fragte er sich.

Eine junge Frau erschien, es war diejenige, die der Alten das Fleisch gebracht hatte, und übergab ihm mit der gleichen respektvollen Gebärde sein Frühstück: einen großen Knochen, an dem sich eine beachtliche Menge gebratenen Fleisches befand. Dazu legte sie vor ihm ein kleines Stück Baumrinde ab, auf dem einige Beeren und Kräuter lagen. Nun blickte sie dem groß gewachsenen Fremden scheu ins Gesicht und lächelte. Der lächelte offen zurück, sah ein Paar rehbraune, sanfte Augen in einem Gesicht, geschwärzt vom Rauch des Feuers, an dem die Mahlzeiten zubereitet wurden. Ihre langen Haare hielt im Nacken ein schmales Band aus Leder zusammen, welches mit kleinen, bunten Perlen oder Steinchen verziert war. Später sollte er erfahren, dass diese Verzierungen aus dem „Geld“ der Steinzeit bestanden, aus Muschel- und Meeresschneckenschalen. Diese kamen über alte Handelswege von weit her, waren äußerst wertvoll und ließen sich gegen alles Mögliche eintauschen. Nur die Knollen aus Feuerstein, aus denen die kunstvollen Pfeilspitzen geschlagen wurden, waren noch wertvoller und begehrter.

Wenja jaulte und schielte nach dem Fleisch. Sie war hungrig. William riss die großen Fleischbrocken ab und gab dann den Knochen mit den Resten, den Sehnen, dem Fett und dem großen Knorpel der Hündin, die sich hungrig darüber hermachte. Noch lange biss sie an dem Knochen herum, bis sie ihn aufbekam und das Mark aus ihm herauslecken konnte. Später lief das Tier zum Fluss runter, um zu saufen und sein Geschäft zu erledigen. Am Nachmittag beobachtete William, wie die Hündin erfolgreich auf der Jagd nach kleinen Tieren, wahrscheinlich Mäusen, ging.

Die junge Frau, auch sie umgab eine Geruchswolke aus Rauch, ranzigem Fett und Schweiß, beobachtete fasziniert, wie der Mann das Tier fütterte und selber das Fleisch und die Beeren aß. Vorsichtig probierte er zum Schluss das säuerlich schmeckende Grün, fand es passabel und verspeiste es auch. Als er fertig war, schaute er seine fettigen, verschmierten Hände an, überlegte, wo und wie er sie reinigen konnte. Immer noch beobachtet von der jungen Frau, die ihn jetzt freundlich anlächelte, wischte er diese verlegen erst am Boden, dann am Gras ab. Die Frau lachte hell auf und zeigte auf seine Hose, deutete an, dort könne er doch seine Hände abwischen. William schüttelte den Kopf, was bei ihr einen Lachanfall auslöste.

Dann nahm sie seine Hand, führt sie an ihre Brust und an ihre Stirn und sagte deutlich: »Kan'ta-ma.«

Wieder deutete sie mit ihrer geschlossenen Rechten auf ihre Brust. »Kan'ta-ma.«

Er verstand es, sie erklärte ihm, wie sie hieß. William wiederholte ihren Namen bestätigend, nahm ihre Hand, führte sie an seine Brust und seine Stirn und nannte seinen Namen »William«, zeigte noch einmal auf sich und wiederholte »William.«

Sie kicherte, versuchte sich an der ungewohnten Aussprache.

»Wi-lam«, artikulierte sie. »Wi-lam.«

William deutete auf die Hündin, die neben ihm an dem Knochen nagte. »Wenja«, noch einmal »Wenja.«

Sie schaute das Tier an, bekam das „j“ allerdings nicht heraus. „Wen-a“, damit hatte die Hündin ihren Namen weg.

Erst nach dem Tod des Tieres sollte Wi-lam verstehen, dass jeder gedacht hatte, Wen-a sei das Wort für Wolf in seiner Sprache. Dass ein Tier einen Namen besitzen konnte, war ihnen erst gar nicht in den Sinn gekommen.

Drei andere Frauen traten vor die Höhle. Kan'ta-ma deutete auf den Fremden sagte etwas in ihrer Sprache, wiederholte zweimal Wi-lam. Von dem Tag an kannten alle seinen Namen.

Die Rückkehr der Jäger

Noch vor Mittag wurde es richtig warm. Drei Frauen verließen mit den beiden kleineren Kindern, zwei Mädchen, die Höhle, um Beeren und Kräuter zu sammeln. Die vierte Frau, sie war hochschwanger, hockte sich auf den kleinen Platz links von der Höhle, breitete ein Fell aus, mit der Unterseite nach oben und fixierte es mit Pflöcken, die sie mit einem Stein in den Boden trieb. Mit einem scharfkantigen Stein begann sie, von der Unterseite Fleisch- und Fettreste abzuschaben. Später sollte es die Lieblingsbeschäftigung der Hündin werden, dabei zuzuschauen, weil sie hinterher das Abgeschabte auffressen durfte. Als sie fertig war, holte sie Asche vom Feuer, hockte sich über das Fell, urinierte darauf und vermischte den Urin mit der Asche. Den schwarzen, stinkenden Brei verschmierte sie auf dem Fell und klopfte ihn anschließend mit einem flachen Stein in das Leder ein.

Danach ließ sie das Fell zwei oder drei Tage so gespannt, um es anschließend unten im Fluss gründlich zu wässern und mit Sand zu waschen. Nach dieser Prozedur war das Leder gegerbt und das Fell blieb lange haltbar und geschmeidig.

Die Jungen, die „Hüter des Feuers", schliefen noch, während die Alte sich um das Feuer kümmerte. Endlich sah William auch das letzte Mitglied des Clans, eine Frau in völlig verschmutzter, zerrissener Fellkleidung. Sie ähnelte den anderen vier Frauen überhaupt nicht, war etwas kleiner, grobschlächtiger, besaß muskulöse Arme, einen breiten Brustkorb und breite Hüften. In ihrem Gesicht fielen die Augenwülste auf, ihre Stirn war flacher, die Nase breiter, das Kinn ausgeprägt. Ihre Haare standen wirr und verfilzt von ihrem Kopf ab und sie stank wie ein Puma. Als sie sich an William vorbeidrückte, blickte sie zu Boden, murmelte etwas und lief rechter Hand um einen Felsvorsprung, hinter dem sich ein Trampelpfand nach oben schlängelte. William hatte Bilder unserer Vorfahren gesehen und wusste sofort: Das war eine Neandertaler-Frau. Aber wo kam sie her und was tat sie hier bei diesem Clan?

Die jüngste Frau, Kan'ta-ma, erschien und machte William klar, er solle ihr folgen. Sie trug zwei merkwürdig aussehende Stangen. Diese waren gut zwei Meter lang, vorne war das Holz gespalten und wurde durch einen runden Stein gespreizt, den Lederschnüre fixierten. Die drei abgespreizten Holzteile waren gespitzt und dunkel, demnach im Feuer gehärtet. Am Fluss gab sie Wi-lam eine Stange und begann, das Wasser abzusuchen. Jetzt verstand er: Sie wollte fischen, die Stangen waren Fischspeere. Im Fluss gab es Forellen und nach einigen Fehlversuchen spießte er sein erstes Exemplar auf. Er freute sich und zeigte dem Mädchen den zappelnden Fisch. Sie lächelte, machte ein schnelles Handzeichen. Sie hatte bereits vier Fische erbeutet, er sollte einfach weitermachen.

Am späten Nachmittag waren es drei Dutzend Fische, die auf eine Sehne gefädelt wurden. Einen Moment setzte sich das Mädchen auf einen dicken, grauen Baumstamm, den das Frühjahrshochwasser dorthin getragen hatte. William beschloss, sich zu waschen. Er zog, bis auf seine Boxershorts, alle Sachen aus, ging in das klare, kalte Wasser, wo er sich mit Sand abschrubbte. Das Mädchen sah ihm interessiert zu, lachte, als er sich in das Wasser setzte und seine Genitalien etwas verschämt wusch. Bibbernd ging er ans Ufer zurück und zog sich wieder an. Seine Kleidung stank und er beschloss, sie am nächsten Morgen auszuwaschen. Bei dem schönen Wetter würde sie schnell trocknen. Fasziniert, wie ein kleines Kind beim Schmücken eines Weihnachtsbaums, beobachtete das Mädchen sein Ankleiden. Was mochte sie über seine Kleidung denken?

Plötzlich zog sie den Fellumhang über ihren Kopf, warf ihn über den Baumstamm. Splitternackt sprang sie ins Wasser und wusch sich ebenfalls von Kopf bis Fuß ab, völlig unbeeindruckt von den erstaunten Blicken des Fremden. Sie war schlank, mit kleinen Brüsten und einem erstaunlich wohl gerundeten Po. William schätzte sie auf zwölf oder dreizehn Jahre, ein Mädchen, das schon fast eine Frau war.

Noch am gleichen Tag würde er feststellen, sie war bereits eine Frau, denn einer der beiden jungen Jäger, die Sarah getragen hatten – der mit der frischen Narbe auf der rechten Wange – war ihr Mann. Und schwanger war sie auch schon.

Kan'ta-ma zog sich wieder an und beide stiegen hinauf zur Höhle. Dort half er ihr, die Fische aufzuschneiden und die Hälfte von ihnen auf ein Gestell zum Trocknen zu hängen. Dabei bekam er zum ersten Mal in seinem Leben das Universalwerkzeug dieser Zeit in die Hand: eine Klinge aus Feuerstein. Mit dem gut daumenlangen, flachen Steinsplitter ließ es sich ausgezeichnet schneiden und schaben. Wenja saß hechelnd neben den beiden Menschen und schnappte sich die Innereien der Fische, die diese ihr zuwarfen. Morgens einen großen Knochen, nachmittags erst Mäuse, als Nachtisch Fisch. Ihr gefiel es ausgezeichnet in der Steinzeit.

Die restlichen Fische wurden abends von den anderen Frauen auf Weidenruten gespießt und über dem Kochfeuer gebraten. Sie schmeckten köstlich. Dazu gab es süße Himbeeren sowie eine Handvoll der grünen, säuerlichen Blätter, die er vom Frühstück schon kannte. Wie die anderen aß er die Blätter alle auf, auch weil er vermutete, sie würden wichtige Vitamine enthalten.

Als es dunkelte, schoben die Frauen ein mit alten Fellen bespanntes, exakt angepasstes Holzgestell von innen vor den Höhleneingang, sodass kein Licht nach außen dringen konnte. Die Alte schlief neben dem Feuer, während die beiden Jungen die Feuerwache übernahmen. An dem anderen Feuer saßen die Frauen zusammen und unterhielten sich, zu ihren Füßen die beiden kleinen Mädchen, die gespannt zuhörten. Die Neandertaler-Frau verbarg sich im dämmrigen Hintergrund der Höhle, ein dunkler Schatten, der mehr zu riechen als zu sehen war.

William lag auf seinem Lager aus Weidenruten und Gras und kratzte sich ununterbrochen. Die Flöhe schienen ihn besonders zu lieben. Ihm wurde immer klarer, er würde hier den Rest seines Lebens verbringen müssen, er würde hier sterben, er hatte keine Möglichkeit, jemals in seine eigene Zeit zurückzukehren. Tränen strömten ihm über die Wangen, obwohl er sich bemühte, seine Trauer zu unterdrücken, diese Menschen sein Weinen nicht hören zu lassen. Als seine Tränen versiegten, beschloss er, ein Jäger zu werden.

Plötzlich ertönte Wolfsgeheul von draußen. Die Frauen sprangen auf, rannten zum Höhleneingang und schoben das Holzgestell zur Seite. Eine der beiden Älteren antwortete mit dem gleichen Heulen, das William bei seiner Ankunft hier auch vernommen hatte. Wen-a heulte und bellte mit.

Die Jäger waren zurückgekommen.

William setzte sich, war sich nicht sicher, wie er sich verhalten sollte: Die Jäger begrüßen oder unauffällig bleiben und warten, ob und wie sie ihn ansprechen würden. Draußen begann eine Frau ausdauernd zu schreien, die anderen stimmten ein. Zwei Jäger, gefolgt von den Frauen, betraten die Höhle. Einer der beiden trug ein Tier von der Größe eines Rehs auf seinen Schultern. Der andere humpelte und setzte sich direkt neben die Alte, die mittlerweile aufgewacht war.

Der dritte Jäger fehlte, der mit der Narbe auf der Wange, der Mann der jungen Frau. Sie war es, die zuerst geschrien hatte, als sie vom Tod ihres Mannes erfuhr.

William ahnte es: Wollten sie alle überleben, musste auch er ein Jäger werden. Zwei Männer würden sich selbst, die Frauen und die Kinder des Clans niemals alleine ernähren können.

Jagdglück

Wi-lam lag zwischen den Büschen an der Stelle, wo die Ebene und die bewaldeten Ausläufer der Hügel sich trafen und beobachtete die beiden Elche, die bis zum Bauch in dem kleinen Teich standen und Wasserpflanzen fraßen. Der Teich, noch gut gefüllt vom Frühjahrshochwasser, lag kaum mehr als einhundert Meter von ihm entfernt und er konnte noch aus dieser Entfernung das Ausrupfen der Wasserpflanzen und das Mahlen der Elchbackenzähne zu hören.

Aus ihrer reichen Erfahrung wussten die beiden Jäger, Irk-atu der Ältere, der Clanchef, und Irk-ka, sein Sohn: Hier würden sich Exemplare dieser großen Hirschart an warmen Morgenden gerne aufhalten, um an ihre Lieblingsspeise zu gelangen und im Wasser Schutz vor den allgegenwärtigen Mücken und Bremsen zu finden.

Die beiden krochen von links her bäuchlings auf die Elche zu, versuchten, in eine günstige Wurfposition für ihre Speere zu gelangen. Dazu durften sie nicht weiter als zwanzig Meter von den Tieren entfernt sein, wenn sie sichergehen wollten, diese große Beute mit den mannslangen Speeren aus Eibenholz tödlich zu treffen. Die Reaktion der Tiere was voraussehbar: Sobald die Menschen sich aufrichteten, würden die beiden Elche im Galopp das Wasser verlassen, um an den Jägern vorbei in den Wald, aus dem sie sich herangeschlichen hatten, zu gelangen. Auf keinen Fall würden sie zur anderen Seite hin flüchten, denn Elche vermieden immer die flache Ebene, auf der ihre größten Feinde, die Wolfsrudel, lauerten. Sie liefen immer in Richtung Wald, wo sie sich sicher fühlten.

Dieser Moment, das Weglaufen in Richtung Wald, war die Chance der Jäger. Nur dann konnten sie ihre Speere in die Seite eines Tieres schleudern und hoffen, es zu töten oder so schwer zu verwunden, dass man es hetzen und später erlegen konnte. Ganz ungefährlich war diese Jagd nicht: Elche konnten viel schneller laufen als Menschen und griffen, wenn sie sich in die

Enge getrieben fühlten oder verwundet waren, blitzschnell an, wobei ihr Geweih und die scharfen Vorderhufe, in Verbindung mit ihrem Gewicht von bis zu achthundert Kilogramm, tödliche Waffen bildeten.

Auf diese Art und Weise war auch Kan'ta, der Mann der jüngsten Frau des Clans, vor mehr als zwei Monden umgekommen, als ihn ein Elch umgerannt und mit seinem Vorderhuf das Gesicht zerschmettert hatte. Die beiden anderen begruben ihn unter einem Steinhaufen am Waldrand, so wie jeder Jäger einmal Ruhe fand, wenn seine Reise zu den Ahnen begann: ausgerüstet mit seinem Speer, ein paar Pfeilspitzen, seiner Felltasche und dem weichen Lederlappen über den Augen, damit die Erde des Grabes seinen Blick nicht trüben konnte.

Später mieden die Menschen die flachen Grabhügel über den Toten, es waren Orte, die ihnen unheimlich waren. So verfolgte der Clan auch mit großer Verwunderung Wi-lams Gewohnheit, das Grab seiner „ma", seiner Frau, regelmäßig mit Blumen zu schmücken. Er musste aus einem Clan von sehr weit her, aus einer Gegend hinter den hohen, schneebedeckten Bergen gekommen sein, deren Bräuche und Kleidung den Leuten sehr fremdartig waren. Aber sie akzeptierten sein Anderssein, seine Gewohnheiten, seine Sprache, seine Freundschaft mit der che-ma und seine merkwürdigen Essgewohnheiten. Nur seufzten sie manchmal verstohlen hinter der vorgehaltenen Hand wegen seiner Fähigkeiten als Jäger, über seine mangelnde Ausdauer als Läufer und kicherten über seine Gewohnheit, sich regelmäßig nackend im Fluss zu waschen. Das würde sich im Winter schon geben, meinten die Frauen, durchaus mit einem leichten Ton des Bedauerns, und die Männer stießen bekräftigend mit ihren Speeren auf den Boden. Wer im Winter ins Wasser ging, würde sterben!

Jetzt lag er dort unter den ausladenden Weiden, zerstochen von den summenden Quälgeistern, völlig bewegungslos, ein Bein angezogen, fest in den Boden gestemmt, um schnell aufspringen zu können. Er kannte seine Aufgabe in der Gruppe: Wenn die Elche flüchteten, würde er aufspringen, laut schreien, mit seinen

Armen winken und so der Beute den Weg versperren, sie in die Reichweite der Speere der beiden anderen Jäger treiben. Ihm war bewusst, man hatte ihm diese Aufgabe zugeteilt, weil er als Jäger nichts taugte. Er lief langsamer als die beiden anderen und ihm ging schon nach einer Stunde die Luft aus, während sie im Wolfstrab einen ganzen Tag laufen konnten. Und seine Fähigkeiten, den Speer zu werfen, waren, grob gesagt, nicht besser, als die der beiden zehnjährigen Jungen, den „Hütern des Feuers".

Diesmal verlief alles anders als geplant. Als die Jäger blitzschnell aufsprangen und die letzten fünf Meter bis zur Speerwurfentfernung auf die Elche zuliefen, reagierten diese nicht wie erhofft. Einer der beiden flüchtete auf die Ebene hinaus, um sich dann in einem weiten Bogen Richtung Wald zu wenden, unerreichbar für einen Speerwurf. Der andere rannte los, wollte sich zum Waldrand hin wenden, scheute aber vor den Jägern, die beide ihre Speere auf ihn warfen, und drehte ab in Wi-lams Richtung. Der sprang hoch, schrie, so laut er konnte und winkte mit den Armen. Irk-kas Jagdwaffe flog am Ziel vorbei und verschwand im Teich, während der Speer seines Vaters die Weichteile verfehlte, in den linken Hinterschlegel des Tieres eindrang und sich an der Sollbruchstelle die Spitze vom Speerschaft löste. Der Schmerz, verursacht von dem scharfen, gezackten Feuersteinblatt in seinem Muskel, peinigte das Tier und versetze es in Wut, woraufhin es im vollen Galopp auf den Menschen vor ihm losstürmte.

Wi-lam sah sich plötzlich einem wild gewordenen Elchbullen gegenüber, der, laut schnaubend, mit der Geschwindigkeit eines Pferdes, auf ihn zurannte. Weglaufen konnte er nicht und nun hieß es für ihn: der Elch oder ich! Er holte mit dem rechten Arm weit aus, den Speer wurfbereit und ließ das Tier auf sich zukommen. Als es weniger als zehn Meter von ihm entfernt war, schleuderte er die Waffe mit aller Kraft und sprang zur Seite in die Büsche, rollte sich zusammen, seine Arme schützend über seinen Kopf gelegt. Nichts passierte im ersten Augenblick, dann ein Krachen und gurgelndes Husten hinter einem Busch. Vorsichtig stand er auf, schaute hinter das dichte Weidengestrüpp. Der Elchbulle war zusammengebrochen, der Speer steckte in seinem Hals. Seine Augen waren aus Angst und Qual weit aufgerissen, blutiger Schaum tropfte aus seinem Maul, aus der Wunde im Hals gurgelte und pfiff es. Er gab noch einmal ein hustendes Geräusch von sich, fiel zur Seite, die Augen trübten sich. Er war tot!

»Wi-lam!«, schrie Irk-atu. »Wi-lam, ha'ta? Wo bist du?«

Beide Männer brachen durch das Gebüsch, keuchten vom schnellen Lauf und blieben erstaunt stehen, als sie den toten Elch sahen. Sie klopften ihrem Gefährten auf die Schultern, lachten, freuten sich, während er immer noch ganz benommen dastand Er versuchte, seinen jagenden Puls in den Griff zu bekommen, und zu verstehen, dass er nur knapp dem Tode entronnen, aber eben zu einem geachteten Jäger des Clans aufgestiegen war. Der Älteste brach einen Zweig aus der Weide, kniete neben dem Tier nieder, murmelte seinen Dank an die Götter, strich dabei mit dem Zweig über den dampfenden Körper.

Wi-lam machte es ihm nach, murmelte ersatzweise »Prima, nun haben wir Fleisch für viele Wochen«, da er die heiligen Worte weder verstand noch nachsprechen konnte.

Irk-atu schien zufrieden mit seinen Beschwörungen und denen des neuen Jägers zu sein, erhob sich wieder und entnahm seinem Fellbeutel zwei scharfe Steinklingen. Sie würden jetzt anfangen, das Tier zu zerlegen, vor allem ihm das Fell abzuziehen.

Irk-ka war bereits verschwunden. Er würde noch vor dem Sonnenhöchststand mit den Frauen und Jungen zurückkehren, die beim Tragen des Fleisches, des Geweihs und anderer Teile des Körpers helfen mussten. Das Aufbrechen des Tieres und das Herausschlagen aus der Decke waren eine harte, anstrengende Arbeit, zu der die beiden Männer so lange brauchten, bis der junge Jäger mit den Frauen und den Knaben des Clans erschien. Alle fielen sofort über die restliche Leber und die anderen Innereien des Elchs her, die immer roh gegessen wurden. Wi-lam, der mit dem Clanchef zusammen bereits die halbe Leber verspeist hatte, war schon nach zwei Wochen bereit gewesen, diese roh zu probieren und tatsächlich schmeckte sie auch nicht schlecht. Ihm war klar, das Fleisch enthielt wichtige Mineralien und Spurenelemente, die die Menschen dieser Zeit auf eine andere Art und Weise nicht zu sich nehmen konnten. Sie wussten nichts über Vitamine und andere wichtige Bestandteile der Nahrung, sie wussten aber, wenn man die Leber und die Nieren nicht roh aß, wurde man krank. Also aßen sie davon, soviel sie konnten, und grinsten sich mit ihren blutverschmierten Mündern an.

Wen-a riss und kaute an einem großen Stück Dickdarm, an dem noch ein kleines Teil des Magens hing. Die Hündin war glücklich, erschien Wi-lam in den letzten beiden Tagen aber etwas ruhelos, einfach anders als sonst. Als sie mit dem Fressen fertig war, stand sie auf und lief zum Teich, um zu trinken.

In der Ferne heulten Wölfe, denen der Geruch des Fleisches in die Nase gestiegen war. Sie würden nach den Menschen erscheinen und das fressen, war übrig blieb. Die Menschen wussten es und gönnten den Wölfen ihren Teil bei diesem großen Jagdglück. Wölfe galten als die Totemtiere des Clans, sie waren Jäger wie sie. Wenn man sich traf, wünschte man einander Jagdglück. Nie würde ein Mitglied des Clans einen Wolf töten und auch die Wölfe attackierten selbst in der schlimmsten Zeit des Hungers nie ein Mitglied des Clans. Die Clanmitglieder und die Wölfe waren Brüder.

Wi-lam beobachtete Wen-a, die dem Wolfsheulen zuhörte, ihre Vorderbeine fest in den Boden gestemmt, die Ohren aufgestellt, Plötzlich lief sie los, verschwand im Wald. Sie kam in den nächsten Tagen nicht zurück, was die Menschen des Clans nicht verwunderte. Wölfe gehörten einem eigenen Clan an und nicht dem der Menschen. Das war schon immer so gewesen und würde immer so sein.

Wi-lam trauerte um die Hündin, er vermisste ihre warme Schnauze, ihr Hecheln, wenn sie beide im Wasser des Flusses umhertollten, ihr weiches, warmes Fell abends am Feuer in der Höhle.

Die Neandertaler-Frau musste das schwere Elchfell ziehen, durfte aber nicht hinter den anderen zurückbleiben. Sie keuchte und schnaubte, schaffte jedoch mit ihrer ungewöhnlichen Kraft, es bis zum Fluss zu zerren. Dort breiteten es die Frauen aus und spannten es zwischen Pflöcke, um es zu gerben. Ein Elchfell galt als sehr wertvoll, es würde für viele Jacken und Beinbedeckungen reichen. Das Fleisch wurde in schmale Streifen geschnitten und über Holzstangen zum Trocknen aufgehängt, andere Fleischstücke über dem Wachfeuer geräuchert. Dafür stellte man darüber ein dreibeiniges Gestell aus frischem Holz auf, in das die kompletten Hinter- und Vorderschinken gehängt wurden. Nun mussten die Alte, die Heilerin, und die Jungen tagelang das Feuer mit frischem Buchenholz füttern und man hörte sie in dem dichten Qualm husten und röcheln. Das geräucherte Fleisch wurde so für den Winter haltbar gemacht und sicherte das Überleben der Erwachsenen und Kinder des Clans.

Auch das Geweih und die großen Knochen konnten die Frauen verwerten. Aus ihnen fertigten sie Werkzeuge wie Nähnadeln und löffelartige Gegenstände, Waffen und Schmuckstücke. Die starken Beinsehnen dienten als Garn und zusammengedreht als Seile, in den hohlen Knochen ließen sich Flüssigkeiten und Beeren transportieren.

An Abend saßen alle um das Feuer, brieten ungeheuere Mengen Fleisch, die sie dann aßen, bis ihre Bäuche dick und rund wurden. Auch die Kinder verzehrten jeweils Fleischportionen, die in unserer heutigen Zeit einer Großfamilie als Sonntagsbraten reichen würden. Dann lagen alle satt und träge ums Feuer herum, blickten Wi-lam bewundernd an und nannten ihn jetzt »Wi-lam-atu«, Jäger Wi-lam.

In der Nacht schlüpfte Kan'ta-ma unter seine Decke und legte seine Hand auf ihren kleinen Bauch, der sich bereits sichtbar rundete. Sie zog ihn auf sich, denn er war jetzt ihr Mann, der Jäger, der den Elch getötet und den Clan mit Fleisch versorgt hatte. Von dieser Nacht an hieß sie „Wi-lam-ma", Frau von Wi-lam.

Später lag er wach, während alle schliefen. Er dachte nach, über die Jagd, sein Leben, sein Jagdglück, seine neue Frau, die neben ihm lag, ihren runden Po dicht an seine Seite gedrängt. Wi-lam schob seine Hand unter ihren Fellumhang, spürte ihre Hüfte, sie bewegte sich leicht, murmelte etwas, schlief ruhig weiter. Es war das erste Mal, dass er sich hier ein wenig heimisch fühlte. Der Gedanke, hier sein Leben verbringen zu müssen, erschien ihm nicht mehr so schrecklich.

Die Ereignisse des Morgens, die Momente seines Jagderfolges, wiederholten sich immer wieder vor seinen Augen und ihm war bewusst wie knapp er einer schweren Verletzung oder dem Tode entronnen war. Der Speer erwies sich als tödliche Waffe, wenn man im entscheidenden Augenblick die Nerven behielt, mit ihm richtig traf, was ein langes Üben voraussetzte. Würde er den Umgang mit dem Speer noch richtig erlernen? Ganz zu schweigen vom Gebrauch der Speerschleuder, mit der er überhaupt nicht zurechtkam. Ein Bogen wäre viel besser, überlegte er. Während des Studiums war Bogenschießen neben Rugby eine seiner Lieblingssportarten gewesen.

Er setzte sich. Pfeil und Bogen, das war die Lösung! Die Menschen hier kannten scheinbar keinen Bogen, würden sich aber bestimmt mit der neuen Waffe anfreunden können. Gleich morgen würde er anfangen, einen Bogen herzustellen. Pfeile dürften kein Problem werden. Die Jäger waren bestimmt in der Lage, Pfeile, nichts anderes als eine Art kleiner Speere, zu fertigen.

Er legte sich wieder hin, drehte sich zu seiner Gefährtin um, schmiegte sich an ihren warmen Körper. Die Flohbisse bemerkte er schon nicht mehr, außerdem schien sie der Rauchgeruch seiner Kleidung abzuwehren.

Er schlief ein, träumte von der Jagd mit Pfeil und Bogen und von einem Leben in seinem Clan, von seiner jungen Frau und der gemeinsamen Zukunft.

Pfeil und Bogen

Mit einem hellen „Plopp“ bohrte sich der Pfeil durch das mit Sand gefüllte alte Fell, welches an einem Ast in dreißig Schritt Entfernung hing. Wi-lam ließ den Bogen langsam sinken, zog einen weiteren Pfeil aus dem Köcher, der über seinen Rücken geschnallt war. Er ging zehn Schritte zurück, legte ihn sorgfältig auf die Sehne, hob den Bogen an, zog ihn durch, senkte ihn, visierte über Sehne und Spitze das Ziel erneut an. Dem leichten Sirren der Sehne folgte das Geräusch des Auftreffens, als sich auch der zweite Pfeil durch die kopfgroße Fellkugel bohrte. Die schwang leicht an dem Lederband hin und her, mit der sie am Ast eines Baumes befestigt war.

Die drei Zuschauer, die beiden Männer und ein Junge, brummten zustimmend und bewundernd. Wi-lam war mit sich und seiner neuen Waffe zufrieden. Auch die Qualität der Pfeile stimmte mittlerweile, nachdem er dazu übergegangen war, sie aus zwei Teilen zu fertigen. Der Schaft bestand aus harter, getrockneter Eibe, das aufgesetzte, gut handlange Vorderteil mit der Feuersteinspitze aus Weidenholz. Beim Aufprall auf eine Beute sollte der Pfeil tief in den Körper des Tieres eindringen und es sehr schnell töten. Schaft und Vorderteil des Pfeils mussten sich dabei wie vorgesehen trennen. Der Grund war ganz simpel: Es war viel schwieriger, einen geraden, nicht mehr als fingerdicken Schaft mit den kleinen Federn zur Stabilisierung am hinteren Ende herzustellen, als in ein Stück Weidenholz eine Spitze mit Birkenpech einzukleben und mit einem Stück Sehne zu fixieren.

Lief das Beutetier fort, weil es nicht tödlich getroffen war, musste der Jäger nur den Verlust der Spitze verschmerzen, während er den Schaft wiederfand und ihn neu verwenden konnte. Den Schaft musste man aufwendig bearbeiten, ihn völlig rund schaben, über dem Feuer solange erhitzen und drehen, bis er eine „pfeilgerade“ Streckung erhielt. Vorne war der Schaft zugespitzt und passte genau in das etwas dickere, hinten ausgehöhlte Stück Weidenholz. Mit Harz wurden die beiden Teile verklebt. Im

Grunde genommen waren die Pfeile genau so ausgeführt, wie die Eibenspeere der Jäger. Die fünf Zentimeter lange Pfeilspitze aus wenigen Millimeter dickem Feuerstein steckte man zur Hälfte in das gespaltene Holz, verklebte es mit Birkenpech und wickelte unten eine dünne Lederschnur darum.

Durch seine genaue, sorgfältige Arbeit erreichte Wi-lam mit den Pfeilen eine sehr gute Treffgenauigkeit. Er erkannte schnell: Je weniger der Pfeil während des Fluges in der Luft flatterte, desto genauer traf er und umso tiefer drang er in sein Ziel ein. Das Ausbalancieren der Pfeile verursachte mehr Arbeitsaufwand als der Bau des Bogens selbst.

Wi-lam lief zur Fellkugel und zog die beiden Pfeile nach vorne heraus. Die Vorderteile lösten sich, eine Steinspitze war zerbrochen. Die würde er abends am Feuer reparieren. Die beiden wertvollen Schäfte waren unversehrt.

»Wi-lam! Die Geister haben dir im Traum den fliegenden Speer gezeigt. Und du hast ihn mit deinen Händen geschaffen. Wir werden viel Fleisch haben, Wi-lam-atu.«

Irk-atu, der atu-atu des Clans, stand auf und legte beide Hände auf Wi-lams Schulter.

»Die Geister der Jagd sind weise«, antwortete dieser.

»Und wir geben ihnen Opfer. Das stimmt sie gnädig«, fuhr er fort.

Morgen würde er seinen Bogen und die sieben Pfeile zum ersten Mal mit auf die Jagd nehmen. Alle hofften auf eine gute Jagd!

Er zog die Sehne vom Bogen, rieb sie sorgfältig mit einem Stück Wisentfett ein, damit sie geschmeidig blieb und nicht reißen würde. Anschließend rollte er sie zusammen und verwahrte sie in einem kleinen Fellbeutel, der an dem Köcher aus Birkenrinde hing. Bei Bedarf war der Bogen in wenigen Momenten einsatzbereit.

Wi-lam hörte Wen-a, die Hündin, oben am Höhleneingang bellen. Sie war schwerfällig geworden, ihr Bauch rund und unförmig. Vermutlich würde sie in den nächsten Tagen ihre ersten Jungen bekommen. Das Erstaunen war bei allen sehr groß gewesen, als Wen-a nach sieben oder acht Nächten plötzlich wieder in der Höhle erschien. Sie war abgemagert, voller Dornen und

Zecken, blutete aus einigen kleineren Bisswunden. Sie begrüßte alle Menschen mit einem freundlichen Wedeln ihres Schwanzes, schnupperte an jedem, fraß gierig ein paar Fleischabfälle und die Knochen von zwei Auerhähnen, die der Clan gerade verspeist hatte. Anschließend legte sie sich in ihre gewohnte Ecke hinter dem Wachfeuer und schlief vierundzwanzig Stunden durch.

Wi-lam wunderte sich lange wo sie gewesen war, bis eine der Frauen auf den Bauch de Hündin deutete und meinte: »Da sind kleine Wölfe drin.«

Jetzt wurde ihm alles klar. Ihr verändertes Verhalten war ein Zeichen für ihre Läufigkeit, ihre Sehnsucht nach einem Rüden ließ sie Anschluss beim Wolfsrudel suchen. Er schüttelte den Kopf und schimpfte sich selber einen Trottel. Als Biologiestudent hätte er es eigentlich wissen müssen. Aber sein Studium schien Jahrzehnte her zu sein. Es war ein Wunder, dass die Wölfe sie nicht getötet hatten. Bald würde der Clan junge che-che, junge Wölfe haben und den Menschen gefiel es, ihr bar-u-lut mit ihrem Totemtier zu teilen. Welcher Clan konnte das von sich behaupten? Lebten die Biber bei den Biberleuten, schwebten die Adler über dem Clan der Adler? Nein, davon wurde nichts erzählt an den Wachfeuern während der langen, dunklen Winterabenden.

Drei Frauen des Clans und die Neandertaler-Frau, in Begleitung von einem der beiden Jungen, kamen den Pfad von der Höhle hinabgestiegen. Seine Frau, Wi-lam-ma, saß im Eingang zusammen mit den beiden kleinen Mädchen und zeigte ihnen wie man Felle mit feinen Stichen zusammennähte. Sie musste kein Holz und kein Wasser mehr holen, da ihre Schwangerschaft weit fortgeschritten war. In einem oder zwei Monden würde sie ihr erstes Kind gebären und alle hofften auf einen Knaben, nachdem der ka-u, der kleine Sohn von Irk-ka-ma vor weniger als einem Mond am Fieber gestorben war.

Die Herbstsonne stand an ihrem höchsten Punkt über der Ebene, trotzdem drang die Kühle schon durch die Sommerkleidung. Bald musste man die Winterfelle anziehen, die langen Beinkleider und die Fellschuhe mit den Sohlen aus Wisentleder.

Spätestens, wenn der erste Schnee fiel, wussten alle, der Winter ist gekommen und man bereitete sich auf die große Kälte, die lange Dunkelheit und auch auf den Hunger vor.

So wanderten die Frauen nochmals in die Wälder, um die letzten Beeren und Blätter zu sammeln und die Rinde zur Medizinherstellung von den Salweiden zu ziehen. Ma-u-ma, die Alte am Feuer, wusste aus ihnen Mittel herzustellen, die die Kranken bei Fieber und Husten zu sich nahmen und die oft schon das Leben von Clanmitgliedern gerettet hatten.

Wi-lam stieg zu seiner Frau hinauf, setzte sich neben sie, reparierte die Pfeile und hörte zu, wie sie den Kleinen alles genau erklärte und zeigte.

»Sie wäre in England eine gute Lehrerin geworden«, dachte er sich. Auch hier war sie eine gute Lehrerin, gab ihr Wissen und ihre Fertigkeiten mit großer Geduld an die Mädchen weiter. So verging der Nachmittag und als es dämmerte, folgte er ihr und den Mädchen in die Höhle, wo die beiden Männer bereits am Feuer saßen und in die Flammen starrten. Sie dachten über die Jagd nach, auf die sie am nächsten Tag gehen würden und riefen die Geister an, um sie um ihre Hilfe zu bitten.

»Atu-atu! Großer Vater!«

Der Junge, der mit den Frauen zum Beerensuchen gegangen war, erschien schreiend im Höhleneingang.

»Fremde Jäger! Sie haben die se-a-ma getötet und ma-manu, meine Mutter, mitgenommen.«

Er war völlig außer Atem, fiel auf den Boden neben dem Wachfeuer und fing an zu weinen.

»Ma'manu, ma'manu!« schluchzte er. »Fremde Jäger aus dem Süden haben meine Mutter mitgenommen!«

Ma-u-ma, die Alte am Feuer, nahm ihn in die Arme und schaukelte den Jungen tröstend hin und her.

Die Männer und Wi-lam sprangen auf, griffen nach ihren Speeren. Einen Moment überlegte er, dann nahm er stattdessen seinen Bogen und den Köcher mit den sieben Pfeilen. Der Tod der se-a-ma, der Neandertaler-Frau, war ein großer Verlust, denn niemand konnte so viel Holz tragen wie sie und ohne Hilfe ein Elchfell mitsamt des Kopfes und des Geweihs ziehen. Noch schlimmer aber wirkte es sich aus, wenn eine Frau des Clans fehlte. Die Frauen gerbten die Felle, nähten die Kleidung, kümmerten sich um das Essen, gebaren die Kinder. Und Kinder waren das Wertvollste, was ein Clan besaß.

Starben ihre Frauen, versuchten die Krieger, Frauen eines anderen Clans zu stehlen. Und der Diebstahl einer Frau bedeutete immer Kampf, bedeutete ohne Ausnahme, dass die Jäger für ihr Eigentum ihr Leben riskieren und versuchen würden, es zurückzuholen.

Am Feuer sprach Irk-atu kurz mit dem Jungen, er wollte wissen, wo sich die fremden Jäger befanden. Der Junge erklärte es ihm, während die Tränen über seine Wangen rollten und die Alte, wie immer, ihre magischen Sprüche murmelte.

»Sie trafen die Fremden bei den drei Felsen, dort wo die Schlehen wachsen. Jeder nimmt Trockenfleisch für drei Tage und die Fußfelle für den Winter mit«, ordnete er an.

»Danach gehen wir!«

Die drei Jäger verließen die Höhle und trafen dort die beiden zurückkehrenden Frauen. Auch sie weinten. Wortlos gingen sie aneinander vorbei, die Männer und Frauen des Clans. Wenn Jäger in den Kampf zogen, durften die Frauen mit keinem von ihnen reden. Taten sie das, würden die Jäger sterben. Starben die Jäger, mussten Frauen und Kinder auch sterben, verlöschte der Clan.

Die Männer eilten den Pfad hinunter, wateten durch den kalten Fluss, der mehr Wasser mit sich führte als an dem Abend, an dem Wi-lam zum ersten Mal bar-u-lut erblickte. Alle waren wütend und erregt. Ihre Speere und Wi-lams Pfeile würden fliegen und die Fremden mussten sterben. So verlangte es das Gesetz des Clans!

Mit langen Schritten liefen die Männer in die beginnende Nacht hinaus.

Sie liefen den weiten Weg am Fuße der Hügel entlang und nahmen nicht den direkten über die Ebene. Die Feinde durften sie nicht kommen sehen, falls sie überhaupt noch dort waren. In der mondhellen Nacht erblickte man die drei Felsen schon von Weitem aber nichts rührte sich. Vorsichtig schlichen sich die drei Jäger an, sie versuchten, jedes Geräusch zu vermeiden. Aber die Fremden waren mit der Frau des Clans verschwunden. Dann fanden sie die se-a-ma. Sie lag auf der Seite, völlig unbekleidet, ihr Kopf ruhte auf ihrem rechten Arm, so als wenn sie schliefe. Der große, schwarze Fleck unter ihrem Kopf war Blut, das aus der klaffenden Wunde am Hals stammte. Der Schnitt ging tief, bis an die Nackenwirbel, ausgeführt mit brutaler Gewalt. Irk-atu fand eine weitere Wunde in ihrer Brust und tiefe Schnitte in ihren Händen.

»Sie wollte unsere Frauen schützen. Mit ihren bloßen Händen kämpfte sie gegen die fremden Jäger. Sie war tapfer, aber was kann eine Frau gegen Männer ausrichten?«

Irk-atu erklärte, was passiert war, was er aus den Spuren las.

»Wir werden jetzt Steine holen und ihren Körper bedecken.«

Irk-atu machte eine Pause.

»Dann ruhen wir. Morgen ziehen wir weiter. Wir werden die Fremden finden und töten!«

Die beiden anderen Männer brummten zustimmend.

In der hellen Mondnacht fiel es ihnen leicht, große Steine am Rand der Hügel zu sammeln und über die tote Frau zu schichten. Sie kamen dabei ins Schwitzen und in der kalten Luft der Nacht dampften ihre Körper. Als sie ihre Arbeit beendet hatten, sprachen sie mit den Geistern und baten um Frieden für se-a-ma, die „andere Frau“, wie sie von den Mitgliedern des Clan genannt wurde. Schweigend legten sich die Männer nach der Arbeit unter den mittleren Fels, der wie ein Dach auf den beiden anderen lag. Darunter war es trocken und auf dem Boden befanden sich Blätter und Reisig, denn oft übernachteten Jäger hier, wenn sie am folgenden Morgen ganz früh beim ersten Licht auf die Jagd nach den scheuen Rehen und Hirschen gehen wollten. Mehr als drei Stunden schliefen sie nicht, denn die Kälte eisig kroch unter ihre Sommerkleidung. Irk-ka sammelte trockenes Gras und etwas Reisig und entzündete es mit den Funken, die er aus dem Feuerstein schlug. Nach wenigen Minuten brannte ein Feuer, um das sich die drei Männer des Wolfclans scharten. Schweigend kauten sie eine Handvoll Trockenfleisch, das musste bis zum Abend reichen.

»Wie kam die se-a-ma zum Clan?«, fragte Wi-lam. »Was ist mit ihrem Clan?«

»Die ‚se' – die ‚Anderen', wohnen dort, ‚wo die Sonne nie ist'.« Irk-atu deutete nach Norden.

»Sie jagen ‚das mit den langen Zähnen', das Mammut, und ‚das mit den spitzen Hörnern', den Wisent«, erklärte er.

»Aber ihre Beute wird weniger und sie leiden Hunger, manchmal sterben alle, nachdem sie ihre letzten Felle kauten und aßen.«

Er schwieg und malte mit einem kleinen Stock Zeichen in den Sand.

»Eines Morgens lag die se-a-ma vor unserer Höhle, mehr tot als lebendig. Sie bat um Nahrung und blieb bei uns.«

»Nehmt ihr die se immer auf?«, wollte Wi-lam wissen.

Irk-ka antwortete für seinen Vater: »Wir töten die Jäger und nur wir Männer essen sie, denn sie sind sehr stark und mutig. Sie wollen unsere Frauen und jagen unsere Beute, darum töten wir sie.« Er kratzte sich unter dem Fell.

»Aber ihre Frauen bleiben bei uns. Sie arbeiten, wir geben Nahrung und Wärme.«

Wi-lam war sprachlos. Sein Clan aß die „Anderen". Sie waren Menschenfresser!

»Und wenn die Zeiten schlecht sind, essen wir auch die se-a-ma, aber nur, wenn wir nichts mehr haben«, erklärte der atu-atu.

»Aber jetzt müssen wir weiter! Zieht die Schuhe an.«

Sie banden sich die Fellschuhe mit den dicken Ledersohlen um und begannen, nach Spuren zu suchen. Die erste fanden sie schnell.

»Da ist die Spur, wir müssen ihr nur folgen.«

Wi-lam zeigte auf die breite, deutlich erkennbare Schleifspur.

»Sie ziehen ein Fell hinter sich her, dort ist ein Fußabdruck.«

Er deutete auf den Abdruck eines Fellschuhs und war ganz stolz, die Fährte gelesen zu haben.

Irk-ka und sein Vater knieten vor der Spur, strichen mit ihren Fingern darüber, maßen mit der Hand die Länge des Fußabdrucks, folgten der Spur eine ganze Weile. Wi-lam beobachtete genau, was sie taten, verstand aber ihr Zögern nicht.

»Warum folgen wir der Fährte nicht?«, wollte er wissen.

»Komm!«, war die knappe Antwort des Ältesten.

Sie gingen zurück zu den Steinen, dort suchten die beiden Jäger den Boden sorgfältig ab. Wi-lam verstand nicht, was sie vorhatten. Irk-ka hob etwas auf und sagte ein Wort, das Wi-lam nicht verstand. Irk-atu bekräftige mit der zweimaligen Wiederholung des Wortes.

»Sieh!« Er hielt Wi-lam eine angebrochene, mit getrocknetem Blut bedeckte Pfeilspitze hin.

»Vergleiche sie mit den unsrigen.«

Wi-lam nahm die Spitze und betrachtete sie. Ihre Pfeilspitzen ähnelten Weidenblättern, waren lang, schmal, symmetrisch. Diese hier ähnelte einem Dreieck mit gerundeten Kanten, wobei die schmalere Grundseite nicht geschärft war. So eine Spitze war ihm unbekannt.

»Die ist von Pferdeleuten. Sie wohnen dort, wo die Sonne hoch steht.« Er wies nach Süden. »Sie jagen Pferde, aber keine Hirsche.«

»Und was haben die hier gejagt?«

»Frauen. Sie jagen Frauen.«

Irk-atu fuhr fort: »Sie wissen, die Frauen der anderen Clans gehen vor dem Winter Beeren und Rinde sammeln. Sie kommen, stehlen sie, fliehen mit ihnen in die weiten Ebenen, wohin wir nicht folgen können. Denn wir Jäger müssen bei den Frauen bleiben.«

Er machte eine Pause. »Denken sie!«

»Aber wir folgen ihnen und töten sie«, ergänzte sein Sohn.

»Diese Spur war eine Täuschung. Wir folgen dem schnellsten

Jäger, der ein Fell mit Erde zieht. Er geht in falsche Richtung, nach einer Nacht lässt er das Fell fallen, überquert einen Fluss und wir verlieren die Spur und die Frau, denn der Vorsprung der Räuber wird zu groß.«

Irk-ka ergänzte: »Suchen wir die richtige Spur!«

Sie fanden sie nach einer Weile. Die Menschen waren in den Tritten von Wisenten gelaufen, die hier von Norden her durchgezogen waren. Aber sie fanden einen Abdruck eines kleineren Fußes, dem einer Frau. Und immer wieder und wieder. Am Nachmittag drehten die Wisentspuren nach Osten ab und nun konnte man der Fährte der Menschen leicht folgen. Sie führte direkt nach Süden.

Irk-atu deutete mit der Rechten an: drei große Spuren von Männern und mit der Linken, der „kleinen Hand", zwei kleine Spuren, zwei Frauen. Der vierte Jäger würde später dazustoßen. Wenn sie die Gruppe erreichten, mussten sie gegen vier Männer kämpfen. Vier kampferfahrene, zu allem entschlossene Jäger, gegen drei Jäger des Clans, davon einer, der erst seit sieben Monden bei ihnen war.

Aber die Geister würden ihnen helfen, denn sie besaßen die „fliegenden Speere".

Bei Anbruch der Dunkelheit rochen sie das Feuer. Irk-ka blieb als erster stehen, sog die kalte Luft durch seine Nase, horchte, schnüffelte, horchte.

»Feuer!«, meinte er.

Sein Vater machte es ihm nach, bestätigte: »Feuer!«

Sie gingen weiter.

Wi-lam brauchte noch lange, bis er tatsächlich Rauch riechen konnte. Sein Geruchssinn war denen seiner Clanbrüder weit unterlegen.

»Aber sie können kein Auto fahren«, dachte er sich. »Nur was nützt es mir jetzt, dass ich Autofahren kann, wenn es hier auf eine feine Nase ankommt?«

Inmitten einer kleinen Baumgruppe blieben sie stehen, orientierten sich, arbeiteten sich geräuschlos bis an deren südlichen Rand vor. Irk-ka kletterte auf einen Baum und Wi-lam folgte ihm.

Gemeinsam suchten sie die Steppe ab. Im rötlichen Abendlicht sah Wi-lam den sich bewegenden schwarzen Punkt zuerst.

»Dort!« Er deutete nach halb links. »Dort!«

Irk-ka blickte in die Richtung.

»Das ist der vierte Fremde, der uns weglocken sollte. Er kehrt zu seinen Pferdeleuten zurück. Er konnte uns nicht in die Irre führen!« Der Stolz in seiner Stimme war nicht zu überhören. Beide stiegen vom Baum.

»Was tun wir, atu-atu?«, wollte Wi-lam wissen.

Die drei Männer legten sich auf den Boden, blickten nach Süden. Mit zunehmender Dämmerung vermochten sie auch den Schein des Feuers hinter einer Buschgruppe zu erkennen.

»Wir essen viel Fleisch, denn wir werden kämpfen«, war die unerwartete Antwort. Schweigend kauten sie die harten, schwarzen Fleischstücke, blickten zum Feuerschein hinüber, gingen dann nacheinander zwischen die Bäume und erleichterten sich.

»Irk-ka, du gehst, wir warten. Lass deine Tasche und deinen Speer hier. Sei leise und heimlich wie die Schlange!«, befahl der Älteste.

Sein Sohn brummte zustimmend, tat wie ihm aufgetragen und verschwand in der beginnenden Nacht.

Sie warteten. Nach einiger Zeit verlangte die Natur ihr Recht und sie schliefen ein. Jemand rüttelte Wi-lam und drückte ihn nieder, als er erschrocken aufspringen wollte. Sein Herz raste und der Schreck fuhr ihm tief in die Glieder. Irk-ka war zurück. Sein Vater saß bereits und beide hörten zu, was der Späher zu berichten wusste.

»Es sind vier Jäger und zwei Frauen. Drei Jäger schlafen, einer wacht. Die Frauen sind gebunden, der Wächter hält das Lederband.«

»Was ist mit da'ma'manu, mit meiner Tochter?« wollte Irk-atu wissen.

»Sie ist gebunden, aber sie lebt«, kam die Antwort.

Sie schoben sich langsam auf dem Bauch durch das Gras bis zu der Gebüschgruppe. Es kam Wi-lam wie eine Ewigkeit vor. Er fror, die Beine seiner Hose waren nun endlich durchgescheuert und zerrissen. Noch bevor der Morgen graute, lagen sie weniger als dreißig Schritte von der Lagerstätte entfernt. Der Wachposten wirkte sehr aufmerksam, überprüfte regelmäßig die Fesseln der beiden Frauen, kümmerte sich um das Feuer. Plötzlich stand einer der Ruhenden auf, ging zum Gebüsch und schlug dort verschlafen sein Wasser ab. Die drei Jäger, die sich wie Schatten auf den Boden pressten, ihre Gesichter, Haare und Beine mit Erde beschmiert, bemerkte er nicht. Der Mann ging zurück, wechselte mit dem Wachposten ein paar Worte und übernahm dann dessen Platz, während der sich in ein Fell wickelte und sofort einschlief. Man hörte ihn laut schnarchen. Die Frauen regten sich, waren wach, wollten sich aufrichten, doch ein harter, fester Zug an der Lederschnur ließ sie umfallen. So verging einige Zeit, die Morgendämmerung zog auf, bald würde Wi-lam genug Licht für einen gezielten Schuss haben.

Ihre Chance und ihren Sieg verdankten sie dem Wachposten und seiner Gier auf eine Frau. Plötzlich erhob er sich, zog eine der beiden Frauen, es war Irk-atus Tochter, an den Füßen heran. Sie wollte sich wehren, aber mit gefesselten Händen war sie ohne Chance. Schnell drehte er sie auf den Bauch, zog sie an den Haaren hoch, zwang sie zu knien, während die andere Frau ihr direkt ins Gesicht schauen musste, da die Lederschnur zwischen ihren gefesselten Händen nur eine Armlänge betrug.

Der Wachposten schob ihren Fellumhang hoch, ließ seine Beinkleider fallen. Im ersten Licht des Morgens nahm er sie brutal wie ein Hengst. Sein Stöhnen weckte einen der Schläfer, der sich setzte, interessiert zusah und über das Weinen der geschundenen Frau lachte. Er würde der Nächste sein!

Doch Wi-lam kniete auch schon, spannte den Bogen, visierte den Rücken des Vergewaltigers an, so wie er die Fellkugel anvisiert hatte. Der Pfeil verließ die Sehne und grub sich tief in den Körper seines Ziels, zerriss die Lungen, trat vorne neben dem Brustbein wieder aus. Mit einem Gurgeln fiel der Getroffene zur Seite, seine Hände fuhren an die Pfeilspitze, umfassten sie, lösten sich wieder, fuhren an seine Kehle. Seine Beine scharrten über den Boden, er röchelte noch einmal, dann wurde er still.

Der Zweite, der der saß, beobachtete den Tod seines Clanbruders fassungslosem erstaunt. Er konnte sich keinen Reim darauf machen, wusste nicht, was den anderen getroffen hatte. Das Geräusch des fliegenden Pfeils war ihm unbekannt, er sah niemanden und blieb deshalb erstarrt sitzen. Dann schrie er laut auf. Sein Schreien verstummte schlagartig, als auch Wi-lams zweiter Pfeil sein Ziel fand und durch seinen Hals fuhr. Er fiel um, wie eine Puppe, ohne eine weitere Bewegung, ohne einen Laut.

Das Schreien weckte die beiden anderen auf, die blitzschnell aufsprangen und nach ihren Speeren griffen. Der dritte Pfeil fuhr in den Bauch des Mannes, der, schon aufgerichtet, den Speer wurfbereit in seiner Rechten, sich nach dem unsichtbaren Feind umsah. Ungläubig schaute er auf den Pfeil, der in ihm steckte, versuchte ihn rauszuziehen, löste aber nur den Schaft von der Spitze. Er ging in die Knie, stöhnte qualvoll, sank zur Seite, rollte sich zusammen wie ein Igel und fing an zu schreien. Der letzte der Fremden kniete noch, den Speer in der Hand, blickte wild um sich und sprang mit einem riesigen Satz auf. Wi-lam traf ihn nicht tödlich, aber sein vierter Pfeil bohrte sich in dessen rechten Oberschenkel, zerstörte Blutgefäße und Nervenbahnen, was den Jäger zusammenbrechen ließ.

Die Frauen bewegten sich nicht, gaben keinen Laut von sich, als die drei Männer zu ihnen traten, starrten sie nur an.

Irk-ka nahm eine lange Steinklinge aus seiner Felltasche, beugte sich zu dem Schreienden nieder, riss seinen Kopf nach hinten und schnitt ihm die Kehle durch. Blutblasen stiegen aus dem Schnitt hervor, fielen in sich zusammen, der Körper streckte sich. Er blickte den Toten ohne Mitleid an. Danach trat er zum vierten der fremden Jäger, wollte auch ihm die Kehle durchschneiden, während dieser panisch versuchte, sich auf dem Rücken fortzuschieben. Das getroffene Bein hing wie leblos an seinem Körper, die Wunde musste fürchterlich schmerzen.

Wi-lam hielt ihn zurück: »Lass ihn leben! Er soll den anderen Pferdeleuten erzählen, was passiert, wenn man unsere Frauen stiehlt.«

»Lass ihn!«, bekräftigte Irk-atu.

Sie banden die Frauen los, sammelten die Schäfte der Pfeile, alle Felle, die Taschen und die Waffen der Toten ein, ließen den Verwundeten liegen und beachteten ihn nicht mehr. Vielleicht würden ihn die Wölfe oder der Bär fressen, vielleicht starb er so oder er überlebte. Das war sein Schicksal, es interessierte die Männer nicht.

Die Tochter weinte und küsste ihrem Vater die Hände.

»At'manu, mein Vater, nimm diese Frau hier mit, sie hat keinen Clan mehr, Nimm sie mit.«

Die Fremde sah den Ältesten ängstlich an, zitterte am ganzen Körper.

»Komm mit, da'ma, meine Tochter. Komm mit.« Er nahm sie auf, indem er sie so ansprach, wie er die jungen Frauen seines Clans anzusprechen pflegte.

Sie wandten sich gen Norden und ließen einen Verzweifelten am Lagerplatz zurück. Am Nachmittag fanden ihn zufällig Jäger eines befreundeten Clans. Er erzählte ihnen von der Wunderwaffe der Krieger vom Clan der Wölfe und warnte sie, in deren Jagdgebiet zu gehen.

Die Pferdeleute zogen nie wieder dorthin.

Der Verwundete starb noch vor Sonnenuntergang.

Ursus Spelaeus

Sie liefen den ganzen Tag in Richtung Norden, schleppten schwer an den Waffen und Taschen der Pferdeleute. Am Nachmittag färbte sich der Himmel dunkel, erschienen mächtige Wolken, die nichts Gutes verhießen, auch wurde es merklich kälter. Alle zogen die erbeutete Kleidung aus braunen Pferdefellen über ihre Sommerfelle. Die Männer schauten besorgt auf das Unwetter, das sich über ihnen zusammenbraute. »Wir müssen uns einen Unterschlupf suchen«, meinte Irk-atu. »Es wird schneien, es wird sehr kalt werden.«

Er änderte die Richtung, wandte sich den Hügeln zu.

»Schnell! Wir müssen schneller sein«, trieb er seine Leute an.

Keuchend vom schnellen Lauf und müde vom langen Marsch erreichten sie den Fuß des Hügels. Die ersten Böen trafen die Bäume und Sträucher, bogen sie, rissen mit ohrenbetäubendem Krachen die ersten morschen Äste von den Stämmen. Eine Wand aus Schnee fegte über das Grasland und hüllte alles in Weiß, beschränkte die Sicht auf wenige Meter. Eisig traf der kalte Sturm auf die nackten Beine der Menschen. Lange würden sie dieser Kälte nicht trotzen können.

»Weiter!«, trieb sie der Älteste an.

»Dort oben ist eine Höhle, dort finden wir Schutz und Wärme.«

Sie kämpften sich den Abhang hinauf, gepeinigt vom Sturm, weiß gepudert vom feinen Schnee, der durch jede Ritze der Kleidung drang und auf der dampfenden Haut sofort schmolz. Bald würde der Wärmeverlust zu groß werden, die Kälte die Menschen lähmen. Ihre Lungen schrien nach Luft, die eisig in sie hineinfuhr und sie zum Husten brachte.

Die junge Frau, die Neue, blieb stehen, absolut am Ende ihrer Kräfte.

»Geht nicht«, keuchte sie. »Ich bleibe.«

Wi-lam packte sie am linken Arm und zog sie weiter.

»Komm oder du wirst sterben. Gleich sind wir da.«

Sie folgte ihm, mobilisierte ihre letzten Kräfte. Auch Wi-lam war völlig fertig und wäre am liebsten in den Schnee gesunken, der ihnen bereits bis zu den Knöcheln reichte. Aber er wusste: Wer sich jetzt niederlegt, wird sterben. Einfach einschlafen und nie wieder aufwachen. Futter für die Wölfe oder die Vielfraße sein. Den Rest würden im Frühjahr die Maden fressen. Was bliebe, wären weiße, gebleichte Knochen. So wollte er nicht enden!

Irk-ka war weit voraus und für Wi-lam nicht mehr zu sehen. Direkt vor ihm keuchte Irk-atu den rutschigen Anstieg hoch, er zog seine Tochter hinter sich her. Plötzlich änderte sich der Untergrund, es wurde flach, sie konnten wieder sicher gehen. Der Jüngere stand dort, deutete nach links und schrie etwas gegen den Sturm an. Der Älteste drehte sich nach Wi-lam und der jungen Frau um, die auf den Boden gesunken war und am ganzen Körper zitterte.

»Wir sind da, dort ist der Unterschlupf«, erklärte er.

»Nur noch wenige Schritte.«

»Komm«, wir sind da. »Steh auf!«

Wi-lam schüttelte die junge Frau und zog sie hoch. Ihre Beine knickten wieder ein, aber der Mann zerrte sie einfach mit. Wirklich, nach ein paar Schritten, erreichten sie ein dunkles Loch, deutlich erkennbar zwischen zwei großen, zugeschneiten Bäumen. Der Eingang war nicht sehr hoch, sie mussten sich bücken, als sie hineingingen. Der Wind war schlagartig nicht mehr zu spüren, sein Heulen klang jetzt weniger bedrohlich als draußen zwischen den Bäumen. Es war stockdunkel in der Höhle und es stank streng nach Tieren, der Geruch nahm den Menschen fast den Atem.

Wi-lam stieß gegen Irk-atu, der in der Dunkelheit vor ihm plötzlich stehen geblieben war. Er sagte ein Wort, das Wi-lam nicht verstand.

Er wiederholte das Wort, befahl dann allen: »Still! Wir müssen horchen.«

So standen sie einen Moment in dieser Schwärze, horchten auf etwas Unbekanntes, aber außer dem Heulen des Sturms ließ sich nichts vernehmen. Die junge Frau, Wi-lam hielt sie immer noch an der Hand, lehnte sich gegen den Mann, der ihr geholfen hatte. Die Kälte schüttelte sie, ihr Atem ging noch schwer und schnell. Ganz eng drängte sie sich an den jungen Jäger mit der merkwürdigen Kleidung, fühlte sich bei ihm geborgen, hoffte sein Lager mit ihm teilen zu dürfen.

Beide hörten ein Rascheln, dann schlugen zwei Steine zusammen, Funken sprühten. Irk-ka versuchte, ein Feuer zu entzünden. Kurze Zeit später loderte eine kleine Flamme auf, die den knienden Jäger erkennen ließ. Das Feuer wuchs, prasselte, ließ Einzelheiten der Höhle erkennen.

Sie erschien gut fünf Männer lang und sechs oder sieben Männer breit. Hinten stieg sie etwas an, dort lagen Laub, Zweige und Holz auf dem Boden. Im vorderen Teil, dort wo sie jetzt standen, spürten sie Sand unter ihren Fellschuhen. Die Spuren mehrerer Feuer konnte man erkennen, scheinbar hielten sich hier öfter Jäger auf. Jeder, der hier für ein paar Jagdtage blieb, brachte Holz mit, sodass es für Irk-ka nicht sehr schwierig war, auch in der Dunkelheit Nahrung für das kleine Feuer zu finden. Er war schon einige Male mit den Jägern seines Clans hier gewesen.

Irk-atu wiederholte das Wort, das Wi-lam wieder nicht verstand.

»Was bedeutete es?«, fragte er.

Die beiden anderen Jäger schauten ihn an. Der jüngere erhob sich, riss seinen Mund weit auf, breitete seine Arm noch oben aus, die Finger zu Krallen gebogen, brüllte laut.

»Matu-matu, Bär«, erklärte er.

Jetzt verstand Wi-lam. Sie befanden sich in der Schlafhöhle von „Ursus Spaleus“, eines Höhlenbären, des größten und gefährlichsten Raubtiers, das es zu dieser Zeit gab.

»Wo ist matu-matu?«, wollte er wissen.

Der Älteste zuckte mit den Schultern.

»Ist noch einmal beim Jagen oder sucht die letzten Beeren. Hat viele Schlafplätze. Hier ist er nur manchmal. War aber hier, vor ein oder zwei Nächten. Wir riechen es.«

»Und was machen wir, wenn er kommt?«, kam als nächste Frage.

»Wir nehmen das Feuer, er hat Angst davor und geht. Oder wir kämpfen mit den Speeren.«

Irk-ka deutete auf Wi-lams Köcher: »Du hast noch drei fliegende Speere. Du tötest ihn damit.«

Wi-lam war sich nicht so sicher, ob er den Bären mit seinen Pfeilen töten könnte, auch war ihm bei der Vorstellung, den Bären mit den Speeren anzugreifen, nicht ganz wohl zumute. Schließlich war matu-matu fast so hoch wie zwei Männer.

»Und wo soll ich ihn treffen?«, wollte er wissen.

»Wir treffen sein Herz und du triffst seine Augen. Die sind zu hoch für uns. Aber dann stirbt der Bär.«

Draußen schneite es immer stärker. Die Welt hüllte sich in weiße, wirbelnde Flocken, die einem jede Sicht nahmen. Wer sich jetzt nicht in einem sicheren Unterschlupf befand, würde sterben. Wi-lam machte sich Gedanken über seine junge Frau, denn ihre schwere Stunde musste bald kommen. Die beiden anderen Frauen und Ma-u-ma, die Alte am Feuer, wussten ihr aber sicher zu helfen. Genug Vorräte an Holz und Fleisch lagerten in der Höhle, bar-u-lut gab ihnen Schutz und Geborgenheit. Aber was wäre, wenn andere Jäger kämen? Könnten sich die Frauen verteidigen? Er beruhigte sich. Bei dem Wetter war es unmöglich, bar-u-lut zu erreichen. Die Frauen und Kinder befanden sich in Sicherheit, waren oft alleine für mehrere Tage daran gewöhnt, auf die Jäger zu warten.

Ihm fiel ein, Wen-a, die Hündin, müsste bald die kleinen Halbwölfe werfen. Zwei oder drei kleine che'ma, weibliche Welpen, könnten der Grundstock für eine Zucht von Hunden sein. Die Menschen der Zeit, in der er sich befand, kannten bisher keine Haustiere. Aber nun lebte in seinem Clan eine Hündin. Bald würden die anderen, befreundeten Clans kommen und auch Hunde haben wollen. Die Jäger mussten schnell die Vorteile der Hunde erkennen: ihre Wachsamkeit, ihren vorhandenen Jagdinstinkt, ihre Fähigkeit, verwundetes Wild zu suchen und ihre Treue, ihre Bereitschaft, auf die Kinder des Clans aufzupassen.

Hunde ließen sich tauschen gegen Felle, Fleisch, Speerspitzen und Schmuck. Hunde, er war sich sicher, würden in kurzer Zeit wertvoll und begehrt für die Menschen sein und er besaß das Monopol auf diese Tiere. Er nahm sich vor, gut für Wen-a und ihre Welpen zu sorgen.

Seine Gedankengänge unterbrach Irk-ka, der plötzlich vom Feuer aufstand und sich einen weiteren Umhang umlegte. Sein Vater schaute ihn wortlos an, wusste, was er tun würde. Die beiden Frauen lagen eng aneinander geschmiegt und schliefen fest.

»Wir brauchen Holz. Draußen lag ein umgestürzter Baum. Ich kann ihn tragen.« Wi-lam stand auf.

»Ich komme mit.«

»Bleib, achte auf die Frauen. Warte auf matu-matu und kämpfe mit ihm.« Er ging hinaus, war im selben Augenblick im wirbelnden Weiß verschwunden.

Wi-lam nahm seinen Bogen, fettete die Sehne nach, fühlte, ob sie sich gut spannen ließ. Die drei Pfeile legte er neben sich, nicht zu nah ans Feuer, damit die Hitze sie nicht verzog. Irk-atu saß auf der anderen Seite des Feuers, beide Speere lagen neben ihm, die Spitzen gen Höhlenausgang gerichtet. Er wirkte entspannt, schien sich über den Bären nicht allzu viele Gedanken zu machen. Auch schien er den Fähigkeiten seines Sohns zu vertrauen, in diesem Wetter den Baum finden und in die Höhle bringen zu können.

Es dauerte nur wenige Minuten, bis der junge Jäger wieder im Eingang auftauchte. Er lief rückwärts und zog einen Baum von dreifacher Manneslänge hinter sich her. Er sah aus wie ein Eisbär. Der Schnee bedeckte die Felle, die er trug, vollständig.

Sein Haar stand vom Kopf weg, so festgefroren, wie vom Sturm zerzaust. Er zitterte vor Kälte, zog sich trotzdem die Felle über den Kopf, schüttelte sie aus, legte sie zum Trocknen an das Feuer. Als er sich dort niedersetzte, fing sein Körper an zu dampfen. Wi-lam reichte ihm einen seiner beiden Umhänge.

»Zieh das an. Es wird dich wärmen.«

Irk-ka blickte ihn dankbar an und zog den Umhang über.

Der Clanälteste erhob sich: »Wi-lam, wir brechen Holz ab, legen den Stamm ins Feuer. Wenn er verbrennt, ziehen wir nach.«

Beide machten sich daran, den Schnee von den trockenen Zweigen zu schütteln und alles abzubrechen, was sie abzubrechen vermochten. Sie zogen das Ende des Stamms in das kleine Feuer, fügten vom abgebrochenen Holz hinzu, das schnell aufloderte. Das eingeschlossene Harz im trockenen Stamm knallte wie Schüsse.

»Was hätten die Jäger wohl zu meiner Pumpgun gesagt?«, überlegte Wi-lam.

»Der Baum reicht für die ganze Nacht«, meinte Irk-ka, der seine kalten Füße massierte.

»Es wird warm bleiben, wenn wir der Reihe nach wachen.«

In diesem Augenblick hörten sie vom Höhleneingang her ein schabendes Geräusch und etwas bewegte ruckartig den Baum, der mit seiner Spitze aus dem Eingang herausragte. Der glühende Teil des Stammes schwang zur Seite, verfehlte die beiden Frauen, die vor einem Moment erwacht waren, nur um eine Handbreit.

Im Eingang erschien der mächtige Kopf eines Bären. Langsam, fast vorsichtig, kroch er auf dem Bauch durch den Eingang, richtete sich innen auf den Hinterbeinen auf, blieb ruhig, witterte, wohl unschlüssig, was er tun sollte. Ihn irritierte das Feuer, so blieb er für einen Moment still stehen. Er musste dabei seinen Kopf einziehen, denn dieser stieß gegen die Höhlendecke.

Nun schien alles gleichzeitig zu passieren. Die beiden Jäger, Vater und Sohn, sprangen auf, griffen ihre Speere und holten aus. Wi-lams erster Pfeil lag bereits auf der Sehne, er zog den Bogen durch, die beiden Frauen begannen zu schreien.

Der erste Pfeil pfiff durch die Luft, bohrte sich ohne ein erkennbares Geräusch tief in das linke Auge des Bären, durchdrang den dünnen Knochen hinter der Augenhöhle und blieb im Hirn stecken. Beide Speere flogen gleichzeitig los. Der eine traf auf das Brustbein, die Spitze zerbrach, ohne das Tier schwer zu verwunden. Der andere drang zwischen zwei Rippen hindurch, zerriss Brust- und Lungenfell, durchbohrte die Lunge und blieb im Herzmuskel stecken. Diese Verletzung würde tödlich sein, tötete aber nicht sofort.

Das Tier brüllte auf, drehte sich um die eigene Achse, seine riesigen Tatzen schlugen durch die Luft, als wollten sie den Feind finden, der diese entsetzlichen Schmerzen zu verantworten hatte. Die Krallen fuhren über die Wand und ritzten dabei den Stein eine Fingerbreite tief. Der Bär vollendete seine Drehung, jetzt würde er sich auf die Menschen stürzen Er reagierte auf das angstvolle Schreien der beiden Frauen, die bis an die hintere Höhlenwand gekrochen waren.

Der zweite Pfeil verließ die Sehne, bohrte sich in das andere Auge und ließ den riesigen Körper erstarren. Ruhig zielte Wi-lam und sein drittes Geschoss traf die Kehle, verschwand darin. Noch stand der Bär, ohne eine Bewegung, ohne einen Laut. Die Menschen hinter dem Feuer starrten ihn an, ihre Herzen schlugen ihnen bis zum Halse, ihr Puls raste. Wi-lam spürte die Übelkeit wie eine große Welle in sich aufsteigen. Das Schreien der Frauen verstummte. Totenstille jetzt.

Erst ganz langsam, dann schneller, sackte das riesige Tier in sich zusammen, starb vor ihren Augen, ohne einen weiteren Laut von sich zu geben. Noch einmal zuckte eine Tatze, vollführte eine müde, fahrige Bewegung, dann fiel sie in den Sand. Der Bär war tot.

Noch immer herrschte Ruhe in der Höhle. Der Körper des toten Bären lag wie ein Fels vor dem Ausgang, versperrte ihn. Die Männer schauten sich an, wortlos, ohne erkennbare Regung. Die Frauen saßen nebeneinander, den Rücken an die Felswand gelehnt und hielten sich bei den Händen gefasst. Die jüngere begann zu weinen, die ältere, die da'ma des Clanältesten, nahm sie in den Arm und tröstete sie mit beschwörenden Lauten: »Schtscht … schtscht.«

Wi-lam hielt seinen Bogen immer noch in der Hand und starrte auf das zottige Fell des toten Tieres. Die beiden anderen traten zu ihm, klopften auf seine Schultern.

»Du bekommst die beiden großen Zähne. Du hast sie verdient«, meinte Irk-atu.

»Nur wenige Jäger können sie nach dem Kampf selber tragen.«

Sein Sohn öffnete die Fellbeutel, die eigenen und die erbeuteten, und entnahm ihnen alle Schneideklingen, die er fand.

»Wir alle zerlegen ihn jetzt. Er ist jung und wir werden sein Fleisch essen. Wir bringen unserem Clan ein großes Fell und viel Fleisch mit.«

Es dauerte Stunden bis sie das Fell abgezogen und die wertvollsten Fleischstücke herausgetrennt hatten. Zum Schluss schnitt Irk-atu die beiden Vordertatzen ab und schlug zwei der daumenlangen Reißzähne mit einem Stein aus dem Kiefer. Er überreichte sie Wi-lam.

»Nimm sie, nimm deinen Lohn für deine Tapferkeit!«

Der so Geehrte merkte wie er rot anlief. Gut, dass es niemand in dieser Dunkelheit sah.

Draußen schneite es weiter. Der Schneesturm war in einen sanften, dichten Schneefall übergegangen, der Schnee lag mittlerweile kniehoch. Sie schleppten die Überreste des toten Ungeheuers hinaus und stießen sie den Abhang hinunter. Auch die anderen Tiere des Waldes durften an dem Festmahl teilnehmen.

Das Fell breiteten sie, mit den Haaren nach oben, auf dem Boden aus, legten die Hinterschicken, Tatzen und große Fleischbrocken aus dem Rücken hinein und falteten hinterher alles zusammen. Sie schoben das Paket in den Höhleneingang, wo es in der Kälte steinhart gefror und den Zugang blockierte.

Alle rieben sich das Blut und die Exkremente mit Schnee ab, scheuerten, bis ihre Hände und ihre Beine sauber, aber blau vor Kälte waren. Sie lachten und alberten herum wie die kleinen Kinder. Danach saßen sie am Feuer, schoben den Baum weiter in die Glut und brieten sich Unmengen von kleinen Fleischstücken an dünnen Stöcken. Satt und zufrieden lagen sie dort, während draußen der Tag anbrach und es weiter schneite. Man würde noch Stunden in der Höhle verbringen müssen.

Neben Wi-lam lagen Irk-ka und seine Schwester eng aneinander gepresst. Sie bewegten sich miteinander und er hörte sie beide stöhnen und seufzen. Der Älteste saß am Feuer, wiegte seinen Oberkörper und murmelte heilige Worte, so wie es die Alte, seine Mutter, sonst am Wachfeuer von bar-u-lut tat.

Die junge Frau kroch zu Wi-lam hinüber, ihr Körper drängte sich an ihn, ihre Hände wanderten unter die Felle, die er trug. Er reagierte auf ihre Annäherung und bekam seinen Lohn für seine Leistung als Jäger. An diesem frühen Morgen, während draußen lautlos der Schnee fiel, zeugte er sein erstes Kind. Später, als er die Wache am Feuer übernahm, sprach er den atu-atu des Clans auf Irk-ka und die Beziehung zu seiner Schwester an.

Der lächelte: »Irk-ka kam als Junge in unseren Clan. Wir tauschten ihn und so wurde er mein Sohn. Meine Lenden zeugten nur Töchter, so tauschten wir eine da'ma, eine Tochter gegen einen Sohn. Er nennt mich atu, Vater. Er ist mein ka-u, mein Sohn.«

Der Älteste rollte sich nach dieser langen Erklärung in sein Fell und schlief sofort ein.

Er ließ einen etwas ratlosen Wi-lam am Feuer zurück.

Am Nachmittag ließen die Schneefälle nach, es wurde wieder hell. Ein strahlend blauer Himmel öffnete sich über dem verschneiten Land. Irk-atu entschied: »Wir bleiben noch eine Nacht hier. Morgen gehen wir ganz früh.«

Die Frauen holten Holz und die Männer reparierten ihre Waffen, so gut es ging. Wi-lam besaß noch drei Pfeilspitzen, die er sorgfältig mit den Schäften verband. Außerdem trug er noch einen der Speere, die sie von den Pferdeleuten erbeutet hatten. Unten am Hang hörten sie die Wölfe, die sich um die Überreste des Bären stritten. Abends saßen sie um das Feuer herum, brieten und aßen Unmengen von Bärenfleisch, hörten den Erzählungen des Ältesten zu, der von der Pferdejagd und dem Kampf gegen die Mammuts erzählte. Wi-lam fiel auf, dass niemand von ihm wissen wollte, von welchem Clan er kam, wieso er so merkwürdige Sachen trug und warum er erst lernen musste, ein Jäger zu sein.

Erst kurz vor dessen Tode sollte ihm Irk-atu zuflüstern, er habe gesehen, wie die beiden, Wi-lam und die ma, die Frau, plötzlich in einer „großen Höhle mit durchsichtigen Felsen" im Fluss erschienen und um ihr Leben kämpften. Seine Neugier war jedoch größer als seine Furcht gewesen. Zuerst wollte er den beiden jungen Jägern sagen, die merkwürdigen Eindringlinge zu töten. Aber als er sah, wie ihnen ein che folgte, zögerte er. Das Leben rettete ihnen letztendlich Williams blaue Augen. Alle Menschen besaßen braune Augen, nur er, der atu-atu und seine Mutter nicht. Und so mussten alle Jäger mit den „Eisaugen" Brüder sein, folgerte er.

In der Dunkelheit lagen die Frauen wieder bei den Jägern, spürten die Gewichte ihrer Körper auf sich, genossen es, Macht über sie zu haben. Nach der Hälfte der Nacht übernahm Irk-ka die

Wache am Feuer, während Wi-lam tief schlief. Er ließ ihn schlafen, wachte mit großem Stolz über den Jäger, seinen Clanbruder, den Erschaffer der neuen Waffe. Er würde bald auch einen Bogen bauen, die fliegenden Speere schnitzen und viele Tiere erbeuten. Er wusste, Wi-lam würde ihm helfen, denn er hatte es ihm fest versprochen.

In der Früh aßen sie die Reste des gebratenen Fleisches und saugten an den großen Markknochen. Sie liefen los, jeder in der Spur des Vorderen, vorne die Männer, dann die Frauen, die das gefrorene Bärenfell wie einen Schlitten hinter sich herzogen. Spät am Abend erreichten sie den kleinen Fluss und konnten ihn auf der Eisdecke überqueren, ohne ins kalte Wasser steigen zu müssen.

Die Freude in der Höhle war groß, als die Jäger die entführte Frau wiederbrachten. Auch die Neue, sie nannte sich Taru'ma, nahm man auf wie ein Schwester, wies ihr einen Platz am Feuer und einen Schlafplatz zu. Wi-lam besaß nun zwei Frauen, links schlief Wi-lam-ma mit ihrem kleinen Mädchen, das vor zwei Nächten geboren worden war und auf der anderen Seite Taru'ma, die Neue, die ihm in neun Monden einen Sohn gebären würde.

Wen-a, die Hündin, säugte vier Welpen, drei weibliche Tiere und ein männliches. Wi-lam ging zu ihr, streichelte sie.

»Braves Mädchen«, lobte er sie. »Das hast du fein gemacht. Nun brauchen wir noch einen jungen Wolfsrüden für frisches Blut. Braves Mädchen!«

Die anderen Bewohner der Höhle blickten zur Seite, als sie die Worte in der sonderbaren, unverständlichen Sprache hörten. Sie glaubten, es seien magische Worte und wollten deren Zauber nicht stören. Ein Jäger redete mit einer che'ma in einer Sprache, die nur sie verstand. Dieser Zauber musste eine große Kraft besitzen!

Die Hündin lag auf der Seite, wedelte mit dem Schwanz und freute sich sichtlich, dass ihr Herr wieder da war. Die vier winzigen kleinen che waren satt und schliefen, während ihre Mutter sie ableckte. Die beiden Mädchen des Clans saßen neben der Hündin und schauten fasziniert zu. Wenn die vier Welpen etwas größer waren, konnten sie mit ihnen spielen.

Der Tausch

Der Frühling kam über Nacht. Der kleine Fluss unterhalb der Höhle war befreit vom Eis und schoss mit erstaunlicher Geschwindigkeit dahin. Seine braunen Wasser gurgelten, führten Äste, hin und wieder kleinere Bäume mit sich. Einmal sahen die beiden Jungen des Clans, wie sie einen toten Wisent mit sich forttrugen. Mehr als zehn Nächte konnte ihn niemand überqueren, ohne sein Leben zu riskieren. Die Jäger versuchten in den Tälern der Hügel oberhalb der Höhle Wild zu erlegen, aber sehr erfolgreich waren sie nicht. Die beiden Jungen übten unterhalb des Hangs mit ihren kleinen Bögen, die ihnen Wi-lam in den langen Wintermonaten gebaut hatte. Auch sie schossen auf eine Fellkugel, genau wie Wi-lam im letzten Herbst und erreichten schnell eine erstaunliche Treffsicherheit.

Als sie die ersten Rufe des Auerwilds hörten, beschlossen sie, obwohl sie noch keine Männer waren, auf die Jagd zu gehen. Sie schlichen sich fort, folgten den Rufen der Auerhähne, die oben auf den Nadelbäumen nach den Weibchen riefen. Normalerweise waren die für die Speere der Jäger unerreichbar und so bekamen die Menschen nur selten diese schmackhaften Vögel zu kosten.

Am späten Nachmittag erschienen die beiden Jungen, noch bevor sich jemand Gedanken über ihr Verschwinden machte, und legten vier der Vögel mit den kräftigen, dunklen Federn neben dem Kochfeuer ab. Einen Moment herrschte Stille, jeder wartete auf die Worte des atu-atu. Der besah sich die Beute, wägte seine Worte sorgfältig ab.

»Nur Jäger dürfen mit den Waffen der Altvorderen jagen. Speere sind nichts für Frauen und Kinder.« Er dachte einen Moment weiter nach. »Aber sie übten mit ihren eigenen Waffen, die extra für Knaben gemacht wurden. Wenn sie mit diesen Waffen jagen, verstoßen sie nicht gegen unsere Gesetze.« Die Mitglieder des Clans grinsten und die Jungen atmeten tief durch. Der Clanälteste war ein weiser Mann! Er fuhr fort: »Die Frauen sollen die Vögel rupfen und braten.«

Und nach einer kurzen Pause. »Gebt den Jungen viel Fleisch. Sie dürfen sich eine Feder ins Haar binden. Sie werden gute Jäger werden.«

Von dem Tag an gingen die Jungen jeden Nachmittag auf die Jagd, trugen ganz stolz die Brustfedern der Auerhähne in ihren Haaren. Sie erlegten Auer- und Birkwild, schossen kleine Nagetiere und zwei Füchse, am vierten Tag sogar ein junges Reh. Danach brachten sie ein Tier, das allen unbekannt war: Es besaß ein braunes, weiches Fell, kräftige Hinterbeine und große Ohren. Die Jungen berichteten, dass „das mit den langen Ohren" sehr schnell zu rennen vermochte und ohne Mühe einem Wolf davonlief. Es änderte plötzlich seine Richtung im vollen Lauf, sodass der che an ihm vorbeihetzte. Dann drückte es sich flach zwischen die braunen Grasbüschel des Vorjahres und man konnte es problemlos mit dem Bogen schießen, wenn man wusste, wo es lag. Das Tier schmeckte köstlich und die Frauen freuten sich über das schöne Fell. Der Hase war aus den weiten Steppen Asiens fortgehoppelt und in Mitteleuropa angekommen.

Am achten Tag ihrer Jagdausflüge wurden sie übermütig. In einem kleinen Tal, zwei Hügelreihen hinter dem Fluss, stießen sie auf eine Wildsau mit ihren Jungen. Das Muttertier bemerkte die Menschen, drehte sich zu ihnen um, schnaubte wütend und unternahm einen Scheinangriff, während die gestreiften Ferkel ins Unterholz flüchteten. Die beiden Jungen jedoch flüchteten nicht, als die Sau auf sie zulief, sondern hoben ihre Bögen und schossen die Pfeile ab, als das Tier in zwanzig Schritt Entfernung schnaubend und drohend stehen blieb.

Beide Pfeile trafen, aber die Bögen waren zu schwach und die Pfeile zu klein, um das Muttertier ernsthaft zu verletzen. Einen Pfeil im linken Vorderlauf, den anderen im Rücken steckend, griff die Bache blitzschnell an, nahm sich den Jungen vor, der ihr am nächsten stand. Der war chancenlos, als ihn das wütende Wildschwein umrannte und seine Zähne in dessen linkes Bein schlug. Es erwischte die Kniescheibe, die es krachend zermalmte, der zweite Biss zerriss ein großes Gefäß des Oberschenkels, das von der

Leiste aus innen im Bein verlief. Der Junge verblutete in wenigen Minuten. Sein Gefährte kletterte beim Angriff auf eine kleine Birke, musste hilflos mit ansehen, wie das Mutterschwein über seinen Bruder herfiel. Als das Blut aus dem Bein spritzte, sprang er vom Baum, schrie und rannte auf das Tier zu, welches von dem tödlich Verletzten abließ und nun auch den zweiten Jungen attackierte. Sein Leben rettete ein Jäger vom Clan der Raben, der in der Nähe war und Schweine jagen wollte. Ein treffsicher geworfener Speer beendete das Leben der Wildsau, noch bevor sie den zweiten Jungen erreichte.

Der stand, nach Luft ringend und völlig verzweifelt unter einem Nadelbaum und blickte fassungslos auf das tote Tier, welches drei Manneslängen von ihm entfernt, einen Speer in der Seite, in seinen letzten Zuckungen lag.

Der Jäger trat aus dem Gebüsch, beugte sich über den am Boden Liegenden, untersuchte ihn, sah den zweiten Jungen an.

»Er lebt nicht mehr.«

Er murmelte heilige Worte, während sein Bruder wie ein Häufchen Elend dort stand, nicht wusste, was er tun sollte.

»Seit wann jagen Knaben? Hat der Clan der Wölfe keine Jäger mehr, die für das Fleisch sorgen?«

Er sah den so Gescholtenen an, dem die Tränen in Bächen aus den Augen liefen, der nun schluchzte wie ein Mädchen.

»Doch«, konnte der nur stammeln. »Doch, wir haben Jäger.«

»Dann hole sie, damit sie Steine auf den Toten schichten können. Ich warte hier.«

Der Junge trat den schweren Gang an, rannte zur Höhle, berichtete in aller Kürze von dem Unglück. Er kniete vor dem Ältesten, seine Stirn auf den Boden gepresst, erwartete seine Strafe.

»Stehe auf!«, ordnete der atu-atu an.

Er wandte sich an Irk-ka und an Wi-lam: »Ihr beide werdet mit dem Jungen zu dem Toten gehen. Schichtet Steine über ihn und dankt dem Jäger vom Clan der Raben.«

Sie nahmen den Jungen in ihre Mitte und liefen los. Sie erreichten den Wartenden, der das tote Wildschwein bereits zerteilt hatte.

Es war das erste Mal, dass Wi-lam einen Jäger des Nachbarclans kennen lernte. Der Mann ähnelte seinem Jagdbruder in Größe und Aussehen. Er trug bereits die typische Sommerbekleidung: ein Lederhemd ohne Ärmel, kurze, knielange Hosen mit weiten Beinen und leichte Fellschuhe. Sein dunkles, gefettetes Haar war in der Mitte gescheitelt und zu zwei Zöpfen geflochten, die links und rechts über seine Schultern hingen. Am Ende jedes Zopfes waren er schwarze Rabenfedern eingearbeitet, die seine Clanzugehörigkeit anzeigten. Sein Gesicht war stark bemalt: Von der Nase aus verliefen dicke, schwarze Streifen zu den Schläfen, zu den Ohren und zum Kinn, während seine Stirn weiß verziert war. Schwarze Augenstriche vervollständigten seinen Gesichtsschmuck. Um seinen Hals hingen zwei Lederschnüre, an einer befanden sich zwei große Zähne eines Höhlenbären. Es war die gleiche Art von Zähnen, die auch Wi-lam trug. An der zweiten Schnur baumelten zwei Muschelschalen und ein dunkles Schneckengehäuse, die den weiten Weg vom Meer bis zu dem Clan am Fuße der Berge gemacht hatten. Dieser Schmuck war sehr wertvoll. Die Zähne bewiesen, dass der Mann als Sieger im Kampf gegen einen matu-matu hervorgegangen war.

Er sprang auf, als er die anderen Jäger kommen sah, seinen Speer wurfbereit in der rechten Hand.

Irk-ka begrüßte ihn: »Bruder, wir sind gekommen, um dir zu danken und über den Toten Steine aufzuschichten.«

Der fremde Jäger nickte mit dem Kopf, akzeptierte den Dank.

»Auch wir legen Steine auf unsere Toten. Erlaubt mir, euch zu helfen.«

Durch dieses Angebot unterstrich er seine friedliche Absicht und sorgte dafür, zukünftig in ähnlichen Situationen auch Hilfe von den Jägern des Clans der Wölfe erwarten zu können.

Gemeinsam legten sie Stein um Stein auf den toten Jungen, der seinen Bogen und einen Pfeil mit in die ewigen Jagdgründe bekam. Der fremde Jäger schaute sich die neue Waffe interessiert an, erkundigte sich aber nicht darüber. Wi-lam war sich sicher, an den Feuern seines Clans würde er später genau und ausführlich von diesem Treffen und der neuen, geheimnisvollen Waffe erzählen. Noch bevor es dunkelte, war der Steinhaufen geschichtet.

»Ana-sa«, er deutete auf seine Brust, »teilt mit euch die Leber des Schweins.«

Er schnitt Stücke von der Schweineleber, nahm sich davon, reichte sie auch den drei anderen, die sie nun gemeinsam schweigend aßen.

Der Fremde redete zuerst: »Er wäre ein guter Jäger geworden. Nun fehlt euch ein Jäger. Das ist schlecht für einen Clan.«

Irk-ka wartete einen Augenblick, erkannte, worauf der Fremde aus war und antwortete ihm: »Das ist richtig. Wir haben mehr da'ma-a, mehr Töchter als junge Jäger.«

Beide schwiegen und Wi-lam verstand nun, worum es bei diesem Gespräch ging.

Nach einer Weile erhob sich Ana-sa.

»Ich berichte unserem atu-atu. Wir entzünden ein Feuer am anderen Ufer des Flusses.«

Auch Irk-ka und Wi-lam erhoben sich und legten die rechte Hand auf die Schultern des Fremden, der ruhig dastand. Der Junge hockte auf seinen Fersen, starrte ins Gras.

»Wir warten auf das Feuer«, bestätigte Irk-ka.

Der Fremde drehte sich um, griff hinter sich ins Gebüsch und zog zwei kleine Wildschweine heraus, die er mit einer Lederschnur aneinander gebunden hatte.

»Wir essen das Mutterschwein. Nehmt seine Jungen, tötet sie, so wie ihre Mutter euren Jungen tötete.«

Er drehte sich um und verschwand in der beginnenden Dunkelheit.

Die kleine Gruppe ging zurück zu ihrem bar-u-lut, der überlebende Junge trug die quiekenden Ferkel. Er nahm sich vor, sie lebend ins Feuer zu werfen, damit sie dort qualvoll sterben. Aber Wi-lam kam eine Idee. Seine Pläne mit den jungen Schweinen waren ganz anderer Natur.

Noch am gleichen Abend baute er aus Holz ein kleines Gehege auf dem Platz neben dem Höhleneingang. Er band jedem Schweinchen eine Lederschnur um ein Hinterbein und sicherte diese mit einem dicken Pflock, den er in den Boden trieb. »Wir geben ihnen die Reste der Nahrung und unsere Abfälle. Wenn sie im Herbst groß sind, essen wir sie«, erklärte Wi-lam.

Alle brummten zustimmend und hielten es für eine gute Idee. Nun der Junge war enttäuscht. Gerne hätte er ihr Schreien beim Feuertod vernommen!

Der Clanälteste redete lange mit dem Jungen, ließ sich genau erzählen, wie es zu dem Unfall gekommen war. Nach genauem Überlegen entschied er, dass ihn keine Schuld träfe. Beide Knaben waren tapfer gewesen, beide wollten für die Mitglieder ihres Clans Nahrung beschaffen. Er ermahnte ihn, zukünftig vorsichtiger zu sein und wies ihn an, nur noch kleine Tiere mit Pfeil und Bogen zu jagen. Der Junge war erleichtert, weil ihn keine Strafe traf.

»Er wird ein guter Jäger werden.«

Mit diesen Worten beendete Irk-atu seine Überlegungen und schloss dieses traurige Kapitel. Man redete nicht über die Verstorbenen, denn sie sollten ihre Ruhe haben.

Nur die Mutter des toten Jungen weinte die ganze Nacht leise.

Einen halben Mond später, der kleine Fluss strömte wieder ruhig und klar dahin, wurde am anderen Ufer ein großes Feuer entzündet, das jeder schon von Weitem sehen konnte. Wer solch ein großes Feuer entzündete, kam nicht in böser Absicht.

Irk-atu deutete Wi-lam an, ihm zu folgen. Auch Wen-a, die Hündin, folgte mit ihren drei jungen che-che den Menschen. Ein Welpe, das männliche Tier, war gestorben. Sein toter Körper wurde von den beiden Schweinen verzehrt, die in ihrem Pferch schnell heranwuchsen.

Sie trafen zwei Männer und einen Jungen am Feuer. Den einen kannten sie. Es war Ana-sa, der Jäger, der ihnen beim Aufschichten der Steine geholfen hatte. Der Junge hockte verängstigt neben ihm und rührte sich nicht.

Der andere Mann sah sehr fremdartig aus: Seine Haare waren kurz geschnitten, reichten gerade bis zu den Schultern. Sie waren mit roter Erde bestrichen, die sie hart und unbeweglich werden ließen. Die eine Seite des Gesichts war weiß, die andere rot bemalt, auf der Stirn und auf dem Nasenrücken trennte eine feine, schwarze Linie die beiden Farben. Er war ein Händler, einer der keinem Clan angehörte, aber bei jedem Clan willkommen war.

Um seinen Hals trug er viele Ketten aus Muschelschalen und Schneckenhäusern. Vor sich, auf einem Pferdefell, lagen Dinge zum Tausch ausgebreitet: Muscheln und Schnecken, kleinere und größere Feuersteinknollen, ein Tongefäß. Das hatte Irk-atu noch nie gesehen, aber erkannte sofort dessen Vorteil: Die Frauen konnten damit viel mehr Wasser holen, als in hohlen Knochen oder in Gefäßen aus Birkenrinde, die man mit dem wertvollen Birkenpech abdichten musste.

Erstaunt blickten die beiden Fremden auf die Hündin und die drei Welpen, die die Menschen begleiteten und aufgeregt um die Gruppe herumsprangen. Die Welpen stürzten sich auf den fremden Jungen, kletterten auf seinen Schoß, leckten ihn ab. Nach anfänglichem Zögern strahlte der übers ganze Gesicht. Die kleinen Wölfe waren schöne Spielkameraden!

Der Jäger vom Clan der Raben begann: »Dieser Junge heißt Tumo Er wird ein guter Jäger werden. Unser Clan braucht eine Frau, die viele Kinder gebären und Felle gerben kann.«

Er hockte sich wieder auf seine Fersen.

»Wir nehmen ihn als ka-u, als Sohn, wenn die Raben das Mädchen als da'ma, als Tochter, nehmen«, entgegnete Irk-atu.

Ana-sa nickte, zeigte so seine Zustimmung. Irk-atu drehte sich um und heulte so, wie ein Wolf heult. Als die jungen Wölfe mitheulten, mussten alle lachen. Dann warteten sie.

Nach wenigen Augenblicken erschien E'e-irk-ma, seine Frau, und brachte eines der beiden Mädchen. Die wusste was passieren würde, weinte still, wehrte sich aber nicht.

Ana-sa zog den Jungen hoch und Irk-atu das Mädchen. Jeder nahm die Rechte seines Kindes und legte sie dem anderen in dessen Linke. Nun gehörte das Mädchen zu den Raben, der Junge zu den Wölfen.

Der Junge schien sich mit seinem Schicksal abzufinden, trug einen kleinen Hund auf dem Arm und streichelte ihn. Wi-lam kam eine Idee. Er reichte dem Mädchen auch einen Welpen und wandte sich an Ana-sa: »Nimm diese kleine che'ma. Füttere sie und behandle sie wie eine Tochter. Bringe mir dafür einen kleinen che.«

Ana-sa nickte. »Die Wölfe haben Junge. Ich werde euch einen fangen und ihn euch bringen.«

Damit war der Handel zwischen den beiden Clans abgeschlossen. Sie hatten ihre Verwandtschaft erneuert und besiegelt, würden sich gegenseitig respektieren und in Notzeiten helfen.

Irk-atu und Wi-lam tauschten mit dem Händler eines der kleinen Schweinchen und zwei Fuchsfelle gegen das Tongefäß und einige Muschelschalen. Zufrieden packte der Bemalte die Waren auf seinen Schlitten aus Weidenästen und zog davon.

Die Jäger aßen von einem gebratenen Auerhahn, den die Frau mitgebracht hatte. Danach nahm Ana-sa das Mädchen bei der Hand und ging fort, während der Junge mit zur Höhle hochstieg.

Wi-lam schenkte seiner zweiten Frau die Muschelschalen, die sie von nun an stolz um ihren Hals trug. Nur noch wenige Monde und sie würde das Kind des großen Jägers mit den blauen Augen zur Welt bringen.

Pa-ul

Wi-lam saß am Wachfeuer und blickte hinaus auf die Ebene. Die beiden Jungen übten unten am kleinen Fluss mit ihren Bögen und schossen auf Fische, die versuchten, ihren Verfolgern im wilden Zickzack zu entkommen. Mittlerweile wussten die angehenden Jäger genau, wie weit sie vorhalten mussten, um die Fische zu erwischen. Anfangs schossen sie immer zu kurz, aber jetzt trafen sie mit jedem Pfeil. Die Frauen trockneten viele Fischhälften und die Männer wünschten sich manchmal, dass die Jungen etwas anderes schießen würden. Jeden Tag einmal Fisch, das war einfach zu oft.

Der Clanälteste und sein Sohn jagten in den flussaufwärts gelegenen Wäldern, suchten nach jungen Rehen und Hirschen, die noch nicht wussten, wie gefährlich diese Zweibeiner waren. Beide Jäger nutzten mittlerweile auch Bögen und in ihren Köchern steckten viele Pfeile. Sie hatten schnell gelernt, die neue Waffe zu handhaben und damit präzise zu treffen. Sie trugen weiterhin ihre Speere, deren Bemalung sie regelmäßig abends am Feuer auffrischten, verließen sich aber lieber auf die fliegenden Speere, die sich als genauer, weitreichender und tödlicher erwiesen.

Vor einem Mond trafen sie, jeder mit einem erlegten Reh beladen, eine Gruppe von fünf se, Neandertaler, die selten so tief im Süden auftauchten. Diese kamen aus dem Wald, rannten, laute Kriegsrufe ausstoßend, auf sie zu, waren auf ihre Beute aus, wollten sie stehlen, vielleicht auch die beiden Jäger töten. Innerhalb weniger Augenblicke ließen diese die toten Rehe fallen, spannten ihre Bogen und erschossen vier der behaarten, muskulösen Männer mit den kantigen Gesichtern und den ausgeprägten Augenwülsten.

Der fünfte stoppte verwirrt, als seine Clanbrüder plötzlich zusammenbrachen, sah die Pfeile aus ihren Körpern ragen, erblickte die fremdartigen Waffen in den Händen seiner Gegner. Verwirrt kniete er nieder, zog einen Pfeil aus dem Körper eines Sterbenden, hielt aber nur den Schaft in der Hand. Als er sich umdrehte, standen Irk-atu und Irk-ka hinter ihm.

»Geh!« sagte der Clanälteste, deutete auf den überlebenden se und zeigte nach Norden.

Der lief los, wie ein Hirsch, der von den Wölfen gehetzt wird. Zwei Tage und Nächte zog er im Trab in Richtung der hohen Berge, bis er an deren Fuß das Sommerlager seines Clans erreichte. Er kam ohne Beute ohne seine Clanbrüder. Jetzt war er alleine mit zwei Frauen und drei Kindern. Nun musste er für alle jagen. Die Frauen schrien die ganze Nacht, verzweifelten über den Verlust ihrer Männer. Noch bevor die Sonne aufging, tötete er die drei Kinder, denn er würde sie nicht ernähren können und ein schneller Tod war besser als ein langsamer Hungertod. Die Frauen schwiegen dazu, sahen zur Seite, wussten, es gab keinen anderen Ausweg. So war das Gesetz der Clans aus dem Norden! Sie begruben die Kinder in einer flachen Erdmulde, über die sie Erde scharrten. Darauf legten sie Steine, um die Körper vor Wölfen und anderen Raubtieren zu schützen.

Am späten Morgen saß er alleine am Feuer vor einer Hütte aus Zweigen und Grassoden, während die Frauen Beeren suchten und nach Kleintieren Ausschau hielten, die sie mit gezielten Steinwürfen erlegten. Seit zwei Jahren hatten die Mitglieder seines Clans niemanden ihrer eigenen Art gesehen. Wo waren sie alle geblieben? Er begriff nicht, dass die Zeit seiner Rasse sich dem Ende zuneigte.

Von hinten aus der Wohnhöhle hörte Wi-lam das Stöhnen von Taru'ma, seiner Zweitfrau. Die Wehen hatten am Morgen eingesetzt und kamen regelmäßig, in schnellen, schmerzhaften Wellen. Die beiden anderen Frauen saßen neben ihr, murmelten Beschwörungen, warfen Blumen ins Feuer, gaben ihr zu trinken. Eine fächelte der sichtlich erschöpften jungen Frau mit einer Auerhahnschwinge Kühlung zu.

Das Mädchen, sie würde bald auch zur Frau werden, kümmerte sich um das Baby von Wi-la-ma. Ihre Tochter war jetzt neun Monde alt und krabbelte umher wie die kleine che-ma mit dem helleren Fell, mit der sie immer spielte. Die beiden anderen Hündinnen, Wen-a und ihre dunklere Tochter, befanden sich am Flussufer, sprangen im Wasser umher und warteten auf die Fischabfälle, die ihnen die Jungen zuwarfen. Die restlichen Gedärme bekam das Schwein, das groß und dunkel geworden war. Bald konnte der Clan ein großes Fest feiern, bei dem sie es verspeisen würden.

Der dritte junge Hund, der kleine Wolfsrüde, den Ana-sa gebracht hatte, lag neben Wi-lam, aber nicht zu nahe am Feuer, das er fürchtete und zerbiss einen großen Knochen. Er war nicht so zahm wie die weiblichen Tiere, nur Wi-lam durfte ihn anfassen und kraulen.

Wahrscheinlich musste man ihn später anbinden, wenn er ausgewachsen war, überlegte er. Aber darüber machte er sich im Moment keine Gedanken. Die drehten sich um seine junge Frau und um den Sohn, den er sich erhoffte.

Neben ihm lagen die Reste seiner Kleidung und Sachen aus der Zeit, als er sich William genannt hatte, Post austrug, um sein Studium zu finanzieren und Sarah liebte, die vor mehr als einem Jahr an den Folgen eines offenen Beinbruchs gestorben war. Er schämte sich, weil er in letzter Zeit so wenig an sie dachte und weil er an ihrem Grab keine Blumen mehr ablegen konnte. Das war nicht mehr möglich, denn alle Steine und ihre sterblichen Überreste waren vom Frühjahrshochwasser weggespült worden, verschwunden in dem gurgelnden, braunen Wasser, das jetzt dort unten so klar und ruhig dahinfloss und so den Knaben eine erfolgreiche Fischjagd ermöglichte.

Er betrachtete das Wenige, was ihm aus diesem früheren Leben geblieben war: eine zerrissene Hose, verschmutzt und stinkend, eine Jacke ohne Knöpfe, nur mit einem Ärmel, auch zerrissen und übel riechend. Seine Hand schloss sich um einen Gegenstand, um den er sich bisher keine Gedanken gemacht hatte. Aus unerfindlichem Grund steckte in einer Innentasche der Jacke noch eine Hülse des Kalibers .501 T-Rex und er wusste nicht, wie sie dorthin gekommen war. Das letzte Teil seines Besitzes war absolut nutzlos, trotzdem streifte er sie über: seine Citizen Herrenuhr. Das Glas wies einen Sprung auf, die Zeiger waren durch Wasser korrodiert. Sie ging nicht mehr und nichts und niemand konnte sie wieder zum Laufen bringen. Eine leere Batterie ließ sich hier nicht ersetzen. Er überlegte einen Moment, dann begann er die Hülse im Sand zu reiben, bis sie wieder glänzte. Mit einem dicken Stein schlug er eine Vertiefung in die Hülse. Dort setzte er einen Handkeil aus Feuerstein an und begann zu bohren.

Es dauerte bis zum Abend, ehe er eine Lederschnur durch das Loch fädeln konnte. Er band sich das neue Amulett um den Hals und lächelte bei der Vorstellung, was seine Clanbrüder nach ihrer Rückkehr dazu sagen würden. Seine alte Kleidung warf er ins Feuer und sah sehr nachdenklich zu, wie sich seine Vergangenheit endgültig in Asche verwandelte.

Im Hintergrund schrie die Gebärende laut und anhaltend. Er wollte zu ihr gehen, wusste aber, die beiden anderen Frauen würden ihn mit harschen Worten verjagen. Frauen gingen nicht zur Jagd, bei einer Geburt hatten Männer nichts zu suchen. Er dachte an die Alte, an Ma-u-ma, die seiner „Zweiten Frau" sicher eine Medizin zur Linderung der Schmerzen eingeflößt hätte. Aber vor einem Mond war sie nachts eingeschlafen und nie wieder aufgewacht. Sie ruhte jetzt weiter oben zwischen den Hügeln unter vielen großen und schweren Steinen. Sie lag auf der Seite, ihre Beine angewinkelt, die Hände unter den Kopf geschoben, so wie sie auch am Feuer zu schlafen pflegte.

Es war ein regnerischer Tag gewesen, als Irk-atu seine Mutter dort hinaufgetragen und zur ewigen Ruhe gebettet hate. Am Abend erklärte er, sie habe »… nicht mehr als zwei Federn gewogen.«

Irk-ka-ma, jetzt die älteste der Frauen, gebührte seit dem Tag die Anrede Ma-u-ma. Sie verwahrte die Medizin, verteilte die Nahrungsvorräte und wies den anderen Frauen und Kindern ihre Arbeit zu. In der Höhle besaßen ihr Worte mehr Gewicht als die des atu-atu, solange es nicht um die Jagd ging.

Die Jungen kamen zur Höhle hinaufgestiegen, man hörte sie reden und lachen, die Hunde hechelten und bellten. Der junge Wolf neben Wi-lam setzte sich, spitzte die Ohren, wartete auf seine Gefährten. Er gähnte und sabberte. Wahrscheinlich roch er die Fische, die die Jungen jetzt draußen über das Gestell aus Zweigen hängten. Das Schwein grunzte und quiekte, es witterte ebenfalls den Fisch. Ein Junge redete auf das Schwein ein und Wi-lam wusste, er würde es an der geflochtenen Leine zum Fluss zerren, wo es saufen und im Schlamm wühlen durfte.

Der zweite Junge, Tumo der neue Sohn, betrat die Höhle und grinste. »Wir fingen viele Fische, Wi-lam. Der Clan hat gut zu essen«, sagte er stolz.

»Das ist gut, Tumo«, antwortete ihm Wi-lam mit einem leicht gequälten Lächeln. Schon wieder Fisch zum Abendessen!

Tumo nahm sich den kleinen Wolfsrüden, der prompt nach ihm schnappte und ihn kräftig kniff. Das Tier bekam einen Schlag mit der Faust und jaulte. Auch der junge Rüde musste lernen, sich in die Rangordnung des Clans einzufügen.

Das Mädchen erschien aus dem hinteren Teil der Höhle mit der kleinen Hündin im Arm und gesellte sich zu den Jungen. Das Baby schlief sicherlich.

Alle, die Jungen mit dem Schwein und dem jungen Wolf, die drei Hunde und das Mädchen, stiegen lärmend wieder zum Fluss hinunter, um sich dort zu waschen und den schönen Sommerabend zu genießen.

Im Hintergrund hörte Wi-lam das Schreien eines Neugeborenen. Wi-lam-ma, seine „Erste Frau“ erschien.

»Du hast einen Sohn. Dem kleinen Jäger und der Mutter geht es gut. Der Junge ist stark und will schon trinken. Seine Augen sind blau.«

»Danke, Wi-la-ma. Geh wieder und richte Taru'ma aus, sie möge mir meinen Sohn zeigen, sobald sie kräftig genug ist.«

»Das werde ich tun.«

Wi-la-ma nahm das Tongefäß mit frischem Wasser und ging wieder.

Draußen hörte Wi-lam seine beiden Clanbrüder mit den Kindern sprechen. Er stand auf, schaute hinaus. Irk-atu und Irk-ka kamen den Pfad herauf, gefolgt von den Kindern. Auf ihren Schultern trugen sie große Fleischstücke. Der Jüngere zog zusätzlich auf einem Schlitten aus Weidenstangen ein Hirschfell hinter sich her, in dem sich das Geweih und Fleischabfälle befanden, die die Hunde und das Schwein bekommen sollten. Die ersteren folgten den Jägern auf dem Fuße, wussten, jetzt gibt es etwas zu fressen. Auch das Schwein quiekte, zog den Jungen hinter sich her und versuchte, an dem Fell zu knabbern. Bald würde der Clan es verspeisen und dann neue Frischlinge fangen.

»Füttert die Tiere«, beauftragte der Älteste die Kinder. »Wascht euch danach im Fluss.«

Die Kinder machten sich an die Arbeit, während jeder der beiden Wi-lam eine Hand auf seine rechte Schulter legte.

»Das ist ein guter Tag«, stellte Irk-atu fest.

Sein Sohn ergänzte: »Wir haben viel Fleisch, das unsere Bäuche füllt und du besitzt jetzt einen Sohn, der ein großer Jäger werden wird.«

Der Angesprochene nickte. »So wird es sein.«

Später, als die Jäger und die Kinder um das Wachfeuer saßen und Hirschfleisch brieten, erschien Taru'ma. Sie war blass und ging sehr langsam. Sie legte das Kind, das sie in ein weiches Fell eingewickelt hatte, Wi-lam in den Arm.

»Dein Sohn, atu«, sagte sie leise. »Er ist gesund und stark!«

Wi-lam schaute sich das Kind an. Seine Augen waren geöffnet und von der gleichen Farbe wie seine: blau. Sein Sohn war dunkelhaarig wie seine Mutter und machte einen zufriedenen Eindruck. Eine kleine Hand, fest zur Faust geballt, schaute aus dem Fell heraus. Als Wi-lam die winzige Faust berührte, öffnete sie sich und umschloss seinen Zeigefinger. Er war erstaunt, welch eine Kraft dieses winzige Kind besaß.

»Er hat getrunken und ich habe ausreichend Milch«, fügte Taru'ma hinzu. Wi-lam blickte sie an und erkannte hinter ihrem erschöpften Aussehen großen Stolz. Stolz auf das Kind, welches sie geboren hatte, auf dessen blaue Augen und auf den großen Jäger, ihren Mann, der es damals in der Höhle gezeugt hatte.

»Ich danke dir, Taru-ma. Ich werde ihn Paul nennen. So hieß mein atu, mein Vater.«

Er gab seiner Frau das Baby zurück. »Sorge gut für ihn, damit er ein großer Jäger wird.«

»Es ist nicht gut, einem Kind einen Namen zu geben, bevor der Mond einmal groß geworden ist«, tadelte Irk-atu den jungen Vater. »Es kann Unglück bringen!«

Wi-lam überlegte einen Augenblick: »In dem Clan, in dem ich geboren wurde, bekommt jedes Kind direkt nach der Geburt einen Namen. Wenn ein Kind stirbt, verlässt es die Welt nicht, ohne seinen eigenen Namen.«

Die beiden am Feuer schauten ihn an, überlegten.

Wi-lam fuhr fort. »In meinem Clan hatten alle Knaben und Jäger blaue Augen.«

Nach einem Augenblick fügte er hinzu: »Paul, mein Sohn, hat auch blaue Augen.«

Irk-atu und Irk-ka nickten.

»Der Junge soll Pa-ul heißen«, bestätigte der Clanälteste.

Von dem Tag an bekamen alle Kinder direkt nach der Geburt einen Namen.

Die Männer saßen noch lange am Feuer und Wi-lam bemerkte, wie sie auf sein neues Amulett und die kaputte Uhr starrten. Natürlich wollten beide wissen, was das ist. Wi-lam gab ihnen die Uhr und die Hülse in die Hand und sie betrachteten diese Dinge mit großem Respekt. Sie hatten sie vorher noch nie gesehen. Sie befühlten das unbekannte Material, strichen darüber, behandelten die Dinge mit großer Ehrfurcht. Irk-ka reichte Wi-lam die Gegenstände mit beiden Händen zurück, eine Geste großer Wertschätzung.

»Diese Dinge sind viele Muscheln und Zähne von Höhlenbären wert«, meinte Irk-atu.

»Wie heißen sie?«

»Das ist eine Uhr.« Er hielt die Citizen hoch.

»Und das hier«, er deutete auf die Hülse, »kann ‚peng' machen.«

Er schaute die beiden bedeutungsvoll an und sie nickten bedeutsam.

»Urr, penn«, wiederholten sie.

Noch einmal ganz langsam: »Urr, penn.«

Seit diesem Tag waren die beiden Gegenstände das Heiligste was der Clan der Wölfe besaß.

Die Letzten ihrer Art

Der eisige Wind heulte und blies den feinen Schnee waagerecht über die Steppe. Vor Baumgruppen und Büschen blieb er liegen und türmte sich fast mannshoch auf. Die alte Mammutkuh zog alleine hinter der Herde her, die ihr drei oder vier Tagesmärsche voraus war. Ihr machte der Wind nichts aus, er kam von hinten, von Norden, und schob sie an. Wieder und wieder blieb sie stehen, riss von Bäumen und Büschen Äste ab, schälte mit ihren mächtigen, nach oben gebogenen Stoßzähnen Rinde von Bäumen, fand so Nahrung, die ihr die Kraft für die Wanderung in den Süden geben musste.

Ihr langes, dunkles Winterfell hielt sie warm. Es war dicht und isolierte so gut, dass auf dem Fell die Schneeflocken nicht schmolzen und die Kälte nie die Körperoberfläche erreichte. Das Tier hinkte, die große Verletzung am linken Hinterbein behinderte es beträchtlich. Zwei Bullen hatten um eine junge Kuh gekämpft und der Verlierer rammte ihr, als sie seiner Flucht im Wege stand, einen Stoßzahn in den Oberschenkel. Die Wunde war entzündet und heilte bei diesem Wetter gar nicht. Dann und wann drehte sich die Kuh um, hob den Rüssel und witterte. Sie wusste, sie wurde verfolgt, bemühte sich, ihre Verfolger, diese merkwürdigen zweibeinigen Wesen, auf Distanz zu halten.

Die drei Neandertaler, der Mann und die beiden überlebenden Frauen, standen auf einem Hügel und suchten die Ebene nach dem Mammut ab. Der Schneefall ging zurück, auch die Stärke des Windes ließ nach. Sie erspähten das Tier, das vor einer Gruppe von Nadelbäumen stand und Zweige abriss, die es bedächtig verspeiste.

»Da ist ‚das mit den langen Zähnen'. Es frisst«, sagte der Mann. »Die Wunde schließt sich nicht. Es wird seine Herde nicht mehr einholen.«

»Wie sollen wir es töten?«, fragte die jüngere Frau.

»Früher mussten fünf tapfere Jäger ihr Leben riskieren.« Sie verstummte.

»Nun bist du alleine«, fuhr die ältere fort.

»Wie willst du es töten?«

Der Jäger schwieg. Er wusste es auch nicht. Aber er musste es jagen, sonst würden sie sterben. In den letzten fünf Tagen waren sie mit einem mageren Fuchs ausgekommen. Alle anderen Tiere flüchteten sehr schnell, wenn sie Menschen sahen. Früher kam man mit dem Speer auf Wurfentfernung heran. In diesem Winter erschienen ihm die Beutetiere viel wachsamer, als in den vielen Wintern zuvor. Er überlegte, woran es liegen konnte. War er ein schlechterer Jäger als vorher? Nein, sicher nicht! Lag es an der neuen Waffe der „großen Jäger"? Die Waffe, mit der seine Clanbrüder getötet worden waren?

Er zuckte mit den Schultern, beobachtete weiter das riesige Tier, wie es die Äste verspeiste.

»Wir haben fünf Speere. Ich werfe den ersten in das andere Hinterbein, damit es mich nicht verfolgen kann. Es blutet stark. Dann werfe ich den zweiten und so fort. Es wird bald sterben. Wir brauchen das Fleisch und das Fell.«

Die Frauen nickten. Er, der Jäger, war sich nicht sicher, ob ihm das gelingen würde.

Der Wind stand günstig, er kam von vorne. So konnte sie das Tier, das immer noch Zweige von den Bäumen abbrach und fraß, nicht riechen. Die drei Menschen schlichen sich an, nutzten jeden Busch, jeden Strauch als Deckung, bewegten sich nur vorwärts, wenn das Mammut mit dem Rüssel weit hinauflangte, um dort oben an Äste zu gelangen.

Sie duckten sich hinter einen großen, umgestürzten Baum, gut drei Wurfentfernungen von der Mammutkuh entfernt, beobachteten das Tier, das ihnen ihre rechte Hinterseite zudrehte und an einem ausladenden Ast kaute. Das Mahlen seiner Zähne und das Krachen des Holzes konnten sie bis zu ihrem Versteck hin hören. Das linke Hinterbein schien die Kuh zu entlasten, sie hob es die meiste Zeit vom Boden hoch. Der Jäger überlegte: Wenn er jetzt dort rechts die Leiste traf, eine der wenigen Stellen, die eine Speerspitze zu durchdringen vermochte, würde sie nicht mehr laufen können.

Er drehte sich zu den beiden Frauen um, die neben ihm im Schnee lagen und die Luft hörbar durch ihre breiten Nasen einsogen. Sie rochen das Tier, rochen das faule Fleisch der Verwundung, rochen das frische Holz des Baumes. Ihr Geruchssinn war denen der „großen Jäger“ weit überlegen. Er deutete auf die jüngere, zeigte ihr an, sie solle hier liegen bleiben, auf die schweren Winterfelle achten, die er und die ältere jetzt ablegen mussten, um schneller laufen zu können. Sie nickte.

Der anderen drückte er zwei Speere in die Hand, zeigte auf das Tier. Er selber nahm sich die beiden stabilsten und besten Waffen. Je schwerer er das Tier verwundete, desto größer war ihre Chance auf Nahrung und damit auf Überleben.

»Gehen wir«, flüsterte er.

Beide krochen unter dem Baum durch, der auf kräftigen Aststümpfen auflag. Die Frau blieb eine Körperlänge hinter ihm, hielt die Speere bereit. Der Mann sprang auf und lief los. Die feinen Ohren der Kuh hörten das Geräusch des laufenden Menschen erst relativ spät. Da war er bereits auf Wurfentfernung heran gekommen. Sie drehte sich herum, bot dem Jäger so die Möglichkeit, seinen Speer kraftvoll in ihre rechte Seite, genau in die weiche Hautfalte zwischen Oberschenkel und Bauch, zu schleudern. Der Speer drang tief in das Fleisch ein, verwundete das Tier schwer, machte es aber nicht bewegungsunfähig.

Vor Schmerz und Wut trompetete die Kuh laut, hob ihren Rüssel in die Höhe, senkte die Stoßzähne und griff an. In diesem Augenblick schleuderte der Jäger den zweiten Speer, der in ihren Hals drang. Aber auch das reichte nicht, um solch ein großes, mächtiges Tier zu töten. Trotz der schweren Verwundungen konnte das Mammut noch immer schneller laufen als die beiden Menschen.

Die Frau ließ ihre Speere fallen, folgte dem Mann, als er zurückrannte in Richtung des schützenden Baumstamms. Beide liefen um ihr Leben, keuchend, Seite an Seite. Sie hörten das Röcheln und Stampfen des wütenden Tieres direkt hinter sich. Vor dem Baum warfen sie sich auf den Bauch, versuchten unter ihm durchzukriechen, als das zottige, mächtige, Geschöpf heran kam. Es prallte gegen den liegenden Baum, konnte ihn wegen der verletzten Hinterbeine nicht übersteigen. Vorne brach es in die Knie, drückte den Stamm zu Boden und brach beiden Menschen das Rückgrat, drückte eine dicken Aststumpf durch den Oberkörper der Frau und nagelte sie so auf dem gefrorenen Boden fest. Der Jäger stöhnte dumpf auf, verlor dann das Bewusstsein. Die Frau starb sofort.

Das Mammut erhob sich wieder, trompetete erneut wütend, zog den ersten Körper, den des Mannes, mit dem Rüssel unter dem Baum hervor. Es trampelte darauf rum, bis aus ihm ein roter Matsch im weißen Schnee geworden war. Auch an dem zweiten Köper ließ es seine Wut aus, wickelte den Rüssel um beide Beine des anderen Opfers und zerrte das, was vom Unterkörper der Frau übrig geblieben war, hervor. Den Teil schüttelte es hin und her und schleuderte ihn dann zehn Manneslängen weit fort. Das Tier merkte sich die Stelle, wo der Körper aufgeprallt war, hinkte dorthin und zertrat ihn ebenfalls zu blutigem Brei.

Das rettete der jüngeren Frau das Leben. Sie lag der Länge nach hinter dem Baum, ihr Gesicht in den Schnee gedrückt, die Augen fest geschlossen, als wollte sie nicht sehen, was sie gleich töten würde. Nach einer Weile wagte sie, ihre Augen wieder zu öffnen. Sie schaute aus weniger als eine Armlänge Entfernung geradewegs in die aufgerissenen Augen der Toten, die voller Entsetzen und Qual starr an ihr vorbei blickten. Der Mund war wie zu einem Schrei weit aufgerissen, Blut sickerte aus ihm hervor, tropfte in den Schnee vor dem Gesicht. Ihr Oberkörper erschien unnatürlich flach und als die Überlebende genauer hinsah, erkannte sie das Schreckliche: Das wütende Mammut hatte die Frau in zwei Teile gerissen.

Obwohl sie am ganzen Körper zitterte, ihr Herz raste und ihr schlecht war, wagte sie es, einen Blick über den Baumstamm zu werfen und nach dem Tier zu schauen. Das Mammut stand in einiger Entfernung, drehte ihr das Hinterteil zu, atmete geräuschvoll und heftig, wie sie am schnellen Heben und Senken der Flanken erkennen konnte. Jetzt zitterte der große Körper und die Frau hörte ein heiseres Röcheln. Direkt hinter dem Baum und unter der Kuh war der Schnee blutrot. Wie ein Blitz traf die Frau die Erkenntnis: Sie war jetzt ganz alleine. Noch eine Weile beobachtete sie das riesige Tier, das dort stand und immer schwerer atmete. Es schien sehr verletzt zu sein, vielleicht würde es bald sterben.

Die junge Frau nahm einen Speer, der auf ihrer Seite des Baumes lag, und ging los. Ihr blieb nur eine Chance wenn sie überleben wollte. Eine Chance, von der die Frauen an den Feuern immer wieder geredet hatten, wenn die Männer auf der Jagd und sie alleine waren: Sie Frau musste die Höhle der „großen Jäger“ finden.

Die Se-a-ma

Es waren die typischen Arbeiten an langen Winterabenden: Die drei Männer beschäftigten sich mit ihren Waffen, schlugen Messer, Spitzen und Werkzeuge aus den Feuersteinknollen, begradigten Pfeil- und Speerschäfte über dem Feuer. Neben Wi-lam lag eine Handvoll Brustfedern von Auerhähnen, die sich ausgezeichnet für die Befiederung der Pfeile eigneten. Er hatte es aufgegeben, die Feuersteinklingen zu bearbeiten. Die waren zu wertvoll, um von seinen ungeschickten Händen zu krummen, unbrauchbaren Werkzeugen oder stumpfen Pfeilspitzen vergeudet zu werden. Die beiden anderen lachten gutmütig, sie bearbeiteten die wertvollen Steine schon ihr ganzes Leben lang während der Jäger mit den blauen Augen erst seit zwei Wintern bei ihnen lebte. Dafür erwies er sich als der Beste im Bau von Bogen, schoss schneller und traf besser als sie selbst. So machte jeder das, was er am besten beherrschte, stellte das her, was die anderen dringend benötigten.

»Das nennt man Arbeitsteilung«, überlegte Wi-lam und stellte fest, er musste dieses Wort suchen. Er dachte jetzt in der Sprache seines Clans, nicht mehr auf Englisch, und das Wort „Arbeitsteilung“ ließ sich nur schwer übersetzen.

Die Frauen kneteten Schnüre aus Ton, befeuchteten sie mit Wasser, kneteten sie erneut, bis sie glatt, weich und elastisch waren. Dann legten sie die Schnüre aufeinander, drückten sie fest und verstrichen sie außen und innen. So entstanden Gefäße, die an der Luft trocknen mussten, immer wieder mit Wasser benetzt wurden, ehe man sie im Feuer brennen konnte. Mittlerweile besaß der Clan schon zehn dieser Gefäße, die den Brand überstanden hatten, und zu begehrten Vorratsbehältern geworden waren.

»Du musst immer aufpassen, dass sie nicht trocken werden und reißen«, belehrt Irk-ka-ma ihre Tochter, welche seit einer Woche zu den Frauen zählte. »Streiche Wasser darüber, achte auf Risse, verschließe sie mit der weißen Erde.« Das Mädchen nickte: »Ja, ma-manu, meine Mutter.« Sie war endlich eine Frau geworden und bekam jetzt eine wichtige Aufgabe übertragen. Das machte sie stolz.

Die Hunde lagen in ihrer Ecke träge herum, aus dem Wolfswelpen war ein stattlicher, junger Wolf geworden, der eifersüchtig seine Wen-a bewachte. Die beiden anderen waren tollpatschige, junge Hündinnen, die mit dem Rüden schäkerten und im Frühjahr zum ersten Mal läufig werden würden. Draußen, im Pferch, grunzten drei halbwüchsige Wildschweine, die im Gegenzug für regelmäßiges Fressen und ein ruhiges Leben eines Tages vorzeitig ihr Leben lassen mussten.

Wen-a lernte schnell, den Jägern bei der Jagd zu helfen, ihnen die Beute zuzutreiben, auch erwies sie sich zunehmend als gute Wächterin. Im Spätherbst näherte sich dem Eingang ein Höhlenbär und die Hündin fing rechtzeitig an zu bellen, sodass die Menschen Gelegenheit bekamen, ihn mit einer brennenden Fackel zu vertreiben. Als der junge Bär, von den bellenden Hunden verfolgt, entsetzt das Weite suchte und sich das Hinterteil kratzte, in dem ein Pfeil steckte, wälzten sich alle vor Lachen auf dem Boden und erzählten viele Abende lang die Geschichte von dem ängstlich blökenden Koloss, der auf seiner Flucht den ganzen Pfad vollschiss.

An diesem Abend sprangen die Hunde plötzlich auf, horchten in Richtung Höhleneingang. Wen-a knurrte, legte die Ohren flach, fletschte ihre Zähne. Auch die andern Hunde reagierten ähnlich. Etwas war dort draußen, erregte ihre Aufmerksamkeit. Die Männer, daran gewöhnt auf alle Geräusche zu achten, griffen nach ihren Waffen, während sich die Frauen und die Kinder in den hinteren Teil der Höhle zurückzogen.

»Matu-matu, ein Höhlenbär?«, wollte Wi-lam wissen.

»Nein«, kam die Antwort.

»Die schlafen jetzt. Vielleicht will jemand unsere Schweine stehlen.«

Auch die waren plötzlich merkwürdig ruhig.

Irk-ka nahm eine bereitliegende Fackel, ein armdickes Stück harziges Kiefernholz, das man zusätzlich mit Wisentfett bestrichen hatte. Er entzündete sie, hielt sie vor sich. Die beiden Jungen schoben das Holzgestell vom Eingang, während Wi-lam und Irk-atu Pfeile auf die Sehnen legten und ihre Bogen spannten. So traten sie hinaus in die kalte, sternenklare Nacht. Wen-a folgte im selben Augenblick und zerrte, noch ehe die Männer sich an die Dunkelheit gewöhnen konnten, an etwas, das wie ein Haufen Felle ausschaute.

»Lass los!«, befahl Wi-lam und rief die Hündin zurück.

Die anderen Hunde bellten und liefen aufgeregt um den Fellhaufen herum. Ein sehr strenger Geruch stieg Wi-lam in die Nase. Ein Geruch, der ihm irgendwie bekannt vorkam.

»Es ist eine se-a-ma«, meinte Irk-atu und zog die Neandertalerin hoch. »Sie bittet um Wärme und Nahrung, darum liegt sie hier.«

»Warum kommt sie nicht in die Höhle?«, wollte Wi-lam wissen.

Irk-atu schaute ihn an.

»Wir würden sie töten. Das weiß sie. Sie bleibt hier solange liegen, bis wir sie aufnehmen oder fortjagen«, erklärte der Clanälteste.

Die Frau kniete vor ihnen und schaute verängstigt von einem zum anderen. Sie bebte am ganzen Körper. Jetzt entschied sich, ob sie leben durfte oder sterben musste. Sie schlug die Hände vor ihr Gesicht, weinte und murmelte unverständliche Worte.

Die drei Männer schauten sich an.

Irk-ka-ma erschien plötzlich im Höhleneingang und erfasste sofort die Situation.

»Sie darf rein«, entschied sie und die Männer nickten.

Die se-a-ma musste sich ausziehen. Die Frauen schruppten ihren abgemagerten Körper mit warmem Wasser und Sand ab, bis er feuerrot wurde. Danach warfen sie ihre verschmutzten, verlausten Felle in den Schweinepferch. Die drei Jungschweine würden sie schon fressen, wenn der Hunger groß genug war.

Die Neandertalerin bekam neue Winterbekleidung. Die Jagd im Sommer war sehr erfolgreich gewesen und der Clan besaß eine große Anzahl von Fellen, sodass man großzügig sein konnte. Außerdem wollte man ihre Läuse nicht in der Höhle haben. Man räucherte regelmäßig die Kleidung der Clanmitglieder und alle Schlaffelle. Die lästigen Plagegeister waren dadurch deutlich weniger geworden. Wi-lam wusste in solchen Fällen stets guten Rat. Er war, trotz seiner Jugend, ein weiser Mann.

»Gib ihr das heiße Wasser mit dem Fleisch, Schwester«, ordnete Irk-ka-ma an.

»Danach kann sie vom Rehkopf essen.«

Taru'ma rollte einen heißen Stein aus dem Feuer, nahm ihn mit einer Zange aus gespaltenem Holz auf, steckte ihn in ein Tongefäß, in dem sich Brühe mit Fleischstücken befand. Der Stein erhitzte die Suppe sehr schnell und es roch angenehm am Kochfeuer.

Die se-a-ma schaute dem Vorgang verwundert zu, während ihr das Wasser im Munde zusammenlief. Als man ihr zunickte und auf die Speisen deutete, trank sie die Suppe und aß das gesamte Fleisch, das sich am dem Kopf befand, einschließlich der gebratenen Augen. Es war ihr erstes richtiges Essen seit sieben Tagen. Danach grunzte sie zufrieden, rollte sich auf ihrem zugewiesenen Platz zusammen und schlief sofort ein.

Die Frauen blickten mitleidig auf die Fremde, die alle ihre Brüder und Schwestern verloren hatte.

»Sie muss das Holz holen und die Felle gerben«, meinte Wi-lama. »Dafür bekommt sie Essen und einen Platz am Feuer.«

»Aber unsere Männer bekommt sie nicht«, ergänzte Irk-ka-ma. Hier hörte das Mitleid auf. Die Frauen lachten sich an und nickten. Sie waren alle wieder schwanger.

Am nächsten Morgen berichtete die se-a-ma, was passiert war. Irk-atu und sein Sohn sprachen und verstanden einige Wörter ihrer Sprache, den Rest erklärte die Frau durch Gesten und einfache Zeichnungen, die sie in den Sand malte.

»Wenn wir richtig verstanden haben, lebte ‚das mit den langen Zähnen' vor drei Tagen noch«, überlegte Irk-atu.

»Sollen wir uns das Fleisch und die langen Haare holen?«

Irk-ka nickte. »Und wenn es gestorben ist, liegt es immer noch dort. Wir müssen sofort gehen.«

»Wir werden gehen«, stimmte Wi-lam zu. »Ich sah dieses Tier noch nie.« Die beiden Männer schauten ihn erstaunt an. Sie konnten nicht glauben, dass ein Jäger noch nie ein Mammut gesehen hatte.

Der Clanälteste rief alle zusammen. »Die se-a-ma geht mit und zeigt uns den Ort. Sie zieht den Schlitten. Die Frauen holen unsere Winterumhänge und packen getrockneten Fisch und auch Fleisch ein.«

Alle nickten.

Er fuhr fort: »Wir nehmen Wen-a mit. Sie hält Wache, wenn wir ruhen.«

Er drehte sich zu den beiden Jungen um: »Ihr bleibt am Wachfeuer, bis wir wiederkommen. Schützt die Frauen und die Kinder, legt eure Bogen und fliegenden Speere neben euch.«

Die Jungen senkten ihre Köpfe und brummten zustimmend. Das war eine wichtige Aufgabe!

Alle aßen noch einmal und tranken Suppe. Die Neandertalerin hatte lange geschlafen. Nun verspeiste sie eine große Portion fettigen Fleisches, trank die restliche Suppe und bekam als Nachtisch zwei Handvoll getrockneter Beeren. Sie rülpste und erhob sich. Sie verstand, was die Männer vorhatten und akzeptierte, dass sie mit hinaus und den Schlitten ziehen musste.

Kurze Zeit später verließen die drei Jäger und die, in den Winterfellen untersetzt wirkende Frau die Höhle und liefen in die weiße, kalte Ebene hinaus.

Das Mammut

Ein Mammut stirbt langsam, auch wenn es schwer verwundet ist. So stand das alte Tier schon drei Nächte und den vierten Tag, mit dem Hinterteil gegen einen großen Nadelbaum gelehnt und beäugte die fünf heulenden, aggressiven Gestalten, die seit dem Vortag um das sterbende Tier schlichen, es zähnefletschend anknurrten und nach seinen mächtigen Beinen schnappten. Normalerweise machte ein Wolfsrudel einen weiten Bogen um ein ausgewachsenes Mammut, es war für sie als Beute unerreichbar und äußerst wehrhaft. Schon mancher Wolf war unter dessen Füßen zerstampft oder von einem Rüsselhieb zerschmettert worden.

Doch das Rudel spürte den nahenden Tod des Tieres, wusste, hier gab es bald genug Fleisch für alle. Sie hatten Zeit, würden auch zwei weitere Tage warten, bis das Mammuts starb. Sobald es fiel, konnten die Wölfe ihre Zähne in seinen Bauch und in die Gurgel schlagen und von dem dampfenden Fleisch fressen.

Die Menschen sahen schon von Weitem, was sich dort abspielte. Wen-a blieb stehen, stellte die Ohren auf, senkte den Schwanz. Sie sah, hörte und roch ihre wilden Verwandten. Vielleicht war auch der Vater ihrer Kinder dabei.

Irk-atu drehte sich zu den anderen um. »Wir gehen auf sie zu und unsere Brüder, die che-che, werden uns ausweichen. Wir lassen ihnen genug Fleisch zum Fressen.«

Wi-lam und Irk-ka hielten ihre Bögen bereit. Normalerweise liefen die Wölfe immer vor den Jäger des Clans davon. Aber man konnte nie wissen.

Der ranghöchste Rüde bemerkte die Menschen zuerst. Er drehte sich um, knurrte kurz, legte die Ohren an und zeigte sein imposantes Gebiss. Er schwankte, was er tun sollte. Die Menschen waren ihm unheimlich, seine Brüder und er vermieden Begegnungen mit ihnen. Auch die anderen Wölfe ließen von ihrer Beute ab und starrten auf die vier Gestalten, die auf sie zuliefen. Der Wind trug den Geruch der Hündin in ihre Nasen, was sie unruhig werden ließ. Dem Alphatier kam er sehr bekannt vor. Er richtete den Schwanz auf und rannte los, dem Hügel entgegen. Von dort oben würden sie alles beobachten. Er wusste, dass die Zweibeiner immer etwas für das Rudel übrig ließen. Die vier anderen Wölfe folgten seiner Spur.

Die Menschen registrierten die Flucht des Rudels. Ihre Gedanken galten jetzt dem Mammut, das, schwankend und unregelmäßig atmend, direkt vor einem der großen Bäume stand. Es hatte den Kopf gesenkt, wirkte völlig erschöpft und sehr krank.

Die Kuh sah zu, wie die huschenden Quälgeister verschwanden, war aber zu schwach, um daraus Hoffnung zu schöpfen. Jetzt roch sie die Menschen, obwohl sie den Rüssel kaum noch zu heben vermochte. Ihr Instinkt riet ihr fortzulaufen, doch sie konnte keinen Schritt mehr tun. Der Rüssel senkte sich wieder, der Kopf neigte sich weiter der Erde zu. Sie fühlte sich sehr, sehr müde und litt große Schmerzen.

»Komm mit!« Irk-atu deutete der se-a-ma an, ihnen bis zum Mammut zu folgen. Er wollte sie nicht alleine lassen, schließlich konnten die Wölfe zurückkommen. Sie würde beim Töten der Beute nicht stören. In passender Pfeilschussentfernung versammelte sich die kleine Gruppe links neben dem Tier. Wi-lam und Wen-a betrachteten beeindruckt diese riesige Mammutkuh mit den langen, nach oben gebogenen Stoßzähnen. Das schwarze Fell war bedeckt mit Schnee, an den Seiten hingen große Eisklumpen an den teilweise meterlangen Winterhaaren. Aus seiner rechten Bauchseite, direkt neben dem riesigen Oberschenkel, ragte der Schaft eines Speeres hervor. Er steckte tief in dem Tier. Der Jäger, der es dort hinein getrieben hatte, musste eine ungeheuere Wurfkraft besessen haben. Unter dem Körper breitete sich eine riesige Lache getrockneten Blutes aus, das in der Kälte zu schwarzen Klumpen gefroren war.

Sie hörten das Tier in tiefen Tönen brummen, vernahmen sein Schnauben und schweres Atmen. Jetzt bemerkten sie einen zweiten Speer, der seitlich im Hals steckte, wohl aber keine wichtigen Organe oder Blutgefäße verletzt hatte.

Die Neandertalerin schaute ängstlich auf das Mammut, erinnerte sich an den Tod ihres Mannes und ihrer Schwester. Nun würde es auch bald sterben. Die großen Jäger legten schon die merkwürdigen kleinen Speere auf ihre Waffen, die ihr Mann nach dem Tode seiner Brüder beschrieben hatte.

»Schießt auf das Herz!«, empfahl Irk-atu.

Dann flogen die ersten drei Pfeile und bohrten sich in den Brustkorb der Kuh. Jeder Jäger schoss dreimal, doch erreichte von allen Pfeilen nur einer sein Ziel. Wi-lams zweiter Pfeil schlüpfte zwischen zwei Rippen hindurch, bohrte sich in das riesige Herz. Jetzt erlahmten die Kraft und der Lebenswillen des mächtigen Tieres. Es stöhnte auf, blies noch einmal schnaubend durch seinen Rüssel und sank auf seine rechte Seite. Das Herz schlug noch wenige Male, dann versagte es. Sechzig Winter war „das mit den langen Zähnen" alt geworden.

»Schaut euch diese böse Wunde an«, meinte Wi-lam, als sie auf dem Leib des Tieres standen, um die lange Wolle abzuschaben, die fast noch wertvoller und wichtiger als das Fleisch war. Der Durchmesser des Lochs entsprach der Länge eines Unterarms. Es war eine Handlänge tief und in ihm saßen Maden, ernährten sich von dem faulenden Fleisch. Sie würden jetzt erfrieren. Wi-lam schüttelte sich, das Tier tat ihm Leid. Welche Qualen musste es ausgehalten haben!

Die drei Männer und die Frau begannen dann, das Tier vom Bauch her aufzubrechen und dort ein Stück Fell herauszutrennen. Die Steinkeile erwiesen sich als außerordentlich scharf und ihre Form als ideal für das Aufschneiden der dicken Oberhaut.

»Au«, schrie Irk-atu. Er schüttelte seine linke Hand, aus der Blut tropfte.

»Willst du sein oder dein Fell?« spottete Irk-ka und arbeitete weiter.

»Steig besser runter und säubere deine Wunde im Schnee«, meinte Wi-lam und schaute den Clanältesten an, der sich anscheinend überhaupt nicht um den tiefen Schnitt kümmerte.

Der betrachtete noch einmal die Wunde und erwiderte: »Ich säubere sie. Der Schnee wird die Blutung stillen.«

Er machte einen Schritt, um von dem Leib des Tieres runterzusteigen, trat auf eine der Eisplatten, die im Fell festgefroren waren, verlor das Gleichgewicht und fiel auf den Bauch. Eigentlich sah es wenig gefährlich aus, als er vom Rückenbereich über das linke Hinterbein rutschte und von da aus mit dem Kopf voran in den Schnee plumpste. Er richtete sich auf, spuckte Schnee aus, erhob sich. Dann roch er an seiner Linken.

»Das stinkt. Ich habe in die Wunde gegriffen«, meinte er und rieb seine linke Hand kräftig mit Schnee ab.

»Das stinkt schlimmer als unsere Schweine.«

Er kletterte wieder auf das tote Mammut und arbeitete weiter. Wi-lam sagte nichts, machte sich aber große Sorgen.

Die drei Männer und die Frau schnitten große Stücke Fleisch aus dem Körper, packten sie in die abgetrennten Fellstücke und banden diese mit den langen Körperhaaren zu festen Paketen zusammen. Die ließen sich leicht auf dem Schneeboden ziehen. Den Schlitten beluden sie mit großen Mengen der abgeschnittenen Haare und weiteren Fellteilen.

Auf einen der Stoßzähne, die als sehr wertvoll galten, mussten sie verzichten. Sie besaßen keine Steine, um sie herauszuschlagen, auch waren sie bereits mit den schweren Fleischpaketen mehr als ausgelastet. Irk-ka schnitt eines der riesigen Ohren vom Kopf des Tieres ab. »Darauf können die Neugeborenen sehr gut schlafen«, erklärte er Wi-lam augenzwinkernd.

Jeder keuchte unter der Last der Beute, die man hinter sich herzog. Abends schlüpften sie in eine kleine Höhle, die die Jäger von früheren Jagden her kannten. Sie brieten etwas von dem Mammutfleisch, das faserig und zäh war.

»Wir werden es räuchern und zwei Monde liegen lassen. So haben wir Fleisch für Notzeiten«, meinte Irk-ka. »Und wenn es dann immer noch nicht schmeckt, geben wir es den Schweinen und essen diese, wenn sie fett sind.«

Alle lachten und schliefen schnell ein. Auch die Neandertalerin war zufrieden. „Das mit den langen Zähnen" hatte ihren Mann und ihre Schwester getötet. Die Jäger töteten das Mammut. Sie bekam zu essen, durfte neben ihnen schlafen. Die Männer ließen sie in Ruhe, würden sie respektieren, bis sie sich selber einen Mann aussuchen wollte. Es waren junge Jäger im Clan und einer konnte mit ihr sein Lager teilen. Ihr Leben war wieder gut!

Sie erreichten bar-u-lut am Abend des nächsten Tages, wuchteten gemeinsam die schweren Bündel der Reihe nach den Pfad hoch. Die Hunde freuten sich, als sie Wen-a begrüßten. Sie war die ganze Zeit neben den Menschen hergelaufen, bekam viel Fleisch und genoss den Ausflug. Die Schweine quiekten, als sie das Blut rochen. Sie waren hungrig, würden aber bald genug Abfälle erhalten.

Nach der Arbeit saßen die Männer und Frauen am Feuer, die Kinder zu ihren Füßen. Nur die beiden Jungen wachten vorne am Höhleneingang. In der Nacht schlüpften die Frauen zu ihren Männern unter die Schlaffelle.

Irk-atu übernahm die Wache und schickte die Jungen zum Schlafen auf ihr Lager.

An nächsten Morgen war seine linke Hand heiß, stark gerötet und auf die doppelte Größe angeschwollen. Irk-atus Stirn glühte, als Wi-lam sie berührte. Das Fieber schüttelte den Ältesten und er sank zur Seite. Er murmelte Unverständliches und schien starke Schmerzen zu haben.

Wi-lam wandte sich an Irk-ka-ma: »Holt die bittere Medizin und die Weidenrinde. Kocht sie im Wasser und bringt sie her.«

Die Frauen füllten Wasser in ein Tongefäß, gaben ein Stück der Schilfwurzel hinzu, die sehr bitter schmeckte aber das Fieber senkte, und eine Handvoll getrockneter Weidenrinde, die Schmerzen und Entzündungen heilen konnte. Mit den heißen Steinen erhitzen sie den Sud, ließen ihn abkühlen, brachten ihn danach zum Schlafplatz des Kranken, wohin die Männer ihn getragen hatten.

Irk-ka versuchte, dem Fiebernden das Getränk einzuflößen, aber der spuckte das meiste wieder aus. In der Nacht stieg das Fieber und der Älteste fantasierte. Erst als der Morgen graute, schlief er ein. Am Nachmittag erwachte er, redete leise aber klar. Jetzt reichte die Schwellung bis zum Ellbogen, wanderte langsam hinauf zur Schulter. Die Wunde war aufgeplatzt, wässrig-roter Schleim trat aus. Sie stank genauso, wie die Wunde des Mammuts gestunken hatte. Wi-lam ahnte, was das bedeutete. In der Wunde breitete sich der Gasbrand aus. Der Älteste würde sterben und zwar sehr bald.

»Kommt her«, flüsterte Irk-atu. »Ich weiß, ich werde sterben. Der Clan braucht einen neuen atu-atu.« Er blickte Wi-lam an. »Du hast blaue Augen und lehrtest uns viele neue Dinge.«

Er machte, erschöpft vom Reden, eine Pause. »Du wirst der neue atu-atu, Wi-lam. Irk-ka wird dir folgen.«

Der nickte. »Ja, at'manu, mein Vater«, antwortete ihm Wi-lam.

Am Abend starb Irk-atu. Die Frauen ritzten mit Klingen ihre Brüste aus Trauer und ließen das Blut eintrocknen. Irk-ka holte eine Trommel aus einer Nische im Hintergrund der Höhle und schlug die ganze Nacht einen monotonen Rhythmus, wiegte dabei seinen Oberkörper hin und her. Die Frauen saßen zusammen, klagten, wiegten die Kinder in ihren Armen.

Wi-lam hockte neben dem Toten, dachte nach, über sich, sein Schicksal und die Zukunft. Er war sich nicht sicher, ob er ein guter atu-atu werden würde.

Am Morgen legten sie den Toten im Wald oberhalb der Höhle in eine flache Grube und errichteten über ihm einen Hügel aus Steinen.

Jetzt war Wi-lam der neue Clanälteste.

Schmerzen

Wi-lam saß auf dem gebleichten Baumstamm, der schon immer dort unten am Ufer des kleinen Flusses lag. Er schaute Pa-ul, seinem Sohn zu, der mit den drei Jungen des Clans das Schießen mit Pfeil und Bogen übte. Die Jungen lernten schnell und kaum ein Pfeil verfehlte das Ziel, eine mit Sand gefüllte Fellkugel, die zwischen drei Holzstangen hing. Jeden Treffer begrüßten die Jungen mit „ha!“ und der Schütze hob stolz seinen Bogen. Als der kleinste der drei, Pa-uls sechsjähriger Sohn, knapp danebenschoss, erntete er kindlichen Spott von den beiden Älteren.

Pa-ul tröstete ihn und tadelte die Jungen milde: »Auch ihr habt schon daneben geschossen. Und ich habe nicht gelacht!«

Die Jungen nickten und schwiegen. Der große, blonde Sohn des Clanältesten war für sie eine Autorität, sie wollten einmal genauso gute Jäger werden, wie er es einer war.

Wi-lam ignorierte den Druck und Schmerz, den er seit zwei Tagen in seiner rechten Bauchseite spürte. Schmerzen kamen, sie würden auch wieder vergehen. Hier, auf diesem Baumstamm, hatte Kan'ta-ma gesessen und ihm zugeschaut, wie er sich wusch. Er konnte sich gut daran erinnern, wie er sich damals zierte und seine Hose nicht ausziehen wollte. Er ahnte noch nicht, wie unkompliziert diese Menschen sich verhielten, wie natürlich sie Nacktheit empfanden. Ein Bild erscheint vor seinen Augen: Sie zieht ihren Umhang über den Kopf und läuft splitternackt ins Wasser, wo sie sich wäscht. Damals war sie eine schöne Frau gewesen, die einem anderen Jäger gehörte. Nach dessen Tod teilt sie mit ihm das Lager. Sie starb bei der Geburt ihres ersten gemeinsamen Kindes.

Der Schmerz wurde stärker und er beugte sich vor, um die Bauchmuskulatur zu entspannen. Er würgte und erbrach die Brühe, die er am Morgen geschlürft hatte. »Was fehlt dir, at'manu?«, Pa-ul klopfte ihm auf die Schulter und half ihm auf.

»Nichts, mein Sohn. Ich muss schlechtes Fleisch gegessen haben. Es ist schon gut.« Tatsächlich fühlte er sich wieder besser.

An Sarah erinnerte er sich nur noch undeutlich. Trotz aller Liebe, die sie ihm in einer anderen Welt gegeben hatte, war ihr Bild vor seinen Augen verblasst. Manchmal träumte er nachts von seinem Leben als Student und Postverteiler, sah sich wieder im Pool der Villa, spürte ihre Beine um seine Hüften, aber ihr Gesicht blieb ein heller Fleck. Als sie hier, nicht weit von diesem Baumstamm, begraben wurde, weinte er um sie, verzweifelte er an seinem Schicksal. Um viele Menschen musste er in den langen Jahren weinen: Um Wi-la-ma, um seinen Lehrer Irk-atu, dessen Sohn Irk-ka, den das Wisent aufspießte, um die Kinder, die starben. Wie oft hatte er nachts wach gelegen, seinen Tränen freien Lauf lassend, bis eine seiner Frauen erwachte und ihn tröstete.

Er blickte in den Himmel, sah die Herbstsonne, die die bunten Blätter in allen Farben leuchten ließ, roch die warme Erde, hörte das Plätschern des Wassers zu seinen Füßen. Er merkte, wie Tränen aus seinen Augen strömten und wischte sie verstohlen fort. Er war jetzt ein alter Mann, schalt sich selbst sentimental. Ein alter Mann mit bohrenden Schmerzen im Bauch.

Er stand auf, ging die wenigen Schritte zum Wasser, beugte sich nieder, spuckte den grässlichen, sauren Brei aus, der aus seinem Magen emporstieg. Er schöpfte mit seiner Hand das klare, kühle Wasser, spülte seinen Mund und trank danach. Aber nicht zu viel, sonst würde der Schmerz stärker werden. Er verfluchte das Messer in seinem Leib, verfluchte seine Hilflosigkeit, zürnte wegen seiner Ohnmacht.

Wütend trat er einen dicken Stein ins Wasser, der die kleinen Fische davonschießen ließ. Wieder der stechende Schmerz, wieder ein Würgen, wieder Schleim.

Die Arme gegen den Leib gepresst, schlich er zum Baumstamm zurück, setzte sich wieder, diesmal mit Blick hinauf zur Höhle. Der Eingang hinter den Flechtwänden war nicht zu erkennen. Den ganzen Hang überzogen die angepflanzten Himbeer- und Brombeerranken. Die Frauen pflückten die Beeren jeden Tag, alle aßen, bis ihre Münder und Zungen blau waren. Aus den getrockneten jungen Blättern kochten sie „ti“, der den Durst löschte und die Kinder gut schlafen ließ.

Er saß da, blickte auf diese friedliche Welt. Wie eine heiße Pfeilspitze fuhr der Schmerz erneut durch seinen Bauch, wieder würgte er, schnappte nach Luft. Vor ihm stand ein Junge und blickte ihn mit großen Augen an.

»Lauf, hole Pa-ul!« Der Junge verschwand wie ein Blitz.

Wi-lam wurde es schwarz vor Augen, langsam rutschte er vom Baumstamm, fiel in den Sand.

»Was ist, at-manu? Sprich!«

Pa-ul und seine Frau knieten neben ihm. »Was fehlt dir?«

Wi-lam öffnete seine Augen, blickte ihn an. »Bring mich hoch, mein Sohn, bring mich hoch. Ich muss mich hinlegen.«

Er stöhnte, erbrach sich wieder.

Dort, wo der Pfad begann, erschien der älteste der drei Jäger.

»Atu, Vater, wir tragen dich. Komm.«

Wi-lam schob Pa-uls stützenden Arm beiseite. Er stand dort auf dem Pfad, blickte nach oben. »Nein. Ich gehe alleine. Ich bin immer alleine gegangen.«

Er machte den ersten Schritt.

Der Schmerz tobte in seinem Leib und er hätte sich am liebsten gleich hier hinfallen lassen. Gekrümmt, wie ein alter Mann voller Gicht, schlich er den Pfad hinauf nach Hause. „Zuhause" nannte er den Ort. Der Ort war die Höhle des Clans.

»Ich möchte nicht hier draußen auf dem nackten Boden sterben«, dachte er sich.

Die anderen Jäger nannten sein „Zuhause" bar-u-lut, den „warmen Platz" ...

Viertes Buch:

Heute

U.A. – Unidentifiziertes Artefakt

»Wie weit bist du, Bert?«, fragt Amy ihren Kommilitonen. Der sitzt schon seit einer Woche vor dem fast vollständig erhaltenen Skelett eines Raubsauriers, welches er Schicht um Schicht aus dem Boden der Hügel östlich von Casper kratzt. Aber er antwortet nicht, starrt auf den Boden, kratzt weiter, nimmt den Pinsel und wischt Staub weg. Vorsichtig, ganz vorsichtig, löst er mit dem Spachtel ein winziges Teil des Skeletts aus dem Boden, begutachtet es.

»Hey, Bert! Wann kommst du? Der Prof will die Besprechung abhalten und es ist schon kurz nach vier!«

Bert blickt zu Amy auf, die oben auf der Grabenkante steht und zu ihm hinunterschaut. Die Sonne des Spätnachmittags steht hinter ihrem Rücken und hüllt ihre langen, blonden Haare in einen rosigen Schimmer.

»Komme sofort. Geh schon, will bloß mein Arbeitszeug zusammenräumen.« Er lächelt und wirft ihr einen Handkuss zu.

»Puh, war der staubig«, neckt sie ihn und deutet auf seine schmutzigen Hände.

»Du siehst auch nicht gerade frisch geduscht aus«, meint er. »Aber nach dem Duschen können wir ja alles nachholen.«

»Mal schauen«, meint sie schelmisch und lacht ihr helles, freundliches Lachen.

Durch ihr Lachen war sie ihm im Seminar bei Professor Samuel Goldsteen zuerst aufgefallen. Seit zwei Monaten waren sie ein Paar und er liebte sie von ganzem Herzen.

Bert Jordan Prambroke jr. und Amy Mathilda Schneider, »Schneider mit EI, nicht mit Y«, pflegte sie zu sagen, studierten Archäologie im sechsten Semester bei Professor Goldsteen an der renommierten Kansas State University.

Die Ausgrabungen waren die praktischen Übungen zu den Seminaren „Technik der Ausgrabungen“ und „Bipede Theropoden der Kreidezeit und ihre Verbreitung im Westen der USA“. Beide Themenbereiche gehörten zum Hauptstudiengang und waren immer ein umfassender Bestandteil der Prüfungen.

Professor Goldsteen, ein kleiner, schlanker Herr mit langen weißen Haaren, galt als Experte auf dem Gebiet der Bestimmung von Sauriern anhand vorhandener Knochen und es hieß, bereits zwei Knochen eines Skeletts würden ihm ausreichen, um den Saurier treffsicher benennen zu können.

Der bei Studierenden und Mitarbeitern äußerst beliebte Lehrstuhlinhaber für Archäologie III/Kreidezeit, wurde hinter seinem Rücken kurz und bündig „Daddy Sam" genannt, da er seine Studenten immer mit „Auf geht's Kinder" zum Arbeiten zu animieren pflegte. Er wusste von seinem Spitznamen, aber es störte ihn nicht. Kein Student würde ihn so anreden, für jeden war ein „Sir" als Anrede eine Selbstverständlichkeit. Am Ende des Jahres würde er 67 Jahre alt werden und dann in den Ruhestand gehen. Wie sein „Unruhestand" aussehen würde, konnte man sich leicht vorstellen: mindestens sechs Monate im Jahr in Montana oder Wyoming irgendwelche Ausgrabungen durchführen.

Bert steckt das kleine Teil in die Brusttasche seines Flanellhemdes, eigentlich etwas sehr Ungewöhnliches für einen Archäologen. Dann beeilt er sich, ins Küchenzelt zu kommen, wo schon alle auf ihn warten. Die anderen acht Studenten und die beiden Grabungstechniker sitzen bereits auf ihren Stühlen vor dem Professor, der sich an die Tischkante seines Arbeitstisches lehnt.

Amy klopft auf den freien Platz neben sich, dann beginnt die alltägliche Kurzbesprechung für den abgelaufenen und den kommenden Grabungstag.

»Kinder, fangen wir an. Bert kam etwas später, aber Amy meinte, er müsse das Skelett eben noch anbinden, sonst könne es ja fortlaufen.« Alle lachen, auch Bert. Wegen solch kleiner, harmloser Scherze mögen sie alle ihren Professor.

Die Besprechung läuft ab wie immer: knapp, präzise und nicht länger als dreißig Minuten. Man spricht über Probleme bei den Ausgrabungen, Neues und Ungewöhnliches. Jeder Student geht ein bis zwei Minuten auf das ein, was ihm bei seiner Arbeit aufgefallen ist. Einmal in der Woche, meistens am Sonntagmorgen, werden alle Fotos angeschaut, die den Fortschritt bei den Grabungen dokumentieren. Danach bringt der chinesische Koch den Kaffee und einen großen Kuchen, bevor man ab siebzehn Uhr noch bis zum Sonnenuntergang weiterarbeitet. Nur sonntags wird nicht gegraben, sondern die Teilnehmer nutzen die Zeit, persönliche Aufzeichnungen zu vervollständigen oder sich auszuruhen. Amy und Bert liegen dann nach der Besprechung und dem Frühstück in ihrem Zelt, lieben sich oder fachsimpeln ganz einfach.

Als an diesem Tag alle gehen, bleibt Bert sitzen. »Ich muss dringend mit Ihnen reden, Sir", sagt er. »Ich habe etwas ganz Ungewöhnliches gefunden.«

»So? Finden wir nicht jeden Tag Ungewöhnliches?« meint der Professor. »Oder sind perfekt erhaltene Skelette, mehr als sechzig Millionen Jahre alt, etwas Alltägliches?«

»Doch, Sir. Nein, Sir«, stottert Bert. »Aber ich habe etwas gefunden ...« Er greift in seine Jackentasche und zieht ein zusammengeknülltes Papiertaschentuch hervor.

»Sir, Professor. Bitte denken Sie nicht, ich will sie verar... Verzeihung, auf den Arm nehmen, Sir. Aber das hier lag bei dem Deinonychos, an dem ich seit einer Woche arbeite. Es lag dort, wo das Tier wohl seinen Bauchraum hatte als es starb.« Der Student schwitzt, ist ganz aufgeregt.

»Sir! Und die geologische Formation war perfekt, keine Verschiebungen, keine Anzeichen, dass dort schon jemand einmal gegraben hat, Sir.«

Der Professor schweigt, schaut seinen Studenten ruhig und freundlich an. »Bert was hast du denn gefunden?«

Bert fällt gar nicht auf, dass ihn Daddy Sam plötzlich duzt.

»Zeig mir doch mal dein ungewöhnliches Artefakt.«

»Gut, Sir. Aber bitte denken Sie nicht, ich will ...«

»Ist schon gut. Zeig es mir einfach«, unterbricht ihn der alte Herr.

Bert öffnet das Papiertaschentuch, nimmt etwas Kleines, Rundes heraus und legt es auf den Arbeitstisch des Professors. Es ist ein Knopf, ein einfacher, dunkler Knopf mit vier Knopflöchern, an einer Ecke leicht beschädigt, als hätte etwas daran geknabbert. Da liegt nun der Knopf auf dem Tisch. Ganz unschuldig, eigentlich ganz gewöhnlich, ein Ding des Alltags, etwas, das man jeden Tag benutzt, über das kaum jemand nachdenkt, es sei denn, man hat einen verloren oder muss ihn annähen. Ein normaler Knopf liegt dort, zwischen sechzig und achtzig Millionen Jahre alt.

»Das ist es«, sagt Bert. Es klingt erleichtert.

»Was sagen Sie dazu, Sir?«

Der Professor schweigt und schaut seinen Studenten lange an, wirkt völlig unbeeindruckt von dieser Unmöglichkeit. Der junge Mann wird knallrot im Gesicht, ihm wird heiß und er sieht vor seinem geistigen Auge schon, wie er mit Schimpf und Schande von hier weggejagt wird. Alle werden ihn auslachen, am meisten sicherlich Amy. Die wird sich dann dem gelackten Affen Lexington zuwenden, der schon immer scharf auf sie war und sie dauernd zu einer Fahrt in seiner neuen Corvette einladen wollte.

»Wie konnte ich so blöd sein?«, denkt er sich.

»Hätte ich das Scheißding doch fortgeworfen!«

Sein Professor schaut ihn immer noch an, ganz ruhig, macht keine Anstalten ihn auszulachen.

»Und, was hältst du davon Bert?«, fragt er.

»Von mir ist der nicht, Professor Goldsteen, Sir«, stottert er. »Alle meine Knöpfe besitzen nur zwei Löcher. Habe ich extra überprüft!«

Der Professor schaut ihn wieder lange schweigend an. Er steht wortlos auf, dreht sich um, geht an den großen Tresor, den er auf allen seinen Exkursionen mitschleppen lässt. Er öffnet ihn, sucht, bringt ein kleines Päckchen, so groß wie eine Zigarettenschachtel mit. Auf der sind zwei Buchstaben aufgemalt: U.A.

Bert weiß, was das bedeutet: „Unidentifiziertes Artefakt." Ein gängiger Ausdruck. Der Professor öffnet die Schachtel, entnimmt ihr etwas, legt es neben Berts Knopf. Es ist auch ein Knopf, der vollkommen gleiche Knopf, quasi ein Zwillingsbruderknopf. Bert verschlägt es die Sprache.

»Den habe ich 1978 zwei Meilen nördlich von hier gefunden.« Er dreht den Knopf um, hinten ist deutlich ein winziges Logo zu erkennen. Bert dreht nun seinen Knopf um, der ist zwar etwas mehr verwittert, aber Teile des gleichen Logos sind ebenfalls erkennbar. Bert starrt den Professor an. »Sir, die Knöpfe sind gleich. Es sind die gleichen Knöpfe.« Er ist fassungslos.

Professor Goldsteen nickt. »Mir ist es damals genauso gegangen, wie es dir heute ergangen ist. Erst denkt man, da hat sich jemand einen Spaß mit dir gemacht. Dann stellt man fest, das geht gar nicht, weil, wie du schon sagtest, die geologische Formation völlig intakt war. Dann sagt einem der Verstand, da ist was falsch und überprüft seine eigenen Knöpfe. Keiner fehlt. Richtig?«

Bert nickt. »Genauso war es heute Nachmittag. Genauso.«

Der Professor fährt fort. »Endlich stellt man fest, muss erkennen, dass man etwas gefunden hat, was es gar nicht gibt, nicht geben darf. Und es ist trotzdem da. Richtig?«

Der Student grinst. »So wie ein Neandertaler mit CD-Player.« Irgendwie ist ihm ein großer Stein vom Herzen gefallen.

Der Professor grinst zurück. »Mein Junge, da war noch mehr. Schau dir das an.« Er holt ein zweites Teil aus der Schachtel, legt es neben die Knöpfe. Bert nimmt das Teil, betrachtet es genau: Ein kleiner verformter Metallklumpen, deutlich erkennbar aus zwei verschiedenen Metallarten bestehend, eine kupferfarben, die andere gräulich mit weißer Oxidierung. Verblüfft schaut er den erfahrenen Archäologen an.

»Ein Projektil, ziemlich groß. Aber da kenne ich mich nicht aus. War nicht in der Army, halte nichts von Waffen.«

»Ich auch nicht, mein Junge. Aber du hast Recht. Ein Projektil.«

»Und das lag auch dort beim Skelett?« fragt der Student.

Der Professor schüttelt seinen Kopf. »Es steckte im Rückgrat des Sauriers. Es hatte ihn wohl getötet.«

Einen Moment Schweigen zwischen den beiden Männern, dem jungen und dem alten.

»Natürlich ließ ich, ohne zu sagen, woher ich die Dinge hatte, beide überprüfen. Das Projektil war einfach zu identifizieren: Ein Geschoss Kaliber .44 Mag, wie es in der Regel von schweren Revolvern verschossen wird. Ein Teilmantelgeschoss, wahrscheinlich von der Firma Remington hergestellt.«

Er packt das verformte Projektil und legt es zurück in die Schachtel. Dann nimmt er beide Knöpfe. »Darüber fand ich zuerst gar nichts raus. Niemand konnte mir sagen, zu welchem Kleidungsstück die gehörten. Erst 1995 kam ich durch Zufall darauf, dass sie ausschließlich von der Firma Jack Wolfskin verwendet werden. Aber ... und das war das Erstaunliche, die Firma wurde erst 1981 in Deutschland gegründet.«

»Und Sie haben den Knopf 1978 gefunden? Das gibt es doch gar nicht!« Bert schüttelte den Kopf. »Völlig unmöglich!« Nach einer Weile: »Wer hat auf den Saurier geschossen?«

»Ganz einfach«, antwortet Daddy Sam. »Der, der auch die Knöpfe verloren hat.«

»Was machen wir jetzt?« fragt der Junge. Beide starren auf die Knöpfe.

»Jetzt stell dir vor, wir beiden präsentieren auf dem nächsten Kongress im November in Chicago den Kollegen diese drei Dinge. Was meinst du, was die sagen?«

»Die lachen uns aus und werfen uns raus. Und wir können bei der Müllabfuhr anfangen.«

Der Professor nickt. »Genau das befürchte ich auch.« Er legt die beiden Knöpfe zu dem Metallstück in die Schachtel, steht auf, dreht sich um, verstaut die Schachtel im Tresor und verschließt diesen wieder. »Wenn ich sterbe, wird dir diese Schachtel als Erbe zufallen.« Er meint es ernst. »Du wird noch viele Jahre als Archäologe arbeiten. Vielleicht kommt einmal der Tag, an dem du mit unserem Geheimnis an die Öffentlichkeit treten kannst.«

Er hält dem Jungen seine Hand hin. Beide schütteln sich die Hände, wissen voneinander, dass sie es ernst meinen, beschließen so ihren Pakt, das Geheimnis zu bewahren. Der Griff des Professors ist trotz seiner zierlichen Gestalt überaus kräftig und zupackend.

»Danke, Sir«, sagt Bert zu seinem Mentor.

»Ist schon O.K. Zu niemandem ein Wort, auch nicht zu Amy! Und jetzt suche den nächsten Knopf.«

Er grinst wie ein Schuljunge, der seinem Lehrer einen Streich gespielt hat. »Mache ich, Sir.«

Bert geht hinaus und er weiß, dass er Amy heiraten und sein Leben der Archäologie widmen wird. Ohne Wenn und Aber, bloß in der umgekehrten Reihenfolge.

Projekt Waikiki Beach

Der HMMWV Typ H998, den meisten Leuten unter seinem Spitznamen „Hummer“ bekannt, rollt auf einen abgelegenen Hangar der Offutt AFB zu, muss aber vor dem Tor zum Hangarbereich anhalten. Das riesige Gebäude, in dem normalerweise Transportmaschinen vom Typ C-130 gewartet werden, ist von einem hohen, elektrisch geladenen Doppelzaun umgeben. In dem Zwischenraum zwischen den beiden Zäunen laufen vier Schäferhunde frei herum. Ihre Hundehütten befinden an den vier Ecken des Gebäudes. Gefüttert werden sie einmal täglich von einem ihrer beiden Hundeführer. Die beschäftigen sich auch abwechselnd mit den Tieren, striegeln sie, sprechen mit ihnen, machen ihre Patrouillenwege und die Hundehütten sauber. Ab und zu dürfen die Hunde auch der Reihe nach raus. Die Hundeführer joggen dann mit ihnen oder lassen sie nebenher laufen, wenn sie mit dem Rad fahren. Aber es sind immer mindestens drei Hunde, die zwischen den Zäunen patrouillieren.

Der Zaun ist zwischen rechteckigen, massiven, einbetonieren Eisenträgern gespannt, die Höhe beträgt vier Meter, zusätzlich sind oben Rollen mit Stacheldraht angebracht. Gelbe Schilder warnen in regelmäßigen Abständen vor der Spannung von zwanzigtausend Volt und vor Schusswaffengebrauch. Das Betreten ist strengstens untersagt, die scharfen Hunde unterstreichen dieses Verbot.

Schon bei der geringsten Annäherung an den Zaun fangen sie an zu bellen und alarmieren damit die beiden diensttuenden Offiziere vor den Bildschirmen im Sicherheitsbüro des Gebäudes. Selbstverständlich wird das Gebäude außen Tag und Nacht beleuchtet und wird von beweglichen Kameras bis in den letzten Winkel überwacht.

Zugang zum Hangar ist nur über ein zweiflügeliges Tor möglich, vor dem grundsätzlich zwei Militärpolizisten stehen. Weniger als fünfzig Soldaten und nur neun Zivilisten besitzen einen roten Sonderausweis, der zum Zutritt berechtigt. Das grüne Militärfahrzeug wird von dem einen der beiden Wachen angehalten, während die andere, die Waffe im Anschlag, die Kontrolle sichert. Der wachhabende Staff Sergeant der MP in dem kleinen Container bekommt die roten Ausweise der drei Personen hereingereicht und schiebt sie der Reihe nach in das Lesegerät des Computers. Reine Routine.

Er kennt zwei der Personen, da sie fast jeden Tag kommen: Colonel Mike D. Duggs, der Leiter des Projekts „Waikiki Beach" und Lt. Colonel Lester Bush, dessen Stellvertreter, der den Hummer lenkt. Den Ausweis des dritten Soldaten, den er nur undeutlich auf der Rückbank des Fahrzeugs erkennt, es ist ein Navy-Offizier, sieht er heute zum ersten Mal: Lieutenant Jonas Bell Splashmore. Ein Lieutenant der Navy entspricht einem Captain in der Army und der Bursche ist erst achtundzwanzig Jahre alt. Das nennt man eine Karriere!

Der Computer gibt sein O.K. Er reicht die Ausweise raus und weist den Corporal an, das Fahrzeug durchzulassen. Der ganze Vorgang wird zur Sicherheit noch einmal von Kameras aus mehreren Perspektiven aufgezeichnet und gespeichert. Alle Aufnahmen werden täglich auf einen Zentralrechner überspielt und ins Pentagon in der Nähe von Washington übermittelt. Als Mindestzeitraum für die Speicherung dieser Daten hat der Präsident vierzig Jahre festgelegt.

Der Wagen fährt durch, die beiden Wachen schließen das Tor wieder. Der Sergeant blickt dem Wagen nach. Dieser rollt bis zum Hangartor. Es öffnet sich automatisch so weit, dass das Fahrzeug gerade hineinfahren kann. Sofort schließt sich das Tor wieder.

»Ich möchte bloß wissen, was die darin treiben«, denkt sich der Wachhabende. »Und das Projekt ‚Waikiki Beach' zu nennen, ist mehr als ungewöhnlich. Schließlich liegt Hawaii über acht Flugstunden entfernt.« Er nimmt den Playboy, der unter der dicken Wachanweisung liegt, und blättert ihn genüsslich durch. Der Dienst hier ist einfach, ruhig, aber scheißlangweilig.

Im Gebäude parkt das Fahrzeug direkt vor dem Sicherheitsbüro mit den vielen Bildschirmen, in dem die zwei Lieutenants der MP sitzen. Noch einmal legen alle drei Offiziere ihre Ausweise vor, bevor sie den eigentlichen Hochsicherheitsbereich betreten können. An der gepanzerten Tür überprüft ein Lesegerät den Daumenausdruck des Colonels, danach liest ein Scanner die Iris von LtCol Bush. Der dritte Mann muss seinen roten Ausweis in den Schlitz des Kartenlesers stecken, den er nach ein paar Sekunden wiederbekommt. Anschließend betreten sie den geheimnisvollen Bereich, in dem sie bereits erwartet werden.

Ein General der Air Force, auf seinem Namensschild steht HUNTVILLE, und zwei Zivilisten, die sich dem Navy-Lieutenant als MILLER und SMITH vorstellen, sind zugegen, als die Militärs den ersten Versuch unternehmen, den Ablauf der Geschichte nachträglich zu ändern.

»Denken Sie dran, Lieutenant, Sie handeln auf direkten Befehl des Präsidenten. Sie kennen Ihre Aufgabe, Sie kennen die Situation«, meint Colonel Duggs.

»Jawohl, Sir!« antwortet dieser. »Ich werde die Befehle ausführen.«

Er grüßt militärisch, die anderen Offiziere nehmen Haltung an und grüßen zurück. Beide Zivilisten nicken nur, die Hände in den Taschen ihrer dunklen Trenchcoats vergraben.

Der General streckt dem jungen Offizier seine Hand hin. »Lieutenant, Sie haben achtundvierzig Stunden, um denen klar zu machen, dass die Japaner Pearl Habor am Sonntagmorgen des siebten Dezember 1941 angreifen werden. Sorgen Sie dafür, dass man Ihnen glaubt!«

Beide Männer schütteln sich die Hände, jeder grüßt noch einmal.

»Viel Glück, Mr. Splashmore«, meint einer beiden Zivilisten ruhig.

»Danke, Sir«, ist die knappe Antwort.

»Beginnen Sie!«, befiehlt der General.

»Ich muss dem Präsidenten schnellstens berichten!«

Eine Minute später beginnt der Countdown für die erste Zeitreise in der Geschichte der amerikanischen Streitkräfte. Der junge Offizier sitzt in dem kleinen Transportmodul, beobachtet die Zahlen, die rückwärts gegen Null zählen. Nach dreißig Sekunden ist er verschwunden.

Das Projekt „Waikiki Beach" ist nach zwei Jahren geheimster Vorbereitungen in seine entscheidende Phase getreten.

Am Abend wird der Präsident seinen Sicherheitsberatern erklären, er glaube fest daran, den „gelben Schlitzaugen", wie er die Japaner zu nennen pflegt, am Morgen des siebten Dezember des Jahres 1941 eine unangenehme Überraschung bereiten zu können.

Er strahlt, seine Zuhörer applaudieren.
Er sollte sich irren!

Aber das ist eine neue Geschichte...

Ende

Glossar

Ausspracheregeln
Ein „-“ bedeutet eine unbetonte, deutlich unterbrochene (abgehackte) Sprechweise. Der Apostroph ’ weist auf eine Betonung der nachfolgenden Silbe hin.

Sprache der Urmenschen

at’manu	mein Vater
atu	Vater oder allgemein Mann
atu-atu	„großer Vater“, Anrede für den Clanältesten
bar-u-lut	der „warme Platz“, das Zuhause
che	Wolf oder Hund (gutturale Aussprache)
che’ma	Wölfin oder Hündin
che-che	(Plural) Wölfe
da’ma	Tochter
da’ma-a	(Plural) Töchter
da‘ma‘manu	meine Tochter
ha’ta	Wo bist du? Wo ist/sind …?
ka’manu	mein Sohn
ka-u	Sohn
ka-u-ka	(Plural) Söhne
ma	Mutter oder allgemein Frau
ma’manu	meine Mutter
matu-matu	„großer Bär“, Höhlenbär
penn	Hülse .50 BMG, heiliger Gegenstand des Clans
se	die Anderen, Neandertaler
se-a-ma	die andere Frau, Neandertalerin
ti	Tee
urr	die Uhr, ein heiliger Gegenstand

Personen

Ana-sa	Jäger aus dem Clan der Raben
Au'gu	Wi-lams junge (dritte) Frau
E'e-irk-ma	Frau von Irk-atu
Irk-atu	Clanältester vor Wi-lam
Irk-ka	Sohn von Irk-atu
Irk-ka-ma	Frau von Irk-ka, die Älteste nach Ma-u-mas Tod
Kan'ta	Name eines getöteten Jägers
Kan'ta-ma	Witwe von Kan'ta, Wi-lams erste Frau, heißt dann Wi-lam-ma
Ma-u-ma	„die Alte", Clanmutter, Mutter von Irk-atu
Pa-ul	Sohn von Wi-lam und Taru'ma
Pa-ul-ma	Pa-uls Frau
Taru'ma	Wi-lams zweite Frau, Mutter von Pa-ul
Tumo	Junge vom Clan der Raben, wurde eingetauscht
Wi-lam	William Goodlane, Clanältester nach Irk-atu
Wi-lam-ma	Wi-lams erste Frau

Hundenamen

Do-ug	Wi-lams Lieblingshund
Wen-a	Name der Hündin Wenja

Militärische Fachbegriffe

37th MP Det Fort Jackson, SC	37. Militärpolizei-Abteilung Fort Jackson, South Carolina
AF-Mine	sehr gefährliche Anti-Personen-Mine
Air Force, AF, AFB	Luftwaffe der US-Streitkräfte, Air Force Base
AMU	Army Military University
Bldg # 412	Building (Gebäude) Nr. 412
Captain (CPT/Capt)	Hauptmann
Captain der Navy (CAPT)	Kapitän zur See
Charlie	im Vietnamkrieg gebräuchliche Abkürzung für Vietkong

Colonel (COL/Col)	Oberst
Corporal (CPL)	Hauptgefreiter
First Lieutenant (1LT/1stLt)	Oberleutnant (2LT/1LT sind oft kommandierende Offiziere eines Platoons)
Hummer, Humvee	Hummer ist die zivile Version des MMWV, ausgesprochen „Humvee“, eines geländegängigen Fahrzeuges der US Streitkräfte
Lieutenant (2LT/2ndLt)	Leutnant
Lieutenant Colonel (LTC/LtCol)	Oberstleutnant, wird mit Colonel angeredet
Lieutenant der Navy (LT)	Kapitänleutnant
Marine	Angehöriger der Marines
Master Sergeant (MSG)	Stabsfeldwebel
MP	Military Police, Militärpolizei, -polizist
Nam	Kurzform bei Soldaten für Vietnam
NCO-Club	Unteroffizierskasino NCOs sind Dienstgrade ab Sergeant
Offutt AFB, NE	US-Luftwaffenbasis Offutt, Nebraska
Pay Grade 5, 6	Gehaltsstufe 5 Sergeant Gehaltsstufe 6 Staff Sergeant
Platoon Sergeant	stellvertretender Zugführer; ein Platoon (Zug) ist eine militärische Einheit von ca. 30 Soldaten
Private (PV2)	Gefreiter, Obergefreiter
Sarge	Anrede eines Sergeants
SEALS	Angehörige einer US Spezialeinheit für Sea, Air, Land
Sergeant (SGT)	Unteroffizier
Staff Room	Stabszimmer, Raum eines Sergeants in der Verwaltung
Staff Sergeant (SSG)	Feldwebel
The 20th Intelligence Squadron	Geheimdienstabteilung auf der AFB Offutt

US Army Corps of Engineers	US Pioniertruppen des Heeres
US Marine Corps	4. Teilstreitkraft des US-Militärs
USASC	U.S. Army Signal Center, Fort Gordon, Georgia (Fernmeldeschule der US-Army)
Wing (55th)	USAF Geschwader 55
WO, CW, CW4	Warrant Officer, Chief Warrant Officer Offiziere des US Militärfachlichen Dienstes; CW4 ist der zweithöchste Dienstgrad

Sonstige Fachbegriffe

.308 Win (7,62 x 51 mm)	„NATO-Kaliber"; Kaliber 7,62 mm, eingeführt von der Firma Winchester. Das G3 der Bundeswehr besitzt dieses Kaliber.
.45-er Pistole, .45 ACP	Pistole im Kaliber 11,4 mm, Automatic Colt Pistol
Blaser	deutscher Hersteller hochwertiger Jagdwaffen
CIA	Central Intelligence Agency (dt. „Zentraler Auslandsnachrichtendienst")
FBI	Federal Bureau of Investigation (dt. „Bundesamt für Ermittlung")
GE	General Electric Company – einer der größten Mischkonzerne der Welt; baut zum Beispiel Flugzeugmotoren für Boing
H&H Kaliber .375	Munition im Kaliber 9,5 mm des Waffenherstellers Holland&Holland
H&K G3	Militärwaffe des deutscher Herstellers Heckler & Koch
Kaliber .50 BMG	entspricht einem halben Zoll (inch), d.h. Langwaffen-Kaliber 12,7 mm vom Typ Browning Machine Gun
Kannelierter Lauf	Gewehrlauf mit eingefrästen halbrunden Rillen zur Vergrößerung der Oberfläche und besseren Wärmeableitung
Leatherman Tool	zusammenklappbares Kombiwerkzeug aus Edelstahl
MIT	Massachusetts Institute of Technology

NASA	amerikanische Weltraumbehörde
National Academy of Engineering (NAE) Washington	etwa: Nationale Akademie für Ingenieurswesen; berät u.a. die amerikanische Regierung
S&W Revolver Kaliber .44 Mag	schwerer Revolver der Firma Smith & Wesson im Kaliber 10,9 mm; die Munition besitzt eine große Durchschlagskraft
SADF	South African Defense Force, Streitkräfte Südafrikas vor Ende der Apartheid.
Steyer Mannlicher	österreichischer Hersteller hochwertiger Jagdwaffen
U-Hall	US-Firma, die u.a. Fahrzeuge, Anhänger und Zubehör für Umzüge verleiht.
UPS	United Parcel Service of America – international tätiges Logistikunternehmen
V_0	Dieser Wert bezeichnet die Geschwindigkeit eines Geschosses beim Verlassen des Laufs, also nach der Flugstrecke 0 Meter
V_{100}	Geschwindigkeit eines Geschosses nach 100 Metern

Saurier

Allosaurier	Fleisch fressender Saurier, ca. 12 m groß, mehrere Tonnen schwer, eventuell Aasfresser
Archaeopteryx	Ein Archosaurier, ein „Urvogel“; Bindeglied zwischen Saurier und den heutigen Vögeln. Skelette wurden in Solnhofener Plattenkalken gefunden.
Carnosaurier	Überbegriff für Fleisch fressende Saurier, teilweise auch Aasfresser
Centrosaurus	etwas kleinere Art eines Ceratops
Ceratopssaurier	wehrhafter, massiger, pflanzenfressender Saurier mit drei Hörnern am Kopf und einer verhornten Halskrause; ca. 2,5 m hoch, 7 m lang; Triceratops besaß drei Hörner
Laurentia	Teil des auseinander gebrochenen Urkontinents Pangäa (heutiges Nordamerika)